내게 빌어봐 3

내게 빌어봐 3   리베냐

마카롱

❖ · 차례 · ❖

내게 빌어봐 1

서장	❖ ❖	7
셀리 브리스톨이라는 이름의 함정	❖ ❖	9
윈스턴이라는 이름의 괴물	❖ ❖	217
데이지라는 이름의 악몽	❖ ❖	283
그레이스 리들이라는 이름의 재앙	❖ ❖	337
그레이스 리들이라는 이름의 늪 I	❖ ❖	473

내게 빌어봐 2

그레이스 리들이라는 이름의 늪 II	❖ ❖	7
래온 윈스턴답지 않은 길	❖ ❖	63
적을 무너뜨리는 가장 잔인한 방법	❖ ❖	169
지옥행 특급 열차	❖ ❖	245
내게 빌어 봐	❖ ❖	337
이름 없는 아이	❖ ❖	451
어느 하루	❖ ❖	581

내게 빌어봐 3

어느 지독한 치정극	❖ ❖	7
어린아이와 어른아이	❖ ❖	61
성장통 I	❖ ❖	233
성장통 II	❖ ❖	321
최후의 승자	❖ ❖	483
종장	❖ ❖	599

내게 밀어봐 4

초콜릿의 맛 외전1
   의미 없는 편지   9
   초콜릿의 맛   19

손안의 섬 외전2
   든든한 적군   79
   그래도 사랑   189

내 아이를 유괴하라 외전3
   내가 없는 지옥   291
   에버하르트가의 비밀   343
   후일담   403

리뻐냐의 작업 일기   421

일러두기

◇ 이 책은 웹소설 『내게 빌어봐』를 바탕으로 편집, 제작되었습니다.
◇ 지금은 사용하지 않거나 순화 대상인 차별적인 표현은 극 중 시대상을 보여 주고자 그대로 두었습니다.

어느 지독한 치정극

VENGEANCE NAMED LOVE

의사당 뒤편의 고급 레스토랑은 연말 휴회 전 마지막 회의를 마치고 점심을 먹는 귀족원 의원들로 북적였다. 그 한가운데의 어느 테이블에서는 대공가와 백작가가 마주 앉아 있었다.

양가의 모임에 굳이 수많은 귀족들의 시선이 쏟아지는 때와 장소를 고른 자는 약디약은 대공이 분명하다고 레온은 생각했다.

"백작, 자네의 영화가 언제 개봉한다고 했지?"

그게 어떠한 점에서 내 영화던가. 레온은 심드렁하게 대꾸했다.

"그런 것은 모르겠군요. 길에 붙은 포스터를 보시면 될 듯합니다."

"백작이 워낙에 바쁘다 보니 그런 사소한 건 신경 쓸 겨를이 없군요."

옆에 앉은 어머니가 호호 웃으며 끼어들었다.

"개봉은 성탄절 전야에 한답니다."

"아, 두 주나 남았군요."

"그날이 또 마침 백작이 왕국을 구한 영웅이 된 지 3년째 되는 날 아니겠어요? 내일은 프레스콧에서 시사회가 있다는 이야기는 로잘린에게서 들으셨겠죠?"

고개를 끄덕이는 대공의 낯에서 난처한 기색이 어렴풋이 보였다. 어머니가 입을 다물지 않을수록 저자가 영화를 입에 올린 목적에서 화제가 멀어지니 말이다.

"그래서 로잘린과 저희 가문 식구들은 2주 더 일찍 보게 되었죠."

의도한 것인지는 몰라도 어머니는 대공의 앞에서 대공녀와 윈스턴가를 구분해 말했다. 대공녀는 가족이 아니라는 걸 못 박듯이 말이다. 레온은 원형 테이블에서 대공녀의 옆에 앉은 제롬에게 시선을 던졌다. 얼굴에 불만스러운 기색이 비치자 그는 참지 못하고 입꼬리를 올렸다.

"부디 흥행하길 간절히 기원합니다."

"감사해요."

"의회의 수장이 되려면 귀족원이나 왕실과의 관계도 중요하지만 요즘은 대중의 인지도와 평판 또한 무시할 수 없지요."

끝내 대공이 목적을 드러냈다.

레온 윈스턴 백작이 역대 최연소 수상 자리를 노린다.

왕도와 귀족 사교계에는 이런 말이 돌았다. 그가 언론에 자주 등장하면서 싹튼 소문이었다.

레온에겐 우스운 이야기였다. 그런 일은 원하지도 않고 일어날 리도 없다. 임명권을 가진 국왕이 제 가문의 복수를 해 준 레온을 여전히 견제했으니.

뜬소문의 싹 따위 곧 말라 죽을 거라 생각했다. 그러나 그 싹을 같은 당의 의원들, 특히 대공이 키워 사실로 만들려 애쓰며 그는 곤혹스러워졌다.

"영화만큼 또 무지한 민심을 흔드는 데 좋은 수단이 없지 않겠습니까."

"그럼요. 맞는 말씀이세요."

대공이 또 바람을 넣자 아들을 역사에 남을 최연소 수상으로 만들 기대에 잔뜩 부푼 어머니가 열렬히 호응했다. 아마 타운 하우스로 돌아가면 그를 붙잡고 수상 자리에 왜 열의를 보이지 않느냐고 따질 것이다.

그러나 레온은 잘 알고 있었다. 제가 수상이 된다 하더라도 노인들의 허수아비 왕이 될 것이다. 리틀 지미와 다를 바 없이.

그런 걸 알 리 없는 어머니는 눈을 반짝이며 대공의 말을 쉴 새 없이 거들었다. 하지만 대공이 결혼 이야기를 꺼내기 시작하고부턴 입을 굳게 다물었다.

"오, 이런. 자작을 여기서 다 보는군."

"저하, 오랜만이군요. 무릎은 좀 어떠십니까."

대공이 다른 의원과 인사를 나누러 자리를 잠시 떴다. 대공의 결혼 압박에서 잠시 벗어나 다행이라고 생각했을 어머니는 아군 중에 첩자가 섞여 있다는 걸 몰랐을 것이다.

"약혼한 지 3년이 넘었으면 때가 지나긴 했죠."

접시 위의 노루 고기를 썰며 지나가는 말처럼 들리게 하려고 애쓰는 동생이 정말이지 가상했다. 제롬은 제 연인과 같은 지붕 아래에서 살 정당한 근거를 얻고자 제 형과의 결혼을 앞당기려 했다.

"대공녀 저하를 오래도록 미혼으로 두는 것도 솔직히 예의가 아닐뿐더러…."

"저는 괜찮아요."

옆에 앉은 대공녀가 기어들어 가는 목소리로 거짓 겸양을 떨었다. 어머니는 못마땅한 눈으로 제롬을 쏘아보고는 있었으나 아무런 말도 하지 않았다. 둘째 아들이 하는 말에는 사실 틀린 구석이 없었으니.

"사교계에서도, 언론에서도 말이 돌고 있어 양가 모두의 평판에 좋지 않은…."

"맞아. 후계자에게도 좋지 않지."

여태 잠자코 있던 레온이 돌연 끼어들었다.

"결혼식을 하도록 하죠. 대공녀 저하, 내년 봄은 어떠십니까."

소원을 들어주겠다는데도 약혼녀는 대답이 없었다. 동생의 낯빛은 잿빛이 되었다.

왜? 너희 둘이 원하는 대로 결혼해 주겠다는데 표정이 왜 그래. 웃어.

그러나 이 테이블에서 웃는 사람은 레온뿐이었다. 그가 하필이면 후계자를 핑계로 결혼을 앞당기자고 한 탓이었다.

"하루속히 후계자를 안아 보고 싶군요. 그리고 보니 저하와 이런 이야기를 나눠 본 적이 없는 듯한데 자녀는 몇을 두는 게 좋겠습니까. 저는 솔직히 말씀드리자면 폴로 팀 하나를 꾸릴 만큼은 되었으면 합니다."

아이를 싫어하면서 넷이나 낳겠다니. 어머니가 그의 입에서 나오는 말을 도저히 믿을 수 없다는 눈을 하자 레온은 눈꼬리를 휘어 웃었다.

"저도 모르다 근래에야 알게 되었는데 제가 아이를 굉장히 좋아하더군요."

눈가와 입가 모두 미세하게 떨리는 것이 생생히 느껴졌다.

"아… 그렇지만 각하께선…."

저와 동침하겠다는 암시에 사색이 되어 있던 대공녀가 더듬더듬 말문을 열었다.

"제가 공부를 마칠 수 있게 해 주신다고 약속하시지 않았나요."

대공녀는 왕도에서 대학원을 다니는 중이었다. 제롬도 이 핑계 저 핑계를 대더니 왕도로 거처를 옮긴 지 오래였다.

"하긴, 학업에 아이까지. 듣기만 해도 버겁군요. 후계자는 학업을 마치신 후에 가지셔도…."

허를 찔려 말을 잃었던 제롬 또한 나불대기 시작하자 레온은 협상인 척 협박을 가했다.

"제겐 이 결혼에 후계 생산 이외의 의미는 없습니다."

아니, 그런 의미는 전혀 없다. 대공녀와의 약혼은 추후 그의 마지막 작전을 개시할 때 제롬에게 흔들 미끼였다. 그래서 두는 것뿐이었다.

"그러니 후계자를 낳지 않을 거면 결혼할 필요가 없군요. 그래도 숙녀의 의향을 존중해 드려야 하니 저하께서 원하시는 공부를 마칠 때까지 결혼은 미뤄 드리죠."

"…감사합니다."

레온이 선심이라도 쓰는 듯이 거만하게 굴었으나 대공녀는 아무런 대꾸도 하지 않고 도리어 그에게 결혼을 미뤄 주어 고맙다는 말을 했다.

이제 저 염치없는 여우 두 마리는 한동안 결혼 이야기를 꺼내지 않을 것이다.

레온은 입가로 기울인 와인 잔 너머에서 비소를 지었다. 동생과 약혼녀가 원하는 걸 손에 넣지 못하게 막는 것이 요즘 그의 몇 안 되는 유희였다.

내가 순순히 이용당해 줄 것 같나?

애초부터 각자의 연인과의 미래를 위해 서로 이용하는 사이라 생각했으니 레온은 저 둘에게 아무런 악감정이 없었다. 그러나 진창에 처박힌 그를 밟고 장밋빛 미래로 나아갈 꿈에 부푼 저들을 보고 있자니 역겨워졌다.

"영화가 부디 흥행하길 비네."

대공이 이런 소리를 올해 마지막 인사로 던지고 대공녀와 함께 떠났다. 레스토랑 앞에 정차된 윈스턴가의 세단에 올라 타운 하우스로 돌아가는 길 어머니가 기다렸다는 듯 불평을 시작했다.

"결혼식이 임박했다는 기사 따위는 대공가에서 내는 게 분명해."

아닙니다. 지금 어머니와 뻔뻔스럽게 팔짱을 낀 둘째 아드님이 벌이는 짓이죠.

어쩌면 그레이스가 아직도 그의 도발에 반응하지 않는 건 제롬이 결혼 임박 소문 따위를 자꾸만 퍼트리기 때문일지도 몰랐다. 제롬이 가진 언론사를 폐간시켜 버리고 저 녀석을 언론계에 발도 들이지 못하게 하고 싶었으나 나중에 크게 쓸모가 있기에 참았다.

"대공녀는 갈수록 마음에 차지 않는구나. 가문의 안주인이 되는 일보다 물리학 따위에 더 관심이 많다니."

"천문학이에요."

"사내들이나 배우는 학문이란 사실은 다를 게 없구나, 제롬."

제롬이 끼어들어 말실수를 정정하면서 어머니의 자존심을 건드렸다. 그러며 잔소리의 뇌관까지 건드린 모양이었다.

"너는 어째서 이러니?"

"제가 뭘 어쨌을까요."

"왜 이토록 대공가에 알랑거리냐는 거야. 우리 가문의 위상이 달라진 지가 언젠데 이러니? 내가 이런 말을 하게 될지는 몰랐다만 제롬, 제발 네 형을 본받으려무나."

차라리 별채의 지옥이 낫군.

이 또한 지옥이다. 레온은 한숨을 내쉬었다. 이 차부터 타운 하우스까지 이 작자들을 인내해야 하는 건 지옥이었다.

거기다 시사회까지.

그는 내일 또한 오직 지옥만이 기다리고 있을 줄 알았다.

백화점은 성탄절 선물을 마련하러 온 이들로 북적였다. 정어리 통조림처럼 승객이 빽빽한 엘리베이터에서 아이의 손을 잡고 내리던 때였다. 점원이 그레이스의 앞을 막아서더니 외쳤다.

"엘리자베스 공주님께서 택한 올해의 장난감을 부인의 공주님에게도 선물해 보세요!"

점원이 손으로 가리킨 건 인형의 집이었다. 그것도 그레이스의 어깨높이까지 오는 거대하고 화려한 인형의 집 말이다.

그녀의 심장이 철렁했다.

안 돼. 엘리, 보지 마.

아이를 내려다본 그레이스는 절망했다. 이미 늦었다. 엘리는 입을 떡 벌린 채 인형의 집을 뚫어져라 바라보고 있었다.

욕심쟁이 엘리의 눈으로.

큰일 났다. 그레이스는 아이를 얼른 잡아끌며 걸음을 옮겼다.

"엘리, 너무 늦으면 산타 할아버지 못 만난다?"

엄마에게 끌려가는 내내 고개를 뒤로 꺾고 인형의 집에서 눈을 떼지 못하던 아이가 그제야 앞을 보고 걷기 시작했다.

썰매와 순록 인형, 가짜 눈 따위로 장식된 3층의 한가운데에는 산타 분장을 한 남자가 앉아 있었다. 이미 와서 차례를 기다리는 다른 부모와 아이들 뒤에 서자 엘리가 그레이스의 코트 자락을 아래로 당겼다.

"엄마, 엄마."

"왜?"

몸을 숙였더니 아이가 그녀의 귀에 속삭였다.

"산타 하라버지한테 나 버섯 안 머거따는 얘기 하문 안 대."
"그럼 엄마가 거짓말쟁이가 되잖아. 엄마는 선물 받지 말라는 거야?"
"엘리가 사 주께."
"좋아. 그럼 엄마는 버섯을 먹는 엘리를 선물로 받고 싶어."
 거래를 시도하던 아이가 미간을 구기고 입술을 삐죽 내밀더니 대꾸했다.
"그런 엘리는 업써."
"왜 없어?"
"…다 팔려써."
"엘리를 살 수 있는 거였어? 하나 더 사야지."
"안 대. 엘리는 하나바께 업다구."
"헉, 거짓말한 거야? 산타 할아버지, 엘리가 거짓말했대요."
 실랑이를 하는 사이 엘리의 차례가 다가왔다. 산타의 무릎 위에 앉아 활짝 미소 짓는 엘리의 사진을 그레이스는 준비해 간 카메라로 여러 장 찍었다. 휘어진 눈매를 어디서 많이 본 것 같다는 생각은 엘리의 사진을 찍을 때마다 뇌리를 스쳐 지나가더니 날이 갈수록 강렬해졌다.
"그래, 우리 꼬마 아가씨는 올해 착한 아이였겠지?"
"응!"
 엘리가 고개를 크게 끄덕이며 그레이스를 바라보았다. 얼른 착한 아이였다고 대답하라는 애원 반, 협박 반에 그녀는 웃으며 고개를 끄덕였다.
"맞아요. 올해 한 번도 아프지 않고, 버섯도, 흠흠, 잘 먹고. 착한 아이였어요."
"그럼 성탄절 선물을 받을 자격이 있겠군. 우리 꼬마 아가씨는 뭘 받고 싶니?"

이런 식으로 부모들은 아이들이 받고 싶어 하는 선물을 알아냈다.

"엘리는….'

골똘히 고민하는 엘리를 보자니 새삼 한 해 만에 딸이 훌쩍 컸다는 생각에 눈시울이 찡해졌다. 작년에는 이상한 할아버지와 두고 가는 줄 알고 백화점이 떠나가라 울었었다. 무슨 선물을 받고 싶냐고 물었을 땐 고작 쿠키를 달라고 했었다.

"저거!"

감회에 푹 빠져 있던 그레이스는 엘리가 손으로 가리킨 쪽을 돌아보곤 경악했다.

"엘리."

그레이스는 아이를 구석으로 데려가 타이르기 시작했다.

"저것 말고 다른 걸로 하자."

"그치만 엘리는 공주쟈나."

엘리가 제 머리에 얹은 장난감 왕관을 가리키며 발을 동동 굴렀다.

"넌 공주이지만 엄마는 여왕이 아니야."

인형의 집은 가격이 그레이스의 반년 치 월급에 달했다. 저런 사치품을 살 여유가 있었더라면 냉장고부터 샀을 것이다.

어릴 적부터 아끼며 살아온 습관이 몸에 남아 아이에게 드는 돈까지 무심결에 아끼려는 제가 싫어질 때가 종종 있었다. 저는 부모님처럼 딸이 돈 때문에 눈치를 보게 만들지 않을 거라고 다짐하며 엘리에게 필요한 걸 아낌없이 주어 왔다.

그렇지만 저런 값비싼 장난감은 필수가 아니다. 마음이 안 좋긴 하지만 응석을 무조건 받아 주는 건 현명한 짓이 아니었다.

"엄마는 저걸 사 줄 돈이 없어. 저걸 사면 내년에 다른 장난감은 하나도 못 살 거야."

그레이스는 제 한계를 솔직하게 일러 줬다. 엘리가 저를 영원히 사랑하기를 바랐으나 엄마는 못 하는 게 없는 신이라고 착각하지 않길 바랐다. 제가 그랬듯이 말이다.

"그리고 저걸 집에 가져가도 둘 데가 없잖아."

저 초대형 인형의 집을 들여놓으려면 인간의 집부터 사야 할 것이다.

"그럼 산타 하라버지가 주문 안 대?"

"양말에 안 들어가서 안 된대."

"힝…."

아이는 시무룩해졌지만 곧 납득한 듯이 고개를 끄덕였다.

"아라써. 그러엄…."

"응."

"말 사 죠."

공주님, 그건 저택을 사야 해.

결국 조랑말 인형으로 합의를 보았다. 엘리의 허리까지 오는 높이에 바퀴가 달려 줄로 끌 수도, 탈 수도 있는 조랑말 장난감을 사서 돌아선 그레이스의 심장이 철렁 내려앉았다. 분명 조금 전까지만 해도 옆에서 진열대를 구경하던 아이가 보이지 않았다.

"엘리!"

아이의 이름을 부르며 매장 가운데로 뛰어간 그레이스는 곧 멈춰 서며 안도했다. 역시나. 첫 번째 추측이 적중했다. 엘리는 인형의 집 앞을 서성이고 있었다. 그런데 혼자가 아니라 제 또래의 금발 남자아이와 나란히 서서 신나게 종알대고 있었다.

"엘리, 엄마 옆에서 떨어지지 말랬잖아."

엘리는 엄마가 금방 지옥에 한 발을 들였다가 나왔다는 건 모르고 그녀의 손에 들린 장난감 상자에 매달렸다.

"말 타고 갈래!"

"성탄절 전에는 안 돼."

"힝…."

어휴, 어서 이 지옥에서 벗어나야지. 그레이스는 투정을 부리는 아이를 엘리베이터 쪽으로 잡아끌었다.

"아츄스."

엘리가 남자아이에게 손을 흔들며 인사했다. 왜 또 노르덴국의 말을 하나 싶었던 찰나 남자아이도 손을 흔들었다.

"아츄스."

노르덴 아이였던 것이다.

"엄마, 저거 머야?"

백화점 밖으로 나오면 안전할 거란 건 착각이었다. 전차 정거장으로 걷는데 엘리가 어느 건물 벽에 붙은 포스터를 가리켰다.

"어?"

제 아빠의 영화 포스터를 말하는 줄 알았으나 아니었다. 그 옆의 색색으로 그려진 포스터 속에서는 삐에로가 말 위에서 묘기를 부리고 마술사가 모자에서 토끼를 꺼내고 있었다.

"서커스."

그게 뭔지 모르는 아이에게 설명해 줬더니 눈이 한층 더 반짝이기 시작했다. 한 해 수입의 반이나 되는 장난감은 못 사 줘도 서커스쯤이야. 그래서 길가의 간이매점에 물었지만 표가 다 팔린 건 뭘까.

"힝…."

"엄마가 표 구해 볼게."

그렇게 아이를 달래고 함께 캐럴을 부르며 정거장으로 걷던 그레이스가 멈춰 섰다. 치안소의 앞에 어느 노파가 서서 지나가는 이들에게 구걸을 하고 있었다.

그 탐욕으로 대의를 무기 삼아 다른 인간을 착취하는, 소위 깨어 있는 자보다 거지에게 제가 가진 푼돈이라도 아낌없이 주는 무지한 자로 사는 게 세상에는 더 이롭지 않을까 싶구나.

가난에 시달리는 사람들을 볼 때마다 어머니의 편지가 떠올라 그레이스는 그냥 지나치지 못했다. 지갑을 열어 지폐 한 장을 꺼내 노파에게 내밀었다. 과거에 무지하고 눈이 멀어 지었던 죄를 속죄하는 제 나름의 방식이었다.

"감사합니다. 신의 축복이 가내에 깃들길 빌어요."

"따뜻한 성탄절이 되시길 빌게요."

인사를 나누고 가려던 때였다. 치안소 안을 들여다보던 엘리가 그레이스의 손을 잡아끌었다.

"마마."

또 노르덴어를 하면서.

"엄마야."

말을 고쳐 주며 엘리의 시선을 따라가 봤더니 치안소 안에서는 시끌벅적한 실랑이가 벌어지는 중이었다. 대체 무슨 일인지. 젊은 여자가 경관에게 매달려 분간하기 힘든 외국어를 속사포처럼 쏟아 내고 있었다.

"진정하십쇼. 이곳 말을 전혀 못 하십니까? 무슨 말인지 도통 모르겠네…."

알아듣지는 못해도 억양이 익숙한 것이 그레이스에겐 노르덴어처럼 들렸다. 아니나 다를까 가만히 있던 엘리가 갑자기 외쳤다.

"저 아줌마가 아기 이러버려때!"

여자를 제외한 치안소의 모두가 엘리를 돌아보고, 엘리가 노르덴어로 떠들기 시작하고서야 여자도 화색이 되어 뛰어왔다.

"두 살이고 남자고 나랑 똑같은 머리에…."

여자가 쏟아 내는 말을 엘리가 통역하기 시작하고, 엘리 또래의 금발 남자아이라는 말을 듣는 순간 그레이스는 조금 전 백화점에서 본 남자아이를 떠올렸다. 보호자 없이 혼자 있었으니 어쩌면 그 아이일지도.

"엘리, 백화점에서 본 남자애가 아닐까?"

"헉, 마따!"

그레이스가 아이를 마지막으로 본 장소를 알려 주자 경관 하나와 여자가 아이를 찾으러 백화점으로 뛰어갔다. 그레이스도 이만 가려는데 책상 뒤에 앉아 있던 나이 지긋한 경관이 서랍에서 사탕 한 뭉치를 꺼내어 들었다.

"꼬마 통역사님이 사건을 해결했구나. 착한 일을 한 아이는 상을 받아야겠지."

"와아!"

경관이 의자에서 일어서는 순간 그레이스의 숨이 멎었다.

[유괴]

죄목이 큰 글씨로 적힌 수배 전단이 눈에 들어왔다. 수배자의 인상착의부터 납치되었다는 여아의 인상착의, 그리고 하단에 적힌 윈스포드 지역의 전화번호까지. 저를 수배하는 전단인 걸 모를 수가 없었다.

"넌 몇 살이니."

"두 샬."

"이름은?"

사탕을 오물거리는 아이의 앞에 몸을 구부리고 앉은 경관이 묻는 찰나 그레이스는 엘리를 번쩍 안아 들었다.

"수지예요. 감사합니다, 해야지."

아이는 엄마에게 어리둥절한 눈빛을 보내더니 재촉을 한 번 더 받자 순순히 인사를 했다.

"감샵니다."

빌어먹을. 선글라스를 끼고 다녔어야 하는데.

그레이스는 경관에게 저와 아이의 눈이 보이지 않도록 문을 향해 몸을 돌리며 말문을 열었다.

"저… 부탁드릴 게 있는데요."

"네, 말씀하시죠."

"혹시 따뜻한 차 한 잔만 주실 수 있나요? 밖에 계신 할머니가 추워 보이셔서."

"아… 그렇게 하죠."

경관이 구걸로 연명하는 노파의 사연을 떠들며 치안소 안쪽의 휴게실로 들어가자 그레이스는 재빨리 아이를 내려놓고 책상 뒤로 향했다. 벽에 붙은 전단을 떼어 핸드백에 쑤셔 넣고 엘리에게로 돌아갔다. 백에서 선글라스를 꺼내어 끼는 찰나 경관이 김이 모락모락 나는 컵을 들고 나왔다.

"부인께서도 한 잔 마시고 가시죠."

"아니에요. 저는 괜찮아요. 감사합니다."

"제가 드려야 할 말씀이죠. 잘 가렴, 꼬마 아가씨."

그레이스는 경관이 할머니에게 차를 권하는 사이 얼른 치안소에서 벗어났다.

"나보구 차칸 일 해때."

"맞아."

그레이스는 집으로 가는 전차에서 종알거리는 엘리를 더욱 바짝 안았다. 착한 일을 했다가 그 남자가 파 둔 함정에 빠질 뻔했다. 아직도 심장이 두근거렸다.

착한 일을 했으니까 산타 할아버지가 선물을 많이 줬으면, 인형의 집을 줬으면. 이런 말을 종알대던 엘리가 잠들자 그레이스는 핸드백 속에서 수배 전단을 조심스레 펴 보았다.

금발에 어두운 청색 또는 청록색 홍채를 가진 여아. 끝에는 출생 연월일까지 적혀 있었다.

수배자는 20대 중후반의 외모로 청록색 홍채를 가진 여성. 총기 소지 가능성이 극히 높으니 발견 즉시 신고하라는 문구까지 적혀 있었다.

사진은 없는 것을 다행이라고 여기며 위로 시선을 올리는 순간 그레이스는 이를 악물었다.

죄목은 유괴.

전단이 그레이스의 손안에서 구겨졌다.

기가 막혀. 유괴라니. 내 딸인데 유괴라니.

그 양심 없는 미치광이 덕분에 그레이스는 졸지에 제 딸을 유괴한 여자가 되었다.

분노하면서도 한편으론 통쾌했다. 여전히 그녀를 잊지 못하고 쫓고 있다는 뜻이었으니까. 내일이면 그 남자가 이곳으로 온다. 멀지 않은 곳에 그녀가 있는 줄은 꿈에도 모를 걸 생각하니 조소가 절로 나왔다.

그레이스는 우그러진 종이를 놓고 핸드백을 닫았다. 이건 집에 가서 태워 버릴 것이다.

전단은 훔쳐 나와야만 했다. 혹시 나중에라도 이 전단을 보고 여기 적힌 번호로 신고해선 곤란하니까.

의심 안 할 거야. 이런 건 기억도 못 할 거야.

수배 전단은 꽤나 오래 걸려 있었는지 종이가 누렇게 바래 있었다. 예전에 그 남자가 거리마다 뿌렸던 실종자 전단이 그랬듯, 사람들은 반복적으로 장기간 노출된 정보에 무뎌지게 된다. 아마 경관들은 그 자리에 이런 전단이 있었다는 것조차 기억 못 할 것이다. 여태 프레스콧시를 제집처럼 드나들었지만 그 남자에게 잡히지 않았다는 게 그 증거다.

괜찮을 거야.

그레이스는 자꾸만 초조해지는 마음을 달래려 애썼다. 예전이었으면 당장 이곳을 떠났을 것이다. 하지만 엘리가 커 버린 지금은 들킨 것이 확실하지도 않은데 기껏 자리 잡은 거처를 옮기는 건 무리였다. 제발 아무 일 없기만을 바라며 그레이스는 딸을 끌어안았다.

"어떻게 됐나."

노파에게서 빈 컵을 받아 안으로 들어가던 경관은 마침 백화점으로 갔던 부하가 돌아오자 물었다.

"찾던 아이가 맞더군요."

"그거 잘됐군."

고개를 끄덕이며 휴게실로 향하던 경관이 멈춰 서더니 물었다.

"저기 있던 전단은 어디 갔나."

"무슨 전단 말씀이십니까."

"그 유괴범 수배 말이네. 여자랑 아기의 눈이 청록색이라며 말도 안 되는, 잠깐…."

불현듯 말을 멈추고 허공을 바라보던 경관의 눈이 커졌다.

❖ · ❖

프레스콧 중앙역에 도착하자 영화사에서 보낸 직원들이 윈스턴가를 맞이했다. 그들의 안내에 따라 밖으로 나와 세단에 타려던 레온은 멈춰 섰다.

"꺄악! 아부우—."

그 아이의 목소리가 들렸다. 가슴이 마구잡이로 뛰는 가운데 소리가 나는 쪽으로 고개를 돌려 본 레온은 제가 미친 게 분명하다고 생각했다.

낯선 여자가 유모차를 끌고 역에서 나오고 있었다. 유모차 속의 아이는 당연히도 그의 딸이 아니었다. 아직도 유모차를 타고, 옹알이를 할 나이가 아니었으니.

그 아이는 이미 커 버렸다.

"레온?"

또 미치광이처럼 주변을 돌아보던 그는 불현듯 정신을 차렸다. 차에 먼저 탄 어머니가 그를 의아한 눈으로 바라보고 있었다. 동생과 대공녀, 그리고 수행원들의 시선까지 느껴지자 그는 아무 일 없었다는 듯이 차에 올랐다.

레온은 스쳐 지나가는 풍경에 시선을 둔 채 차창에 비친 자신에게 조소했다.

그 아이를 찾아 두리번거리다니.

미친 짓이었다. 이곳에 없을 게 분명한데.

"아, 네…. 그럼 어쩔 수 없네요. 네, 감사합니다."

그레이스는 전화를 끊으며 한숨을 푹 내쉬었다. 출근길에 이곳저곳을 다 들르다 못해 서커스 운영사의 사무실에까지 전화해 봤지만 전일 전석 매진이라는 말만 똑같이 들렸다.

어제저녁, 그레이스의 모자에 제 토끼 인형을 넣었다 빼며 서커스에 가고 싶다고 노래를 부르던 엘리가 알면 실망할 거다. 내년엔 미리 표를 사 둬야겠다는 생각을 하던 그녀는 책상 위에 펼쳐진 귀빈 명단이 눈에 들어오자 이를 악물었다.

네가 뭔데 나더러 유괴범이래?

생각할수록 분했다. 지금 즈음 여기서 멀지 않은 프레스콧의 호텔에 도착했을 그놈의 낯짝에 주먹을 꽂아 주고 싶다고 이를 가는데 전화가 울렸다. 그레이스는 자리에서 일어나 옆 책상의 전화를 받았다.

"그랜트 픽처스 사장실입니다."

[샐리?]

"애나예요, 테이트 부인. 샐리는 잠시 자리를 비웠어요."

[아, 그래?]

"무슨 일이신데요?"

[그게, 내가 오늘 출근을 못 하게 되어 버렸어.]

테이트 부인이 출근을 하지 않기에 바로 파라무어 극장으로 갔을 거라고 생각했던 그레이스는 소식을 듣고 깜짝 놀랐다.

[…똑 부러졌지 뭐야.]

아침마다 승마를 하는데 낙마하는 바람에 다리가 부러졌다는 것이었다.

"세상에, 괜찮으세요?"

[어, 지금 기분이 아주 좋아. 모르핀으로 된 구름 위에 떠 있는 이 기분이 최고야.]

상사는 실없는 농담을 하더니 그레이스에게 지시했다.

[그래서 오늘 그랜트 씨 수행은 나 대신 샐리더러 해 달라고 좀 전해 주겠어? 윈스턴 백작을 보고 싶다고 그렇게 노래를 부르더니 샐리는 소원을 이뤘네.]

"아, 네. 하하…. 그렇게 전할게요. 걱정 놓으시고 푹 쉬세요."

[그래, 부탁할게.]

전화를 끊은 그레이스는 동료의 책상에 테이트 부인의 지시를 메모로 남기고 자리로 돌아갔다. 귀빈 명단을 다시 한번 내려다본 그녀는 한숨을 푹 내쉬며 수화기를 들었다.

"그랜트 픽처스 사장실입니다."

그러곤 교환수에게 전화번호부에서 찾은 호텔 번호를 댔다. 그 후론 지루하고도 초조한 기다림의 시간이 이어지더니 드디어 스위트룸의 누군가가 전화를 받았다.

[네, 어디십니까.]

처음 듣는 목소리였다.

"그랜트 픽처스 사장실입니다. 스탠리 피어스 씨를 바꿔 주시겠어요?"

호텔 스위트룸에는 늦은 아침 식사가 만찬만큼이나 성대하게 준비되어 있었다. 그러나 레온은 일을 해야 한다는 핑계를 대고 홀로 식당 반대편의 바에 앉아 커피 잔만 기울였다.

"하…."

시가를 쥔 손에 머리를 기대고 있던 그는 긴 한숨을 내쉬었다. 약의 부작용인지 머리가 지끈거렸다. 맥박을 따라 머리가 쿵쿵 울린다. 심장이 박동하는 매 순간이 고문이었다.

시사회는 저녁 7시였다. 그때까지 9시간가량 휴식을 취할 수 있었으나 그에겐 무의미했다. 무덤 밖의 시체에겐 안식이란 없었다.

이번에도 그 여자를 유인하는 데 아무런 소득도 내지 못할 광대 쇼를 관두고 별채로 돌아가고 싶다는 생각을 하던 때였다.

"각하."

피어스가 들어오더니 작은 봉투 하나를 내밀었다.

"캠벨 중위가 보낸 전보입니다."

"캠벨?"

봉투를 한 손으로 건네받는 순간 스위트룸의 집사가 나타나 그의 수행원을 불렀다.

"피어스 씨, 전화가 왔습니다."

피어스가 곧바로 나가고 레온은 봉투를 바에 내려 두고 시가부터 물었다. 저 안에 적혀 있을 내용을 추측해 보자니 머리가 더욱 지끈거렸다.

특임단에 긴급 상황이라도 생긴 게 분명했다. 그 여자에 관한 보고라는 생각은 하지도 않았다. 이젠 덧없는 기대를 품지 않기로 했으니.

그는 커피 잔을 다 비우고서야 마지못해 봉투를 뜯고 안에 든 종이를 꺼내 펼쳤다.

[여자와 아이. 어제 프레스콧시에서 목격.]

그때부터였다. 심장이 박동하는 매 순간이 비로소 의미를 띠었다.

[네, 피어스입니다.]

수화기 너머에서는 한참이 지나서야 상대의 목소리가 들렸다.

"안녕하세요, 그랜트 픽처스 사장실의 애나 스나이더라고 합니다."

피어스는 제가 저택에서 자주 마주쳤던 샐리 브리스톨과 통화 중인 건 상상도 못 할 것이다. 그레이스는 준비된 인사말을 줄줄이 뱉었다.

"바쁘신 와중에도 윈스턴 백작가에서 귀빈 시사회에 참여해 주신 것을 그랜트 픽처스에서는 다시 한번 감사드리는 바입니다. 프레스콧시로 오시는 여행길은 편안하셨나요?"

[네, 덕분에.]

"그랬다니 다행이네요. 혹시 호텔에서 부족한 건 없으신가요?"

[아뇨, 지금까진 없네요.]

"네, 다행입니다. 필요한 게 있으시면 언제든지 호텔 로비에 대기 중인 저희 직원에게…."

의례적인 인사말을 마무리하고 오늘 일정을 피어스에게 상기시켜 주려는 때였다.

[피어스! 당장 전화 이리 가져와!]

수화기 너머에서 익숙한 목소리가 들렸다.

"애나."

그 찰나 사장실 문이 벌컥 열리며 누가 저를 부르자 그레이스는 저도 모르게 얼굴을 와락 찡그리며 수화기를 귀에 더욱 바짝 가져다 댔다. 그것도 모자라 조용히 꺼지라는 손짓까지 했다.

사장에게 말이다.

[전단을 그 여자가 가져간 게 분명합니다.]

캠벨에게 제보를 한 이는 프레스콧 시내 치안소의 어느 경관이었다. 그는 여자가 전단을 가져가는 바람에 다른 지역의 치안소에 수소문해 번호를 찾아 제보했다고 말했다.

"그 여자가 처음 치안소로 들어왔던 순간부터 떠날 때까지 모든 사항, 사소한 것까지 보고하도록."

[치안소에 어떤 여자가 와서….]

경관의 보고를 유심히 듣던 레온은 아이가 노르덴어를 했다는 말에 미간을 구겼다.

[그러곤 아이에게 사탕을 주는데 눈동자가 청록색이더군요.]

그의 추측이 맞았다. 레온은 송화기를 멀리 떼며 웃었다.

[이름을 물었더니 수지라고 했습니다.]

수지. 레온은 그 이름을 입 속에서 굴렸다. 내 딸의 이름이 맞을까. 제 이름조차 가명이 많은 여자인지라 딸의 이름으로는 또 어떤 장난을 쳤을지 장담할 수 없었다.

"누구에게 묻고 누가 대답했지?"

왜 그런 질문을 하는지 이해하기 어려운지 경관은 잠시의 침묵 후 대답했다.

[아이에게 물었는데…. 아, 그러고 보니 그 순간이 수상했군요. 제가 이름을 묻자마자 아이를 덥석 안더니 여자가 대답했습니다.]

레온은 허탈한 한숨을 내쉬었다. 그럼 가명이다. 그 순간엔 이미 전단을 발견한 것이다.

"그러곤 여자가 뭔가를 부탁했겠지? 자리를 떠야만 하는 일로."

[어…. 네, 그렇습니다. 밖에 있는 노파에게 차를 가져다 달라고 부탁하더군요.]

그는 나직이 웃었다. 그렇게 경관의 신경을 딴 곳으로 돌리고 전단을 훔친 거야 뻔했다.

"그 후론 여자가 선글라스를 끼고 있었나?"

[어… 어떻게 아셨습니까?]

레온은 더욱 크게 웃음을 터뜨렸다. 그 여자에 대한 감은 죽지 않았다. 손끝에서 저릿한 희열이 느껴졌다.

파라무어 극장으로 향하는 차 안에서 그레이스는 테이트 부인의 수첩에 적힌 사장의 오후 일정을 읊었다.

"점심 약속 후에는 오후 3시에 프레스콧 트리뷴지와의 인터뷰가 파라무어 극장 귀빈 라운지에서 예정되어 있습니다."

"분부대로 하겠습니다, 스나이더 부인!"

차 뒷좌석에 나란히 앉은 사장이 경례 자세까지 취하며 놀려 대자 그레이스의 얼굴이 또 한 번 화끈해졌다.

"정말이지…."

그레이스는 곤란해 미칠 지경이었다.

"실수였단 말이에요, 그랜트 씨."

고용주에게 짜증을 내며 꺼지라고 손짓한 셈이었다. 사장은 오전 내내 그녀를 놀린 것도 모자라 극장으로 가는 차에서마저 낄낄거렸다.

"젊은 백작의 목소리를 듣겠다는데 늙은 사장 따위가 방해해서 미안합니다, 스나이더 부인."

앞 좌석에서 운전수가 피식 웃는 소리가 들렸다. 하지만 조수석에 앉은 노면의 표정은 그다지 좋지 않았다.

어색해라. 그레이스는 차창 밖으로 시선을 돌렸다. 노면이 항상 사장을 따라다닌다는 걸 미처 생각 못 했다.

결국 동료에게 썼던 메모를 버리고 제가 극장으로 가기로 했다. 어차피 그 남자는 저녁에나 올 테고 그녀는 그 전에 퇴근할 것이다.

"애나, 테이트 부인의 대역을 맡은 김에 오늘 파티에도 대신 참석하지 그래."

사장이 진지한 목소리로 제안하기에 놀리는 건 관둔 건가 싶었던 건 착각이었다.

"윈스턴 백작을 소개해 주지. 기왕에 목소리를 들을 거면 얼굴을 보며 듣는 게 좋겠지."

"그 개…."

하마터면 또 실수를 할 뻔한 그레이스는 급히 말을 고쳤다.

"백작의 목소리를 들으려고 한 게 아니었단 말이에요."

나 정말 왜 그랬을까.

그레이스는 지끈거리는 관자놀이를 손으로 누르며 한숨을 내쉬었다.

아니지. 어제 치안소에서의 일도 있었으니 혹시 그 남자가 나에 대해 뭔가 알아내기라도 했을까 봐 엿들으려 한 것뿐이다. 그러나 피어스가 정말 그 남자의 명령대로 전화를 끊어 버리는 바람에 더는 엿듣지 못했다.

[피어스! 당장 전화 이리 가져와!]

성격이 나쁜 건 여전하네. 조금 전 들은 목소리를 저도 모르게 계속 곱씹던 때였다. 알이 짙은 선글라스 덕분에 머리부터 발끝까지 갈색이 되어 버린 사장이 물었다.

"그나저나 이 겨울에, 스키장에 온 사람처럼 선글라스는 왜 낀 거야?"

"눈이 시려서요."

"아직 서른도 안 됐으면서 벌써?"

"그러게 말이에요."

그럴 리가. 적어도 프레스콧에서 새로 마주치는 사람들이 제 눈동자색을 알지 못하게 가린 것이었다.

"배우의 눈을 가리다니 내 즐거움이 하나 줄었군."

또 시작이시라는 듯 그레이스는 사장에게 장난스레 눈을 흘겼다. 사장은 그레이스더러 가끔 보이는 도발적인 눈빛에서 배우의 소질이 보인다는 허풍을 떨곤 했다.

"이봐, 애나. 내 말을 영화 제작자들이 아무 여자에게나 거는 수작이라고 생각하나 본데 난 정말 진지해. 버지니아 로쉬처럼 모든 남자가 뜨거운 하룻밤에 목숨을 거는 요부와는 거리가 있지만, 모든 남자가 평생 잊지 못하는 첫사랑 자린 자네 것이 될 수 있어."

그레이스가 여전히 눈을 굴리며 농담으로 치부하자 사장이 조수석에 앉은 노먼의 어깨를 흔들었다.

"노먼, 어때? 정말 그런 느낌이지 않나?"

"아, 네. 네…."

"이것 봐. 노먼도 그렇게 생각하잖아. 애나, 걱정 마. 결혼한 경력과 아이가 있는 거야 숨기면 그만이야. 어차피 활동은 예명으로 하면 되니까."

갈수록 제안이 진지해지기 시작하자 그레이스의 얼굴에서 웃음기가 사라졌다.

"그랜트 씨…."

"난 진심이야. 오늘 시간이 나면 백화점에 가서 내 이름으로 달아 두고 이브닝드레스를 사도록 해. 머리부터 발끝까지 쫙 빼입고 파티에 오는 거야. 배우 에이전트를 소개해 줄 테니."

"저는 됐어요. 조용히 평범하게 살고 싶네요."

"그럼 자네가 좋아하는 백작이라도 보러 와."

사장은 어떻게든 파티에 오게 만들어 에이전트와 엮을 모양인지 그녀를 꼬드기려 애를 썼다. 하지만 미끼가 아니라 퇴치제를 뿌리고 있는 건 까맣게 모를 것이다.

"백작은 실물을 봐야 해. 굉장히 잘생겼어. 여자들이 좋아하는 얼굴이야. 군인보다는 배우에 더 걸맞은…."

그레이스는 또 지끈거리는 관자놀이를 짓누르며 한숨을 삼켰다. 어서 오늘 하루가 끝났으면. 그럼 더는 그 남자의 이야기에 시달리지 않아도 될 거다.

시사회를 준비하는 직원들이 극장 이곳저곳을 정신 사납게 뛰어다녔다. 남들은 이토록 바쁜데 그레이스는 민망하리만치 한가했다.

인터뷰 전까지 그랜트 씨는 극장의 사장과 노닥거릴 것이다. 거기다 인터뷰는 홍보 담당자인 노먼이 수행했다. 그래도 언제 사장이 저를 찾을지 모르니 멀리 가지도 못하고 그레이스는 커피 한 잔을 든 채 극장 안을 구경했다.

그러다 오늘 시사회가 열리는 상영관으로 향한 건 자연스러운 일이었다.

아무도 없네.

2층 관람석으로 들어갔을 때 한 생각은 착각이었다.

"콜록, 콜록…."

밭은기침 소리가 들려 2층 난간 아래를 내려다보니 푸른 작업복을 입은 남자가 홀로 1층 무대 앞에 서서 무대 끝의 조명을 손보고 있었다.

이곳 준비는 거의 끝났나?

그 앞의 거대한 은막을 바라보다 1층으로 내려가려고 몸을 돌렸을 때였다.

찰캉.

그레이스의 핸드백 버클이 난간에 부딪혔다. 그 찰나 인부가 고개를 이쪽으로 드나 싶더니 바로 모자를 푹 눌러썼다. 상영관 1층으로 내려갔을 때 인부는 작업을 끝냈는지 연장 가방을 들고 밖으로 나가는 중이었다.

자꾸만 콜록대던 인부가 나가자 비로소 적막이 찾아왔다. 거대한 상영관에 홀로 남은 그레이스는 무대 끝의 스포트라이트 조명 사이에 걸터앉아 커피를 홀짝였다. 그녀의 시선은 레온 윈스턴이라는 이름표가 세워진 1열 가운데 좌석에 있었다.

년 내가 여기 있었던 걸 꿈에도 모르겠지. 년 오늘 밤 내 흔적을 마주하는 거야.

다섯 시간 후의 그 남자를 노려보며 웃던 그레이스는 돌연 눈살을 찌푸렸다.

거슬려.

귀에 거슬려.

어딘가에서 째깍째깍 소리가 났다. 제 손목시계를 귀에 대어 봤지만 아니었다. 앉은 자리를 둘러보던 그레이스는 조명에 귀를 대어 보고서야 초침 소리의 출처를 찾아냈다.

설마 수리공이 조명 안에 손목시계를 빠트리고 갔나?

조명의 몸통에 느슨히 끼워진 전구를 꺼내어 본 그레이스는 그 밑에 든 것이 보이는 순간 얼어붙었다. 원통에 가득 채워진 대못과 작은 시계, 그리고 한가운데에 박힌 다이너마이트.

폭탄이었다.

파라무어 극장 앞으로 경찰차와 군용 차량이 순식간에 몰려들었다.

폭약 제거반으로 보이는 군인들이 차량에서 금속 탐지기 따위의 장비를 꺼내 극장 안으로 들어가는 모습을 모두가 초조하게 지켜보았다.

"윈스턴가도 왔군."

길 건너편 카페의 창가에 앉아 지켜보던 그레이스는 사장이 길가에 막 정차한 세단을 보고 중얼거리자 선글라스 아래까지 스카프를 더욱 끌어 올렸다. 차에서 내린 이들은 사태를 확인하러 온 윈스턴가의 개인 경호단이었다. 다행히 저들 중에 그레이스와 일면식이 있는 이는 없었지만 안심할 순 없었다.

이건 블랜차드 잔당의 짓이다. 누굴까. 내가 아는 사람일까.

혹시 이 부근에서 사태를 지켜보고 있을지도 모르니 그레이스는 얼굴을 더욱 가렸다. 다행히 폭탄을 설치하고 간 남자는 그레이스의 얼굴을 보지 못했다. 뒤늦게 든 생각이지만 그자는 오히려 들킬까 전전긍긍하며 도망쳤었다.

성공적으로.

출동한 경찰은 극장을 비우는 동시에 그레이스의 증언대로 극장의 인부들을 한데 모았다. 하지만 그중엔 그녀가 보았던 인상착의와 일치하는 자도, 밭은기침을 하는 자도 없었다.

"거참, 반군은 거의 초토화된 줄 알았는데…."

"그러게 말이야. 한동안 조용하더니. 근근이 살아남아 있는 놈들이 영화 때문에 꽤나 열이 받은 모양이군."

"제 동지들의 최후를 담은 영화 시사회. 거기다 복수의 대상이 직접 참석하다니. 이만큼 완벽한 복수의 기회도 없지."

심각한 얼굴로 가벼운 대화를 나누는 그랜트 씨와 극장 사장을 선글라스 뒤에서 바라보는 그레이스의 눈길이 곱지 않았다. 그걸 알면서 어떻게 이토록 보안에 허술할 수가 있었을까.

"애나, 괜찮아요?"

"네?"

노먼이 갑자기 묻자 그레이스는 사장들을 노려보던 시선을 거두었다. 다행히 그녀의 눈빛을 눈치채진 못한 것 같았다. 그의 시선은 냅킨을 쥔 그레이스의 손에 있었으니.

"손을 떨고 있잖아요."

"로저, 조금 전부터 자네 직원의 안색이 안 좋아."

"애나가 많이 놀랐나 보군."

공포에 질려 떠는 줄 안 모양인지 사장이 웨이터에게 브랜디 한 잔을 주문했다.

"수고했어, 애나. 지금 이 자리의 모두가…."

사장은 카페에 삼삼오오 모여 앉아 근심 어린 얼굴로 창밖을 쳐다보는 직원들을 손에 든 시가 끝으로 가리켰다.

"덕분에 다들 비극을 면했군. 테이트 부인의 일은 안됐지만 오늘 애나가 이 자리에 대타로 온 건 다 신의 뜻일지도 모르지."

"목숨을 구해 준 직원에게 보너스를 주는 건 사장의 뜻 아닌가, 하하."

"그거야 당연하지. 올해 그랜트 픽처스에서 성탄절 보너스를 가장 많이 받는 직원은 애나 스나이더가 될 거야. 아무튼 정말 고마워."

당연히 나한테 고마워해야지, 이 중절모를 쓴 원숭이들아.

그레이스는 웨이터가 가져온 브랜디 잔을 기울이며 극장 수색이 끝나기만을 기다렸다. 그러다 잔의 바닥이 보일 즈음이었다. 경찰서장과 폭약 제거반의 지휘관이 카페로 와 사장들에게 수색 결과를 전했다.

"귀빈석이 모여 있는 1열 중앙 부근에서만 못을 채운 사제 폭탄 네 개가 발견되었습니다. 다른 장소에는 없는 걸 보니 관객 전체를 노린 것은 아닌 듯합니다."

"백작만 노린 거군."

술이 단숨에 깨어 버렸다. 못을 채운 폭탄의 살상력이 어느 정도인지는 그레이스가 누구보다 잘 알았다. 발견하지 못했더라면 그 남자는 분명 즉사가 신의 은총으로 여겨질 정도로 고통스럽고 처참하게 죽었을 것이다.

넋을 놓은 사이 논의의 주제는 시사회를 이대로 강행할 것이냐, 말 것이냐로 옮겨 갔다. 안전이 최우선인 경찰과 군은 회의적이었으나 돈 문제가 걸린 영화사 및 극장 관계자들은 강행 쪽으로 이미 바늘이 기운 듯했다.

"못 찾은 폭탄이 있을지도 모르잖아요."

말문이 막힌 채 지켜보던 그레이스는 결국 끼어들었다. 하지만 사장은 막무가내였다.

"그러니까 한 번 더 수색 부탁드립니다. 사실 시사회장에서 폭탄이 터지면 이거 손해가 만만치 않습니다. 흥행에 참패할 수도 있다는 겁니다. 보다가 폭사할지도 모를 영화를 누가 보러 오겠습니까."

"그럼 취소하는 게 맞지 않겠습니까. 저희가 이미 샅샅이 수색하긴 했지만 인간이 하는 일에 완벽이란 없는 법이라 드리는 말씀입니다. 솔직히 말씀드리자면 시사회를 강행했다가 군 고위 장교가 암살당하면 저희도 매우 곤란합니다."

"사실 암살 기도가 있어 취소했다는 기사가 나가도 손해는 크죠."

노먼이 창밖을 눈짓했다. 정장을 입은 남자들 몇이 플래시를 터트리며 극장과 군용 차량의 사진을 찍고 있었다. 언론이 벌써 꼬인 것이다.

"이번에 목숨을 건진 건 투자자들 손에 죽으라는 신의 계시인가 보군."

사장이 한숨을 내쉬며 이마를 두 손으로 감쌌다. 제작 비용이 천문학적으로 들었으니 망하면 영화사도 망한다는 소리를 사장은 종종 하곤 했다. 솔직히 말해 그건 그레이스의 알 바가 아니었다.

"폭탄을 이용한 암살 기도가 실패한 건 이제 범인들도 알 테니 저격을 시도할 수도 있는 거 아닌가요?"

"이 주변의 건물은 물론 필수적으로 수색할 겁니다. 시사회 끝날 때까지 경계 태세를 유지할 테고요."

"그래도 작은 틈 하나만 있으면 끝 아닌가요? 아니지. 그냥 레드 카펫 행사 때 차를 타고 극장 앞을 지나가면서 기관단총으로 난사해도 끝이죠."

결국 시사회를 취소시키는 데는 실패했지만 레드 카펫 행사를 극장 내로 옮기는 데는 성공했다. 논의를 끝낸 치안 관계자들이 떠나자 사장이 그레이스를 놀란 눈으로 바라보았다.

"애나, 왜 이렇게 잘 알아. 폭탄을 찾아낸 것도 그렇고 말이지. 전직 갱단이야?"

전직 갱단이라. 틀린 말은 아니다. 반군에 거의 평생을 몸담았으니 그들의 방식을 그레이스는 누구보다 잘 알았다.

"아이 아빠가 군인이었어요."

그레이스는 태연하게 대꾸했다. 이것도 틀린 말은 아니니까.

"그럼 나는 이만 호텔로 가서 백작가를 설득해 봐야겠군."

사장이 자리에서 몸을 일으키더니 그레이스에게 일어나라고 손짓했다.

"애나, 어서 가자고. 백작의 얼굴을 보면 조금 전의 충격은 까맣게 잊을 수 있을 거야."

"아, 저는…."

그레이스의 손이 파들파들 떨렸다.

"아직도 너무 떨려서 일어나질 못하겠어요."

"이런…. 웨이터! 여기 브랜디 한 잔 더!"

사장들과 노먼이 떠나자마자 손의 떨림은 감쪽같이 멎었다.

7시 50분.

거울 앞에 서서 셔츠 소매 끝에 커프스를 채우던 레온은 손목시계에 시선이 닿자 창가로 향했다. 두 블록 떨어진 극장은 여전히 전광판을 번쩍거리며 그 자리에 있었다.

찾지 못한 폭탄은 없다는 뜻이었다.

잔당이 심은 폭탄은 원래 영화가 한창 상영 중이었을 7시 30분경 폭발하게 맞춰진 시한폭탄이었다.

그래서 시사회를 한 시간 반 늦게 시작하기로 영화사 측과 합의를 보았다. 그 사이에 폭탄이 터지면 시사회는 알아서 취소되는 것이었다.

"로저 그랜트의 전화는 없었나?"

레온은 수행원 하나가 든 정장 재킷에 팔을 넣으며 확인차 피어스에게 물었다.

"아직 없습니다."

"아쉽군."

시사회에는 처음부터 흥미가 그다지 없었으나 오늘 아침의 낭보를 들은 후로는 완전히 사라졌다. 호텔에 남아 진척 상황을 지켜보고 싶지만 그가 지켜보더라도 지금은 별다른 수확이 없을 것이다.

경관은 그레이스가 손에 들고 있던 것이 장난감 상자 같아 보였다고 했다. 그래서 오전에는 백화점의 장난감 코너로 사람을 보내 경관이 말한 인상착의와 일치하는 모녀를 본 직원을 수소문했다.

다행히 어느 직원이 모녀에게 장난감을 판 기억이 난다고 진술했다. 불행인 건 그레이스가 장난감의 배송을 맡기지 않고 직접 가져갔다는 사실이었다. 주소를 알아내는 가장 쉬운 길이 그렇게 막혔다. 장난감 값을 수표와 현금 중 무엇으로 치렀는지를 직원이 기억하지 못한다는 것도 추적에 걸림돌이 됐다.

달리 말해 그에게 주어진 선택지는 둘이었다. 지푸라기 더미에서 바늘을 찾듯이 프레스콧시와 근교를 뒤지는 것, 그리고 어제 백화점에 접수된 수표를 일일이 확인하는 것.

사실 가릴 처지가 아닌 그에겐 둘 다 선택지가 아닌 필수였다.

이곳에 데려온 수행원만으로는 불가능한 일이라 윈스포드에서 캠벨과 제1특임단의 핵심 병력을 불러왔다. 그사이 레온의 개인 수행원들이 프레스콧 시내의 탁아소와 소아과마다 전화를 걸어 금발에 청록색 눈을 가진 여아를 아는지를 수소문했다. 하지만 여태 수확이 없었다.

내일 해가 뜨면 근교 모든 도시와 마을로 탐문을 확대할 계획이었다. 파악해 둔 바에 따르면 수백 곳이 넘었다. 뒤져서 나오기만 한다면 수백이 아니라 수천이라도 기꺼이 뒤질 것이다.

레온은 재킷 앞주머니에 꽂힌 손수건의 모양을 바로잡으며 가로등 불과 네온사인이 밝혀진 도시를 내려다보았다.

내 딸, 대체 어디 있니.

레온이 가진 권력을 축소하려는 국왕이 제1특임단의 해체를 은밀히 부추기는 가운데 잔당이 다시 기승을 부려 준 것은 호재였다. 그레이스와 아이를 아직 되찾지 못한 레온에게는 특임단 단장의 권한이 필요했으니.

그러나 하필이면 반군 잔당과 그레이스가 하루 차이를 두고 같은 도시에 나타났다. 불길하기 짝이 없었다.

어쩌면 그동안 잔당에게 붙잡혀 있었기에 아무런 소식이 없었던 걸까. 그러나 말이 안 되었다. 인질로 잡혀 살면 아이와 백화점에서 웃으며 성탄절 쇼핑을 할 수 없을 테니까.

그리고 정말 붙잡혀 있다면 전단을 훔칠 이유가 없었다. 차라리 그의 도움을 받아 반군의 손에서 빠져나오는 쪽이 현명할 테니. 애초에 인질이 치안소에 가도록 반군이 둘 리도 없었다.

그래, 그건 말이 안 되지.

그레이스가 폭탄을 설치했다는 것도 말이 안 된다. 그 여자는 그에게 빠른 죽음을 선물해 줄 정도로 자비롭지 않았다.

레온은 재킷의 단추를 채우며 시선을 들었다. 유리창에 비친 그의 얼굴은 2년 만에 그레이스와 딸의 소식을 들어 기쁜 사람의 것과는 거리가 멀었다.

2년 만의 첫 기회야. 다음은 10년 후일지도 몰라. 다음이 있기나 하다면.

레온은 창에 비친 자신에게 경고했다.

이번마저 놓치면 넌 살아 있는 시체가 아니라 썩어 가는 시체가 될 거야.

짧은 희망에 기나긴 절망이 뒤따라오는 삶을 3년째 살았다. 그러니 더는 희망이 희망처럼 느껴지지 않는다.

전단을 가져갔다는 건 이미 그가 추적 중인 걸 알고 있다는 뜻이다. 부디 이번엔 아이가 그 여자의 발을 늦춰 주길 바라며 레온은 수행원들을 따라 침실 밖으로 나섰다.

"새 정보가 입수되는 즉시 극장으로 사람을 보내도록."

"네, 소령님."

그는 경례를 하는 캠벨에게 당부하고 스위트룸 밖으로 걸음을 옮겼다.

현재 특임단 병력의 절반은 백화점에서 발행자가 여성이며 금액이 장난감의 가격과 일치하는 수표를 찾는 중이었다. 나머지 절반은 특임단 본연의 임무를 맡아 반군 잔당을 추적했다. 그레이스와 아이를 추적하고자 부른 인력을 반군 추적에 나눠 쓰게 된 게 달가울 리 없었다.

평생을 누군가를 쫓는 데만 바치고 있다. 문득 그런 생각이 들었다. 평소라면 실소라도 흘렸겠지만 이제는 웃음조차 나오지 않았다.

극장 로비의 구석에 선 그레이스는 입구를 주시했다. 여전히 선글라스와 스카프로 무장한 채였다. 코트 주머니에 찔러 넣은 손은 권총의 그립을 쥐고 있었다.

입구에서는 군인들이 들어오는 이들의 몸수색을 철저하게 실시하고 있었다. 저들을 믿을 수 없었던 그레이스는 근처에 서서 사장을 기다리는 척하며 들어오는 이들의 얼굴을 확인했다. 이곳의 누구보다도 반군의 얼굴을 많이 알고 있었으니까.

다행히 아직까진 반갑지 않은 얼굴이 하나도 나타나지 않았다.

그 개자식은 대체 왜 오겠다는 거야?

호텔에 전화해 시사회에 참석하지 말라고 경고하고 싶은 걸 오늘 내내 참았다.

네 목숨이 열 개는 돼?

속으로 그 남자에게 빈정거리던 때였다.

"애나!"

입구에서 막 수색을 받고 들어오던 샐리가 그녀를 알아보고 이쪽으로 다가왔다.

"내가 올 때까지 기다렸던 거야? 이제부터 그랜트 씨 수행은 내가 맡을 테니 애나는 가도 돼."

그레이스는 입구에 시선을 고정한 채로 고개를 저었다.

"나도 영화를 보고 가려고."

"영화가 아니라 백작을 보려는 거 아냐?"

그레이스의 미간이 구겨졌다.

"아니."

그 얼굴, 나는 집에서 매일 봐. 천사의 얼굴로. 그러니 그 악마의 얼굴 따위 볼 필요 없어.

8시가 되자 홍보팀 직원들이 레드 카펫을 따라 세워진 차단봉 뒤로 기자들을 모으기 시작했다. 그 바람에 서 있을 곳이 없어진 두 사람은 로비 가운데의 웅장한 계단을 올라 2층으로 갔다.

2층 난간에 기대어 1층 로비를 내려다보며 동료와 시답잖은 수다를 떠는데 갑자기 입구 쪽에서 플래시가 일제히 터지기 시작했다.

"헉, 백작일까?"

고개를 쭉 빼고 아래를 내려다보던 동료가 곧 크게 실망한 목소리로 투덜댔다.

"그랜트 씨잖아."

부인과 팔짱을 끼고 2층으로 올라온 사장이 그레이스를 알아보고 외쳤다.

"애나, 퇴근한 거 아니었나?"

사실 그레이스는 퇴근했다가 엘리를 루시의 집에 맡기고 다시 돌아온 것이었다.

"저도 영화를 보고 싶어서요."

"백작은?"

"보고 싶지 않아요."

재빠른 대답에 사장이 폭소했다.

"영화 즐겁게 봐. 다 보고 나면 파티에도 꼭 오도록 해. 지금 그 차림도 괜찮으니 꼭 오라고."

사장이 또 쓸데없는 소리를 하는 찰나 아래에서 환호성이 들렸다. 아래를 내려다본 그레이스의 낯이 싸늘하게 굳었다.

레온 윈스턴이 그레이스의 시야 속으로 2년 만에 걸어 들어왔다.

대공녀에게 한쪽 팔을 내어 준 채로.

세련된 검은 연미복을 보자 저 여자와 약혼식이 있던 날 저 남자가 제게 시중을 들게 시켰던 일이 떠올랐다.

그날도 저런 모습이었겠지.

그레이스는 제겐 있어서는 안 되는 감정이 불쑥 솟아나는 걸 억누르며 익숙한 감정을 찾아 헤맸다.

조금 전과는 비교도 안 되는 양의 플래시 세례 속에서 포마드를 발라 한 가닥 흐트러짐 없이 넘긴 백금발이 더욱 밝게 빛났다. 그가 그녀의 바로 아래에 서 있었던 탓에 얼굴은 제대로 보이지 않았으나 웃고 있을 게 뻔했다.

언론에 비친, 행복하고 완벽한 모습 그대로였다.

어떻게 이래. 어떻게 이럴 수가 있어.

난간을 움켜쥔 손이 파르르 떨렸다. 남자가 대공녀와 함께 계단을 오르다 계단참을 도는 순간 그레이스는 등을 돌렸다.

"세상에, 테이트 부인의 말이 정말이었잖아? 내가 대공녀였더라면 얼굴에서 눈을 못 떼서 벌써 발이 걸려 넘어졌을 거야."

동료가 그녀의 속도 모르고 재잘댔다.

"각하, 이쪽으로 오십시오."

오늘 낮의 사건 탓에 귀빈석은 2층으로 옮겨졌다. 그랜트의 안내를 받으며 2층 1열 가운데로 가자 1층에 있던 관객들이 일어서며 레온에게 박수를 보냈다.

난간 앞에 서서 늘 그렇듯 여유로운 태도로 찬사를 받아 준 그는 자리에 앉았다. 그리고 늘 그렇듯 고상한 귀부인의 가면을 쓴 어머니가 그에게 불평을 속닥댔다.

"우리 저택의 홀보다 작은 곳에서 레드 카펫이라니. 내 살다 살다 이런 홀대는 처음이구나."

왜 레드 카펫 행사의 장소가 실외에서 실내로 바뀌었는지 그랜트에게 직접 듣고도 이런 소리를 하다니. 치매일까.

이렇게 또 신경을 긁을 것 같아 레드 카펫 때는 어머니를 동생에게 맡겼건만 좌석이 나란히 붙어 있다니. 좌석 배치를 누가 한 건지는 몰라도 그에게 최악의 시간을 선사하려는 목적이었다면 성공했다.

그래도 겉으로 드러나는 예의는 지키는 사람이라 영화가 시작되면 입을 다물 테니 레온은 어서 극장의 불이 꺼지기만을 기다렸다.

그러나 불이 꺼진 후에도 레온에게 평화는 찾아오지 않았다. 어머니가 입을 다무는 순간 국왕이 입을 열었다.

[친애하는 국민 여러분, 그리고 블랙번의 영웅 레온 윈스턴 소령.]

국왕이 축하 영상을 보냈을 줄이야.

좌우에서 기자들이 플래시를 터트리며 국왕의 '깜짝 선물'에 감격한 그의 사진을 찍으려 경쟁을 벌였다. 레온은 어쩔 수 없이 자리에서 일어나 은막 속의 국왕을 향해 경례를 올렸다.

광대가 따로 없었다.

자리에 다시 앉은 그는 역겨운 낯짝에서 가식이 끝없이 쏟아져 나오는 걸 정면으로 지켜보며 이 빌어먹을 왕국이 무너지는 날을 속으로 조용히 그렸다.

영화 제작 초기부터 왕이 측근을 써 시놉시스와 각본에 간섭한다던 말을 그랜트에게서 들었다. 그러더니 영화의 앞에 자신의 영상까지 끼워 넣었을 줄이야. 국왕은 레온에게 쏟아지는 스포트라이트를 채어 가고 싶어 안달이 나 있었다.

[…의미 있는 시간이 되길 빌며 한 해를 마무리하고 새로운 한 해를 맞이하는 지금, 신의 가호가 온 국민에게 함께하길 빕니다.]

당신은 그레이스에게나 가호를 빌어. 그 여자 덕에 왕좌를 지키고 있으니.

그레이스는 영화가 시작된 후에야 상영관으로 들어갔다. 같은 공간에 있으나 저와는 다른 세상에 속한 남자의 뒷모습을 잠시 응시하다 맨 마지막 줄의 비어 있는 좌석에 앉았다.

옆자리에 앉은 영화사 직원들은 사장실의 신입 보조 사무원 애나 스나이더가 실은 블랙번 함락의 주역인 것을 까맣게 모를 것이다. 그렇게 생각하자 웃음이 나왔다.

[아버지!]

리처드 윈스턴 소령이 비극적인 죽음을 맞이하기 직전 행복하던 시절의 이야기가 진행 중인지 스크린에 등장하는 레온 윈스턴은 열세 살의 모습이었다. 그레이스가 기억하는 모습과 별로 닮지 않아 보기 거북했다. 그래서 어서 어린 시절의 이야기가 끝나기를 기다리며 화면이 아니라 본인의 뒤통수만 바라보았다.

어릴 적의 몇 안 되는 행복했던 기억이 변질되는 건 싫었다. 우습고도 비참한 일이었다.

[레온, 마지막에 웃는 자가 최후의 승자란다.]

이런 대사가 나오는 순간 레온은 미간을 구겼다. 아버지는 저런 말을 한 적이 없었다.

마지막에 웃는 자가 최후의 승자라.

서로가 가진 모든 것을 건 이 전쟁이 끝나는 날, 마지막에 웃는 자는 과연 누구일까. 이 전쟁의 적수이자 목표물이기도 한 여자가 같은 공간에서 같은 질문을 던지는 것도 모른 채 그는 궁금해했다.

[불어! 어서 불란 말이다!]

[윽!]

애빙턴 비치에서의 그날 밤을 다룬 장면이 나오자 두 사람 모두 눈을 감았다. 그레이스는 귀 또한 막았으나 끔찍한 소리가 멎기는커녕 선명해져만 갔다. 그녀의 귓속을 울리는 건 그날 밤 제 귀로 들었던 소리였다.

차라리 밖에서 들리는 소리로 머릿속의 비명을 덮으려고 귀에서 손을 떼던 때였다.

[아버지!]

소년의 애끊는 절규가 들렸다.

넌 싸늘하게 식은 네 아버지를 처음 보았을 때 저렇게 절규했을까. 어쩌면 아무리 기다려도 오지 않는 나를 찾으러 왔다가 주검을 발견했을지도 모르겠다.

그런 생각이 뒤늦게야 불쑥 드는 순간 심장이 덜컥 내려앉았다. 아버지의 시신 앞에서 절규하는 소년의 얼굴에 엘리의 얼굴이 겹쳐지는 순간에는 숨까지 턱 막혔다.

아이가 생기고 나니 새로운 시선으로 그날을 보게 된다. 그때는 어른 같아 보이기만 했던 열세 살 소년이 이젠 어린아이로만 보였다. 감당하기 힘든 충격을 받은 아이는 복수심에 눈이 먼 괴물이 될 수밖에 없었을 것이다. 그리고 그 복수심의 화살이 제게로 향할 수밖에 없었던 것 또한 이해할 수 있었다.

우리 모두 미숙했어. 어른들은 더더욱 미숙했지.

그날에서 조금도 성장하지 못한 두 사람은 여전히 미숙했다. 성장하고 싶었으나 그녀는 성숙한 어른이란 무엇인지 몰랐다. 그래서 또다시 그날 밤처럼 미숙하게 도망쳤다.

그레이스, 그만해. 그 소년은 없어. 네가 사랑한 그 소년은 죽었어.

누가 죽였어?

나는…. 나는 아니야.

더러운 돼지 새끼라고 외쳤던 순간의 연푸른 눈동자가 어둠 속에서 그레이스를 응시하자 그녀는 이를 악물었다. 질끈 감고 있던 눈을 번쩍 뜨곤 남자의 뒤통수를 노려보았다.

정작 저 남자는 행복하기만 한데 나는 왜 아직도 내 몫이 아닌 죄책감이나 연민 따위에 시달리는 거야?

저 괴물이 내게 무슨 짓을 했는지 잊지 마. 괴물을 이해한다고 용서할 수 있는 건 아니야.

[우리 서부 사령부의 최연소 국내정보과장….]

극이 몇 년을 훌쩍 뛰어넘어 성인이 된 레온 윈스턴의 이야기를 다루기 시작하고서야 그녀는 비로소 끈덕진 생각을 떨칠 수 있었다. 소년이 아닌 그는 미워하기 좀 더 쉬웠으니.

[윈스턴 대위, 짐은 자네를 믿네.]

느닷없이 국왕이 등장하자 그레이스의 얼굴이 일그러졌다. 왕이 레온 윈스턴의 오랜 지지자이자 후원자처럼 묘사되고 있었다. 이쯤 되니 오락 영화가 아니라 선전 영화로 보이기 시작했다.

심지어 현실에선 없는 인물도 하나둘 등장했다. 그뿐 아니라 블랙번 소탕까지 이어지는 사건도 거의 허구였다.

'완전히 엉터리잖아?'

모두가 눈물을 참는 가운데 그레이스와 레온은 웃음을 참았다. 이 상영관에 모인 수백의 관객에게 영화는 눈물겹고 웅장한 드라마였으나 단 둘에게만은 코미디였다.

하지만 극이 절정으로 향할수록 웃을 수 없어졌다.

[영웅의 아들로 태어났으니 영웅으로 죽을 겁니다.]

식상한 대사가 배우의 입에서 나오는 순간, 그레이스는 비슷한 말을 그 남자의 목소리로 떠올렸다.

"자기야, 그거 알아?"

레온 윈스턴이 스스로를 고문실에 가두었던 마지막 날 밤이었다. 그 비좁은 침대에서 남자는 그녀와 몸을 포개어 누운 채 이런 말을 했었다.

"난 귀족으로 태어나 괴물로 살다 영웅으로 죽을 거야."

그러더니 그녀의 귓가에 입술을 바짝 대고 속삭였다.

"그다음엔 평범한 남자로 살고 싶어."

그 말에 이어진 건 비소였다.

"미친 소리지."

"잘 아네?"

정신 나간 술주정이었다. 죽음부터 다음 생까지. 정말 레온 윈스턴답지 않은 소리였으니.

어쨌거나 오늘의 레온 윈스턴은 영웅이 되겠다는 꿈을 이루었다. 그럼 평범한 남자로 살고 싶다는 다음 목표를 이루기 위해 죽어야 하는 차례인 걸까.

네가 죽게 놔둘걸 그랬을까?

미동도 하지 않는 남자의 뒤통수를 노려보며 그레이스는 빈정거렸다.

너는 영웅인데, 나는 뭐야.

당연한 일이지만 영화에 그녀는 등장조차 하지 않았다. 피로 얼룩진 과거를 청산하고 새로운 시대의 장을 연 영웅을 기리는 축하 파티에서 이름 없는 영웅은 그저 불청객일 뿐이었다. 그레이스는 일어나 밖으로 나갔다.

영화가 엉터리인 건 비단 국왕의 개입 탓만은 아니었다. 레온이 각본가에게 알려 준 전말은 20%가 진실, 80%가 허구였다. 그리고 그 전말에 그레이스는 없었다. 그 여자는 기록상으로는 존재하지 않는 여자이니까.

그러니 사람들은 모를 것이다. 그날의 진짜 영웅은 그레이스 리들이라는 것을. 그리고 그날의 진정한 패배자는 레온 윈스턴이었다.

엉터리 영화 주제에 블랙번 마을의 모습은 잔인할 정도로 똑같이 재현했다. 그녀가 버스에서 내려 사라졌던 마을 입구가 보이자 레온의 시야가 흐려졌다.

저 순간에 붙잡았더라면 지난 3년의 모든 순간이 달라졌을 것이다.

[가장 잔인한 복수가 뭔지 아나?]

영화 속 자신에게 레온은 대답했다.

사랑.

사랑하는 이에게 영원히 외면당하는 사랑. 그걸 알고 있었던 것도 모자라 성공적으로 실현해 낸 그 여자는 천재적인 전술가였다.

포화가 빗발치는 전투가 시작되자 관객들의 흥분이 고조되는 것이 상영관을 가득 메운 열기에서 생생히 느껴졌다. 이 통쾌한 복수극은 그에겐 참담한 비극이었다.

머지않아 영화가 막을 내릴 즈음에는 복수를 완수한 '레온 윈스턴'이 웃을 것이다. 그에겐 조롱이자 고문이었다.

더는 보기 힘들어졌다. 레온은 제게 쏟아지는 의아한 시선을 무시하고 밖으로 나왔다.

단순 명료한 교훈과 말초적인 자극에만 치중한 오락 영화에 애빙턴 비치의 비극으로 인생이 송두리째 뒤바뀐 소년과 소녀의 이야기는 없었다. 당연한 일이었다. 시시하게 끝날 수도 있었던 그 흔한 풋사랑에 배신과 죽음, 오해와 증오가 뒤엉키면서 오래도록 얽히고설킨 그 관계는 절대로 단순 명료하게 정의 내릴 수 없었으니.

레온은 한산한 복도의 끝을 향해 걸으며 문득 이런 생각을 떠올렸다. 우리의 이야기가 영화라면 역사상 가장 지독하고도 길고 긴 한 편의 치정극일 것이다. 누구도 결말을 예측할 수 없는 가운데 레온 홀로 어리석게도 해피엔딩을 기대했었다.

그러나 이젠 해피엔딩을 자신할 수 없다. 그저 영화가 아무런 예고도 없이 비극으로 끝나지 않기만을 바랄 뿐이었다.

"후우…."

텅 빈 귀빈 전용 라운지 안을 돌아다니던 그레이스는 한숨을 크게 내쉬었다. 괜히 왔다. 괜히 봤다. 어서 여길 떠나야지. 속으로는 이런 말을 거듭 중얼거리며 테이블에서 고급 샴페인 한 병을 집었다.

이건 훔치는 게 아니다. 어차피 귀빈들은 영화가 끝나면 곧바로 호텔 파티장으로 향할 테니 귀빈 라운지에 있는 음료와 음식은 직원들의 입으로 들어갈 게 뻔했다.

이런 건 눈치껏 먼저 챙기는 사람의 몫이다. 그러니까 그녀의 몫이었다. 집에 가는 길에 라운지에 들른 건 성탄절 전야에 터트릴 축포가 필요했기 때문이었다. 그날이면 그 남자에게서 도망치는 데 성공한 지 3년이 된다.

최후의 승자라….

그레이스는 핸드백에 샴페인을 쑤셔 넣다 벽에 걸린 포스터를 보고 씁쓸하게 웃었다. 역사는 승자의 시선에서 쓰이는 법이라면 영화는 제작비를 댄 자의 시선에서 쓰이나 보다.

세상 모두가 최후의 승자라고 믿는 그 남자조차 저 영화를 제 시선과 전혀 다른 엉터리 졸작이라고 부를지도 모른다.

그나저나 그건 누구의 시선에서 내린 결정이지?

그레이스에겐 다행스럽게도 고문치사 장면에 등장하는 반군은 모두 남자였다. '안젤라 리들'을 영화에 넣지 않기로 한 건 누구의 결정인지 궁금해졌다. 설령 그 남자의 결정이라 하더라도 그녀를 배려하기 위한 게 아니라 제 아버지의 명예를 지키기 위한 걸지도 모른다.

제가 등장하지 않는 것도 같은 이유일지 실은 궁금했다.

오늘 제 눈으로 본 그 남자를 떠올리던 그레이스는 허탈하게 웃었다. 저와 엘리를 아직도 찾기에 느꼈던 통쾌함은 레드 카펫 위 레온 윈스턴의 여유롭기 짝이 없는 모습을 본 순간 신기루처럼 사라졌다.

난 대체 왜 머릿속에서 멋대로 그 남자를 왜곡한 건지. 상상이나 꿈에서처럼 위태로운 기색은 전혀 없었다.

산송장이 되어 있으면 크게 비웃어 주려고 했는데.

괜히 있지도 않은 걸 눈으로 확인하고 싶어 하는 바람에 저 남자의 약혼식 즈음만 떠올리게 됐다. 그 남자 부친의 기일에 있었던 작은 사건부터 있는지도 몰랐던 생부를 만났던 순간, 결국 그러다 엘리를 가지게 된 일까지. 돌이켜 보면 그즈음이 큰 전환점이었다.

"우리 딸 줘야지…."

괜스레 울적해진 그레이스는 혼잣말을 중얼거리며 테이블에서 주스 병과 쿠키, 초콜릿 상자 따위를 집어 핸드백에 넣었다. 이걸 보고 기뻐하는 엘리의 얼굴을 상상해 보니 기운이 났다.

이러다 어깨끈이 끊어지는 거 아닐까 싶을 정도로 무거워진 핸드백을 품에 안고 나가려던 때였다.

"네, 각하."

문밖에서 복도를 지키고 선 경비원의 목소리가 들렸다.

"라운지는 이쪽입니다."

잽싸게 라운지 구석의 접이식 칸막이 뒤에 숨자마자 문이 열렸다. 3년이나 듣지 못했는데도 여전히 익숙한 발소리가 안으로 들어오자 그녀는 귀를 기울이며 숨을 죽였다.

제발 이쪽으로는 오지 마.

그러나 그는 곧장 이쪽으로 다가왔다. 저 남자, 빈다고 들어준 적이 없었던 걸 잊고 있었다. 발소리가 점점 가까워져 가는 가운데 그레이스의 머릿속에서는 온갖 불길한 상상이 펼쳐졌다.

잡히면 엘리와 나를 떼어 놓을지도 몰라.

칸막이 너머에서 그 남자의 기척도 모자라 향수 냄새까지 느껴졌다. 이제 끝장이라고 생각하는 찰나였다. 칸막이의 한 걸음 뒤에서 발소리가 멈추더니 달칵, 전화기의 수화기를 드는 소리가 들렸다.

"벨뷰 호텔 2101호."

남자가 전화를 걸자 안도했지만 긴장을 완전히 풀 순 없었다. 저 남자와 그녀의 사이에는 얇은 실크 칸막이 하나가 전부였다. 값비싼 실크에 새겨진 화려한 자수가 저를 가려 주길 바라며 그레이스는 꼼짝 않고 남자의 통화를 엿들었다.

"캠벨을 바꿔."

캠벨도 프레스콧에 있는 건가. 무슨 일이지?

"그래, 진척은."

잠시 침묵하던 남자가 길게 한숨을 내쉬었다.

"내일 아침에 바로 프레스콧 교외 전역에서 탐문을 실시할 수 있게 오늘 밤 내로 준비 완료해 두도록."

두근두근, 귓속을 울리는 맥박 소리가 크다 못해 남자의 목소리를 묻어 성가실 지경이었다. 그러니 캠벨의 목소리까지 엿들을 수는 없었다.

"그래. 그 두 곳을 중점적으로."

듣지 못해도 상대가 캠벨인 걸 보면 내용은 뻔했다. 극장에 폭탄을 심어 둔 잔당을 추적하는 모양이었다.

남자는 곧 전화를 끊더니 멀어졌다. 그러나 나가진 않고 소파에 털썩 앉는 소리가 들리자 그레이스는 긴장을 풀지 못한 채 속으로만 외쳤다.

제발 나가.

"제발…."

그때 칸막이 뒤에서 남자가 갑자기 혼잣말을 나직이 중얼거리더니 깊은 한숨을 내쉬었다. 그 후로 이어진 이상한 소리에 그레이스의 심장이 철렁 내려앉았다.

말도 안 돼.

그녀는 천천히 고개를 돌렸다. 칸막이가 접히는 부분의 틈새에 눈을 대자 가죽 소파에 홀로 앉은 남자가 보였다. 이번에도 얼굴은 보지 못했다. 흰 천에 묻혀 있는 탓에.

저건….

분홍 리본과 레이스 프릴이 달린 보닛이었다. 엘리가 2년 전 버린 보닛이 저 남자의 손에 있다는 것보다 놀라운 건 그의 어깨가 들썩이고 있다는 사실이었다.

"제발…."

애원의 목소리가 젖어 있다는 사실을 그레이스는 애써 외면하며 되뇌었다.

웃는 거야. 저건 웃는 거야. 웃는 것이어야만 해.

"다행이야. 그렇지, 엘리?"

그레이스는 어둠 속에 누워 곤히 잠든 엘리의 얼굴을 물끄러미 바라보다 중얼거렸다. 경관이 우리를 알아보지 못했나 봐. 제보를 받았더라면 그 남자가 라운지에서 그런 짓을 했을 리 없으니.

그럼 여기서 계속 살아도 되겠구나.

"다행이야."

됐어. 그러니까 이제 안심하고 자. 그레이스는 스스로를 타이르듯 굴며 눈을 감았지만 얼마 지나지 않아 다시 눈을 번쩍 떴다. 그러자마자 괴로운 한숨을 쏟아 내며 돌아누웠다.

불현듯 폭탄 속을 빽빽이 채우고 있던 서슬 퍼런 못들이 떠올랐다. 누구의 짓인지는 몰라도 한발 늦었다. 그 남자에겐 이미 그레이스 리들이라는 못이 엘리라는 뿌리까지 돋아난 채 깊숙이 박혀 있으니.

평생 그 남자의 속에 박혀 빠지지 않는 못이 되고 싶다는 소원을 이루었다. 그럼 기뻐야지.
"하…."
웃었으나 한숨처럼 들린 건 착각일지도 모른다.
그레이스, 기뻐해. 기뻐야만 해.

경쾌한 재즈를 연주하는 피아노 선율에 웃음과 크리스털 잔이 부딪치는 소리가 화음처럼 어우러졌다.
파티장 한가운데에서는 어머니가 보았더라면 저질스럽다며 경멸 어린 눈을 했을 춤을 사람들이 쉴 새 없이 추는 가운데 레온이 앉은 주빈 테이블에서는 영화사 사장이 쉴 새 없이 떠들었다.
"그 여직원이 아니었더라면 이 자리에 있는 모두 오늘 밤 재즈가 아니라 장송곡을 들을 뻔했죠. 하여튼 놈들 뜻대로 되지 않고 무사히 끝났으니 군과 저희 쪽이 또 한 번 승리한 거 아니겠습니까."
레온의 위스키 잔이 비자 그랜트가 웨이터라도 되는 양 잽싸게 병을 집어 들어 그의 잔을 채웠다.
"시사회가 아무런 소동 없이 무사히 끝났다는 기사가 내일 나갈 겁니다. 아, 그리고 보니…."
그는 병을 놓더니 파티장의 창가에서 젊은 여자 하나와 잡담을 나누는 남자에게 손짓을 했다.
"이봐, 노먼!"
남자와 여자가 이쪽으로 다가오자 그랜트가 그 둘을 그에게 소개하기 시작했다.
"노먼은 제 홍보 담당자입니다."

귀찮았던 레온은 오늘 내내 무수한 사업가들과 여배우들에게 그랬듯 다리를 꼬고 앉은 채 악수조차 해 주지 않고 고개만 끄덕였다.

"유능한 전문가죠. 노먼이 잠음이 나지 않도록 기자들을 잘 구워삶을 겁니다. 흥행에 아무런 영향 없을 테니 걱정 마시죠."

영화가 흥행하든, 참패하든 알 바 아니다. 기계적으로 끄덕이기만 하던 레온의 고개가 사장이 여직원을 소개하는 순간 멈칫했다.

"그리고 여기 샐리는 제 비서, 테이트 부인의 조수이죠."

레온이 고개를 들어 눈을 맞추자 '샐리'라는 이름의 여자가 움찔했다. 여자가 저속하게 혀를 꺼내 입술을 적시곤 그에게 입꼬리를 올려 웃는 찰나 레온은 줄곧 닫고 있던 말문을 열었다.

"제 추측이 틀렸군요."

"네?"

"극장에서 처음 봤을 때…."

"저, 저를 보셨다고요?"

여자가 꼴사납게 목소리를 떨더니 발을 어린애처럼 동동 구르며 손뼉을 쳤다.

"샐리보다는 에바 같은, 좀 더 원숙한 이름을 상상했었거든요."

"세상에, 제 이름을 궁금해하셨다고요? 어머나 어쩌면 좋아. 꿈만 같아. 그게 사실은 저도 제 이름이 촌스러운 시골 소녀나 하녀 같아서 바꾸고 싶던 차였거든요."

"새 이름 후보에 부디 잊지 말고 에바를 넣어 주세요."

"네! 정말 영광이에요, 각하."

그래, 네 주제에 그 여자의 이름을 여태 멋대로 썼으니 영광이겠지.

레온이 다시 잔을 들어 기울이자 그랜트가 두 직원의 주변을 눈으로 훑더니 물었다.

"그나저나 애나는 어디 갔나."

직원들이 모르겠다는 듯 어깨를 으쓱거렸다.

"이런, 그새 도망쳤군. 하여튼 내빼는 것 하나는 잘한단 말이야."

레온은 잔을 기울이다 말고 픽 웃었다. 내빼는 것 하나는 기가 막히게 잘하는 여자를 그도 알고 있는 탓이었다.

"애나가 말입니다."

직원들이 인사를 하고 물러나자 그랜트가 테이블에 몸을 기대며 또 쓸데없는 이야기를 늘어놓기 시작했다.

"각하의 목소리를 듣겠다고 사장을 구박하는 대단한 직원입니다. 사실 사무원보다는 배우에 더 어울리는 아까운 인재라 오늘 꼭 데려와서 에이전트들에게 소개시키려 했는데…."

그랜트가 아쉽다는 듯 쩝, 소리를 내더니 레온은 아무 흥미도 없는 말을 이었다.

"이 아가씨, 아, 아가씨는 아니지만…. 여하튼 이 친구가 배우의 눈을 가졌단 말입니다. 아쉬운 점이 하나 있다면 사람을 잡아끄는 그 눈동자의 오묘한 빛깔을 영화에서는 보여 줄 수 없다는…."

그 찰나 기울어진 크리스털 잔 위의 연푸른 눈동자가 불현듯 이채를 띠었다. 레온은 잔을 곧바로 내리곤 한마디를 던졌다.

"청록색."

그랜트가 얼빠진 낯을 하더니 물었다.

"어떻게 아셨습니까?"

그러나 지금 이 순간부터 질문은 저자가 아닌 그의 몫이었다.

"그 직원, 오늘 폭탄을 최초로 발견한 사람이겠죠?"

"네, 네. 맞습니다."

"그리고 두어 살 된 딸이 있을 겁니다."

"아, 아니. 그건… 어떻게 아셨습니까?"

내가 그 오묘한 눈동자에 빠져 아직도 헤어 나오지 못하고 있으니까.

그 여자, 사제 폭탄을 제조할 줄 아는 반군 출신이니까.

그 여자의 딸, 내 딸이니까.

그는 그제야 소리 없이 대답하며 눈꼬리를 휘었다.

어린아이와 어른아이

VENGEANCE
NAMED
LOVE

비서실의 문을 열고 들어가자 먼저 출근한 동료가 그레이스의 얼굴을 보더니 피곤해 보인다는 말을 인사 대신 했다.

"오늘도 딸이 꼭두새벽부터 깨웠어?"

"어? 어…."

실은 밤새 뒤척이다 한숨도 자지 못했을 뿐이다.

"어제 별일 없었어?"

그레이스는 책상 앞에 앉으며 물었다.

"그냥 파티장 테이블 위에서 춤추다 떨어져서 다리를 부러뜨린 사람이 둘. 이 정도?"

어지간히 정신 나간 파티를 벌였구나. 그레이스는 웃으며 오늘 할 일이 정리된 수첩을 펼쳤다.

"귀빈들 체크아웃 확인 및 환송…."

"아마 다들 숙취 때문에 늦을 거야."

저도 숙취 때문에 죽겠다며 이마를 짚고 있던 동료가 갑자기 생각났다는 듯 전했다.

"윈스턴가는 이미 체크아웃했대. 기차역까지 환송은 노먼과 그랜트

씨가 맡으신다고 호텔로 바로 가셨어."

"그래? 잘됐네."

그 남자가 곧바로 여길 떠난다니. 들키지 않았다는 걸 또 한 번 확인한 그레이스는 한시름 놓았다.

"그나저나 나 어제 백작을 코앞에서 본 것도 모자라 인사까지 나눴잖아. 정말 사람 마음을 들었다 놨다 하는데 난 지금 술이 아니라 레온 윈스턴이란 남자에게 취한 거야."

타자기에 종이를 끼워 넣던 그레이스는 인상을 구겼다. 동료는 그 남자가 어떤 비틀린 의도로 제게 이름을 추천해 준 줄은 까맣게 모른 채 에바로 이름을 바꾸겠다며 등록소에 전화를 걸기 시작했다.

그레이스는 한숨을 한 번 푹 내쉰 후 홀가분한 마음으로 타자를 치기 시작했다. 시사회가 드디어 끝났다. 그토록 혼란스러웠던 어제는 끝나고 다시 평온한 일상이 시작되었다. 그러니 그 남자와 더는 스칠 일 없을 것이라고 그레이스는 생각, 아니, 착각했다.

레온은 거울 속 자신을 응시하며 당부했다.

망치지 마. 이번에는 망치지 마.

물이 뚝뚝 떨어지는 제 얼굴을 조용히 살펴본 그는 숨을 크게 들이켜고 타월로 물기를 닦아 냈다. 턱에 애프터 셰이브를 바르고 단정히 빗어 넘긴 머리를 포마드로 고정하는 일상적인 일에 오늘은 평소보다 시간과 공을 들였다. 용모를 다듬는 일이 중요한 의식처럼 느껴지는 데는 이유가 있었다.

그레이스가 이것만은 좋아했으니까.

그리고 드디어 만나게 될 아이에게 아빠가 약과 술에 전 패배자라는 걸 들키고 싶지 않았다.

첫인상은 평생을 간다. 그 여자를 적이라고 여기면서도 여느 적처럼 대하지 못했다는 사실이 그 방증이었다.

대리석 세면대의 한쪽에 포마드 병을 놓던 그는 바르비탈이라는 라벨이 붙은 병을 응시했다. 어제는 약을 쓰지 않았다. 잠들 생각조차 하지 않았으니. 뜨거운 피가 몸을 타고 흐르는 것이 느껴지는 흥분 속에서 오로지 해가 뜨기만을 뜬눈으로 기다렸다.

툭. 약병이 쓰레기통에 처박혔다. 부디 너무 이르게 버린 것이 아니길 바랐다.

외출 준비를 마치고 응접실로 들어서자 소파에 앉아 그를 기다리던 영화사 사장과 직원이 그의 부하라도 되는 양 벌떡 일어섰다. 레온은 그들이 아닌 캠벨에게 먼저 시선을 던졌다.

"출근 확인했습니다."

레온은 그제야 소파로 향하며 고개를 끄덕였다. 아직도 도망치지 않았다니. 어제 그의 주변을 얼쩡거리기까지 했다는 증언을 들어 보면 그 여자, 그간 꽤나 느슨해진 모양이었다.

소파에 앉는 찰나 캠벨이 한 가지를 더 보고했다.

"탑승 위치 또한 파악해 두었습니다."

"좋아. 수고했어."

가장 기다려 마지않은 소식이었다. 신경이 느슨해져야 하건만 더욱 팽팽해지기만 했다. 레온은 테이블에 놓인 커피 잔을 집어 올렸다.

잔이 반가량 비고서야 그는 아직도 앞에 서 있는 두 남자에게 물었다.

"용건이라도 있습니까."

그랜트가 손에 중절모를 든 채로 굽신거리는 동시에 횡설수설했다.

"가족분들은 저희가 잘 배웅해 드리고 왔습니다. 그 말씀을 올리며 인사를 드리고자…. 혹시 방해가 되었다면 죄송합니다."

레온은 커피 잔을 내려놓으며 고개를 저었다. 소파의 등받이에 몸을 기대며 시선을 드는 순간 눈이 마주친 젊은 남자가 새파랗게 질렸다. 레온은 입꼬리를 올렸다. 그 여자, 그를 잊지 못해서 그와 닮지 않은 남자를 고르는 습관은 여전했다. 감히 제 여자에게 손을 대려 했던 놈을 마주하면서도 웃음이 나오는 건 그 탓이었다.

"그나저나, 노먼이라고 했나. 어제 내가 한 말 잊지 말도록."

백작이 손목시계를 확인하며 심드렁한 투로 흘린 말에 노먼은 얼어붙었다. 어젯밤 이곳에서의 일이 떠올랐던 탓이었다.

"그 여자와 있었던 일, 내가 그 여자에 관해 물었다는 사실, 그 여자에 대한 어떤 이야기든 퍼지는 순간…."

어젯밤 홀로 마주한 백작은 언론에서 보았던 그 영웅이 아니었다. 백작과 독대했으나 총구를 그에게 겨눈 갱단 수십에게 둘러싸여 협박을 당할 때에 견줄 만한 공포를 느꼈다.

그 여자와의 데이트를 백작에게 나불댄 사장을 속으로 원망하던 때였다. 백작이 이런 소리를 했다.

"그 여자에게 키스를 했던 놈을 내가 어떻게 했었는지 궁금하지 않나?"

불길한 예감을 느꼈던 노먼은 그 순간 필사적으로 고개를 저었다. 백작은 시가의 재를 털며 가소롭다는 듯이 조소했다.

"입술이 아직 붙어 있는 건 네가 변변찮은 덕분이니 네 부모님께 감사하도록."

이제 생각하자니 호텔에서 불발로 그친 것이 그의 목숨을 구했다. 무서워서 차마 물을 수는 없었지만 그 여자와 어떤 사이일지는 뻔했다.

노먼은 갱단 두목의 여자를 실수로 건드리려다 시멘트 덩어리에 발이 파묻힌 채 바다에 수장될 뻔한 기분을 느끼며 어서 이 고문이 끝나기만을 기다렸다. 느긋하게 커피를 즐기던 백작이 드디어 빈 잔을 내려놓더니 자리에서 일어섰다. 수행원이 코트를 들고 와 펼쳐 들고, 백작은 코트를 걸치자마자 아무런 말도 없이 돌아서 문으로 향했다.

드디어 끝났다. 두 남자가 참았던 숨을 내쉬며 예를 갖추던 순간이었다.

"아, 그랜트 씨."

백작이 잊은 것이 있다는 듯 발을 멈추고 돌아서더니 눈꼬리를 휘어 웃었다.

"애나는 오늘이 마지막 출근일 겁니다. 작별 인사는 생략하세요."

"네, 네. 명심하겠습니다."

분명 웃고 있었으나 협박이었다.

차창 밖에서 영화 스튜디오 건물이 스쳐 지나가자 레온은 시선을 들어 올렸다. 잠시 후 고층 건물이 시야로 들어왔다. 영화사의 본관, 즉 지금 그레이스가 있는 건물이었다.

차는 멈추지 않고 그녀가 있는 곳을 지나쳐 달렸다. 지난번 뉴포트항에서의 일로 얻은 교훈이 있는 탓이었다.

아이와 그레이스를 떼어 놓을 것. 그런 다음 아이부터 확보할 것. 그럼 그레이스는 제 발로 그에게 올 것이다.

그 여자가 아이와 떨어져 회사에 붙잡혀 있는 지금이 기회였다.

어젯밤 그랜트 픽처스의 직원 등록부에서 확인한 주소지 주변을 탐문했으나 거주자는 노인이었다. 거기다 해가 뜨자마자 근처 탁아소에 확인한 바에 따르면 그의 딸과 인상착의가 일치하는 여아는 없었다. 즉, 가짜 주소였던 것이다.

그러나 그레이스의 동선이 확보된 이상 사는 곳 또한 확보된 것이나 마찬가지였다. 그 여자가 매일 출근할 때 타는 전차의 운전수에게 어디서 탔는지만 물으면 그만이었으니.

헤이즐 브룩 마을 회관.

운전수가 말한 정거장이 레온의 눈앞을 스쳐 지나갔다. 차는 마을 회관을 지나쳐 옆 건물 앞에 정차했다. 조수석에서 내린 캠벨이 뒷문을 열고, 레온은 품에서 짙은 색의 선글라스를 꺼내 쓰며 밖으로 나갔다. 아이들의 목소리가 희미하게 들려오는 단층 건물의 울타리에는 이런 명패가 붙어 있었다.

헤이즐 브룩 탁아소.

"여긴가."

"네, 이 마을에 탁아소는 이곳 외엔 없습니다."

레온은 고개를 끄덕이곤 곧장 울타리를 지나 건물 안으로 들어섰다. 입구에서 마주친 교사가 의아한 눈으로 그에게 용건을 물었으나 아이를 데리러 왔다고 했더니 순순히 들여보내 주었다.

까르르 웃으며 뛰어다니는 아이들부터, 우뚝 멈춰 서서 낯선 어른을 호기심 어린 눈으로 올려다보는 아이들까지. 또래의 아이들을 빠짐없이 확인했지만 그의 딸은 없었다.

금발에 청록색 눈. 놓칠 만큼 사소한 특징이 아닌데 설마 내가 내 딸조차 알아보지 못하는 건가.

실내를 샅샅이 둘러보던 레온은 무심결에 창밖으로 고개를 돌렸다가 마지막 희망을 보았다. 이 추운 날, 뒤뜰의 놀이터에서 뛰어노는 아이들이 있었다. 그가 뒤뜰로 나가자마자 어느 남자아이가 제 친구에게 외쳤다.

"공주님, 나랑 숨바꼭질하쟈!"

"기다려. 이거 다 먹구 놀 꺼야."

부하에게 명령이라도 하듯이 퉁명스러운 대꾸가 돌아왔다. 묘한 직감에 사로잡힌 레온은 거추장스럽게 느껴지는 선글라스를 벗고 여자아이의 목소리가 들린 쪽으로 고개를 돌렸다.

그 순간 머리보다 심장이 먼저 반응했다. 알아보지 못할까 걱정한 건 터무니없었다.

레온의 것처럼 밝디밝은 금발에 장난감 왕관을 쓴 여자아이는 어느 나무의 낮게 늘어진 가지 위에 등을 돌린 채 앉아 있었다. 오렌지 나무 위의 데이지처럼.

내 딸이다.

손끝부터 저릿한 흥분이 감돌기 시작했다. 아이를 향해 다가가는 그 짧은 순간이 이곳에 오기까지 걸린 지난 3년보다도 길게 느껴졌다.

내 공주가 고작 세 걸음 앞에 있다. 고작 두 걸음, 고작 한 걸음. 그리고 이제는 끌어안을 수 있을 만큼 가까워졌다.

앞에 멈춰 서자 손에 쥔 마블 쿠키를 오물거리던 아이가 고개를 들었다. 그 순간 레온은 직감했다.

나를 죽일 수 있는 여자가 하나 더 늘었다.

상상은 현실을 감히 따라잡지 못한다. 그의 얼굴에 그 여자의 눈동자를 상상해 본 적이 있었으나 실물의 근처에도 가지 못했다는 걸 레온은 희열 어린 패배감 속에서 깨달았다.

신을 찾고 싶어졌다. 지금 그가 신을 부르면 그 여자가 응답할 것만 같았다. 이토록 완벽한 피조물을 만들어 낸 그레이스 리들이야말로 신이었다.

레온은 무릎을 굽혀 어리둥절한 청록빛 눈동자와 눈높이를 맞췄다. 그러곤 손을 뻗어 아이의 뺨에 대었다.

깨지지 않는다. 온기와 부드러운 살결이 느껴진다. 고로 이건 꿈이 아니다. 더욱 초라하게 떨리는 손을 진정시키려 애쓰며 저를 빼닮은 얼굴을 손끝으로 더듬었다. 딸을 만나면 해 주고 싶은 말이 많았으나 얼굴을 본 순간 모두 새하얗게 증발해 버리고 아무것도 남지 않았다. 그저 웃음 같기도 한 신음만이 이따금 새어 나올 뿐이었다.

"아저씨 왜 울어?"

눈썹을 축 늘어뜨리고 그를 바라보던 아이가 자그마한 손을 내밀더니 그의 뺨을 쓱 쓸어내렸다. 아이가 그의 눈물을 닦아 준 그 짧은 찰나만으로 레온은 잃어버린 3년을 돌려받은 기분이었다. 그제야 그는 깊이 잠긴 목을 가다듬으며 오래도록 꿈속에서만 물었던 질문을 입 밖에 냈다.

"안녕, 내 딸. 이름이 뭐야?"

아이는 그를 물끄러미 바라보더니 무뚝뚝하게 대답했다.

"엘리."

엘리…. 엘리….

그는 혀끝으로 그 이름을 그리며 음미해 보았다. 엘리. 딸의 입에서 나온 순간 그 평범하기 짝이 없는 이름이 그레이스라는 이름만큼이나 특별한 의미를 지니게 되었다.

세상에서 가장 어려운 단 두 음절을 홀로 연습하는 사이 다시 쿠키를 오물거리던 아이가 고개를 들더니 입술을 삐죽 내밀었다.

"엘리는 아저씨 딸 아니야."

"아저씨가 아니야."

레온은 만지면 부서질 것처럼 작지만 한편으로는 그를 기다려 주지 않고 너무 커 버린 딸을 떨리는 손으로 감싸 안았다. 그러곤 아이의 귓가에 오래전부터 연습했던 말을 속삭였다.

"반가워, 엘리. 난 네 아빠야."

"시러."

팔짱을 끼고 선 아이가 단호하게 고개를 저었다.

"엄마가 모르는 아저씨 따라가지 말래써."

"모르는 아저씨가 아니라니까?"

소령은 그의 반도 되지 않는 두 살배기를 설득하는 데 공을 들이고 있었다. 소령이라면 아이를 억지로 데려가 호텔에 가둬 둘 줄 알았던 캠벨에겐 예상 밖의 상황이었다.

머리카락부터 눈 코 입의 생김새까지. 한눈에 보아도 한 핏줄이라는 걸 부정할 수 없는데 아이는 소령이 제 아버지라는 말을 믿지 않았다.

"그럼 저 아저씨는 뭐라고 하는지 물어볼까?"

소령이 느닷없이 캠벨을 가리키고, 아이가 그에게 혼란스러운 시선을 던졌다. 소령이 반군의 눈으로 그를 응시하는 것만 같아 캠벨 또한 혼란스러워졌다.

"네, 누가 봐도 부녀지간이십니다."

"들었지? 저 아저씨가 닮았다잖아."

레온은 부녀지간이 무슨 말인지 모르는 아이에게 쉬운 말로 설명해 주곤 심지어 주변에 모여든 꼬마들에게까지 물었다.

"엘리 아빠야? 좋겠다."

"모야. 쟤 아빠 업대짜나! 거짓말쟁이!"

"우와, 완전 똑가타."

"이것 봐. 친구들도 닮았다는데?"

"아니야!"

아이가 언 땅에 발을 동동 구르더니 화를 냈다.

"엘리는 엄마 달마써!"

"그래, 그 고집은 네 엄마네."

결국 레온은 아이를 데리고 안으로 들어가 벽에 걸린 전신 거울 앞에 섰다.

"네 눈으로 잘 봐. 이래도 안 닮았어?"

"엘리는 엄마 닮았어."라고 단호하게 굴던 아이가 "엘리는 엄마 닮았다고!"를 소리치며 격렬한 부정의 시간을 겪더니 곧 "아닌데… 엘리는 엄마 닮았는데…."라며 흔들리기 시작했다.

아이가 제 것과 똑같은 그의 머리칼을 만지며 중얼거렸다.

"그치만 엄마가 엘리 아빠는 천국에 있댔는데, 그래서 못 온다구 핸는데…."

아니야, 내 딸. 아빠는 네가 없는 지옥에 있었어. 그 지옥에서 네가 건져 내 줬어.

레온은 아이와 눈을 맞추며 물었다.

"엘리, 아빠를 궁금해한 적 있어?"

다행히 아이는 고개를 끄덕였다.

"엘리가 보고 싶어 해서 신께서 아빠를 엘리에게 보내 주신 거야."

"…그래?"

아이가 솔깃해하자 레온은 웃으며 아이의 손을 쥐었다.

"아빠랑 엄마 보러 가자."

"죠아."

거기에 엄마까지 미끼로 던졌더니 아이는 조금 전의 고집을 놓고 순순히 따라왔다.

"누구시죠? 허락 없이 아이를, 아⋯."

탁아소의 복도에서 나이 지긋해 보이는 선생이 그를 막았지만 다시 썼던 선글라스를 벗고 얼굴을 보여 주니 말을 잇지 못했다. 잠시 멍하니 그를 보던 여자가 다시 말문을 열었다.

"아버님이신가요? 그렇지만 엘리의 어머님은 분명⋯."

그레이스는 분명 직장에처럼 엘리의 아버지와 사별했다고 거짓말을 했을 것이다.

"제 아내가 무슨 소리를 했는지는 모르겠지만 별거 중인 것뿐입니다."

틀린 말은 아니다. 레온은 여전히 얼이 빠진 선생을 지나쳐 엘리를 데리고 탁아소 밖으로 나왔다.

"우리 집에 가는 거지?"

분명 엄마를 보러 가자는 말에 따라 나온 거라고 생각했는데 아이는 차에 타자마자 이렇게 물었다. 레온은 호텔로 간 후에 그레이스에게 전화를 할 생각이었지만 아이가 '우리 집'이라는 말을 하는 순간 생각이 바뀌었다.

집의 위치를 아는 유일한 사람인 아이는 걸어서 가 본 적밖에 없다고 했다. 운전수가 아이의 설명을 따라 차를 걷는 것보다 못한 속도로 느릿하게 몰았다.

"뿌우우 해죠. 꺄하, 또! 또 해죠!"

거기다 아이는 차를 처음 타 봤다며 신이 나 운전수에게 경적을 울려 달라고 계속 조르기도 했다. 처음 보는 사람에게도 스스럼없고 엉뚱한 것이 신기하게도 어릴 적 제 엄마 그대로였다. 그 덕에 차로 1분 거리도 안 될 아파트까지 오는 데 10분이 걸렸다.

외관이 깔끔한 것으로 보아 지은 지 얼마 되지 않은 건물이었다. 레온은 캠벨과 운전수를 건물 앞에 대기시키고 아이에게 이끌려 안으로 들어갔다.

"여기가 우리 집이야."

아이가 자랑스럽게 외치며 멈춰 선 곳은 4층의 어느 문 앞이었다. 아이의 목에 걸려 있던 열쇠로 문을 열고 들어가 본 레온은 말을 잃었다.

집은 그의 예상보다 훨씬 작았다. 아이가 큰 만큼 예전에 그레이스가 아이를 낳고 키웠던 남부의 집보다는 클 줄 알았다. 그때에도 어렴풋이 했던 생각이지만 그의 별채 침실보다 작은 공간에 한 가정의 생활에 필요한 것들이 모두 들어간다는 건 믿기 어려웠다.

유일한 방의 문을 열어 본 레온은 또 한 번 말을 잃었다가 가까스로 정신을 차리고 거실의 장난감 바구니를 뒤지는 아이에게 물었다.

"엘리는 어디에서 자?"

"거기."

바구니에 파묻혀 있던 손이 밖으로 나오더니 레온이 서 있는 침실을 가리켰다.

"네 침대는 없어?"

아이가 고개를 갸웃하더니 뛰어왔다. 그러곤 침실의 유일한 침대를 손으로 가리켰다. 그러니까 아이의 방도, 침대조차도 따로 없다는 뜻이었다. 아이는 태어나자마자 제 방을 갖고 보모의 손에서 자라며 부모와 한 침대에서 자지 않는다고 아는 레온에게는 이 모든 게 상식 밖이었다.

얼마나 가난한 거야?

주방에는 빵도 손바닥만 한 것 두 덩이밖에 없었다. 거기다 식탁에는 파라무어 극장의 로고와 이름이 새겨진 리본으로 장식된 쿠키와 초콜릿 상자가 잔뜩 놓여 있었다.

설마 먹을 걸 훔쳐야 할 정도로 형편이 좋지 않은 건가.

레온이 당혹스러움과 참담함을 함께 느끼는 가운데 아이가 갑자기 침대로 뛰어가며 외쳤다.

"내 머핀!"

간식을 찾는 줄 알았더니 아이는 침대 가운데에서 이불을 덮고 누워 있던 연갈색 토끼 인형을 꺼내어 품에 안았다.

"머핀, 잘 자구 이써써? 내 아가 착해."

제가 아기면서 토끼 인형을 아기라고 부르곤 엄마처럼 뽀뽀를 퍼붓다니. 레온은 아이의 머리를 조심스럽게 쓰다듬으며 물었다.

"이건 누가 사 줬어?"

"엄마가 만드러 줘써."

"그래?"

그 여자, 이런 것도 만들 줄 알다니.

"엄마가 엘리를 많이 사랑하나 보네."

웃으며 그런 말을 하는 찰나 아이가 고개를 번쩍 들며 얼굴을 잔뜩 찡그렸다.

"몰라써?"

왜 그런 당연한 소리를 하냐는 듯 그에게 핀잔까지 주었다. 저를 사랑하는 게 그 여자에게는 당연한 일이 아니었다는 것을 아이는 전혀 모르고 있었다. 그 또한 그 여자가 아이를 사랑한다는 증거였다.

그간 어떻게 살았는지 눈으로 확인만 하려고 온 것이었다. 그러곤 아이를 호텔로 데려갈 생각이었는데 어쩌다 보니 이렇게 됐다.

"아기 맘마 먹을 시간이야."

아이는 그를 거실 소파에 앉히더니 '머핀'에게 우유를 먹이라며 인형과 장난감 젖병을 안겨 주고는 신이 잔뜩 나 집 곳곳을 쫄랑쫄랑 돌아다녔다. 레온의 시선은 한시도 쉬지 않고 움직이는 아이에게서 떨어지지 않았다.

아직도 딸이 그의 눈앞에 있다는 게 믿기지 않는다. 바르비탈이 안겨 준 가장 황홀하고도 잔인한 꿈이 아닐까 싶을 정도였다.

"기다려 바. 엘리가 차를 내오께."

아이는 차를 내온다며 소꿉 상자를 뒤졌다. 그러곤 그 자그마한 발로 주방으로 뛰어가 초콜릿 상자를 가져왔다.

웃고 말하고 걷는다. 아이가 하는 모든 행동이 신기했다. 인간이라면 당연히 하는 일인데 제 아이가 하는 건 경이롭기 그지없었다. 심지어는 인간이라면 당연히 가진 눈 두 개, 손가락 열 개마저 신기했다.

분명 그 언젠가는 태동조차 느낄 수 없을 정도로 작았다. 마지막으로 보았던 때에는 말도 하지 못하고 걷지도 못하던 아이가 이제는 스스로 신발과 코트를 벗어서 정돈할 줄도 알았다.

거기다 외국어까지 할 줄 안다니.

"엘리."

"응?"

"노르덴어는 어디서 배웠어?"

아이가 그를 올려다보며 고개를 갸웃했다. 노르덴어가 뭔지 모르는 모양이었다. 그래서 이 말은 어디서 배웠냐고 노르덴어로 물었더니 아이는 신이 나 노르덴어로 대답했다. 이웃에게서 배웠다고.

이웃? 설마 노르덴까지 도피했었나?

"그럼 여기 전엔 엄마랑 어디서 살았어?"

"어…."

아이는 한참을 골똘히 생각하더니 제가 살던 곳의 특징을 묘사했다. 숨을 크게 들이켜면 소금 냄새가 나고 아침이면 창가에 부리가 노랗고 몸집이 커다란 흰 새가 나란히 앉아 있었단다.

"그 새가 어떻게 울었는데?"

"끼룩끼룩 이러케 우러써."

예상대로 갈매기였다. 바다 근처에 살았다는 뜻이다. 노르덴에는 바다가 없었다. 게다가 타국까지 도망쳤다가 이곳으로 다시 돌아올 이유도 없었다. 애빙턴 비치의 근교는 샅샅이 뒤졌으니 그곳은 아닐 듯했다.

노르덴 이민자들이 모여 사는 항구 도시인가.

공권력이 잘 미치지 못하는 이민자 지구에서 소식에 느린 사람들 사이에 숨어 살았던 것이다.

머리를 잘 썼군.

이 생각까지는 미처 못 한 탓에 2년을 허비했다. 쓰디쓴 패배감에 젖어 있는 그에게 아이가 갑자기 달려왔다.

"어떠케, 아기가 배고프다고 울쟈나."

그러더니 그가 쥐고만 있던 토끼 인형과 젖병을 도로 가져갔다.

그는 아이가 딸인 걸 알고 나서야 깨달았다. 은연중에 아들을 상상하고 있었다. 아버지가 제게 해 주었던 것들을 아들에게 그대로 해 줄 날들을 저도 모르게 고대하고 있었나 보다.

그런 탓에 딸은 어떻게 대해야 하는지 몰랐다.

"아기 맘마 줄 줄 몰라?"

제 엄마처럼 그에게 핀잔을 주며 인형에게 우유를 주는 모습을 보니 한 가지는 알겠다.

사랑스럽다.

아이는 우유를 다 먹은 인형을 담요로 감싸 그의 옆자리에 눕히더니 재운다며 토닥토닥 두드렸다.

아기는 저면서.

문득 생각이 난 레온은 재킷 안주머니에서 보닛을 꺼냈다.

"이거 네 거야. 기억 안 나?"

도리도리 고개를 젓는 아이에게서 왕관을 벗기고 보닛을 씌워 보았다. 그새 많이 큰 것이 실감 나게도 보닛은 작았다.

"이잉, 갑갑해."

아이가 투정을 부리며 보닛을 휙 벗어 그의 무릎에 던졌다. 이 아이, 항구에서 보닛을 벗어 던지던 그 아기였다. 레온의 얼굴에 애틋한 미소가 번졌다.

"심심해?"

아이는 그렇게 묻더니 소파 옆 협탁 아래를 뒤지기 시작했다. 뭘 하나 싶었더니 두꺼운 책을 꺼내려고 낑낑대고 있었다. 레온이 꺼내어 주자 아이는 그걸 그의 무릎에 놓았다.

"엘리 아기 때 봐써? 못 봐써? 심심하몬 아기 엘리 보구 이써."

아이가 준 건 앨범이었다. 그러곤 입술 위에 검지를 길게 세우고 비밀이라는 듯 소곤거렸다.

"엘리 이제 아기 아닌데 엄마한텐 얘기하지 마. 엄마는 엘리가 아직도 아긴 줄 알아."

아기 맞잖아. 레온은 웃음을 터트리며 아이의 말랑한 볼을 살짝 꼬집었다.

아이가 다시 장난감 바구니를 뒤적이기 시작하고, 흐뭇하게 웃으며 앨범으로 시선을 내린 레온은 겉장에 적힌 이름이 눈에 들어오자마자 얼굴을 딱딱하게 굳혔다.

엘리자베스?

"엘리."

"으응?"

"엘리자베스가 네 이름이야?"

"응!"

뒷덜미가 뻐근하게 당겨 왔다. 레온은 이를 악문 채 중얼거렸다.

"네 엄마 정말⋯."

"엄마 정말 이뻐!"

"⋯그건 맞아."

그가 하려던 말은 그게 아니었지만 말이다. 아이는 전혀 모른 채 신이 나 엄마 자랑을 시작했다.

"엄마는 안으면 폭신폭신해."

"그것도 맞아."

"엄마는 냄새도 죠아."

"그렇지."

"엄마는 노래도 잘해."

"그래?"

그건 몰랐다. 그렇지만 네 엄마가 아빠를 약 올리는 데 사악하리만치 천재적이란 건 너는 모를 거야.

"후우…."

이름을 바꿔야겠군. 레온은 한숨을 길게 내쉬며 앨범을 열었다.

사진마다 그 여자의 필체로 날짜나 아이의 나이와 함께 사연이 꼼꼼하게 적혀 있었다. 처음엔 사진관에서 찍은 사진들뿐이더니 점점 야외에서 찍은 사진이 늘어 갔다.

19개월, 백화점 산타의 무릎 위에서 울음을 터트렸다. 23개월, 동물원에서 난생처음 조랑말을 탔다. 24개월, 두 번째 생일 케이크를 직접 골랐다. 25개월, 처음으로 엄마와 떨어져 탁아소에 등교했다.

추억의 시점이 현재에 가까워질수록 사진 속 여자와 아이의 미소가 더더욱 밝아졌다. 그러나 레온의 낯빛은 점점 어두워졌다.

이건 모두 다신 돌아오지 않을 시간이다. 앨범은 그가 얼마나 소중한 순간을 놓쳤는지를 그 어떠한 것보다도 뼈저리게 상기시켜 주었다.

빈 페이지가 나오기 시작하자 레온은 제일 앞으로 돌아갔다. 아쉽게도 6개월보다 어릴 적의 사진은 없었다.

엘리의 첫 사진은 제 엄마와 사진관에서 함께 찍은 사진이었다. 사진 속 아기는 해맑게 웃고 있으나 그레이스는 웃으려 애를 쓰다 실패한 얼굴이었다. 날짜를 보니 왜 웃지 못했는지 알 것 같았다. 아이를 그에게 보내려 하기 얼마 전이었다.

난 지 고작 6개월 된 엘리도 그를 너무나 닮았었다는 걸 알고 나자 후회는 더욱 깊어지기만 했다. 그날 여객선에서 안아 보았어야 했다. 사진이라도 갖고 싶어 레온은 테이블 앞에 무릎 꿇고 분주히 소꿉을 늘어놓는 아이에게 물었다.

"아빠가 이거 가져도 돼?"

"안 대. 그거 엄마 꺼야."

"그럼 이거는?"

"그것도 안 대."

계속되는 거절에 오기가 생긴 그는 아이를 덥석 들어 올려 무릎에 앉히며 물었다.

"그럼 엘리는?"

"엄마 꺼지, 당연히!"

아이는 서운하리만치 단호했다. 그러곤 레온의 얼굴을 물끄러미 보더니 이런 소릴 덧붙이며 그의 무릎에서 뛰어 내려갔다.

"대신 아빠는 엘리 꺼 해 주께."

아빠라고 불렀다. 그것도 모자라 제 것이란다. 사람의 심장을 후려치자마자 쓰다듬어 주는 여우짓은 대체 어디서 배운 건지. 레온이 딸의 말을 수십 번 곱씹는 사이 아이는 다시 소꿉놀이에 정신을 팔았다.

"쟈. 맛있게 먹어!"

한참이 지나 작은 커피 테이블 위에 그의 인생에서 가장 소박하지만 소중한 티 테이블이 차려졌다.

"모 마실 꺼야?"

"커피?"

"그런 건 업써. 딸기 차 마셔."

아이가 주전자를 장난감 찻잔에 기울이더니 그에게 내밀었다. 레온은 텅 빈 찻잔을 받아 들었다. 아이가 기대로 가득한 청록색 눈동자를 반짝이며 지켜보고 있으니 무언의 압박이 느껴져 빈 잔을 어색하게 기울였다.

"마시써?"

"응."

"그럼 엘리가 구운 케이크도 먹어 바."

아이는 이번엔 빈 접시에 포크를 얹어 내밀었다.

"마시써?"

"응, 맛있어. 엘리는 못 하는 게 없네."

"헤…."

처음엔 어색하기 짝이 없더니 점점 이 유치한 놀이가 꽤 즐거워졌다. 초라해 보이기만 하던 작은 집도 점점 아늑하게 느껴졌다.

지갑은 넉넉하지 않아도 마음은 넉넉하게 살았다는 증거가 집 안 곳곳에서 보였다. 이 집엔 돈으로 살 수 없는 무언가가 가득했다. 그의 집에는 없는 것 말이다.

레온은 손에 쥔 장난감 찻잔을 내려다보았다. 값비싼 차 대신 사랑이 채워진 찻잔에서 온기가 느껴지는 것만 같았다.

"이것도 먹어. 골고루 먹어야 해."

아이는 이번엔 진짜 초콜릿 두 조각이 담긴 장난감 접시를 그에게 내밀었다.

"고마워, 엘리."

이마에 입을 맞췄더니 아이가 또 헤, 웃었다.

엘리는 '티 테이블'을 다 차린 후론 그에게서 눈을 떼지 않았다. 그러며 계속 제가 차린 게 마음에 드냐고 신이 나 물으며 웃었다. 제 엄마처럼 박대할 거란 예상까진 하지 않았지만 그래도 이렇게 환대할 거란 상상도 한적 없었다. 레온은 제게 골고루 먹으라며 준 초콜릿을 아이의 입에 넣어 주며 물었다.

"엘리는 아빠가 와서 좋아?"

아이가 볼을 붉히더니 고개를 크게 끄덕였다. 그러며 해맑게 덧붙인 말에 레온의 심장이 기분 좋게 두근거렸다.

"엘리 집에도 이제 아빠 있어."

실은 이곳에 온 후 줄곧 외로움을 느꼈었다. 그가 없어도 그 여자와 아이는 행복하게 살았다. 둘에게 제가 전혀 필요하지 않다는 걸 체감하니 심장에 대못이 박힌 기분이었다.

그러나 아이는 그를 필요로 했다. 제 엄마와 둘이서만 살던 집의 일원으로 벌써 인정하기까지 했다.

레온은 천사를 안아 무릎에 앉히곤 물었다.

"엘리, 아빠 갖고 싶었어?"

"응."

"그래서, 아빠가 네 마음에 들어?"

아이가 그를 바라보며 수줍은 듯이 손가락을 빨더니 고개를 끄덕였다. 사랑스러워 숨이 멎을 것만 같았다.

"엘리 집에 아빠가 있었던 적 없어? 다른 아저씨를 아빠라고 불러 본 적은?"

감히 그의 딸에게서 아빠라는 말을 들었던 자가 있다면 귀에 총알을 박아 줄 것이다.

"다른 아저씨가 왔던 적은?"

세 질문 모두에 아이가 고개를 도리도리 저었다. 레온은 아이의 뺨에 입을 맞추며 속삭였다.

"잘했어, 내 딸."

집 안에 남자 물건이 없는 건 이미 확인했다. 그레이스가 다른 남자를 그녀와 아이의 인생에 들인 적 없다는 걸 엘리의 입으로 다시 확인하자 레온은 한시름 놓았다.

"엄마가 오면 아빠가 계속 엘리 집에 있었으면 좋겠다고 말하는 거야. 약속."

"약속."

벌써 아빠 말을 이렇게 잘 듣다니. 천사가 따로 없었다.

"엄마도 부를까?"

"아니, 엄마는 일해야지."

레온은 아이를 더욱 세게 끌어안았다. 그레이스가 등장하면 이 평화롭고 행복한 시간은 끝이라는 걸 그가 모를 리 없었다. 그녀가 아이와 단둘이서 누렸던 시간을 그도 누려 보고 싶었다.

"엄마가 아빠 얘기 해 준 적 있어?"

"응."

"뭐라고 했어?"

"아빠는 엄마를 사랑한대."

그 여자가 그런 말을 다 했다니. 어떤 심정으로 그 말을 했을까? 그가 얼떨떨하게 생각에 잠긴 사이 엘리가 한마디를 더 덧붙였다.

"엄마도 아빠를 사랑한대."

"그래?"

그럴 리 없잖아. 아이에게 거짓말을 하다니. 나쁜 엄마네. 레온은 씁쓸하게 웃으며 아이와 눈을 맞췄다.

"엘리, 오늘 처음 본 아빠가 이런 말을 하면 믿기 어렵겠지만 아빠는 엘리를 사랑해."

이젠 비겁하게 굴지 말자. 여유를 부리지도 말자. 레온은 늦기 전에, 또다시 놓치기 전에 마음을 전하기로 했다.

아빠의 고백을 들은 아이는 어리둥절한 눈으로 그를 보더니 엉뚱하게도 물었다.

"왜애?"

"넌 내 딸이니까. 내가 사랑하는 여자와 낳은 내 딸이니까."

어떤 이유가 더 필요할까.

레온은 아이를 놓아주지 않고 사랑한다는 말을 거듭 속삭였다.

"사랑해, 엘리. 엘리는 아빠 사랑해?"

"아니."

레온은 실소를 터트렸다.

"그래, 네 엄마 딸 맞네."

키스한 뺨을 후려친다는 말대로 아이는 사람을 들었다 놨다 했다. 제 엄마만큼이나 잔인하고도 사랑스러운 딸이었다.

겨우 한 시간 전만 해도 찾고 싶다는 생각뿐이었다. 그런데 마침내 찾아 품에 넣고 보니 언젠가 이 아이에게서 사랑한다는 말을 듣고 싶다는 욕심이 싹트기 시작했다.

사랑은 무엇을 해야 받을 수 있는 걸까?

가난한 사랑으로도 아이의 값진 사랑을 살 수 있는 그레이스가 부러웠다. 뒤늦게 아이의 인생에 나타난 그는 어떤 사랑을 쏟아부어야 따라잡을 수 있는지 알고 싶었다.

주변을 둘러보던 그의 시선이 거실 한구석에 놓인 작은 전나무에 닿았다. 색색의 리본과 별, 구슬 따위로 장식된 나무의 아래에는 정성스럽게 포장된 선물 상자가 서너 개 놓여 있었다.

"엘리, 저건 엄마가 사 준 선물이야?"

그의 품에 안겨 있던 아이가 고개를 끄덕였다.

"근데 엄마가 열어 보면 안 된대써. 왜 안 돼? 진짜 안 돼?"

아이는 계속해서 왜 안 되냐고 물으며 그에게서 열어 봐도 된다는 허락을 얻어 내려 했다. 이 꾀는 누구를 닮은 건지 궁금해졌다. 열어 봐도 된다고 하면 아이의 환심과 함께 그 여자의 주먹질도 같이 살 것을 예감한 레온은 아이에게 물었다.

"엘리, 아빠도 선물을 사 줄까? 아빠가 주는 건 오늘 열어 봐도 돼."

너도 윈스턴이라면 욕심으로 빚어져 있겠지. 예상대로 아이가 청록빛 눈망울을 반짝이기 시작했다.

"베티 아빠는 강아지 사 준대."

"겨우 강아지?"

픽, 조소했더니 엘리의 눈이 더더욱 반짝였다. 레온은 결정적인 승부수를 던졌다.

"엘리, 아빠는 네가 원하는 건 뭐든지 사 줄 수 있어."

"모든지?"

아이는 눈이 한결 커지더니 원하는 게 있는지 활짝 웃었다. 통했다.

"엘리는 아침에 아버님께서 데려가셨어요."

"네?"

엘리 아빠라니. 대체 누가.

새파랗게 질린 그레이스에게 보육 교사가 도시락 가방을 건네주며 물었다.

"엘리 물건은 잊고 안 가져가셨더라고요. 그나저나 어디서 많이 본 얼굴이던데 혹시 아버님이 영화배우이신가요?"

그 순간 새파란 공포가 새빨간 분노로 돌변했다.

쿵.

차 유리창을 부숴 버릴 듯이 두드리는 소리에 캠벨은 잠시 붙였던 눈을 떴다. 차창을 사이에 두고 마주친 두 눈은 새빨갛게 충혈되어 있었다.

"그 남자 여기 있어?"

창을 내리자 여자가 이를 악문 채 물었다. 턱이 부들부들 떨리는 게 똑똑히 보일 정도였다.

소령은 오전에 백화점에서 오늘 중으로 사야 하는 물건의 목록을 피어스에게 전달하라고 지시하곤 오후에 식사와 디저트를 주문한 일 외엔 건물 밖으로 전혀 나오지 않았다. 즉, 디저트를 전달한 오후 3시 이후부터 7시가 다 되어 가는 지금까지 아무런 소식이 없었다.

캠벨이 고개를 끄덕이자마자 여자가 주먹을 쥐며 건물 입구로 뛰어 들어갔다.

'덫으로 사냥꾼이 들어가는군.'

"죽여 버릴 거야."

엘리베이터가 위로 올라가기 시작하자마자 그레이스는 치마를 걷어 올려 권총을 뽑아 들었다.

감히 내 딸을 데려가?

그 남자는 엘리를 제 거처로 데려갈 수 있음에도 그녀의 집으로 데려왔다. 그건 다행이라는 이성적인 생각을 하지 못할 정도로 그레이스는 격분했다.

일부러 제집의 초인종을 눌렀다. 그 남자가 문을 열면 엘리 몰래 목에 권총을 겨누고 밖으로 쫓아낼 생각이었다. 그러나 두어 번 더 눌러도 답이 없었다.

열쇠로 문을 따고 들어가는 그레이스의 손이 떨렸다. 식탁과 거실에는 먹고 논 흔적이 어지럽게 흩어져 있었지만 사람은 전혀 보이지 않았다.

갈수록 불길한 생각이 드는 가운데 굳게 닫힌 침실 문을 조심스럽게 열어 본 그레이스는 그 자리에 얼어붙었다.

엘리는 머핀을 안고 곤히 잠들어 있었다. 그 남자의 품에 안겨.

무사한 걸 보자 기뻤던 건 한순간이었다. 엄마밖에 모르던 아이가 오늘 처음 본 아빠의 품에 편안히 안겨 있는 걸 보니 세상이 무너지는 것만 같았다.

대체 엘리에게 무슨 수작을 부린 거야.

그레이스는 방을 둘러보며 이를 갈았다. 저 개자식은 제가 뭐라도 되는 양 아이의 옷을 잠옷으로 갈아입히고 낮잠을 재웠다. 협탁에는 재우느라 읽어 줬는지 동화책까지 저 남자가 벗어 둔 손목시계와 커프스 옆에 놓여 있었다.

멋대로 그녀의 집에 침범한 것도 모자라 엄마로서 그녀의 영역까지 침범했다. 아이를 유괴해 간 것만큼이나 용서할 수 없었다.

"일어나."

그레이스는 침대로 다가가 잠든 남자의 이마를 총구로 짓눌렀다. 그가 숨을 크게 들이켜며 앓는 소리를 나직이 내더니 눈을 떴다. 능청스럽게 자는 척을 하는 게 아니었나. 남자는 잠기운이 가득한 눈으로 부아가 치밀 정도로 오래도록 그녀를 올려다보다가 씨익 웃었다.

"안녕, 스나이더 부인."

깊이 잠긴 목소리가 날렵하게 휘어진 입술 사이로 흘러나왔다.

"그나저나 내 성이 언제부터 스나이더였지?"

어디서 개수작이야. 그레이스는 단추가 두어 개 풀려 나간 남자의 셔츠 목깃을 한 손으로 움켜쥐었다. 아직 꿈나라를 헤매는 엘리가 듣지 못하게 그와 코앞에서 눈을 마주한 채 악문 잇새로 속삭였다.

"당장 조용히 일어나서 꺼져. 늘 그랬던 대로 나와 내 딸의 인생에서 조용히 꺼지는 거야."

그러나 남자는 늘 그렇듯 뻔뻔스럽게 나왔다.

"쉿, 조용히."

검지를 세워 그녀의 입술에 짓누르더니 다른 손으로는 뒤척이는 아이를 토닥였다. 기가 막혔다.

"예민한 아이잖아. 깨겠어. 눈 뜨자마자 보이는 게 아빠를 죽이려고 하는 엄마라니. 교육상 좋지 않아. 나가서 대화로 해결해."

잠결에 남자의 품으로 더욱 파고드는 딸을 보고 있자니 울분과 막막함이 동시에 느껴졌다. 엘리의 앞에서 총을 쏘긴커녕 드잡이조차 하지 못할 걸 저 남자는 너무도 잘 알고 있었다.

그러니 이번엔 엘리부터 찾아 인질로 잡은 거지.

그레이스는 하는 수 없이 권총을 거두며 남자의 멱살을 던지듯 놓았다.

"좋아. 당장 나와. 네가 그렇게 원하는 대화, 해 줄 테니까."

어떻게 알아냈지? 그 경관이 결국 제보한 건가? 그런데 엘리의 탁아소는 어떻게 알아낸 거야?

팔짱을 낀 채 거실을 서성이며 생각에 잠겨 있는데 소파에 앉아 그녀에게서 눈을 떼지 않던 남자가 생각을 읽기라도 한 듯이 그레이스의 질문에 답하기 시작했다.

"치안소에서 전화가 왔어. 난 그걸 어제 아침에 호텔에서 전달받았고. 어제 종일 너와 엘리를 추적했는데 쓸 만한 건 아무것도 못 건졌지. 프레스콧 근교를 쥐 잡듯 뒤져야 하나 싶어 좌절하던 차에 네 고용주가…."

결국은 제가 너무 방심하고 산 탓이었다. 그레이스는 식탁 앞에 털썩 주저앉아 얼굴을 손에 묻은 채 자책했다.

"…호텔로 데려가고 네게 전화하려 했는데 우리 딸이 집으로 가자는 거야. 그래서 왔지. 잠깐 둘러보기만 하고 가려 했는데 결국 이렇게 됐네. 이상. 또 궁금한 거 있어?"

왜 다 털어놓는 거야?

그레이스는 보고라도 하듯이 구는 남자를 벌어진 손가락 사이로 쏘아보았다. 남자는 피곤해 보이는 얼굴을 쓸어내리다 말고 또 씨익 웃었다.

웃음이 나와? 그래, 넌 웃음이 나오겠지.

그레이스는 제 앞날만큼이나 깜깜해진 창밖을 응시하다 물었다.

"내 딸에게 무슨 짓을 했어."

대체 어떻게 구워삶았길래 아이가 처음 보는 그를 따라간 것도 모자라 집으로 데려왔으며 안겨 자기까지 했느냐는 뜻이었다. 남자는 별거 없다는 듯 어깨를 으쓱거렸다.

"평범한 아버지가 할 만한 짓."

그는 눈으로 어지럽혀진 식탁과 거실을 가리켰다. 먹다 남긴 음식과 케이크가 식탁 위의 접시에 그대로 남아 있었고, 거실은 발 디딜 틈 없을 정도로 장난감이 여기저기 흩어져 있었다.

"그래, 광란의 파티를 벌인 것 같네."

이제 어떻게 도망치지?

절망한 척 손에 얼굴을 묻고 머리를 재빨리 굴렸다. 하지만 아무리 생각해 봐도 엘리에게 아무런 충격을 주지 않으면서 여기서 도망칠 방법은 없었다. 더군다나 제 집 안에 들어앉은 남자를 쫓아낼 방법도 없다. 이 남자에게 잡히는 상상은 수도 없이 했지만 집에 들어앉아 있는 건 상상도 못 했다.

결국 손에 얼굴을 묻은 채 절망하는데 남자는 또 생각을 읽은 사람처럼 굴었다.

"도망칠 필요 없어. 억지로 데려가려는 것도 아니고."

저 남자답지 않은 소리에 고개를 들었더니 남자는 집을 둘러보며 더더욱 엉뚱한 소리를 했다.

"나도 여기서 살까."

"…."

"처음엔 이렇게 비좁은 데서 어떻게 사나 싶었는데 꽤 아늑해. 자동차 한 대 값인 내 침대에서는 오지 않던 잠이 검소한 네 침대에선 바로 오더군. 신기해."

"그럼 침대를 가지고 당장 꺼져."

남자는 재밌는 농담이라도 들은 양 웃음을 터트렸다. 지금 정작 농담을 하는 사람이 누군데. 그것도 웃기지 않은 농담을.

"그레이스, 난 보기보다 진보적인 남자야. 네가 돈을 벌어 오는 동안 난 집에서 우리 딸을 키울게."

"미친 새끼."

"집에선 욕설 금지. 우리 딸이 들어."

그는 경고라도 하듯이 손가락으로 그레이스를 가리키며 닫힌 침실 문을 곁눈질했다. 그녀의 말문이 막힌 사이 남자가 꼬아 둔 다리를 풀고 갑자기 일어섰다.

식탁에 내려 두었던 권총을 덥석 쥐었더니 남자는 픽 웃으며 이쪽으로 걸어왔다. 드르륵, 맞은편의 의자가 당겨지고, 그가 작은 식탁만을 사이에 두고 그녀와 마주 앉았다.

"시답잖은 농담은 집어치울게. 나를 그렇게까지 경계할 필요 없어. 내가 정말 엘리를 빼앗아 갈 생각이었으면 네가 회사에 갇혀 있는 사이에 하고도 남았지. 그리고 널 가둘 생각이었다면 대화 따위 시도도 하지 않아."

그레이스는 대답 없이 노려보기만 했다. 손은 여전히 식탁 아래에서 권총을 그에게 겨누고 있었다.

"난 이젠 어른답게 내가 저지른 잘못을 만회하고 싶을 뿐이야."

네 오만하고 이기적인 방식대로. 남자가 두 손을 모으고 진지하게 그녀를 바라보다 말문을 다시 연 순간 예상은 적중했다.

"돈이 필요하지 않아? 네 모친에게서 받은 유산, 이미 다 탕진했을 텐데."

그 순간 그레이스의 가슴이 철렁 내려앉았다. 유산을 받은 건 어떻게 안 걸까.

'…빌어먹을, 조!'

오빠를 원망하고 보니 불현듯 깨달았다. 벌써 그 많은 유산을 탕진했을 거라고 생각하는 걸 보면 정확히 무얼 얼마나 받았는지는 모르는 듯했다.

"여러모로 생활이 곤란해 보이는데…. 알잖아. 내가 양심은 없어도 돈은 많은 거."

남자가 생활이 곤란해 보인다며 눈으로 가리킨 건 어제 극장에서 잔뜩 챙겨 온 초콜릿과 쿠키 상자였다. 제가 어떤 오해를 샀는지 깨닫자마자 억울함과 분노가 치밀어 뒷덜미가 뻐근해졌다.

"이런 건 생활이 곤란해서 가져온 게 아니야. 나도 돈 있어. 다들 돈이 있어도 공짜로 얻을 일이 생기면 마다하지 않는단 말이야. 가난해서 훔쳐 온 게 아니야."

억울해서 소리라도 지르고 싶은데 아이가 깰 테니 그러지 못했다. 답답해 미칠 지경이었다.

"돈이 있는데 왜 극장에 굴러다니는 걸 주워 와?"

"하…."

그레이스는 한 손에 지끈거리는 머리를 기댔다. '돈이 있다'의 정의가 달라도 너무 다르다. 그제야 저와는 평생 다른 세상에서 살아온 남자에게 제 세상을 이해시키려는 멍청한 짓을 했다는 생각이 들었다.

"넌 귀족에, 부호니까 당연히 모르겠지."

"우리 딸도 귀족이자 부호이니까 이런 걸 몰라야 하는 거 아닌가."

눈을 감고 신음하던 그레이스는 그 말에 눈을 번쩍 뜨곤 남자를 노려보았다.

"지금 내가 아이를 궁상맞게 키운다는 거야?"

"내 말은 그런 뜻이 아니야."

"돈이 낙엽보다도 하찮은 네 눈에는 부족해 보이겠지만 난 엘리를 부족한 것 없이 키웠어!"

쾅. 분노를 이기지 못하고 식탁을 주먹으로 내려쳤다. 남자의 낯에 답지 않게 긴장한 기색이 감돌기 시작했다.

"알아, 그레이스."

남자가 손을 내밀어 부들부들 떨리는 그레이스의 주먹을 감싸려 했다.

"홀로 고생하면서도 엘리를 훌륭하게 키운 네가 대단하다고 생각해.

내가 하고 싶은 말은 왜 쓸모없는 고생을 하려고 하냐는 거야."

"쓸모없는 건 고생이 아니라 너야."

그녀는 손이 닿자마자 뿌리치고 일어섰다.

"네 말대로 난 너 없이도 엘리를 훌륭하게 키울 수 있으니 쓸모없는 너는 이제 그만 나가 줄래?"

현관문을 열어젖히고 배웅이라도 하듯이 밖으로 손을 내저었다.

"잘 가. 오랜만에 봐서 불쾌했어. 다시는 볼일 없길 바라."

예상대로 남자는 미동도 하지 않았다. 그레이스를 물끄러미 바라보다 나직한 한숨을 내쉬더니 조금 전보다 가라앉은 목소리로 다시 말문을 열었다.

"내가 돈 이야기부터 꺼낸 게 불쾌했던 것 같은데…."

"맞아."

"사과할게."

내가 잘못 들었나. 그레이스는 눈을 가늘게 떴다.

"난 너를 얕잡아보는 것도, 돈으로 내 죄를 씻겠다는 것도 아니었어. 네가 사과를 받아 주지 않을 테니까 돈이라도 받아 줬으면 했어. 난 그저 네가 받아 줄 만한 건 뭐든 주고 싶은 것뿐이야."

"난 네 돈도 싫어."

"그래, 넌 내가 뭘 하든 싫겠지."

남자가 잠긴 목소리로 중얼거렸다.

"알아서 다행이야."

그 말에 그는 쓰게 웃더니 일어섰다.

"미움받는 것도 나쁘지 않아. 네가 주는 거라면 사실 다 좋거든."

또 한 번 귀를 믿기 힘들어졌다. 고작 한 계절의 거짓된 밀월기가 그토록 좋았던 걸까. 사랑에 빠지게 만든 건 저이건만 아직도 저 남자가 거기에 빠져 헤어 나오지 못하는 걸 믿기 어려웠다.

그레이스가 활짝 열린 문을 잡고 노려보는 사이 남자는 유유히 주방으로 걸어가 찬장을 열고 컵을 꺼냈다. 그러곤 식탁 한쪽에 놓여 있던 탄산수 병을 열었다.

그제야 집 곳곳에 흩어진 저 남자의 흔적이 그레이스의 눈에 들어왔다. 식탁에는 저 남자가 늘 마시는 탄산수가 여러 병 놓여 있었다. 소파에 놓인 곰 인형은 못 보던 남성용 선글라스와 넥타이를 걸고 있었고, 현관의 벽에는 그녀와 아이의 옷 사이에 남자의 코트와 재킷이 뻔뻔스럽게 걸려 있었다.

"우리 딸은 벌써 제 옷을 벗어 정리할 줄도 알더군. 말도 어른 뺨치게 잘해. 거기다 눈을 감으면 난데 눈을 뜨면 너야."

이 집이 제집인 것처럼 굴던 남자는 엘리가 제 것이라도 되는 양 자랑을 시작했다.

"정말 완벽한 아이지."

한마디 쏘아붙이려던 그레이스는 먼저 문을 닫았다.

"네가 쌓은 모든 걸 무너뜨릴 수 있는 반군의 몸에서 나온 아이가 완벽해? 정신 차려."

"반군이라니. 내 아이의 어머니를 모욕하지 마."

그레이스는 잠시 말문이 막혔다가 가까스로 한마디를 뱉어 냈다.

"미친놈."

그러나 이번엔 엘리의 아버지를 모욕하지 말란 말은 돌아오지 않았다. 남자는 아이가 차에 타자마자 경적을 계속 울려 달라고 조르더란 이야기를 묻지도 않았는데 웃으며 떠들었다.

"엉뚱한 걸 보니 어릴 적 네 생각이 났어."

지금 저 남자, 엘리가 홀로 신이 나 종알댈 때와 닮았다는 생각을 저도 모르게 하고 있던 그레이스는 흠칫했다.

"아, 그리고 집에 오자마자 내게 차를 차려 주더군. 어찌나 귀엽던지."

"그건 집에 손님이 올 때마다 내가 하는 걸 흉내 내는 것뿐이야. 네가 좋아서 그러는 게 아니니까 착각하지 마."

"아닐걸? 손님일 뿐인 사람에게 이런 말은 안 할 텐데?"

그레이스가 노려보자 남자가 다시 식탁 의자에 앉더니 다리를 여유롭게 꼬며 자랑했다.

"엘리는 아빠가 집에 있어서 좋다고 했어. 아빠가 갖고 싶었다는 말도 했지. 결정적으로, 내가 아빠로서 마음에 든다는군."

"거짓말하지 마."

"본인에게 물어봐."

남자가 침실 쪽을 눈짓했다. 언제 나온 건지 엘리가 토끼 인형을 안은 채 침실 문 앞에 서서 눈을 비비고 있었다.

"우리 공주님, 잘 잤어?"

이쪽으로 걸어오는 아이에게 남자가 손을 내밀었다. 하지만 엘리는 그 손을 피해 그레이스에게로 뛰어왔다.

"엄마다."

아이는 그녀의 다리에 매달리더니 졸음이 가득한 얼굴을 엄마의 손바닥에 문질렀다. 하지만 그레이스는 여느 때처럼 안아 주지 않고 몸을 숙여 엘리와 눈높이를 맞췄다.

"엄마 일 잘하구 와써? 뽀뽀."

"엘리, 똑바로 서. 모르는 사람을 따라가면 안 된다고 한 말 잊었어?"

그녀는 두 팔을 벌리며 안기려는 아이를 붙잡아 똑바르게 세우며 엄하게 나무랐다.

"응? 엄마가 몇 번이나 말했잖아."

발그레한 얼굴에 번져 있던 웃음기가 사라졌다. 어리둥절한 눈으로 남자를 돌아본 아이가 손가락을 빨며 그레이스에게 소곤거렸다.

"그치만 엘리 아빠래써."

그 순간 그레이스의 말문이 막혔다. 아빠라고 하는 사람을 따라가지 말라는 말은 해 준 적 없었다. 사탕이나 장난감도 아니고 아빠라는 말에 순순히 따라왔다니. 그런 것보다 아빠가 갖고 싶었다는 뜻 같아 멍해졌다.

"내 잘못인데 아이에게 그러지 마."

레온은 자리에서 일어나 모녀에게로 다가갔다. 한 쌍의 청록빛 눈동자가 그를 죽일 듯이 노려보고 또 다른 한 쌍의 청록빛 눈동자가 두 사람 사이에서 혼란스럽게 흔들렸다. 레온을 올려다보는 아이의 눈망울이 불안하게 떨린다 싶더니 돌연 눈이 커다래졌다.

"…아빠가 아니야?"

아이가 숨을 크게 들이켜자마자 울음이 터져 나왔다.

"흐아앙!"

"엘리, 아빠 맞아."

레온은 안아 주려고 몸을 숙이자마자 거부당했다.

"아저씨, 시러!"

아이는 그의 손을 냅다 뿌리치며 제 엄마에게만 매달렸다.

"엄마! 엘리 놀래써. 안아죠. 안아죠."

아빠가 맞다는 말 한마디면 되는 일이다. 그러나 그레이스는 그 말을 해 주긴커녕 매달리는 아이를 안아 주지도 않았다.

"화가 났으면 내게 풀어. 고작 이런 일로 아무것도 모르는 아이를 울려야 직성이 풀리겠어?"

"네가 뭔데 훈계야? 잘못했으면 입 다물고 있어."

"엄마, 엘리, 끅, 기분이 아파요. 안아죠."

아이가 발을 동동 구르기 시작하고서야 그레이스는 일어서더니 아이를 안아 올렸다. 제 엄마가 등을 토닥여 주자 아이는 울음을 그쳤지만 계속 끅, 끅 딸꾹질을 하듯이 흐느꼈다.

"엘리, 다신 엄마 허락 없이 모르는 사람 따라가지 마."

엘리가 엄마의 블라우스 깃에 눈을 비비다 고개를 끄덕였다. 엄마의 목에 매달리느라 떨어트린 토끼 인형을 레온이 주워 주었더니 아이는 그걸 홱 낚아채 갔다. 오늘 아침만 해도 엄마가 오면 아빠와 같이 살고 싶다고 말하겠다던 아이가 그를 노려보았다. 제 엄마와 똑같은 눈으로.

피가 마르는 것만 같았다.

너무도 쉽게 애정을 준다 싶었다. 거두는 것 또한 주는 것만큼 쉬울 줄도 모르고.

"나더러 유괴범이라더니 정작 유괴는 네가 했어."

아이가 어깨에 얼굴을 묻은 채 조용해지자 그레이스는 몸을 돌려 남자를 마주 보곤 목소리를 낮춰 따졌다.

"네가 오늘 얼마나 위험한 짓을 했는지 알아?"

"아니, 그 말엔 동의 못 하겠어."

레온은 그레이스의 체온과 숨결이 느껴질 정도로 고개를 숙이곤 아이에게 들리지 않도록 속삭였다.

"세상에 아빠라는 말로 아이를 유괴하는 인간은 없어. 보통 아이들은 내가 네 아빠라는 말에 순순히 따라오지 않아."

그는 이따금 훌쩍이느라 들썩이는 아이의 머리에 손을 얹었다.

"이 아이도 내가 제 아빠인 걸 알아본 거야. 아빠를 원한다는 뜻이기도 하잖아. 네가 나를 원하지 않는다고 아이에게서 아빠를 빼앗아 갈 권리는 없어."

그레이스는 남자와 코끝이 닿을 정도로 고개를 들고 눈을 마주한 채 한 자 한 자 조용히, 그렇지만 똑똑히 짓씹어 뱉었다.

"제 사욕을 채우기 위해 아이를 만든 아빠라면 없는 게 나아."

아이를 제 욕심에 이용했다는 비난을 들은 남자가 도리어 이해할 수 없다는 듯이 실소했다.

"그레이스, 인간은 누구나 사욕을 채우기 위해 아이를 만들어. 가문의 대를 잇기 위해, 노년에 부양해 줄 사람이 필요해서, 그저 아이가 좋아서, 심지어는 즐기다 실수로. 아이를 위해 아이를 만드는 사람은 없어."

그레이스의 말문이 막힌 사이 남자는 엘리의 머리를 쓰다듬던 손을 미끄러트려 아이의 등을 토닥이는 그녀의 손에 제 손을 포갰다.

"중요한 건 끝까지 책임을 지느냐 아니냐이지. 넌 내게서 책임질 권리를 앗아 가고 있어."

그레이스는 손을 뿌리쳤다.

"책임 같은 허울 좋은 소리로 나를 흔들려 하지 마. 넌 그저 나를 잡을 수단으로 이 아이를 원하는 것뿐이야."

"그게 아니야. 난 네가 그날 타운 하우스에 아이를 두고 갔었길 바라기도 했어. 그럼 너를 찾기 훨씬 어려워졌겠지. 그래도 난 정말 기쁜 마음으로 키웠을 거야. 어쩌면 네가 없는 시간을 버티기 조금 더 쉬웠겠지."

그는 고개를 기울이더니 흠칫 물러서려던 그레이스의 뺨을 스쳐 지나가 엘리의 머리에 입을 맞췄다. 남자는 그녀가 아닌 딸을 사랑스러워 어쩔 줄 모르겠다는 눈으로 바라보며 입꼬리를 휘어 올렸다. 그녀를 잡는 수단이 되지도 못하고 후계자로 삼을 수도 없다. 아무리 생각해 봐도 저 남자에겐 쓸모가 없는 여자아이를 왜 이토록 원하는지 이해하기 어려웠다.

"떨어져."

어느새 남자의 손이 그녀의 허리를 감고 있었다. 언쟁을 하는 사이 둘을 은밀히 끌어안은 교활하기 짝이 없는 남자를 밀치고 그레이스는 소파에 앉았다. 보통의 두 살배기도 힘든데 제 또래보다 크고 무거운 아이를 계속 안고 있자니 허리도, 팔도 끊어질 것 같았다.

숨을 돌리던 그레이스는 얼굴을 찡그렸다. 그녀의 품에 아기 코알라처럼 매달린 딸에게서 저 남자의 향수 냄새가 진하게 났다.

고작 세 살도 안 된 아이에게 해서는 안 되는 생각인 건 알지만 섭섭했다. 이 아이를 제 아빠의 마수로부터 지키려고 그녀는 몸부터 머리, 마음까지 갖은 고생을 했건만 아이는 제 아빠를 제 손으로 집에 데려왔다. 차라리 강아지를 주워 왔으면 웃었을 것이다.

아빠가 어떤 인간인지 가르쳐 주지 않은 제 잘못이다. 아니다. 어떻게 아이에게 아빠가 나쁜 사람이라는 말을 해 줄 수 있을까. 결국 이 모든 건 아이를 교활하게 꼬드겨 낸 저 남자의 잘못이었다.

"엘리, 자니?"

남자가 다가오며 아이에게 물었다. 그가 아이를 향해 뻗는 손을 그레이스가 쳐 냈다. 아이가 그녀의 어깨에 파묻은 고개를 도리도리 저으며 대답을 하니 남자는 물러설 줄 모르고 또 물었다.

"우리 딸, 배고프지 않아? 저녁때가 지났어."

남자는 그레이스가 노려보든 말든 몸을 낮추고 아이와 눈을 마주한 채 계속 말을 걸었다.

"엘리는 뭐 먹고 싶어? 점심때처럼 랍스터를 먹을까? 입에서 녹는다고 좋아했잖아. 엄마는?"

남자의 손이 그녀의 어깨로 올라온 찰나였다. 짝 소리가 매섭게 울렸다.

"엄마 만지지 마."

"우리 딸, 손이 매운 것도 엄마 닮았네."

남자는 얻어맞은 손등으로 엘리의 뺨을 어루만지며 웃었다.

"아저씨 시러. 아저씨 때매 엄마 화나써."

"아저씨가 아니라 아빠라니까."

"엄마 이제 화 안 났어. 괜찮아."

기분이 순식간에 풀린 그레이스는 엘리를 끌어안으며 머리에 입을 맞췄다. 뺨에 길게 남은 눈물 자국을 손으로 닦아 주자 아이가 고개를 들며 물었다.

"엄마 화 안 나써?"

"안 났어. 그렇지만 이젠 모르는 사람 따라가면 안 돼."

아이가 재깍 고개를 끄덕이더니 옆에 앉은 남자를 손가락으로 가리키며 외쳤다.

"저 아저씨 나가라구 해."

또 아저씨라고 불린 것도 모자라 이젠 나가라는 말까지 들은 남자가 한 대 얻어맞은 듯한 얼굴을 하더니 그레이스에게 눈빛을 보냈다. 어서 아빠가 맞다고 말하라는 무언의 압박이었다. 그레이스는 못 본 척하며 엘리의 잠옷에 붙은 보풀만 뗐다.

"엘리, 아빠잖아."

"아니야, 모르는 아저씨야."

"모르는 아저씨래. 나가."

"마쟈. 나가."

엘리가 계속 외면하는 데에다 그레이스까지 거드니 남자의 표정이 점점 나빠졌다. 그럴수록 그레이스는 의아해졌다.

분명 예전이었으면 거절당했다는 굴욕감을 못 이겨 강압적으로 나오고도 남았을 남자였다. 하지만 이 남자 지금은 힘으로 누르려는 게 아니라 말로 설득하려 했다. 아니, 설득이라기보단 애원에 가까웠다.

내가 알던 레온 윈스턴은 죽었나?

누가 죽여서 겉껍데기만 차지했나 싶을 정도였다. 국왕에게 미움받는 건 우습게 생각하던 남자가 고작 두 살배기에게 미움받는 걸로 어쩔 줄 몰라 하며 아이의 반응 하나에 천국과 지옥을 오가다니.

"아빠랑 오늘 재밌게 놀았잖아."

아이가 고개를 끄덕이자 남자의 얼굴에 화색이 돌았다.

"아빠가 엘리 마음에 든다고 한 것도 기억나지?"

"아저씨 이제 시러."

화색이 삽시간에 사색이 되었다.

"아빠가 우리 공주님 선물도 사 뒀어."

"엄마가 모르는 아저씨가 주는 거 받지 말래써."

그리고 저 남자와 함께 그레이스도 아이의 반응 하나에 천국과 지옥을 오갔다.

"엘리, 아빠가 정말 가서 다시는 오지 않았으면 좋겠어?"

남자가 제게 불리한 수까지 두며 묻는 순간엔 아이가 사색이 되었다.

"그치만 아저씨는 엘리 아빠 아닌데…."

아이가 손가락을 빨며 중얼거렸다.

"아닌데…. 엄마가 엘리 아빠는 천국에 있댄는데…."

아이는 그런 말을 하며 그레이스를 바라보았다. 욕심쟁이 엘리의 눈으로. 그러더니 똑같은 눈으로 제 아빠를 바라보았다.

"엄마가 엘리는 아빠 업따구 해써…."

엘리를 잘 모르는 남자도, 엘리를 잘 아는 여자도 함께 낙담했다.

조금 전에 아저씨라고 부르며 밀어내던 건 다 엄마의 눈치를 보느라 한 행동일 뿐이었나 보다. 아이는 그레이스가 제게 화를 풀고 제 아빠에게도 더는 아무 말 하지 않자 솔직한 마음을 드러내기 시작했다.

엄마, 난 저 아저씨 좋아. 어서 저 아저씨가 내 아빠라고 말해 줘.

엘리는 눈으로 그렇게 말하고 있었다.

넌 왜 하필이면 저 남자가 좋다는 거야?

아빠가 갖고 싶으면 차라리 더 좋은 아빠를 만들어 주겠다고 하고 싶지만 아이의 눈을 보니 이미 늦었다. 여태 남자 어른을 별로 좋아하지 않았던 아이가 저 남자만은 쉽게 받아들였다. 피는 물보다 진하다더니 저도 모르게 저와 닮은 혈육에게 끌리는 걸까, 어쩌면 그저 반듯한 외모에 속는 것뿐일까.

사람 보는 눈이 없다는 생각에 눈앞이 아찔해졌다. 그 또한 어찌 보면 저를 닮은 거라 할 말이 없었다.

"엘리…."

이젠 그레이스가 기분이 아프다며 엘리에게 안아 달라고 하고 싶은 심정이었다. 하지만 그녀는 아이가 아닌 어른이었다. 어른의 유치한 싸움 탓에 처음부터 죄 없이 휘둘렸던 아이가 또 휘둘리게 할 순 없었다.

그레이스는 저처럼 아픈 눈을 한 남자를 바라보았다. 아래로 처진 어깨를 보자 어젯밤 엘리의 보닛에 얼굴을 묻고 어깨를 들썩이던 모습이 눈앞에 어른거렸다.

저 남자의 말대로 억지로 데려가려 했다면 이미 하고도 남았을 것이다. 엘리에게서 아빠라는 말과 사랑을 원한다면 이미 강요하고도 남았을 것이다. 어쩌면 저 오만한 남자는 이 정도의 굴욕에도 너 따위의 애정은 필요 없다며 떠나고도 남았을 것이다.

그러나 남자는 아직 여기 머물러 아이와 그녀의 선고를 기다리는 것도 모자라 이젠 무릎을 꿇기까지 했다.

"그레이스, 제발…."

여전히 저 남자를 믿을 수도, 용서할 수도 없다. 난 여전히 저 남자가 고통받기를 원한다. 그런 이성의 외침에도 그레이스는 무릎을 꿇은 남자와 손가락을 빨며 조르는 딸의 얼굴을 혼란스럽게 번갈아 보다 저도 모르게 말해 버렸다.

"엘리 아빠 맞아."

그 순간 놀라울 정도로 닮은 두 얼굴에 똑같은 미소가 새겨졌다. 그레이스는 한숨을 삼키며 아이를 바닥에 내려놓았다. 눈을 반짝이며 제 눈치를 보는 아이의 등을 살짝 떠밀자 아이가 여전히 무릎을 꿇은 제 아빠에게로 머뭇머뭇 다가갔다.

"아빠…."

아이가 팔을 벌리며 제게로 다가오는 걸 감격스러운 눈으로 지켜보던 남자는 그 말을 듣는 순간 못 참겠다는 듯이 아이를 끌어안았다. 곧 남자의 미소가 일그러졌다.

"우리 딸."

억눌린 그 목소리가 젖어 있는 것처럼 들리자 그레이스는 눈을 감았다.

저 남자, 교활하다는 걸 잠시 잊었다.

"와아!"

스위트룸 거실의 문이 열리자마자 뛰어 들어간 아이가 거대한 인형의 집 주변을 돌며 물었다.

"이거 이제 엘리 꺼야?"

여유롭게 뒤따라 걸어 들어간 남자가 고개를 끄덕였다. 신이 나 방방 뛰는 아이의 머리를 쓰다듬는 남자는 웃는데 여전히 문간에 선 그레이스는 그러지 못했다.

역시나 그녀가 없는 사이에 남자는 아이에게 물밑 작업을 철저히 해 두었다. 그녀가 아이에게 떠밀려 그의 영역에 발을 들일 수밖에 없도록.

무릎을 꿇으며 빈 것도 다 연기가 아니었을까. 이제야 제가 멍청하게 느껴졌다.

"엄마, 엄마! 이거 봐!"

아이가 거듭 부르고서야 거실로 발을 들이자 그녀의 뒤에서 기다리고 있던 수행원이 짐 가방을 들고 거실 안쪽의 침실로 향했다. 가방에는 고작 며칠 머물 짐만 쌌다. 저 남자의 뜻대로 해 줄 생각이 전혀 없으니.

"엄마, 이거 엘리 꺼래."

"엘리 인형 집이 엘리 집보다 좋네…."

백화점에 전시되어 있을 때는 몰랐다. 인형의 집은 접이식이라 펼치면 더욱 커졌다. 방의 개수를 한눈에 파악하기 어려울 정도였다. 거기다 안은 왕실이 택한 장난감에 걸맞게 금박과 도자기, 실크 등으로 장식되어 있었다.

"와! 벽난로도 이써! 문도 열려!"

방을 하나씩 들여다보며 신이 나 외치는 아이를 즐거운 눈으로 바라보던 남자가 인형의 집 뒤에 선 수행원에게 눈짓을 했다. 수행원이 집 어딘가에서 기다란 코드를 꺼내 콘센트에 꽂자마자 아이의 눈이 커다래졌다.

"불도 켜지쟈나!"

자그마한 크리스털 샹들리에와 전등에 불이 들어오며 인형의 집을 밝혔다. 백화점에서 보았을 때엔 나무로 만든 상자 따위가 왜 제 반년 치 봉급씩이나 하나 싶었는데 자세히 보니 그럴 만도 하다는 생각이 들었다.

"인형은 여기 있습니다, 아가씨."

고용인들에게 언제 무슨 소리를 해 놓은 건지, 수행원이 엘리를 아가씨라고 부르며 커다란 상자를 열어 내밀었다. 엘리의 눈이 또 한 번 커졌다.

"엄마는 머 할 거야?"

수많은 칸마다 든 정교하게 채색된 목각 인형에서 아이가 눈을 떼지 못한 채로 그레이스를 잡아끌었다. 얼른 놀 생각에 빠진 아이를 남자가 몸을 낮춰 끌어안더니 물었다.

"우리 딸, 아빠가 내일은 뭘 사 줄까?"

"내일?"

장난감에 팔렸던 아이의 관심이 금세 그에게로 쏠리고, 그레이스의 곱지 않은 시선 또한 남자에게로 쏠렸다.

"엄마 선물은 성탄절에, 그 전까진 매일 아빠 선물을 열어 보는 거야. 어때?"

"진짜?"

남자는 욕심이 반짝이는 아이의 눈을 들여다보며 고개를 끄덕였다.

"그러니까 내일은 뭘 받고 싶은지 생각해 봐. 기억해. 아빠는 엘리가 원하는 건 뭐든지 줄 수 있어.”

남자가 아이의 뺨에 입을, 그레이스에게는 눈을 맞추었다. 그녀는 미소 띤 눈동자를 노려보았다.

아이는 꾸벅꾸벅 졸면서도 인형을 손에서 놓지 않으려 한 것도 모자라 인형의 집 앞에서 자겠다는 엉뚱한 소리까지 했다. 그러다 결국 졸음을 이기지 못해 침대에서 잠드는 순간에도 제일 큰 방에서 무도회를 열 거라는 둥, 내일 놀 계획을 중얼거렸다.

엘리가 행복한 하루를 보냈으니 그레이스도 행복했다. 그러나 한편으로는 쓸쓸한 마음이 드는 건 어쩔 수 없었다.

그레이스는 넓은 스위트룸 어딘가의 바에 홀로 앉아 칵테일 체리의 꼭지를 잘근거렸다. 진과 레몬주스에 소다수를 섞은 칵테일이 든 한 뼘 높이의 잔은 벌써 절반 넘게 비어 있었다. 술로 혼란스러운 머리를 달래곤 내내 같은 생각 중이었다.

모든 게 예상 밖이다.

상상부터 꿈까지. 그레이스가 수없이 그렸던, 붙잡히면 일어날 일들이 지금까진 현실과 하나도 맞아 들어가지 않았다.

순진한 엘리를 이용해 호텔로 데려오는 약은 수를 쓰긴 했으나 당장에 억지로 윈스포드로 끌고 가지는 않았다. 윈스포드는 멀다 쳐도 침대는 가깝다. 엘리가 잠들면 곧바로 침대로 끌고 갈 줄 알았더니 남자는 일을 해야 한다며 스위트룸 어딘가의 회의실로 향했다.

얼떨떨하다 못해 지금 이 현실이 오히려 꿈인가 싶을 정도였다.

높은 바 스툴에 앉아 다리를 꼬던 그레이스는 또 한 가지가 예상을 벗어났다는 것을 깨달았다.

왜 무기를 빼앗지 않았지?

다리에 감긴 권총집에는 아직도 장전된 권총이 들어 있었다. 아이에게 정신이 팔려 잊은 걸까. 그렇지만 그 집요한 군견 같은 남자가 이토록 결정적인 걸 잊었다는 건 말도 안 된다.

신체가 아니라 정신을 속박하기로 전략을 바꾼 건가.

체리 꼭지가 끊어지도록 잘근거리며 생각에 잠겨 있던 그레이스는 돌연 자조적으로 웃었다. 붙잡힌 것의 장점이 하나 있다. 적어도 오늘 밤엔 붙잡히는 악몽을 꾸지 않을 것이다.

픽 웃으며 꼭지를 재떨이에 버리고 병에서 칵테일 체리를 하나 더 건져 내던 때였다. 등 뒤에서 문이 열리더니 곧바로 닫히는 소리가 났다. 붉은 즙이 뚝뚝 떨어지는 체리를 손끝으로 쥔 채 그레이스는 익숙한 발소리에 귀를 기울였다.

곧 축음기에서 재즈가 흘러나오기 시작했다. 다가오는 발소리가 피아노와 트럼펫 선율 사이로 들리자 그레이스는 고개를 돌렸다. 예상대로 남자는 그녀와 눈이 마주치자마자 입매를 부드럽게 휘어 올렸다. 그레이스는 입이 아닌 눈꼬리를 휘어 웃었다.

"훌륭한 선곡이야. 고문실 생각이 나는걸? 내가 잡힌 지 얼마 되지 않았을 때, 넌 신문을 시작할 때면 지금처럼 재즈를 틀고 발소리를 울리며 내게 다가왔거든. 즐거운 시절이었지."

남자의 얼굴에서 미소가 사라졌다. 그가 축음기로 손을 뻗자 그레이스는 싸늘하게 쏘아붙였다.

"끄지 마."

남자가 축음기를 건드리려던 손을 들어 쏘지 말라는 자세를 취하며 이쪽으로 걸어왔다. 그레이스는 다시 앞으로 고개를 돌리곤 체리를 입에 넣었다. 남자가 바를 빙 돌아 그레이스를 마주 보는 벽 선반에서 브랜디 병과 크리스털 잔을 꺼내는 사이 그녀는 딱딱한 표정을 유지하며 속으로는 웃었다.

저 남자는 지금 협상이나 설득을 하러 온 것이었다. 교묘한 수에 넘어가지 않으려면 미리 기선을 제압해 둘 필요가 있었다. 그래서 지금 저 남자에게 가장 불리한 화제로 보이는 걸 꺼내 던졌더니 기가 단숨에 꺾였다.

3년 사이 사자의 이빨이 빠졌다. 믿기 어렵건 말건, 그레이스는 저 남자의 머리 꼭대기에 설 기회라면 절대로 놓치지 않았다.

"그래서 오늘은 뭐로 신문하실 건가요, 대위님?"

"그레이스, 난….”

"이런, 대위님 목소리로 듣는 내 이름이라. 벌써 고문이네요.”

진지한 얼굴로 그녀에게 뭔가를 말하려던 남자는 그녀의 비뚤어진 태도에 곤란한 얼굴을 하더니 입을 다물었다.

"있어.”

남자가 브랜디를 권하자 그레이스는 제 긴 잔을 머들러로 저으며 퉁명스럽게 대꾸했다. 남자는 그녀의 옆에 앉더니 얼음과 브랜디를 채운 크리스털 잔을 바에 내려놓고 진회색 정장 재킷의 안쪽으로 손을 넣었다.

"엘리는 담배 냄새 싫어해.”

빈손이 밖으로 나오자 그레이스는 또 속으로 웃었다.

예전보단 많이 약해졌어, 레온 윈스턴.

그 후로 그레이스는 턱을 괸 채 재즈 선율을 따라 콧노래를 흥얼거리며 잔 속을 머들러로 젓기만 했다. 옆에서는 이따금 숨을 천천히 내쉬는 소리가 들렸다.

브랜디 잔 속의 얼음이 녹아 달그락 부딪치는 소리를 내고서야 그레이스는 고개를 들었다. 남자는 술을 마시지도, 말을 걸지도 않았다. 턱을 괸 채로 정면만 보고 있기에 시선을 따라가 본 그레이스는 자신과 눈이 마주쳤다.

남자는 여태 벽면의 거울에 비친 그녀를 보고 있었다. 조금 전 인형 놀이를 하던 엘리를 지켜볼 때와 같은 눈빛이었다.

"예쁘네."

거울 속의 여자가 도발적인 눈으로 저를 노려보는 순간 레온의 눈빛이 바뀌었다. 그는 숨을 크게 들이켰다 내쉬며 중얼거렸다.

"금발도 잘 어울려."

그리고 그 새빨간 입술까지도.

"이렇게 보니 우리 좀 닮은 것 같지 않아?"

레온은 또 때에 맞지 않게 드는 생각을 억누르며 시답잖은 소리로 화제를 돌렸다. 그간 죽은 줄로만 알았던 욕구가 그레이스를 다시 만나자마자 깨어났다.

"난 네가 죽도록 보고 싶었는데…."

우리가 헤어졌던 연인인 줄 알아? 그레이스는 거울을 계속해서 노려보는데 남자가 돌연 그녀에게로 고개를 돌렸다.

"넌 내가 별로 보고 싶지 않았겠어."

그레이스 또한 남자에게로 고개를 돌렸다. 두 눈을 똑똑히 마주한 채 '잘 아네?'라고 빈정대어 주려던 때였다.

"매일 봤을 테니까."

그레이스는 딸과 똑같은 미소를 짓는 남자에게 눈을 흘겼다.

"그래서, 넌 어떻게 지냈어?"

또 이런다. 오랜만에 만난 연인인 것처럼. 그녀는 대답하지 않고 술잔을 들었다.

"난 잘 못 지냈어."

남자는 묻지도 않은 질문에 답했다. 거울 속에서 눈이 마주친 남자가 쓰게 웃었다. 하지만 곧 미소는 사그라들었다.

"2년 동안 매일 후회했어. 후회한 게 한둘이 아니지만 내 아이를 만날 기회를 놓친 내가 못 견디게 한심했지. 알지도 못하는 얼굴을 그리워하는 건 꽤나 괴로운 일인 거 알아? 꿈에서도 볼 수가 없어."

남자가 그녀를 보며 또 자조했지만 그레이스는 웃지 않았다.

"그래서 이번엔 엘리를 먼저 찾아간 거지."

물론 엘리를 잡으면 너 또한 잡히리라는 계산도 있었고. 그렇게 덧붙이는 남자를 그녀는 노려보았다. 남자는 그제야 잔을 기울여 브랜디를 마시더니 독주만큼이나 쓰게 웃었다.

"상상 이상이었어."

억지로 올린 입꼬리가 미세하게 떨렸다.

"너무나 사랑스러워서 괴로워. 그럼 지난 2년 반 동안의 우리 딸은 얼마나 사랑스러웠을까. 그 또한 내 상상 이상일 테지만 난 영원히 상상만 해야 하겠지."

"축하해."

그 말에 남자는 열의 없이 웃더니 중얼거렸다.

"벌이란 이렇게 내리는 거라는 걸, 네가 한 수 가르쳐 준 셈이군."

"12년 경력의 고문 전문가에게 듣는 칭찬이라. 영광이네."

그레이스는 심드렁한 투로 그를 조롱하며 잔을 들었다.

"아, 칭찬할 게 하나 더 있어."

"이런. 산타 할아버지, 듣고 계신가요."

남자가 픽 웃더니 다시 말을 이었다.

"내가 싫어해 마지않는 인간의 이름을 내 딸에게 붙이다니. 내 신경을 긁는 재주 하나 타고났어. 하지만 이건 몰랐을 거야. 엘리자베스 윈스턴 대부인의 애칭은 엘리가 아니라 베스거든. 자기야, 아쉽게도 절반은 실패했어."

남자가 턱을 괸 채로 그녀를 향해 몸을 기울였다. 향수 냄새가 더욱 진해지고 귓가에 숨결이 닿을 정도로 가까웠으나 그레이스는 아무렇지 않은 척 버텼다.

"그거 알아? 네가 어떤 식으로든 나를 약 올리고 싶어 한다는 거, 네가 나를 떨치지 못했다는 증거야."

틀린 말은 아니다. 그러나 딸의 이름이 그 증거라는 말은 틀렸다.

"제일 흔한 이름이라 그렇게 지은 것뿐이야, 이 머저리."

"하나뿐인 딸에게? 너무하군. 엘리가 들으면 엄마에게 실망하겠어."

그레이스는 잔을 기울이다 말고 눈을 휘어 웃었다.

"아빠에게 할 실망만 할까?"

남자는 아랫입술을 잘근 깨물더니 인정한다는 듯 고개를 끄덕이며 순순히 멀어졌다. 그러곤 말을 돌렸다.

"그나저나 어제 내 목숨을 구한 은인이 너라니."

또 저를 살린 게 저를 떨치지 못한 증거라는 허튼소리를 떠들 줄 알았더니 아니었다.

"고마워."

"후회해. 죽게 둘 걸 그랬어."

남자는 진담이 아닌 걸 다 안다는 듯 웃었다.

"영화는 봤어? 형편없지 않아?"

"희대의 졸작이야."

"내 생각도 그래."

그는 브랜디 잔을 만지작거리며 웃더니 중얼거렸다.

"같은 걸 싫어한다는 것도 나쁘지 않군. 원래 인간은 같은 걸 좋아할 때보다 싫어할 때 더 가까워지는 법이거든."

어떻게든 서로 얽어 보려는 노력이 가상했다. 그레이스는 남자를 한심하다는 눈으로 바라보다 물었다.

"그렇다는 말은 레온 윈스턴이란 남자를 싫어하는 사람이야말로 신이 내린 내 짝이란 거네?"

"내가 네 짝이란 뜻이지."

그레이스가 놀라 말문이 막힌 사이 남자는 쓰디쓴 얼굴로 술잔을 기울였다. 자기애의 결정체인 저 남자가 자신이 싫다는 말을 했다. 혼란스러워졌다.

"그레이스, 난 사과를 하려고 온 거야."

남자가 잔을 놓더니 그레이스를 돌아보았다. 표정부터 목소리까지 장난기와 웃음기가 모두 걷히고 진지했다. 이 남자가 가면을 쓰고 뻔뻔스럽게 굴 때보다 진심을 보일 때가 더욱 불편하다는 걸 사과라는 말을 꺼낸 순간에야 깨달았다.

"필요 없어."

일어서는 그레이스의 허리를 남자가 휘감았다. 그의 가슴팍에 어깨가 닿을 정도로 몸이 맞붙고 그레이스는 저를 절박한 눈으로 내려다보는 남자에게 경고했다.

"당장 놔."

"사과를 받아 주는가 아닌가는 네 자유야. 제발 들어 주기만 해."

사과를 빙자해 또 오만하고 뻔뻔스러운 소리나 하겠지. 그레이스는 해보라는 듯 노려보았다. 얼마나 대단한 말을 하려는 건지 남자는 말을 고르는 듯 입술을 달싹대다 어렵게 꺼냈다.
"네가 나를 속이고 이용했다고 오해했어. 네가 미운데, 미워해야만 하는데 너를 좋아하는 내가 못 견디게 한심하고 비참했던 거 알아?"
"그게 사과야?"
"끝까지 들어."
뿌리치고 가려는 그레이스의 팔을 남자가 붙잡았다. 그녀가 노려보자 남자가 팔을 붙든 손을 풀었다.
"제발."
그러나 허리는 여전히 끌어안은 채 말을 이었다.
"우습겠지만 난 네가 무서웠어."
그 순간 그레이스는 올가미에 매달려 죽을 뻔했던 날, 의식이 희미한 그녀에게 남자가 속삭였던 말을 떠올렸다.
"그레이스, 솔직히 말하자면 나는 네가 무서워."
그때는 그녀의 생사여탈권을 손에 쥔 신이었던 남자였다. 그래서 꿈에서 들은 말이라고 착각했다.
"내가 너를 짓밟지 않으면 내가 짓밟힐 것 같아서 너를 창녀라고 부르고, 네게 개처럼 끌려다니는 게 무서워서 너를 개 취급했어."
"그래서?"
"이런 말을 하는 건 내 행동을 정당화하려는 게 아니야. 그땐 몰랐지만 이젠 나도 내가 무슨 짓을 했는지 알아. 결국 난 한심하고 비겁한 길을 택했던 거지."
넌 지금 연기를 하는 걸 거야. 보이지 않는 가면을 벗겨 내려 애쓰며 남자의 진심 어린 눈을 들여다보는 그레이스의 눈동자가 흔들렸다.

"우리 사이에 있었던 일, 모두 내 잘못이야. 넌 아무런 잘못이 없어. 미안해."

이 사과, 진심처럼 들렸다. 그래서 그레이스는 더없이 불편해졌다. 도망치고 싶었으나 발이 떨어지지 않았다.

"사실 네게 한 일을 전부 되짚어가며 사과하고 싶지만 밤을 새워도 부족할 테고, 네겐 불쾌한 이야기일 뿐인 것 같으니…."

내가 없는 사이에 네겐 대체 무슨 일이 있었던 거야? 머릿속이 복잡한 탓에 아무런 말도 하지 못하는 걸 거절로 이해했는지 그녀의 허리를 휘감고 있던 팔이 떨어져 나갔다.

"여기까지만 할게. 네 마음이 바뀌면 말해 줘. 엘리와 좋은 꿈 꾸길…."

먼저 발을 뗀 사람은 그녀가 아닌 남자였다.

그레이스는 저를 놓고 떠나는 남자를 붙잡았다. 의아한 기색과 희미한 기대감이 감돌기 시작하는 눈을 그녀는 여전히 혼란스러운 심정으로 올려다보았다.

저 남자가 밉다. 저 남자가 내게 저지른 잔인한 짓이 밉다. 하지만 모든 게 온전히 저 남자의 잘못이냐고 묻는다면 그레이스는 그렇다고 대답할 수 없었다. 무고한 피해자인 엘리를 제외하곤 둘 사이에 엮인 모두가 죄인이었다. 그레이스조차도 예외는 아니었다.

"난 널 속이고 이용한 게 맞아."

"아니, 속고 이용당한 건 너야."

손끝이 머리칼을 걷어 내더니 뜨거운 손바닥이 그레이스의 빰을 감쌌다. 남자는 아픈 얼굴을 하곤 그녀를 위로하듯이 어루만졌다.

"넌 아버지의 일에 가담하지 않았어. 너도 무슨 일이 일어날지 까맣게 몰랐잖아. 내 밑에 잠입한 일도 강요당한 것뿐이야."

그레이스는 그가 저를 변호해 주자 도리어 죄책감을 느꼈다. 잠입하지 않으려 한 건 사실이었지만 양심보다는 제 안위를 생각해서 망설인 것이었다.

"난 네가 평생 혁명군의 기득권으로 대우받고 살았다고 착각했어. 그렇게 이용만 당했을 거라곤…."

"…."

"그날 너를 보내지 말았어야 했어. 기차역으로 가는 길에서 네가 울 때 차에서 뛰어나가 끌고 오고 싶은 충동을 몇 번이나 억눌렀는지 알아? 차라리 충동에 굴복하고 너를 데려왔어야 했어. 그길로 네가 그토록 충격적인 이야기를 듣게 되었을 줄이야."

충격적인 이야기? 그레이스는 불현듯 정신을 차렸다. 그녀는 미안하다는 말을 하며 저를 끌어안는 남자를 밀어내며 물었다.

"어머니의 일기장을 봤어?"

남자가 눈빛으로 대답하는 찰나 그레이스는 사색이 되어 그의 멱살을 움켜쥐었다.

"그걸 네가 왜 봐!"

제 치부, 어머니의 치부를 저 남자가 낱낱이 들여다보았다. 굴욕감에 파들파들 떨리는 손을 남자가 감싸 쥐며 위로를 베풀려는 듯이 굴자 그레이스는 그를 뿌리치며 가까스로 비소를 지었다.

"기뻤겠어. 네 원수가 그토록 비참하게 살다가 죽었다니."

"아니, 전혀."

그는 또 아픈 얼굴을 했다. 감히.

"네가 뭔데 내 어머니를 동정해!"

저 남자가 어머니와 그녀의 고통에 기쁨을 느끼든, 슬픔을 느끼든 그레이스에게는 똑같이 굴욕적이었다.
"그럼 내가 무슨 감정을 느껴야 맞는 거지?"
내게 묻지 마. 그레이스는 두 손에 얼굴을 파묻고 신음했다. 머리가 지끈거렸다.
"네 모친은 내 아버지를 죽이는 데 가담했으니 가해자야. 한편으론 너처럼 이용당한 피해자이기도 하고. 그러니까 네 모친에게 무슨 감정을 느끼든 옳으면서도 옳지 않다는 거 나도 알아. 그래서 나더러 어쩌라는 거야."
막막함을 담은 그 말을 듣는 순간 그레이스는 제가 저 남자에게 느끼는 감정의 갈피를 잡지 못하는 이유를 깨달았다.
내가 네게 무슨 감정을 느끼든 모두 옳으면서도 옳지 않아.
그 모순이 발목을 잡아 그를 향한 그레이스의 감정은 몇 년째 제자리걸음만을 했으나 남자는 홀로 훌쩍 앞으로 나가 그녀에게 주저 없이 손을 내밀었다.
"그레이스, 이미 떠난 사람들의 일은 뒤로하고 이제 우리 셋의 미래만 생각해."
네가 내게 느끼는 감정도 모두 떳떳하지 않아야 맞아.
"나는 네게 어머니와 뭐가 달라. 넌 내게 뭐가 달라. 우린 모두 가해자이자 피해자인데."
"넌 가해자가 아니야."
"아니라니! 착각하지 마."
"너는 아무 잘못 없어. 모두 내 잘못이야."
그가 그런 말을 할수록 그레이스는 제 잘못만 더더욱 선명히 떠올렸다. 저 남자에게 상처가 될 걸 알면서 한 일들이 하나씩 뇌리를 스쳐 지나갔다.

그녀는 잔인한 보복을 당할 걸 알고도 그의 밑에 잠입했다. 저 남자가 한 짓의 정도는 예상에서 벗어났어도 그 성격은 그레이스가 이미 잠입할 때부터 예상한 바였다.

적대 관계란 그런 것이다. 자비는 숭고한 모욕이다.

그래서 이 남자가 사과라는 말을 꺼냈을 때, 우린 한때 적이었으니 어쩔 수 없었다는 변명을 할 줄 알았다. 그레이스가 처음 잡혔을 때 그런 변명을 했듯이. 하지만 그는 변명을 포기했다. 오히려 그레이스를 변호했다.

불편해.

난 내가 한 일을 사과할 생각 없어. 이미 과한 대가를 치렀으면 된 거야. 사과 따위 집어치우고 늘 그랬듯이 서로 보복이나 해. 아직 내 복수는 끝나지 않았으니.

그런데 넌 왜 이러는 거야.

단순히 그녀의 용서를 얻어 내기 위해 과한 사과를 꾸며 내는 거라면 이해할 수 있을 것이다. 그러나 저 남자, 진심이었다.

용서하지는 못해도 이해할 수 있는 괴물이 이해할 수 없는 말을 한다.

"너는 아무 잘못 없어."

세뇌라도 당한 사람처럼 같은 말만을 하는 남자를 보고 있자니 가슴이 답답해졌다. 맹목적이던 과거의 자신에게서 남자가 느꼈던 기분이 이런 걸까.

막막한 눈으로 남자를 응시하던 그레이스는 불현듯 무언가를 깨닫고 물었다.

"나는 결백해?"

남자가 망설임 없이 고개를 끄덕였다.

"네가 나를 미워할 수 없으니까?"

그레이스는 죄 없는 사람이 아니다. 죄 없는 사람으로 만들어졌다.

"죄가 있는 나는 떳떳하게 사랑할 수 없어서?"

죄인을 벌하는 일을 하는 남자다. 죄인을 사랑하는 일은 제 신조에 반하니 그녀를 멋대로 결백하다고 스스로를 세뇌한 것 아니냐는 말이었다.

"그레이스, 그런 게 아니야. 우린 이제 적이 아니니까 네게 죄를 물을 수 없어. 네 잘못이라고 생각했던 건 모두 내 오해였어. 네겐 그런 일을 해야만 하는 이유가 있었잖아. 물론 난 네가 어떤 사람이건 사랑해."

편한 길을 택했다가 끝내 모순에 길이 막힌 남자가 어떻게든 모순을 돌파해 보려 애를 썼으나 그레이스는 그가 내민 손을 잡을 생각이 없었다.

"죄 있는 나를 떳떳하게 사랑하려 노력할 필요 없어. 나도 너를 사랑할 생각 없으니까."

우린 각자의 길을 가는 거야. 단호히 선을 긋자 남자의 눈동자에서 절망이 짙어지기 시작했다. 그가 무언가를 억누르는 듯 눈을 질끈 감고 숨을 깊이 들이켜는 걸 지켜보던 그레이스가 물었다.

"설마 아직도 깨닫지 못한 거야? 난 복수하려고 너를 사랑하는 척했던 것뿐이야."

"알아."

"알면서 왜 이래? 너처럼 자존심 대단한 남자가 고작 가짜에 매달려?"

"고작 가짜가 그 정도였다면 진짜는 얼마나 더 대단할지 욕심나는 거지."

그레이스는 코웃음 쳤다.

"그러니까 넌 결국 내게서 용서를 구해서 사랑까지 얻고 싶은 거네."

남자는 반박하지 않았다. 그레이스는 실소를 멈추지 못한 채 따졌다.

"내 눈에 네가 그 해변의 소년으로 보이는 줄 알아?"

"아니, 너를 가두고 괴롭힌 괴물로 보이겠지."

"그렇게 잘 알면 바라선 안 되는 거 아니야? 아, 윈스턴은 양심이 없지."

그레이스는 굳은 얼굴로 저를 응시하는 남자에게 일갈했다.

"넌 여전히 네 욕심이 먼저야."

"내가 어떻게 너를 놓아. 다른 욕심은 다 버려도 널 향한 욕심은 못 버려. 난 오로지 그걸로 지난 3년을 버텼어."

"그런 표정 짓지 마."

그 소년처럼 애처로운 표정 짓지 마. 그레이스는 이를 악물었다. 그래도 이겨 낼 수 없자 소년의 얼굴이 보이지 않도록 뒤돌아 빈정대기 시작했다.

"네가 뉘우치건 말건 내가 알 게 뭐야. 그런 짓을 했으면서 어떻게 다시 시작할 생각을 해. 아, 맞아. 윈스턴은 양심이 없지. 자꾸만 잊네."

"다시는 그런 짓 하지 않아."

"잘 생각했어. 다음 여자와는 잘해 봐."

"이미 저지른 짓도 네가 허락만 해 준다면 어떻게든 속죄하고 싶어."

"아, 아직도 나랑 잘해 보고 싶어?"

그레이스는 팔짱을 낀 채로 비스듬히 돌아보며 입매를 비틀었다.

"한 가지 방법이 있긴 해."

이미 조롱의 기색을 읽었는지 방법이 있다는데도 남자의 암담한 낯빛은 변하지 않았다.

"신께 간절히 빌어 봐. 과거로 돌아가게 해 주세요, 이렇게. 네가 한 짓을 만회할 방법은 그것뿐이니까."

"네게 비는 건."

"레온 윈스턴, 난 신이 아니야."

여자는 무심하게 마지막 말을 뱉더니 떠나 버렸다.

아니, 넌 신이 맞아.

레온은 멀어지는 하이힐 소리를 들으며 제가 어떠한 권능을 쥐고 있는지도 모르는 절대자에게 차마 할 수 없는 말을 소리 없이 토로했다.

난 내 감옥 속의 힘없는 너를 무서워했어. 나를 지금 같은 꼴로 만들까 봐 무서웠어.

적에게 빠진다. 그러다 적과 넘어서는 안 될 선을 넘는다. 결국엔 가진 모든 것을 적에게 바친다.

다른 사내들이 눈에 빤히 보이는 지뢰를 하나씩 밟는 것을 보며 어리석다 비웃었다. 그러나 어느덧 정신을 차리고 보니 그는 이미 지뢰를 모두 밟고 두 다리를 잃은 후였다. 결국 발이 묶인 건 저 여자가 아닌 그였다.

두렵다. 구원을 내릴 수 있다. 생사여탈권을 쥐고 있다. 말 한마디에 천국과 지옥이 뒤바뀐다.

신이란 그렇지 않던가. 그러니 그레이스 리들은 레온 윈스턴의 신이었다.

그레이스가 자신을 신으로 만들었다고 자만했던 적이 있었다. 그러나 결국엔 레온이 그녀를 제 신으로 만들었다.

난 두려워. 네가 나의 신인 걸 알게 되면 내게 무슨 짓을 할지. 눈짓 한 번으로 나를 지옥에 빠트릴 수 있는 걸 알게 될 때 넌 기뻐하며 지금보다 더 가혹해질지도 모르지.

그러니 그의 잔인한 신은 몰라야만 했다.

따끈따끈한 빵이 가득 든 바구니 다섯 개가 식탁에 오르자 아이가 손뼉을 쳤다.

"와아, 베이커리가 진짜 와써."

엘리는 어제 늦게 잠들었으면서 오늘도 어김없이 졸린 눈을 비비며 꼭두새벽에 기상했다. 그러곤 베이커리에 빵을 사러 가야 한다는 아이에게 남자는 베이커리는 찾아가는 게 아니라 부르는 거라고 가르쳤다.

사실 그 전에 작은 소동이 있었다. 그레이스가 다시 잠들어 버렸더니 아이는 제 외투가 걸려 있는 현관을 찾겠다고 홀로 나갔다가 미로 같은 스위트룸에서 길을 잃어버렸다. 울지 않은 건 다행인데 복도에서 아무 전화기나 들고 "엘리예요. 길을 이러버려써요."라고 해 버린 것이다.

스위트룸 손님이 길을 잃어버렸다는 전화를 받고 놀란 호텔 프런트에서 집사를 올려 보냈고, 결국 윈스턴가의 고용인들은 꼭두새벽부터 두 살배기와 숨바꼭질 놀이를 한 셈이 되었다.

미아가 된 '아가씨'를 찾아낸 장본인인 피어스는 남자의 뒤에 서서 아직도 제 눈앞의 광경을 믿을 수가 없다는 얼굴을 하고 있었다. 늘 무표정한 캠벨은 없는 사람으로 치기 쉽지만 감정이 얼굴에 적나라하게 드러나는 피어스는 그러기 쉽지 않았다.

"보는 눈이 많아 체하겠어."

그레이스가 원탁을 사이에 두고 마주 앉은 남자에게만 들리도록 중얼거렸다. 곧 식당에는 호텔 집사와 윈스턴가의 하녀 하나만 남았다.

"엘리는 요고."

배가 작아 많이 먹지 못하는 엘리는 호텔 베이커리에서 올려 보낸 빵을 심사숙고해서 고르더니 그레이스에게 물었다.

"엄마는 머 머글 거야?"

"엄마도 똑같은 거. 하나만."

"쟈."

"고마워. 아빠도 하나 골라 줘."

그레이스는 둘의 대화에 끼지 못하고 지켜만 보고 있는 남자를 눈짓했다. 지금 미소 짓는 남자는 뭐라고 착각하는지 몰라도 이건 그가 아니라 아이를 위해 하는 배려일 뿐이다.

그러자고 합의한 적은 없지만 두 사람 모두 아이 앞에서는 사이가 좋은 척했다. 두 살배기라도 눈치란 게 있으니까. 어제 잠시 아이 앞에서 언쟁을 했더니 호텔로 오는 차에서 엄마랑 아빠는 왜 싸웠냐고 집요하게 물어 곤란했던 게 한몫했다.

"아빠는 머 머글 꺼야?"

"아빠도 같은 걸로 줘."

아이가 빵을 접시에 올려 주자 남자가 아이의 손을 잡고 손등에 입을 맞췄다. 그레이스는 찌푸려지는 눈살을 펴기 위해 눈에 온 힘을 주어야만 했다.

"고마워, 우리 공주님."

스위트룸 식당의 옆에는 작은 주방이 딸려 있었다. 아침 식사를 시켰더니 요리사가 같이 올라와 즉석에서 요리를 해 주었다. 엘리의 까다로운 달걀 요리 주문을 한 번 만에 소화하지 못한 요리사가 다시 해 오자 엘리가 외쳤다.

"감샵니다."

그 순간 흐뭇하게 웃던 남자의 미간에 주름이 잡혔다.

"엘리."

남자가 진지한 목소리로 아이를 부르기에 발음을 교정하려 하는 건가 했지만 아니었다.

"귀족은 아랫사람에게 존댓말을 쓰지 않아. 반말을 쓸 때도 고맙다는 말은 아주 드물게만 해. 평소에는 칭찬을 하지. 잘했어. 좋아. 수고했어. 이렇게."

아이에게 귀족의 방식을 가르치는 남자를 곤란한 눈으로 바라보는데 아니나 다를까 아이가 눈을 동그랗게 뜨곤 그레이스에게 곤란한 질문을 했다.

"엘리가 귀족이야?"

저를 공주라고 부르지만 놀이일 뿐이고 자신은 평민이라는 걸 아이는 잘 알고 있었다.

"맞아. 아빠가 귀족이니까 엘리도 귀족이야."

그런데 남자는 아이에게 괜한 기대를 심어 준다. 결혼한 부모 사이에서 태어난 반쪽짜리 귀족도 인정받기 힘든 세상이다. 하물며 반쪽짜리 사생아는 어떨까.

저 남자는 대체 무슨 생각인지. 그저 아이의 환심만 사면 그만인 건지.

그레이스는 아이의 머리에서 장난감 왕관을 바로잡아 주는 남자를 응시하며 못마땅한 기색을 숨기려 애썼다.

"우리 자기, 뭐 해?"

엘리와 함께 쓰는 침실에 딸린 드레스 룸에서 립스틱을 바르는데 남자가 가벼운 차림으로 들어오더니 물었다.

"출근 준비."

그가 눈썹을 들어 올리며 고개를 비스듬히 기울였다.

"내가 돈을 벌어 오면 넌 엘리를 키우겠다며?"

"하…."

남자는 실소하더니 벽에 등을 기대며 검지 끝으로 미간을 문질렀다. 그러나 기가 막힌다는 듯이 웃기만 할 뿐 안 된다는 말은 하지 않았다.

이젠 회사에 갈 이유도, 의미도 없다는 걸 잘 안다. 그레이스는 그저 레온 윈스턴을 시험해 보는 것뿐이었다. 예전의 레온 윈스턴은 그레이스가 밖으로 나가는 건 물론, 다른 남자의 눈에 띄는 것조차 싫어했다. 제 말대로 정말 변했는지 확인하고 싶어졌다.

"그래, 좋을 대로 해."

"네 허락을 구한 기억은 없는걸."

"대신 경호는 붙일 거야."

"감시를 잘못 말한 것 같은데?"

"잔당이 아직 근처에 있을지도 모른다는 거 잊지 마."

"이런, 잔당 검거가 늦어지겠는걸? 나를 감시할 빌미가 사라져선 안 되니까."

남자가 픽, 맥 빠진 웃음을 흘리더니 그녀가 들여다보고 있는 화장대 거울 옆으로 다가왔다. 그레이스는 마스카라를 바르며 엘리의 '보모'에게 수칙을 읊었다.

"못 먹는 것과 싫어하는 게 많은 아이니까 점심은 물어보고 주문해. 조금 전에 버섯 보고 기겁하는 거 봤지? 그리고 낮잠은 보통 1시에서 3시야. 단 거 너무 많이 주지 말고 술이나 커피가 든 디저트는 먹이지 마. 해 달라는 걸 전부 다 해 주지도 말아. 버릇 나빠져. 말 잘 알아들으니까 잘못하면 말로 잘 타이르면 돼. 크레용을 줄 거면 꼭 옆에서 지켜봐. 한눈팔았다가는 스위트룸 벽지를 전부 새로 도배해야 할 거야."

당부가 끝난 후에도 남자는 나가지 않았다. 그녀가 잘 보이는 자리에 팔짱을 끼고 비스듬히 기대어 서서 화장을 하고 정장을 입는 모습을 지켜보았다.

"…내가 참아야지."

여전히 다른 남자에게 보여 주기 싫지만 참겠다고 주문처럼 중얼거리는 소리를 그레이스는 못 들은 체하며 진주 귀걸이를 귀에 걸고 일어섰다. 그러곤 스툴에 발을 얹고 화장대에서 검은 스타킹을 집어 들었다. 남자의 시선이 질척하게 달라붙는 걸 느끼면서도 종아리 위로 스타킹을 아주 느릿하게 끌어 올렸다.

이 또한 시험이었다.

굶은 지 3년째인 남자의 앞에서 그가 가장 좋아하는 별미를 흔드는 셈이었다. 역시나 남자의 바지 앞섶 모양새가 달라지기 시작했다.

하지만 결말은 예상 밖이었다. 당장 돌변해 덮칠 줄 알았더니 남자는 집요하게 구경하기만 할 뿐 하체가 갈수록 불편해 보이는데도 그녀에게 손을 대지 않았다.

끝내 손을 대긴 했으나 다른 곳도 아니고 머리였다. 그는 반대쪽 스타킹에 가터를 채우는 그레이스가 엘리라도 되는 양 다정하게 쓰다듬더니 드레스 룸 밖으로 나가 버렸다. 이런 핀잔을 던지며.

"우리 딸이 네 요부 같은 면은 닮지 않길 바라."

시험하려다 도리어 문란한 아이 엄마 취급만 당한 그레이스의 뺨이 빨갛게 익었다.

세단이 영화사 건물 앞에 멈춰 서자 아빠의 무릎에 앉은 엘리가 쾌활하게 손을 흔들었다.

"엄마, 잘 가따와."

가지 말라며 조르지 않고 씩씩하게 인사를 하는 게 그레이스는 조금 서운했다. 분명 저 작은 머릿속엔 인형 놀이를 할 생각뿐인 거다.

"재밌게 놀아. 말 잘 듣고."

"응. 엄마 일 잘하게 엘리 뽀뽀 받구 가."

어휴, 내가 어떻게 널 미워해.

그레이스는 아이에게로 고개를 숙였다. 그렇게 엘리의 뽀뽀를 받고 나가려던 때였다. 남자가 그녀의 허리를 붙잡더니 끌어당겼다.

"아빠 뽀뽀도 받고 가."

그레이스는 아이 앞이라 어쩔 수 없이 눈꼬리를 휘어 웃으며 눈빛으로는 욕설을 퍼부었다.

너는 주먹 뽀뽀 받고 싶어?

남자도 눈꼬리를 휘어 웃더니 능청스럽게 그레이스에게로 고개를 숙였다. 입술이 닿기 직전 슬쩍 고개를 돌렸다. 그러나 뺨에 닿을 줄 알았던 입술은 한참을 내려가 목덜미에 내려앉았다.

"아!"

살갗이 따끔거렸다. 뽀뽀를 받아 주는 것만 해도 관대하게 봐준 건데 염치없는 남자는 키스를, 그것도 목덜미에 했다. 엘리의 앞이라 화를 내지도 못하니 허리에 감긴 남자의 손을 몰래 꼬집기만 하고 차에서 내렸다.

"이따가 봐."

남자는 무시하고 딸에게만 손을 흔들어 준 뒤 건물 안으로 들어갔다. 엘리베이터에 타자마자 핸드백에서 콤팩트를 꺼냈다. 거울로 조금 전 남자가 키스를 했던 자리를 비춰 본 그레이스는 얼굴을 찡그렸다. 역시나 그 남자의 영역 표시가 붉고 선명하게 남겨져 있었다.

'그땐 이렇게 유치한 남자인 줄 몰랐는데.'

내가 사람 보는 눈이 없어. 그레이스는 속으로 한탄을 하며 스카프를 목에 칭칭 감아 키스 마크를 감췄다.

사장실이 있는 층에서 엘리베이터 밖으로 나온 그녀는 저를 조금 전부터 그림자처럼 따라다니는 경호원 둘을 돌아보았다.

"비서실로는 들어오지 마세요."

복도의 소파를 가리켰지만 경호원들은 제 고용주만큼이나 집요했다. 결국 포기한 그레이스는 대스타라도 되는 양 경호원들을 거느리고 비서실로 들어갔다.

"좋은 아침이에요."

마침 사장실로 들어가려던 사장이 그녀를 보더니 멈칫했다. 유령이라도 본 얼굴이었다. 그레이스는 제게 따라붙는 혼란스러운 시선을 무시하며 경호원들에게 비서실 가운데의 소파를 가리켰다.

그 앞을 지나 책상으로 향하다 멈칫했다. 결국 커피 테이블에서 이번 달 내내 못 본 척하던 모던 레이디 12월호를 집어 들었다.

[독자가 꼽은 1위, 윈스턴 백작의 1위는?]

태연하게 책상에 앉아 잡지를 펴던 그녀는 돌연 헛웃음을 터트렸다. 아무것도 변하지 않았으나 모든 것이 변했다.

에클레어와 알록달록한 마카롱부터 크레이프, 프로피트롤, 수플레 등 각양각색의 디저트가 아이가 먹기 좋은 크기로 만들어져 티 테이블에 올랐다.

"이번엔 뭐로?"

백작이 묻자 무릎 위에 앉아 발을 까딱거리던 아이가 손가락으로 수많은 접시 중 하나를 가리키며 외쳤다.

"저거!"

"이거?"

초콜릿 소스와 으깬 피스타치오가 뿌려진 프로피트롤 탑으로 백작이 손을 뻗자 아이가 고개를 끄덕이며 입을 벌렸다. 그는 아이의 입에 디저트를 넣어 주고 물었다.

"맛있어?"

아이가 입을 꾹 다물고 오물거리다 눈을 동그랗게 뜨더니 고개를 크게 끄덕였다. 사랑스러워 어쩔 줄 모르겠다는 미소를 지으며 냅킨으로 아이의 입가에 묻은 초콜릿을 닦아 주는 백작을 지켜보는 피어스의 눈은 아직도 믿을 수 없다고 말하고 있었다.

백화점에서 장난감을 산 여자에 대해 수소문하라는 지시를 받았을 때만 해도 피어스는 별생각이 없었다. 그런데 그다음 날에는 느닷없이 그 백화점에서 장난감을 잔뜩 사서 스위트룸에 채워 두라는 지시가 내려왔다. 그날 중으로 백작이 아이와 여자를 데려올 예정이니 호텔에 남은 고용인들에게 철저히 함구시키고 두 사람을 아가씨와 부인으로 부르라는 지시까지 함께.

그때야 반신반의했다.

백작에게 사생아가 있나?

뻔한 증거에도 확신하지 못했던 건 그 주체가 여자를 싫어하는 백작이기 때문이었다.

의심이 확신이 된 건 백작을 그대로 빼닮은 아이가 어젯밤 백작에게 안겨 차에서 내렸을 때였다.

놀라운 일은 거기서 그치지 않았다. 백작의 사생아를 낳은 여자가 샐리 브리스톨일 줄이야.

어찌 보면 염문설이 있었던 유일한 여자이니 가장 말이 되는 상대이기도 했다. 귀족이나 부호가 하녀와 사생아를 만드는 일이야 흔하디흔하니 딱히 놀랄 것도 아니라고 애써 생각할 수 있었다.

그렇지만 별채 하녀일 뿐이었던 샐리가 백작을 대하는 태도는 경악스러울 정도였다. 하대부터, '각하'도, '당신'도 아닌 '너'라는, 지나치게 격의 없는 호칭까지.

대공녀가 보여도 무례하기 짝이 없는 그 태도를 백작이 가만히 지켜보는 것도 모자라 자연스럽게 받아들이는 것이 믿기 힘들었다. 백작은 모두와 상하 위계질서를 철저하게 세우는 사람이었다. 그래서 평민 하녀 출신의 정부에게도 예외가 없을 줄 알았더니 말이다.

"이젠 딸기 들어간 거 죠."

"이거?"

"응!"

거기다 아이는 제 부친을 손가락으로 부렸다. 요 몇 년 계속해서 느끼는 바이지만 가끔은 백작이 다른 사람이 되었나 싶었다.

"엘리는 행복해."

무릎에 앉은 아이가 두 뺨을 감싸며 춤이라도 추듯이 몸을 들썩대자 레온은 아이를 더욱 바짝 끌어안고 이마에 입을 맞췄다. 이런 너를 보며 내가 느끼는 행복이 어느 정도인지 넌 모르겠지. 물속에 잠겨 죽기 직전에 건져진 기분이다. 이 아이는 그에게 숨이었다.

"그럼 이건 무슨 맛일까."

이번에는 분홍색 마카롱을 입에 넣어 줬더니 아이가 이런 소리를 했다.

"한 입 더 행복해지는 맛이야."

"그럼 또 한 입 더 행복해질까?"

"응!"

아이 엄마가 단 건 많이 주지 말라는 말을 했다만 이토록 깜찍한 소리를 하는데 어떻게 안 줄 수가 있을까. 레온은 딸기와 크림, 블루베리와 시럽이 든 크레이프 접시를 들었다. 가장 마음에 들어 한 디저트였는데 어째서인지 엘리가 접시를 손으로 밀며 고개를 저었다.

"맛없었어?"

"어마어마하게 마시써. 그러니까 엄마 줄래."

아이는 엄마에게도 새것으로 사 주겠다는 말을 듣고 나서야 신이 나 크레이프를 받아먹었다.

아몬드 케이크는 없나.

레온은 말끔히 비운 크레이프 접시를 내려놓으며 엘리가 아직 맛보지 못한 게 있는지 테이블을 훑어보다 문득 떠올렸다.

"엘리, 그거 알아? 아니, 넌 모르겠군."

그는 웃으며 디저트를 한껏 물어 볼록 튀어나온 볼을 간지럽혔다.

"네 엄마가 너를 가졌을 때 다른 건 먹지 못해도 아몬드 케이크만은 잘 먹었지…."

그때를 돌아보던 그의 낯에서 미소가 서서히 지워졌다.

"…네가 엄마 배 속에서 잘 먹던 거야."

"어떤 케이크인지 말씀해 주시면 테이블에 올리도록 하겠습니다."

대기하고 있던 집사가 공손히 제안했으나 레온은 고개를 저었다.

"엘리, 아빠 집에 가면 셋이서 같이 먹는 거야."
"아빠 집?"
"그래, 아빠 집으로 가는 거야."
레온은 아이의 이마에 입을 맞추며 속삭였다.

"꺄악!"
"잡았다."
"아니야!"
아이가 남자의 손에서 포장용 리본을 홱 잡아 빼더니 다시 커피 테이블 주변을 빙빙 돌며 뛰어다니기 시작했다. 기다란 리본을 끌며 달리는 게 목줄을 질질 끌며 같은 자리를 빙글빙글 도는 강아지 같았다. 술래를 맡은 남자는 소파에 느긋하게 앉은 채로 나풀나풀 휘날리는 리본을 잡는 척만 했다.
술래잡기 한번 참 게으르게 하네.
그레이스가 다시 잡지로 시선을 돌리던 때였다.
"우리 딸, 엄마 닮아서 도망치는 실력이 뛰어나네."
눈을 흘겼더니 남자가 소파 팔걸이에 팔을 기대어 그 손마디 끝에 턱을 괴며 눈매를 휘었다. 그러더니 평범한 부부라도 되는 양 그레이스에게 물었다.
"우리 자기, 회사는 어땠어?"
회사는 불편하기 짝이 없었다. 그레이스만이 아니라 모두가 불편해했다. 사장은 그레이스를 어색해했으며 노먼도 알고 있는지 그레이스와 경호원을 보고 당황하더니 인사조차 하지 않고 도망갔다. 여직원들은 저 남자와의 관계를 전혀 모르는 눈치였지만 경호원이 따라붙어 있으니 당연히 이상하게 생각했다. 혹시 숨어 살던 타국의 공주 같은 거냐는 말까지 들었다.

"회사? 좋았지."

그레이스는 능청스럽게 웃으며 대꾸하곤 화제를 돌렸다.

"엘리도 좋은 하루를 보낸 것 같네."

그녀의 시선은 인형의 집 맞은편의 창가에 놓인 거대한 전나무에 있었다. 잎이 무성한 가지에는 유리와 크리스털로 만든 값비싼 장식이 매달려 반짝였다.

저는 올해 두 번이나 성탄절 트리를 꾸몄다고 그레이스가 퇴근하자마자 엘리가 신이 나 자랑했었다. 양손에는 오늘 새로 받은 선물이 들려 있었다.

"나 쟈바 바라!"

아이는 기껏 사 준 장난감 유모차와 아기 인형이 아니라 선물 상자를 묶었던 리본을 가지고 놀고 있는데 남자는 조금 전부터 백화점 카탈로그를 보며 내일 사 줄 선물을 골랐다.

"백화점 지배인에게 내일은 재단사를 데려오라고 해."

"네, 각하."

피어스가 주문서를 받아 가자 남자는 눈 오는 날 강아지처럼 뛰어다니는 아이를 덥석 붙잡아 안았다.

"잡았다."

"힝…."

"잡히면 뭘 하기로 했지?"

술래가 듣고 싶어 하는 말을 해 주기로 했다. 저 남자가 듣고 싶어 하는 말이 아빠라는 건 그레이스도, 아이도 알았다. 아이는 숨을 할딱이다 남자의 재촉하는 눈짓에 입을 열었다.

"아….”

첫음절이 나오자 그가 정답이라는 듯 웃으며 고개를 끄덕였다.

"아저씨?”

하지만 어느새 제 아빠를 놀리는 재미를 알아 버린 아이는 그가 싫어하는 말을 해 주곤 깔깔 웃었다. 남자는 허탈한 얼굴을 하더니 유유히 잡지를 넘기는 그레이스더러 들으란 듯이 아이에게 말했다.

"우리 딸, 얄미운 게 엄마 닮았어.”

"마쟈. 엘리는 엄마 달마써.”

"얄밉다는 말은 못 들은 척하고 엄마 닮았다는 말에만 얄밉게 대답하는 것도 엄마 닮았네.”

그레이스는 또 참지 못하고 남자에게 눈을 흘겼다.

"목말라.”

주스를 꿀꺽꿀꺽 마신 아이는 아기에게 맘마를 줄 시간이라며 소파 맞은편에 세워진 유모차로 갔다. 엘리가 아기 인형과 토끼 인형에게 번갈아 가며 장난감 젖병을 물려 주는 걸 지켜보는데 남자가 갑자기 거실에 대기하고 있던 고용인들을 모두 내보냈다.

이제 셋만 남았으니 편안해야 하는데 도리어 불편해졌다. 차라리 둘만 남고, 차라리 저 남자가 발정이 나 저를 덮치려는 거면 낫겠다. 엘리의 앞에서 무슨 이야기를 꺼내려 하는 건지 남자는 그녀를 물끄러미 바라보고 있었다. 불안해진 그레이스는 선수를 쳤다.

"각하, 오직 한 여자에게만 1위이고 싶으시다면서요?”

모던 레이디 12월호의 인터뷰를 입에 올리자 남자가 굳어 있던 입매를 부드럽게 휘었다.

"너라면 내 은밀한 사랑 고백을 단번에 알아들을 거라 믿었지."

그가 몸을 가까이 옮기더니 그레이스의 왼손을 쥐어 올렸다. 손등에 뜨거운 입술이 닿는 순간 움찔했지만 빼내지 못했다. 입술이 떨어져 나가지 않고 손등을 난잡하게 간질이는데도 얌전히 키스를 받던 그레이스는 엘리가 고개를 돌리는 찰나에야 손을 홱 빼내며 목소리를 낮춰 빈정댔다.

"낭만을 빙자한 가증을 어쩜 전국적으로 떠시는지."

"내가 그 정도 능력은 되는 남자거든."

"그런데 어쩌지? 내 1위는 영원히 엘리일 텐데."

"엘리의 절반은 나니까 공동 1위지."

남자의 손이 그녀의 머리카락을 가지고 노나 싶더니 손끝이 머리카락 속에 숨은 귓바퀴를 찾아 그 정점부터 귓불까지 천천히 덧그렸다. 단단히 꼰 허벅지 사이에 절로 힘이 들어갔다. 버티고 버티다 저도 모르게 아랫입술을 깨문 순간 남자가 그녀의 귓가로 고개를 숙이더니 나직이 웃었다.

"추워? 난 더운데."

목덜미를 타고 내려간 손가락이 단단히 감긴 스카프에 걸렸다. 손끝이 안으로 파고들어 그의 입술 자국이 있는 자리를 정확히 찾아 더듬었다. 그레이스가 움찔하는 순간 귓바퀴에 닿은 입술이 팽팽히 당겨지며 호선을 그리는 게 느껴졌다.

엘리가 인형에게 자장가를 불러 주느라 유모차 속으로 고개를 숙이고서야 그레이스는 남자에게로 고개를 돌렸다. 코끝이 그의 뺨을 스치자 그녀는 입술이 닿지 않도록 고개를 살짝 숙이며 눈을 치떴다.

"떨어져."

"네게로 떨어지는 건 어때?"

남자는 저를 잡아먹을 듯 노려보는 여자에게 도리어 잡아먹히고 싶다는 듯이 눈꺼풀을 반쯤 내리감았다. 닿을 듯 말 듯한 입술이 천천히 움직이기 시작했다.

"아침에 눈뜰 때, 출근할 때, 퇴근할 때, 그리고 잠들기 전에. 우리 딸의 말에 따르면 하루 네 번은 반드시 입을 맞추는 게 스나이더가의 전통이라더군."

"잊지 마. 네 성은 스나이더가 아닌 윈스턴이야."

픽, 뜨거운 웃음이 그녀의 입술을 스쳤다.

"잊은 것 같은데, 네가 엘리를 가졌을 때 우리도 그랬어. 결국 내가 그 전통의 창시자인 셈이지."

목덜미를 타고 미끄러진 손가락이 블라우스의 단추를 툭툭 치며 내려가다 그 언젠가 엘리가 있었던 곳을 어루만지기 시작했다.

"궁금해. 내가 너와 여덟 달 동안 한 키스보다 엘리가 너와 서른한 달 동안 한 뽀뽀가 더 많을지. 뭐, 상관없나? 어느 쪽이든 넌 이 얼굴과 입을 맞춘 걸 테니."

역시. 어제의 이해할 수 없는 인간보다는 지금의 이해하기 쉬운 괴물이 편하다. 싫어하기 쉬우니까.

안도한 그레이스는 제 몸에 달라붙은 손을 밀어내고 화제를 바꿨다.

"엘리 점심은 뭐 먹었어?"

"포르토벨로 버섯을 넣은 버거."

"뭐, 읍…."

놀라 되물으려는 순간 남자의 손이 그레이스의 입을 틀어막았다. 그는 여전히 뒤돌아 있는 엘리를 눈짓하더니 속삭였다.

"말하지 마. 버섯인 줄 몰라. 알면 나를 평생 아저씨라고 부를 거야."

"속아 넘어가? 어떻게 속인 거야?"

그레이스는 조금 전만 해도 남자에게 떨어지라고 했던 걸 잊고 바짝 붙어 소곤거렸다.
"버섯 속에 고기를 채우고 치즈로 덮어서 패티로 속이면 돼. 내가 어릴 적 보모가 그랬거든. 속은 걸 알고 나선 꽤나 분했지만 그땐 이미 늦었지."
그러더니 남자는 엘리에겐 말하지 말라며 비스듬히 기운 입술 위로 검지를 세웠다. 엘리의 까다로운 입맛과 편식하는 습관이 이 남자에게 물려받은 것이었을 줄이야.
"역시, 내가 그동안 고생한 건 다 네 탓이었어."
"단 걸 좋아하는 입맛은 너를 빼닮았더군."
"저 앤 배 속에 있을 때부터 그랬어. 내가 단 걸 먹으면 어찌나 신나하는지."
오랜만에 그때를 떠올려 보자니 태동이 다시 느껴지는 것만 같아 저도 모르게 배를 쓰다듬었다. 그레이스의 입꼬리가 올라갈수록 남자의 입꼬리는 아래로 처지나 싶더니 그가 돌연 억지 미소를 지었다.
"엄마가 아몬드 케이크만 먹게 하던 아이답네. 우리 딸도 마담 베노아의 아몬드 케이크를 엄마만큼이나 좋아하겠군."
남자가 윈스포드로 가자는 말을 꺼내는 순간 그레이스는 어느덧 제 어깨를 감싸고 있던 손을 쳐 냈다. 엘리의 이야기로 벽을 허물더니 방심한 틈새에 그녀가 피하려 애쓰던 본론을 이렇게 넌지시 찔러 넣었다.
"가져와. 우리 어디 사는지 알지?"
윈스포드로 가지 않겠다는 뜻을 내비치자마자 남자는 에둘러 말하기를 관뒀다.
"여긴 잔당이 남아 있을지도 몰라. 엘리를 이 위험한 곳에서 키워야겠어?"

"내가 어쩌다 보니 놈들을 잘 아는데, 이미 여길 뜨고도 남았어. 그리고, 윈스포드엔 잔당이 없어? 놈들의 가장 큰 목표물은 레온 윈스턴 소령님 아니신가? 네가 있는 곳이 가장 위험한 곳 같은데?"

"그래서 경호가 가장 철저하지. 난 지금까지 놈들에게 당한 적 없어."

"아, 그래? 내가 아니었으면 지금 관 속에 누워 있을 사람이 그런 말을 하는 건 우습지 않아?"

"그건 극장 잘못이지. 내 경호팀이 어차피 그날 시사회 직전에 극장을 점검할 예정이었어. 자기야, 난 그렇게 허술하지 않아."

"아, 네. 제가 괜한 짓을 해서 공을 가로챘군요. 죄송합니다, 소령님."

레온은 얄밉게 구는 그레이스를 웃으며 상대해 주다 엉뚱한 언쟁으로 흘러가는 대화를 바로잡았다. 물론, 그레이스에게는 그쪽이 엉뚱한 방향이었다.

"엘리를 생각해. 너도 저 아이에게 세상에서 가장 좋은 것만 주고 싶은 마음은 나와 같잖아. 보모부터 하녀, 가정 교사까지 수십을 거느릴 수 있는 아이가 탁아소 따위에서 평민 아이들 수십 명과 보모 하나를 나눠 써야겠어?"

"그래, 사생아로 펜트하우스에 갇혀 사는 건 정말 최고의 대우지."

"제 이름으로 된 펜트하우스가 어때서."

"그럼 펜트하우스랑 돈만 엘리에게 주면 되겠어."

"그레이스, 나를 봐."

빈정대며 잡지만 보는 그레이스의 턱을 남자가 손끝으로 밀어 올리며 억지로 눈을 마주하게 했다.

"갇혀 산다고 누가 그래? 사생아로 남을 거라고 누가 그래?"

"자기야, 나를 봐."

그레이스는 멈칫하는 남자의 뒷덜미를 움켜쥐고 제게로 당겼다.

"네 눈엔 내가 순진해 보여?"

노려보는 사이 손바닥 아래에서 그의 살갗이 달아오르는 것이 느껴졌다. 남자는 꽤나 당혹스러운 낯을 하더니 뭔가를 참는 듯 눈을 지그시 감았다 뜨고서야 말을 이었다.

"난 이제 널 망가뜨려서 소유할 생각 없어."

"소유는 할 생각이고?"

"서로 소유하자는 거지."

픽, 그레이스는 비웃으며 쏘아붙였다.

"내가 널 원해야 하는 이유가 뭐야. 난 원하는 건 다 가졌어. 아, 못 가진 게 단 하나 있긴 하네. 그거라도 줄 거야?"

"뭐든. 말만 해."

"네게 쫓기지 않는 삶."

"나와 살면 내게 쫓길 일이 없지."

집요한 인간. 그레이스가 지친 한숨을 내쉬려던 찰나였다.

"머 해?"

엘리가 아기 인형을 안은 채 어리둥절한 얼굴로 두 사람을 지켜보고 있었다.

"싸워?"

"어? 아니."

그레이스는 한 손으로 움켜쥐고 있던 남자의 목덜미에 두 팔을 감으며 웃었다. 아이의 앞에서 사이좋은 척을 하는 것뿐인데 역시나 뻔뻔스러운 남자는 제멋대로 굴었다.

"엄마가 아빠를 사랑한대."

아이에게 이딴 거짓말을 하며 그레이스의 가슴이 그의 가슴팍에서 뭉개질 정도로 으스러지게 끌어안았다.

"자기야, 나도 사랑해."

"고마워. 네 영원한 짝사랑을 응원할게."

그레이스는 아이 앞에서 사랑 고백을 하는 남자의 귓속에 쓴 말을 달콤한 밀어처럼 속삭였다. 그는 그저 웃더니 그레이스의 뒷머리를 한 손으로 감쌌다. 아이 때문에 거부하지 못하는 그녀의 입술에 제 입술을 포개려 하던 찰나였다.

"엄마는 엘리 꺼야!"

아이가 소파로 올라오더니 엄마와 아빠의 입술 사이에 인형을 들이밀며 방해했다. 그것도 모자라 그의 가슴팍을 손으로 밀기까지 하며 제 엄마에게 매달렸다.

"엄마, 엄마."

"왜?"

"나 아기 묶어 죠."

그레이스가 무릎을 덮고 있던 숄로 아기 인형을 몸에 매어 주자 엘리가 소파 아래로 내려오더니 이젠 레온에게 매달렸다.

"잡기 놀이 또 하쟈."

레온은 아이가 그를 밀어냈을 때처럼 허를 찔린 기분이었다.

"내게 못된 짓을 해 놓고 놀아 달라는 건가?"

"아빠 닮았네."

그레이스가 그의 귀에 대고 얄밉게 빈정댔다. 또 한 번 허를 찔려 말을 잃은 걸 두고 아이는 화가 났다고 착각했는지 손가락을 빨며 이런 소리를 했다.

"그치만 아빠는 엘리 꺼니까…."

말 한마디로 그가 천국과 지옥을 오가게 하는 걸 보면 아이는 엄마를 닮았다. 레온은 아이의 손에 리본을 쥐어 주었다.

"꺄아!"

언제든 한 손으로 덥석 잡을 수 있는 두 살배기를 잡기 어려운 척하며 놀아 주던 레온의 낯빛이 점점 어두워졌다. 아기 인형을 안고 그에게서 도망치는 딸에게 2년 전 저 아이를 안고 도망친 여자의 모습이 겹쳐진 탓이었다.

"엘리."

"안 대! 시러!"

그는 저도 모르게 자리에서 일어나 아이를 붙잡았다. 그레이스가 의아한 눈으로 지켜보는 가운데, 레온은 이게 여전히 놀이인 줄 알고 까르르 웃으며 벗어나려 버둥대는 아이에게서 인형을 빼앗았다.

"흐잉, 내 아가. 내 아가 돌려죠."

그가 지금 엘리에게서 저를 떠올리고 있다는 걸 깨달은 그레이스의 낯빛 또한 나빠졌다. 아이에게 지금 뭐 하는 짓이냐고 말리려던 때였다.

"엘리, 아기는 유모차에 태우자. 안고 뛰다가 넘어지면 우리 공주님 다쳐."

남자는 인형을 유모차에 눕히더니 아이를 타일렀다. 고개를 끄덕이는 엘리를 바닥에 내려놓고 유모차 손잡이를 쥐어 주며 이마에 입을 맞추는 남자를 그레이스는 도저히 믿을 수 없다는 눈으로 응시했다. 당연히 제가 아는 레온 윈스턴이라면 아기 인형을 빼앗아 가 돌려주지 않을 거라고 생각했다. 제가 붙잡히면 엘리를 빼앗아 가 돌려주지 않을 거라고 믿었듯이.

남자가 유모차를 끌고 산책하러 가자는 아이를 데리고 거실 밖으로 나갔다. 이제야 비로소 고요해진 공간에 홀로 남은 그레이스는 잡지를 다시 읽기 시작했지만 글자가 조금도 눈에 들어오지 않았다. 머릿속에선 조금 전 빗나갔던 예상이 끈덕지게 맴돌았다.

스위트룸 복도를 산책하고 돌아온 아이는 드디어 지쳤는지 인형의 집 앞에 앉아 조용히 인형 놀이를 하기 시작했다. 아이의 곁에 우유와 쿠키를 놓아 준 남자가 그레이스의 옆으로 와 앉았다. 어색한 침묵 속에서 의미 없이 책장만 넘기던 때였다.

"엘리는 사생아로 남지 않을 거야."

남자가 다시 화제를 꺼냈다.

"그러려면 결혼해야 한다. 이 말이 하고 싶은 건가?"

"난 네가 똑똑해서 좋은데 싫어."

그레이스는 픽 웃곤 들으란 듯 중얼거렸다.

"나도 이젠 결혼하고 싶긴 해."

"우리 자기가 하고 싶다면 해야지."

손가락이 머리카락 속으로 또 파고들기 시작하자 그레이스는 고개를 들었다.

"주변에 내 남편감으로 괜찮은 남자는 없어? 소개해 줘."

그 순간 남자의 얼굴에서 부드러운 미소가 사라졌다. 그는 그럼 그렇지, 라는 표정을 지으며 한숨을 내쉬었다.

"돈은 별로 없어도 돼. 군인이 아니면 좋겠고 귀족도 싫어. 외모는 다 좋은데 금발에 푸른 눈만 아니면 돼. 성격도 나긋나긋했으면 좋겠어."

너와는 달리.

일부러 저 남자와 반대되는 특징만 읊었다. 검지 끝으로 관자놀이를 짚은 채 잠자코 듣던 남자가 돌연 생각났다는 듯 손가락을 딱 튕겼다.

"아, 마침 딱 맞는 남자가 생각났어."

"그래?"

"제임스 블랜차드 주니어."

이번엔 그레이스의 얼굴에서 미소가 사라졌다.

"아주 훌륭한 레온 윈스턴 대용품이 되어 줄 거야."

그녀는 눈꼬리가 시리도록 눈을 흘겨 주고 잡지로 시선을 내렸다. 하지만 침묵은 오래가지 못했다.

"그 자식은 살아 있어?"

남자는 와인 잔이나 기울이며 그 쉬운 질문에 꽤나 오래 입을 다물고 있다가 대답했다.

"어, 널 사랑했던 걸 후회하신대."

"미친 새끼."

그레이스가 나직이 중얼거리는 찰나 남자가 웃음을 터뜨렸다. 또 머리칼 속으로 파고드는 손가락을 털어 내듯이 머리를 흔드는데 그가 물었다.

"스나이더 부인께서는 같이 이민 갈 남자를 찾는다며?"

그레이스의 눈이 커지자마자 가늘어졌다. 노먼에게서 캐낸 모양이었다. 왜 그가 인사조차 하지 않고 도망쳤는지 이젠 알고도 남을 것 같았다.

"난 어때?"

"그냥 바다에 빠져 죽을게."

남자는 시답잖은 농담이나 주고받으려는 게 아니라고 중얼거리더니 그레이스의 손에서 잡지를 빼앗았다.

"내 계획 기억하겠지?"

컬럼비아 합중국의 주소로 된 펜트하우스, 그리고 약혼반지. 그레이스가 아는 레온 윈스턴의 계획은 그 두 가지로 암시된 것뿐이었다.

"먼저 윈스포드로 간 후에 상황이 정리되는 대로 컬럼비아로 떠날 거야."

그럴듯하게 들리지만 애초에 말도 안 되는 계획이다.

욕심으로 빚어진 남자가 제가 가진 모든 걸 버리고 저와 함께 떠난다는 말은 처음부터 믿지 않았다. 그리고 지금은 그때보다 더 많은 것을 가지게 된 남자가 그런 짓을 한다는 건 더더욱 믿기지 않았다.

이건 그저 내게 족쇄를 채우려는 수작이다. 이민을 미끼 삼아 그의 곁에 저는 이름 없는 정부로, 아이는 사생아로 묶어 두려는 수작이다.

그레이스의 생각은 처음 저 남자의 계획을 알게 되었던 때나 지금이나 바뀌지 않았다.

"결혼식은 컬럼비아로 가서 해."

남자가 진지한 투로 결혼식을 입에 올리자 그레이스는 비웃었다.

"여기서 중혼은 안 될 테니까?"

제게는 그런 말로 결혼을 미루면서 공식적으로는 대공녀와 결혼하려는 거 아니냐는 추궁에 그는 진심으로 불쾌하다는 듯이 미간을 구겼다.

"내가 왜 대공녀와 결혼해. 그 여자는 내 계획에 필요해서 잠시 묶어 두는 것뿐이야."

그러더니 남자는 지금 질투하는 거냐고, 어울리지도 않게 생글생글 웃었다.

"위대하신 백작 각하, 구국의 영웅이신 소령님, 이유는 모르겠지만 존경받는 의원님, 그리고 서부의 아무 곳에나 바늘을 던지면 본인의 땅에 꽂힐 확률이 절반인 대지주님…"

그레이스는 그가 가진 모든 걸 읊으며 반문했다.

"네가 왜 이민을 가."

"이민이라기보다는 망명이라고 해야 맞겠지."

"망명? 네가 왜?"

잔당은 거의 뿌리 뽑히지 않았나. 가진 것 없는 배신자인 그레이스라면 몰라도 권력을 쥔 영웅인 저 남자에게는 제가 잡은 쥐가 무서워 집을 버리는 격이었다. 그러니 잔당이 이유는 아닐 텐데 그레이스는 달리 생각나는 이유가 없었다.

그러나 물어도 남자는 말해 주지 않았다.

"우린 이미 엘리가 배를 타고 여행할 수 있을 만큼 컸을 때 여길 떠났어야 했어. 우리 계획이 벌써 2년 넘게 늦어지고 있잖아."

"누구 마음대로."

"그레이스, 어차피 네 계획이 내 계획이야."

"아니, 달라. 내 계획에 넌 없어."

그레이스는 단호하게 고개를 저었다.

"엘리는 허락해 줬지만 난 안 돼. 착각하지 마. 내가 어느 날 갑자기 죽으면 엘리를 키워 줄 사람이 필요하니까 내린 결정일 뿐이야."

실은 머리가 아니라 마음으로 내린 결정이면서 그레이스는 거짓말을 했다. 저 남자가 극장에서 얼굴을 묻고 있었던 물건이 아이의 것이 아닌 제 것이었더라면 이처럼 흔들리지 않았을 것이다. 아이를 그리워하는 그 마음을 제가 몰랐더라면 흔들리지 않았을 것이다.

"컬럼비아에는 나와 엘리, 둘이서 갈 거야. 언제든 찾아오면 엘리는 만나게 해 줄게. 내 딸의 아빠가 되는 건 허락해 주지만 내 남편이 되는 건 어림도 없다는 말이야."

그레이스가 자리에서 일어서더니 엘리에게로 걸어갔다. 그러며 남의 일에 동정하듯 무심하게 덧붙인 말이 레온의 심장에 쐐기처럼 박혔다.

"안됐지만 난 너와 아무 일 없었던 것처럼 사랑할 수 없어."

저벅저벅, 침실을 지나 드레스 룸으로 다가오는 발소리에 그레이스는 저도 모르게 귀를 기울였다. 그때의 습관은 잠시 잊었을 뿐 없어지지 않았다. 그러나 잠긴 철문을 여는, 그 익숙한 금속음 대신 문고리가 부드럽게 돌아가는 소리가 나더니 남자의 목소리가 들렸다.

"그레이스, 오늘…."

"엄마를 왜 그렇게 불러?"

화장대 앞에 앉아 그레이스의 빗질을 받던 엘리가 끼어들더니 거울에 비친 남자에게 따졌다.

"그거 엄마 이름 아니야."

"그럼 뭔데. 애나?"

"아니."

"그럼?"

아이는 팔짱을 끼고 턱을 들더니 의기양양하게 웃으며 대답했다.

"엄마."

남자가 실소를 터트렸다. 기껏 곱게 빗겨 둔 금발이 그의 커다란 손안에서 헝클어졌다.

엘리의 엉뚱한 말에 그레이스는 웃을 수 없었다. 딸이 엄마의 이름을 모르는 건 가르쳐 준 적이 없는 탓이었으니.

"자, 다 됐어."

오늘은 왕관에 분홍 리본까지 더해 머리를 욕심껏 꾸민 아이가 의자 아래로 뛰어 내려가더니 거울이 아닌 제 아빠 앞에 섰다. 아이는 한쪽 발을 뒤로 물리고 네이비색 치마를 펼치며 무릎을 굽혔다. 그러자 남자가 쓰지도 않은 모자의 챙을 우아하게 들어 올리는 시늉을 하며 인사를 받아 주었다.

그 순간 그레이스는 눈살을 찌푸렸다. 첫날, 집에서 짐 가방을 싸며 아이에게 몰래 물었었다. 너는 왜 아빠가 마음에 드냐고. 그랬더니 아이가 했던 기가 막힌 대답이 숙녀와 신사처럼 예를 갖추는 둘을 보며 떠올랐던 것이다.

"왕자님처럼 생겨써."

내 딸, 나를 닮는 건 좋은데 제발 닮지 말아야 할 건 닮지 말아.

제 아빠에게 뽀뽀까지 해 준 아이가 드레스 룸 밖으로 뛰어나갔다. 남자는 따라가지 않고 멀어지는 아이의 뒷모습을 문 앞에 서서 흐뭇한 눈으로 지켜보기만 했다.

"타고났어. 벌써 귀족의 기품이 있잖아."

그러더니 남자가 문을 닫았다. 드레스 룸의 공기가 순식간에 달라졌다. 오늘은 옷을 갈아입기 전에 왔다. 그게 무엇을 의미하는지는 잘 알았다. 그레이스는 아무것도 느끼지 못한 척 태연하게 옷장 문을 열었다. 남자를 등진 채 목욕 가운을 벗고 나신을 드러내자 곧바로 끈적한 시선이 달라붙는 느낌에 몸이 움츠러들려 했다. 자연히 관음증 환자를 뒤에 두고 샤워를 하던 나날이 떠올랐다. 남자는 보는 데 그치지 않는 적이 이따금 있었다.

창문이 없는 드레스 룸에 불빛이라곤 화장대 거울의 전등뿐이라 다행이었다. 기억과 함께 달아올라 가는 살갗이 방의 반대편에 기대어 선 남자의 눈에는 잘 보이지 않을 테니.

블루머를 입느라 허리를 숙이는 순간 등 뒤에서 나직한 신음이 들렸다. 짤막한 욕설 같기도 했다.

잠시 멈칫했던 그레이스는 다시 아무 일 없었던 척 느릿하게 움직였다. 블루머 위에 가터벨트를 차고 검은 스타킹을 한 짝씩 허벅지 가운데까지 끌어 올려 고정했다. 그러곤 검붉은 색의 하이힐을 신는 사이 등 뒤에서 들리는 숨소리는 여전히 규칙적이었지만 점점 거칠어졌다.

서랍에서 브래지어를 꺼내는 그레이스의 숨도 거칠어지기 시작했다. 욕실에 있는 동안 옷 사이에 잠시 숨겨 두었던 다이아몬드 주머니를 브래지어 가운데, 겹겹의 천 틈에 재빠르게 끼워 넣었다. 어깨끈을 태연하게 걸치고 등 뒤로 손을 뻗어 후크를 채우려 했지만 자꾸만 손이 미끄러졌다.

빌어먹을….

몇 번이나 거듭되는 헛손질 후, 마른 입술을 깨물며 조용히 짜증을 내던 때였다. 소리 없이 다가온 남자가 떨리는 손끝을 감싸 쥐었다. 그레이스가 얼어붙은 사이 그는 말없이, 그리고 숨이 가빠지도록 천천히 브래지어의 후크를 채웠다.

단 한 번 만에 브래지어를 여미고도 손은 떨어져 나가지 않았다. 잘 채워졌는지 확인이라도 하는 척, 손끝이 작은 쇠고리 세 개를 하나씩 만지작거리는 느낌이 얇은 천 너머의 살갗에 고스란히 전해졌다.

마지막 고리를 덧그린 손가락은 등줄기를 타고 내려갔다. 남자는 이미 소름이 돋아나 있던 살갗을 손톱 끝으로 확인 사살이라도 하듯 간질이더니 그레이스의 귓가에 입술을 대며 뜨거운 숨을 저질스러운 말과 함께 쏟아 냈다.

"자기야, 내가 맞혀 봐? 지금 네 다리를 벌리면 젖어 있을 거야."

그레이스는 정면을 노려보며 들으란 듯 코웃음 쳤다.

"그럼 내기를 하는 건 어때. 내 말이 틀리면 널 보내 줄게. 영원히."

등허리를 간질이던 손이 뱀처럼 허리의 굴곡을 타고 아랫배로 넘어왔다. 블루머 속으로 미끄러져 들어오는 손을 밀쳐 내며 그레이스는 화장대로 향했다.

등 뒤에서 그것 보라는 듯 웃는 소리가 들렸다. 그레이스는 못 들은 척하며 거울 앞에 앉아 화장을 시작했다. 그러는 내내 그녀를 지켜보는 거울 속의 남자에게 시선을 주지 않으려 애써야만 했다.

"나도 이러고 싶지는 않아."

입술을 살짝 벌린 채 아랫입술에 새빨간 립스틱을 바르던 때였다. 한 걸음 뒤에서 지켜만 보던 남자가 결국 다가왔다.

"다른 모든 건 내 잘못이라 해도 내가 네게 발정하는 건 순전히 네 탓이야."

그는 몸을 낮춰 그레이스의 어깨에 턱을 얹으며 귓가에 속삭였다. 등에 닿은 손이 입혀 준 브래지어를 다시 벗겨 버리고 싶다는 듯이 끈을 당기고, 다른 손은 귀 뒤로 넘겨 둔 금발을 손가락에 감은 채 귓바퀴를 어루만졌다.

"넌 뭘 하든 야하잖아."

그는 귀에 걸린 물방울 모양의 진주 귀걸이를 만지작거리며 그레이스가 일부러 자신을 미치게 만든다고 중얼거렸다. 귓가를 지분대던 입술이 결국엔 벌어졌다. 혀가 귓불에 매달린 진주 구슬을 핥아 올렸다. 돌기를 굴리는 듯한 익숙한 혀 놀림에 그레이스의 어깨가 움찔, 튀어 올랐다.

"계속해."

남자가 귓불을 물며 곁눈질로 그레이스의 손에 들린 립스틱을 가리켰다.

"왜? 조금 전처럼 떨려서 못 하겠어?"

그럼 내가 해 줄 수밖에. 귓가에 키스와 함께 그렇게 속삭인 남자가 손에서 립스틱을 빼앗아 갔다. 두 손가락이 볼을 쥐며 지그시 누르자 그레이스는 거울 속 남자를 노려보며 입술을 벌렸다.

남자의 실력은 형편없었다. 윗입술의 굴곡을 타고 움직이던 립스틱이 결국엔 입꼬리에서 미끄러졌다.

"이런, 지워야겠군."

볼을 쥐고 있던 손이 얼굴을 그에게로 돌렸다. 길게 번진 붉은 자국을 턱 끝에서부터 거슬러 올라온 입술이 결국 그레이스의 입술을 덮었다.

"흡…."

틈을 열어젖히고 들어오는 혀를 밀어내며 고개를 돌렸다. 숨 쉬기도 힘들 만큼 그레이스를 눈빛과 분위기로 압도하던 남자는 언제 그랬냐는 듯 그녀를 순순히 놓아주었다. 그레이스는 제 심리를 읽으려는 집요한 시선 속에서 문으로 향했다.

철컥.

문을 잠그고 돌아서는 순간 남자가 맹수처럼 달려들었다. 몸이 삽시간에 위로 들리고 남자의 허리에 매달리느라 벌어진 다리 사이를 묵직한 것이 짓눌렀다. 달라붙은 입술 사이에서 혀가 몸처럼 서로를 난잡하게 치댔다.

"하아…."

서로를 잡아먹을 듯 거칠던 키스가 서서히 부드러워지다 잠시 멎고, 그레이스는 빙글빙글 도는 머리를 문에 기댄 채 숨을 할딱였다. 그 사이 축축하게 젖은 입술은 살갗을 더듬어 목덜미로 내려갔다. 남자는 맥박이 팔딱팔딱 뛰는 자리에 입술을 댄 채 오래도록 미동조차 하지 않았다.

"그레이스….”

저를 부르는 남자의 목소리에 환희가 깃들어 있었다. 그 순간 제 이름이 닿은 핏줄을 타고 심장까지 아찔한 전율이 흐르자 그레이스는 나른히 감겨 있던 눈을 불에 덴 사람처럼 번쩍 떴다.

멈춰 있던 입술이 점점 아래로 향하다 브래지어 위로 불거져 나온 살을 지분대기 시작했다. 남자의 코끝이 다이아몬드가 든 주머니와 멀지 않은 곳에 파묻히자 그레이스는 제 손으로 브래지어를 풀었다.

"하아, 젠장할….”

그녀가 스스로 속옷을 벗고 가슴을 드러낸 이유를 착각한 남자는 더욱 흥분했다. 브래지어를 바닥에 던지지 않고 손에 쥐고 있다는 사실은 완전히 간과한 채 그녀를 번쩍 안아 들었다.

"아, 훗….”

남자는 그레이스를 화장대에 앉히더니 고개를 숙였다. 어깨에 닿는 거울의 차가움과 젖꼭지를 감싸 무는 입의 뜨거움을 동시에 느끼며 그녀는 몸을 떨었다.

곧 남자가 두 쪽의 살덩이 사이에 얼굴을 묻고 살 내음을 즐기기 시작했다. 기회였다. 그레이스는 남자의 머리를 한 팔로 감싸 안고 야릇한 비음을 내며 화장대 구석의 핸드백에 브래지어를 넣었다.

"하웃, 흐읍….”

전 재산에 몰렸던 신경이 곧바로 몸으로 쏠리며 남자의 애무가 더욱 자극적으로 느껴지기 시작했다. 제 신음 소리가 점점 커지자 그레이스는 입을 틀어막았다. 몸을 지탱하는 건 팔 하나뿐. 그마저도 점점 후들후들 떨리기 시작했다.

"하아… 이제 좀 살 것 같군."

레온은 타액에 불어 버린 젖꼭지를 뱉어 내며 숨을 크게 들이켰다. 입술이 몸에서 떨어지자 그레이스가 입을 틀어막고 있던 손을 힘없이 떨어트리며 몸의 긴장을 풀었다.

"앗!"

숨을 고르던 여자가 다시 교성을 토해 내며 몸을 비틀었다. 한껏 예민해진 젖꼭지를 손끝으로 빙글빙글 돌린 탓이었다.

"아, 아흣…."

뽀얗던 살에는 벌써 그의 흔적이 붉게 남았다. 여자의 몸부림을 따라 흔들리는 젖가슴을 감상하던 레온은 끓어오르는 소유욕을 참지 못하고 살덩이를 삼키듯 거머쥐었다.

"아흑!"

손가락 사이로 도톰하게 삐져나온 분홍빛 살점을 쪽, 소리가 크게 날 정도로 세게 빨고는 물었다.

"엘리는 모유를 먹여 키웠어?"

그레이스가 몽롱한 눈을 반쯤 감은 채 고개를 끄덕이는 순간 레온은 몸을 일으켰다. 의아한 눈으로 그를 올려다보는 청록빛 눈동자에 시선을 고정한 채 레온은 웃다가 이를 악물었다.

"난 말이야. 너와 우리 딸에겐 항상 상반된 감정을 느껴. 둘 다 미치도록 사랑스러운데 얄미워. 가만히 보고 있자면 기쁜데 슬퍼."

그는 검지와 엄지로 딸이 입에 물었을 젖꼭지를 지그시 쥐어 눌렀다.

"훗…."

"네가 내 딸에게 젖을 물렸다니, 너를 얻은 것 같으면서도 빼앗긴 기분이 들어."

이 여자가 스스로 문을 잠그고 스스로 옷을 벗었다는 것 또한 상반된 감정이 들게 했다.

벗은 걸 핸드백에 넣었지.

많은 것이 변했으나 변한 것이 없다. 레온은 화장대 구석에 놓인 핸드백에 언짢은 시선을 잠시 던지곤 의자에 앉았다. 물론 가지런히 모인 다리를 양쪽으로 활짝 벌리는 순간 언짢은 기분은 모두 달아났다.

"자기야, 기분 좋았어?"

얇은 블루머의 한가운데가 젖어 분홍빛 속살이 어렴풋이 비쳤다. 그 레이스는 립스틱이 엉망으로 번진 입술 사이로 숨만 할딱일 뿐, 긍정도 부정도 하지 않았다.

"우리 자기, 몸만은 솔직하단 말이지."

"아훗…."

젖은 곳을 손끝으로 누르자 여자가 발작적으로 몸을 들썩였다. 천 너머로 말랑한 살이 느껴지자 또 소유욕이 치밀었다. 손을 떼어도 천은 속살에 달라붙어 떨어지지 않았다. 손으로 당겨서 떼어 내어 보았더니 천이 조금 전보다 흥건히 젖어 애액이 묻어날 정도였다.

"이건 어차피 벗어야겠군."

레온은 블루머 양쪽을 쥐고 당겼다. 우두둑, 솔기가 뜯어지는 소리가 나자 여자가 눈을 번쩍 뜨더니 그를 쏘아보았다.

"걱정 마. 사 줄게."

레온은 눈매를 휘어 웃으며 찢어진 블루머 속으로 손을 넣었다. 미끈미끈하게 젖은 살을 가르던 손가락이 안으로 쑥 미끄러져 들어가는 순간 여자의 엉덩이가 위로 들썩였다.

"헉, 아, 아흑, 흡⋯."

끝없이 이어지는 질퍽한 소리와 익숙한 교성을 귀에 담고, 그리웠던 젖은 내음을 폐부에 담았다. 레온은 허벅지 안쪽에 뺨을 맞대어 점점 고조되는 떨림마저 음미했다. 눈을 감은 채 속살 구석구석을 만지던 그는 뜨거운 숨을 감탄처럼 토해 냈다.

"내 기억 속 느낌 그대로군."

"읍, 흐읍⋯."

"뜨겁고 끈적하고 부드럽고, 여기를 누르면⋯."

"하윽!"

"우리 자기 눈앞에서 천국의 문이 열리지."

분하게도 그 말 그대로였다. 허공에 들린 발끝이 곱아들며 위태롭게 매달려 달랑거리던 하이힐이 결국 바닥으로 추락했다. 그와 동시에 그레이스는 천국에 올랐다. 제 손으로 느끼는 것과는 비교도 되지 않는, 압도적인 쾌감에 취해 떠는 사이 남자는 스타킹만 남은 발끝에 입을 맞췄다.

"그리웠어? 나도 그리웠어."

그를 물고 놓아주지 않는 속살에게 하는 말이었다. 남자는 그녀가 지금 저를 얼마나 세게 조이고 있는지 잘 느껴 보라는 듯 깊숙이 파묻힌 손가락을 안에서 까딱였다. 손끝이 짓궂게 감각점을 쳐올리자 그레이스는 또 자지러졌다.

그녀가 또 쾌감에 취해 넋을 놓은 사이 남자는 또 저다운 짓을 했다. 어제 출근길에는 목덜미에 남겼던 입술 자국을 오늘은 허벅지 안쪽에 남긴 것이다. 그는 제가 만족할 만큼 허벅지 안쪽을 얼룩덜룩하게 만들고서야 나른한 한숨을 내쉬며 고개를 들었다.

"그레이스, 이번엔 입으로 해 줄까?"

그레이스의 시선은 달달 떨리는 제 허벅지를 움켜쥔 손의 손목시계로 향했다. 출근 시간이 다가오잖아. 그런데 출근이 무슨 의미가 있지? 사장은 내가 영영 안 오길 바랄지도 몰라. 아니야. 죄 없는 사람들에게 피해를 줄 순 없으니 적어도 내가 맡은 건 마무리하고….

"응, 자기야?"

갈등하는 중에 남자가 자꾸만 재촉하자 그레이스는 저도 모르게 버럭 짜증을 냈다.

"입 닥치고 빨기나 해."

제 입에서 튀어나온 상스러운 소리에 놀란 그레이스는 경악했다. 남자 또한 잠시 놀란 얼굴로 눈만 깜빡이더니 돌연 웃음을 터트렸다.

"입을 닥치면 어떻게 빨아?"

그가 저를 놀리기 시작하자 그레이스는 새빨갛게 익었을 게 분명한 얼굴을 옆으로 돌리며 다리를 오므렸다.

"됐어. 시간 없어. 출근해야 해."

"오래 걸리지 않아."

남자는 몸을 일으키더니 그녀의 다리를 벌리며 달아오른 뺨에 입을 맞췄다.

"그레이스, 자기야."

귓가에 그가 속삭이는 순간 그레이스는 흠칫했다.

"내 이름 그만 불러."

"왜?"

남자가 이해할 수 없다는 듯 미간을 구기며 물었다.

"내가 네 이름을 부르는 게 거슬려?"

"그래."

언제부터 나를 이토록 다정한 목소리로 그레이스라고 불렀다고 이래? 2년여 전 여객선에서부터 그랬다. 늘 불렀던 것처럼 당당하게 불러 대는 게 거슬렸다.

"왜 거슬릴까. 왜 하필 내가 부르는 건 거슬리는 걸까."

암시가 가득한 그 물음에 그레이스의 낯이 싸늘하게 굳었다.

"넌 내 이름 부를 자격 없어."

그 순간엔 남자의 얼굴이 싸늘해졌다.

"네 전 약혼자는 있고?"

"그 자식 이야기가 여기서 왜 나와?"

남자가 눈을 질끈 감더니 한숨을 내쉬었다.

"널 탓할 일은 아니지만 난 네 이름을 부를 자격조차 없다고 하면 내가 얼마나 비참해지는지 알아? 물론 잘 아니까 하는 말이겠지. 난 평생 너만 바라봤는데 넌 다른 남자와 키스에, 연애에…."

그래서 내가 네게 미안해하기라도 해야 해? 그레이스의 눈빛이 날카로워졌다.

"그것도 모자라 잘 생각까지 했다니."

"누가 그래? 내가 잘 생각만 했다고."

뻔뻔한 소리를 하는 걸 보니 누가 누구의 머리 위에 있는지 보여 줄 때였다.

"잤어. 이번 달에 잔 남자만 셋이네."

번쩍 뜨인 남자의 눈에서 삽시간에 살기가 불타올랐다. 그녀의 다리 사이를 거쳐 간 다른 남자들을 상상하기라도 하는 건지 시선이 찢어진 블루머의 틈에서 떨어지지 않았다.

"이름."

"내가 미쳤다고 이름을 대겠어?"

"그럼 내가 한번 대 볼까?"

그는 그레이스의 오른손을 눈앞으로 들더니 손가락을 하나씩 펴며 이름을 읊었다.

"그레이스, 그레이스, 그레이스."

"…."

"자신과 이번 달에 세 번이나 하셨나? 내가 어지간히 그리웠나 보군."

"그렇다고 해 줄게."

그레이스는 그렇게라도 스스로를 속여야 하는 네가 딱하다는 듯이 혀를 찼다. 남자가 손을 놓아주더니 화장대 양 끝을 두 손으로 짚고 그녀를 향해 위협적으로 몸을 기울이며 경고했다.

"장난은 정도껏 치는 게 좋을 거야. 난 마을을 한 시간 안에 잿더미로 만들 병력을 가진 사람이야. 네 짧은 생각 덕분에 무고한 남자들이 죽어 나가는 꼴을 보는 취미라도 있어, 자기야? 당장 오늘 영화사부터 잿더미로 만들어 볼까?"

코앞에서 캠든의 흡혈귀가 연푸른 광기를 번뜩였다.

그래, 네가 차라리 원래의 너다울 때가 편해.

그레이스는 남자가 도망치지 못하도록 두 팔과 두 다리로 옭아매며 입매를 비틀었다.

"장난이라니. 침대에서, 차 뒷좌석에서, 그리고 우리 집 소파에서 남자들이 내게 해 준 말을 들려줘?"

"후회할 말은 하지 않는 게 좋을 거야."

"세상에, 애나. 조이는 기술이 환상적이야. 허리를 이렇게 흔드는 건 누구에게서 배웠어?"

남자가 턱 근육에 힘이 들어가는 게 눈에 똑똑히 보이도록 이를 악물었다.

"고마워, 자기야. 다 네가 잘 가르쳐 준 덕분이야."

꾹 다문 입매의 끝이 눈에 띄게 떨렸다. 그러나 이성을 잃고 목이라도 조를 거란 예상과 달리 남자는 그녀를 꽤나 침착하게 노려보기만 했다.

"그나저나 남이 쓰던 양말은 아무도 원하지 않는다는 말, 사실이 아니던데? 다들 네 자위용 양말에 환장하더라."

그 순간 붉게 달아올라 있던 낯이 삽시간에 창백해졌다.

"…미쳤군."

남자는 눈을 질끈 감더니 중얼거렸다. 과거의 자신에게 하는 말인 듯했다.

"그레이스, 내가 그런 과격하고 저속한 소리로 널 모욕했던 이유는…."

"알아. 이미 들은 말 또 듣기 싫으니까 하지 마."

그레이스는 듣기 귀찮다는 듯 심드렁하게 굴었다. 그가 어떤 생각으로 그런 말을 했었는지는 그때에도 어렴풋이 짐작했다.

남이 쓰던 당근도 아무도 원하지 않아.

그레이스가 모욕을 되돌려 주자 남자는 웃으며 이런 말을 했었으니까.

그럼 어쩔 수 없군. 평생 우리 둘이 붙어먹어야겠지.

놀리듯 하는 말투였으나 분명 진심이었을 것이다. 남자가 또다시 진지하게 사과를 시작하자 불편해진 그레이스는 제 다리 사이를 눈짓했다.

"됐어. 지루한 소리 집어치우고 하던 일이나 해."

그가 체념한 듯 한숨을 쉬더니 그레이스의 다리 사이로 손을 뻗었다.

"그래서 내가 가르쳐 준 기술에 환장한 자기 애인들이 이걸 보고 뭐래?"

애액에 푹 젖어 기다란 손가락 끝에 감긴 다갈색 체모가 눈에 들어오는 순간 그레이스는 사색이 됐다. 만나는 남자가 있으면 저곳도 금발로 물들이거나 적어도 말끔하게 밀어 버려야 한다.

그제야 제가 다른 남자와 잔 적이 없다는 증거를 드러내 놓고 빤히 보이는 거짓말을 했다는 사실을 깨달은 것이다. 그렇게 그레이스는 하얗게 질리자마자 순식간에 새빨갛게 익었다.

그런 그녀를 지켜보던 남자는 입매가 일자가 되도록 입을 꾹 다물다 이를 악물기까지 하더니 결국 도저히 참지 못하고 웃음을 터트렸다.

"내가 속은 줄 알았어, 자기야?"

얼빠진 그녀의 이마에 제 이마를 맞대고 어깨까지 들썩이며 웃던 남자가 물었다.

"처음부터 거짓말인 게 빤히 보이는데 네가 나를 괴롭히며 너무 즐거워하길래 속는 척했어. 보는 나는 민망하긴 했지만 우리 자기가 즐거웠으면 됐지."

"꺼져!"

"그러니까 후회할 말은 하지 말랬잖아."

"나가!"

제가 창피한 짓을 해 놓고 되레 화를 내며 밀어내는 여자를 끌어안고 레온은 키스를 퍼부었다.

"괜찮아, 그레이스. 맹한 것도 사랑스러워. 우리 딸이 귀여운 건 다 네가 귀여운 덕분이지."

토라진 엘리처럼 심통을 부리는 여자를 겨우 달래고 다시 애무를 시작하던 때였다.

덜컥.

문고리를 돌리는 소리가 들렸다. 문을 잠갔다는 사실을 잊고 얼어붙었던 그레이스가 안도의 한숨을 내쉬자마자 밖에서 아이가 문을 쾅쾅 두드렸다.

"머 해? 왜 아무도 엘리랑 안 놀아 죠? 나두 가치 놀아. 엘리 외로워."

그레이스는 남자에게 손수건을 던져 주며 밀어냈다.

"뭐 해? 엘리가 외롭다잖아."

"밤에 봐."

남자는 별달리 아쉬워 보이는 기색도 없이 곧바로 물러나 밖으로 나가며 이런 소리를 했다.

"밤에 보긴 뭘 봐."

다시 화장대 앞에 앉은 그레이스는 아침부터 광란의 밤을 보낸 꼴인 제 모습을 바라보다 한숨을 내쉬었다.

"…나 정말 뭐 하는 거야."

높은 창으로 이른 오후의 햇살이 쏟아져 들어왔다. 햇살을 등지는 긴 라운지체어에서는 토끼 인형을 안은 어린아이가 담요를 덮고 낮잠을 자는 중이었다. 눈을 감고 있으니 더더욱 소령을 닮았다는 생각이 들었다.

"나머지 한 명은 도주했으나…."

아이가 잠결에 입을 오물거리자 캠벨은 목소리를 더욱 낮췄다.

"근처 공장의 창고에 숨어 있는 것을 발견해 포위했습니다. 다만 격렬히 저항하다 스스로…."

캠벨은 말을 줄였다. 살벌한 보고를 하기엔 승마 클럽 라운지는 위화감이 들 정도로 평화로웠다. 승마복 차림의 소령은 생략한 말을 알아듣고 눈매를 좁혔다.

오늘 새벽, 프레스콧에서 전차로 한 시간 떨어진 어느 공업 지대의 창고에 수상한 자들이 숨어 지낸다는 제보를 받았다. 조사 후 반군임을 확인했다. 도피할 조짐이 보여 오전에 곧바로 근거지를 습격했으나 잔당 둘 모두 생포에 실패했다.

"두 명인 건 확실한가."

소령이 이마를 짚은 채 매서운 눈으로 그를 바라보았다. 캠벨은 장담할 수 없는 말은 소령에게 해선 안 된다는 걸 오랜 경험 덕에 잘 알고 있었다.

"오전에 조사 및 수색한 바로는 그렇습니다."

"주변 탐문 또한 실시해. 그곳에 암살 시도 전후로 드나든 인물들을 모두 파악하도록."

"네, 그렇게 하겠습니다."

범인을 생포하지 못해 소령의 신경이 날카로워진 건 그럴 만도 했다. 국왕이 특임단의 해체를 원하는 가운데, 잔당이 다시 기승을 부려 주었다. 소령에게는 특임단을 유지할 핑계가 생긴 것이자 국왕에겐 해체할 핑계가 사라진 것이다.

그 탓인지 육군 본부에서는 암살 시도가 윈스턴 소령의 자작극이라는 음습한 소문이 은밀히 퍼지고 있었다. 그 와중에 생포에 실패하다니. 자작극이라는 소문에 더욱 힘을 실어 준 셈이었다.

획, 획. 공기를 살벌하게 가르고 무릎까지 오는 소령의 가죽 부츠를 때리던 승마용 채찍이 돌연 멈췄다.

"생포에 실패한 건 신경 쓸 것 없어."

같은 생각을 하던 중이었는지 중얼거린 소령이 곤히 잠든 아이를 바라보며 뜻을 알 수 없는 말을 덧붙였다.
"어차피 끝이 다가오니까."

저녁 식사 전에 소령에게 보고를 올리기 위해 오늘 오후 1차 탐문으로 입수한 정보를 급히 취합하던 때였다. 작전 본부가 자리한 스위트룸 서재의 문이 열렸다.
"안녕."
문으로 고개를 돌려 본 장교들과 사병들은 얼어붙었다. 그들에게 손을 흔들며 인사를 한 사람은 다름 아닌 소령의 어린 딸이었다.
"모 해?"
제 탓에 공기가 얼어붙는 걸 느끼기에는 너무 어릴지도 모른다. 아이는 해맑게 웃으며 장난감 유모차를 밀고 안으로 들어왔다. 당황한 군인들이 서로 눈빛을 주고받았다. 소령의 딸은 소령보다 예측하기도, 대하기도 어려운 존재였다.
"아가씨, 여기 계시면 소령님께서…."
캠벨이 눈치껏 다가가 밖으로 내보내려 하는 순간 아이가 소령처럼 미간을 찡그렸다.
"나 아가씨 아닌데."
"어… 그럼…."
"공주님이야."
아이는 제 머리 위의 장난감 왕관을 가리키며 눈치껏 제 놀이에 장단을 맞추라는 듯 소곤거렸다.
"아, 네. 공주님, 여긴 어쩐 일로…."

그 무시무시한 소령 앞에서도 겁을 먹지 않는 유일한 장교면서 소령의 딸에게는 쩔쩔매는 캠벨을 보고 다른 장교들이 웃음을 참기 시작했다.

"사탕 머거."

아이는 공주라고 불리고서야 만족스러운 미소를 짓더니 유모차에서 하나씩 포장된 지팡이 사탕을 한 뭉치 꺼내어 들었다. 그러곤 커다란 회의용 테이블에 앉은 군인들에게 사탕을 하나씩 나눠 주며 소령의 말투를 따라 했다.

"수고해써."

"감사합니다, 하하."

"수고해써."

"크흡, 지난 3년 동안 소령님께선 사탕을 주신 적이 한 번도 없었는데…."

어느 대위가 사탕을 받아 든 채 콧잔등을 잡고 눈물을 참는 척하자 아이가 헤헤 소리를 내며 웃었다. 겉만 아니라 속도 윈스턴 소령 그대로일 줄 알았더니 의외라는 생각을, 그 순간 모두가 말은 못 해도 똑같이 했다.

"엘리는 오늘 말 타는 거 배워써. 어엄청 재미써. 아저씨들은 집에 말 이써? 아빠가 엘리한테 말 사 준대써. 좋겠지이?"

"이야, 좋으시겠네요."

군인들이 호응해 주니 신이 난 아이가 손동작까지 섞어 가며 종알종알 떠들기 시작했다.

"어… 흠, 공주님… 아저씨들은 지금 일하는 중이랍니다. 혼자 다니시면 아버님께서 걱정하실 거예요."

캠벨이 소령에게 데려다주려고 운을 뗐지만 아이는 그에게 뜬금없는 질문을 던졌다.

"아저씨는 일 이써?"

"네."

"일은 어디서 찾는 거야?"

그런 걸 왜 묻는지는 모르겠지만 캠벨은 일단 답해 주었다.

"보통은 신문에서 찾죠."

"그래? 신문 어디써?"

그걸 왜 찾는지는 모르겠지만 캠벨은 시키는 대로 신문을 내어 주었다.

"헤, 이거구나."

엘리가 뿌듯하게 웃으며 신문을 유모차에 넣던 찰나였다. 열린 문 사이로 검은 구두 끝이 나타났다. 그 순간 우당탕 의자를 끄는 소리가 시끄럽게 나더니 아저씨들이 한꺼번에 벌떡 일어섰다.

깜짝 놀라 아저씨들을 올려다봤더니 다들 한 손을 이마에 대고 있었다. 나도 해야 해? 어쩐지 조마조마한 분위기라 엘리도 이마에 손을 올리고 아저씨들이 보는 쪽으로 쭈뼛쭈뼛 몸을 돌렸다.

에이, 모야.

무서운 사람이라도 왔나 했더니 문 앞에 서 있는 사람은 하나도 안 무서웠다.

"엘리, 아빠한테 와."

레온은 제게 어설프게 경례를 하는 딸을 보고 터져 나오려는 웃음을 참아야만 했다. 잠시 전화를 쓰는 사이 어디로 사라졌나 했더니 여기서 놀고 있었을 줄이야. 그는 엘리가 제게로 오자 표정을 딱딱하게 고치고 부하들에게 물었다.

"탐문 결과는."

"1차 탐문 마친 후 보고드릴 내용 정리 중입니다. 한 시간 안으로 보고 올리겠습니다."

대위에게 고개를 짤막하게 끄덕여 준 레온이 엘리를 밖으로 데리고 나가려던 때였다.

"엘리가 이거 구해써."

아이가 뿌듯하게 웃으며 신문을 내밀었다.

"저 아저씨가…."

그러더니 캠벨을 가리키며 한 말에 레온은 뒤통수를 한 대 후려 맞은 기분이 되었다.

"일은 여기서 찾는 거래. 엘리가 아빠 일 찾아 주께."

"그러니까 여태 아빠가 직업이 없어서 종일 엘리랑 노는 줄 알았다는 거지…."

아이가 순수하고도 잔인하게 고개를 끄덕이자 레온은 지끈거리는 관자놀이를 더욱 세게 짓눌렀다.

"엄마는 일하러 가쟈나."

아이는 어른이라면 다들 일하러 가서 돈을 벌어야 하는 거라고 믿고 있었다.

"엘리, 아빠도 일 있어."

심지어 네 엄마보다 훨씬 높은 사람이야. 돈도 훨씬 많고. 그런데 딸은 아빠가 엄마보다 못난 줄 알고 있었다.

"근데 왜 일하러 안 가?"

"그야 아빤 너무 높은 사람이고 너무 돈이 많아서 책상 앞에서 일할 필요가 없으니까. 그런 건 저 방에 있는 아저씨들한테 시키는 거야."

그러곤 아빠는 군 지휘관이며 사업가이자 귀족원 의원이면서 백작이라는 걸 설명해 주었지만 금전과 지위 개념이 자리 잡지 않은 두 살배기는 전부 얼마나 대단한 건지 이해하지 못했다.

"백작이 모야?"

심지어는 백작 작위에 대해 설명해 주었더니….

"왕보다 밑이야?"

왕의 신하란 걸 듣고 실망스럽다는 얼굴을 했다.

"우리 딸, 아빠가 왕이 아니라서 미안해."

레온은 아빠가 고작 백작이어서 불쌍하다는 눈을 한 딸을 끌어안고 사과했다.

"그렇지만 약속할게. 넌 공주보다도 귀한 몸이 될 거야."

왕이 곧 내 밑을 길 테니.

"엄마 뽀뽀."

침대 가운데에 누운 아이가 오른쪽으로 고개를 돌려 엄마에게 입을 맞췄다.

"아빠도 뽀뽀."

이번엔 왼쪽으로 고개를 돌렸다. 아이의 뽀뽀를 받은 남자가 미소 짓더니 고개를 들어 그레이스를 바라보았다. 꽤나 진중한 얼굴이라고 생각했다. 이딴 소리를 하기 전까진.

"엄마, 아빠도 뽀뽀."

이 미친놈이….

그레이스는 그와 어쩔 수 없이 입술을 맞대며 두 눈을 부릅뜨고 노려보았다. 남자는 그것마저도 좋다는 듯 입꼬리를 더욱 휘어 올렸다.

"엄마, 엄마."

다시 침대에 눕는데 아이가 그녀를 돌아보며 눈을 반짝였다.

"내가 말한테 먹이 준 얘기 해써?"

퇴근하고 돌아온 순간부터 자려고 누운 지금까지 열 번도 넘게 들었을 거다.

"당근을 이러케 손에 들고 이썼는데 요기를 엄청 맛있게 머거써. 아삭아삭 요러케."

아이는 침대에 발을 동동 구르며 외쳤다.

"어엄청 귀여워!"

"엘리가 훨씬 더 귀여워."

그레이스가 하려던 말이었는데 남자가 선수를 쳤다.

"아빠가 말 사 준대찌?"

"맞아. 아빠 집에 가면 사 줄게."

그 순간 그레이스의 낯에서 웃음기가 사라졌다. 남자는 그녀와 아이를 윈스포드로 끌고 가려는 수작을 착실하게 부리고 있었다.

"탁아소에 타고 가도 돼?"

"우리 공주님은 이제 탁아소 같은 곳은 가지 않아도 돼."

"왜애?"

그레이스는 남자가 또 수작질을 부리자 끼어들어 화제를 바꿨다.

"엘리, 오늘 점심은 뭐 먹었어?"

"말!"

"...말?"

"말 모양 초콜릿을 클럽에서 후식으로 내왔어."

"아."

분명 그것 말고도 많은 게 식탁에 올랐을 텐데 말에 온통 정신이 팔린 아이라 말 초콜릿밖에 머리에 남지 않은 모양이었다.

"아빠, 엄마도 말 사 죠"

"엄마는 말 없어도 돼."

그레이스가 사양하는 찰나 남자가 몸을 일으켰다. 커다란 손이 등을 감싸자 저도 모르게 몸을 움츠리는 그녀에게로 그는 고개를 숙이더니 귓속에 속삭였다.

"엄마는 아빠를 타면 될 테니."

그레이스의 얼굴이 일그러졌다.

"아침에 했던 약속, 잊지 않았겠지?"

약속이라니. 그레이스는 그런 걸 한 기억이 없었다.

밤에 보자고 했던 말을 남자는 그렇게 상기시켰다. 어제만 해도 엘리가 자러 간다고 할 때 아쉬워하더니 오늘은 엘리를 재우는 데 수상쩍을 정도로 열의를 보인다 싶었다.

고개를 돌려 남자를 마주 보았더니 또 뻔뻔스럽게 키스를 시도했다. 그레이스는 그의 귀를 잡아당겼다.

귓속말이라도 하려는 줄 알고 귀를 내어 준 레온은 귓불을 깨물리는 순간 웃음을 터트렸다.

"아이 앞에서 전희라니. 우리, 아이 앞에서만은 고상한 부모가 되도록 해."

"모야, 모야. 왜 엘리 빼고 쏙닥쏙닥해?"

남자는 그레이스의 귓가에 맞댄 입술을 아이의 이마로 옮기더니 이불을 끌어 올려 주며 타일렀다.

"엘리, 어서 자야지. 내일 아침에 또 말을 타러 가기로 했잖아."

"마쟈."

아이가 입가에 미소를 머금으며 눈을 감았다.

"일하러 가야 하는 엄마는 우리 엘리가 말을 타는 모습도 못 보겠군. 승마 실력도 타고났어. 벌써 자세가 남달라."

남자가 같이 가자고 그레이스를 꼬드기기 시작했다. 미끼로 엘리를 고른 건 영리한 선택이었다.

"엘리, 엄마 내일부터 회사 안 가."

"헉, 정말?"

아이가 눈을 번쩍 떴다.

"성탄절 휴가야."

물론 전화 한 통이면 저 남자에게는 들통날 거짓말이었다. 직장은 오늘부로 관뒀다. 뻔한 거짓말을 하는 건 네게 끌려가지 않겠다는 메시지였다.

그레이스는 오늘 밤 네 침대로 끌려가지 않겠다는 메시지 또한 그에게 주며 엘리를 끌어안았다.

"머핀 목욕해야겠어."

인형에 그레이스가 코를 대어 보더니 중얼거리자 엘리가 머핀을 더욱 세게 끌어안았다.

"안 대. 내 아가는 그런 거 필요 업써."

"냄새나는데?"

"아주 죠은 냄새야."

아이가 털이 뭉친 인형의 가슴께에 코를 묻고 킁킁대자 그레이스가 눈살을 찌푸렸다. 목욕하면 머핀이 운다는 딸과 네가 울겠지, 라며 실랑이를 하는 여자를 레온은 말없이 지켜보다 손을 뻗었다.

여전히 꿈만 같다.

그를 빼닮은 아이를 제 것이라는 듯 품에 안은 첫사랑에게 닿았다.

꿈이 아니다.

낡은 인형을 안고도 세상을 모두 가진 것처럼 미소 짓는 두 살의 자신에게 닿았다.

여전히 꿈이 아니다.

아이가 감고 있던 눈을 떴다. 그 순간 똑같은 눈동자 두 쌍이 똑같이 의아한 빛을 띠고 그를 바라보았다. 그의 인생에서 가장 꿈같은 순간이 꿈이 아니란 건 여전히 쉽게 믿을 수 없었다.

결국 그레이스가 먼저 잠들어 버리고 그와 조용히 속닥거리며 손장난을 치던 아이가 곧이어 잠들었다. 적막이 깊어져 가는 가운데 잠든 모녀를 물끄러미 바라보던 레온의 낯빛이 점점 어두워졌다.

"난 말이야. 너와 우리 딸에겐 항상 상반된 감정을 느껴."

레온은 잠든 그레이스를 바라보며 숨소리보다도 조용히 중얼거렸다.

기쁜데 슬퍼. 지금 이 광경이 따뜻하면서도 차가워. 빈자리가 없는 이 침대가 고독하게 느껴져.

그는 둘을 너무도 사랑하지만 둘은 그를 사랑하지 않는다. 그렇기에 두 여자는 레온에게 가장 무서운 존재였다.

"좋은 꿈 꾸길."

레온은 잠든 모녀의 이마에 깃털보다도 가볍게 입을 맞추고 침실을 떠났다.

오래도록 잠을 이루지 못하다 선잠이 들었을 때였다. 레온은 눈을 번쩍 떴다. 어둠만큼이나 짙은 그 여자의 향수 냄새가 그의 예민한 후각을 깨운 탓이었다.

달칵, 문이 조용히 닫히는 소리가 들리더니 다가오는 발소리가 이어졌다.

등 뒤에서 발소리가 멈추었을 때 그의 심장은 질주했다.

"자기야."

애정을 담게 마련인 호칭으로 여자가 그를 부르는 순간에는 질주하던 심장이 멎었다. 그러나 곧 다시 아무 일 없었던 것처럼 뛰기 시작했다. 그레이스는 그를 부르는 말에 애정을 담을 리가 없으니.

조롱을 담을 뿐.

레온은 어리석고 헛된 희망을 밀어내며 등 뒤로 고개를 돌렸다. 협탁의 전등을 켜는 순간 검은 실루엣뿐이던 자리에 나이트가운을 걸친 여자가 나타났다.

표정만 보자면 그를 죽일 각오를 힘겹게 다지는 사람 같았다. 레온은 그레이스에게 손을 뻗으며 가장 레온 윈스턴다운 미소를 지었다. 그의 신이 그의 두려움을 모르도록.

"왜, 자기야. 하고 싶어서 잠이 안 와?"

"…."

여자는 그를 부르기 전에도 저토록 망설였을까. 첫 암살 대상 앞에 선 풋내기 암살자처럼 굴더니 마침내 여유로운 척하며 물었다.

"여전히 잘해?"

"궁금해?"

그 또한 여유로운 척 입매를 비틀며 물었다.

"확인할 방법은 하나뿐이야."

레온은 춤이라도 청하듯 재차 손을 내밀었다. 그레이스는 그 손을 노려보며 갈등하더니 돌연 이를 악물었다. 뒤돌아 나갈 것이란 예상은 빗나갔다. 그의 손을 잡지 않고 스스로 침대 위로 올라오더니 가운을 벗기까지 하는 걸 레온은 말없이 지켜보았다.

허벅지 가운데까지 오는 슬립 속으로 여자가 손을 넣었다. 블루머를, 아니, 블루머만 벗으려는 것이다.

화장실에서 급한 볼일을 보듯이 굴다니.

레온은 가느다란 허리를 덥석 낚아채다시피 하며 그레이스를 품으로 당겼다. 몸이 겹쳐지는 동시에 입술을 겹치고 잡아먹을 듯한 키스를 시작했다. 그녀가 이성을 완전히 잃을 때까지 몰아갈 생각이었다.

오늘 아침처럼 키스에서 서서히 욕정을 덜고 애정만 남겼다. 보통의 연인처럼 느릿하게, 부드럽게 입을 맞출수록 품 안의 몸이 전율하는 게 느껴졌다.

그의 잠옷 셔츠를 쥐고 떨던 손이 느닷없이 가슴팍을 세게 밀쳤다. 키스를 거부하는 줄 알았더니 아니었다. 여자가 그를 눕히고 올라타려 하자 레온의 미간이 일그러졌다.

"헉!"

방심하는 순간 위아래가 뒤집혔다. 그레이스가 놀란 눈으로 올려다보자 남자는 언짢은 표정을 곧바로 고치고 능청스럽게 미소 지었다. 그녀가 입고 있던 속옷 모두 남자의 손에 순식간에 벗겨져 침대 아래로 던져졌다. 그는 다시 일어날 틈도 주지 않고 제 몸 아래에 그녀를 가둔 채 애무에 몰두했다.

남자는 예전처럼 그녀의 이성을 꺾으려 몸을 몰아붙였다. 그러나 그 방식이 예전과 전혀 달랐다.

입술이 부드럽게 빨리는 사이 매끄러운 실크가 부스럭 소리를 내며 그레이스의 나신을 스쳤다. 땀이 스며 남자의 잠옷이 그녀의 몸에 달라붙을 즈음에야 섬세한 키스가 멎었다.

오랜 마찰로 부푼 입술이 살갗을 부드럽게 짓누르며 아래로 향했다. 뜨거운 숨이 쏟아질 때마다 그레이스는 남자의 잠옷 셔츠가 제 이성이라도 되는 양 움켜쥐었다.

"하아…."

"훗…."

숨결만큼이나 손길도 뜨거웠다. 완만하게 퍼져 있던 살을 손바닥이 한데 모아 감싸는 순간 그레이스는 저도 모르게 흠칫 몸을 비틀었다. 가슴 끝을 베어 물려던 남자가 멈칫하더니 눈만 치켜뜨고 물었다.

"아파?"

"…."

"살살 만졌는데. 오랜만이라 그런가."

그녀의 몸을 누구보다 잘 아는 남자는 이미 답을 알고 있을 것이다. 그레이스는 대답하지 않고 고개를 돌렸다. 가슴을 빨 줄 알았던 입술이 드러난 목덜미를 빨기 시작하고 엄지 끝이 젖꼭지 주변만을 감질나도록 원을 그리며 만지작댔다.

남자는 손도 대지 않은 젖꼭지가 홀로 빳빳하게 서는 모습을 턱까지 괴고 구경하다 웃었다. 그는 여유롭기만 한데 저 혼자 벗고 헐떡이는 꼴은 예전과 다를 바 없다는 생각이 불현듯 들자 찬물을 맞은 것처럼 정신이 들었다. 그레이스가 그를 밀어내며 몸을 일으키던 때였다.

"아훗…."

남자가 제 앞에 들이민 꼴이 된 젖꼭지를 기다리기라도 한 듯이 덥석 베어 물었다. 곧 정신이 다시 몽롱해졌다. 습하고 뜨거운 입 속 깊숙이 빨려 들어간 살점을 혀끝이 치대고 간질일 때마다 몸을 지탱한 그레이스의 팔이 조금씩 무너지더니 결국엔 저도 모르는 사이 다시 침대에 눕혀져 남자의 밑에 깔렸다.

쪽. 살을 빨아 먹는 난잡한 소리를 내며 입술이 떨어지는 순간에야 정신을 조금이나마 차렸다. 남자는 젖은 입술 사이로 숨을 크게 들이켜더니 고개를 숙였다. 숨을 돌릴 틈도 주지 않고 다시 가슴을 빨려는 줄 안 그레이스의 심장이 철렁했다.

그러나 그는 그레이스의 가슴이 뛰는 곳에 귀를 맞댔을 뿐이었다. 제 박동이 남자의 귓속을 울리는 게 제게도 느껴질 정도라 거북스러워졌다.

"흥분돼? 나도."

남자가 벌써 만족스럽다는 미소를 짓는 것이 그레이스는 불만이었다. 애가 탈 정도로 느릿한 애무는 급한 불을 꺼 주긴커녕 더욱 지피기만 했다. 온몸의 신경이 곤두서다 못해 마음마저 날카로워지려 할 때였다.

"아, 하윽!"

"왜 벌써 가? 아직 한 것도 없는데."

분하게도 사실이라 그레이스는 아무런 말도 하지 못했다. 여태 몸을 맞대고 간지러울 정도로 부드럽게 만지작거리기만 했을 뿐이었다. 그러나 손이 아래에 닿는 순간 방아쇠라도 당겨진 것처럼 가 버렸다.

"아, 아흡⋯."

단단한 손마디가 열이 오를 대로 오른 몸을 깃털처럼 스칠 때마다 칼날이 부딪쳐 불꽃을 튀기는 것만 같았다. 그 미약한 손길에도 몸을 파득 떨며 흥분하는 자신이 도마 위의 물고기가 된 기분이었다.

만지지 말라는 말을 하고 싶었지만 그레이스는 입을 꾹 다물었다. 별것 아닌 손길도 견디지 못하는 나약한 모습을 보이면 저 남자의 정복욕을 자극할 게 분명했다.

싸움을 걸자마자 질 순 없다.

숨결부터, 손길, 심지어는 옷자락까지. 남자의 무엇이든 제 몸에 스칠 때마다 격하게 이는 흥분을 조용히 억누르는 사이 그의 머리가 점점 아래로 향했다.

"하웃!"

그레이스의 허벅지를 위로 들어 좌우로 벌린 남자가 그 사이에 얼굴을 묻는 순간, 물론 그 모든 노력은 부질없어졌다.

"아, 으응…."

부드러운 혀가 음부를 길게 핥아 올렸다. 결벽증이 심한 남자가 어째서 애액으로 흠뻑 젖은 다리 사이에 거리낌 없이 입을 대는지, 그때도 지금도 이해하기 어렵단 생각을 몽롱한 머리로 하며 그레이스는 질척한 혀놀림을 따라 몸을 뒤틀었다.

키스할 때처럼 음부를 섬세하게 빨며 음핵까지 올라온 남자가 돌연 피식 웃었다. 절정의 여진 탓에 아직도 떨고 있는 돌기에 뜨거운 숨이 스치자 그레이스는 그가 왜 웃는지를 생각해 볼 겨를도 없이 할딱였다.

남자가 웃은 이유를 깨달은 건 그의 입술이 아침과 달리 매끈해진 살을 지분거리기 시작했을 때였다. 그때의 수치스러운 실수가 생각난 그레이스가 다리를 오므리며 발로 그의 어깨를 밀어내려 했다.

"아!"

위로 밀려 올라간 허리를 끈적한 손이 덥석 쥐고 당겼다. 살 틈을 입술이 비집고 들어와 음핵을 무는 것도 순식간이었다.

"으, 흡…."

혀가 감각점이 몰린 돌기를 유연하고 능숙하게 쳐올리고 굴려 대자 그레이스는 이를 악물었다. 제게 화가 나고 남자에게 화가 났다.

이 남자가 잘한다는 건 분하지만 인정해야만 했다. 그건 굳이 다른 남자와 비교하지 않아도 알 수 있는 사실이었다. 그리고 이 남자, 분하게도 여전히 잘했다.

"흣, 아, 으응…. 하, 이 빌어, 먹을….'

결국 그레이스는 이성을 놓아 버리고 침대 시트를 대신 움켜쥐었다. 엉덩이를 들썩이며 가 버리는 그 순간에도 안달이 날 대로 나 남자의 입으로 제 음부를 들이밀기까지 했다.

"하아… 하아…."

남자는 그녀의 음부를 숭배라도 하듯이 끝부터 끝까지 정중히 입을 맞추고서야 고개를 들었다.

"그래서, 자기야…."

"하아…."

"개자식, 개새끼, 미치광이, 변태. 이 중에서 뭘 말하려던 거야?"

그는 그레이스가 끝맺지 못한 말을 멋대로 추측해 보더니 타액과 애액으로 젖은 입술을 핥았다.

"다 틀렸어."

말이든 애무든, 혀 쓰는 일 하나는 얄밉도록 잘해. 그레이스는 조금 전 저를 본능만 남은 짐승으로 만들었던 혀를 노려보며 숨을 할딱였다.

그제야 남자가 잠옷 셔츠 단추로 손을 가져갔다. 옷을 하나씩 벗는 손은 예전처럼 여유롭기 짝이 없었다.

잘 단련되어 음영이 짙게 지는 팔뚝과 상체, 그리고 탄탄한 허벅지 사이에서 우뚝 치솟은 굵은 성기까지.

남자의 나신은 그레이스의 기억 그대로였다.

지금 이 순간, 모든 것이 겉보기에는 예전과 비슷했다. 지금 제 심장을 거칠게 뛰게 만드는 감정 또한 예전과 같을까. 그녀는 달라야만 했으나 저 남자는 달라지지 않았어야 한다. 그레이스는 제 다리 사이에 자리 잡은 것이 익숙한 괴물이길 바랐다.

"그레이스…."

조금은 긴장한 얼굴을 한 채 손으로 제 성기를 문지르던 남자가 그녀에게 입술을 포개자 그레이스는 상냥한 목소리로 경고했다.

"아이 둘을 안은 여자를 놓친 머저리가 되고 싶지 않다면 사정은 밖에 하는 게 좋을 거야."

입꼬리를 지분대던 입술이 뚝 멈추더니 남자가 고개를 들었다. 언짢은 얼굴이었다. 그의 심기가 불편한 이유를 두고 그레이스가 한 추측은 완전히 빗나갔다.

"내가 왜 또다시 그런 정신 나간 짓을 할 거라고 생각하는 거야?"

"세상에, 원숭이도 학습 능력은 있다더니. 너도 드디어 깨달은 거야?"

저를 붙잡아 두는 족쇄가 되지 못하니 만들지 않는다는 의미인 줄로만 알았으나 그 또한 착각이었다.

"네가 하루하루 말라비틀어져 가던 그 지옥을 내가 다시 겪고 싶어 할 리가 있냐는 거야. 내가 아무리 미쳤어도 그 정도로 미치진 않았어."

남자는 넌더리가 난다는 태도로 협탁의 서랍을 거칠게 열더니 손바닥만 한 철제 상자를 꺼내 열었다.

"아이는 하나면 돼."

그가 상자에서 꺼낸 건 동그랗게 말린 콘돔이었다.

"그나저나 사랑하는 딸의 아빠에게 원숭이라니…. 대가리는 닭인 돼지 새끼인데 개새끼이자 알고 보니 원숭이라. 괴물이 따로 없군."

남자가 불만스러운 투로 중얼거리며 성기에 손수 피임 기구를 씌우는 걸 보면서도 그레이스는 제 눈을 믿지 못했다. 아이는 하나면 된다는 말을 들은 제 귀도 믿을 수가 없었다.

엘리를 무척이나 좋아하기에 또 가지려 할 줄 알았다. 게다가 아기였을 적 엘리를 보지 못한 걸 내내 아쉬워하던 남자이니 다른 아이로 대리 만족이라도 하려 할 거라고 생각했다. 그런데 예측이 거듭 빗나간다.

당신, 누구야?

제 눈앞의 낯선 인간이 어색하게 느껴졌다. 이쯤에서 관둘까. 갈피를 잡지 못하고 망설이던 때에 준비를 마친 남자가 몸을 겹쳐 왔다. 그는 그레이스에게 키스를 하더니 입술을 맞댄 채 속삭였다.

"넣을게."

그 순간 그레이스는 저도 몰랐던 습관대로 시트를 틀어쥐었다. 남자가 부스럭 소리가 나는 쪽으로 문득 시선을 돌리더니 짧은 한숨을 내쉬며 그레이스의 손을 감싸 쥐었다.

"괴물도 학습 능력이 있어. 거칠게 하지 않아."

그는 그레이스의 손을 떼어 내 손가락을 하나씩 얽었다. 곧바로 다리 사이를 성기 끝이 지그시 누르더니 그녀가 숨을 크게 들이켜는 순간….

"아!"

묵직한 것이 살 틈을 가르고 박혔다.

"아파?"

그레이스는 고개를 저었다. 처음도 아니니 아플 리가. 그러나 오랜만인 탓인지 처음만큼이나 이 남자의 몸은 버거웠다.

성기가 천천히 밀려들어 오기 시작했다. 굵고 단단한 살이 몸을 활짝 열어젖히자마자 빠듯하게 채우는 느낌에 놀란 그레이스는 남자의 손을 꽉 움켜쥐었다.

"왜 이렇게, 읏, 좁아. 흐를 만큼 젖었는데."

그 말대로 성기에 밀린 애액이 밖으로 흘러넘치다 못해 음부를 타고 흐르는 게 느껴질 정도였다. 남자가 귓가에 달래듯이 속삭이는 말을 따라 숨을 들이켜고 내쉬다 정신을 차려 보니 성기가 끝까지 박혀 있었다. 그는 벌써 파들파들 떨리는 다리를 제 허리에 감게 하더니 그레이스의 머리를 애틋하게 쓰다듬었다.

"긴장 풀어."

그러는 남자도 그레이스 못지않게 긴장한 듯했다. 아직 별달리 움직이지도 않았건만 숨이 찬 사람처럼 가슴팍이 크게 부풀고 꺼졌다. 저와 몸을 겹친 그녀를 내려다보며 흥분을 삼키는지 목울대가 눈에 띄게 들썩이자 그레이스는 모른 척 아래에 힘을 주었다.

"읏…."

성기를 고작 살짝 조였을 뿐인데 남자는 미간을 구기며 신음했다.

"좋아선 안 되는데…. 미치겠군."

어째서 안 된다는 건지. 의미를 알 수 없는 말을 중얼거린 남자가 질끈 감았던 눈을 떴다. 그레이스는 열이 오른 눈동자를 보며 과거를 떠올렸다.

간단히 죽여 버릴 수도 있을 것처럼 무방비한 순간의 눈이었다. 남자는 쾌감의 정점에서만 보여 주던 눈빛을 오늘은 제 몸을 그레이스에게 파묻었을 때부터 내비쳤다.

"그레이스."

남자가 또다시 멋대로 이름을 부르며 그녀를 끌어안았다. 크게 부풀어 오르는 그레이스의 가슴을 단단한 가슴팍이 짓누르며 서로의 살갗이 맞닿았다. 그 시절, 괴로움의 근원이자 유일한 위안이었던 체온을 느끼는 그레이스의 심경이 복잡한 건 지금도 크게 다르지 않았다.

뜨거운 숨 탓에 메마른 입술을 포개던 남자가 그녀의 등허리를 받쳐 올린 채 제 허리를 돌렸다.

"이걸 끼고 하면 아플 수도 있다던데."

"아흑…."

파묻힌 성기가 크게 돌아가며 속살을 휘젓자마자 아찔한 쾌감이 치솟았다. 고작 그 미약한 허리 짓에도 자지러지는 걸, 남자는 너무도 당연하다는 눈으로 지켜보더니 물었다.

"아프진 않아?"

그 순간 남자가 아이를 더는 원치 않는다는 말을 했을 때처럼 어색한 기분이 들었다. 처음 보는 낯선 남자와 배를 맞대고 있는 것만 같았다.

제발 이따위 가식은 이성과 함께 버리길 바라.

그레이스는 아래를 꽉 조였다.

"천천히, 할게."

레온은 재촉하는 여자의 뺨에 입을 맞추곤 허리를 흔들기 시작했다.

"아, 으응…."

"하아…."

속살이 그의 모양을 따라 벌어지고 조여든다. 여자의 팔과 다리가 속살처럼 그의 몸을 휘감고 파르르 전율했다. 그의 품에 안긴 몸이 뜨거워지는 것이 고스란히 느껴졌다. 레온 또한 전율할 수밖에 없었다.

몸을 섞을수록 그레이스가 그의 밑에서 흐트러진다. 점점 붉게 물들어 가는 뺨에서 그는 눈을 떼지 못했다. 반쯤 열린 눈꺼풀 사이로 드러난 청록빛 눈동자에는 초점이 없었다.

그레이스의 목덜미에 고개를 묻었다. 그리웠던 체향과 함께 익숙한 숨소리와 신음이 그에게로 쏟아져 들어왔다. 가슴이 벅차올랐다.

레온은 그렇게 오감을 모두 연 채 그레이스의 모든 것을 받아들였다. 황홀하기 그지없었으나 지금 이 순간이 꿈같다고 할 수는 없었다.

꿈속의 정사는 슬프고도 괴롭기만 했으니.

지난 3년, 이따금 꿈속에서 그레이스와 몸을 섞었으나 그는 쾌락이 아닌 고통만을 느꼈다. 어린 시절, 데이지의 꿈을 꾸었을 때와 다르지 않았다.

너 또한 그러했을까. 넌 대체 무슨 생각으로 내 침대로 온 걸까.

열락에 취해 제 몸을 가누지 못하고 신음하는 여자를 지켜보는 레온의 눈빛이 서서히 어두워졌다. 예전에는 제가 이 여자를 잡아먹는다고 생각했으나 지금은 잡아먹히는 기분이었다.

그레이스, 오늘이 우리의 처음이야. 그러니 그날은 제발 잊어.

레온은 제가 한 모든 일을 잊어 주길 바라며 오로지 그녀의 쾌락만을 위해 허리를 흔들었다.

"더…. 좀 더, 거칠게….'

어쩌면 벌써 잊었는지도 모른다. 그레이스가 변했다. 그에게 이런저런 요구를 하며 적극적으로 굴었다.

"하아, 거기…. 좀 더 세게, 훗, 응, 그렇게…. 아… 기분 좋아."

예전에는 느끼지 않으려고 애쓰던 여자가 지금은 느끼려고 애를 썼다. 그의 몸으로 수없는 절정을 기꺼이 만끽하는 그레이스를 레온은 믿을 수 없다는 눈으로 지켜보았다.

오늘 내내 그녀를 유혹한 건 생각을 떠보려는 시도일 뿐이었다. 딸은 허락해 주어도 자신은 안 된다던 여자가 그와 몸을 섞으려 할 리가 없다고 믿었다. 그런데 이 여자, 드레스 룸에서 스스로 문을 잠근 것도 모자라 지금은 스스로 다리를 벌리며 그 사이로 레온의 손을 잡아끌었다.

"만져 줘…."

이런 요구는 기쁘게 들어줄 수 있다.

"창녀라고 불러. 싫으면 개 취급도 좋아."

그러나 이처럼 수상쩍은 요구는 들어줄 수 없었다. 시험이나 조롱인가 싶었으나 여자는 진지했다.

"이젠 그런 짓 하지 않아."

레온은 거듭 수상한 요구를 하는 그레이스를 달래며 허리를 흔들었다. 그의 아래에서 여자의 음부는 마를 줄 모르고 흥건히 젖어 가기만 했다. 살이 질척하게 마찰하는 소리가 쉴 새 없이 이어지다 어느 순간 여자는 몸을 뻣뻣하게 굳히며 폭발적인 절정에 올랐다. 그럴 때마다 그녀는 저도 제 격한 반응을 믿을 수 없다는 눈을 했다.

그레이스가 몸을 축 늘어뜨리는 순간 몰아치던 허리 짓을 멈추면 압도적인 쾌감 탓에 찡그려졌던 얼굴이 느슨해지며 모든 것이 만족스럽다는 미소가 떠올랐다. 예전에는 몇 시간을 매달린 후에야 스치는 찰나에 고작 한 번 볼 수 있었던 미소였다.

그렇게 그레이스는 밤새 그의 밑에서 자지러지고 웃었다. 너무도 사랑스럽게.

돌연 내벽이 그를 사정없이 조여 오며 목이라도 졸리는 듯 숨이 차올랐다. 그가 신의 손아귀에서 으스러지는 한낱 미물처럼 거부할 수 없는 절정에 오르는 순간 그레이스가 그의 가슴팍에 손을 얹었다. 심장의 박동을 느끼려는 듯이. 이 여자가 선사하는 희망에 취한 레온은 겁도 없이 그의 심장을 내어 주었다.

"사랑해, 그레이스."

별채에서의 마지막 밤, 하지 못했던 말이었다.

허리 아래에 수건을 감은 채 욕실 밖으로 나온 레온은 뜻밖의 광경에 멈춰 섰다.

그를 등진 채 침대 가장자리에 앉은 그레이스는 아침처럼 브래지어 후크를 채우지 못하고 헛손질 중이었다. 그는 파들파들 떨리는 두 손을 물끄러미 지켜보다가 픽 웃으며 다가가 후크를 채워 주었다.

"격하게 한 것 같진 않은데."

욕실에서도 제대로 서지 못하고 다리를 후들거리더니 팔에도 힘이 들어가지 않는 모양이었다.

"그나저나 옷은 왜 입는 거야?"

레온은 바닥에서 슬립을 주워 걸치는 여자를 등 뒤에서 끌어안으며 물었다.

"엘리를 보러 가려고 그래? 내가 여기로 데려올까?"

그러나 그레이스는 대답 없이 그의 손을 떼어 내며 일어섰다. 그녀가 침대에 널브러져 있던 나이트가운을 걸치고 끈을 여미는 모습을 지켜보는 레온의 낯에서 미소가 서서히 사라졌다.

그러나 그레이스는 그의 뺨을 감싸 쥐며 먼저 입술을 포갰다. 한풀 죽었던 희망이 달콤한 키스 한 번에 되살아나려던 찰나였다.

"수고했어. 돈이라도 주고 싶은데 네가 가진 게 더 많네. 키스라도 받아."

여자는 그를 남창으로 취급했다. 그렇게 희망이 뚝, 꺾였다.

그의 안색을 살피던 여자가 눈꼬리를 휘더니 웃음기가 묻은 목소리로 잔인한 질문을 던졌다.

"내가 널 사랑해서 잔 줄 알았어? 내가 왜?"

아니, 네가 나를 사랑하지 않는 건 알고 있었어. 내 침대 앞에 선 네 얼굴에 위태롭게 서린 각오를 본 순간부터 네가 이런 짓을 하려고 온 것 또한 알고 있었어.

넌 내게 복수할 생각뿐이니.

그걸 알면서도 함께 열락을 나누는 사이 레온은 어리석고 헛된 희망에 취해 갔다. 그러던 끝에 지금 해선 안 된다는 직감의 외침을 못 들은 척하며 사랑한다는 말을 끝내 해 버렸다.

결국 그의 진실된 사랑 고백에 돌아온 건 키스였다. 구걸하는 빈자에게 적선하듯 던진 낡은 동전과 다를 바 없는 키스.

모든 것이 변했다고 믿었으나 관계는 바뀌지 않았다. 고통을 주는 이와 받는 이만 바뀌었을 뿐이었다.

"여전히 잘하네."

그레이스는 이젠 저를 억누르지 못하는 어깨를 가볍게 두드리며 조롱했다.

남자의 눈동자가 흔들린다. 본래의 빛깔은 옅으나 눈동자를 물들인 낙담의 빛은 짙디짙었다. 그레이스는 연습한 대로 입꼬리까지 비틀어 올렸다.

"넌 그립지 않았지만 네 물건은 그립더라."

"뭐든. 그리워했다면 넌 날 잊지 못한 거지."

괴로운 기색이 역력한 얼굴에 억지로 덧씌운 미소가 깨어질 것처럼 위태로웠다.

희망을 주었다가 빼앗는다.

갇혀 살던 시절에 저 남자에게서 당하며 배웠던, 사람의 영혼을 죽이는 기술이었다.

엘리의 옆으로 돌아와 누운 그레이스는 거듭 뒤척였다. 몸은 후련했으나 마음은 기대만큼 후련하지 않았다.

그 남자도 나를 창녀로 취급할 때 이런 기분을 느꼈던 걸까.

돌이켜 보니 그럴 때마다 즐거운 얼굴은 아니었다.

쓸데없는 생각에 잠겨 까마득한 어둠을 응시하던 때였다. 문고리가 조용히 돌아가는 소리가 들리더니 누군가가 발소리를 죽이며 안으로 들어왔다.

희미한 기척만으로도 그 남자란 건 알 수 있었다. 그레이스는 엘리를 끌어안은 채 잠든 척했다. 그렇게 고요히 시간이 흐를수록 그녀는 의아해졌다.

뻔뻔스럽게 침대로 들어와 누울 거란 예상이 빗나갔다. 남자는 침대에서 멀리 떨어진 의자에 앉아 있는 듯했다. 어두운 탓에 보이지도 않는 그녀와 아이를 지켜보는 시선이 느껴지는 것만 같았다.

저도 모르게 남자의 숨소리에 귀를 기울이던 그레이스는 자연히 오늘 밤 엘리를 씻기다 들었던 말을 떠올리게 되었다.

"엘리는 아빠한테 선물 두 개 줄 꺼야."

"왜?"

"아빠는 산타 하라버지 선물 못 받거든."

그야 당연히 그렇겠지. 나쁜 놈이니까.

그러나 엘리가 댄 이유는 그레이스가 홀로 단정한 것과 전혀 달랐다.

"아빠가 엘리 침 봤을 때 울어써."

"울어? 말도 안 돼. 비가 왔던 거 아니야?"

"아아니야아! 요로케 눈에서 눈물이 뚝 떨어져서 엘리가 쓱쓱 닦아 줬다니까?"

이제야 왜 마음이 후련하지 않았는지 알겠다. 괴물을 무너뜨리러 갔으나 인간을 맞닥뜨렸으니.

이러지 마. 제발 미워하기 쉬운 괴물로 남아.

적나라한 감정은 적나라한 나신보다 직시하기 어려웠다.

"엄마! 보구 이써?"

승마 선생이 끄는 흰 조랑말 위에서 아이가 외치자 그레이스는 손을 흔들었다.

"보고 있어. 한눈팔지 말고 꽉 잡아, 엘리."

"우리 딸, 공주님이 따로 없네."

나란히 울타리에 기대어 선 남자가 외치는 순간 그레이스는 믿을 수 없다는 눈으로 그를 곁눈질했다.

"이래도 괜찮아?"

남자가 한쪽 눈썹을 들며 반문했다.

"윈스턴 백작에게 아이가 있다는 걸 클럽 직원들이 알게 되잖아."

"가명으로 예약했어."

"네 얼굴을 알아본다면?"

그는 대수롭지 않다는 듯 어깨를 으쓱했다.

"알아보면 어때? 상류층이 오가는 클럽의 직원들은 무거운 입이 필수 자질이거든."

그래도 은근히 소문이 퍼질지도 모르는데. 그렇지만 네 평판이 내 평판인가. 그레이스는 더 묻지 않았다.

또다시 신이 나 뭔가를 외치는 엘리에게 웃으며 손을 흔들어 준 남자가 그레이스에게로 고개를 돌렸다.

"그나저나 엘리가 아기였을 적 이야기나 해 봐."

그레이스는 기대하는 기색인 얼굴을 물끄러미 바라보다 기꺼이 대답했다.

"지금보다 작았지."

"…."

"말을 못 하니까 울었어. 못 걸으니까 기었고."

"하여튼 얄미워."

남자는 한숨을 내쉬더니 화제를 바꿨다.

"네 오빠, 윈스포드에 있어. 보고 싶지 않아?"

며칠째 제자리를 맴도는 언쟁에 또 시동을 거는 것이었다.

"성탄절은 가족과 함께 보내야지."

"수작 부리지 마."

"그레이스…."

포기하지 않을 생각인지 남자가 진지하게 표정을 고치며 제게로 몸을 돌리자 그레이스는 먼저 쐐기를 박았다.

"너 혼자 멋대로 반성하고 사과하면 다인 줄 알아? 말로 갚을 생각 마. 갚고 싶으면 나만큼 고통받아."

처음엔 신에게나 빌라고 단호하게 굴더니 이제는 갚을 길을 알려 준다. 그새 좀 느슨해진 건가. 그레이스의 이처럼 일관되지 않은 태도가 레온을 헛된 희망이나 품는 머저리로 만들었다.

"물론 그 뒤에 용서나 사랑 같은 게 있을 거라고 기대하지 마. 우린 그저 비기는 것뿐이니까."

"전에 말했듯이 용서도, 사랑도 강요할 생각은 없어. 내 사과를 받아들이고 아니고는 네 마음이니 좋을 대로 해."

남자는 사과하는 사람이라곤 믿기 어려운 오만한 태도로 제 나름의 쐐기를 박더니 멀리 대기하고 있던 수행원에게 턱짓을 했다. 곧바로 수행원이 주스 한 병을 들고 엘리에게로 다가갔다. 목이 마른 줄도 모르고 승마에 푹 빠져 있던 아이가 주스를 꿀꺽꿀꺽 마시는 모습을 지켜보며 그레이스는 싸늘하게 중얼거렸다.

"딸에게 좋은 아버지인 척하는 네가 가증스러워."

"난 좋은 아버지가 맞아."

힐난의 눈빛을 보냈으나 남자는 도리어 그레이스가 터무니없는 힐난을 한다는 듯 굴었다.

"내 아버지도 다르지 않으셨지. 조부에게는 배신자, 남편으로선 방탕한 낙제생, 반군에겐 무자비한 악마."

남자는 제 아버지에 대해 의외로 냉정한 평가를 이어 가다 잠시 침묵하더니 음울해 보이는 미소를 지으며 말을 이었다.

"그렇지만 내겐 최고의 아버지셨어."

이 남자의 부친이 화제로 오르면 그레이스는 떳떳할 수 없었다. 입을 다물고 말발굽에 짓이겨진 젖은 땅만 바라볼 때였다.

"인간이란 그래. 입장, 역할, 관계에 따라 다른 사람이 되는 거지. 너에 대한 내 입장과 우리 관계도 바뀌었으니 난 다른 사람이 되고 싶어."

그레이스가 들으란 듯 코웃음을 쳤지만 남자는 포기하지 않았다.

"가증스럽다는 말, 이해해. 네가 나를 증오하는 것도 당연해. 난 그저 네가 기회를 줬으면 좋겠어."

"기회? 용서나 사랑을 강요할 생각이 없다며 무슨 기회?"

"네게 고통받을 기회."

이해할 수 없는 소리에 그레이스는 고개를 들어 남자를 바라보았다.

"갚고 싶으면 너만큼 고통받으라며?"

그는 제자리를 맴도는 이 언쟁에서 이기고자 전략을 바꾼 듯했다.

"내가 고통받는 모습을 보고 싶다면 내 옆이 로열석이야."

"아직도 깨닫지 못했나 본데, 네 옆에 내가 없는 게 내 복수야."

아직 깨닫지 못했다니. 지난 3년간 처절히 당해 왔던 복수를 레온은 알면서도 모른 척한 것뿐이었다.

"그게 복수인가? 시시하고 게으르기 짝이 없군."

레온이 가소롭다는 듯이 실소하자 여자의 눈빛이 사나워졌다.

"어젯밤에 잘하기에 난 또 네가 그사이에 제법 발전했나 싶었지."

어젯밤의 그 말이 꽤나 고통스러웠다는 걸 인정하는 순간 여자의 눈동자가 흔들렸다. 그의 도발이 통하는 듯했다.

"난 네 용서와 사랑을 강요할 생각은 없지만, 원해. 열렬히. 그러니 내가 너라면 용서와 사랑을 미끼처럼 흔들겠어. 그렇게 내가 헐떡이며 말라 죽어 가는 꼴을 코앞에서 구경하는 거지. 어때? 구미가 당기지 않아?"

그 찰나 반걸음 떨어져 서 있던 그레이스가 거리를 좁히더니 레온의 품에 기어대 왔다. 그녀는 그의 허리에 팔을 감기까지 하더니 심장이 뛰는 자리에 뺨을 묻고 있다가 그를 불렀다.

"자기야, 행복해?"

그레이스, 난 네가 똑똑해서 좋은데 싫어.

"엘리를 만나서 행복해? 드디어 나를 네 곁에 둬서 행복해? 그 점에서 넌 이미 실격이야."

이게 싫다는 거야.

"내가 주는 고통도 넌 기껍게 받아먹겠다는 건데, 그게 어떻게 복수야."

"그럼 내가 널 사랑하는 게 잘못이란 거군."

"…."

"네가 있어도 행복하지 않아야 한다면 먼저 난 널 사랑하지 않아야 해. 뭐, 그렇다면 애초에 네가 내 곁에 있든 없든 상관없어지지 않나? 그럼 나는 이 고통스러운 짓에서 해방되고 너도 내게서 해방될 수 있을 거야. 영원히. 그런데 내가 널 사랑해야 넌 복수를 할 수 있잖아. 달리 말해 넌 복수는 포기하고 자유만 가질 수 있는 거지. 그래서…."

그녀의 논리에 자리 잡은 모순을 지적하던 남자가 물었다.

"내가 널 사랑하지 않기를 바라는 건가?"

남자가 거듭 대답을 종용했으나 그레이스는 입을 다물고 아무런 말도 하지 않았다.

"다른 건 다 들어줘도 그건 못 들어줘."

아이가 말에서 내려오려 하자 남자는 그녀를 두고 딸에게로 향하며 이런 말을 남겼다. 그레이스는 쐐기처럼 그 자리에 덩그러니 박힌 채 저를 강타하고 간 말이 남긴 여진 속에서 흔들렸다.

나 지금 뭐 하는 거지?

희미한 물소리로 쏠리는 신경을 흩트리려 고개를 흔들던 그레이스는 도시의 야경이 내려다보이는 창문에 비친 제 모습을 보고 긴 한숨을 내쉬었다.

기가 막혀.

그녀는 지금 남자의 침대에 홀로 누워 있었다. 흰 셔츠 한 장만을 덮은 나신으로 말이다.

오늘 밤은 이럴 생각이 아니었다. 자기 전에 칵테일을 한잔하려던 것뿐이었으나 결국 남자의 수작질에 넘어갔다. 조금 전 바에 걸터앉아 다리 사이에 남자의 머리를 끼우고 있다가 거울 속 자신과 눈이 마주쳤던 순간이 떠오르자 또 얼굴이 화끈해졌다.

도대체 무슨 생각이야.

저 남자의 속을 알 수가 없다. 어제 그 잔인한 짓을 당해 놓고도 왜 또 하자는 건지. 그것도 속없는 사람처럼 웃으며 말이다.

그렇다고 생각이 없는 건 아닌 듯했다. 정신을 쏙 빼놓는 애무로 그레이스의 몸을 폭발하기 직전까지 달궈 두고는 아주 얄밉게 훌쩍 씻으러 가 버린 걸 보면 말이다.

아직도 심장이 콩닥콩닥 뛰었다. 피가 몰릴 대로 몰린 다리 사이는 뻐근하다 못해 아플 지경이었다. 그레이스는 해소되기는커녕 한계까지 차오른 욕구를 버티지 못하고 자꾸만 다리를 꼬고 바르작대다 남자를 흘뜯었다.

"저 빌어먹을 여우…."

교활하기 짝이 없어.

"하아…."

창문에 비친 제 꼴에 자괴감을 느끼며 또 한숨을 내쉬던 그레이스가 멈칫했다. 물소리가 멎었다. 귀를 울리는 심장 소리 사이로 발소리가 들렸다. 처음에는 타일을 밟는 듯 둔탁하던 소리가 부드러워졌다. 카펫이 깔린 드레스 룸으로 남자가 나왔다는 뜻이었다. 달리 말해 그는 저 문 뒤에 있었다.

저도 모르게 다리를 꼬려 했다. 그러나 허벅지 안쪽이 미끄러지며 엇갈렸다. 그새 다리까지 끈적한 애액이 흘러내린 것이었다.

"궁금해. 내 발소리를 듣자마자 네가 젖기 시작할지."

젠장할….

발소리가 멎고 드레스 룸의 문이 열리는 순간 그레이스는 가빠지는 숨을 멈추고 눈을 감았다. 기척이 점점 가까워지더니 침대 옆에서 멎었다.

"본의 아니게 손님을 기다리게 했군. 짜증이 나서 가 버렸을 줄 알았는데 아직 있을 줄이야. 이 호텔에 남자가 나밖에 없는 것도 아닐 텐데 내가 마음에 드셨나, 손님?"

그는 그레이스가 저를 남창으로 취급했던 일을 입에 올리며 가볍게 빈정대더니 물었다.

"자?"

반응하지 않았더니 허벅지 위쪽을 덮은 셔츠 자락이 살짝 걷히는 느낌이 났다.

"자면서 발정하는 신기한 재주가 다 있군."

허벅지가 젖은 걸 보며 하는 말이었다. 더더욱 얄미워져서 눈을 뜨지 않고 계속 잠든 척을 했더니 셔츠가 아래로 딸려 내려가며 젖꼭지를 긁었다.

완전한 알몸이 되자마자 서늘한 기분이 들며 소름이 돋아 올랐다. 그레이스는 떨림을 억누르며 숨을 죽였다.

남자는 손마디로 그녀의 얼굴을 쓰다듬다 흐트러진 머리칼을 귀 뒤로 넘겼다. 귓바퀴 뒤를 부드럽게 덧그린 손가락은 목덜미를 따라 미끄러지더니 어깨로 올라와 옆으로 비스듬히 누운 그레이스의 나신을 더듬어 내려갔다. 손끝이 스친 자리마다 불에 덴 것처럼 뜨거워졌다.

지금 어렴풋이 떨리는 건 제 몸일지, 남자의 손끝일지 궁금해하던 때였다.

손이 떨어져 나가기에 방심하자마자 그레이스는 움찔 몸을 떨었다. 건드리지도 않았는데 솟아오른 젖꼭지 끝을 남자가 이것 보란 듯 톡톡 두드린 탓이었다. 깨어 있는 걸 다 아니 잠든 척은 관두라는 무언의 요구에도 그레이스는 굴하지 않았다.

"난 잠든 여자와 하는 취미는 없는데 말이지. 네가 나를 물어뜯으려 할 때가 가장 재밌거든. 윗입으로든, 아랫입으로든."

드르륵. 달칵.

서랍에 이어 작은 철제 상자가 열리는 소리가 들렸다. 그 뒤로 이어지는 부드러운 마찰음에 그레이스의 심장이 더욱 거칠게 두근거리기 시작했다.

"그렇지만 이미 말했듯이 넌 뭘 하든 야하잖아. 가끔은 깊이 잠든 널 보면서 아래를 세우곤 했지. 잠든 네 다리 사이에 넣어 볼까. 이런 생각을 했던 적도 있었어."

침대 발치가 푹 꺼지는 느낌이 나더니 잘게 떨리는 몸을 뜨거운 몸뚱이가 감싸며 뺨에 입술이 닿았다. 남자의 손에 붙들린 두 다리가 위로 밀려 올라가는 순간이었다. 묵직한 것이 그레이스의 질구를 지그시 눌렀다.

"그런데 생각해 보니 불가능하더라고."

"아훗!"

"네가 잘 수 있을 리가."

"아, 하으윽…."

"깼어, 자기야?"

남자는 결국 눈을 뜬 그레이스를 정면으로 마주한 채 짓궂게 웃으며 허리를 격하게 흔들었다. 굵은 살 기둥이 안으로 쑥 치고 들어오고 훅 빠져나갔다. 그럴 때마다 함께 휘몰아치는 쾌감에 서서히 이성을 놓던 그레이스는 불현듯 정신을 차리고 제 입술을 빨아 먹던 남자를 밀어냈다.

"토라진 것도 귀엽네."

저 미소가 부아를 치밀게 해서 밀어냈건만 남자는 더욱이 눈매를 휘어 웃으며 그레이스를 놀렸다.

"응, 으응…."

거부당한 입술은 목덜미를 더듬어 내려가더니 젖꼭지를 오래도록 지분거렸다. 신경이 몰린 살을 빨리고 가볍게 깨물릴 때마다 눈앞이 아찔해지고 숨이 턱 막혔다. 다리 사이의 감각점을 남자가 때맞춰 성기 끝으로 쳐올리고 짓뭉갠 것도 그레이스가 정신을 차리지 못하게 한 데 한몫했다.

"하아…."

입술이 떨어져 나가고서야 비로소 삼킨 숨이 달콤했다. 그러나 새까맣게 점멸하던 시야가 밝아지자마자 남자가 짓궂은 짓에 다시 시동을 걸었다.

"아, 으응…."

타액으로 젖은 젖꼭지를 손끝으로 쭈욱 당기고 톡 튕겨 대며 손장난을 치는 것이었다. 그러던 그가 돌연 입술을 포개더니 끈적한 키스가 끝나자 받은 숨을 내뱉으며 말했다.

"오늘은 먼저 키스해 주지 않아도 돼."

"왜?"

그레이스는 다시 시작된 허리 짓 탓에 숨을 할딱이며 따져 물었다.

"화대를 받지 않으면 몸을 판 게 아니니까?"

"난 네가 똑똑해서 싫어."

그녀의 머리 앞뒤로 손을 짚고 덮치는 자세로 허리를 들썩이던 남자가 신음인지 한숨인지 알 수 없는 숨을 그레이스의 귓속으로 쏟아 내더니 다시 요구했다.

"아무튼, 하지 마."

"할 거야."

"하지 말랬어."

"할 거라니까?"

"뭘."

"키스."

정신이 혼미한 가운데 저도 모르게 교성을 섞어 그 말을 내뱉자마자 흠칫했다. 아니나 다를까. 남자가 씨익 웃었다. 또 꾀에 놀아난 걸 깨달은 그레이스는 화끈 달아오르는 뺨을 손으로 가리며 시선을 돌렸다.

"우리 자기가 아이처럼 떼를 쓸 정도로 내게 키스하고 싶다면 말릴 순 없지."

"닥쳐."

"나보단 덜 똑똑해서 좋아."

"허리나 흔들어, 이 개자식아."

"네, 부인. 분부대로 개처럼 흔들어 주지."

"하읏!"

흔든다더니 남자는 허리 짓을 멈춘 것도 모자라 몸을 돌렸다. 그것도 그레이스의 안에 제 몸을 끝까지 묻어 둔 채로. 덕분에 기다란 기둥이 배

속을 크게 휘저으며 달라붙어 있던 내벽을 거칠게 긁어 댔다.

"하아… 훗!"

성기가 멈췄지만 남자는 숨 돌릴 틈을 주지 않았다. 옆으로 웅크려 누운 그레이스의 뒤에 제 몸을 포개어 눕자마자 시트와 그레이스의 사이로 손을 불쑥 밀어 넣어 가슴을 움켜쥐었다.

가슴을 터트릴 생각인지, 살이 푹 패는 게 눈에 보일 정도로 집요하게 주무르고 끝을 꼬집어 대다 발정 난 개와 다름없이 허리를 흔들었다.

"아, 헉, 하윽….'

성기가 들락날락 배 속을 후비며 치솟는 쾌감에 또 이성을 놓고 교성을 내지르던 때였다. 남자가 가슴을 드디어 손에서 놓더니 그레이스의 턱을 쥐었다. 베개에 파묻혀 있던 고개가 돌아가며 야경이 수놓아진 유리창에 시선이 닿았다.

그때 남자가 다른 손으로 그녀의 다리 한쪽을 위로 높이 들어 올렸다. 화려한 문명을 배경으로 야만스러운 교접의 장면이 펼쳐졌다.

두 사람의 시선은 창에 비친 나신에 머물렀다. 몸뚱이가 맞붙고 얽히다 못해 둘인 것을 분간하기 힘들 정도였다.

"우리 자기, 잘 먹네."

남자는 허리를 부러 느릿하게 놀렸다. 그레이스의 음부가 커다란 성기를 쩍쩍 소리까지 내며 먹었다 뱉었다 하는 광경을 보여 주는 것이었다.

"하, 훗, 아, 아흑….'

그러나 그레이스는 부끄러워할 일말의 정신조차 없이 자지러지기 바빴다. 그녀의 턱을 쥐고 있던 손이 땀에 젖은 나신을 타고 미끄러져 내려가더니 미끌미끌하게 젖은 음순을 활짝 벌렸다. 몸의 주인만큼이나 흥분한 음핵이 톡 튀어나오자마자 남자의 굵은 손가락 사이에 껴 비벼졌다.

"아, 흑, 거기!"

"만져 줘?"

아니라고 외치려는 순간 손끝이 음핵을 쿡 누르며 그레이스는 또 한 번 자지러졌다.

"부인의 분부대로."

엄지와 중지가 음순을 활짝 젖혀 단단히 부푼 음핵을 겉으로 완전히 드러냈다. 남자는 성기를 푹 찌를 때마다 넘쳐흐르는 애액을 펴 바르며 돌기를 집요하게 문질렀다.

"으응, 하, 하으윽!"

결국 안팎에서 거칠게 몰아치는 자극을 이기지 못하고 가 버리는 순간이었다. 아래에 주고 있던 힘이 탁, 풀리며 남자의 손과 성기가 박힌 음부 사이에서 물줄기가 픿 튀어나왔다

온몸만이 아니라 얼굴까지 화끈하게 달아올랐다. 그러나 그레이스는 유리창에 비친 자신과 남자가 저질스럽게 몸을 섞는 모습을 단 한순간도 놓치지 않고 지켜보았다.

"아, 아흐, 하아…."

철썩철썩 살이 요란하게 부딪치는 소리는 잠시도 멎지 않았다. 남자의 손과 잇자국으로 울긋불긋 물든 살덩이 두 쪽이 거칠게 위아래로 흔들렸다.

짐승처럼 실수까지 저지르며 가 버렸는데도 남자는 숨 돌릴 시간을 주지 않고 그녀를 한계까지 몰아붙였다. 성기가 팔딱거리며 배 속을 휘저어 대면서 쾌락이 식을 틈 없이 끓어오르자 심장이 터져 죽을 것만 같았다.

"아, 으응… 아, 안 돼…."

저도 모르게 두 주먹을 말아 쥐며 활짝 벌어진 다리 사이에도 힘을 주

어 버렸다. 깊이 박힌 성기를 꽉 틀어쥔 채 끙끙거리며 온몸을 웅크리고 파르르 떨자 남자가 그녀의 귓가에 대고 웃었다.

"우리 자기 버릇이 드디어 나왔군."

"헉!"

남자가 허리를 크게 뒤로 물려 성기를 끝까지 뽑았다. 혼이 딸려 나가는 것만 같아 아찔해졌다.

"아흑!"

힘주어 움츠린 내벽에 단단한 성기를 푹 박아 주는 순간 그레이스는 웅크렸던 몸을 활짝 열어젖히며 가 버렸다.

"아, 아흐, 으으응…."

질컥질컥, 허리 짓은 그럼에도 멈추지 않았다. 절정이 채 가시기도 전에 또다시 밀어닥치는 쾌감에 넋을 놓고 신음하는 그녀의 귓가로 희열에 찬 웃음과 나른한 한숨이 연이어 쏟아졌다.

"그레이스, 귀여워. 지나치게 귀여워서 벌써 쌀 뻔했잖아."

정신이 혼미한 가운데 그녀는 웃었다. 어젯밤보다는 지금의 이 짐승 같은 정사가 우습게도 마음이 놓였다.

"그래, 어젯밤은 네 취향에 비해 심심하긴 했지."

그는 또다시 작정한 듯이 허리를 흔들었다. 대체 무슨 작정일까.

그사이 도시의 불이 하나둘 꺼져 갔다. 완전한 암흑에 잠긴 유리창이 검은 거울이 되어 두 사람의 야만스러운 교접만을 비출 때까지도 살을 섞는 소리는 멎지 않았다.

"나 이제, 힘들어. 으응, 그만…."

남자의 손목을 붙잡은 손에 힘이라곤 조금도 없었다. 허리 짓이 뚝 멈추는 순간 그레이스는 베개로 머리를 풀썩 떨어트렸다. 기력을 잃고 널브러진 그녀를 내려다보는 남자의 얼굴은 얄미울 정도로 즐거워 보였다.

"아, 하아…."

기다란 성기가 안을 쓰윽 긁으며 빠져나오자 그레이스는 발작적으로 몸을 들썩였다. 질구가 선단을 뱉어 내며 성기가 툭 튕겨 나오더니 그 축축한 살 기둥이 반동에 튕겨 오르며 그레이스의 다리 사이를 찰싹 쳐올렸다.

"아훗!"

덕분에 육중한 둔기로 음핵을 얻어맞았다. 몸을 비틀며 앓는 소리를 내는 그레이스를 남자가 달래며 웃었다.

제 다리 사이로 우뚝 튀어나온 선단이 얄미워 꼬집으려던 그레이스는 멈칫했다. 그가 여태 사정하지 않았다는 증거가 보이자 반쯤 감겨 있던 눈이 번쩍 뜨였다.

남자는 그녀를 똑바르게 눕히더니 올라탔다. 아직 저는 끝나지 않았으니 또 삽입하려는 줄로만 알았다.

그런데 콘돔은 왜 벗겨서 버리는 걸까.

말간 액에 젖은 구릿빛 성기가 그녀의 배로 털썩 떨어지는 순간 정신이 화들짝 들었다. 설마 지쳐서 저항하지 못하는 틈에 또 아이를 배게 만들려는 걸까.

"흡…."

"하아…."

열렬한 키스를 받으며 이 모든 건 결국 연기에 불과했을 거라는 의심을 또다시 품었다. 다시 넣지 못하게 아직도 불끈대는 성기를 손으로 감싸 쥐던 때였다.

"웃…."

혀를 부드럽게 섞던 남자가 별안간 입술을 떼더니 목이 졸리는 듯한 신음 토했다. 그가 토한 건 신음만이 아니었다. 성기 끝에서 울컥 쏟아져 나온 희뿌연 액이 그레이스의 배에 고였다. 남자는 실수가 아니었던 듯 개운한 미소를 짓더니 그녀의 입술에 쪼듯이 키스를 퍼부으며 속삭였다.

"잘 자."

몰려오는 졸음과 사투를 벌이며 눈을 뜰 때마다 광경이 달라졌다. 따뜻한 것이 닿는 느낌에 눈을 떴을 땐 남자가 물을 적신 수건으로 그녀의 몸을 닦고 있었다.

"…해, 그레이스."

문득 저를 부르는 소리에 눈을 떴을 땐 서글퍼 보이는 연푸른 눈동자가 그녀를 지척에서 지그시 내려다보고 있었다.

"자."

남자는 그녀의 눈을 감기더니 눈꺼풀에 부드럽게 입을 맞췄다.

"너와 자든 자지 않든 남창 취급을 당할 거면 너와 잔 남창이 되는 게 낫겠지."

정사 중에 이런 말을 하기에 오늘의 정사는 어제의 복수일까 싶었다.

"사랑해, 그레이스."

그러나 그는 잠에 빠져드는 그녀를 끌어안고 오늘도 사랑한다는 말을 했다.

어째서.

어제 그토록 잔인한 짓을 당하고도 왜? 그 정도라면 그 잘난 사랑도 그 순간 남자가 지었던 미소처럼 금이 갈 거라고 생각했다.

다시 깜빡 잠들었던 그레이스는 불현듯 눈을 떴다. 끄는 걸 잊었는지 협탁 위 전등이 침실을 은은히 밝히고 있었다. 그 탓에 침대 위에서 벌어지는 일이 검은 유리창에 적나라하게 비쳤다.

남자는 잠들어 있었다. 그녀를 품에 안은 채로. 그레이스의 머리에 턱을 기대고 눈을 감은 남자의 얼굴이 평화로워 보였다.

엘리도 애착 인형을 저렇게 안고 잔다. 저 행복한 표정 또한 머핀을 품에 안고 잠든 엘리와 같았다.

고문실에서 나를 안고 잠들었던 날의 얼굴과도 같을까.

왜 오늘도 원했는지 이젠 알겠다.

그레이스가 저항할 힘을 잃자마자 그는 다정한 연인으로 돌변했다. 아마 이 남자가 오늘 밤 가장 고대했던 순간일 것이다. 어쩌면 처음부터 그랬는지도 모른다.

서글픈 제 눈을 마주하자 그레이스는 견디지 못하고 눈을 감았다.

눈을 뜬 레온은 푸르스름한 새벽빛에 물든 뺨과 어깨가 보이는 순간 안도했다.

그레이스는 아직 그의 품에 있다.

느슨해진 팔다리를 그녀의 몸에 더욱 단단히 휘감았다. 보드랍고 말랑한 감촉에 나른한 한숨을 내쉬며 머리에 입을 맞추던 때였다.

"으응, 엘리… 베이커리 아직 안 열었어…."

그레이스가 졸린 목소리로 중얼거리자 레온은 숨죽여 웃었다. 깨지 마. 팔을 천천히 쓰다듬어 주었더니 그녀의 숨소리가 다시 차분해졌다. 그는 다시 눈을 감았다.

그러나 그레이스의 잠꼬대가 신호탄이라도 된 듯 도도도 작은 발소리가 문밖에서 들려오자 평화는 깨어지기 일보 직전이라는 걸 인정할 수밖에 없었다. 이 문, 저 문을 벌컥벌컥 여는 소리가 가까워지나 싶더니 결국 이곳의 문이 벌컥 열리며 아이의 목소리가 들렸다.

"아빠?"

고개를 뒤로 돌려 보았더니 잠옷 차림의 엘리가 머핀을 안고 서서 눈을 비비고 있었다.

"안녕, 엘리."

레온은 딸을 향해 손을 뻗으며 물었다.

"잘 잤어?"

그러나 엘리는 대답하지 않고 볼만 빵빵하게 부풀렸다.

"배고파?"

아이가 도리도리 고개를 저었다.

"화장실?"

이번에도 도리도리 고개를 저으며 레온의 선택지가 동났다. 이 이른 아침에 그 두 가지가 아니라면 뭐가 필요한 걸까.

"그럼 왜?"

"엄마 없어져써. 엄마 어디써?"

레온이 엄마는 여기 있다는 뜻으로 그레이스를 가린 몸을 젖힌 찰나였다. 엘리가 갑자기 눈을 커다랗게 뜨더니 침대로 달려오며 외쳤다.

"엄만 엘리 꺼야!"

아이는 침대로 올라오자마자 심통이 잔뜩 나 그와 제 엄마 사이를 비집고 들어왔다.

"왜 엄마랑 자고 이써? 여긴 내 자리라구!"

엘리가 이불 아래로 파고들어 오며 그의 다리 사이를 찰 뻗하자 레온은 흠칫 뒤로 물러났다. 그에겐 흉포한 늑대처럼 과격하게 굴던 아이가 제 엄마에겐 뽀뽀를 퍼붓는 순한 양이 되었다.

"엄마아."

"으응? 왜애."

그레이스가 여전히 눈을 뜨지 못한 채로 안아 주자 엘리가 훌쩍이기 시작했다.

"엘리 외로워써. 밤에 엄마 업써서 엘리 잘 못 자써."

없는 줄도 모르고 잤으면서. 레온은 실소하며 헝클어진 엘리의 금발을 손으로 빗어 내렸다. 몸을 꼼지락대며 엄마의 품으로 파고들던 아이가 불쑥 고개를 들더니 물었다.

"근데 엄마 왜 홀딱 벗고 이써?"

그 순간 그레이스는 얼굴부터 목까지 새빨개졌다.

"…더워서."

"더워?"

순진무구한 아이가 심각한 얼굴로 손부채질을 해 주기 시작하자 남자가 짓궂게 웃으며 몸을 일으켰다. 남자도 실오라기 하나 걸치지 않은 나체였다. 그레이스는 화들짝 놀라 엘리를 끌어안으며 고개를 돌리지 못하게 머리를 감쌌다.

침대 밖으로 나간 남자는 드레스 룸으로 향했다. 문을 닫지 않은 탓에 옷장 앞에 서서 옷을 입는 그의 뒷모습이 그레이스의 눈에 고스란히 들어왔다.

예전보다 살이 빠졌나?

이제야 근육의 윤곽이 더 도드라져 보인다는 생각이 들었다.

그사이 엘리는 엄마가 저를 숨 막히도록 안아 주는 진짜 이유를 알지 못한 채 그레이스의 가슴에 얼굴을 묻고 킁킁대더니 외쳤다.

"엄마한테서 아빠 냄새 나."

싫으니까 씻고 오라고 할 줄 알았더니 엘리는 그녀의 몸에 더욱 달라붙으며 냄새를 맡았다. 이젠 엘리의 머리가 파묻힌 가슴까지 새빨갛게 익어 갔다.

"엄마, 인형 놀이 하쟈."

"엄마 더 잘래. 아직 해도 안 떴단 말이야."

아이가 고개를 들더니 검지를 펴서 그레이스의 눈앞에 내밀었다.

"엘리가 1분 줄게."

"한 시간."

"5분."

"30분."

모녀의 협상을 잠자코 지켜보던 레온은 타결이 요원해 보이자 셔츠 소매의 단추를 잠그며 침대로 다가갔다.

— 엄마 피곤해. 아빠랑 놀아.

그는 노르덴어로 말을 걸며 아이를 번쩍 들어 안았다.

— 왜애? 아빠가 안 자구 놀아 달라구 해써?

— 그런 셈이지.

결국 가장 재밌게 논 사람은 네 엄마지만.

— 안 대애. 그럼 나쁜 어른이야. 산타 하라버지가 양말에 선물 안 넣어 준다구.

— 그럼 아빠가 산타 할아버지한테 선물 못 받으면 엘리 선물을 넣어 줄래?

— 아니, 다 엘리 꺼야.

― 우리 엘리, 윈스턴 맞네.

웃으며 딸의 이마에 입을 맞추는 때였다.

"무슨 이야기 중이야? 둘이서 즐거워 보이네?"

그레이스의 미소가 살벌했다.

"내 앞에서는 내가 모르는 말 쓰지 말아 줄래?"

이번이 처음은 아니었다. 저 남자, 그레이스는 침범하지 못하는 저만의 유대감을 아이와 쌓고 싶은 건지 틈만 나면 노르덴어로 아이에게 말을 걸었다. 그럴 때마다 그레이스는 소외당하는 기분이었다.

"난 내 딸에게 말을 가르치는 것뿐이야."

그레이스는 눈매를 좁히고 남자를 노려보았지만 별다른 대꾸는 하지 못했다. 제 아빠와 온종일 붙어 지낸 후로 엘리의 발음과 어휘가 눈에 띄게 좋아진 건 그녀도 인정할 수밖에 없었다.

"엄마 잘 자, 해야지."

"엄마 잘 자."

아이가 손을 흔들며 제 아빠에게 안겨 나갔다. 문이 닫히자마자 밖에서 속닥대는 목소리가 들렸다.

"엄마 화나면 어엄청 무서워."

"어떻게 알아? 엘리가 엄마 화나게 한 적 있어?"

"응, 근데 아직은 웃으며 말할 수가 업써."

"대체 무슨 짓을 한 거야?"

웃음을 터트리는 남자에게 그레이스는 이불 속에서 대답했다.

"크레용으로 온 집 안의 벽과 바닥에 색칠을 했지."

다시 고요해진 침실에서 그레이스는 눈을 감았다.

방해받지 않고 푹 잔 게 언제였는지 까마득할 정도로 오랜만이었다.

그레이스는 잠에서 깨고도 이불 속에서 뭉그적댔다. 나가서 엘리가 잘 있는지 확인해 봐야 한다는 생각이 반사적으로 들었으나 한편으론 그 남자가 알아서 잘하고 있으리라는 생각이 들었다. 안심이 되면서도 씁쓸했다.

그렇게 해가 하늘 꼭대기에 오도록 침대에서 게으름을 피우던 때였다. 문이 조용히 열렸다. 굳이 이불 밖으로 머리를 내밀지 않아도 그 남자인 건 알 수 있었다.

"엄마, 마셔."

뜬금없는 소리에 고개를 들었더니 남자가 찻잔이 올려진 트레이를 내밀었다.

왜 네가 나를 엄마라고 불러?

엘리도 없는데 말이다. 그레이스는 눈을 흘기며 차를 받아 마셨다. 그러곤 딸기 잼 위에 클로티드 크림이 두껍게 발린 스콘도 다 먹을 때까지 기다려서야 남자는 용건을 꺼냈다.

"얼른 옷 입고 거실로 나가 봐. 백화점에서 엘리 물건을 가져왔는데 너도 봐야 해."

남자는 즐거운 얼굴을 하곤 반듯하게 개어져 차곡차곡 쌓인 옷을 내밀었다. 세탁을 했는지 옷에서 포근한 냄새가 났다. 어제 이성과 함께 벗어 던졌던 옷을 그레이스가 받아 입는 걸 지켜보던 남자가 다시 말문을 열었다.

"아, 참고로 네 다이아몬드는…."

그 순간 심장이 철렁 내려앉았다.

"당장 내놔!"

"왜 이래, 자기야. 진정해."

질겁한 그레이스는 덤벼들었다. 멱살을 쥐자 남자는 그녀를 감싸 안으며 영문을 모르겠다는 듯 고개를 비스듬히 기울였다.

뻔뻔스럽기 짝이 없었다.

그럼 그렇지. 네가 변했을 리가. 변한 것처럼 군 건 그녀를 방심하게 만들어 제게서 벗어날 수단을 빼앗아 가려는 함정일 뿐이었다.

거기에 빠진 자신은 어리석기 짝이 없었다. 육욕에 눈이 멀어 이 남자에게 너무도 쉽게 속아 넘어간 제게 화가 나기 시작했다.

"당장 내놓으라고 했잖아!"

셔츠 깃을 찢을 듯 당기자 왜 난동을 부리는지 모르겠다는 눈으로 그녀를 내려다보고 있던 남자가 드레스 룸으로 시선을 돌렸다.

"금고에 넣어 뒀어."

그러더니 주머니에서 열쇠를 꺼내 부들부들 떨리는 손에 손수 쥐여 주기까지 했다. 그레이스는 당장 남자의 멱살을 놓고 드레스 룸으로 뛰어갔다. 옷장 속의 금고를 열자 익숙한 주머니가 보였다. 그걸 열어 확인해 보고서야 그레이스는 참았던 숨을 길게 내쉬었다.

"난 네 다이아몬드 따위 필요 없어."

그녀의 뒤에서 구겨진 셔츠를 새것으로 갈아입던 남자가 단추를 채우며 무심하게 말했다.

"그런 돌은 내가 소유한 광산에 널렸거든."

그런 돌이라니. 그레이스에게도, 저 남자에게도 이건 단순한 돌 따위가 아니었다.

도주의 수단.

저 남자도 그 의미를 모르지 않을 것이다. 다시 도망치지 않기를 원한다면 도주의 수단부터 빼앗아야 한다. 그럼 지리멸렬한 설득에 시간을 낭비할 필요도 없을 테니. 그러나 남자는 그걸 알면서도 그레이스에게 언제든 다시 도망칠 수 있는 수단을 제 손으로 돌려주었다.

믿을 수 없다는 눈으로 응시하는 사이 그는 침실로 가더니 그레이스가 입다 만 옷을 가져왔다. 그러곤 멍하니 선 그녀가 엘리라도 되는 양 손수 옷을 입혀 주기 시작했다. 여태 벗기는 짓밖에 하지 않았던 남자가 말이다.

남자가 브래지어 가운데에 넣어 준 다이아몬드 주머니에서 그가 하지 않은 말이 들리는 듯했다.

난 네가 원해서 나를 택하길 바라.

내가 너를 원할 일은 없어.

그녀가 눈으로 한 말을 알아듣지 못했는지 남자는 거실로 가는 복도에서 내내 생글생글 웃었다.

"우리 자기 많이 놀랐어?"

"…."

금고에 두었다는 말을 곧바로 꺼내지 않은 건 분명 수작일 것이다. 그에 대한 불신에 깊이 빠져 있는 순간 그 불신이 와르르 무너져 내리도록.

예전엔 희망을 주었다가 절망을 주었다. 이젠 절망을 주었다가 희망을 준다. 누구보다도 극적인 심리전을 사랑하던 남자 아니던가.

"그러고 보니 네 오빠가 다이아몬드도 유산으로 받았다는 사실은 숨겼군. 작은 집으로 옮길 때라는 뜻이지."

남자를 흘겨보던 그레이스는 거실 문이 열리자마자 놀라 눈을 동그랗게 떴다.

"엄마!"

재단사로 보이는 여자들에게 둘러싸여 거울을 보던 엘리가 이쪽으로 뛰어왔다. 그 순간 왜 저 남자가 꼭 봐야 한다고 말했는지 알게 됐다.

"이거 봐. 엘리는 진짜 공주님이야."

말 그대로 엘리는 머리부터 발끝까지 공주님이었다. 풍성한 드레스 자락을 휘날리며 빙그르르 도는 딸을 내려다보던 그레이스는 넋이 나가 중얼거렸다.

"와… 정말이네."

"말문이 막힐 만큼 예쁘지 않아?"

남자가 제가 낳은 딸인 것처럼 굴며 자랑하는데 그녀는 고개를 끄덕일 수밖에 없었다.

"사진을 찍어야 하는데…."

집에서 카메라를 가져오지 않았다.

"카메라를 사 오라고 할까?"

"아니, 됐어."

남자가 엘리에게 사 주는 건 간섭하지 않기로 했지만 제게 무언가를 사 주는 건 크든 작든 사절이었다.

그레이스는 딸의 눈부신 모습을 하나하나 눈에 담기 시작했다. 무릎까지 오는 드레스의 치마는 잠자리의 날개처럼 얇고 섬세한 천을 겹겹이 포개어 부풀린 모양새였다. 꼭 만개한 흰 장미꽃을 입은 요정 같았다.

"이건 누가 해 줬어?"

그레이스는 예쁘게 돌돌 말린 금발이 망가질까 손끝으로 조심스레 만지며 남자에게 물었다.

"미용사."

고작 아이의 머리를 단장하는 데 미용사를 부르다니. 기가 막혀 눈을 깜빡였지만 남자는 뭐가 문제인지 모르겠다는 눈을 했다.

"이건 설마…."

게다가 남자는 고작 아이의 머리에 진짜 왕관을 씌웠다. 금으로 된 관에 무색과 청록색 크리스털이 촘촘히 박혀 찬란하게 빛났다.

"반짝반짝해."

엘리가 거울을 보며 만족스럽게 미소 지었다. 남자는 가볍게 만드느라 크리스털을 쓸 수밖에 없었다며 아이가 스무 살이 되는 해에는 왕관의 크리스털을 진짜 다이아몬드로 바꿔 주겠다는 약속을 했다.

그사이 그레이스의 시선은 탁자에 덩그러니 버려진 가짜 왕관에 있었다. 그녀가 엘리에게 사 주었던 장난감 왕관이었다. 그레이스의 낯빛에 서서히 그늘이 졌다.

그제야 깨달았다. 머리부터 발끝까지 최고급품만을 두른 딸을 보고 마냥 기뻐할 수만은 없었던 이유를 말이다.

"엄마, 이거 다 엘리 꺼래."

아이가 이동식 옷걸이에 주르륵 걸린 수많은 드레스를 가리켰다. 모두 하나같이 비즈와 자수 등 값비싼 장식이 달려 있었다.

"아빠, 엄마도 공주님 드레스 만드러 죠."

"그럴까?"

"됐어."

그레이스는 재단사를 부르려는 남자를, 엘리에게는 들리지 않도록 조용히 말렸다.

"엘리, 엄마는 목욕하고 올게."

"왜애? 이거도 보구 가."

"목욕부터 하고."

옷걸이에 걸린 다른 드레스의 자락을 흔드는 아이에게 입을 맞추고 돌아서다 남자와 눈이 마주쳤다. 웃음기가 사라진 눈이었다.

엘리와 살며 욕실 문을 잠그지 않는 몹쓸 습관이 생겼다. 욕조에 물을 받으며 훌쩍대다 뒤돌아보았더니 남자는 기척도 내지 않고 들어와 문에 기대어 선 채 그녀를 지켜보고 있었다.

"나가."

하지만 그는 나가지 않고 다가와 욕조의 반대쪽 끝에 걸터앉았다.

"내가 잘못한 것 같은데 사과를 하려면 이것부터 알아야겠지."

"…."

"내가 뭘 잘못한 걸까."

제 잘못이냐고 묻는다면 그렇다고 거리낌 없이 대답할 수 없었다. 그렇다고 나약한 속내를 솔직히 드러내기도 싫었던 그레이스는 엉뚱한 화풀이를 시작했다.

"넌 엘리의 버릇을 망치고 있어."

남자는 이해할 수 없다는 듯 고개를 비스듬히 기울였다.

"그레이스, 난 엘리만 할 때 범선을 선물로 받았어. 내 버릇이 나쁜지는 모르겠군."

"뭐? 버릇이 무슨 뜻인지는 아는 거야?"

"아무튼, 못 갖는 것이 없어 봐야 윈스턴에 걸맞은 경제관념이 생기는 거야."

"못 갖는 걸 참지 못해서 3년째 돈을 허공에 뿌리며 나를 쫓아다닌 네가 할 말이야?"

"모든 걸 가져 봐야 비로소 가장 소중한 게 무엇인지도 배우는 법이지."

남자가 능청스럽게 눈을 휘어 웃었다. 애초부터 근거가 없었던 이 언쟁에서 그를 이길 근거를 도저히 찾지 못한 그레이스는 또다시 딴 것에 화살을 돌렸다.

"그것만이 아니야."

남자는 어서 말해 보라는 듯 고개를 끄덕였다. 여유롭기 짝이 없는 태도에 더 부아가 치밀었다.

그레이스는 다섯 달 후면 세 살이 될 아이를 땅에 발을 붙이지 못하도록 안고 다니는 점을 지적했다. 어제 식탁에서 식사를 끝내자 엘리는 제 아빠에게 당연하다는 듯이 팔을 벌렸다. 남자는 아이를 어리광쟁이로 만든 게 보람되기라도 한 양 웃으며 아이를 안아 들었었다.

그레이스가 불만을 이야기하는 내내 기분 나쁘도록 침착한 눈으로 그녀를 응시하던 남자가 물었다.

"지금 네 기분이 저조한 이유는 그게 아니잖아?"

실은 그에게 진심으로 화가 난 게 아니라는 걸 남자는 벌써 눈치채고 있었다.

네 잘못이 있다면, 나를 초라하게 만든 거야.

그레이스는 결국 서러움을 못 이겨서 비참한 속내를 털어놓았다.

"엘리가 좋아하니까 엘리를 위해서 참으려고 했는데…."

남자의 손이 다가와 그레이스의 뺨을 훔쳐 냈다. 엄지 끝이 젖어 있었다.

"…넌 내 사랑을 보잘것없게 만들어."

난 그게 서러워.

솔직하게 터놓고 보니 눈물까지 터졌다. 곧 서른인데 그레이스는 아이처럼 어깨를 들썩이며 울어 버렸다.

"인형의 집도 그래. 네가 단번에 사 주면 비싸다고 사 주지 않은 나는 뭐가 되는 거야? 내가 준비해 둔 성탄절 선물은? 이젠 그런 시시한 건 거들떠보지도 않을 거야."

돈을 열심히 벌고 아껴서 사 주고, 볼품없더라도 애정을 담아 만들어 주었다. 그레이스가 주는 모든 걸 아이가 행복하게 받을 때마다 세상에서 가장 대단한 사람이 된 것만 같은 보람을 느꼈다.

그러나 부자 아빠가 생겨 돈이 우스워진 엘리에게는 그레이스의 값싼 사랑이 우스워질지도 모른다. 엘리의 순수한 행복과 사랑이 그레이스가 가진 전부인데, 뒤늦게 등장한 아이의 아빠에게 모두 빼앗긴 기분이었다.

"내겐 엘리뿐인데…. 엘리는 이제 내가 해 주는 건 다 보잘것없다고 생각할 거야."

"말이 되는 소리를 해."

그녀를 달래던 남자가 돌연 역정을 냈다.

"네가 키웠으면서 왜 엘리를 몰라?"

레온은 그가 원해 마지않는 걸 갖고도 빈털터리인 줄 아는 바보 같은 여자에게 그가 관찰한 엘리라는 아이에 대해 말해 주었다.

"장인이 만든 인형 수십 개를 사 줘도 엘리는 여전히 네가 만든 토끼 인형을 안고 자. 눈앞에 맛있는 게 있으면 엄마는 어딨는지부터 물어. 잘 놀다가도 너만 찾고 무슨 일이 있으면 네게 가서 안겨."

처음 만났던 날, 아이는 랍스터를 처음 먹어 보았다더니 엄마도 먹어 봐야 한다고 남기려 했었다. 그러곤 그와 함께 있는 내내 제 엄마만을 생각했다. 그녀가 일을 관두기 전엔 신나게 놀다가도 그의 손목시계를 들여다보며 바늘이 어디에 와야 엄마가 오느냐고 물었다.

"넌 여전히 엘리가 가장 믿고 사랑하는 사람이야."

그는 그레이스는커녕, 그레이스가 만들어 준 낡은 토끼 인형에게도 지는 사람이었다. '아빠'는 엘리가 사랑하는 것의 명단에 없을 것이다.

"네가 지금 엘리와 또다시 도망친다면 어떻게 될 것 같아?"

레온은 뼈아프지만 인정할 수밖에 없었다.

"저 아이는 한두 달 후면 나를 까맣게 잊을 거야. 설령 나를 기억해 준다고 해도 '그래, 그런 아저씨가 있었지. 즐거운 시간이었어.' 이렇게 웃으며 돌아보는 정도밖에 안 되겠지."

저 남자가 그런 생각까지 하는 줄은 미처 몰랐던 그레이스는 말을 잃었다. 불안은 오로지 제 몫인 줄로만 알았다.

"네 사랑이 보잘것없어?"

남자는 코웃음을 쳤다.

"돈으로 사는 사랑이 보잘것없지. 그런데 난 그거라도 갖고 싶어."

고작 그녀를 달래고자 굴욕스러운 속내를 제 입으로 털어놓다니. 남자는 여전히 오만했으나 한편으론 초라해 보였다.

"넌 이미 이 싸움의 승자야. 내가 고전하는 걸 뒤에서 지켜보다 비웃으면 되는 거지. 사랑을 돈으로 살 수 있으면 사 보든가. 이렇게."

정작 승자의 여유는 그가 부렸다. 왜 그런 말까지 하며 나를 격려하는 건지. 여전히 이해하기 힘든 남자였다.

"사랑을 돈으로 살 수 있으면 사 보든가."

목욕을 마치고 나와 엘리의 드레스 쇼를 구경하던 그레이스는 옆에 앉은 남자에게 당당히 요구했다.

"엘리가 어릴 때 못 준 선물도 줘야 하지 않아?"

"아, 그렇군."

제가 아니라 엘리를 도와주는 것인데 남자는 좋은 생각이라는 듯 기껍게 굴었다.

"마쟈, 마쟈."

푸른 꽃무늬 드레스를 입은 아이가 손뼉을 치더니 남자의 앞에 서서 종알대기 시작했다.

"엘리는 산타 하라버지 오는 날에도, 생일에도 선물 받아. 달걀 줍는 날에는…."

"부활절."

남자가 정확한 단어를 가르쳐 주었으나 아이의 정신은 선물을 설명하는 데 완전히 팔려 있었다.

"이이러케!"

엘리가 두 팔을 할 수 있는 한 길게 위로 뻗더니 크게 원을 그렸다.

"큰 초콜렛 토끼를 받아써."

그레이스가 지난 부활절에 사 준 건 아무리 크게 잡아도 팔뚝만 했다.

"그리구 초코렛 안이 달코옴한 사탕으로 꽉꽉 차 이써써."

부활절 토끼 초콜릿은 속이 텅 비어 있다. 레온은 다 알지만 깜찍한 사기꾼에게는 기꺼이 속아 주기로 했다.

"그리구 엘리는 두 살이야."

아이가 손가락 두 개를 펴서 당당하게 내밀자 그레이스가 셈을 하며 거들었다.

"그럼 생일이 두 번, 부활절이 두 번, 성탄절도 두 번이니까 선물이 여섯 개네?"

"헤…."

엄마와 합심해 아빠에게서 선물을 갈취해 내고 뿌듯하게 웃는 딸이 레온은 그저 사랑스러울 뿐이었다.

"역시, 양심의 자리에 욕심을 가지고 태어나는 윈스턴다워."

그레이스는 아이 몰래 눈매를 일그러뜨렸다. 딸에게서 뽀뽀를 받으며 자랑스럽다는 듯이 웃는 남자를 보고 있자니 도리어 저 남자의 수에 말려든 것만 같은 꺼림직한 기분이 들었다.

"엄마 근데 이거는?"

아이가 그녀의 무릎 위에 놓여 있던 머핀의 귀를 잡더니 들었다 내렸다 했다. 부모가 모두 알아듣지 못하자 아이는 주변을 두리번두리번하다 갑자기 눈을 커다랗게 뜨고 문으로 달려갔다.

"소령님. 어…."

때마침 레온에게 보고를 올리러 들어오던 캠벨은 아이가 제게 달려오자 멈칫했다.

"모자 죠."

그렇게 엘리는 캠벨이 쓰고 있던 정모를 빼앗아 오더니 그 속에 토끼 인형을 넣었다 뺐다.

"이거는?"

"아…."

그레이스는 여전히 알아듣지 못하는 남자에게 정답을 가르쳐 주었다.

"서커스."

"아…."

남자도 이제야 알겠다는 듯 고개를 천천히 끄덕이더니 눈을 반짝이는 아이에게 물었다.

"사 줘?"

"보여 달라는 거야."

질릴 대로 질린 그레이스는 눈을 굴렸다.

❖ · ❖

결국 누구도 이기지 못한 채, 싸움은 성탄절을 불과 하루 앞둔 날까지도 계속됐다.

"내년 4월에 첫 배가 떠날 때 컬럼비아로 갈 거야. 너와 갈 생각은 없어. 약속대로 엘리를 보러 오는 것 정도는 허락해 줄게."

그레이스는 그녀의 아파트에서 장난감을 챙기는 엘리가 듣지 못하도록 목소리를 낮춰 못 박았다.

"그럼 엘리의 내년 부활절 선물은…."

"펜트하우스는 필요 없어."

소파에 다리를 꼬고 앉은 남자가 태연하게 입을 열자마자 그레이스는 말을 잘랐다. 타협의 여지 따위 없다는 걸 몸소 보여 주듯 그녀는 냉랭한 태도로 몸을 돌려 다시 짐을 싸기 시작했다. 남자는 더는 아무 말도 하지 않았다.

지난 열흘간 관찰한 결과 그레이스는 매우 불편한 결론을 내릴 수밖에 없었다.

내가 만든 괴물이 결국 내가 만든 인간이 되었다.

그렇다고 해서 다시 태어난 '인간' 레온 윈스턴과 새로 시작해 보고 싶은 생각은 추호도 없었다.

짐은 엘리를 위해 내년 초까지는 호텔에 머물기로 해서 챙기러 온 것뿐이었다. 사실 엘리의 것은 저 남자가 모조리 사 주다시피 하니 필요 없었다. 그레이스는 제 옷과 구두를 챙기고 카메라도 가방에 넣었다.

"그거 내 꺼지?"

그간 아무도 물을 주지 않아 벌써 잎이 후드득 떨어지는 트리 밑에서 엘리의 성탄절 선물을 꺼내는데 아이가 뛰어왔다.

"이건 내일 아침에 열어 볼 수 있어."

"힝…."

제가 골랐으니 안에 장난감 조랑말이 든 건 이미 안다. 제 아빠가 진짜 말을 사 준다는 약속도 했건만 엘리는 남자의 말대로 그레이스의 보잘것없는 선물을 갖고 싶어 했다.

"얼른 내일 아침이 왔으면."

"그럼 서커스는."

남자가 묻자 엘리가 곧바로 말을 바꿨다.

"그럼 얼른 오늘 저녁이 와따가 내일 아침이 왔으면!"

오늘 저녁에는 서커스를 보러 가기로 했다. 돈과 권력이 있으면 없던 표도 생기는 모양이었다.

선물 상자를 챙기고 잊은 건 없는지 돌아보던 그레이스의 시선이 남자에게 닿았다. 그는 협탁에 놓인 액자 속의 그녀와 엘리를 바라보고 있었다. 그런 제 아빠를 쳐다보던 아이가 갑자기 협탁 밑의 앨범을 끙끙대며 꺼내기 시작했다.

"그건 안 가져갈 거야."

엄마의 말에 아이가 도리도리 고개를 저었다. 그래도 가져갈 거란 뜻인지, 저도 가져갈 생각은 아니란 뜻인지. 레온은 앨범을 꺼내 준 후에야 그 의미를 알았다.

"쟈."

아이는 첫 장에 붙은 사진을 떼어 레온에게 내밀었다. 처음 만난 날에는 엄마의 것이라며 주지 않으려던 제 생애 첫 사진을 그에게 주는 것이었다. 그는 얼떨결에 받으며 물었다.

"…이건 왜?"

이어진 대답에 레온은 말을 잇지 못했다.

"엘리가 이거 줄 테니까 다시는 천국에 가지 마."

아이가 그를 원한다. 레온은 벅찬 감격이 차오르자 눈을 감으며 처음 만났던 순간처럼 아이를 품에 안았다. 겉은 잔잔했으나 속에서는 그때처럼 평생 느껴 보지 못했던 감정의 풍랑이 거세게 일었다.

"약속할게."

레온은 아이의 귀에 다시는 천국에 가지 않겠다고 속삭였지만 마음으로는 다른 다짐을 되뇌었다.

다시는 널 놓치지 않을 거야. 널 잃지 않을 거야.

호텔로 돌아온 레온은 그의 생애 최고의 성탄절 선물에서 흐뭇한 시선을 떼지 못했다. 그런 그에게 못마땅한 시선이 달라붙었다.

그가 고개를 드는 사이 재빨리 시선을 돌려 잡지를 보는 척하는 여자에게 레온은 씨익 웃어 주며 사진을 보란 듯이 흔들었다.

"이제 이건 내 거야."

그레이스는 그를 노려보더니 인형 놀이 중인 엘리가 듣지 못하게 그의 귓가에 속삭였다.

"엘리는 네가 아니라 네 돈이 좋은 거야. 착각 마."

"잘하네."

"뭘."

"옆에서 괴롭히는 거."

같이 살자는 말을 꺼내자마자 여자가 입을 다물더니 잡지를 놓고 아이에게로 가 버렸다.

"마법이 풀렸잖아. 이제 재투성이 아가씨로 돌아가야지."

"힝… 그치만 그럼 왕자님이 못 알아보쟈나."

"이렇게 구두 한 짝을 놓고 가면 왕자님이 찾아올 거야."

인형 놀이를 하는 둘을 지켜보던 레온이 조용히 끼어들었다.

"구두가 아니라 경관의 신고로 찾겠지."

여객선에서의 일부터, 결국은 찾게 된 계기까지 인형 놀이에 빗대어 입에 올리자 그레이스가 슬쩍 눈을 흘겼다.

"놀이는 마무리하고 이제 슬슬…."

레온이 손목시계를 보며 이제 서커스장으로 갈 준비를 하라고 말하려던 때였다.

"소령님."

캠벨이 찾아왔다. 여자가 아이의 옷을 갈아입히러 간 사이 레온은 오늘의 최종 보고를 받았다.

"현재까진 넷의 행방에 대해 새로 접수된 제보가 없으며…."

암살 기도 사건의 수사는 아직 마무리되지 않았다. 잔당들이 머물던 창고에 중년의 남자 하나, 젊은 남자 둘, 그리고 젊은 여자, 총 네 명이 더 드나들었다는 증언을 지난주에 확보했다. 대략적인 몽타주를 그려 추적했으나 현재까진 수확이 없었다.

그레이스의 말대로 이미 이곳을 떠났을지도.

"서부 사령부에 연락해서 아직 잡히지 않은 주요 잔당의 사진이나 몽타주를 보내라고 한 건은."

목격자들에게 보여 주어 신원이라도 확보해 두려는 생각이었다.

"네, 이미 지시했습니다. 다만 연휴 기간인지라 시일이 다소 걸릴 듯합니다."

대답이 시원치 않다는 듯 눈매를 좁히자 캠벨이 겸연쩍은 낯을 하며 두꺼운 서류철을 조심스레 들이밀었다.

"그리고 말씀하셨던 증거품 목록입니다. 사진도 함께 준비했습니다."

그의 밑에서 오래 일해 눈치가 빠른 건 좋다만, 그의 질타를 회피하는 능력 또한 나날이 늘어 가는 건 과연 좋은 일인지 의문이었다.

레온은 창고에서 수집한 증거품의 목록을 훑어보았다. 잔당들을 추적하는 데 실마리가 될 만한 물건이 부하들 눈에는 보이지 않아도 그에겐 보일지도 몰랐다. 페이지를 넘기던 그의 손이 손바닥만 한 쇠갈고리가 찍힌 사진에서 멈췄다.

"이건."

캠벨이 사진을 들여다보더니 목록의 비고란에 적힌 예상 용도를 그대로 읊었다.

"폭탄 제조에 쓰지 않았을까 추측합니다."

"이걸?"

말이 되는 소리를 해야지. 레온은 따끔한 질타를 던지고 거실 안쪽의 침실로 걸어가 문을 두드렸다.

"그레이스, 잠깐 나와 줄 수 있을까. 네 도움이 필요해."

블랜차드식 사제 폭탄 제조의 전문가는 사진을 보더니 단박에 고개를 저었다.

"이런 건 안 쓰지."

레온은 잔뜩 긴장한 눈치인 캠벨을 응시했다. 추측이 틀린 일로 한 소리를 들을까 봐 긴장한 게 아니다. 제 상관의 여자가 반군이란 사실이 또 실감 나서 굳은 눈치였다. 감정을 드러내는 법이 없는 캠벨이 난처한 심기를 얼굴에 내비치는 건 꽤 희귀한 광경이었다.

"그나저나 이게 뭐야?"

그레이스가 물었다.

"말발굽 손질용 갈고리."

말발굽 사이에 낀 진흙이나 돌을 제거하는 데 쓰는 갈고리였다. 낡았으나 녹슬지 않았다. 게다가 목록에 진흙이 묻어 있었다고 적혀 있는 것으로 보아 최근까지 사용한 물건이었다. 접이식에, 투박한 목제 손잡이가 달린 건 흔치 않았다.

"캠벨, 이렇게 생긴 갈고리를 쓰는 목장이나 승마 클럽을 수소문해."

잔당 중 하나가 말을 관리하는 일을 한 건지도 모른다는 직감이 강하게 들었다.

그레이스는 기가 막힌다는 눈으로 주변을 돌아보았다. 살면서 이토록 텅 빈 서커스장은 본 적이 없었다.

관객이라곤 우리 셋에 수행원과 경호원들뿐이라니. 알고 보니 이 남자, 표가 아니라 엘리만을 위한 전용 공연을 산 것이었다.

"써커스! 너무너무 보고 시퍼써."

두 사람 사이의 안락의자에 앉은 아이가 토끼 인형을 품에 안은 채 땅에 닿지 않는 발을 까딱거렸다.

"와아!"

곧 공연이 막을 올렸다. 눈앞에서 펼쳐지는 기상천외한 묘기에 그레이스마저 빠져들 정도였다. 그러나 남자는 공연 내내 아이와 그녀만 바라보고 있었다.

"엄마, 저기, 저기!"

동물원에 가야 면발치에서나 보던 코끼리며 사자를 코앞에서 보게 된 엘리가 신이 나 그레이스의 소매를 잡아끌었다. 아이는 자리에 가만히 앉아 있지 못하고 엉덩이를 들썩이다 못해 자꾸만 의자에서 내려갔다. 남자가 무대로 다가가려는 아이를 몇 번이나 붙잡아 다시 앉혀야 했다.

"엄마, 토끼, 토끼!"

그러다 드디어 엘리가 가장 고대하던 공연이 시작됐다. 높다란 실크해트를 쓴 마술사가 무대 위로 올라와 정중하게 인사를 했다.

"오늘 이 자리에 와 주신 신사, 그리고 숙녀분들…."

마술사가 분명 수백 번은 했을 말을 술술 읊으며 가까이 다가왔다. 남자는 묘기를 유일한 관객의 코앞에서 자세히 보여 주려는지 무대 끝에서야 멈춰 섰다.

그가 모자를 벗자 엘리가 또 의자 아래로 폴짝 뛰어 내려갔다. 모자에서 사자가 나올 것도 아니니 두 사람은 아이가 무대 가까이 가도록 두었다.

"자, 이 아저씨가 꼬마 숙녀님을 위해 성탄절 선물을 준비했어요."

"죠아!"

아이가 제 턱까지 오는 난간에 달라붙다시피 선 채 짝짝 손뼉을 쳤다. 마술사가 모자 위에서 현란하게 놀리던 손이 안으로 쑥 들어가는 순간 바닥을 동동 구르던 아이의 발이 뚝 멈췄다.

"짜잔!"

"흐악!"

토끼를 기대했던 아이는 비둘기가 나오자 기겁해 달려왔다.

"엘리, 괜찮아."

레온이 웃음을 터트리며 손을 내밀었다. 그러나 아이는 방향을 틀어 제 엄마에게 안겼다. 그의 미소가 조금은 시들었다.

그는 피어스를 시켜 다시 지시를 내렸다. 이번엔 모자에서 기대대로 새하얀 토끼가 나오자 아이가 손뼉을 치며 환하게 웃었다.

"제가 찍어 드릴까요?"

토끼를 쓰다듬으며 즐거워하는 엘리를 카메라로 찍는 그레이스에게 서커스단장이 다가와 정중히 제안했다.

"자, 웃으세요!"

알고 보니 가족사진을 찍어 주겠다는 뜻이었다. 그레이스는 얼떨결에 남자와 부부인 척 나란히 사진을 찍어 버렸다.

"연휴가 끝나면 사진사를 불러 제대로 된 가족사진을 찍어야겠군."

카메라를 돌려받을 때 남자가 한 말을 그레이스는 못 들은 척하며 엘리의 모습만 열심히 필름에 담았다.

그러는 사이 화려한 피날레와 함께 공연은 막을 내렸다. 그러나 단원들은 나가지 않고 도리어 이쪽으로 몰려왔다. 남자의 지시를 받은 피어스가 동전이 아니라 지폐를 팁으로 뿌려 대니 다들 앞다투어 엘리에게 묘기를 보여 주는 것이었다.

"와아아!"

엘리는 재주를 부리던 백마에 타 볼 기회가 생기자 무척이나 기뻐했다.

"어엄청 예뻐. 얘는 말의 공주님이야?"

아이는 말 관리인에게 엉뚱한 질문을 던지더니 엉뚱한 자랑을 시작했다.

"아빠가 엘리도 말 사 준대써. 그치?"

"그럼."

"역시 귀족 아가씨라면 뛰어난 승마 실력을 갖추는 게 덕목이지요. 그런 점에서 첫 말을 정말 잘 골라야 하는데 말입니다. 가령 이 녀석으로 말할 것 같으면…."

대부호에게 비싼 값에 말을 팔아 치울 기회라고 생각했는지 단장이 외판원처럼 떠들기 시작했다. 그사이 말이 불편한 듯이 한쪽 다리를 들었다 내리길 거듭했다.

"발굽에 뭐가 끼었나."

지켜보던 관리인이 허리에 찬 가죽 주머니에서 무언가를 꺼내 들었다. 그 순간 레온의 낯이 새파랗게 질렸다. 갑자기 그의 낯빛이 변한 걸 이상하게 생각한 그레이스도 그 시선을 따라가 보곤 사색이 되었다.

잔당이 가지고 있던 것과 똑같은 말발굽 손질용 갈고리였다.

남자가 엘리를 덥석 안아 들며 경호 대장에게 귓속말로 재빠르게 지시를 내렸다. 위험한 곳이니 당장 탈출한다는 수신호를 받은 경호원들이 일사불란하게 세 사람을 감쌌다. 어리둥절한 눈으로 바라보는 단원들을 뒤로하고 모두 굳은 얼굴로 출구를 향해 다급히 발을 옮겼다.

"안녕."

엘리가 아무것도 모른 채 말에게 손을 흔드는 가운데 남자가 그레이스의 허리를 한 팔로 감으며 말했다.

"내 옆에 붙어 있어."

그레이스는 제 모자를 벗어 아이의 머리에 덮어씌우며 코트 깃으로 아이를 감싸는 남자에게 속삭였다.

"내가 모르는 얼굴이야."

저 사람은 잔당이 아닐 수도 있다는 말이었다. 그러나 잔당일 수도 있다. 그레이스가 모두의 얼굴을 아는 건 아니니.

잔당의 소굴에 발을 들였다. 아니. 제발 아니길. 그저 우연히 같은 물건을 지녔을 뿐이라고 스스로를 속이며 초조하게 걸음을 옮기다 출구를 마침내 눈앞에 두었을 때였다.

매캐한 냄새가 코를 찔렀다. 맨 앞에 선 경호원이 출구로 향하는 통로를 가린 휘장을 걷자마자 통로에서 불길이 치솟으며 휘장을 집어삼켰다.

"불이야!"

누군가가 외치는 순간 장내는 혼란의 도가니에 빠졌다. 불을 끄려고 뛰어오는 자와 도망치는 이를 경호원들이 헤치며 셋을 곧장 다른 출구로 이끌었다.

그러나 불행하게도 다른 출구 또한 막혔다. 방독면을 쓴 남자 두 명이 손에 기관단총을 든 채 출구를 막아선 탓이었다. 그와 동시에 아무런 예고도 없이 총알이 무차별적으로 빗발쳤다.

"크억!"

"꺄아악!"

장내가 혼란의 도가니에서 공포의 도가니로 삽시간에 변모했다. 인간과 동물이 한데 뒤엉키고 짓밟히는 가운데 그레이스는 저를 억세게 끌어당기는 남자의 손에 이끌려 뛰었다. 그 순간 전기가 나가며 불빛은 불길 밖에 남지 않았다.

난간과 서커스 소품을 바리케이드 삼아 총알을 피하는 사이 불길은 더욱 안으로 번져 서커스장의 절반을 집어삼켰다. 이글거리는 열기와 검은 연기가 거대한 천막을 삽시간에 메웠다.

"엘리, 울지 마."

"흐끅…."

"울면 안 돼. 제발 울지 마."

이곳에 아이는 엘리뿐이었다. 아이 울음소리가 나는 즉시 셋의 위치가 발각되는 셈이다. 놀라 끅끅거리는 아이의 입을 어쩔 수 없이 틀어막으며 빠져나갈 길을 절박하게 모색하던 때였다.

"레온 윈스턴, 가장 잔인한 복수가 뭔지 아냐고 물었나?"

잔당 중 하나가 영화의 대사를 입에 올리며 외쳤다.

"오늘 그 답을 알려 주마!"

총알은 출구에서만 쏟아지는 게 아니었다. 들리는 총성으로 보아 총기는 적어도 네 개였다. 사방에서 소름 끼치는 총성과 참혹한 비명이 메아리치는 가운데 세 사람이 숨은 곳의 건너편 관객석 꼭대기에서 누군가가 외쳤다.

"오직 오늘을 위해 3년을 기다렸다! 이곳이 너희 더러운 왕정의 돼지 새끼들의 도살장이 될 것이다!"

어디서 들어 본 듯한 여자 목소리라는 생각을 그레이스가 문득 하던 찰나였다.

끼이익.

불길한 굉음이 머리 위에서 울렸다. 남자가 자욱하게 연기가 차오른 천막의 천장으로 고개를 드는 순간 기둥이 머리 위에서 검은 연기를 헤치고 무너져 내리기 시작했다.

"뛰어!"

또다시 남자의 손에 이끌려 무작정 뛰던 때였다. 등 뒤에서 쾅, 무너진 기둥이 땅을 울림과 동시에 두 사람 사이를 무언가가 치고 들어왔다. 붙잡고 있던 손이 미끄러지며 그레이스는 그를 놓쳤다. 넘어지자마자 일어섰지만 두 사람을 찾을 수 없었다.

"엘리!"

"엄마아!"

"그레이스!"

서로를 불렀지만 보이지 않았다. 텐트의 절반이 무너지며 남은 절반을 흙먼지와 연기로 채운 탓에 눈을 뜨고 있기조차 어려웠다.

목소리가 나는 쪽으로 걸었으나 발이 계속해서 시체로 느껴지는 덩어리에 걸리며 그레이스는 한 걸음에 한 번씩 넘어졌다. 바닥을 기다시피 하며 딸을 불렀으나 비명과 굉음에 목소리가 묻혔다.

"콜록, 콜록."

매캐한 연기 탓에 발작적으로 기침을 하던 때에 갑자기 신선한 공기가 느껴졌다. 바람이 불어 들어오는 쪽으로 더듬어 가던 그레이스는 누군가가 천막을 찢어 둔 듯한 자리를 발견했다.

"엘리!"

탈출구를 찾았으나 혼자 탈출할 순 없었다. 그레이스는 계속해서 아이를 불렀지만 대답이 들리지 않았다.

끼이이익.

또 불길한 소리가 들리는 순간 그레이스는 보지 못해도 알 수 있었다. 천막은 곧 무너진다.

어쩔 수 없는 선택에 내몰려 밖으로 나오자마자 가장 가까운 엄폐물로 뛰었다. 어느 동물의 우리 뒤에 몸을 숨기려는 찰나였다.

등 뒤에서 우지끈, 굉음이 지축을 흔들고 불길이 하늘 높이 치솟았다. 완전히 무너져 화마에 삼켜진 천막을 바라보며 그레이스는 넋을 놓았다.

"아니야…. 아니야…."

새파랗게 질려 비명을 지르며 도망치는 사람들 속에 그녀가 찾는 얼굴은 없었다. 주변을 미친 듯이 뛰어다니며 살아 나온 사람들을 확인한 그레이스는 결국 망연히 멈춰 서서 활활 타오르는 천막과 그 위로 날아오르는 검은 재를 바라볼 수밖에 없었다.

"흑…."

고통스러운 울음이 울컥 터져 나오려던 찰나였다.

드르르르륵!

멀리서 기관단총을 난사하는 소리가 밤하늘을 가로질렀다.

탕!

뒤이어 권총의 격발음까지 들리는 순간 그레이스는 기쁨에 찬 비명을 질렀다.

남자는 살아 있다.

반군의 목표물은 그 남자와 그레이스뿐이었다. 먼저 들린 총소리는 잔당의 것이다. 그러니 경호원이 잔당을 제압하려는 것이 아니라 잔당이 그 남자를 죽이려는 중이었다.

총소리가 난 곳을 머리에 새기며 다급히 핸드백을 뒤졌다. 권총을 꺼내 드는 순간 카메라가 딸려 나와 바닥으로 떨어졌으나 그레이스는 알지 못하고 뛰어갔다.

엘리. 엘리, 제발.

엘리가 그 남자와 함께 있길. 그리고 제발 무사하길.

어느 순간부터 더는 총성이 들리지 않았다. 좋은 징조인지 나쁜 징조인지 종잡을 수가 없었다. 불안을 억누르는 사이 소리가 나던 서커스단 부지의 외진 곳에 가까워졌다. 짐승 우리와 나무 궤짝들 사이로 몸을 숨겨 가며 부근을 샅샅이 뒤지던 때였다.

'헉.'

지푸라기가 잔뜩 쌓인 어느 수레 앞에 피를 흘리며 죽어 가는 남자가 널브러져 있었다. 방독면을 쓰고 있지 않았으나 옆에 덩그러니 놓인 기관단총만 보아도 잔당인 건 알 수 있었다.

"엘리?"

분명 그 남자가 잔당을 죽인 거다. 그러니 둘은 이 근처에 있어야만 했다. 그러나 아무리 불러도 대답이 들리지 않아 점점 불길해지던 때였다. 차곡차곡 쌓인 건초 더미 뒤로 돌아간 그레이스는 얼어붙었다.

남자도, 아이도 그곳에 있었다.

건초의 벽에 기대어 앉은 남자의 검은 양복과 코트가 젖어 짙게 물들어 있었다. 물은 아니었다. 피 냄새가 진동했으니.

어딘가에 총상을 입었는지 발작적으로 들썩이는 가슴팍에 아이가 토끼 인형을 꼭 붙든 채 매달려 있었다. 피와 재투성이가 된 꼴을 보자 심장이 덜컥 내려앉았다.

"에, 엘리?"

새파랗게 질린 눈꺼풀은 미동조차 없었다. 아이는 울지도 않았다. 죽은 것처럼. 그렇게 세상이 무너지려던 찰나였다.

"엄마, 왔네…."

남자가 힘겹게 웃으며 아이에게 속삭였다.

"어, 엄마…."

아이가 그제야 눈을 뜨더니 제 아빠의 품에 파묻고 있던 고개를 천천히 들었다. 안도하며 그녀의 다리에서 힘이 풀렸다. 그레이스는 흙바닥에 찧은 무릎이 아픈 줄도 모르고 주저앉아 아이를 덥석 끌어안았다.

그녀의 품에 매달리는 작은 몸이 오들오들 떨렸다. 아이가 겁에 질려 떠는데 그것도 살아 있는 증거라며 안도하는 자신이 미워지려 했다.

"…착해. 울지도, 않고."

남자는 힘이 드는지 얼굴을 찡그리며 더듬더듬 말을 이었다. 아이의 머리를 쓰다듬는 손이 파르르 떨렸다. 그의 얼굴을 응시하며 멍하니 눈만 깜빡이던 그레이스는 시선을 아이에게로 떨어트리며 물었다.

"아픈 덴 없어?"

아이는 겁에 너무도 질린 탓인지 대답 대신 고개만 어렴풋이 저으며 그녀의 품으로 더욱 파고들었다.

아이의 머리를 감싸고 있던 창백한 손이 그레이스의 팔로 툭 떨어졌다. 그의 손이 제 손목을 감싸 쥐려는 순간 그레이스는 일어섰다. 스르륵 힘없이 미끄러지던 손이 돌연 아이의 발목을 턱 붙잡았다.

남자는 엘리를 놓지 않으려 했다. 그러나 이제 그에겐 그레이스를 이길 힘이 없었다. 끝까지 일어서자 손이 덧없는 저항 끝에 떨어져 나가고, 그 바람에 엘리의 구두가 벗겨지며 남자의 손 위로 툭 떨어졌다.

그레이스는 엘리를 안은 채 남자를 내려다보았다. 그러다 불현듯 얼굴을 일그러뜨리며 뒤로 한 발짝 떼던 순간이었다.

바닥에 떨어져 있던 총을 남자가 집어 들었다.

넌 죽을 거야.

그러니 네가 포기해.

차마 입으로 내뱉을 수 없어 눈으로 전하며 뒤로 끝내 발을 내디디던 때였다.

총구가 옆으로 돌아가더니….

탕!

남자가 방아쇠를 당겼다.

"윽!"

신음 소리가 들리는 쪽으로 고개를 돌린 그레이스는 복부에 총을 맞고 쓰러지는 여자와 눈이 마주쳤다.

낸시였다.

천막에서 들은 목소리가 익숙했다는 생각은 착각이 아니었다.

"어흑…. 끅…."

그레이스는 엎어져 흙바닥을 손톱으로 긁는 낸시에게로 다가갔다.

획.

낸시가 떨어트린 총을 멀리 차 버리곤 남자를 돌아보았다. 눈이 마주치자 어스름한 조명 아래의 남자는 총을 떨어트리며 안도의 숨을 버겁게 내쉬었다. 눈빛에는 웃음기가 어려 있었다.

그러나 그레이스가 뒷걸음질 치는 순간 눈빛은 변했다.

아빠의 피로 젖은 딸을 안고 서서히 뒷걸음질 치던 그레이스는 끝내 뒤돌아 뛰었다.

난 못 해. 난 도저히 못 해.

그의 삶이든 죽음이든, 제가 어느 것도 도저히 감당할 수 없는 남자에게서 또다시 도망치는 내내, 마지막으로 본 눈빛이 공포에 질린 그레이스의 눈앞에 어른거렸다.

딸의 구두 한 짝을 손에 쥔 남자의 창백한 눈동자에 차오른 슬픔은, 어릴 적 그 소년의 것보다 깊었다.

성장통 I

VENGEANCE NAMED LOVE

호텔 레스토랑에서 아침 식사를 하며 신문을 넘기던 그레이스는 멈칫했다.

[부고: 레온 윈스턴 백작, 향년 31세로 사망]

그 순간 눈앞의 광경이 바뀌었다. 그녀가 있는 곳은 장례식장이었다.

"엘리, 여기서 뭐 하는 거야?"

그레이스는 상복을 입고 관 앞에 우두커니 서 있는 엘리에게로 뛰어갔다. 아이는 돌아보더니 그녀를 비난하는 눈으로 응시하며 싸늘하게 말했다.

"엄마가 아빠를 죽였어."

아니야. 엘리, 엄마가 그런 게 아니야.

떳떳하게 말하지 못하고 바보처럼 입만 벙긋거리는 그녀를 냉담하게 지켜보던 엘리가 손을 들어 관을 가리켰다.

"나, 난 보고 싶지 않아."

그 자리에서 버티는 그녀를 무언가가 휙 떠밀었다. 얼떨결에 비틀거리며 다가간 그레이스는 활짝 열린 관 속에 시선이 닿는 순간 숨을 멈췄다.

관 속에 누운 사람은 소년이었다.

그래, 죽은 건 그 소년이야. 남자는 죽지 않았어.

말이 되지 않는 논리를 펼치며 현실을 부정하는 찰나 소년이 눈을 번쩍 떴다. 그녀의 억지를 반박하듯, 소년의 눈은 그레이스가 잔인한 말을 외치며 그를 버렸던 여름밤의 눈이 아니었다.

재가 눈처럼 내리던 겨울밤, 저를 또다시 잔인하게 버리는 그레이스를 응시하던 그 슬픈 눈이었다.

"네가 죽였어."

소년이 입을 열더니 남자의 목소리로 말하는 순간 그레이스는 숨을 깊이 들이켜며 의식의 수면으로 탈출했다. 눈을 뜨자 새벽빛에 물든 천장이 보였다.

"하아…."

저도 모르게 숨을 크게 몰아쉰 그레이스는 옆으로 고개를 돌렸다. 엘리는 다행히 토끼 인형을 안고 세상모르게 잠들어 있었다.

그녀는 딸과 제 손을 묶은 리본을 풀고 조용히 몸을 일으켰다. 식은땀으로 푹 젖은 잠옷 위에 코트만 걸치고 부서질 듯이 뛰는 가슴을 누르며 호텔 방 밖으로 나왔다.

저렴한 호텔의 작은 로비는 새로운 해를 하루 앞두고 새해맞이 장식으로 치장되어 있었다. 그레이스는 프런트 데스크 옆의 공중전화 부스로 들어갔다. 그러곤 어쩌다 보니 외우게 된 번호를 교환수에게 댔다. 저에 관한 제보를 받는 전화번호에 제가 매일같이 전화를 걸게 될 줄은 몰랐다.

[네, 에드워드 캠벨 중위입니다.]

상대가 전화를 받자 그레이스는 입술을 뗐지만 매번 그렇듯 어떤 말로 운을 떼야 할지 몰라 망설였다.

[소령님은….]

그러나 누가 무슨 용건으로 전화를 걸었는지 이미 아는 상대는 묻기도 전에 대답했다.

[아직 깨어나지 못하셨습니다.]

남자는 피를 과도하게 흘린 탓에 일주일째 의식이 없었다. 적어도 목숨은 붙어 있다는 뜻이었다.

[어제도 드린 말씀이지만 윈스포드로 오시는 게 어떻습니까? 어디 계신지 말씀해 주시면 사람을 보내 드리겠습니다.]

그레이스가 대답하지 않자 캠벨은 그녀의 안위에 사활이라도 걸린 사람처럼 부탁하기 시작했다.

[범인들이 아직 잡히지 않아 위험합니다. 리들 양과 따님도 놈들의 암살 대상이니 안전을 최우선으로 생각하셔야 합니다.]

프레드의 누나이자 데이브 윌킨스의 딸인 낸시는 총상을 입고도 도주했다. 다른 잔당들도, 그 남자가 사살한 자 외엔 모두 행방이 묘연했다.

[저희가 철저히 보호해 드릴 테니 부디….]

"내일 다시 전화할게요."

용건이 끝난 그레이스는 첫마디를 뱉자마자 전화를 끊었다.

다시 호텔 방으로 올라가며 그레이스는 자조했다. 도망치고는 매일 전화하는 자신이 우스웠다.

그러고 보면 그날 밤도 그랬다. 그녀는 그 남자에게 죽으라는 것도, 살라는 것도 아닌 모호한 태도를 취했다. 그를 버리고 도망치면서도 경호원을 찾아 그 남자가 어디 있는지 알려 주었으니.

내가 그 남자 곁에 머물렀다 해도 뭐가 달라져. 나는 신이 아니야. 죽어 가는 남자를 살릴 수 있는 것도 아니야.

아무도 저를 비난하지 않는데 변명하듯이 굴었다. 방으로 돌아간 그레이스는 엘리의 옆에 누워 멍하니 천장을 바라보며 생각에 잠겼다.

이틀이면 길게 머무른 셈이다. 캠벨에게 추적당할 것 같으니 오늘은 다른 도시로 옮겨야겠다.

그레이스는 왕당파 귀족에 군인인 캠벨이 어째서 저와 엘리를 지켜 주겠다며 간곡한 부탁까지 하는지 이해할 수 없었다. 그자에겐 상관의 반군 출신 정부가 흔적도 없이 사라지는 게 유리하다. 윈스턴가와 연이 깊은 만큼 제 상관의 실각은 곧 제 실각일 테니.

'어쩌면….'

그 남자가 아직 숨이 붙어 있는 동안에는 보호해 주는 척하다 그 남자가 숨을 거두는 순간 반군이었던 그녀를 군에 넘길지도 모른다. 일면식뿐인 생부가 그녀를 구해 줄 거라고는 기대도 하지 않았다.

거기다 윈스턴 백작가에게 엘리는 없애야 할 치부일 것이다. 그가 없고, 그레이스마저 없으면 이 세상에 엘리를 지켜 줄 사람은 남지 않았다.

이젠 그 남자가 아니면 믿을 수 없다. 그 남자가 믿을 수 있는 사람이 되었다는 건, 기가 막히고도 서글픈 일이었다.

"하아…."

그레이스는 뒤척이는 엘리가 깰세라 풀었던 리본을 제 손목에 묶곤 푸석푸석한 얼굴을 쓸어내렸다. 앞으로의 거취를 어떻게 해야 좋을지 알 수 없었다. 그 남자의 앞날만큼이나 제 앞날도 까마득했다.

삐익―.

검은 기관차가 흰 증기를 내뿜으며 건너편 플랫폼으로 미끄러져 들어왔다. 벤치에 앉은 그레이스는 기차를 손으로 가리켰다.

"와, 기차가 들어오네. 칙칙폭폭. 엘리, 칙칙폭폭 해 봐."

"…칙칙…폭폭."

그녀의 무릎 위에 앉은 엘리는 시키니 마지못해 기차 소리를 흉내 냈다. 기차를 좋아하던 아이인데 심드렁했다. 고개도 들지 않고 머핀의 다리에 흰 손수건을 묶는 데만 열중하고 있었다.

"병원 놀이야? 엘리가 의사 선생님이야?"

엘리는 말없이 고개만 끄덕였다. 그날 이후로 아이는 말수가 줄었다. 웃음 또한 보기 어려워졌다.

"초콜릿 사러 갈까?"

그제야 아이가 눈을 맞추더니 고개를 크게 끄덕였다. 그레이스는 아이를 플랫폼 한가운데의 간이매점으로 데려갔다.

제 얼굴만 한 밀크 초콜릿을 손에 쥐여 주자 비로소 아이의 얼굴이 밝아졌다. 그레이스는 쓸쓸한 미소를 지으며 엘리의 머리를 쓰다듬었다. 단 하룻밤 만에 아이는 진짜 왕관을 가진 공주에서 가짜 왕관조차 없는 빈털터리로 전락했다.

엘리는 결국 고대하던 성탄절 선물을 열어 보지 못했다. 다른 선물을 사 줄 겨를도 없었다. 생애 최악의 성탄절을 보냈을 엘리에게 너무도 미안했다.

그러나 아이는 왜 선물을 주지 않냐는 말을 꺼내지 않았다. 제 아빠에 대해서도, 그날 밤에 대해서도 여태 한마디조차 없었다.

엘리가 자그마한 손을 꼼지락대며 초콜릿 포장을 까기 시작하자 그레이스는 신문 가판대로 눈을 돌렸다.

3년 만에 다시 피로 물든 성탄절, 복수의 쳇바퀴….

타인의 비극을 가벼운 가십 거리로 다룬 헤드라인이 눈에 들어오자

비명이라도 지르고 싶어졌다.

그레이스는 크게 심호흡을 했다. 1면에 윈스턴이라는 이름이 적힌 것을 피하다 보니 살 만한 것은 저와 전혀 상관도 없는 원예 잡지뿐이었다.

"엘리?"

잡지와 초콜릿 값을 치르고 돌아섰더니 엘리는 세 발짝 떨어진 기둥 앞에 쪼그려 앉아 있었다. 무엇에 그렇게 열중을 하는지. 다가가 본 그레이스는 기둥 앞의 바닥에 놓인 것이 눈에 들어오자마자 얼굴을 찡그렸다.

생쥐였다. 고양이에 물려 죽기라도 한 건지 생쥐는 검붉은 피로 젖어 있었다.

"엘리, 이런 건 보지 마."

그레이스는 죽은 쥐를 물끄러미 바라보고 있는 아이를 일으켜 세웠다. 아이는 그녀를 올려다보더니 불길할 정도로 차분하게 물었다.

"아빠도 저러케 피를 많이 흘려써. 그치?"

처음으로 그 남자를 입에 올렸을 때에야 그레이스는 왜 엘리가 토끼 인형의 다리에 붕대를 감았는지 깨달았다. 아이는 제 아빠가 어디에 총상을 입었는지 정확히 알고 있었다. 그걸 치료해 주는 상상을 하고 있었던 것이다.

아이를 향한 안타까움이 심장을 쥐어짜는 듯했다. 그와 동시에 그 남자를 향한 떳떳하지 못한 감정이 이미 형체를 알아볼 수 없는 심장을 난도질했다.

그녀를 빤히 올려다보며 대답을 요구하는 아이의 앞에서 그레이스는 꿈속에서처럼 입만 벙긋거렸다.

맞아. 네 아빠는 피를 너무도 많이 흘려서 당장 다음 순간 숨이 끊어질지도 몰라. 어쩌면 내일 신문은 네 아빠의 부고로 도배될지도 몰라.

그런 끔찍한 말을 할 순 없었다. 제게도 끔찍한 상상에 그레이스의 머릿속이 새하얗게 질렸다.

"엘리…."

겨우 목소리를 쥐어 짜낸 그레이스는 거짓말을 했다.

"그건 꿈이야. 악몽이었어."

제발 그날 밤의 일은 잊어 주길 어리석게 바랐다.

그레이스의 바람은 쉽게 이뤄지지 않을 모양이었다. 그날 저녁, 불길하다는 예감이 맞아떨어지며 엘리의 상태는 그녀의 간절한 바람에서 도리어 멀어졌다.

쨍그랑!

실수로 유리컵을 깨트렸다.

"아!"

엘리가 혹시 밟고 다치진 않을까 허둥지둥 치우다 손을 베여 버렸다. 그레이스는 피가 뚝뚝 떨어지는 손가락을 감싸 쥐고 욕실로 들어갔다.

유리를 치우는 동안 욕실에 있으라는 말대로 얌전히 욕실 러그에 앉아 머핀과 소꿉놀이를 하던 아이가 그녀를 빤히 바라보더니 일어섰다.

"엘리, 욕실 밖으로 나가면 안 돼."

그레이스는 문을 닫아 잠그고 세면대에서 손을 씻었다. 평소면 엄마 아야 했냐며 걱정할 아이가 조용했지만 수상한 점을 눈치채지 못했다. 피가 멎자 손을 닦고 뒤돌아선 그레이스의 심장이 덜컥 내려앉았다.

아이의 얼굴이 피투성이였다. 제 아빠의 피를 뒤집어썼던 밤처럼.

그레이스가 얼어붙은 사이 아이는 아무렇지 않게 몸을 숙이더니 타일

바닥에 맺힌 그녀의 피를 손으로 찍어 제 얼굴에 발랐다. 그러곤 공포에 질린 제 엄마에게 헤, 웃었다.

"엘리!"

그제야 정신을 차린 그레이스가 엘리를 말리며 소리쳤다.

"뭐 하는 거야? 왜 이랬어?"

그 순간 아이의 낯에서 미소가 사라지더니 눈동자가 불안하게 흔들렸다. 그레이스의 심장 또한 덜컥 흔들렸다.

"아, 아니야. 엄마 화난 거 아니야."

그레이스는 저처럼 겁에 질려 가는 아이를 끌어안고 토닥였다. 아이가 안정을 되찾고서야 그녀는 애써 가벼운 투로 물었다.

"왜 이랬어? 응?"

아이는 눈만 깜빡이더니 그레이스가 재촉하고서야 멍하니 대답했다.

"나두 모르게써."

그녀는 답을 얻는 걸 포기하고 아이의 얼굴을 씻겼다.

"엘리의 예쁜 얼굴이 더러워졌잖아."

"피가 묻으면 기분이 나쁜데…."

수챗구멍 속으로 빨려 들어가는 핏물을 응시하던 아이가 중얼거렸다.

"죠아."

그 순간 그레이스는 직감했다.

제 아빠처럼 변해 간다.

그 남자처럼, 피투성이가 된 부친의 처참한 모습에 충격을 받은 아이가 피에 기이한 관심을 보이기 시작했다.

"엘리…."

그레이스는 제 아빠를 빼닮다 못해 운명까지 되풀이하게 되어 버린 딸을 끌어안았다. 그녀가 두려워하는 걸 아이가 느끼지 못하도록 떨림을 억누르며 말없이 빌었다.

제발 도와줘.

그러나 엘리의 변화를 막을 방법을 알지도 모르는 유일한 사람은 도움을 줄 수 없었다.

레온의 의식은 미로에 갇힌 생쥐처럼 같은 시간 속에서 끝없이 헤매었다.

그에게서 아이의 체온이 떨어져 나가던 순간이 고통스럽도록 느릿하게 흘러갔다. 그의 손에서 여자가 아이의 발목을 냉정하게 빼내는 찰나 레온의 몸은 삽시간에 식어 버렸다.

여자와 아이가 그에게서 멀어진다. 그때의 얼어붙은 땅과 공기도, 서서히 뻗어 오는 죽음의 손길도 그레이스의 마음만큼 차갑지는 않았다.

그러나 저 청록빛 두 눈처럼 단지 공포에 질려 싸늘한 것일지도 모른다. 저 울 것 같은 얼굴은 여자도 그처럼 슬퍼하고 있다는 뜻일지도 모른다.

이처럼 희망을 거는 때면 어김없이 그 여자가 매몰차게 아이를 빼앗아 가던 처음 순간으로 되돌아갔다.

그의 삶에 있어 유일한 온기가 품에서 떨어져 나간다. 레온은 추위에 떨었다.

제발 죽어 버리라고 덩그러니 남겨졌던 시간을 끝없이 되살며 레온은 그 순간 말할 수 없었던 기도를 신에게 올렸다.

그레이스, 죽을 거라면 네 손에 죽고 싶어.

❖ · ❖

휘익. 탕!

일찍 잠들었던 그레이스는 요란한 소음이 들리는 순간 눈을 번쩍 떴다.

펑!

작은 폭발음이 나자마자 창을 가린 얇은 커튼이 색색으로 물들었다. 밖에서 폭죽놀이가 한창인 듯했다. 새해가 온 것이다.

'엘리가 깰 텐데….'

제 팔을 끌어안은 몸이 떨리는 게 불현듯 느껴진 찰나 그레이스는 정신이 번쩍 들었다. 엘리는 이미 깨어 있었다. 눈을 질끈 감은 채 인형과 엄마의 팔을 안고 오들오들 떨고 있었다.

"엘리? 어디 아파?"

여태 병치레를 한 적이 없는 아이였다. 감기라도 걸린 건가. 식은땀으로 젖은 이마에 손을 짚어 보았을 때였다.

탕!

폭죽이 터지자 아이가 움찔 몸을 크게 떨었다. 그제야 그레이스는 엘리가 떠는 이유를 깨달았다.

"엘리, 저건 폭죽이야."

총성이 아니야. 그레이스는 겁을 먹고 떠는 아이를 품에 안아 다독이며 안심시키려 애를 썼다. 그러나 폭죽 소리는 끝이 날 기미를 보이지 않고 아이의 떨림은 멎지 않았다. 창문이 없는 욕실로 가려고 아이와 제 손목을 묶은 리본을 풀려던 때였다.

"안 대…. 끅, 가지 마…."

엘리가 리본의 매듭을 덥석 잡더니 울음을 참으며 속삭였다.

"엘리, 엄마 어디 안 가."

그레이스는 저도 울고 싶은 걸 참으며 아이를 끌어안았다.

"가지 마. 나 자는 사이에 가면 안 대."

그날 후로 아이는 틈만 나면 제 손과 그녀의 손을 묶으려 했다. 손을 묶지 않으면 잠을 자지 않으려 할 정도였다.

"흐끕…."

고작 두 살배기가 어깨를 들썩대며 울음을 꾹 참는 모습을 지켜보는 그레이스의 가슴이 미어졌다. 그날 밤, 울지 말라고 했기에 여태 울음을 참고 있었던 걸까.

"엘리, 크게 울어도 돼. 울고 싶으면 울어."

넌 이제 안전해. 아무 일 없어. 그건 꿈이었어. 그러니 마음껏 울어도 돼.

그제야 아이는 안심하고 서러운 울음을 터트렸다.

"미안해…. 엄마가, 흡, 미안해."

엉엉 우는 아이를 토닥이며 그레이스는 제 울음을 억눌렀다. 그때부터 얼마나 울고 싶었을까. 그 마음을 헤아리지 못한 자신이 미워졌다.

"여기 시러! 엘리는 우리 집에 갈 꺼야!"

아이는 결국 참았던 감정까지 터트렸다. 숨죽여 오들오들 떠느니 크게 화를 내고 떼를 쓰는 게 더 안심이 되었지만 가슴이 미어지는 건 마찬가지였다.

"왜 우리 집에, 흑, 못 가?"

예민한 아이라 이유도 모른 채 호텔 방을 전전하는 건 불안하고 힘들 것이다. 그러나 아직은 어린 엘리에게 집으로 돌아가지 못하는 이유를 설명해 줄 수도 없었다.

"우리 집도 불에 타써?"

"아니야, 엘리. 그건 꿈이었어."

우리는 지금 여행을 하는 거야. 바다 건너로 희망과 행복을 찾아 엄마와 함께 떠나는 거야. 우린 이미 오래전에 그랬어야 해.

그곳이 낙원은 아닐지라도. 적어도 이 지옥에 비하면 낙원일 것이다.

"엘리, 그건 꿈이었어. 악몽을 꾼 거야."

그레이스는 막막한 마음에 같은 말만 거듭했다. 엘리는 한참을 울고 악을 쓴 끝에 겨우 잠들었다.

"흡…."

아이의 눈물이 멎었으니 그레이스가 눈물을 흘릴 시간이었다.

너만은 우리와 다르게 크길 바랐어.

그러나 두 사람은 벌써 아이를 망치고 있었다.

정말 엘리를 사랑한다면 내 손으로 키울 게 아니라 좋은 집에 보냈어야 했어. 우리는 비록 피 구덩이에 잠겨 죽더라도 아이만은 이 비극의 구렁텅이 밖으로 밀어냈어야 했어.

애빙턴 비치를 떠나던 길, 저를 고아원으로 보냈어야 했다며 후회하던 어머니의 심정이 가슴 깊이 사무쳐 왔으나 이젠 너무 늦었다. 어머니도 이처럼 지독한 무력감에 눈물만 흘렸던 적이 있었을까.

"미안해…."

그레이스는 허름한 호텔 방의 낯선 침대에서 식은땀으로 젖은 아이를 끌어안고 숨죽여 울었다. 그날의 피와 그을음을 네 마음에서 씻어 낼 수만 있다면. 막막한 마음에 그녀는 결국 믿지도 않던 신에게 빌었다.

이 아이의 순수함만은 지키게 해 주세요.

지옥 한가운데에 서서 아이의 세상만은 천국이길 빌었다. 터무니없었다.

❖ · ❖

 귀빈 입원실의 욕실로 들어오자마자 캠벨은 주머니에서 라이터를 꺼내 손에 든 고급 편지지에 불을 붙였다.
 […소령에게 심심한 위로를 보내는 바이네.]
 가운데가 찢겨 나간 문장은 곧 그 아래, 국왕의 서명과 함께 새카만 재가 되었다.
 극장 암살 기도를 자작극이라고 비난하던 국왕은 윈스턴 소령이 정말로 암살당할 뻔하자 태도를 뒤집어 위로 서한을 보냈다. 그걸 전달하러 왔던 대공이 입원실을 떠나자마자 서한은 소령의 손에서 갈기갈기 찢겨 나갔다.
 캠벨에겐 속이 시원한 장면이었으나 누가 본다면 잡음이 날 것이 분명했다. 그래서 찢어진 편지를 모아 욕실로 온 것이었다.
 세면대에서 꼼꼼히 태워 재가 되어 버린 종잇조각을 모아 변기에 넣고 물을 내렸다. 아무 일 없었던 척, 손을 씻고 밖으로 나갔더니 병상 앞에 병원장과 담당의가 서 있었다.
 그러나 환자는 병상에 없었다. 백작가의 고용인들이 짐을 싸는 가운데, 창가에 선 소령은 이미 정장을 모두 갖춰 입고 떠날 준비를 마친 후였다.
 "역시, 군인이라 체력이 좋아 회복이 빠르십니다."
 병원장이 아첨을 섞은 과장된 태도로 감탄했다. 소령은 한 달 만에 혼수상태에서 깨어난 지 이제 겨우 일주일째였다. 그런데 벌써 퇴원 허가가 떨어진 것이다.
 "저도 오래 의식이 없었다가 이처럼 예후가 좋은 환자는 처음 봅니다. 아무런 장애가 남지 않은 것도 정말 기적이라고 할 수밖에 없군요."

담당의 또한 거들었으나 소령은 줄곧 무표정했다. 그는 깨어나자마자 물은 질문의 답을 들었던 순간부터 표정을 잃었다.

"여자와 아이는."

"무사합니다. 다만… 다시 도주 중입니다."

여자에게서 전화가 매일 왔으며 윈스포드로 오라고 설득했으나 꿈쩍도 하지 않더라는 보고 또한 올렸다.

"…그렇겠지."

그간 있었던 일을 들은 소령은 깊이 잠긴 목소리로 중얼거리기만 할 뿐, 화를 내지도 추적하라는 지시를 내리지도 않았다. 불길한 침묵이었다.

"내일 또 특임단 사무실로 전화가 올 테니 이번에는 꼭 추적에 성공하도록 하겠습니다."

그러나 소령은 추적을 중지하라는, 이해할 수 없는 지시를 내리더니 전화가 오거든 깨어났다는 말만 전해 달라고 했다.

하지만 그날 후로 전화는 울리지 않았다.

전화가 오지 않는 날이 늘어 갈수록 불길한 침묵이 이어졌다. 소령은 지난 일주일 내내 말이 없었다.

캠벨은 시체보다도 더 시체 같은 남자를 지켜보며 생각했다.

살아난 것이 덧없도록 조용히 죽어 간다. 빗발치는 탄환도 죽이지 못하는 남자를 죽이는 건 여자의 침묵이었다.

캠벨은 병원장과 의사가 나가자 소령에게 다가갔다.

"소령님."

그를 응시하는 소령의 눈동자에는 감정이 없었다.

"정말 죄송합니다."

그의 눈빛이 사과의 이유를 물었다.

"제가 부족했던 탓에 소령님과 가족이 잔당의 근거지로 발을 들이게 된 점을….."

수사 결과, 잔당들은 서커스단에 일꾼으로 잠입해 추적을 피하며 유랑했던 것으로 밝혀졌다. 그 갈고리의 용도와 출처를 좀 더 일찍 파악했더라면 소령이 아이를 데리고 함정으로 걸어 들어갈 일은 없었을 것이다.

소령의 사생활을 지지하든 아니든 한 남자의 비극에 한몫했다는 죄책감이 그의 어깨를 무겁게 짓눌렀다.

"됐어."

난 사과를 받을 자격이 없으니. 소령은 무뚝뚝하게 그의 사과를 거절하더니 시가 케이스를 품에서 꺼내어 들었다.

그제야 오늘 이곳에 온 목적이 생각난 캠벨은 탁자에 두었던 제 서류 가방을 열고 종이봉투 하나를 꺼냈다. 봉투를 건네받고도 아무런 감정을 보이지 않던 소령의 눈빛은 그가 안에 든 것을 밝히는 순간 달라졌다.

"그날 그분이 찍은 사진입니다."

고용인들이 있기에 에둘러 말했으나 소령은 알아들었다. 다만, 그의 눈빛에 돌아온 감정은 캠벨의 기대와 전혀 달랐다. 캠벨은 당혹감을 숨긴 채 가방에서 카메라 또한 꺼내 내밀었다.

"떨어트리셨던 모양입니다. 어느 경호원이 기억하고 주워 두었는데 아시다시피 피어스가 없어서 제게 전달했습니다."

레온은 여기저기 긁혀 만신창이가 된 카메라와 봉투를 물끄러미 응시하다 수행원을 불러 치우게 했다. 봉투는 열어 보지도 않은 채였다.

"수고했어. 가 봐."

그는 캠벨을 내보낸 후 습관처럼 시가를 꺼내어 물었다. 멍청한 짓이었다.

이제는 시가를 피워도 아무런 맛도, 향도 느껴지지 않았다. 시가만이 아니었다. 바르비탈 또한 더 이상 쓰디쓰지 않았다. 그러니 잘된 일이라고 해야 하는지.

의사는 몸에 아무런 이상이 없으니 심리적인 이상일 것이라 했다.

내가 미쳐 버렸다는 건가.

차라리 미쳤더라면 좋았을 것이다.

헤일우드를 향해 달리는 차에서 레온은 생각했다.

어쩌면 미각과 후각에 이어 시각 또한 죽은 걸지도.

그의 눈에 비치는 세상은 온통 회색빛이었다.

레온은 저택에 도착하자마자 집사를 불렀다.

"피어스의 가족에게 그가 근무했던 7년분의 봉급의 두 배를 위로금으로 전달하도록."

지시를 내리자니 자연스레 피어스의 비보를 들었던 순간이 떠올랐다. 눈을 뜨자마자 캠벨에게서 그레이스와 아이가 그를 떠났다는 잔혹한 현실을 또다시 확인받았던 직후였다.

"피어스를 불러."

또 머저리처럼 그 여자와 아이의 유물이나 모을 생각으로 그를 부르라 했지만 캠벨은 어째서인지 곧바로 대답하지 못하다 털어놓았다.

"피어스는 현장에서 빠져나오지 못하고…."

그의 수행원을 비롯해 수많은 이들이 그 자리에서 사망했다는 소식을 들었던 순간 그는 낙담했다.

그레이스가 무사히 빠져나온 것을 보고 기뻐했던 일, 그리고 그다음 일어난 슬픈 일을 떠올려 보자면 그는 자신에게 묻게 됐다.

나는 왜 아직도 살아 있는 걸까.

그날 죽었어야 하는 사람은 레온 윈스턴, 단 한 사람뿐이었다.

침실 문을 연 레온의 눈빛이 한층 더 가라앉았다.

늘 그렇듯 하녀장과 집사는 그의 모든 물건을 별채에 가져다 두었다. 그가 늘 별채로 향하듯이.

변했으나 변한 것이 없다. 되돌아온 그는 여전히 독방에 갇힌 무기 징역수였다. 이 감옥에 우두커니 앉아 있을 때면 들리는 환청에 목소리가 하나 더 늘었다.

"아빠…."

아이가 팔을 벌리며 제게로 다가오는 환영까지 보였다.

안녕, 엘리.

적어도 이번에는 이름을 알아 왔다. 이젠 악몽 속에서 아이의 이름을 부를 수 있다. 달라진 건 그뿐이었다.

모든 것이 달라질 거라 믿었지만 불길이 치솟은 그 한순간에 모든 약속과 다짐은 백지가 되었다.

"아빠, 피 나."

아이의 환영이 그에게 다가와 안기더니 몸을 애처롭게 떨며 속삭였다. 그날 밤, 쫓아오던 잔당을 사살했던 순간처럼.

"엘리, 어디야. 어딜 다친 거야?"

아이의 흰 스타킹이 피로 물들어 있었다. 레온은 다급히 아이를 확인하고서야 깨달았다. 총에 맞은 사람은 딸이 아닌 자신이었다.

"아파?"

"아니."

그레이스와 같이 빠져나오지 못한 걸 평생 후회할지도 모른다는 공포가 그 순간에는 총상보다도 고통스러웠다.

"엄마 어디써?"

"곧 올 거야."

살아서 올 거야. 그 여자만큼 제 목숨에 강하게 집착하는 사람은 보지 못했으니 살아 있을 거야.

그때까진 엘리를 지켜야 하기에 흐려져 가는 정신을 다잡았다. 힘이 빠져나가는 손으로 권총을 움켜쥐며 주변을 경계했다. 그 고통스러운 시간이 영원처럼 느껴지던 때였다.

그레이스가 나타났다.

그녀가 무사한 것을 보고 안도한 순간에야 왼쪽 허벅지에서 극심한 통증이 느껴졌다. 그러나 그레이스가 아이만을 데리고 냉정하게 돌아선 순간에는 통증이 심장으로 옮겨 갔다.

그래, 넌 나를 사랑하지 않지.

알면서 자꾸만 바보같이 기대했다.

그 긴 시간, 네게 평생 사라지지 않을 고통을 안겨 주었던 주제에 행복했던 단 하루만을 네가 돌아봐 주길 바랐다. 우리는 평생을 애빙턴 비치에서의 그 하루처럼 살아갈 수 있을 거라고, 네가 나처럼 믿어 주길 바랐다.

그 똑똑한 네가 나라는 바보처럼 속아 주길.

염치가 없는 것을 넘어, 어리석었다.

제 눈먼 바람을 정말 눈이 멀고서야 깨달았다. 홀로 남겨져 까맣게 변해 가는 것이 세상인지, 제 시야인지를 가늠해 보며 그는 자신에게 조소하려 했으나 그조차 힘겨웠다.

그리고 지금도 자신에게 조소를 보내지 못했다.

또다시 그 여자에게 버림받았다.

그럴 만도 하다.

이 삶이 쳇바퀴와 다름없으며 아무리 뛰어 봐야 비극을 답습할 뿐이라는 걸 그는 이제야 느끼기 시작했다.

이 쳇바퀴에서 빠져나가는 길은 단 하나. 그레이스가 스스로 돌아오는 것뿐이었다.

그러나 그 똑똑한 여자가 머저리 따위에게 돌아올 리 없다.

함정이란 걸 너무 늦어서야 눈치챘던 것도 모자라 잔당 셋을 놓쳤다. 그런 주제에 아직 잔당이 도주 중이라 위험하니 돌아오라는 말을 해 봐야 믿음이 가지 않을 것이다.

그가 사는 곳이 곧 전장인 걸 알면서도 포화의 한가운데에서 평화를 누리려 했다. 3년 전 성탄절의 비극을 만회할 수 있으리라 기대했으나 정작 그 비극을 만회한 건 적이었다.

3년 전처럼 성탄절도, 새해도 결국 같이 보내지 못하고 혼자 차가운 병상 위에서 눈을 뜬 건 머저리에게는 당연한 결말이었다.

그레이스가 매일 전화를 걸었다는 말도 기쁘지 않았다. 끝내 돌아오지 않았으니.

내가 살았는지 혹은 죽었는지, 둘 중 넌 무엇이 궁금했던 걸까. 그걸 알면 네가 원하는 대로 해 줄 텐데.

자해인 걸 알면서도 결국 꺼내어 본 사진 속의 그레이스에게 물었다. 유일한 가족사진 속 그녀는 엘리의 첫 사진에서와 똑같은, 차마 웃는다고는 하기 힘든 복잡한 표정을 짓고 있었다. 엘리가 다시는 저를 떠나지 말라며 주었던 사진이 자연히 떠올랐다.

"…미안해."

그는 엘리의 환영에게 사과했다. 침실 곳곳에 흩어진 수많은 짐의 어딘가에 있을 사진을 이제 그는 가질 자격이 없었다.

침대 끝에 걸터앉아 침실 한구석을 응시하던 레온의 얼굴이 일그러졌다. 그레이스가 준비해 둔 성탄절 선물이 1월의 끝자락이 되도록 포장지를 곱게 입은 채 방 한구석에 놓여 있었다.

"엘리, 가서 열어 봐."

네가 너무도 갖고 싶어 했던 거잖아. 열어 보라고 등을 떠밀었으나 환영은 흩어져 사라졌다.

엄마의 선물을 열어 보는 엘리는 그의 기억에 없었으니. 일어난 적도 없는 일이었다.

그 찰나, 양심이 없는 윈스턴은 자격도 없는 눈물을 뻔뻔스럽게 흘렸다. 그가 주려 했던 것보다 제 엄마가 주려 했던 선물을 아이가 끝내 열어 보지 못했다는 사실에 레온은 무너졌다.

그가 나타나지 않았더라면 그레이스와 엘리는 행복한 성탄절을 보냈을 것이다. 그는 그 극장에서 죽어 버리는 편이 두 모녀에겐 차라리 행복한 결말이었다.

그레이스 리들은 레온 윈스턴의 마지막 행복이자 불행의 시작이다. 언제나 그러했다.

그 탓에 그녀가 불행의 전조라 믿었다. 그러나 행복의 끝에 불행을 몰고 오는 사람은 그레이스 리들이 아니라 레온 윈스턴일지도 모른다.

그는 행복해서는 안 되는 사람이다. 어김없이 불행이 찾아올 테니.

내가 영원히 불행하길.

또다시 시작된 불행의 한가운데에서 레온은 끝없는 불행을 자신에게 빌었다.

❖ · ❖

온종일 오던 눈이 그치자 조용하던 빈민가가 활기를 띠었다. 어른들은 삽과 빗자루를 잡았으나 아이들은 썰매와 눈덩이를 손에 쥐었다.

그레이스는 같은 골목에 사는 아주머니들과 집 앞의 계단에 앉아 싸구려 커피를 나눠 마셨다.

"어디 샀써?"

그녀의 뒤에 앉은 중년의 여자가 그레이스의 어깨를 콕콕 찌르며 어눌한 발음으로 물었다.

"네?"

"어… 작년에?"

"아, 어디서 살았었냐고요?"

여자가 고개를 끄덕였다.

"여기서 많이 먼 데서요."

그레이스는 말이 잘 통하지 않는 이웃 여자들과 단어 하나로 더듬더듬 수다를 떨며 비탈길을 내려다보았다.

길 아래의 부두에서는 인부들이 자루를 쉴 새 없이 나르는 가운데, 그 너머의 검푸른 바다 위를 갈매기 떼가 날고 있었다.

이곳은 예전에 엘리와 함께 살았던 항구 도시의 이민자 지구였다. 그레이스는 새해가 밝아 오자마자 엘리를 데리고 이곳으로 돌아왔다. 아는 얼굴들이 주변에 있으면 아이가 안정을 찾을 수 있을지도 모른다는 생각에 한 선택이었다.

그리고 다행히도 탁월한 선택이었다.

저보다 한 뼘은 큰 동네 꼬마들 사이에 섞여 노르덴어로 떠들며 놀던 아이가 그레이스에게로 뛰어왔다.

"마마."

"엄마."

"엘리 물 죠."

"이건 커피야."

그레이스는 2층에 있는 집에서 차 한 잔을 가지고 나왔다. 날이 추워 금세 식어 버린 차를 아이가 꿀꺽꿀꺽 마시고는 다시 뛰어가려는 걸 붙잡았다. 노는 데 얼마나 정신이 팔렸으면 콧물이 흐르는 것도 모를까.

"엘리 이스트 드란!"

손수건으로 콧물을 닦아 주자마자 아이는 그레이스가 알지 못하는 말을 외치며 꼬마들에게로 달려갔다. 제 차례라는 말이었는지 썰매에 타려던 아이가 멈칫하며 엘리에게 자리를 비켜 주었다. 그레이스는 웃었다. 엘리는 순식간에 예전의 엘리로 돌아왔다.

그날 후로 한 달하고도 보름이 흘렀다. 요즘의 엘리는 밤에 경기를 일으키는 일도, 엄마와 손을 묶어야 한다며 고집을 피우는 일도 없었다.

어릴수록 마음의 상처도 빨리 아무는 걸까.

"엘리는 꿈을 꿔써. 아주아주 죠은 꿈이었는데 나쁜 꿈이 돼써."

상처가 아문 것인지, 그저 상처를 덮어 둔 것인지.

그러나 두려워서 굳이 들춰 보진 않았다.

아이가 꿈이라고 믿는 건 그날의 일만이 아니었다.

"꿈에서 왕자님이 엘리 아빠여써."

제 아빠마저 꿈이라고 믿어 버렸다.

그러더니 요즘은 꿈 이야기조차 하지 않았다. 이젠 완전히 잊은 걸까. 그리고 보면 그레이스도 세 살일 적의 기억은 전혀 없었다.

그 남자가 극적으로 깨어났단 소식은 들었다. 지난달 말에 퇴원했다는 것도. 그러나 그레이스는 돌아가지 않았다.

그가 깨어났을 때 엘리는 이미 제 아빠를 잊은 후였다. 그렇게 되기까지 그레이스는 아이와 함께 지옥과도 같은 시간을 보냈다. 어렵사리 안정을 찾은 아이에게 그날의 충격을 되살려 주고 싶지 않았다.

어차피 그 남자가 있든 없든, 둘의 목표는 이 대륙을 떠나는 것이었다. 첫 배가 뜨는 4월까지만 이 생지옥에서 버티면 된다.

그레이스는 뱃고동 소리에 귀를 기울이며 수평선을 물끄러미 바라보았다.

"윈스턴."

그레이스가 부르는 순간 고문실 철제 테이블 앞에 앉아 술병을 기울이던 남자가 그녀에게로 눈을 돌리더니 한쪽 눈썹만 비스듬히 들어 올렸다.

"궁금한 게 있어."

"묻는 건 자유지만 자유에는 책임이 따른다는 걸 잊지 말도록."

남자는 고리타분한 선생 같은 소리를 하더니 웃었다. 그는 이미 술에 취해 있었다. 그래서 이 시답잖지만 늘 궁금했던 질문을 던지기로 한 것이었다.

"어릴 때 키웠다던 개 이름을 왜 벨라로 하려 했던 거야?"

"이름의 뜻이 잘 어울리는 개였으니까."

벨라는 아름답다는 뜻이었다. 가장 평범한 답이라 그레이스는 더욱더 혼란스러워졌다.

"그런데 나를 그렇게 불러?"

남자는 픽 웃더니 술병을 놓고 시가를 들었다.

"벨라, 트릭시 백작 부인, 돌리. 뭐든 간에 난 그 개를 좋아했어."

말을 돌리는 줄 알았으나 아니었다.

데이지, 샐리, 그레이스. 뭐든 간에 난 너를 좋아해.

그 말이 그렇게 머릿속에서 해석되자 그레이스는 제가 왜 이 시답잖은 질문을 늘 미뤘는지를 절실히 느꼈다.

"벨라가 어떻게 됐는지 궁금해?"

"아니."

불길한 예감에 거부했으나 자비를 모르는 남자는 시가를 문 채 입매를 비틀어 웃었다.

"그 바보 같은 개, 내가 여덟 살 때 가출했어. 열려 있던 고용인 출입문으로 탈출했다가 지나가던 마차에 치여 죽었지."

레온 윈스턴은 생명을 아낄 줄도 존중할 줄도 모르는 괴물이었다. 죽었다는 말을 할 때 분명 웃으리라 예상했으나 그의 얼굴은 도리어 굳어 갔다. 상실감이 느껴진다는 착각마저 들 정도였다.

"그날 다시는 살아 있는 걸 좋아하지 않겠다고 다짐했었어. 다시는."

"…."

"뭐, 몇 년 안 가 실패했지만."

그가 다시 웃었다. 그레이스를 응시하며. 쓰디쓰게.

묻는 건 자유지만 자유에는 책임이 따른다는 걸 잊지 말도록.

이 시답잖지만 위험한 질문을 던지기 전에 들은 말을 되새기는 그녀에게 남자가 쓰디쓴 키스를 하더니 눈을 마주한 채 말했다.

"벨라, 이번에는 도망가지 마."

분명 그 순간의 눈빛에는 광기가 서려 있었으며 그 말은 명령이었다.

그러나 오늘 밤 꿈속에서는 마지막으로 본 슬픔이 서려 있었으며, 애원이었다.

눈을 번쩍 뜨자마자 화가 머리끝까지 치솟았다.

지독해. 넌 정말 지독해. 내가 떠나려 마음먹을 때마다 이러지. 3년 내내 내 머릿속을 한시도 떠나지 않고 멋대로 휘저어 놓더니 여전히 이래.

그레이스는 눈가를 소매로 문지르곤 젖은 베개에서 머리를 일으켰다. 잠든 엘리 몰래 현관으로 나와 코트를 걸치고 동전 몇 개와 권총을 주머니에 쑤셔 넣자마자 밖으로 나왔다.

집 맞은편의 선술집은 문을 닫을 시간이 머지않은 탓에 한산했다. 그레이스는 여전히 자욱한 담배 연기와 사내들의 의아한 시선을 헤치고 안쪽의 공중전화 부스로 들어가 문을 닫았다.

그레이스, 해. 당장 해.

그간 미루고 또 미뤄 왔던 말을 해야 할 때였다. 저와 엘리에게 내려 두었을 출국 금지령과 수배령을 취소하라는 이야기 말이다.

분노에 눈이 먼 지금이 아니면 영영 전화를 걸 수 없을 것만 같았다. 그레이스는 화가 식기 전에 수화기를 들었다. 교환수에게 댄 번호는 윈스턴 저 별채 집무실의 전화번호였다.

보내 줘. 네가 포기해. 네가 진심으로 미안하다면 놓아줘.

그 남자에게 할 말을 되뇌던 끝에 전화가 연결됐다. 예상대로 남자는 그곳에 있었다. 별채에서 무엇을 하고 있었을까, 라는 상상이 자연히 따라왔다. 그레이스는 모순되게도 그 남자가 별채에 있어 전화를 받았다는 사실에 잠시 주춤했다.

수화기 너머의 남자는 말이 없었다. 단 한 번, 비가 쏟아지는 날 귓가를 스치는 바람 소리 같은 한숨 소리만 들렸을 뿐이었다. 결국 그레이스가 먼저 침묵을 깨트렸다.

"안녕."

안녕, 자기야.

그 뻔뻔스러운 인사말을 지도 모르게 기대했었던 걸까. 수화기 너머에서 전혀 기대하지 못한, 그리고 뻔뻔스럽지도 못한 소리가 들리는 순간 그레이스는 제게서도 울컥 터지려는 울음을 손으로 틀어막아야 했다.

연습했던 대로. 제발 연습했던 대로 말해.

그레이스는 이 말도 안 되는 감정을 힘주어 억누르고 연습했던 말을 끄집어내 토해 냈다.

"출국 금지령 취소해. 네가 진심으로 미안하다면 우리를 놓아줘."

수화기 너머에서는 아무런 말이 없었다. 이 남자의 것이라면 침묵마저도 집요하게 느껴졌다.

"네가 정말 엘리를 사랑한다면 그 아이는 이 피와 복수의 구렁텅이에서 꺼내어 줘야 하는 게 맞지 않아?"

남자가 그제야 침묵을 깼다. 대답이 아닌 딴소리뿐이었다.

[엘리는… 잘 지내?]

그는 그 짧은 한마디를 쉬어 가며 내뱉었다. 음절마다 무언가를 억누르고 있다는 것이 소리 없이 전해졌다. 그레이스는 눈을 질끈 감고 마음을 다잡으며 그를 흔들 만한 한마디를 털어놓았다.

"엘리도 너처럼 피에 집착하기 시작했어."

수화기 너머에서 들리던 숨소리가 잠시 멎더니 그가 떨리는 목소리로 물었다.

[지금 어딨어?]

"이젠 괜찮아. 예전의 엘리로 돌아왔어. 대신…."

[하….]

"엘리는 너를 잊었어."

안도의 한숨이 칼로 벤 듯이 멎었다.

"그 일이 모두 꿈이었던 걸로 알아. 그러니까 겨우 안정을 찾은 아이를 힘들게 하지 말고 제발 놓…."

수화기 너머에서 들리는 고통에 찬 오열에 그녀의 호소 또한 칼로 벤 듯이 멎었다.

"흡…."

그레이스는 다시 제 입을 틀어막아야만 했다.

금이 간다. 부서진다. 무너져 내린다.

수화기 너머에서 한 인간이 처참히 무너지는 소리가 들린다. 그 무너진 잔해에 깔린 건 다름 아닌 복수심이라는 이름의 괴물이었다.

그레이스를 지배하던 괴물은 죽었다. 마침내 해방된 인간 그레이스는 갓 태어난 벌거숭이 새처럼 떨었다.

인간은 낯선 자유보다 익숙한 속박을 갈구한다. 자신이든 저 남자든, 그녀에게 인간의 모습은 낯설고 괴물은 익숙했다.

그만해.

제발 원래의 괴물로 돌아가 줘.

눈물이 흘러내려 축축하게 젖은 손이 떨렸다. 숨통이 끊어지는 소리를 닮은 흐느낌을 말없이 듣고 있기가 고통스러워 겨우 쥐어짜 낸 목소리 또한 다를 바 없이 떨렸다.

"레온…."

[그래, 여전히 사랑해. 그래서 불행해.]

예전처럼 나를 사랑해서 불행하냐고 조롱하고자 잘 부르지 않는 이름을 부른 줄로만 안 걸까. 남자는 그녀의 뜻을 오해하고 그레이스가 더는 원치 않는 저주까지 자신에게 내렸다.

[걱정 마. 네 소원대로 영원히… 영원히 불행할게.]

그 언젠가 고문실의 차디찬 바닥에 만신창이가 된 몸을 누이며 그레이스는 다짐했었다.

언젠가 널 비참한 꼴로 만들어 줄 거야.

머리 꼭대기에서 군림하는 남자를 저처럼 바닥으로 끌어내리고 싶었다. 저 오만한 남자가 그녀의 발 앞에 엎드려 초라하게 바닥을 기는 걸 정복의 희열 속에서 내려다보며 이 말을 되돌려 줄 생각이었다.

캠든의 흡혈귀. 소문이 자자해서 기대했는데….

대단하지도 않네.

그리고 그가 그랬듯 싸늘한 조소만을 남기고 떠나리라.

그러나 고대해 마지않았던 순간이 찾아온 지금, 그레이스는 웃지 못했다.

[불행은 내가 모두 가져갈 테니… 너와 엘리는 부디 행복하길 바라. 두 사람의 행복한 삶을 내가 망쳐서… 정말 미안해.]

그레이스의 말문이 막힌 사이 남자는 마지막을 각오한 듯 묵혀 두었던 속내를 억누르지 못한 흐느낌과 함께 쏟아 내었다.

[불청객인 주제에 나도 그 행복한 가족의 일부가 될 수 있을 거라고 자만했지만… 그곳에 내 자리는 없다는 것만 깨달았어. 차라리 다시 만나지 않았더라면 너도, 나도 이렇게까지 고통스럽진….]

그는 말을 잇지 못하고 한숨을 내쉬었다.

[엘리는… 정말… 고통스러울 정도로….]

굳이 말하지 않아도 쥐어짜 내는 듯한 목소리에서 고통이 생생히 느껴졌다.

[사랑스럽….]

그는 또다시 말을 잇지 못했다. 그레이스는 울음을 삼키는 소리를 들으며 제 것을 삼켰다.

꽤 시간이 흐른 후에야 숨을 크게 들이켜는 소리가 들리더니 감정을 제법 추스른 듯 담담한 목소리가 이어졌다.

[그런 생각을 했어. 내가 어디서부터 다르게 행동했더라면 네게 모든 걸 바치고도 네가 또다시 떠나는 일을 막을 수 있었을까. 이미 문은 닫혔는데, 난 닫힌 문 앞에서 미련하게 반성했어.]

그는 기나긴 고백을 시작했다.

[넌 궁금하지 않겠지만 변명을 하자면….]

네 사랑을 차지하지 못할 거면 그만큼 지독한 증오라도 차지하고 싶었다. 네가 웃다가도 문득 나를 떠올리며 이를 갈고, 그렇게 먼 곳에서도 나를 놓지 못하게.

평생토록 네 속에 내가 못처럼 박혀 빠지지 않기를. 비록 굽고 녹슬어 너를 아프게만 하는 못이라 하더라도.

[…알아. 유치하기 짝이 없지.]

그레이스는 공허한 웃음소리를 들으며 제 꽉 막힌 가슴을 짓눌렀다.

못은 여전히 그 자리에 있었다. 어쩌면 바다 건너에서 모든 걸 잊고 웃다가도 문득 그를 떠올리면 이 자리가 아플 것이다. 그러나 과연 이 못을 증오라고 부를 수 있을까.

[못을 박는 건 쉬웠어. 빼는 게 어렵지. 세상에서 가장 어려웠다고 해야 맞을지도. 내가 못을 빼려고 다가가면 넌 못을 박으려는 줄 알고 경계했으니까.]

"…."

[그래서 그건 네게 나만을 남긴 후에 천천히 해야겠다고 안일하게 생각했어. 너와 나를 묶어 줄 아이가 있으면 그럴 시간이 생길 거라고…. 어리석었지.]

잠시 젖은 숨소리가 들리더니 그가 다시 말을 이어 갔다.

[엘리를 만든 건 후회하지 않아. 그렇지만 네겐 잘못했어.]

뜻밖의 사과에 그레이스는 할 말을 찾지 못했다. 누구나 이기적인 목적으로 아이를 만든다던 그의 말대로 그녀의 몸을 이기적으로 이용한 것도 뉘우치지 않는 줄로만 알았다.

[엘리에게서 네가 보이면 보일수록 실은 괴로웠어. 난 네게 무슨 짓을 한 거지?]

그녀를 별로 닮지 않은 아이에게서 닮은 구석을 용케 찾아낼 때마다 그가 실은 죄책감을 느꼈다는 것도 뜻밖이었다.

[너도 분명 엘리에게서 내가 보일 때마다 괴로웠을 거야. 내가 한 짓이 생각났을 테니.]

맞아. 괴로웠어. 그렇지만 이유는 틀렸어.

나도 지난 성탄절 후로 엘리에게서 네가 보일 때마다 내게 물었어.

난 네게 무슨 짓을 한 거지?

[널 보며 느꼈어. 받아들일 준비가 되지 않은 내 일방적인 사과가 네겐 불편했을 거야. 넌 아직 내게 화가 나 있는데 분노를 표출할 기회마저 앗아 가는 것 같았을 테니. 또 다른 강요처럼 느껴졌을지도 모르지. 네가 시간을 주었는데도 네 신뢰를 얻지 못한 건 내 잘못이야.]

담담히 사과를 이어 가던 그가 갑자기 픽 웃었다.

[솔직하게 고백할까? 난 지금 한편으론 내가 어떻게 굴어야 네 마음이 약해질까 계산 중이야. 불쌍하게 굴까, 논리적으로 설득할까?]

자조적인 웃음소리가 들렸다. 아니, 자세히 들어 보니 웃음소리가 아닌 듯했다.

[이것 봐. 난 여전히 양심이 없어서 널 향한 욕심을 버리질 못해.]

그래, 그래야 윈스턴이다. 그가 이 순간에도 머리를 굴린다는데 화가 나긴커녕 익숙한 짓에 안도하는 자신이 씁쓸했다.

[넌 불쌍한 사람을 보면 지나치질 못하잖아. 네가 나를 불쌍하게 여겨서라도 같이 가자는 말을 해 주면 좋겠다고 생각하는 거 알아?]

레온 윈스턴은 그레이스 리들을 너무도 잘 안다. 그에게 부친의 일로 사과하며 좋아했었다고 고백했던 순간부터 엘리를 그에게 안겨 주었던 순간까지. 이 남자에게 약해졌던 순간들의 기저에는 그를 향한 연민이 깔려 있었다.

[그렇지만 내가 하는 말, 모두 진심이야. 이건 믿어 줘.]

그레이스도 레온 윈스턴을 너무도 잘 알았다. 그러니 그가 부리는 수작에 더는 흔들리지 않는다. 지금 그녀가 흔들리는 건 오늘 밤 그가 한 말이 모두 진심이기 때문이었다.

"레온…."

그레이스는 그를 부르곤 잠시 말을 잇지 못했다. 혀 위에서 말이 뒤섞인다. 그러나 그가 기대하는 말은 해 주지 않을 것이다.

"엘리는 널 잊었어."

저를 흔드는 남자에게 다시금 현실을 일깨워 주었다.

"네 자리는 이제 없어."

엘리의 마음속에 그의 자리가 있었으나 없어졌다.

"우리가 같이 떠나는 일은 없을 거야."

엘리가 그를 잊었다는 것만이 함께할 수 없는 이유는 아니었다.

"나도 솔직하게 고백할게."

그레이스는 그녀의 고백만큼이나 막막한 한숨을 토해 냈다.

"나는 네게 어떤 감정을 느끼는지 모르겠어. 널 생각하면 모든 색이 겹쳐져서 새까맣게 되듯이 머릿속이 새까맣게 변해."

이런 말을 할 때면 그 수많은 색 중에 그를 향한 애정을 나타내는 색 또한 있을 것이라며 집요하게 물고 늘어져야 하는 남자가 조용했다.

"난 네가 힘들어."

몸부터 마음까지, 삶부터 죽음까지. 그레이스는 이 남자의 모든 것이 항상 버거웠다.

"우리는, 우리 관계는 답이 없어. 처음부터 엉뚱한 길을 너무 멀리 왔어. 첫 단추부터 잘못 끼워진 관계를 넌 고치고 싶어 하는 거 알아. 그렇지만…."

그레이스는 관계가 처음 어긋났던 순간부터 일관되게 느꼈던 마음을 끝내 토해 냈다.

"나는 버리고 싶어."

딸에게서는 잊히고 사랑하는 여자에게선 버림받는다. 그녀에겐 어쩔 수 없는 고백이 그에겐 잔인한 사형 선고였다.

수화기 너머에서 또다시 한 인간이 무너지는 소리가 들렸다. 그레이스도 끝내 울음을 터트리며 심정을 있는 그대로 토로했다.

"너를 원망해서가 아니야. 네가 미워서도 아니야. 이젠 네가 불행하길 바라지 않아."

[그런데 왜….]

"난… 자신이 없어."

수화기 너머에서 젖은 한숨이 멎기를 기다리고서야 그레이스는 말문을 열었다.

"부서진 찻잔은 이어 붙여도 금이 남아."

세상이 우리를 부수었다. 서로가 서로를 부수었다. 우리는 너무도 많이 부서지고 이어 붙기를 거듭했다.

우리는 부서지기 쉬운 찻잔을 손에 쥔 어린아이이다. 서로를 다룰 줄을 몰라 상처투성이로 만들었다. 그렇게 금은 쌓이고 쌓이기만 했다. 그러다 언젠간 다시 이어 붙일 수도 없을 정도로 부서져 버리는 날이 오겠지.

"내가 아무리 너를 용서하고 받아들여도 언젠가 네가 또다시 버거워지는 때가 오면 난 과거가 남긴 금을 따라 예전보다 쉽게 부서질 거야. 너 또한 그럴 거야. 난 그게 두려워."

겁쟁이라는 비난이든, 멍청이라는 반박이든 레온의 반응을 기다렸으나 수화기 너머에서는 막막한 서글픔을 억누르는 소리만 들릴 뿐이었다.

"그러니까 이제 과거는 뒤로하고 각자의 길을 갔으면 좋겠어."

내 한심하고도 기이한 욕심도 뒤로할 테니. 그럼 나도 언젠간 잡지에 난 네 소식을 웃으며 읽을 수 있겠지.

"제발…"

무거운 한숨 소리가 들리더니 기다렸던 대답이 한숨보다도 희미하게 들려왔다.

[그래…]

빌어도 들어주지 않던 남자가 그녀의 마지막 바람은 들어준다. 그것도 자신의 욕심과 완벽히 어긋나는 바람을.

[잘 가.]

목이 메는 슬픔과 체념으로 빚어낸 작별 인사를 듣는 그레이스의 뺨을 타고 눈물 한 줄기가 흘렀다.

별채에서 처음으로 탈출했던 때에도 찰나의 자유를 만끽하며 기쁨의 눈물을 흘렸었다. 비로소 완전한 자유를 얻은 지금의 눈물은 어째서 그 의미가 다른 걸까.

그사이 수화기 너머에서는 작별 인사가 계속되었다.

[마지막으로, 미안해. 내가 네게 한 모든 짓, 나는 잊지 않을 테니 넌 잊길 바랄게. 짧은 시간이었지만 행복했어. 고마워.]

긴 공백 사이에 슬픔을 눌러 담은 인사가 끝나자 그레이스의 차례가 다가왔다.

안녕히.

그 쉬운 작별 인사를 하지 못하고 머뭇거리는 그레이스를 그가 불렀다.

[그레이스.]

"…왜?"

[떠나기 전에 소원 한 가지만 들어줘.]

늘 그래 왔듯 여기에 함정이 있을 거라 생각했지만 그레이스는 들어주지 않을 수 없었다.

"말해 봐."

[나를 죽여 줘.]

"…뭐?"

아니, 들어줄 수가 없었다.

"왜, 왜 그런 소리를 하는 거야?"

[네 손에 죽으면 행복할 테니까. 이건 내 마지막 소원이야. 이런 걸 요구할 자격이 없는 거 알지만 적에게 베푸는 마지막 자비라고 생각해 줬으면 좋겠어.]

죄책감을 전가해서 떠나지 못하게 만들려는 수작 같지만 이제 그가 부리는 수작에는 흔들리지 않는다. 그레이스가 흔들리는 건 이 말이 진심이기 때문이었다.

[네가 도망치던 그 순간에 난 차라리 네가 쥐고 있던 권총으로 자비를 베풀어 주길 바랐어.]

차분한 체념은 격한 분노나 원망보다도 날카롭게 심장에 박혔다.

"레온, 제발 이러지 마…. 난 죽으라고 널 남겨 두고 간 게 아니었어."

하지만 그에겐 그렇게 보였을 것이다.

미안해. 내가 비겁해서 미안해.

옆에 있었다 한들 달라지는 건 없었다. 비겁하지만 저와 아이의 안위를 위한 이성적인 선택이었다. 그럼에도 매일같이 후회했다.

울음을 섞어 고백한 탓에 그는 제대로 듣지 못했는지 저만의 고백을 시작했다.

[넌 말 한마디로… 아니, 말 한마디 없이도 나를 죽일 수 있는 걸 알아? 그걸 네가 아는 게 두려웠어. 지금보다 내게 더 잔인해질 것 같아서.]

"그런데 왜 지금은 내게 그런 말을 하는 거야?"

[나더러 왕국에서 가장 악명 높은 고문 기술자라고들 하지만 너야말로 가장 훌륭한 고문의 대가야.]

맥락에 맞지 않은 소리인 줄 알았으나 아니었다.

[네가 주는 가망 없는 희망에 매달렸다가 절망으로 추락하는 짓을 3년째 몇 번이나 반복하고 있는지 알아?]

희망을 주었다가 빼앗기를 서슴지 않았다는 뜻이었다. 그는 그레이스에게 했던 짓을 그대로 돌려받고 있었다.

[네 희망 고문에 천천히 죽어 가는 게 이젠 힘들어졌어. 차라리 영원히 잃는 게 되찾을 수 있다는 헛된 희망만 남는 것보다 나아. 하지만 그것

마저 없으면 살 이유가 없으니 네가 이대로 떠나면 난 혼자 남아서 헛된 희망에 매달리는 미련한 짓을 반복할 거야.]

언젠가 우연히 너를 마주치진 않을까, 엘리가 크면 나를 기억해 내고 찾아오진 않을까. 그런 가망 없는 희망에 고통받으며 하루하루 죽어 갈 것 같다고 말하던 그가 다시 빌었다.

[그러니까 제발 단번에 죽여 줘.]

수화기 너머에서 들리는 소리는 그녀가 올가미에 매달렸던 날 옥죄어진 목구멍의 틈을 비집고 새어 나가던 소리와 닮아 있었다.

그때 난 네가 나를 살려 주길 빌었는데 너는 죽여 주길 빈다.

[여기까지 오기 힘든 거 알아. 죽으라는 말 한마디면 충분해. 성가신 일은 내가 할게.]

"…."

[제발.]

그는 제 욕심과 어긋나는 그녀의 마지막 바람을 들어주었으나 그레이스는 그럴 수 없었다.

"레온…."

난 무슨 말을 해야 하는 걸까. 무턱대고 그의 이름을 불러 붙잡아 두고는 뒤늦게 할 말을 찾아 헤매는데 밖에서 누군가 부스의 문을 두드렸다.

"문 닫을 시간입니다."

선술집 주인의 목소리였다. 벌써 시간이 그렇게 됐나. 그레이스는 정신을 번쩍 차리고 일어섰다.

"엘리에게 가 봐야겠어. 내일 다시 전화할게."

[…기다릴게.]

기다린다는 말에 안도하고 전화를 끊었다. 또 한 번의 잔인한 고문이 될 줄은 모르고.

❖ · ❖

거실에서 다림질을 하던 그레이스는 문득 너무 조용하다는 생각에 고개를 들었다. 엘리는 다행히도 눈 닿는 곳에 있었다. 잠시 환기만 하려고 열어 두었던 창에 매달려 밖을 보는 중이었다. 요즘 저렇게 밖을 보는 일이 잦았다.
"엘리, 뭐 봐? 밖에 재밌는 거라도 있어?"
아이가 그녀를 등진 채 고개를 저었다.
"그런데 왜 그러고 있어? 춥지 않아?"
아이는 또 대답 대신 고개를 저었다. 그레이스는 다리미를 세워 두고 창가로 다가갔다.
"추워. 이제 닫자."
"안 대."
아이가 머리를 창문 밖으로 빼꼼히 내밀더니 왼쪽으로 고개를 돌렸다. 친구를 기다리기라도 하나 했더니 언덕 끝에서 나타난 건 검은 세단 한 대였다.
이 낙후된 동네를 차로 오가는 사람은 갱단원뿐이다.
역시나 차는 맞은편의 선술집 앞에 멈춰 섰다. 검은 정장을 빼입고 중절모를 쓴 사내 둘이 차에서 내리더니 곧바로 선술집으로 들어갔다.
엘리는 매일 똑같이 되풀이되는 이 광경을 유심히 지켜보더니 선술집 문이 다시 닫히자 한숨을 푹 내쉬며 창틀에 턱을 얹었다.
"왜 이렇게 시무룩해?"

"아무거또 아니야."

아직 세 살도 안 됐으면서 반항기에 접어든 사춘기 아이처럼 말하다니. 웃음이 나왔다.

왜 시무룩한지 알 만했다. 오늘 동네 아이들이 전차를 타고 시내에 놀러 간다고 했는데 엘리는 못 가게 한 탓일 거다.

아무리 야무진 열 살짜리가 무리의 대장이라고 해도 세 살도 안 된 아이를 같이 보낼 리가. 게다가 분명 그 아이는 갱단원들이 맡긴 심부름을 하러 시내에 가는 것이다. 그런 복잡한 사정을 엘리가 이해할 리 없다.

토라졌나.

"시내는 내일 엄마랑 가자."

오늘은 비가 올 것처럼 우중충한 날씨였다. 그레이스는 아침에 구운 마블 쿠키를 아이의 손에 쥐여 주었다.

창가에 계속 서서 쿠키를 오물오물 먹는 아이를 잠시 지켜보다 다시 다리미를 잡았다. 익숙한 동작을 몸이 반복하는 사이, 생각은 오늘 내내 그녀의 머릿속에서 되풀이되던 대화로 어김없이 향했다.

[그래, 여전히 사랑해. 그래서 불행해.]

넌 어떻게 죽어 가는 너를 버리고 간 나를 아직도 사랑할 수가 있어.

화를 낼 줄 알았다. 원망을 퍼부을 줄 알았다. 예전처럼 애증을 불태우거나, 그날 애정은 죽고 증오만이 살아남았을 줄 알았다.

바보짓과 가장 거리가 먼, 똑똑한 남자가 왜 이럴까.

그녀가 아는 레온 윈스턴과 어긋나는 행동은 거기서 그치지 않았다.

욕심으로 빚어진 남자가 그레이스를 향한 욕심을 버렸다. 그녀가 그렇게 해 달라고 부탁했다는 이유만으로.

"다른 욕심은 다 버려도 널 향한 욕심은 못 버려."

언젠 못 버린다더니.

난 네게 무슨 짓을 한 걸까.

그레이스는 한숨을 푹 내쉬며 엘리를 곁눈질했다.

오늘은 조금 일찍 재울까.

다시 전화한다는 말은 빈말이 아니었다. 그러나 저도 대체 무슨 이야기를 하고 싶은 건지, 해야 하는 건지 전혀 갈피를 잡을 수 없었다. 해야 할 말을 항상 잘 아는 그 남자가 부러울 정도였다.

다른 건 몰라도 이건 안다. 약속대로 전화하지 않으면 그는 극단적인 짓을 저지를 것 같다.

늘 극단적인 짓만 하던 남자였다. 그레이스에게 저지르겠다면 대수롭지 않지만, 그가 누구보다 사랑해 마지않을 자신에게 저지르겠다면 충격적인 것이다.

아니, 총에 맞으면서도 끝까지 엘리를 지킨 걸 보면 누구보다 사랑해 마지않는 사람이 자기 자신이란 말은 틀린 걸지도 모른다.

"하아…."

그레이스는 다시 한숨을 내쉬었다.

나는 대체 무슨 말을 해야 하는지.

떠나면 죽겠다는 협박도 아니고 진심이라 막막했다. 무겁고 혼란스러운 마음으로 엘리의 뒷모습을 응시하던 그레이스는 타는 냄새가 갑자기 코를 찌르자 화들짝 놀랐다.

"하, 정말…."

결국 블라우스 하나를 보기 좋게 태워 먹었다.

나도 찬 바람이나 맞고 정신을 차려야지.

다리미의 코드를 뽑고 창가로 다가간 그레이스는 엘리를 안으며 밖으로 고개를 내밀었다.

"엘리, 뭐 봐?"

"암것또 안 봐."

"치이… 혼자만 보지 말고 엄마도 같이 보자."

오늘따라 왜 이렇게 새침하지? 몸을 숙여 엘리의 머리에 입을 맞추던 순간이었다. 길 건너 선술집 옆에서 구두를 닦는 소년이 그레이스를 손가락으로 가리켰다.

소년의 앞에 앉은 손님이 이쪽으로 고개를 돌리려는 찰나 그레이스는 창문을 내리고 커튼을 쳤다.

아마 4층의 어느 집을 찾아온 손님일 것이다. 가끔 층수를 착각한 남자들이 그레이스의 집 문을 두드릴 때가 있었다. 딸아이를 키우기엔 정말 좋지 않은 환경이었다.

엘리가 이젠 안정을 찾았으니 다른 곳으로 옮길까.

문득 엘리를 낳았던 집이 떠올랐다. 그곳도 바닷가 근처인 데에다 휴양지라 공원도, 상점도 많아 엘리가 좋아할 것이다. 엘리가 태어난 곳이니 뜻깊기도 하고.

그러나 엄마의 깊은 뜻을 전혀 모르는 아이는 창문을 닫았다며 짜증을 냈다.

"하지 마아!"

"엘리, 추워. 이제 그만하고 다른 걸 하고 놀자."

"안 해! 다시 열어 죠!"

그때부터였다. 엘리는 온종일 모든 일에 예민하게 굴며 짜증을 냈다.

"으아아앙!"

제가 우유를 쏟고는 쏟았다고 울었다. 우유로 젖은 옷을 벗기고 새 옷으로 갈아입혔더니 옷에 제가 싫어하는 모양으로 주름이 잡혀 있어 입기 싫다고 울었을 때는 결벽증과 강박증도 유전인가 싶었다.

"안 돼, 엘리."

"왜 안 대애애애!"

침대에 있던 이불을 거실로 가져오지 못하게 한 게 그렇게나 서러운 일일까. 엉엉 우는 아이를 이불째로 안아 들고 침대에 눕혔다.

낮잠 시간이라 안아서 토닥였더니 울음은 그쳤지만 잠을 자지 않고 계속 뒤척였다. 그러다 결국엔 엄마 가슴을 못 만지게 했다고 다시 울음을 터트렸다. 선잠이 들었을 때 그레이스가 살짝 움직였다고 짜증을 내기도 했다.

요즘 괜찮았는데 오늘은 왜 이러지?

그렇게 온 집 안이 떠나가라 쉴 새 없이 울던 아이가 드디어 깊이 잠들었다. 그레이스도 지칠 대로 지쳐 깜빡 잠들었다가 해가 질 때쯤에야 눈을 떴다.

아이는 땀까지 흘리며 깊이 잠들어 있었다. 볼일이 급했던 그녀는 아이가 깨지 않게 조심스레 침대에서 빠져나와 화장실로 갔다. 하지만 자유는 얼마 가지 못했다.

"엄마아!"

엘리가 화장실 문을 쾅쾅 두드리며 울기 시작했다.

"그래, 엄마 여기 있어."

"시러어! 다시 침대로 와!"

평소였다면 그냥 열고 들어왔을 아이가 잠기지도 않은 문을 계속 두드려 대는 건 화풀이로밖에 보이지 않았다. 대체 뭐에 화가 난 거지? 머리가 다 지끈거렸다.

"그럼 들어와."

"시러! 엄마가 나와!"

급하게 손을 씻고 나가서 안아 줬더니 이젠 엄마의 손이 차가워서 싫다고 울었다.

"오늘 왜 이렇게 기분이 안 좋아?"

"나도 몰라아!"

"그럼 초콜릿을 줄까? 아니면 창밖을 볼까? 응? 엄마랑 산책하러 갈래?"

"시러! 다 시러! 엄마도 시러!"

말이 잘 통하는 아이인데 오늘은 말이 전혀 통하지 않는다. 별것 아닌 이유로 온종일 울음을 그치지 않는 아이를 안고 달래던 그레이스는 아무것도 통하지 않자 막막해졌다.

내 아이가 낯설다.

태어나서 한 번도 이런 적 없었다. 밤잠을 설치게 만들던 신생아 시절에도 이렇게까지 사람의 피를 말리지는 않았다.

제 아빠의 좋지 않은 모습 그대로였다. 고문실에 갇혀 살 때 이래도 싫다, 저래도 싫다며 사람의 피를 말리던 때가 생각났다. 그렇지 않아도 그 남자 때문에 지친 마음에서 얼마 남지 않은 기력마저 아이가 빼앗아 가 버린 기분이었다.

결국 그레이스마저 눈물을 터트렸다.

"엘리, 엄마는 힘들어."

몸부림을 치며 울던 아이가 뚝 멈추더니 끅끅 서럽게 흐느끼며 말했다.

"엘리도 엘리가 힘들어."

그 순간 정신이 번쩍 들었다. 너도 네가 마음대로 되지 않아 얼마나 힘들까. 그런 너를 두고 난 무슨 생각을 한 건지.

그레이스는 눈을 비비며 어깨를 들썩이는 아이에게 입을 맞췄다.

"엄마는 엘리 사랑해. 엘리가 엄마를 싫어해도, 힘들게 해도 사랑해."

"엄마 안 시러. 엘리도, 흡, 엄마 사랑해."

그레이스는 아이와 뺨을 맞대고 비비다 물었다.

"그럼 엄마가 뭘 해 주면 엘리가 힘들지 않을까?"

아이는 그녀의 목에 두 손을 감고 어깨에 머리를 기대며 힘없이 속삭였다.

"안아 죠."

엘리가 이상한 덴 이유가 있었다는 걸, 그날 밤에야 알게 되었다.

열이 오르나 싶더니 순식간에 펄펄 끓었다. 감기인 듯했다.

태어나서 한 번도 아팠던 적 없는 아이였다. 그래서 엘리가 아파서 떼를 썼다는 걸 저도, 그레이스도 알지 못했다.

"엘리 아야 해."

"내일 해 뜨면 의사 선생님 보러 가자."

"시러어. 엘리 아야 시러."

예방 주사는 맞아 보았던지라 바늘이 아프다는 걸 아는 아이는 병원에 가면 주사를 놓을지도 모른다고 무서워했다. 그레이스가 무서운 건 따로 있었다.

병원에 가야 하는데.

밤이 너무 길었다. 한편으론 너무 짧기도 했다.

그 남자에게 전화해야 하는데.

그러나 아픈 엘리를 두고 자리를 비울 순 없었다. 선술집이 문을 닫기 전엔 엘리가 잠들기를. 그렇지만 아이는 쉽게 잠들지 못했다.

밤새 차가운 물수건으로 열을 식혀 주고 물을 끓여 증기를 마시게 했다. 그래도 열은 떨어지지 않고 기침은 심해져 갔다. 겨우 먹은 수프를 토하기까지 했다. 이쯤 되니 그레이스의 머릿속에서 그 남자는 완전히 잊혔다.

펄펄 끓는 아이의 이마에서 금세 미지근해져 버린 수건을 새것으로 갈던 때였다. 고열 때문에 흐릿해진 눈으로 그레이스를 멍하니 올려다보던 아이가 그녀를 불렀다.

"엄마."

"응?"

"천국엔 어떠케 가?"

불길한 말에 그레이스의 심장이 철렁 내려앉았다.

"아니야, 엘리. 이건 그냥 감기야. 딱 일주일만 아프고 나면 안 아플 거야."

그럼 다시 기운차게 온 집 안을 뛰어다니며 그레이스의 진을 빼놓고, 빵을 달라며 일찍 깨워 잠을 설치게 할 것이다. 그러곤 그 모든 피로가 사르르 녹게 만드는 예쁜 미소를 지을 것이다.

"엘리는 천국에 안 가."

못 가. 그레이스는 침대에 축 늘어진 아이를 끌어안았다.

"그치만… 그럼….'

힘없이 안겨 있던 아이가 그녀의 눈을 바라보며 머뭇거리더니 물었다.

"아빠는 어떠케 보러 가?"

잊은 줄 알았던 아빠를 아이가 입에 올렸다.

"아빠는 다시 천국으로 가찌? 그치만, 콜록, 엘리가 사진 줬는데…."

어째서 천국에 가는 법을 물었는지 알겠다. 아이는 아빠가 죽은 줄 알고 있었던 것이다. 그래서 여태 아빠 이야기를 꺼내지 않았던 건가. 그러다 저도 아프니 이젠 아빠를 보러 갈 수 있을 거라고 생각한 건지도 모른다.

"아빠는 천국으로 다시 가지 않았어. 엘리랑 한 약속, 지켰어."

네 아빠는 살아 있어.

"그런데 왜 엘리 보러 안 와? 콜록, 엘리가 너무 욕심쟁이라서 그래? 그래서, 흡, 엘리가 이젠 시러?"

"아니야, 아빠는 엘리를 너무나 사랑한대."

고통스러울 정도로.

나도 너를 사랑해. 네가 원한다면 내가 원하지 않는 남자도 감내할 수 있을 만큼.

"엘리, 아빠 보고 싶어?"

묻자마자 엘리가 고개를 끄덕였다.

"엄마가 아빠 데려올게."

헤, 아이가 웃었다. 온종일 놓아주지 않던 그녀를 비로소 놓아주기까지 했다.

"흑…."

문밖으로 나오고서야 그레이스는 참았던 눈물을 터트렸다.

이제야 왜 아이가 매일같이 창밖을 내다보았는지 알겠다. 왜 검은 세단만 지나가면 하던 걸 멈추고 눈을 떼지 않았는지도.

아이는 아빠를 기다렸던 것이다.

무얼 보냐는 말에 왜 아무것도 보지 않는다고 했는지도 알겠다.

아빠가 보이지 않아서.

"흑, 미안해…."

그녀는 계단을 다급히 내려가며 울먹였다.

그레이스는 아이가 가진 마음의 무게를 가볍게 여기는 죄를 지었다. 그녀가 어릴 적, 어른들이 그랬듯이.

애빙턴 비치에서 돌아온 후, 누군가가 그녀의 이야기를 들어 줬더라면 많은 것이 달라졌을 것이다. 하지만 그녀에겐 믿을 만한 어른이 없었다.

엘리도 들어 줄 사람이 필요했을 텐데.

딸에게만은 믿을 만한 어른이 되어 주겠다고 다짐했으나 결국엔 못난 어른이었을 뿐이었다.

"엘리, 그건 꿈이었어. 악몽을 꾼 거야."

없던 일 취급하는 것으로 그 남자처럼 피에 집착하는 괴물이 되는 걸 막았다고 한시름 놓았었다. 실은 감당하기 힘든 문제에서 항상 도망치기만 하던 제 나쁜 버릇을 아이에게 가르친 셈이었다.

너마저 상처에 세뇌를 덧씌우게 하다니. 상처가 낫지 않고 곪기만 하다 터지면 어떻게 되는지 잘 알면서.

평화로울 때는 제가 한 번도 겪어 보지 못한 '좋은 어머니'라는 역할을 흉내 내는 게 쉬웠다. 그러나 위기가 오면 그 민낯이 드러나는 법이다.

엄마가 어릴 적의 어느 순간에 멈춘 채 전혀 성장하지 못하고 제자리걸음만 하는 사이 아이는 홀로 훌쩍 성장해 버렸다.

꿈이라는 말에 속은 줄 알았다. 똑똑한 아이는 그저 엄마의 눈치를 보아 속은 척한 것뿐이었다. 아빠를 보고 싶다는 제 속내도 참고 참다가 아프고 나서야 곪은 상처를 터트리듯 드러낸 것이다.

엘리가 너를 보고 싶어 해. 당장 와 줘.

그레이스는 그 남자에게 할 말을 되뇌며 건물 1층의 문을 벌컥 열었다. 길 건너의 선술집은 여전히 불을 밝히고 있었다. 눈앞을 흐리게 하는 눈물을 걷어 내며 건물 밖으로 발을 내디딘 찰나였다.

철컥.

리볼버의 해머를 당기는 소리가 귓전을 울렸다.

"오랜만이야, 변절자."

해머가 당겨진 권총이 머리를 짓누르는 상황에선 저항할 방법이 없다. 낡은 농업용 트럭의 짐칸에 짐짝처럼 묶여 끌려온 곳은 어느 버려진 농가의 지하실이었다.

그레이스는 토끼 사냥이라도 하듯이 저를 구석의 낡은 침대로 몰아넣은 세 사람을 경계심이 날카롭게 날을 세운 눈으로 주시했다.

한쪽 벽에 기대어 선 깡마르고 젊은 남자는 초면이었으나 옷차림이 낯익었다. 어제 낮, 위층을 찾아온 손님인 줄 알았더니 실은 그녀의 위치를 확인하러 온 반군이었을 줄이야.

"쿨럭…."

그레이스의 시선은 밭은기침 소리가 나는 지하실 가장 먼 구석으로 향했다. 의자에 앉은 중년의 남자는 구면이었다.

로버트 '바비' 피셔.

바비 아저씨가 아직도 이자들의 편이었다니.

그레이스가 첩자인 걸 들키기 전, 오빠에게 가서 다시는 돌아오지 말라는 말로 앞으로 벌어질 일을 경고해 주었던 사람이었다. 아저씨는 분명 반군이 벌이는 더러운 일을 알고 있었다. 그래서 그들을 이미 등졌을 거라고 막연히 생각했었으나, 기가 막히게도 틀렸다.

그보다 더 기가 막힌 인물은 희미한 전등 아래에서 그레이스를 노려보고 있었다.

빌어먹을 낸시 윌킨스.

저 지독한 인간이 총에 맞고도 살아남아 도망쳤다는 기사를 읽었다. 셋 중 유일하게 신원이 들통난 낸시의 수배 전단도 심심치 않게 볼 수 있었다.

그래서 인적이 드문 늦은 밤까지 기다려 급습한 건가. 놈들은 건물 입구에서 그레이스를 제압해 집으로 끌고 가더니 낡은 짐 가방을 던져 주며 짐을 싸라고 명령했다.

대체 어디로 데려가 뭘 하려고 짐을 싸라는 걸까.

불안과 함께 안도도 몰려왔다. 짐이 필요하다니. 당장 죽일 생각은 아니라는 뜻이었다.

그렇지만 이러다 엘리는….

"엄마아….”

그녀를 부르는 엘리의 목소리가 쉬어 있었다. 그레이스는 불안한 눈으로 주변을 살피는 엘리를 더욱 바짝 감싸 안아 아무것도 보지 못하도록 했다.

“괜찮아.”

“엘리, 콜록, 집에….”

아이는 집에 가고 싶다는 말을 미처 끝맺지도 못하고 훌쩍훌쩍 숨죽여 울기 시작했다. 분위기가 심상치 않다는 걸 느낀 것이다. 부모를 잘못 만나 고통받는 아이에게 미안해 미칠 지경이었다.

“엘리, 미안해. 엄마는 친구랑 잠깐 얘기 좀 할 테니까 자고 있어.”

그레이스는 귓속말로 엘리를 달래곤 아이가 불안해하지 않도록 연기를 시작했다.

“오랜만이야.”

정말 낸시가 친구라도 되는 척 차분한 말투였다. 물론, 아이를 배려해 손발을 맞춰 줄 생각 따위 없는 낸시는 기가 막힌다는 듯 코웃음을 쳤다.

"원하는 게 뭔지 말해 줘."

자비와 구걸은 통하지 않는다. 그러나 거래는 통할지도. 그레이스는 어서 낸시가 원하는 걸 주고 해가 뜨자마자 아이를 병원에 데리고 갈 생각뿐이었다.

"그 말, 내가 원하는 게 뭐든 들어줄 능력이 된다는 뜻이야?"

팔짱을 끼고 서 있던 낸시는 앞으로 성큼 다가가 더러운 변절자의 턱을 총구로 밀어 올리며 웃었다.

"캠든의 흡혈귀쯤이야 이 턱으로 개처럼 부릴 수 있다는 거지. 그러니까 넌 처음부터 변절자였던 거야."

낸시는 그레이스를 윈스포드의 우체국에서 마지막으로 마주했던 순간을 떠올렸다.

"난 윈스턴의 첩자가 아니야!"

자신은 혁명군이라며 길길이 날뛰더니 며칠 안 가 본거지를 군에 팔아넘겼다. 그러나 어떻게 된 일인지 곧바로 그레이스를 찾는 전단이 곳곳에 붙기 시작했다.

"기껏 동지를 팔았으면 군에 붙는 게 배신자의 상식 아닌가? 그런데 도망쳤다는 소리를 듣고는 대체 뭐 하는 미친년인가 했지."

혼란스러웠다. 완전히 그자의 편은 아니었던 건가.

그러다 그 미친 여자가 적과 나란히 아이의 손을 잡고 함정으로 걸어 들어오던 순간 확실하게 깨달았다.

역시 뼛속까지 윈스턴의 편이었던 것이다.

변절자가 적의 품에서 호화롭게 사는 동안 낸시는 동지들과 왕국 곳곳을 전전했다. 그러다 겨우 정착한 곳이 서커스단이었다.

떠돌이 생활이라 군의 추적을 피하기 좋았다. 게다가 서커스단이란 질 나쁜 인간들의 온상이라 과거를 숨겨도 의심을 받지 않았다.

그러다 마침 성탄절 전야의 학살을 그린 그 구역질 나는 영화의 시사회가 열리는 도시에 머물게 되었다. 하지만 암살 시도는 예기치 않게 발각되어 수포로 돌아갔다. 함께하던 동지들까지 사살당하고, 도망치려던 때였다.

"*성탄절 전야에 공연을 하기로 했어. 관객은 단 셋이라는군. 이걸 봐. 엄청난 부자야!*"

서커스단장이 공연 계약금으로 받은 돈을 단원들 앞에서 자랑했다. 단원들의 몫도 크게 떼어 줄 테니 그날 쉬는 건 포기하란 소리를 덧붙이며.

마침 그들은 도주 자금이 필요했다.

돈만 마련하고 떠나자. 그럴 생각이었으나 예약자의 이름이….

스탠리 피어스.

윈스턴 백작가의 수행원이었다. 윈스포드 지역을 맡았던 낸시가 잊었을 리 없는 주요 인물의 이름이었다.

동지들이 스러진 날의 3주기에 원수가 내 앞마당에 제 발로 걸어 들어온다.

이건 신의 뜻이다.

낸시는 다시 복수의 칼날을 갈기 시작했다.

물론 그 레온 윈스턴이 성탄절 전야에 서커스라니. 이상하다는 생각은 했었다.

그 의문은 나머지 두 관객이 정체를 드러내자마자 풀렸다.

"한꺼번에 처리하라고 신께서 주신 기회라고 생각했는데. 지독한 것들."

낸시는 그렇게 말하며 그레이스를 노려보던 시선을 품에 안긴 아이에게로 옮겼다. 죄 없는 엘리까지 죽일 생각이었다는 뜻이었다.

정작 지독하리만치 죽지 않는 건 너야.

그레이스는 손이 분노와 공포로 떨리기 시작하는 걸 낸시가 보지 못하도록 아이의 등을 더욱 빠르게 토닥였다.

"뻔뻔스럽게 동지들이 스러진 날에 웃으며 즐기다니. 동지들이 학살당하는 걸 보면서도 그렇게 웃었겠지."

동지. 동지. 웃기시네. 대단한 동지애라도 있는 양. 저도 그저 가족의 복수를 위해 대의와 동지를 파는 것뿐이면서.

그레이스는 예전처럼 실컷 퍼부어 주고 싶었으나 엘리를 위해 참아야만 했다.

"낸시, 넌 오해하고 있어. 난 그 남자에게 억지로 붙잡혀 있었던 것뿐이야."

그녀는 아이의 머리에 모자를 푹 눌러 씌워 귀를 막았다. 살기 위해 하는 거짓말을 알아채기엔 엘리는 너무 어렸다.

"내가 윈스턴을 버리고 도망가는 거, 그날 네 눈으로 봤잖아. 도망쳐서 빈민가에 숨어 사는 걸 보면 몰라?"

"웃기지 마. 그날 내가 총에 맞았을 때 내 총을 멀리 차서 그 악마를 살린 주제에."

"잊지 마. 안가가 군에 들켰다고 말해 줘서 널 살려 준 건 나야."

그러지 말았어야 했다. 적어도 그 남자를 두고 도망치기 전에 낸시를 확인 사살했어야 한다. 그 알량한 양심이 뭐라고. 이제는 사람을 죽이지 않겠다는 결심이 뭐라고.

열이 떨어지지 않는 엘리부터 오늘 밤 내내 그녀의 전화를 기다리고 있을 그 남자까지. 두 사람의 목숨이 제가 과거에 저지른 오판 탓에 위태로웠다.

곧 해가 뜰지도 모르는데.

창문이 없는 지하실이라 지금이 몇 시인지 알 수가 없었다.

"넌 대체 뭘 원하는 거야?"

절박해진 그레이스는 납치의 목적을 거듭 물었다.

"우리를 인질로 잡고 그 남자에게서 원하는 걸 얻어 낼 생각이야?"

제발 그렇게 해. 그러려면 넌 그 남자에게 우리 소식을 전할 수밖에 없을 테니.

낸시를 전령 삼아 그레이스가 전하고픈 메시지는 두 가지였다.

난 널 버리지 않았으니 제발 극단적인 짓은 하지 마. 엘리가 여기 있으니 제발 구해 줘.

그러나 낸시는 그레이스의 유도에 쉽사리 넘어오지 않았다.

"군대를 내 앞마당으로 부를 일 있어?"

"그럼 뭐든 할 테니 아이만 병원으로 보내 줘."

"뭐든? 그럼 내가 여기서 아주 먼 곳에 함정을 파 줄 테니 네가 그자의 목을 잘라 가져오는 건 어때?"

"뭐?"

그레이스는 당황한 기색을 감추려 코웃음을 쳤다.

"나더러 사지로 걸어 들어가라는 거야? 잘리는 건 내 목일 텐데?"

"그레이스 리들의 개가 잘도 주인의 목을 물겠군."

"낸시, 그럼 이건 어때?"

그레이스는 구체적인 미끼를 던졌다.

"네 아버지는 아직 살아 있어."

아니, 실은 모른다. 처형되었다는 기사를 본 적이 없어 넘겨짚었을 뿐이었다. 그러나 제대로 짚었는지 낸시는 반박하지 않았다.

"풀어 달라고 그 남자와 거래를 하는 게 어때? 네겐 이미 협상 카드가 두 장이나 있잖아."

낸시는 조금 전 이런 말을 했다.

"그레이스 리들의 개가 잘도 주인의 목을 물겠군."

그 남자가 가장 원하는 게 그레이스일 거라고 믿고 있는 듯했다. 그럼 협상에 쓸 카드 두 장 중 가장 중요한 그레이스는 여기 남기고 덜 중요해 보이는 아이만 협상을 열기 위한 미끼로 보낼 것이란 게 그녀의 예측이었다.

"나도 적극적으로 협조해 줄 테니까 일이 잘 풀리면 지난 일의 앙금은 잊고 나를 제발 보내 줘."

진심인 척 빌었지만 실은 저를 보내 주든 말든 상관없었다. 오로지 엘리를 여기서 내보내기 위해 부리는 수작이라는 걸 낸시가 눈치채지 못하도록 연막을 치는 것뿐이었다.

"네 아버지가 윈스턴의 부친을 죽였으니 그 남자가 곱게 죽여 주지 않을 거란 걸 너도 짐작하고 있잖아?"

통한다. 줄곧 조소를 그리던 낸시의 얼굴이 굳었다. 그것도 모자라 팔짱을 끼고 눈앞을 서성이며 갈등하는 티를 냈다.

잠시 고민하던 낸시가 멈춰 서더니 픽 웃었다.

"출감한 옛 동지에게서 그런 소문을 들었어. 내가 잡히기 전까진 아버지를 살려 둔다며? 그럼 뭐, 난 급할 게 없잖아?"

빌어먹을. 낸시는 제 동생처럼 멍청하지 않았다.

넌 대체 목적이 뭐야.

그레이스는 저를 노려보는 경멸 어린 눈앞에서 숨을 죽이며 아이를 단단히 끌어안았다.

해가 떴을 즈음부터 사정했다. 아이를 제발 병원으로 보내 달라고. 저는 여기에 두고 아이만 데려갔다 와 달라고.

그러나 아무리 빌어도 세 사람은 들어주지 않았다. 바비 아저씨가 얼음물 한 주전자와 수건만 주고 갔을 뿐이었다.

열은 지난밤보다 떨어졌으나 기침과 몸살은 더욱 심해졌다. 끙끙 앓던 엘리가 중얼거렸다.

"엄마 친구는 모때써. 놀지 마."

그레이스는 침대에 모로 누워 엘리를 토닥였다. 머릿속에서는 온갖 작전이 세워졌다가 도로 무너지길 거듭했다. 희망과 절망이 교차했다.

"안가는 되도록이면 대도시에 이민자가 많은 곳으로 알아봐 줘."

3년 전, 낸시가 같은 편이라고 굳게 믿고 했던 말이 덫이 되어 돌아올 줄이야. 낸시는 총상이 낫자마자 그녀를 찾아 대도시의 이민자 지구를 뒤지고 다녔단다. 젊은 남자가 자랑처럼 떠들어 대던 게 머릿속을 맴돌았다.

그레이스는 핑 도는 눈물을 삼켰다.

낸시도, 바비 아저씨도. 모두 그레이스가 살려 준 사람들이었다.

왜 그랬을까.

그때엔 당연했던 선택을 되짚어 보며 후회했다.

그 남자가 혼수상태에서 깨어나자마자 윈스포드로 갔어야 했다. 차라리 한 번도 공격당한 적 없는 윈스턴 저의 별채에 숨어 살았더라면 엘리가 곰팡내 나는 지하실의 낡은 침대에 누워 앓는 일은 없었을 것이다.

그레이스는 시간을 거슬러 올라가며 후회를 하다 하다 엘리가 태어나기 전에 내렸던 제 선택마저도 탓했다.

"내 계획, 궁금해했잖아."

그 남자가 약혼반지를 끼워 주며 해외로 도피할 계획을 처음 암시했던 날, 나는 그의 손을 잡았어야 했어.

그때는 그의 손을 잡을 수 없었다는 걸 잘 알면서도 그날의 자신이 경악할 만한 생각을 이어 가던 때였다.

굳게 잠긴 문밖에서 계단을 내려오는 발소리가 들리자 사고가 뚝 멎었다.

누구지?

"쿨럭…."

기침 소리가 들렸다. 바비 아저씨란 뜻이었다.

낸시가 아니라는 데에 조금은 안도한 그레이스는 문이 열리자 몸을 일으켰다.

"아이는 좀 어떠냐."

그레이스가 고개를 젓자 아저씨가 구겨진 종이봉투 두 개를 내밀었다. 한쪽에는 빵과 우유병이, 다른 쪽에는 기침을 억제하는 데 좋은 멘톨 연고와 감기 시럽이 들어 있었다.

아이는 목이 아프다며 빵을 잘 넘기지 못하고 우유만 몇 모금 마셨다. 그마저도 토할까 봐 조마조마했다. 다행히도 엘리는 감기 시럽을 먹은 지 얼마 되지 않아 곯아떨어졌다.

쌕쌕거리는 숨소리가 듣기 안타까웠다. 숨 쉬기 편하도록 아이의 가슴에 멘톨 연고를 발라 문질러 주던 그레이스는 무심결에 제 피곤한 눈을 비볐다.

눈이 따가웠다. 눈물이 찔끔 나는 순간, 둑이 터지듯이 속에 쌓여 있던 눈물이 터졌다.

"흑…."

멀찍이 앉아 지켜보던 아저씨가 한숨을 쉬더니 나가 버렸다. 잠시 후 돌아온 그의 손에는 김이 나는 찻주전자와 컵이 들려 있었다.

"감사해요."

그레이스는 저를 납치한 사람에게 감사 인사를 해야 하는 처지였다. 아저씨는 지하실 구석의 의자에 다시 앉더니 잠든 엘리에게 시선을 둔 채 중얼거렸다.

"이맘때면 마을 아이들 사이에서 감기가 돌곤 했었지. 우리 딸이 다 앓고 나면 네가 옮아서 해티가 고생을 꽤나 했던 게 생각나는구나."

어머니가 작전 때문에 집을 비우면 동네 아주머니들이 돌아가며 그레이스와 오빠를 돌봐 주곤 했다. 아저씨의 부인인 해티 아주머니에게도 신세를 진 기억이 있었다.

그러나 그레이스의 기억에 따르면 아저씨와 해티 아주머니에게는 아이가 없었다.

아저씨는 나가지 않고 두 사람을 지켜보았다. 감시처럼 느껴지진 않았다. 그나마 셋 중에서 바비 아저씨는 온정적이니 대화를 해 봐야겠다는 생각이 들었다.

그레이스는 깊이 잠든 엘리의 잠옷을 여며 주고 머핀을 다시 안겨 준 후 지하실 가운데의 테이블 앞에 앉았다. 아저씨를 마주 보는 자리였다.

"해티 아주머니는 같이 안 계시는 거예요?"

"요즘은 병원에서 쭉 지내고 있어."

이유는 모르겠지만 해티 아주머니는 멀쩡하다가도 겨울만 되면 광증에 시달리곤 했다. 그 탓에 정신병원을 들락날락한다는 건 그레이스도 아는 바였다.

"이젠 퇴원해도 갈 곳이 없으니…."

이유는 묻지 않아도 알 수 있었다. 그레이스 때문에 집을 잃었으니까.

"뭐, 해티에겐 그 저주받은 마을보다는 미치광이들의 소굴이 천국이겠지."

아저씨가 그레이스의 얼굴을 흘끔 보더니 덧붙였다.

"일요일마다 가서 얼굴을 보는데 나보다 혈색이 좋아. 나도 차라리 미치면 편하겠구나, 싶을 정도로."

아저씨가 나직이 웃었으나 그레이스는 웃을 수 없었다.

"널 탓하는 게 아니니 오해 말려무나. 어찌 보면 내가 해티의 병문안을 가느라 마을을 비웠던 날에 네가 군을 끌고 와 준 덕분에 난 살았으니 따지고 보면 원망할 것도 없지."

그녀의 표정을 살피던 아저씨가 한숨을 길게 내쉬었다.

"그레이스, 리틀 지미와 간부들이 네게 자살 명령을 내렸다는 건 나도 전해 들었다."

아저씨가 가까이 다가와 앉더니 목소리를 낮췄다.

"네가 왜 마을로 적을 끌고 왔는지 이해할 수 없는 건 아니지만 마음이 좋지 않구나. 내가 경고해 주었을 때 떠났더라면 이렇게 될 일은 없지 않았겠니."

아저씨는 '이렇게 될 일'이라고 말하며 그레이스의 뒤에서 잠들어 있는 아이에게 시선을 던졌다.

"낸시는 복수심에 눈이 멀어 제가 보고 싶은 대로만 보고 있다만 난 네가 그 악마의 편이 아닌 걸 알아. 그자의 고문실에서 내 눈으로 직접 봤잖니."

그레이스가 그 남자에게서 아군을 지키려고 애썼던 걸 기억한다는 말이었다.

"네가 좋아서 그자의 아이를 낳아 키우는 게 아니란 것도 안단다."

아저씨는 혹여나 엘리가 들을까 봐 걱정이 되는지 목소리를 더더욱 낮췄다.

"너도 그 악마에게 호되게 당했겠지. 그런데도 그자를 닮은 아이를 키우는 네가 참 대단하다고 해야 할지, 딱하다고 해야 할지…. 나는 가끔 신문에서 윈스턴의 얼굴을 보기만 해도 그때가 생각나서 숨도 못 쉬겠, 쿨럭…."

발작적인 기침이 시작됐다. 그레이스의 기억에, 체포되기 전 바비 아저씨에게는 기침을 하는 습관이 없었다. 그 남자에게서 물고문을 당한 후 얻은 병인 듯했다.

제 앞에서는 누구보다 나약한 남자가 다른 이들은 공포에 질려 떨게 하는 악마라는 걸 뼈저리게 느낄 때마다, 그러다 그가 왜 악마가 될 수밖에 없었는지를 떠올릴 때마다 그 남자에게 느끼는 모든 감정이 죄스러워진다.

"그런데 그 얼굴을 매일 봐야만 하는 네 마음은 어떻겠니. 그 악마를 직접 겪어 본 적도 없고 아이도 없는 낸시는 그 마음을 모를 거다."

아저씨의 동정 어린 말을 듣고 있자니 의문이 더더욱 커졌다. 아저씨는 수녀부는 아니었으나 혁명에 오래 헌신해 온 사람이었다. 그레이스에게 떠나라고 미리 경고했던 걸 보면 블랜차드 반군의 더러운 비밀을 알고 있으며 환멸도 느꼈던 게 분명했다.

그럼 왜 아직도 반군으로 남아 있는 걸까.

"아저씨."

"응?"

"그런데 왜 낸시를 도우시는 거예요?"

그레이스의 예리한 질문에 아저씨는 쓰게 웃었다.

"해티의 병원비가 필요해."

"아…."

"원래는 지미가 내주었는데 이젠 그 녀석이 내줄 수가 없잖니. 내 늙은 몸으로는 그 돈이 감당이 안 돼. 그 녀석이 좋은 병원에 보내 준다는 걸 덥석 받은 게 결국 내 발목을 잡을 줄이야."

아저씨가 맥 빠진 웃음소리를 내더니 한숨을 길게 내쉬었다.

"숭고한 대의 같은 게 남아 있을 리가. 난 무기력해 빠진 겁쟁이라 복수심도 없어."

아저씨는 잠시 기침을 하다 다시 말을 이었다.

"너더러 떠나라고 하곤 나는 왜 이 더러운 진창에 발을 붙이고 있나 궁금하겠지. 그레이스, 나도 완전히 깨끗하다곤 할 수 없는 인간이야. 길을 잘못 들었다는 걸 깨달았을 땐 이미 너무 멀리 왔지."

"바른길로 방향을 틀기에 늦은 때란 없어요, 아저씨."

그 남자에겐 바비 아저씨와 똑같은 소리를 했던 제가 이런 말을 하는 게 뻔뻔스러웠지만 어쩔 수 없었다.

"아저씨가 죄를 씻고 해티 아주머니와 평화롭게 살 수 있는 길이 아직은 있어요."

아저씨가 한쪽 눈썹을 들어 올렸다. 그런 삶에 관심이 있다는 증거였다. 그레이스는 위층에서 들리는 소음에 귀를 기울이며 목소리를 낮췄다.

"다른 사람들 몰래 엘리를 데리고 가세요. 윈스턴에게 데려다주면 아저씨와 해티 아주머니를 사면해 주고 새 신분과 돈도 줄 거예요. 제가 장담해요."

그러나 조금 전에는 흔들리는 눈치이던 아저씨의 표정이 굳었다. 그는 딱하다는 눈으로 그레이스를 응시하다 물었다.

"넌 악마의 아이를 네 목숨보다 사랑하니?"

제가 엘리를 데리고 사라지면 나머지 둘과 남은 그레이스는 죽은 목숨인데 왜 그런 짓을 시키냐는 말이었다.

악마의 아이가 아니라 제 아이예요.

그 누구도 이해하지 못할 솔직한 말은 삼가야 했다.

"아이는 죄가 없잖아요. 왜 어른들의 일에 희생당해야 해요?"

"네 마음은 잘 알겠다만 난 그자와 어떻게든 엮이기 싫구나."

아저씨가 테이블을 짚으며 몸을 일으켰다. 그레이스는 밖으로 나가려는 그에게 다급히 물었다.

"대체 낸시는 저를 왜 찾은 거죠?"

우리를 붙잡아 두는 목적이 뭘까. 단순한 복수가 아니라 복잡한 목적이 있기를 바랐다. 오직 복수에만 뜻이 있다면 협상의 여지가 없었다.

아저씨는 딱하다는 눈으로 그레이스를 물끄러미 내려다보더니 느닷없는 약속만 남기고 나가 버렸다.

"낸시가 너와 아이를 해치는 건 내가 막아 주마."

낸시는 너와 네 아이에게 복수하려는 생각뿐이다.

에둘러 하는 대답이었다. 그레이스는 절망했다.

바비 아저씨는 약속을 지켰다. 낸시가 나흘 새 틈만 나면 그레이스에게 허튼짓을 하려 했으나 여태 그녀가 털끝 하나 다치지 않은 건 아저씨

덕분이었다.

그러나 그가 해티 아주머니의 면회를 위해 자리를 비운 일요일, 결국 두려워하던 일이 일어나고야 말았다.

사람 둘이 지하실로 내려오는 발소리가 들리자 그레이스는 갈색 종이 봉투에 눈과 입 구멍만 뚫어 만든 가면을 엘리에게 재빨리 씌웠다.

아이는 가면 놀이인 줄 알지만 실은 그 남자를 빼닮은 얼굴을 저들이 보고 충동적으로 아이에게 해코지를 할까 봐 얼굴을 가린 것이었다.

"나와."

문이 벌컥 열리더니 예상대로 젊은 남자와 낸시가 지하실로 들이닥쳤다.

"애는 두고."

"엘리, 잠깐만 혼자 놀고 있어."

그레이스는 안도하며 엘리의 이마에 입을 맞췄다. 엘리는 문 앞에 선 두 사람을 흘끔 보더니 떼를 쓰지 않고 고개를 끄덕였다.

"금방 올게."

그녀는 아이가 놀라지 않게 제 발로 두 사람을 따라 나갔다. 엘리의 시선이 닿지 않는 밖으로 나온 후에는 권총과 단검을 든 자들과 맨손으로 싸울 수가 없어 끌려갔다.

놈들은 그레이스를 2층의 욕실로 끌고 가 의자에 앉혔다. 곧 사지가 밧줄로 묶였다.

그때부터 오로지 보복만을 위한 고문이 시작되었다.

"바비 아저씨가 폭탄을 설치할 때 극장에 금발의 젊은 여자가 들어왔었다고 했어. 들켰을지도 모르겠다고 했었지. 그러곤 정말로 들켰어."

낸시는 금발로 물들인 그레이스의 머리칼을 단검 끝으로 들어 올리며 쏘아붙였다.

"너였지?"

"아니, 난 거기 없었어."

실은 할 필요도 없는 거짓말이었다. 세상 반대편에서 개미 한 마리가 죽으면 그것마저 그레이스의 탓으로 돌릴 낸시였다. 그레이스의 해명이나 변명 따위 들을 생각도 없었다.

"개처럼 쫓아다니며 윈스턴을 지키기 위해 애를 썼으면서 한패가 아니라니. 웃기지 마."

"윽….“

눈이 돌아간 채 그레이스를 마구잡이로 구타하던 낸시가 그녀의 머리채를 아프도록 움켜쥐더니 미친개처럼 이를 드러내며 물었다.

"내 동생의 목숨을 팔아서 배부르고 호화롭게 살아 보니 어때? 그럴 만한 가치가 있든?"

그레이스는 아무런 말도 하지 않았다. 대화는 말이 통하는 상대와 하는 것이다.

"후우, 아무래도 안 되겠어."

때려도 때려도 분이 풀리지 않는지 낸시가 세면대 위에 놓여 있던 니퍼를 집어 들었다. 새것인지 날이 서슬 퍼렇게 번쩍였다.

"그 악마의 방식대로."

아니, 반군의 방식이다. 손톱을 뽑는 고문을 그 남자의 아버지에게 자행해 보복심에 눈먼 그 남자가 따라 하게 만든 건 반군이었다.

"내 동생이 느꼈던 고통을 느껴 봐."

잡아, 월터. 낸시가 명령하자 창가에 서서 지켜만 보던 남자가 성큼 다가와 그레이스의 왼손을 억지로 펴고 꼼짝도 하지 못하도록 팔걸이에 짓눌렀다.

이를 악물자마자 니퍼 끝이 왼쪽 새끼손톱을 물었다. 곧바로 차라리 기절하고 싶은 고통이 찾아왔다.

"끅…."

눈앞이 샛노래진다. 숨이 꺽꺽 넘어간다.

그레이스에게는 영원 같은 찰나였다.

"하아, 하아…."

니퍼가 떨어져 나간 순간에야 그레이스는 참았던 숨을 터트렸다. 벌어진 입으로 눈물이 하염없이 흘러들어 왔다.

터진 입술이 짜디짠 눈물 탓에 아렸지만 손가락에서 파문처럼 퍼져나가는 말 못 할 고통에 비하면 아무것도 아니었다. 극심한 통증에 충격을 받은 몸이 사시나무처럼 걷잡을 수 없이 떨렸다.

뚝. 뚝.

새끼손가락 끝에서 피가 떨어져 스타킹을 적셨다. 그레이스는 코를 날카롭게 찌르는 피 냄새에 의지해 혼미한 정신을 다잡았다.

죽지 않아. 이 정도는 버틸 수 있어. 버틸 수 있어.

"독한 년."

낸시가 그런 그레이스를 분한 눈으로 노려보며 뺨을 후려쳤다.

"어떻게 소리 한번 내지 않을 수가 있어?"

엘리가 들으면 안 되니까.

참을수록 고문이 잔인해질 것을 안다. 그렇지만 엘리에게 평생의 악몽 거리가 될 소리를 들려줄 순 없었다.

그레이스는 애빙턴 비치에서의 마지막 밤에 들었던 고문의 소리가 얼마나 무서웠는지를 떠올리며 달달 떨리는 이를 더욱 힘껏 악물었다.

"그 악마에게 이 꼴을 보여 줘야 하는데."

낸시가 바닥에 떨어져 있던 손톱을 줍더니 웃었다.

"이거라도 놈의 앞으로 보내 볼까?"

그래, 그렇게 해. 제발 그 남자에게 우리가 네게 붙잡혀 있다는 걸 알려 줘.

낸시가 그럴 리 없다는 거 안다. 역시나 손톱을 보내긴커녕 다시 그레이스의 발치로 던졌다. 그러나 낸시의 낯빛을 살피던 그레이스는 좌절하기보다는 안도했다.

그 남자, 아무 일 없구나.

그가 극단적인 선택을 했더라면 이미 놈들이 참지 못하고 떠들었거나 어떤 식으로든 반응을 보였을 것이다. 하지만 그런 기미는 전혀 없었다.

그러나 안도는 오래가지 못했다.

"내가 말해 줬어? 총에 맞은 그놈과 널 발견했을 때 난 네 딸부터 죽일 생각이었어. 둘의 눈앞에서."

낸시는 피가 묻은 니퍼로 목을 긋는 시늉을 하며 웃었다.

"그다음엔 너를 죽일 생각이었지. 윈스턴, 그 악마는 딸과 정부가 눈앞에서 죽어 나가는 꼴을 지켜보는 거야. 무력하게. 두 눈으로 똑똑히."

이젠 누가 악마인지 구분할 수 없다. 엘리를 제 눈앞에서 죽이려 할까 봐 겁에 질린 그레이스의 몸이 다시 사시나무처럼 떨렸다.

낸시는 그 남자를 지독하다고 욕하며 스웨터를 들어 총에 맞은 부위를 보여 주었다. 그레이스는 흉터를 응시하며 속으로 되뇌었다.

죽였어야 했는데. 죽였어야 했는데. 죽일 거야. 저 악마가 내 딸을 죽이기 전에.

"월터, 이 암캐가 어떻게 그 악마를 부린 줄 알아?"

낸시가 돌연 그레이스의 머리채를 틀어쥐더니 젊은 남자에게 말을 걸었다.

"가랑이로 부린 거야."

적에게 몸을 팔아 살아남은 더러운 창녀. 그녀를 내려다보는 낸시의 경멸 어린 눈이 그렇게 말하고 있었다.

"성불구라는 소문이 자자한 놈이었는데 그걸 세웠어. 그 무자비한 악마가 적을 살려 주고 정부로 삼기까지 할 정도면 가랑이 기술이 얼마나 치명적이라는 거야?"

낸시는 의도가 빤한 소리를 하며 남자에게 눈짓을 했다. 창가에 기대어 선 남자는 조금 전보다도 노골적으로 흥미를 드러내며 그레이스를 위아래로 훑어보았다.

"저녁 식사 시간까지 좀 쉴까? 오늘 저녁은 내가 할 테니 그동안 넌 쉬어."

그렇게 낸시는 남자에게 그레이스를 겁탈하라는 암시를 주고 나가 버렸다.

군용 단검을 손에 든 남자와 단둘이 남았다.

남자는 그레이스를 물끄러미 보더니 쩝 소리를 내며 혀를 찼다.

"얼굴은 때리지 말지."

그녀를 묶어 둔 채로 유린할 거란 예상이 빗나갔다. 남자는 밧줄을 풀어 주곤 그레이스를 같은 층에 있는 제 침실로 데려갔다.

"그레이스라고 했지? 난 월터라고 해."

남자는 그녀를 침대에 앉혀 두고 자기소개를 하더니 묻지도 않은 사연을 떠들었다.

"혹시 군인이 취향이야? 나도 원랜 군인이었는데…."

군에서 상관들에게 폭행과 정신적 학대를 당하다 조기에 제대하고 별 볼 일 없는 일자리나 전전하던 그에게 낸시의 말이 구원이 되어 주었다는 것이다. 사회에서 소외된 외톨이를 노리는 블랜차드 반군의 전형적인 수법이었다.

"그래서 난폭한 건 내 취향이 아니야."

놈은 왜 그녀를 욕실에서 덮치지 않고 침대로 데려왔는지를 그렇게 설명하더니 멋쩍다는 듯이 웃었다.

"그런데 아기를 안고 겁에 질려 떠는 여자는 알고 보니 내 취향이더라고. 보호 본능이 생긴다고 하면 알아들으려나?"

낸시가 그녀를 고문하는 걸 말리기는커녕 돕기까지 했으면서 놈은 그레이스에게 보호 본능을 느낀다고 했다.

약자를 짓눌러 정복감을 맛보고픈 충동일 뿐이면서.

왜소한 체격에 다소 소심해 보이는 남자는 사회에서 평생 약자로 살았을 게 뻔하다. 제가 한 번도 이기지 못한 강약의 구도를 뒤집을 기회를 그레이스에게서 포착한 것이다.

"낸시는 널 독하다고 욕했지만 난 알아. 딸이 네가 우는 소리를 듣는 게 싫어서 아파도 참는 거지? 그럼 침대에서 나는 소리를 딸이 듣는 것도 싫을 거 아니야."

서랍장에 걸터앉아 있던 놈이 바지 뒷주머니에 단검을 꽂더니 그레이스에게로 다가오며 벨트를 풀기 시작했다.

"얌전히 있으면 빨리 끝내 줄게."

남자는 그레이스에게도 옷을 벗으라고 요구했다. 그녀는 시키는 대로 하는 척 블라우스로 손을 가져갔다.

"잘 생각했어. 낸시가 너더러 머리가 좋다던데 그 말이 맞네. 혹시 나랑 살 생각은 없어? 나 사실 외롭거든. 내가 낸시를 설득해서 살려 줄 수도 있는데."

놈은 코앞까지 다가와 바지를 내리는 내내 단 한순간도 주둥이를 닥치지 않았다. 죽이고 싶다는 표정을 짓지 않는 게 갈수록 어려워졌다.

그레이스는 블라우스 단추를 두 개째 풀자마자 손을 멈칫하며 얼굴을 찡그렸다.

"손이 아파. 네가 해 줄래?"

그러곤 치맛자락을 무릎 위로 끌어 올렸다. 놈이 몸을 숙이더니 스타킹 밴드를 고정한 가터의 끈을 풀려고 손을 뻗었다. 그레이스는 다리를 벌리며 요구했다.

"그냥 찢어 줘."

블루머를 벗기지 말고 찢으라는 말에 놈이 세상에서 가장 더러운 미소를 지으며 그녀의 앞에 무릎을 꿇었다.

마침내 사냥감이 그레이스의 덫에 들어왔다. 머리가 다리 사이로 들어오자마자 놈의 목을 허벅지 사이에 끼우고 힘껏 조였다.

"큭…."

"너는 머리가 나쁘네."

"끅…."

"열네 살 때부터 살인 훈련을 받은 나를 너 따위가 살려 주네, 마네. 웃겨. 새파란 애송이 주제에."

놈은 그레이스가 말을 채 끝내기도 전에 기절했다.

볼썽사납게 발목에 걸려 있는 놈의 바지에서 단검을 뽑았다. 허벅지 사이에 낀 놈의 머리채를 잡아 목을 돌린 그레이스는 놈의 뒷덜미에 검을 깊이 꽂아 넣어 척수를 끊었다.

그녀를 겁탈하려던 같잖은 애송이는 그렇게 비명 한번 지르지 못하고 죽었다.

"그래, 내 기술이 치명적이긴 하지."

이제 낸시라는 이름의 괴물에게 이 기술을 보여 줄 차례였다.

"빌어먹을…."

권총을 든 적과 단검 한 자루로 싸워야 한다니. 남자의 방을 뒤졌으나 권총을 다른 곳에 두었는지 나오지 않았다.

보복 따위는 관두고 낸시가 한눈을 파는 사이 엘리를 데리고 도망치고 싶었으나 그럴 수 없었다. 지하실을 잠근 자물쇠의 열쇠는 낸시가 갖고 있었다.

그레이스는 조심스럽게 방문을 열고 귀를 기울였다. 도마에 칼질을 하는 소리가 계단 쪽에서 희미하게 들렸다. 낸시의 위치를 파악한 그녀는 발소리를 내지 않고 아래층으로 내려갔다.

계단을 내려가 부엌으로 다가갈수록 식사를 준비하는 소음과 콧노래 소리가 또렷해졌다. 그레이스는 계단 앞의 뒷문에 난 창을 내다보았다. 바비 아저씨는 아직 돌아오지 않았는지 트럭은 없었다.

낸시만 처치하면 엘리를 데리고 도망칠 수 있다는 뜻이었다.

그레이스는 부엌의 입구 옆에 등을 바짝 대고 서서 안에서 들리는 소리에 온 신경을 집중했다. 칼질을 하는 소리가 끝없이 이어졌다. 지금 낸시의 손에는 식칼이 들려 있을 것이다.

언젠간 나올 거야. 나오는 순간을 노려.

낸시가 나오자마자 허리춤에 꽂힌 권총을 빼앗고 목을 긋고 열쇠를 찾아. 머릿속으로 모의 훈련을 하며 기다린 지 얼마 되지 않아 기회가 찾아왔다.

갑자기 칼질 소리가 뚝 멎더니 낸시가 중얼거렸다.

"왜 이렇게 조용하지?"

몸싸움을 하거나 우는 소리가 위층에서 들리지 않는다는 걸 이제야 눈치챈 모양이었다. 확인하러 가려는지 도마에 칼을 놓는 소리에 이어 입구로 다가오는 발소리가 들렸다.

젠장할.

낸시가 모습을 드러내자마자 그레이스의 작전이 어그러졌다. 낸시는 권총을 오른손에 쥐고 있었다.

"헉!"

그녀를 발견한 낸시가 총구를 이쪽으로 돌리려 하자 그레이스는 총을 쥔 손가락을 단검으로 그었다.

"악!"

낸시는 손가락이 저절로 펴지며 총을 놓쳤다. 그레이스는 낸시가 또 허튼짓을 할 틈을 주지 않고 왼팔로 목을 감아 조였다. 단검으로 목을 찌르려 했으나 번번이 낸시의 팔뚝에 박혔다. 가슴을 찌르려 했을 때도 마찬가지였다. 칼은 번번이 급소를 피해 박혔다.

"악!"

이번 비명의 주인은 그레이스였다. 낸시가 왼쪽 새끼손가락을 쥐고 비튼 것이다. 통증이 벼락처럼 온몸을 내려쳤다.

아차 하는 순간 낸시가 목에 감긴 팔을 풀고 떨어져 나갔다. 아찔해졌던 시야가 또렷해지자마자 복도 끝으로 뛰어가는 낸시가 보였다.

"윽!"

제 발에 채어 날아간 권총을 주우려던 낸시는 머리채를 잡혀 뒤로 나동그라졌다. 광기를 번뜩이는 청록빛 눈동자가 보이자마자 단검 끝이 목으로 날아왔다.

퍽.

낸시가 휘두른 팔에 맞은 그레이스가 단검을 놓쳤다. 허공을 가른 검은 지하로 향하는 계단으로 떨어져 굴러 내려갔다.

그레이스는 그 틈에 다시 일어나려는 낸시를 깔고 앉아 맨주먹을 휘둘렀다.

"윽! 월터, 헉, 그 덜떨어진, 끅…."

그레이스의 두 무릎에 팔이 눌린 낸시는 의자에 묶였던 그레이스처럼 저항하지 못하고 주먹질에 고스란히 당했다.

"더러운 년. 너도 여자면서 겁탈을 사주해? 넌 인간이 아니야. 내가 겁탈당하는 소리를 들으면서 물건이나 세운 네 동생과 똑같은 괴물이야! 윌킨스는 전부 죽어 마땅한 괴물들이야!"

퍽. 코뼈가 부러지는 느낌이 생생했다.

"끅…."

겨우 멎었던 피가 다시 흐르는 손으로 목을 조르며 낸시의 얼굴이 제 것처럼 엉망이 될 때까지 가격했다. 머지않아 낸시가 정신을 잃자 그레이스는 살이 다 까져 벌겋게 된 손을 멈추고 숨을 가쁘게 몰아쉬었다.

"하아…."

기진맥진했다. 맨손으로는 도저히 숨통을 끊을 수가 없자 그레이스는 비틀거리며 일어섰다. 뒷문 앞에 떨어진 권총을 쥐고 바닥에 널브러진 적의 앞에 섰다.

철컥.

주저 없이 슬라이드를 당기고 여전히 의식이 없는 낸시의 머리에 총을 겨눴다. 손가락을 방아쇠에 거는 찰나였다.

"그레이스, 안 돼!"

탕!

문이 벌컥 열리며 바비 아저씨의 목소리가 등 뒤에서 들리자마자 그레이스는 방아쇠를 당겼다. 그러나 그와 동시에 아저씨의 손이 그레이스를 밀치며 조준선이 흔들렸다. 빗나간 총알은 고작 낸시의 뺨을 스쳤다.

"이거 놔!"

총을 빼앗으려는 아저씨와 몸싸움이 시작됐다. 그레이스의 두 손목을 움켜쥔 아저씨가 그녀를 다그쳤다.

"아무리 그래도 낸시를 죽여선 안 돼!"

"당신도 나랑 내 딸을 죽이려 했으면서 그딴 소릴 해? 이 악마들, 다 죽여 버릴 거야!"

권총을 빼앗기지 않으려고 몸부림을 치는 사이 낸시가 정신을 차린 걸 그레이스는 알지 못했다.

"낸시, 안 돼!"

퍽.

"헉!"

뒷덜미를 단단한 것이 강타했다. 눈앞이 핑글 도는 충격과 동시에 그레이스는 다리의 힘이 풀려 주저앉았다. 쨍그랑. 황동 촛대가 바닥으로 떨어져 나뒹굴었다.

"이게 뭐 하는 짓이야!"

아저씨가 낸시에게 치는 호통 소리가 점점 멀게만 들렸다. 그레이스는 희미해지는 의식에 악착같이 매달리며 이름 하나를 되뇌었다.

엘리.

"엘리!"

그레이스는 의식을 잃고도 끝내 놓지 못하던 이름을 외치며 눈을 번쩍 떴다. 눈앞이 빙글빙글 돌며 속이 메스꺼워졌다. 다시 의식이 혼미해지는 순간 옆에서 아저씨의 목소리가 들렸다.

"낸시, 그 정신 나간 것…. 뽑을 거면 그 악마의 손톱을 뽑을 것이지."

정신이 번쩍 들었다. 눈을 크게 뜨고 보니 사방이 어두웠다. 고개를 돌리자 보이는 건 운전대를 잡고 있는 바비 아저씨였다. 그레이스는 깜깜한 도로를 달리는 트럭에 앉아 있었다.

"엘리!"

기겁한 그레이스는 어지러운 시야를 다잡으며 트럭 안을 다급히 둘러보았다. 그러나 엘리는 보이지 않았다.

"아저씨, 엘리는 어딨어요?"

아저씨는 도로를 보며 한숨만 푹 내쉴 뿐이었다.

"엘리는 어쨌냐고요!"

격분한 그레이스가 그의 멱살을 쥐려 할 때에야 아저씨가 말문을 열었다.

"지하실에 무사히 잘 있어."

"낸시랑 단둘이요? 그게 어떻게 무사해요! 낸시가 엘리를 죽일 거예요!"

제가 정신을 잃고 있는 사이 이미 죽였을지도 모른다는 생각이 들자 심장이 철렁 내려앉으며 숨이 쉬어지지 않았다.

"제발, 어서 돌아가요!"

운전대를 꺾으려는 그녀를 아저씨가 떼어 냈다.

"진정해, 그레이스. 낸시는 수면제를 먹여서 재우고 오는 길이다."

아저씨가 그레이스의 얼굴을 흘끔 보며 혀를 쯧, 차더니 중얼거렸다.

"잠깐 자리를 비웠더니 둘이서 아주 서로를 너덜너덜하게 만들어 놓았더구나. 적당히 하고 화해할 것이지."

두 사람을 놀다 다툰 아이들로 취급하는 말에 그레이스는 잠시 말문이 막혔다.

"…아저씨 눈에는 이게 애들 싸움으로 보이세요?"

"내 눈엔 너희 둘 다 내 딸 같은 아이들이야. 딱한 것들…."

"아저씨의 딸 같은 낸시가 제 딸을 죽이게 두고 오셨잖아요!"

"재워 두고 왔다고 하지 않았니."

그레이스는 혼란스러운 눈으로 아저씨와 차창 밖을 번갈아 보았다.

"그런데 왜 나만…."

왜 엘리를 그곳에 혼자 두고 나만 차에 태우고 온 걸까.

차는 익숙한 시내를 달리고 있었다. 그레이스가 숨어 살던 도시였다.

"지금 나를 어디로 데려가는 거예요?"

"기차역으로 가는 길이다."

"네?"

말이 떨어지기 무섭게 기차역 근처의 한산한 골목에 트럭이 멈춰 섰다. 아저씨가 지갑을 꺼내더니 꼬깃꼬깃한 지폐 몇 장을 그레이스에게 내밀었다.

"받아."

그레이스는 돈을 받지 않고 아저씨에게 매달렸다.

"아저씨, 저를 보내 줄 게 아니라 엘리를 보내 주세요. 그 어린애가 무슨 잘못이 있다고 이러시는 거예요? 복수를 하고 싶으시면 저한테 하시면 되잖아요! 손톱을 뽑아도 좋고 손가락을 잘라도 좋아요. 그래도 성에 안 차면 죽이세요. 무슨 짓을 해도 좋으니까 아이는 제발 제 아빠에게 보내 주세요!"

그를 붙잡은 채 빌고 울부짖었지만 아저씨는 그레이스에게 눈길 한번 주지 않고 바닥에 떨어진 그녀의 코트를 주워 주머니에 지폐를 쑤셔 넣기만 했다.

"아저씨, 제발요. 제 딸은 살려 주세요."

아저씨가 긴 한숨을 내쉬더니 고개를 저었다.

"아저씨!"

"너를 보내 주는 게 아니야."

"네?"

"게다가 난 복수할 생각도 없다. 낸시는 다르겠지만."

"그럼 도대체 왜 이러시는 거예요?"

"네가 낸시의 복수를 해 주거라. 그럼 낸시도 원한을 풀고 너와 네 딸을 봐주겠다는구나."

아저씨가 좌석 뒤로 손을 뻗더니 무언가를 꺼내 그레이스의 무릎 위에 놓았다. 바이올린 케이스였다.

"네 딸은 내가 잘 돌봐 줄 테니 넌 네가 해야 할 일만 생각해."

바이올린 케이스를 보자마자 아저씨가 말한 복수의 의미를 깨달은 그레이스의 손이 주체할 수 없이 떨리기 시작했다.

"네가 해냈다는 소식이 들리면 내셔널 트리뷴지에 광고를 내서 접선할 장소와 시각을 알려 주마. 내가 할 말은 여기까지다. 그럼 이제 가거라."

그러나 그레이스는 그 자리에 얼어붙어 꿈쩍도 하지 못했다. 차창 밖만 바라보며 기다리던 아저씨가 겁 많은 아이를 타이르는 투로 말했다.

"어렵지 않은 일이잖니."

"…."

아저씨가 그레이스를 돌아보더니 멈칫했다. 충격적인 광경이라도 본 것처럼 그의 눈동자가 흔들리더니 이내 멈추며 그레이스를 엄하게 노려보았다.

"어려운 일이 아니길 바란다."

아저씨는 그래도 내리지 않고 버티는 그레이스를 억지로 끌어냈다.

"우린 이제 거기 없을 테니 신고할 생각은 말거라. 낸시를 자극하지 마. 그저 시키는 대로만 하면 딸을 돌려줄 거다."

"그럴 리가 없는 건 아저씨가 더 잘 아시잖아요!"

"네 딸의 안전은 내가 보장하마. 난 네게 진 빚도 있잖니."

"제게 목숨을 빚졌으면서 어떻게 이런 잔인한 짓을 할 수가 있어요!"

그는 매달리는 그레이스를 떼어 내고 코트와 바이올린 케이스를 떠안기더니 운전석에 올랐다.

"아저씨! 아저씨, 제발!"

쾅. 문이 닫히고 차가 출발했다. 의미가 없는 줄 알면서도 트럭을 쫓아가다 다리의 힘이 풀리며 넘어졌다.

"흐흑…."

주저앉은 그레이스의 눈에 조금 전 내던진 바이올린 케이스가 들어왔다. 버클이 풀려 열린 틈으로 안에 든 것이 똑똑히 보였다.

기관단총.

차가 사라진 골목길 모퉁이를 바라보며 하염없이 눈물을 흘리는 그레이스의 머릿속에서 아저씨가 살인의 수단과 함께 던진 말이 메아리쳤다.

"윈스턴, 그 악마를 죽이는 일이 네겐 잔인하니?"

내겐 당신들이 악마야.

고문과 겁탈과 살인을 서슴지 않고 어린아이까지 인질로 붙잡는 악마들. 그 악마들의 손아귀에 내 딸이 붙잡혀 있다.

엘리를 홀로 두고 떠나던 순간이 눈앞에 어른거렸다. 그녀에겐 세상에서 가장 귀한 아이가 초라하게 뒤집어쓰고 있던 종이봉투의 틈으로 눈물을 머금은 청록빛 눈동자가 그녀를 간절히 바라보았다.

"금방 올게."

지키지 못할 약속을 하던 그녀에게 아이의 눈이 말했다.

엄마, 엘리 무서워.

그 모습이 내겐 네 마지막 기억이 될지도 모른다.

그런 생각이 번뜩 드는 찰나 그레이스의 눈빛이 돌변했다.

"엘리…."

그레이스는 힘이 풀린 다리를 거친 흙길에 질질 끌며 바이올린 케이스를 향해 기어갔다. 날카로운 자갈과 모래가 무릎과 정강이에 박혔으나 고통은 느껴지지 않았다. 혼미한 머릿속으로는 오직 이름 하나만이 메아리쳤다.

"엘리…."

총이 든 가방이 엘리로 보이기 시작했다. 그녀는 바닥에 널브러진 가방을 세상에서 가장 사랑하는 사람인 양 끌어안았다.

아니, 세상에서 유일하게 사랑하는 사람이야.

"*어렵지 않은 일이잖니.*"

어렵지 않은 일이야.

❖ · ❖

이미 해가 뜨고도 남았을 시각이었으나 회색빛 먹구름이 짙게 낀 탓에 사방은 새벽처럼 어두웠다.

차가 윈스턴 저의 정문에 다다르자 헤드라이트 불빛을 본 문지기가 뛰어와 문을 열었다. 이윽고 저택을 빠져나온 세단은 포화처럼 세차게 쏟아지는 비를 헤치고 텅 빈 도로를 천천히 달렸다.

조수석에 앉은 캠벨은 몇 년째 해 왔던 대로 오늘의 일정을 읊으려다 관두었다. 어차피 뒷좌석에 앉은 소령은 듣지 않을 것이다.

요즘은 그를 코앞에서 불러도 듣지 못하는 일이 잦았다. 눈은 항상 초점이 없었다. 말수도 현저히 줄었다.

시체 같았다.

소령은 다시 눈을 뜬 날 후로 왕성하던 언론이나 사교 활동을 완전히 멈추고 저택에 칩거 중이었다. 그럼에도 하루도 빠짐없이 사령부로 출근하니 칩거라는 말은 어폐가 있는지도 모른다.

소령이 오랜 세월 군에 몸담으며 몸에 붙은 습관대로만 일해도 특임단은 평소처럼 돌아갔다. 그렇다 하더라도 이젠 다른 사람들마저 윈스턴 소령이 예전 같지 않다는 걸 눈치채기 시작했다.

엄격하던 상관이 이젠 부하들의 실수나 잘못에 아무런 말도 하지 않는다. 습격 사건의 진실을 모르는 이들은 죽음의 문턱까지 다녀오고 나니 사람이 너그러워졌다는 소리를 하지만….

글쎄.

그가 보기에 소령은 삶의 의지를 버린 사람 같았다.

그러던 소령이 며칠 전 갑자기 이해할 수 없는 명령을 내렸다. 여자와 아이의 출국 금지령을 해제하라는 것이었다.

캠벨은 그의 밑에서 일하기 시작한 이래 처음으로, 자신이 명령을 제대로 이해한 게 맞느냐는 질문을 세 번이나 던졌다.

그리고 그날 후로 소령은 무언가를 기다리는 사람처럼 보이기 시작했다.

죽음을 기다리는 사람 같다는 건 내 과도한 걱정일 뿐일까.

모든 걸 가진 남자가 아무것도 가진 것이 없는 여자의 소유가 되지 못한다는 이유만으로 자신을 버리려 한다.

소령의 결단이라면 아무리 무모해도 그럴 만한 이유가 있다고 생각하기에 무조건 따르는 캠벨이지만 이것만은 죽는 순간까지 이해하지 못할 것이다.

소령이 밤낮없이 여자를 찾아 온 왕국을 뒤지던 그 혼란스러웠던 시절이 그리울 정도로 캠벨은 지금의 평화가 두려웠다.

이대로 영원히 끝이 아니길. 총성이 다시 빗발치기 직전의 숨죽인 정적이길.

평화를 위해 살아야 하는 군인이 전쟁을 기원했다.

캠벨의 추측은 틀리지 않았다. 레온은 오로지 죽음만을 기다렸다.

나를 죽여 줘.

하지만 그의 사신은 답이 없었다.

그래, 넌 여전히 내가 불행하길 바라는 거지. 그러니 자비는 베풀어 주지 않겠지.

그레이스는 다시 전화를 하겠단 약속을 지키지 않았다. 그저 빈말로 한 약속을 믿고 온종일 전화가 울리기만을 기다린 자신이 한심한데 그걸 알면서도 여전히 기다린다.

그래도 떠나기 전에 한 번은 전화를 주겠지.

어쩌면 그렇게 기대하라고, 그렇게 영원히 가망 없는 희망 속에서 기다리라고 한 약속인지도 모르겠다.

그레이스의 고문법이 통했다는 말은 하지 말걸 그랬다.

그렇지만 이게 맞아. 난 영원히 불행해야 해.

그는 그 여자의 자비 따위 누릴 자격이 없었다. 그녀가 언젠가 제게 죽으라는 명령을 내려 주기 전까진 산지옥에서 그레이스가 내린 형벌을 달게 감내해야 한다. 그렇게 오늘도 그레이스의 리볼버를 제 턱 아래에 찔러 넣고 방아쇠를 당기고 싶은 충동과 싸우던 때였다.

끼익.

미끄러지듯 달리던 차가 급작스럽게 멈춰 섰다.

"미친 여잔가…."

운전수가 욕설을 중얼거리는 찰나 레온의 직감이 번뜩였다. 정면으로 시선을 돌리자마자 죽어 있던 그의 눈동자에 생기가 돌아왔다.

눈이 부신 헤드라이트 불빛 속에 유령처럼 창백한 여자가 서 있었다.

레온은 문을 벌컥 열고 쏟아지는 빗속으로 나가 그레이스에게 주저 없이 다가갔다. 단 한 걸음만이 남은 순간, 그녀의 등 뒤에 줄곧 숨겨져 있던 손이 나타났다.

두 손에는 기관단총이 들려 있었다.

여자가 그에게 총구를 겨누는 것을 보고 뛰어나오려는 캠벨에게 레온은 오지 말라 손짓했다. 시선은 줄곧 그레이스의 새파랗게 질린 얼굴에 있었다.

"오늘이 내 생일인가? 아니면 성탄절이 석 달 늦게 왔나?"

석 달 만에 처음으로 휘어 올라가는 입꼬리의 느낌이 낯설었다.

"뭐든, 죽는 날인 건 확실하군."

여자는 유령이 아니라 사신이다.

그 이름 그대로 내 인생에서 가장 난해한 수수께끼이자 나의 유일한 은총인 여자가 나를 죽이러 왔다.

레온은 기쁨을 주체하지 못하고 겁도 없이 사신에게서 죽음의 키스를 훔쳤다.

허리를 굽혀 입술을 겹치자 빗물이 맺힌 그레이스의 눈이 커졌다. 그 순간 놀라운 일이 일어났다.

헤드라이트의 빛이 산란되어 여느 때보다 옅은 청록빛 눈동자가 그를 응시한다. 청록빛이라니. 그 빛깔을 시작으로 온통 회색빛이기만 하던 시야를 색채가 물들여 나갔다.

죽었던 감각이 하나둘 살아나기 시작한다.

그레이스의 피비린내가 코를 찌르자마자 흙내를 머금은 겨울비의 역겨운 비린내가 느껴졌다. 그보다 역겨운 건 찢어진 입술에서 배어 나온 그녀의 피 맛이었다. 시가로 입가심을 하고 싶은 생각이 절실해졌다.

입술을 떼고 물러났다. 그제야 비로소 집 나갔던 개처럼 비를 맞은 꼴로 새파랗게 질려 오들오들 떠는 여자가 또렷하게 보였다.

레온은 트렌치코트를 벗었다. 입혀 주려고 다가가니 총을 빼앗으려는 줄 알았는지 여자가 총을 움켜쥐며 뒷걸음질 쳤다.

자기야, 내가 왜 소원을 이룰 기회를 스스로 걷어차겠어.

비틀려 올라갔던 레온의 입꼬리가 돌연 딱딱하게 굳었다. 다시 가까이 다가가서 보니 예쁜 얼굴이 새파랗고 새빨간 멍 자국으로 얼룩덜룩했다.

그는 그제야 깨달았다.

그녀의 곁에 있어야 하는 것이 없다.

아이가 없다.

남자는 그레이스의 머리에 트렌치코트를 베일처럼 씌워 주더니 곧바로 물러섰다. 그러곤 이해할 수 없는 짓을 했다.

"하….."

날카롭게 쏟아지는 빗속에서 혼자 미치광이처럼 웃기 시작했다.

"그렇지. 나라도 나를 택하진 않지."

그는 무엇이 그렇게 재밌는지 눈꼬리를 휘어 웃으며 중얼거렸다. 정모의 챙으로 가려진 얼굴을 타고 흐르는 빗물 때문에 우는 것처럼 보이기도 했다.

"시가 한 대를 피울 시간 정도는 베풀어 줄 수 있겠지?"

남자는 대답을 기다리지 않고 장교복의 재킷 안쪽으로 왼손을 넣었다.

"습관이란 무서워. 아무런 맛도, 향도 느껴지지 않는 걸 항상 지니고 다니다니."

그는 시가를 꺼내더니 이상한 짓을 했다. 바로 입에 물지 않고 눈앞으로 들어 올렸다. 허공에 영원을 상징하는 기호를 그리듯 천천히 돌리는 사이 시가는 빗물에 흠뻑 젖어 갔다.

"한때 내 상관이었던 험프리 중령, 기억나?"

"…."

"그자가 그러더군. 시가를 물에 적셔 피우면 그 풍미가 더욱 깊어진다는 거야. 위스키나 럼에 담근 시가를 피워 본 적은 있지만 물이라니…. 웃어넘겼지만 솔직히 말해 물로 적시면 어떤 맛일지 궁금하긴 했어."

남자는 시가의 겉이 짙은 갈색이 되도록 푹 젖고서야 그 끝을 자르고 입에 물었다. 철컥, 라이터에서 불꽃이 솟았다. 빗물이 떨어지지 않도록 시가의 끝을 가린 손은 뼈와 힘줄의 굴곡이 예전보다 도드라지게 야위어 있었다.

몇 번의 시도 끝에 불이 붙었다. 남자는 볼이 움푹 패도록 시가를 빨아 당기더니 흰 연기를 길게 뱉었다. 헤드라이트 빛 속으로 퍼지던 연기는 빗물에 금세 녹아 사라졌다.

"흠…. 떠들어 댔던 것만큼 대단한 맛은 아니군."

평민들의 값싼 취향이란. 남자는 긴 손가락 사이에 끼운 시가를 내려다보며 눈매를 찡그리더니 그레이스에게로 시선을 돌렸다. 눈이 마주치는 순간 그의 눈매가 크게 휘어졌다.

"자기야, 내 마지막 소원을 들어주러 여기까지 왔어?"

문득 기시감이 들었다.

"자기야, 죽기 전 마지막 외출은 잘하고 왔어?"

그레이스는 장교복을 입은 채 빗속에 선 남자를 바라보며 그 언젠가 그에게서 벗어나려다 붙잡혔던 새벽을 떠올렸다.

총을 든 사람이 바뀌었다. 총구가 떨리는 건 바뀌지 않았다. 그때와 다르지 않은 것은 한 가지 더 있었다.

"죽으라는 말 한마디만으로도 충분한데, 이 먼 곳까지 행차해 네 얼굴을 보여 주다니. 네가 나 따위에게 이토록 관대한 자비까지 베풀 줄이야. 고마워, 자기야."

그날처럼 정모가 드리운 그늘 속에서 남자의 눈동자가 차가운 분노를 번뜩였다.

"아니지. 감사 인사는 나를 죽이라고 지시한 놈들에게 해야겠군."

눈치가 빠른 남자는 전말을 모두 알아챘다. 그가 그토록 원하던 죽음

앞에서 기쁨이 아니라 분노를 느끼는 이유였다.

"저격용 소총도 아니고 기관단총이라니. 눈을 마주한 채 벌집으로 만들어 죽이란 소리군. 녀석들에게 전해 줘. 내가 고마워하더라고. 덕분에 내가 가장 사랑하는 걸 보며 죽을 수 있게 됐으니, 최고의 생일 선물이야."

시가를 문 남자의 잇새로 웃음이 픽, 터져 나왔다. 남자는 맛이 없다던 시가의 연기를 입 속에서 음미하듯 굴리다 뱉더니 뭔가를 갑자기 떠올린 듯 손가락을 딱 튕겼다.

"아, 죽기 전에 유언은 남겨야지."

그는 기관단총의 탄창을 시가로 가리켰다.

"총알 아껴."

기가 막힌 유언에 그레이스는 입을 떼자마자 입술을 아프도록 깨물어야 했다.

"나머지는 너를 이렇게 만들고 우리 딸을 데려간 새끼에게 갈겨."

아이를 위해 그의 목숨을 기꺼이 내놓을 테니, 책임지고 복수하란 뜻이었다.

"엘리에게는 아빠가 영원히 사랑한다고 전해."

그레이스의 입술에 이가 더욱 깊이 파고들었다.

"이딴 것들이 부모라서 미안하단 말은…."

남자는 눈을 찡그리며 웃는 것도, 우는 것도 아닌 표정을 지었다.

"엘리가 좀 더 크고 나서 해."

엘리를 책임지고 구해서 끝까지 키우라는 질책처럼 들렸다. 고개가 저도 모르게 수그러지는 순간 굵은 물방울이 빗물에 섞여 총열로 떨어졌다.

"마지막으로, 지옥은 이제부터 내 땅이니까 발 들일 생각 마. 다신 꼴도 보기 싫으니까."

총의 그립을 쥔 두 손이 걷잡을 수 없이 떨리기 시작했다.

"내 유언은 여기까지."

남자는 반밖에 태우지 않은 시가를 빗물이 고인 길에 던지더니 성큼 다가와 그레이스에게 손을 뻗었다. 총을 빼앗으려는 줄 알았으나 아니었다. 그는 제 손으로 총의 안전장치를 풀더니 다시 물러났다.

"쏴."

남자가 눈을 감았다.

수작질 집어치워.

그레이스는 힘주어 웃음을 참았으나 얼마 가지 못했다.

"아, 장례식 때 관을 열어 놓을 수 있게 얼굴은 봐줘."

"미치광이, 흑⋯."

웃음이 터져 나오자마자 울음으로 변했다.

정작 미친 건 자신이었다.

남자의 입술이 닿던 순간, 꿈에서 깬 것처럼 정신을 차렸다.

내가 왜 여기 있지? 왜 총을 이 남자에게 겨누고 있지?

혼란에 빠져 남자가 떠드는 말을 듣고만 있었다. 그사이 서서히 정신이 또렷해지며 제가 무슨 짓을 하려 했는지를 깨달았다.

반군에게 붙잡혀 있는 내내 죽었을까 봐 걱정하던 남자를 내 손으로 죽이려 했다.

"그렇지. 나라도 나를 택하진 않지."

"마지막으로, 지옥은 이제부터 내 땅이니까 발 들일 생각 하지 마. 다신 꼴도 보기 싫으니까."

그렇게 또다시 남자에게 상처를 주었다.

그걸 깨닫는 순간 받은 충격은 낸시에게 머리를 맞았을 때 느낀 것보다 고통스러웠다.

덜커덕.

총을 멀리 내던졌다. 그레이스는 덜덜 떨리는 손으로 얼굴을 감싸 쥐었다.

"흐흑…."

들리는 건 귀가 먹을 듯한 빗소리와 제 흐느낌뿐. 익숙한 발소리는 들리지 않았다.

손을 내려 남자를 마주 보았다. 그는 감았던 눈을 뜨고 그레이스를 지그시 응시하고 있었다. 깊이 가라앉은 눈동자가 말했다.

내가 필요해?

그래.

난 이제 너를 쫓지 않으니 네가 돌아와.

그레이스는 힘이 거듭 풀리는 다리를 질질 끌고 걸어가 쓰러지듯이 그의 젖은 가슴팍에 얼굴을 묻었다.

"미안해."

남자의 두 손이 그녀를 붙들었다. 몸을 더듬어 올라오다 끝내 뺨을 감싸 쥐는 손이 떨리고 있었다.

"말해."

고개가 위로 들리며 뚜렷하게 음영이 진 얼굴이 눈에 들어왔다. 인간의 것이 아닌 것만 같은 눈동자가 광기를 불태웠다.

"어떤 새끼야."

분노를 짓씹어 뱉는 입술을 바라보던 그레이스는 그의 뺨을 쥐고 입술을 포갰다. 죽음의 키스가 아닌 계약의 키스였다.

지옥에서 살아남는 방법은 두 가지이다. 악마가 되거나, 악마와 손을 잡거나.

"그 악마를 죽이는 일이 네겐 잔인하니?"

그래, 나의 악마니까.

성장통 II

VENGEANCE NAMED LOVE

"창문으로 보이는 곡물 저장탑에 벗겨진 빨간 페인트가 칠해져 있었어."

"어서 들어가."

"그 뒤론 큰 강이 보이고…."

남자의 재촉에 욕실로 들어선 그레이스는 눈앞의 광경에 잠시 말을 잊었다. 이곳은 남자의 침실처럼 예전 그대로였다. 단 한 가지만을 제외하고.

부서져 반도 채 남지 않은 거울을 왜 녹이 슬도록 바꾸지 않았을까.

의아한 눈빛을 보냈으나 남자는 눈을 피하며 그레이스의 어깨에서 트렌치코트를 벗기기만 했다. 그레이스도 모른 척 말을 이었다.

"거리나 방향을 봐선 스토크강 같아."

처음 트럭의 짐칸에 실려 갔을 때 소요 시간과 이동 방향을 대략적으로나마 기억해 두었다. 농장은 부두의 빈민가에서 차로 두 시간가량 떨어진 곳에 있었다. 남자에게 그것부터 알려 주고선 고문을 당할 때 창밖으로 보았던 풍경이나 농장의 특징 따위를 횡설수설 읊었다.

"그리고 빵 봉투에…."

기억을 파헤치다 엘리에게 씌워 주었던 종이봉투에까지 생각이 미쳤다. 그레이스는 두려움이 엄습해 따다닥 부딪히기 시작하는 잇새로 어렵게 말을 뱉었다.

"헨슨이라는 이름이 적혀 있었어. 근처에 있는 베이커리의 이름일 거야."

"…."

"듣고 있어?"

남자는 말이 없었다. 그의 시선을 따라가 보자 왜 그녀의 코트를 벗겨 손에 든 채 굳어 있는지를 알 수 있었다.

블라우스부터 치마, 스타킹까지 죄다 굳은 피로 물들어 있었다.

"의사 먼저…."

그레이스는 나가려는 남자를 붙잡았다.

"내 피가 아니야."

어쩌면 몇 방울 정도는 그녀의 피일지도 모른다.

"엘리의 피도 아니야."

남자의 눈에서 다시 이글거리던 광기가 가라앉았다. 그러나 얼마 가지 못했다.

"…이건 누구 짓이지?"

왼손 새끼손가락에 엉성하게 감긴 붕대를 풀어 본 그가 이를 악문 채 물었다. 너덜너덜해진 그레이스의 손끝을 받쳐 든 그의 손이 눈에 띄게 떨리고 있었다.

"아프지도 않아?"

마음의 통증 탓에 몸의 통증은 느껴지지도 않았다. 고개를 젓자 남자의 표정이 더욱 일그러졌다.

넋이 나간 그레이스의 얼굴과 손톱이 있어야 하는 자리에 핏덩어리가 말라붙어 있는 손가락을 번갈아 보던 남자가 눈을 질끈 감으며 한 손에 얼굴을 묻더니 목이 졸리는 듯한 신음을 냈다.

"이걸 어떻게 참았어? 이게 어떻게 아프지 않을 수가 있어?"

그가 괴로워하는 것을 물끄러미 바라보던 그레이스는 속으로 물었다.

너 한때는 내 손톱을 뽑고 싶어 하지 않았어?

그러나 눈앞의 남자는 그녀의 힐난을 받아야 하는 괴물이 아니었다.

"엘리는….'

"너부터."

남자는 숨을 한번 크게 들이켜더니 그레이스의 옷을 하나씩 벗겼다. 흙과 피투성이이던 옷이 사라지자 멍과 상처투성이인 몸이 드러났다.

"이런 꼴로 어떻게 여기까지 온 거야? 아무도 붙잡지 않았어?"

붙잡았을지도 모른다.

"…기억이 안 나."

바비 아저씨를 쫓아가려다 넘어졌는데 정신을 차리고 보니 네게 총을 겨누고 있었다는 말을 했다. 그레이스의 시야 한가운데에서 더더욱 일그러져 가던 그의 얼굴이 갑자기 흐릿해졌다.

"…나 무슨 짓을 하려 한 거야."

"너 대체 무슨 짓을 당한 거야?"

그레이스만큼이나 레온에게도 충격적이었다. 그가 무슨 짓을 해도 버티던 강한 여자가 자신을 잃고 미쳤다.

"처음부터 끝까지. 놈들이 한 짓, 빠짐없이 말해."

그레이스의 말을 듣는 내내 그의 머릿속에는 낸시 윌킨스와 로버트 피셔에게 가할 고문이 하나씩 늘어 갔다.

샤워를 하고 나오자 언제 불렀는지 처음 보는 의사가 기다리고 있었다. 그는 그레이스에게 이것저것 물으며 진찰을 하더니 별것 없는 진단을 내렸다.

"대부분 찰과상과 타박상이고 다행히도 골절은 없군요."

"없다니까? 내 말 맞잖아. 그러니까 이건 시간 낭비야. 가서 엘리를 찾아."

그러나 옆에 버티고 선 남자는 딱딱하게 굳은 표정을 조금도 풀지 않은 채 의사에게 명령조로 물었다.

"열두 시간 정도 기억이 없다는데 뇌 손상은."

"그건 두고 봐야 알 수 있을 겁니다. 뇌진탕 때문에 일시적인 정신 착란과 기억 상실이 나타난 걸 수도 있습니다."

남자는 주의 사항과 치료법 등을 묻더니 왕진 가방을 털다시피 약을 받아 내곤 의사를 내보냈다. 그가 모르핀이 든 물약 병을 열려 하자 그레이스가 말렸다.

"단서를 더 기억해 낼지도 몰라. 맑은 정신으로 깨어 있고 싶어."

그는 못마땅한 눈으로 그레이스를 내려다보다 한숨을 쉬며 병을 내려놓았다.

"손."

남자가 이번에는 소독약 병을 열며 테이블에 손을 얹으라고 눈짓했다.

"내버려 둬. 손톱은 다시 나잖아."

"넌 엘리가 다쳐도 그렇게 말할 건가?"

그레이스는 그의 얼굴을 물끄러미 올려다보다 조용히 손을 내어 주었다.

"아!"

소독약 탓에 상처가 쓰라렸다. 남자는 소독약을 닦아 낸 자리에 연고를 바르고 거즈를 덧대며 중얼거렸다.

"전문의를 불러야겠어."

"의사가 필요한 사람은 내가 아니라 엘리야."

열은 떨어졌지만 감기가 완전히 낫지는 않았다. 아픈 아이를 악마들의 손아귀에 두고 저는 여기서 분에 넘치는 치료나 받고 있자니 답답해 미칠 지경이었다.

"집무실로 가."

손가락에 붕대를 대충 두르며 일어서는 그레이스를 남자가 다시 앉혔다.

"왜?"

"농장을 찾아 수색하는 일은 캠벨이 맡고 있어."

"그렇다고 우린 가만히 있을 거야? 농장을 못 찾으면? 농장을 찾더라도 거기 없을 게 뻔해. 그럼 다음 수를 생각해 놓아야 할…."

그레이스는 남자의 냉철한 눈을 마주하곤 입을 다물었다. 저 남자는 이미 아이가 납치되었다는 걸 알아챈 순간부터 수백 가지 수를 생각해 두었을 것이다.

그런 남자를 몰아붙이다니.

"내 잘못인데 누구더러…."

'우리'에게 책임을 돌리지만 일이 이렇게 된 건 모두 제 탓이었다.

다시 일어나려던 그레이스는 털썩 주저앉았다.

"바비 아저씨와 낸시 모두 내가 풀어 줬어."

죄를 자백하는 목소리에 자기혐오가 적나라하게 배어 있었다.

하지만 마주 앉은 남자는 그녀에게 시선 한번 주지 않고 정강이의 쓸린 상처를 소독약에 적신 거즈로 닦기만 했다.

내게 화가 났겠지.

"미안해."

남자는 그녀의 사과가 탐탁지 않은 듯 미간을 살짝 구겼다.

"네가 사과하면 나도 사과해야 해. 넌 네 일을 했던 게 잘못이라고 한다면 난 내 일을 못 한 게 잘못이지."

반군을 잡는 것이 그의 역할이니. 레온에겐 엘리의 납치를 두고 서로의 잘잘못을 가리는 게 무의미했다.

정강이의 상처마다 연고를 바르고 큰 상처에는 거즈와 붕대를 덧대었다. 이토록 만신창이인데 아프지 않다니. 생각할수록 참담해졌다.

이 여자는 이제 그의 것이 아니다. 실은 단 한순간도 그의 것이었던 적 없다. 그럼에도 여전히 다른 남자가 그레이스의 몸에 손을 대는 게 싫어 레온은 손수 치료를 도맡았다.

몸의 다른 곳도 확인하고 얼굴에 연고를 바르기 시작했다. 밝은 곳에서 보니 상태가 더 심각했다.

이 여자를 이렇게 만든 손을 수백 조각으로 으스러뜨리겠다고 차분히 다짐하던 때였다. 그를 낯선 사람 보듯이 응시하던 여자가 물었다.

"넌 내가 밉지 않아?"

"미워."

"그런데 왜…."

"밉지만 네가 왜 그런 선택을 했는지 아니까 널 비난하진 못하겠어."

넌 나쁘지 않아. 상황이 나빴던 거야.

그녀의 편을 드는 말까지 덧붙이고 다시 연고를 바르기 시작했다. 그의 손길을 가만히 받던 여자가 멍하니 중얼거렸다.

"난… 널 이해할 수가 없어."

얼굴에 불편한 기색이 역력했다.

"넌 내가 아니라 너를 이해하지 못하는 거야."

널 불편하게 만드는 사람도 내가 아니라 너야.

레온은 불편한 기색이 더더욱 뚜렷해지는 얼굴을 정면으로 응시하며 답이 이미 정해진 질문을 던졌다.

"나는 거침없이 하는 말을 너는 왜 못 할까. 그렇지?"

그레이스는 마침 조금 전 그녀의 허를 찔렀던 남자의 말들을 곱씹던 중이었다.

믿지만 네가 왜 그런 선택을 했는지 아니까 널 비난하진 못하겠어.

넌 나쁘지 않아. 상황이 나빴던 거야.

그래. 내가 하고 싶고, 해야 할 말들을 너는 거침없이 가로채. 나는 차마 하지 못하는데.

"지금 내가 네 속을 들여다보는 것도 불쾌할 거야. 화가 나, 그렇지?"

레온은 억지로 발가벗겼을 때처럼 제 눈을 피하는 여자를 지켜보다 픽 웃었다.

"넌 사실 내가 아니라 네게 화가 나는 거야. 내가 뭘 해야 그 사실을 인정할지 궁금해."

아니, 이 남자는 아무것도 할 필요가 없다. 그레이스도 이미 아는 사실이었다.

곁에 있지도 않은 남자에게 화를 내며 보냈던 지난 3년을 되돌아보게 되었다. 제멋대로 온종일 이 남자를 떠올렸다. 잠들었을 때마저 그를 생각하는 걸 멈추지 못했다. 그러곤 있지도 않은 남자를 탓했다.

지독해. 넌 정말 지독해. 내가 떠나려 마음먹을 때마다 이러지. 3년 내내

내 머릿속을 한시도 떠나지 않고 멋대로 휘저어 놓더니 여전히 이래.

실은 이 남자가 아닌 자신에게 퍼부어야 하는 힐난이었다. 레온 윈스턴에게서 몸은 벗어나고도 마음을 그에게 스스로 얽매는 자신에게 화가 난 것이었다.

"기억나? 죄가 있는 사람은 떳떳하게 사랑할 수 없어서 너를 결백한 사람으로 만들었냐고 내게 물었었지. 솔직히 그런 면이 없지 않아 있었어."

"……"

"그렇지만 이젠 당당히 말할 수 있겠네. 난 죄 많은 너도 사랑해."

넌 대체 왜. 죄지은 자를 사랑한다는 말을 너무도 쉽게 하는 남자를 그레이스는 경계심 어린 눈으로 응시했다.

"불편하지? 네가 내게 무슨 짓을 해도 사랑한다니. 내가 성자라도 되는 양 굴어서. 죄 많은 나를 사랑한다고 당당하게 말하지 못하는 네가 속좁게 느껴져서."

"난 널……"

사랑하지 않아. 그렇게 말하려다 관두었다.

제 입으로 반박하는 건 도리어 그의 논리에 힘을 실어 주는 길이었다. 남자는 이미 그 속내까지 다 안다는 듯이 눈꼬리를 휘어 웃었다.

"어떻게 내게 고통을 준 남자를 용서해. 어떻게 사랑할 수 있어. 이렇게 네 양심이 질타하겠지."

"……"

"누구를 위한 양심인 건지는 모르겠지만."

남자가 입을 다물고 있는 그레이스를 물끄러미 바라보더니 쓸쓸한 미소를 지었다.

"내가 왜 네 심리를 잘 알까. 그야 나도 그랬으니까."

"…."

"넌 내가 뭘 하든 널 보잘것없게 만든다고 생각하지. 심지어 너를 위해서 하는 일조차. 내가 유경험자로서 하는 말이니까 믿어 줘. 나도 너를 사랑하는 걸 인정하지 못할 때 그런 마음이었어."

"…."

"그런데 다 잃고 보면 알게 돼. 양심의 소리를 듣는 건 의미 없는 짓이지."

남자는 그녀의 얼굴 곳곳에 연고를 바르며 양심에 관한 제 철학을 떠들기 시작했다.

양심이란 속박이다.

갓 태어난 아기에겐 양심이란 것이 없다. 도덕이란 미명하에 사회가 가하는 강요가 쌓이고 쌓여 만들어 낸 후천적인 세뇌를 우리는 양심이라고 뭉뚱그려 부를 뿐.

양심이란 권력자의 게으르고도 기발한 인간 지배의 수단일 뿐이다.

권력자들이 양심을 지키지 않는 것이 그 증거다. 지배자들이 휘두르는 양심이라는 채찍에 맞은 피지배자들은 그것이 질서를 유지하기 위한 수단일 뿐이란 것을 모르고 신처럼 받든다.

양심이란 결국 거짓이다.

"그래서, 양심은 일찌감치 버리는 게 좋아."

남자는 그런 결론을 내리더니 그레이스와 눈을 마주했다. 얼굴에 웃음기는 전혀 없었다.

"그레이스, 믿어. 네가 어떤 짓을 해도 난 널 사랑해. 넌 그렇게 해 줄 사람이 필요해."

꽤나 유혹적인 말에 마음이 흔들리지 않는다고 하면 거짓일 것이다.

어떤 짓을 해도 사랑해 주는 사람을 원하지 않는 자는 없다.

하지만 난 너를 원하지 않아.

시선을 피해 고개를 숙였다. 남자의 손끝이 그녀의 턱을 밀어 올렸다. 고개를 숙이기에 키스를 하려는 줄 알았으나 아니었다.

끈적한 손끝이 입술 위에서 길게 미끄러지더니 도톰한 살점의 가운데를 굴리듯이 문질렀다. 찢어진 입술에 연고를 바른 남자가 그녀의 눈을 마주 보며 묘하게 입매를 비틀었다.

"키스하려던 거 맞아. 건드려도 아프지 않을 곳이 없어서 포기했지."

그녀의 얼굴을 이 꼴로 만든 사람을 떠올렸는지 잠시 눈빛이 싸늘해졌다.

"하긴, 내 키스가 네게 아프지 않았던 적이 있겠냐마는."

연고 통을 닫고 일어서는 남자를 그레이스는 올려다보았다. 여전히 저 남자를 보고 있으면 머릿속이 새카맣기만 했다.

"내가 사랑 같은 소리를 했다고 걱정할 건 없어. 넌 내가 필요해서 돌아온 거지 원해서 온 게 아니잖아. 우리 관계는 아무것도 바뀌지 않았다는 걸 나도 알아."

연고가 묻은 손을 닦은 손수건을 테이블로 던진 남자가 돌아섰다.

"출국 금지령은 해제했고 다시 발령하지 않을 거야. 너와 엘리를 보내준다는 내 약속은 여전히 유효해. 물론, 엘리부터 되찾아야겠지."

그레이스가 아직 하지 않은 말을 털어놓으려 했으나 남자는 그럴 틈을 주지 않고 나가 버렸다.

그다음은 네게 달렸어.

그가 남기고 간 마지막 말이 총성처럼 머리를 울렸다.

❖ · ❖

예상은 어긋나지 않았다.

농가를 찾았으나 안에 남은 건 그레이스가 죽인 반군의 시신뿐이었다. 지하실에 있던 그녀와 아이의 짐은 사라져 있었다.

농장과 그 주변을 샅샅이 수색해도 아이를 해친 흔적이나 시신이 발견되지 않자 두 사람은 안도하고 다음 작전에 돌입했다.

[지난 성탄절 전야에 낸시 윌킨스 일당이 자행했던 프레스콧 서커스 방화 및 총격 사건이 가져온 충격을 잠재우고….]

그레이스는 별채 집무실 창가에 서서 라디오에서 흘러나오는 속보에 귀를 기울이며 손톱을 잘근잘근 물어뜯었다.

[기승을 부리는 블랜차드 반군 잔당에게 경종을 울리고자….]

오전 사이에 다 닳아 버린 엄지 대신 검지 손톱을 이로 가져가던 때였다. 문이 벌컥 열리더니 두 시간 전에 사령부로 갔던 남자가 들어왔다.

"뉴스가 나오고 있어."

남자는 당연한 일이라는 듯 고개를 짤막하게 끄덕이곤 책상으로 향했다. 저 속보가 나오게 만든 장본인들이라 서로 긴말은 필요 없었.

농장 수색에 관한 보고를 기다리는 오전 내내 둘은 머리를 맞대고 고심했다.

하루 이틀 내로 레온 윈스턴이 죽었다는 기사가 나지 않으면 엘리의 안위가 위태로워진다.

거짓으로 그가 죽었다고 기사를 내는 방법도 생각해 보았지만 곧바로 접었다. 레온 윈스턴은 군 지휘관, 백작, 귀족원 의원이자 수많은 기업의 수장이었다. 전국에 모르는 사람이 없는 거물의 죽음을 위장하는 여파는 광범위하고도 장기적이었다.

그리고 결정적으로, 그가 죽었다고 해서 놈들이 엘리를 돌려준다는 보장이 없었다.

그래서 결국엔 선제공격을 택했다.

아니, 거부할 수 없는 미끼라고 해야 할까.

[…의 사형 집행을 단행하기로 했습니다.]

두 사람은 아이의 목숨을 쥔 자와의 도박판에 남의 목숨을 판돈으로 걸었다.

위험천만한 도박이다. 하지만 피할 수 없는 도박이다.

손톱 끝이 또다시 이에 짓이겨졌다.

최선이란 것을 알면서도 그레이스는 불안감을 떨칠 수 없었다.

칙. 치지직.

라디오의 다이얼을 돌리던 로버트의 입에서 한숨이 나왔다. 외딴 산장에서는 라디오의 신호가 잘 잡히지 않았다.

그레이스가 그 악마를 처단했는지를 알아야 하는데.

그건 산 아래로 외출한 낸시가 확인해 줄지도 모른다.

"그 몸으로 잘도 돌아다니는군."

젊음이 약인지. 잡신호만 뱉어 내는 라디오를 붙잡고 있어 봐야 별수 없겠다 싶어진 그는 포기하고 2층으로 향했다.

다락방의 문을 열자마자 침대에 누워 있던 아이가 몸을 부스스 일으켰다. 아이는 작은 창으로 쏟아져 들어오는 햇볕이 닿지 않는 곳에 있었음에도 로버트는 짐작할 수 있었다. 구겨진 종이봉투의 틈으로 그를 바라보는 눈동자에는 실망한 기색이 가득할 것이다.

"점심은 먹었니?"

다가가는 그에게 아이는 똑같은 질문만 앵무새처럼 반복했다.

"엄마 어디 가써?"

엘리는 머핀을 끌어안으며 어제 들었던 소리를 떠올렸다. 머리 위에서 쿵쾅쿵쾅 소리가 나더니 엄마랑 다른 사람들이 화가 나서 뭐라고 마구마구 외치는 소리가 들렸다.

엄마가 우는 소리도 들렸던 것 같다.

그러곤 그게 마지막이었다.

금방 온다던 엄마는 다시 오지 않았고 빵을 사다 주는 아저씨와 못된 엄마 친구가 와선 엘리를 트럭에 태워 여기로 데려왔다.

"엘리 엄마 어째써?"

제 엄마에게 심상치 않은 일이 일어났다는 걸 눈치챘는지, 아이의 질문이 달라졌다. 로버트는 막막한 한숨을 내쉬며 의자를 끌어와 아이와 마주 앉았다.

몸을 잔뜩 웅크리며 그를 경계심 어린 눈으로 주시하는 아이를 보고 있자니 또 한 번 한숨이 나왔다.

어린 나이에 벌써 고집이 대단한 아이인 듯했다. 갑갑할 텐데 엄마가 쓰고 있으라 했다는 이유만으로 종이봉투를 절대 벗지 않는가 하면, 장난감과 먹을 것을 사 주었는데도 거들떠보지 않았다.

"엘리, 아저씨는 나쁜 사람이 아니란다. 그러니 그렇게 겁먹을 것 없어."

"그치만 엄마가 우러써."

"그건 낸시 아줌마와 싸워서 그런 거란다. 엘리도 친구와 싸울 때가 있잖니."

그의 말이 통하는지 로버트를 바라보는 아이의 눈빛이 조금은 누그러졌다.

"엄마는 잠깐 일이 있어서 아저씨한테 너를 맡기고 간 것뿐이야. 엄마가 잘 먹고 잘 자고 있으면 널 데리러 온다고 했어."

아이에게 거짓말을 하자니 입이 썼다. 로버트는 속으로 낸시를 또다시 욕하며 겉으로는 웃으려 애썼다.

"그나저나 울지도 않다니. 엘리는 정말 용감하구나."

칭찬을 해 주었으나 아이는 입술을 삐죽 내밀더니 침대 구석에 놓인 제 엄마의 핸드백을 끌어안으며 꿍얼거렸다.

"엄마 오면 울 꺼야. 엘리 어엄청 화나서. 엄마 오면 뽀뽀 안 해 줄 꺼야."

화가 나서 주는 벌이 고작 뽀뽀 금지라니.

악마의 자식이라도 아이는 그저 아이이구나 싶어 또 씁쓸해졌다.

"네가 무슨 잘못이 있겠니."

아이는 보금자리에 도토리를 모으는 다람쥐처럼 제 엄마의 물건을 침대에 모아 두고 있었다. 아무도 갈아입히지 않았는데 아침과는 다른 옷을 입고 있어 자세히 보니 제 옷 위에 제 엄마의 스웨터를 덧씌워 입은 모양이었다.

그제야 아이가 구두를 좌우 반대로 신고 있는 게 눈에 들어온 로버트는 구두를 바르게 신겨 주었다.

"잘 보렴. 이 버클이 바깥쪽으로 오게 신어야 해."

낸시에 이어 그레이스에 엘리까지. 로버트는 남의 딸들의 보모가 된 기분이었다.

"이건 왜 먹지 않았니."

침대 옆의 탁자에는 그가 한 시간 전에 주었던 점심이 올려져 있었다. 우유 잔은 비어 있는데 샌드위치는 한 입 베어 먹은 자국만 있을 뿐 그대로였다.

"맛업써."

차가워. 치즈가 안 녹았어. 빵이 축축해.

아이는 샌드위치를 노려보며 불만을 종알댔다.

귀족은 날 때부터 까다로운 입맛을 갖추고 태어나는 건가. 아침에는 오트밀을 주었더니 설탕으로 졸인 체리와 꿀을 타지 않았다고 한 입도 먹지 않았다. 하루도 채 되지 않았지만 엘리를 돌보고 있자니 그간 고생깨나 했을 그레이스가 더욱 딱해졌다.

그렇다고 어린아이를 굶게 둘 수는 없는 일이지.

로버트는 장을 본 것을 뒤져 아이가 좋아할 만한 것을 찾아왔다.

"엘리 죠."

초코 머핀을 본 아이가 먼저 손을 내밀었다. 인형을 머핀이라고 부르는 걸 보면 이건 좋아할지도 모른다는 생각이 맞았다.

"잠깐만."

아이가 종이봉투의 틈으로 머핀을 가져가자 로버트가 말렸다.

"이건 벗고 먹으렴."

"시러. 엄마가 쓰고 있으래따니까?"

아이는 똑같은 말을 몇 번이나 하게 하는 거냐는 투로 따지며 고집을 피웠다.

"이걸 쓰고 먹으면 엄마가 준 게 더러워지잖니."

엄마를 핑계로 대고서야 아이가 고민하더니 봉투를 순순히 벗었다.
"그래, 착하…."
아이의 얼굴이 드러나자마자 로버트의 숨이 멎었다.
피에 미친 악마가 내 눈앞에….
아, 아니야.
그는 아이가 머핀을 천진하게 베어 먹는 찰나 정신을 차렸다. 굳은 입꼬리를 애써 올려 아이에게 웃어 주는 건 먼저 깊이 심호흡을 한 후에야 할 수 있었다.
"맛있니?"
"응."
아이가 초콜릿을 입가에 묻힌 채 고개를 크게 끄덕였다.
"이젠 네 엄마가 왜 봉투를 벗지 말라고 했는지 알겠구나."
닮아도 너무 닮았어.
아이를 두고 잠시 착각할 정도로.
닮은 건 알고 있었으나 아이가 얼굴을 가리고 있는 며칠 새에 잊어버렸다. 봉투를 쓰고 있을 땐 눈동자만 보인 탓에 막연히 그레이스의 얼굴을 상상했었다.
"…네가 무슨 잘못이 있겠니."
로버트는 또 아이에게서 그 악마를 떠올리게 될까 봐 주문처럼 같은 말을 외웠다.
그러나 머릿속으로는 마지막으로 그 악마를 보았던 순간이 되풀이됐다. 총상을 입고 쓰러진 낸시를 끌어내는 내내 그는 서너 발자국 떨어진 자리에 피를 흘리며 앉아 있는 윈스턴을 끝없이 곁눈질했었다.
두려웠다. 초점 없이 허공을 응시하는 눈이 저를 꿰뚫어 보는 것만 같아서 소름이 돋았다. 한눈을 파는 순간 그를 덮칠까 두려움에 떨었다.

절대자가 힘을 잃었다.

다신 없을 복수의 기회였다. 총알을 갈겨 확인 사살을 하는 것이 맞았으나 그는 그러지 못했다.

그에게 레온 윈스턴은 공포와 동의어이다. 힘을 잃고도 여전히 두려운 존재였다.

"엘리 목말라."

또 잡생각에 빠져 있던 로버트는 머핀을 다 먹은 아이가 우유를 달라고 조르고서야 정신을 차렸다.

낸시도 없으니 아이를 1층으로 데리고 내려왔다. 아이는 우유 한 잔을 다 마시자마자 산장 곳곳을 뒤졌다. 방문을 벌컥벌컥 열고, 그것도 모자라 부엌의 찬장까지 열고 다니는 걸 보니 제 엄마를 찾는 듯했다.

숨바꼭질이라도 하듯이 온 집 안을 종종거리며 돌아다니는 여자아이를 보고 있자니 자연히 옛날 일이 떠올랐다.

"애니, 이리 오렴."

로버트는 낸시의 빗을 가져와 아이의 헝클어진 머리를 빗겨 주었다. 그러며 기도문이라도 외우듯이 되뇌었다.

이 애는 어린아이일 뿐이야. 내 딸과 같은 어린아이일 뿐이야.

"애니, 네가 무슨 잘못이 있겠니."

다시 윤기가 나기 시작한 머리를 쓰다듬으며 중얼거리는 순간 아이가 고개를 도리도리 저었다.

"애니가 아니라 엘리야."

"…그래, 그렇지."

❖ · ❖

폭탄은 던져졌다.

이제 남은 건 상대의 대응 포격을 기다리는 일이었다.

그레이스는 책상에 놓인 시계를 응시했다. 라디오 속보가 나간 지 두 시간밖에 되지 않았는데 이틀은 지난 기분이었다. 시선을 다시 전화기로 옮기던 때였다.

잇새에서 손톱이 휙 빠져나갔다. 책상 건너편에 앉아 메모지에 무언가를 휘갈겨 쓰던 남자가 그레이스의 손을 낚아챈 것이었다.

"이젠 손수 손톱을 뽑으려는 건가."

그는 핀잔을 주더니 그녀의 손을 책상에 놓고 그 위에 뚜껑이 열린 잉크병을 올렸다. 그레이스는 픽 웃으며 잉크병을 치웠다.

나 참, 이런 상황에서 웃음이 나온다.

수많은 서류와 지도가 펼쳐진 책상이 비좁아 보여 귀퉁이에 놓인 빈 접시를 바닥으로 내렸다. 접시에 있던 샌드위치는 이제 그녀의 배 속에 들어 있었다.

남자는 사령부에서 돌아오자마자 점심 식사에 왜 손도 대지 않았냐고 잔소리를 하더니 배가 고프지 않다는 그레이스가 백기를 들 때까지 협박을 일삼았다.

그러고 보니 이 남자가 뭘 먹는 건 보지 못했다.

그레이스는 일에 열중하는 남자를 물끄러미 바라보다 물었다.

"점심은 먹었어?"

"응."

남자는 그녀를 보지도 않고 성의 없이 대꾸했다. 그러자마자 휘갈겨 쓴 메모를 발신함에 넣고 수화기를 들었다. 잔당 추적과 관련해 여기저기 지원을 요청하느라 바쁜 눈치였다.

나도 차라리 집중할 거리라도 있었으면….

"내가 검토할 건 없어?"

또 핀잔을 들을 걸 각오하고 물었는데 남자는 옆에 쌓인 서류 더미를 뒤지더니 서류철 하나를 꺼내 건네주었다.

"거기 적힌 정보가 정확한지, 보충할 건 없는지 확인해."

서류철에는 전국 각지의 군경과 언론에 배포할 수배 정보가 정리되어 있었다. 이미 핵심 정보는 군경에 구두로 전달했으나 상세한 정보를 서면으로 정리해 오늘 중으로 보낼 예정이라고 전해 들었다.

낸시의 대응을 기다리지만 연락이 온다 한들 위치가 파악될 거라는 기대는 하지 않았다. 이건 그저 살려 둘 이유를 만들어 시간을 버는 전략일 뿐이었다.

한정된 시간 내에 두 사람은 엘리의 위치를 찾아내야만 했다.

그레이스는 트럭 정보를 검토하다 몇 가지 특징을 더 추가한 후 다음 장으로 넘겼다. 신문에 올릴 낸시와 바비 아저씨의 신원 정보를 읽어 내려가던 그레이스는 문득 깨달았다.

"일요일마다 가서 얼굴을 보는데 나보다 혈색이 좋아."

바비 아저씨를 공개 수배해선 안 된다.

"그래서 적극 협조를…."

"레온."

그레이스는 통화를 마치길 기다리지 못하고 흥분에 차 남자를 불렀다. 그는 의아한 눈으로 그레이스를 곁눈질하더니 곧바로 전화를 끊었다.

"엘리의 위치를 추적할 방법이 있어."

로버트 피셔의 아내가 병원에 있으며 그자가 매주 일요일 병문안을 다닌다는 이야기를 해 주자 시종일관 어둡던 남자의 낯빛이 밝아졌다.

"어느 병원인지는 몰라?"

"지미가 보내 준 병원이라고 했어. 어딘지는 그자가 알 거야."

남자는 턱을 괸 채 조금 전보다 확연히 가라앉은 눈으로 그레이스를 응시하다 불쑥 말문을 열었다.

"네 약혼자는 윈스포드 수용소에 있어."

"전 약혼자."

무심결에 정정했더니 남자가 아랫입술을 꾹 깨물었다. 웃는 티를 내지 않으려 애쓰는 것이었다.

"하는 일 없이 기다리기만 하는 게 힘들다면…."

그는 만년필을 메모지에 두드리며 뭔가를 잠시 고민하더니 그레이스에게 제안했다.

"네가 설득해 보는 게 어때?"

고개를 끄덕이자마자 남자는 또 입술을 깨물었다.

그가 그토록 질투하는 남자와 만나겠다는데 어째서 웃는 걸까.

"이쁘다!"

산장 앞의 뜰에서 눈을 밟으며 놀던 아이가 무언가를 주우며 외쳤다.

"이거도 가꼬 이써."

현관 앞의 계단에 앉은 로버트에게 아이가 달려와서 맡긴 건 솔방울이었다. 그의 손에는 이미 아이가 예쁘다며 맡기고 간 돌멩이와 솔방울이

네 개나 됐다.

"바비 아저씨도 하나 줄까? 이거는 빼고."

붙임성이 좋은 건 제 엄마를 닮은 모양이었다. 스스럼없이 구는 게 어릴 적 그레이스 그대로였다.

"이거는 왜 빼니?"

"그거는 젤 이쁘니까."

이런 하잘것없는 잡동사니는 모두 제 엄마에게 주겠다고 모으는 것이었다. 그러고 보니 그의 딸도 곧잘 이런 짓을 하곤 했다.

그가 가져도 되는 것과 안 되는 걸 구분해 준 꼬마가 다시 뜰로 향했다. 아이는 잘 놀다가도 울타리 너머의 길을 수시로 내다보았다. 엄마가 오는지 보는 것이다.

로버트도 그레이스의 소식이 궁금했다.

어떻게 됐을까. 군에 잡힐 녀석은 아니다. 코앞에서 총을 갈기고도 잘만 도망칠 아이였다.

성공했겠지?

손에 기관단총이 있는 데다 그자에게 누구보다 쉽게 접근할 수 있는 사람인데 마음만 먹는다면 어려울 게 없을 것이다.

마음만 먹는다면….

로버트는 그 악마를 죽이라는 말을 전했을 때의 그레이스를 떠올렸다. 그 아이는 눈물을 흘렸다.

마치 제 딸을 죽이라는 말을 들은 사람처럼.

"그레이스, 너도 정말…. 낸시도 정말…. 이 답 없는 것들."

찬 공기를 마셔도 속은 답답하기만 했다. 잠깐, 공기가 너무 차다. 아직 감기를 앓는 아이를 밖으로 데리고 나오는 멍청한 짓을 했다는 걸 뒤늦게야 깨닫고 일어나 외쳤다.

"애야, 들어가자꾸나."

"시러."

"목이 또 쉬었잖니."

머핀을 하나 더 준다는 말로 아이를 꼬드겨 안으로 들어가려던 때였다. 울타리 밖의 숲길에서 바퀴 구르는 소리가 들리더니 곧 트럭이 모습을 드러냈다.

"어서 들어가자."

그는 트럭을 몰고 오는 낸시와 눈이 마주치자마자 고개를 돌리며 아이의 등을 떠밀었다.

낸시에게 난 화가 아직 풀리지 않았다. 어디든 분풀이를 하고픈 저 심정은 이해하지만 그래도 인간으로서 넘지 말아야 할 선이 있는 법이다.

함께 자란 소꿉친구에게 그 악마의 수법대로 고문을 가한 것도 모자라 겁탈을 사주하다니. 낸시는 그런 적 없다고 했으나 월터가 죽은 꼴만 봐도 알 만했다.

그 소심한 놈이 낸시의 허락 없이 단독으로 그런 짓을 하려 했을 리가 없다. 그래도 그 역겨운 놈의 마지막 품위는 지켜 주겠다고 발목에 걸린 바지는 올려놓고 왔다.

입이 또 쓰다.

퉤, 침을 뱉고 안으로 들어갔다. 아이의 목에 칭칭 감긴 목도리와 코트의 단추를 풀어 주던 때였다.

"아저씨! 이것 좀 보세요."

카랑카랑한 목소리가 들리더니 낸시가 손에 신문지 한 장을 들고 뛰어 들어왔다. 부들부들 떨리는 손아귀 안에서 구겨진 신문의 끝단에는

'호외'라는 글씨와 함께….

[블랜차드 반군의 간부, 데이비드 윌킨스 사형 집행 확정]

충격적인 소식이 선명하게 찍혀 있었다.

저곳엔 레온 윈스턴의 부고가 적혀 있어야 한다. 그런데 왜 데이브의 처형 일자가….

믿을 수 없다는 눈으로 헤드라인을 바라보다 멍하니 고개를 든 로버트는 정신을 번쩍 차렸다. 낸시가 분노에 찬 눈으로 악마의 아이를 노려보고 있었다. 아이는 멋도 모르고 낸시를 경계심과 호기심이 감도는 눈으로 올려다볼 뿐이었다.

아이에게 화풀이를 할지도 모른다. 로버트는 아이의 등을 계단으로 떠밀었다.

"애니, 네 방으로 올라가 있어."

"애니가 아니라 엘리야."

로버트는 호외를 무참히 구겨 던지고 거실로 향하는 낸시를 곁눈질하며 아이를 재촉했다.

"그래, 그래. 어서 올라가서 얌전히 있으면 아저씨가 머핀을 가져다주마."

그제야 아이가 발을 뗐다. 혼자 남자 그는 바닥에 떨어진 호외를 주워 읽어 보았다.

헤드라인의 아래에는 데이브의 최근 사진이 지면의 반을 차지하는 크기로 박혀 있었다. 데이브는 3년여 전 마지막으로 본 얼굴과 다른 사람처럼 보일 정도로 비쩍 마르고 병색이 짙은 모습이었다.

길고 긴 기사는 한 줄로 요약할 수 있었다. 낸시가 저지른 일을 빌미로 데이브를 2주 후 일요일에 처형할 예정이라는 것이다.

"그레이스, 그 빌어먹을 창녀가 그놈에게 붙은 거예요!"

거실로 들어가자마자 낸시가 격분해 소리쳤다.

"제가 뭐랬어요? 그레이스는 뼛속까지 그놈의 첩자라고 했잖아요."

여전히 로버트는 그레이스가 왕당파에 붙었다고 생각하진 않았다. 그러나 그 녀석이 그렇게나 아끼는 아이를 두고 그 악마를 택할 줄이야. 충격적이어서 말이 나오지 않았다.

"내가 자기 딸을 데리고 있는 걸 알면서 어떻게 이런 짓을 하지? 아이는 또 낳으면 된다는 건가? 걱정 마, 그레이스. 네 딸을 되돌려 줄게. 아, 네 딸인지 알아보기는 힘들 거야."

낸시가 이성을 잃고 더더욱 충격적인 말을 쏟아 내고서야 로버트는 그레이스가 준 충격에서 깨어났다.

"낸시, 냉정하게 생각해."

그는 구겨진 신문지를 잘 보란 듯 펼쳐 내밀었다.

"이건 그 악마가 네게 보내는 메시지다."

여태 혁명군 간부의 처형을 두고 호외까지 낸 적은 없었다는 게 그 증거였다.

"아이를 돌려주면 데이브를 풀어 주겠다는 거지. 오히려 이건 너와 데이브에게 절호의 기회야."

하루도 안 되는 시간 안에 처형을 결정하고 기사까지 낼 권력이 있는 인간이니 석방해 줄 권한도 있을 것이다.

"네가 아이를 돌려주지 않으면 그자는 데이브를 죽일 거야. 낸시, 감옥에서 고생하는 네 아버지를 생각해."

데이브의 초췌한 얼굴이 잘 보이도록 신문지를 들었다. 그러나 낸시는 제 부친이 아닌 로버트의 얼굴을 복잡한 심경이 뒤섞인 눈으로 응시했다.

"아저씨, 혹시 제가 아니라 저 아이를 위해서 이러시는 거예요?"

"그게 무슨 소리냐."

"조금 전에 저 악마의 자식을 애니라고 부르셨잖아요."

"…."

"아저씨…."

낸시가 누그러진 투로 그를 불렀다. 복수심에 미쳐 남을 돌아보지 못하게 된 녀석답지 않게 목소리에서 그를 향한 연민마저 느껴졌다.

"애니의 일은 저도 마음이 아파요."

이미 30년 가까이 지난 일이니 잊었다는 익숙한 핑계를 대려 했지만 그러지 못했다. 조금 전 그 아이를 제 딸의 이름으로 부른 것부터가 잊지 못했다는 증거였으니.

"그렇지만 저 아이는 애니가 아니에요. 그 잔인한 악마의 아이라고요. 제발 속지 마세요."

"저 아이는…."

멍하니 허공을 응시하던 로버트의 입에서 익숙한 핑계가 흘러나왔다.

"세 살짜리일 뿐이야. 뭘 알겠어."

그의 것이 아닌, 타인의 익숙한 핑계였다. 그의 딸을 죽인 아이를 변호하던 이들이 했던 말을, 로버트는 제 입으로 해 버리곤 아프디아픈 미소를 지었다.

간수들이 그를 조사실로 데려와 수갑으로 양손을 의자에 묶기에 오랜만에 신문할 일이 생겼나 싶어 조마조마했다. 그 악마가 죽기라도 한

게 아닐까 싶을 정도로 요 몇 달간 조용했는데 말이다.

그러나 그를 신문하는 자는 윈스턴이 아닌, 뜻밖의 불청객이었다.

울긋불긋 멍이 들고 부은 얼굴을 멍하니 응시하던 지미는 픽 웃었다. 그도 붙잡히고 처음 몇 달은 내내 저런 얼굴이었다.

그레이스를 이런 모습으로 다시 마주할 줄은 몰랐다.

그리고 이런 이야기를 들을 줄이라곤 상상도 못 했다.

"해티 아주머니가 어느 병원에 있는지 알지?"

해티라는 이름을 듣는 순간 그의 얼굴에서 비틀린 미소는 자취를 감추었다.

"아아아악, 내 딸! 왜 이랬어! 지미, 왜 이런 짓을 했냔 말이야!"

뜨거운 권총을 쥔 채 얼어붙은 세 살의 그에게 해티 아주머니가 악을 쓰며 외쳤던 말이 머릿속을 생생하게 울렸다.

"지미, 제발 어딘지 말해 줘. 엘리를 찾게 도와주면 사례는…."

"애니! 제발 눈 좀 떠 보렴. 피가, 피가 너무 많이 나."

애니. 엘리. 하필이면 이름도 비슷했다.

보통은 세 살 때를 기억하지 못한다는데 그는 세 살 때의 일을 잊지 못했다.

아버지의 책상 서랍에서 찾은 권총이 멋져 보였다. 자랑하려고 마을 탁아소로 가지고 갔었다. 그리고 사고가 일어났다.

"지미, 왜 그랬어. 응? 왜 그랬냐고 묻잖니!"

평소에는 그 일을 잊고 사는 듯하던 해티 아주머니는 애니가 죽었던 겨울만 되면 미쳤다. 그와 마주치기만 하면 그날의 일을 꺼내며 잊고 싶은 기억을 되살리기에 멀리 보내 버렸다. 그런데 그걸 이 빌어먹을 저주받은 여자가 되살리다니.

지미는 광증을 앓는 해티 아주머니처럼 눈물이 글썽한 눈으로 애걸하는 그레이스를 노려보다 눈을 질끈 감았다.

나도 어쩔 수 없었어.

"네 잘못이 아니야."

어른들은 그의 잘못이 아니라고 했다.

"지미, 너는 혁명을 이끌 지도자가 될 아이야. 더 큰 사명을 위한 불가피한 희생도 있는 법이란다. 그러니 과거는 잊으렴."

"넌 우리의 총사령관이야. 사적인 감정이 아니라 모두를, 대의를 먼저 생각해야 해."

그래. 지미, 넌 지도자야.

"어린아이는 죄가 없잖아."

그래, 그때의 난 죄가 없지.

"아이가 죽게 만들어야겠어? 엘리가 죽으면 너도 공범이야."

난 아무 잘못 없어.

회유부터 협박까지. 그레이스는 그를 설득하려고 온갖 수를 썼다.

지미는 눈을 번쩍 떴다. 속이 좁은 탓에 그의 깊은 뜻을 헤아리지 못하고 배신한 여자가 보였다.

저 여자는 애초에 함께 혁명을 이끌 동지의 재목이 아니었다. 어른들 말대로 더러운 왕정의 피가 섞인 잡종일 뿐이었다.

"넌 알고 있잖아. 아저씨가 이미 말했으니까 거짓말할 생각은 마. 제발 뭐라고 말 좀 해 봐!"

그레이스가 점점 격해지더니 끝내 울음을 터트렸다. 뒤에 경호원처럼 버티고 서 있던 윈스턴이 몸을 숙이며 그녀의 어깨를 쓰다듬었다.

"그레이스."

놈은 숨넘어갈 듯이 흐느끼는 그레이스를 달랬다. 손수건을 꺼내 눈물을 닦아 주더니 얼굴을 한 손으로 감싸 제 가슴팍에 묻고 안쓰럽다는 듯이 어루만졌다.

계속해서 어깨를 만지작거리는 손가락 중 하나는 그레이스의 블라우스 속에서 맨살을 더듬고 있었다.

이 여자는 제 것이라는 듯이.

지미는 더러운 왕정의 돼지 새끼에게 안겨 우는 전 약혼녀를 노려보았다.

더러운 배신자.

저 악마에게 저렇게 안겼겠지.

지미가 그녀를 첩자로 보내는 바람에 억지로 당했다며 그를 탓하지만 실은 저 여자도 저 악마가 좋은 게 분명했다. 첫사랑이었다는 윈스턴의 말대로 처음부터 저자를 좋아했으면서 숨기고 그와 약혼했을 것이다.

이젠 과연 프레드의 잘못으로 발각되었다는 주장이 맞는지, 의문이 들기 시작했다.

저자에게 붙잡혀 순결을 잃었을 때 속으로는 기뻐하지 않았을까.

"아무런 대가 없이 알려 달라는 건 아니야."

그레이스가 남자를 밀어내며 지미에게 다시 애걸했다. 눈물로 그의 동정심을 사려는 모양이지만 지미의 눈에 저 여자의 눈물은 역겹기만 할 뿐이었다.

"원하는 게 있어? 뭐든지 말해 봐."

애걸도 오만하게만 느껴졌다. 제가 원하는 건 뭐든지 윈스턴이 들어줄 것이라는 역겨운 오만 말이다.

"내가 원하는 건…."

지미가 처음으로 입을 열자 여자가 눈물을 뚝 멈추더니 어서 말해 보라는 듯이 고개를 끄덕였다.

"악마의 자식이 지옥으로 가는 것."

부드러운 미소를 띠고 있던 여자의 얼굴이 돌연 딱딱하게 굳었다.

드륵.

레온이 주제를 모르는 놈에게 무언가를 하기도 전에 그레이스가 갑자기 자리에서 일어나더니 뒤돌아 문을 향해 걸어갔다. 그의 예상대로 그녀는 문 앞에 선 간수에게 무언가를 내놓으라는 듯 손바닥을 내보였다.

간수가 당황한 눈으로 레온을 바라보았다. 그가 고개를 끄덕여 허락을 내리자 간수는 어깨에 메고 있던 걸 허둥지둥 벗어 그레이스에게 주었다.

소총이었다.

총구는 위로, 개머리판은 아래로. 총을 거꾸로 쥔 채 돌아오는 그레이스의 눈동자에서 광기가 이글거리고 있었다.

레온은 권총을 뽑아 리틀 지미를 겨누었다.

"때리는 대로 맞아. 반항하다가 그레이스가 털끝 하나라도 다치면 넌 내 손에 죽는 거야."

이제야 제 처지가 생각났나. 놈은 사색이 되어 그와 그레이스의 사이에서 눈동자를 재빠르게 옮겨 다녔다.

"잠, 윽!"

놈이 입을 열려는 찰나 소총의 개머리판이 광대뼈를 찍어 내리듯이 후려쳤다.

"이 개자식아, 다시 한번 말해 봐!"

쾅. 무차별적인 난타에 못 이겨 의자가 뒤로 넘어갔다. 손이 묶여 있어 얼굴을 가리지 못하고 몸을 잔뜩 웅크리기만 하는 지미를 그레이스는 구둣발로 걷어차고 밟기까지 하며 개머리판으로 마구 내려찍었다.

저자는 엘리를 찾을 유일한 실마리이기에 죽어서는 안 된다.

그걸 알면서도 레온은 그레이스를 말리지 않았다. 그녀는 그 어느 때보다도 이성을 잃었으나 치명적인 급소만은 요령 좋게 피하고 있었다.

가장 감정적일 때조차도 계산을 놓지 않는다.

사랑스러웠다.

"다시 말해 보랬잖아!"

"컥!"

"왜 못 해! 다시 당당히 지껄여 보란 말이야!"

피투성이가 되도록 얻어맞는 남자와 개머리판으로 두들겨 패는 여자. 저 두 사람이 한때는 결혼을 약속했던 사이였다고 말하면 누가 믿을까.

"악마의 자식이라니! 내 딸이야!"

뼈가 으스러지는 소리가 벽에 메아리쳤다. 그 순간 지미에겐 그레이스의 격노한 얼굴이 악마의 얼굴로 보였다.

"그딴 소리를 지껄이는 개새끼들은 내가 다 죽여 버릴 거야!"

"그, 그만, 억!"

"내 딸이 죽으면 너도 갈기갈기 찢어 죽여 버릴 줄 알아!"

"그레이스, 그만해."

레온은 소총의 총열을 쥐었다.

"상처가 다시 터졌잖아."

왼쪽 새끼손가락에 감긴 붕대에서 선홍빛 피가 배어 나오고 있었다.

"저 개자식이 알면서 말을 안 해 주잖아."

그레이스가 순순히 소총을 놓더니 상처를 살피는 그에게 안기며 울음을 터트렸다.

"흐흑…."

"쉿, 괜찮아."

레온은 제게 매달려 서럽게 우는 여자를 품에 안고 달래며 몰래 웃었다.

후련하게 숨을 크게 들이쉬고 내쉬었다. 피비린내가 숨길로 쏟아져 들어왔다. 그러나 그레이스가 선사한 희열이 너무도 압도적인 탓에 피비린내가 주는 흥분은 느껴지지도 않았다.

그레이스 리들이 한때는 결혼을 약속했던 남자를 고깃덩이로 만들곤 그에게 안겼다. 벅찬 희열이 핏줄을 타고 돌아 오랜만에 온몸이 뜨거워졌다.

남에게 보여 주는 취미라도 있었더라면 지금 저자의 눈앞에서 그레이스와 한바탕 뒹굴었을 것이다.

그래, 난 글러 먹은 인간이지.

상상만으로도 그의 신이 눈살을 찌푸릴 죄가 하나 더 늘었지만 그는 기꺼이 벌을 받을 것이다.

"흑, 엘리…."

"괜찮아, 자기야."

"뭐가 괜찮아? 너도 들었잖아! 저 짐승만도 못한 악마가 감히 엘리에게 지옥으로 가란 소리를 했어. 우리 딸이 죽으면 저 머저리를 세상에서 가장 고통스럽게 죽여 버릴 거야!"

우리 딸이라니.

사소한 말 한마디에 미련한 희망을 또다시 느끼는 자신이야말로 머저리였다.

"걱정 마. 우리 딸은 죽지 않아. 저자는 고통스럽게 죽겠지만."

레온은 바닥에 시체나 다름없는 꼴로 널브러져 있는 놈에게 시선을 던졌다. 기침을 연신 터트리는 입에서는 피가 흘러나오고, 부러진 이가 바닥을 나뒹굴었다. 가상하게도 의식은 있었으나 붙들고 있기가 힘든지 눈의 초점이 오락가락했다.

때가 되었다.

레온은 그레이스를 달래 의자에 앉히고 지미를 향해 걸음을 옮겼다.

"지미, 지난 3년간 나와 꽤 가깝게 지냈으니 잘 알겠지."

놈을 향해 몸을 숙이자 낯빛이 다시 새파랗게 질리기 시작했다.

"난 보복도, 보답도 확실하게 하는 사람이야."

그가 보답으로 제시한 건 감형이었다.

"사형에서 무기 징역으로."

반란군 수장을 살려 주겠다니. 파격적이었다.

놈은 그를 멍하니 올려다보더니 피에 젖은 어금니 하나와 함께 답을 뱉어 냈다.

"사형에서 사면으로."

레온은 웃음을 터트렸다.

욕심이 대단한 자다. 그러나 윈스턴의 욕심에 비할 바는 못 되었다. 그는 욕심을 이룰 능력 또한 갖추고 있으니 무모한 욕심이란 없다.

물론, 그레이스는 예외이다.

그러나 감방의 사형수일 뿐인 저자에게는 모든 것이 무모한 욕심이었다.

"협상이라니. 정말 제 주제를 모르는군."

대답하지 않고 버틴 건 제 몸값을 올리는 수작일 뿐이었을 것이다. 대의가 우선인 듯 굴지만 목숨이 먼저라니. 역시 블랜차드의 쥐새끼다웠다.

"난 3년의 정을 생각해 네게 자비를 베풀려던 것뿐이었는데 싫다면 어쩔 수 없지. 거래는 결렬되었군."

아무리 이들의 생사를 좌우할 수 있는 그래도 사면은 말도 안 되는 일이었다.

"뭐, 계속 두드리다 보면 언젠간 답이 튀어나오겠지."

레온이 바닥에 떨어져 있던 소총을 쥐자 놈의 눈이 커졌다.

"흠, 아니야."

그가 곧바로 소총을 놓자 놈의 낯에 안도의 빛이 스쳤다. 이르기 짝이 없었다.

레온은 팔짱을 끼고 앉은 그레이스의 뒤로 다가갔다. 분노와 긴장으로 딱딱하게 굳은 그녀의 어깨를 부드럽게 주무르며 귓가에 다정하게 물었다.

"자기야, 골프 칠 줄 알아? 내가 가르쳐 줄까?"

뜬금없는 소리에도 그레이스는 묻지 않고 고개를 끄덕였다. 사면해 주라는 억지를 쓸 법도 한데 같은 편으로서 기꺼이 호흡을 맞춰 준다. 적일 때에도 나쁘지 않은 여자였으나 아군일 때에는 황홀했다. 그는 그레이스의 이마에 입을 맞추며 말을 이었다.

"작년에 선물로 받은 골프채가 있어. 시간이 없어서 아직 한 번도 휘둘러 보지 못했지."

"당장 가져와."

"브, 브레이턴 주립 병원…."

그녀가 자리를 박차고 일어서는 순간 놈의 입에서 두 사람이 원하던 답이 튀어나왔다.

"컥!"

"이 개자식아."

쓸모를 다하자마자 그레이스는 놈을 본격적으로 두들겨 팼다. 그 언젠가 다정하게 입을 맞췄을 전 약혼자의 주둥이를 여자가 구둣발로 사정없이 짓밟는 모습을 보고 있자니 레온은 슬퍼졌다.

하이힐을 신게 할걸.

"지옥으로 가라니. 아무리 적이라도 두 살배기한테 어떻게 그런 말을 해?"

수용소를 빠져나가는 차의 뒷좌석에서 그레이스는 아직도 분이 풀리지 않아 씩씩대다 끝내 흐느꼈다.

"언젠가 저 개자식을 내 손으로 지옥에 처넣어 버릴 거야."

"우리 자기 손 더럽힐 필요 없어. 내가 할게."

옆자리에 앉은 남자가 그녀를 품으로 끌어당겼다. 그레이스는 그의 가슴팍에 묻힌 고개를 불시에 들어 남자를 노려보았다.

그는 한 발짝 늦었다. 몰래 짓던 미소를 그레이스에게 들켰으니.

"네가 왜 기꺼이 지미를 만나게 했는지 알겠어."

완전한 파국을 제 눈으로 보고 싶어서.

"우리 딸이 납치된 이 절망적인 때에 넌 수작질이나 부려?"

"필요한 건 얻어 냈잖아."

그는 병원 이름과 주소가 적힌 메모지를 재킷 주머니에서 꺼내 흔들었다.

"다 끝나면 너도 저 꼴로 만들어 줄 거야."

그레이스는 그의 멱살을 잡으며 사납게 이를 갈았다. 남자는 너무하다며 아랫입술을 슬그머니 내밀더니 갑자기 고개를 왼쪽으로 살짝 기울이며 눈꼬리를 새초롬하게 휘어 웃었다.

"엘리의 사랑스러운 얼굴을?"

엘리가 자주 짓는 새침한 미소였다.

어쩜 저렇게 똑같이 흉내 낼 수가 있지? 처음에는 웃었다. 그러나 웃음은 오래가지 못했다.

"엘리, 흑, 내 아가….'

"걱정 마. 다시 볼 수 있어."

레온은 울음을 터트리는 그레이스를 안고 다짐을 되뇌었다. 그의 얼굴을 잠시나마 떠돌던 웃음기는 완전히 자취를 감추었다.

늦은 밤, 레온은 집무실 책상 앞에 앉아 있었다.

긴 하루였다. 이 자리에서 그레이스의 전화를 기다렸던 어젯밤이 까마득하게 느껴질 정도로.

그는 오늘 급히 인쇄한 수배 전단을 다시 들여다보는 중이었다. 이미 전국의 군경에 배포했으니 의미 없는 짓이다. 그러나 무엇이든 해야만 했다.

그러곤 고작 한다는 짓이 그의 딸을 납치한 놈들의 낯짝을 노려보는 것뿐이었다. 이런다고 놈들의 위치가 보일 것도 아닌데. 초능력이 있다고 주장하는 사기꾼들에게 속는 얼간이들을 이해하게 되는 날이 올 줄이야.

로버트 피셔가 저 지하에 있을 때 죽여 버렸어야 했어.

피셔는 군경에만 수배하고 공개 수배는 하지 않기로 했다. 수배당한 걸 알면 아내의 면회를 가지 않을 것이다. 브레이턴 주립 병원에는 해티 피셔를 감시할 인력을 배치해 두었다.

일요일까지는 엿새나 남았다. 그의 일생에서 가장 긴 일주일이 될 것이다.

후회와 분노에 이어 무력감이 거듭 치밀자 레온은 피셔의 전단을 넘겼다. 그런다고 사정은 나아지지 않았다.

엘리…. 무사하긴 한 건지.

그 아래에 있는 건 딸의 실종 전단이었다.

엘리 또한 군경에만 전단을 배포했다. 대중에 공개했다가 아이의 독특한 외모 때문에 붙잡힐 걸 두려워한 놈들이 아이를 충동적으로 살해할까 우려한 탓이었다.

엘리의 전단에는 가장 마지막으로 찍은 사진을 썼다. 서커스에서 백마 위에 앉아 행복하게 웃는 사진을 실종 전단에 쓰게 될 줄은 몰랐다.

나는 어째서 네 실종 전단을 만들고 또 만들어야만 하게 된 걸까.

이번에는 이름과 사진이 생겼다. 그렇다고 기쁠 리 없다. 이런 걸 더는 만들지 않아도 되기만을 바랐다.

[네가 정말 엘리를 사랑한다면 그 아이는 이 피와 복수의 구렁텅이에서 꺼내어 줘야 하는 게 맞지 않아?]

그래, 네 말이 맞았어.

진작에 보내 줬어야 했다. 그 여객선에서 너를 쫓을 게 아니라 잘 가라고 손을 흔들어 줬어야 했다.

또다시 후회의 쳇바퀴를 돌리기 시작한 때였다. 이 야심한 시각에 누군가가 문을 두드렸다.

"들어와."

그를 찾아온 사람은 잠옷 차림의 그레이스였다.

"왜?"

"…."

집무실은 어두웠다. 탁상 램프만이 불을 밝힌 책상 뒤에 앉은 남자는 넥타이조차 풀지 않은 셔츠 차림이었다.

난 억지로 침대에 눕히더니.

"다시 자러 가."

그레이스가 용건을 선뜻 꺼내지 못하고 입술을 달싹이자 남자가 다시 책상으로 시선을 내리며 딱 잘라 명령했다.

할 일은 없는지 물으러 온 줄 아는 모양이었다.

그레이스는 벽 한 귀퉁이에 세워진 괘종시계로 시선을 돌렸다. 날짜가 바뀌기 5분 전이었다.

"오늘이 내 생일인가?"

아침에 총을 겨누었을 때 남자는 그런 소리를 했었다. 의미 없는 빈정거림인 줄 알았더니 아니었다는 걸 라디오에서 오늘 날짜를 듣고서야 깨달았다.

남자가 말 안 듣는 아이라도 상대하듯이 한숨을 내쉬었다. 그가 책상을 두 손으로 짚고 일어선 순간에야 그레이스의 입에서 말이 불쑥 튀어나왔다.

"생일."

"…."

축하해.

비보를 가져와 생일을 망친 주제에 축하한다는 말을 하려니 입이 떨어지지 않았다. 그래서 결국엔 엉뚱한 소리나 했다.

"…오늘 생일이잖아."

"그래서?"

레온은 가라앉은 눈으로 그레이스를 응시했다. 그가 세상에 태어난 것이 저 여자에겐 저주일 것이다. 그는 서류철을 닫으며 말이 없는 여자에게 심드렁하게 대꾸했다.

"그래. 태어나서 미안해, 자기야."

"그런 게 아니라…."

그레이스는 숨을 크게 들이켰다가 내쉬는 숨에 하고픈 말을 쏟아 냈다.

"네 생일에 나쁜 소식이나 가져와서 미안해."

남자의 미간이 천천히 구겨지고 고개가 비스듬히 기울었다. 그는 그레이스가 이곳에 갇혀 살 때 수없이 지었던 표정을 했다.

난 네 속을 모르겠어.

그가 느닷없이 잘해 주거나, 느닷없이 화를 내거나. 태도를 바꿀 때마다 그 속에 숨은 꿍꿍이를 몰라 지었던 표정이었다.

"진심이야."

"미안할 거 없어. 네가 여태 준 생일 선물 중에서 가장 마음에 드니까."

남자가 장난스레 눈매를 휘어 웃었으나 그레이스는 웃지 못했다.

여태 준 생일 선물이란 무소식뿐이었다. 그런 걸 주고받을 사이였던 적은 없다. 그러니 지난 일을 굳이 미안해할 건 없으나 오늘만은 미안한 마음이 들었다.

"위로가 될 만한 소식이 하나 있긴 해. 이런 것도 선물이라면…."

남자가 눈썹을 치켜올리며 관심을 보이자 그레이스는 일이 엉망진창으로 흘러가 버려 하지 못했던 말을 전했다.

"엘리는 널 잊지 않았어. 아빠가 보고 싶대."

남자의 얼굴에서 희미하게나마 남아 있던 웃음기가 순식간에 사라졌다.

"잊은 줄로만 알았는데, 내가 어리석었어. 미안해."

그의 심장에 찔러 넣었던 비수를 실수였다며 뽑으려니 면목이 없었다. 이 남자에게 평생 할 일 없을 줄 알았던 사과를 오늘만 몇 번이나 하는 걸까.

"처음에는….."

어쩌다 오해하게 되었으며 어쩌다 엘리의 진심을 알게 되었는지를 솔직히 털어놓았을 때였다.

"그래서 네게 와 달라고 전화하러 가던 길에 잔당이….."

"그레이스….."

딱딱하게 굳은 표정으로 그녀를 응시하던 남자가 갑자기 눈을 질끈 감더니 목이 졸리는 듯한 목소리로 그녀를 불렀다.

"넌 지금 그 말이 내게 위로가 될 거라고 생각하는 거야?"

"….."

예전의 레온 윈스턴이었다면 기뻐했을 소식이었다. 아이가 아빠를 원한다는 빌미로 그레이스를 제게 묶어 둘 수 있으니. 그러나 지칠 줄 모르고 쫓아오던, 절망을 주어도 희망만 보던 그 남자는 이제 없다.

난 우습게도 양심의 자리에 욕심뿐이던 레온 윈스턴이 아직 살아 있길 기대했었던 걸까.

아니, 어쩌면 아이를 당장 안아 볼 수도 없는데 이런 말을 하는 게 잔인했던 것뿐인지도 모른다.

"엘리는 살아서 우리 품으로 돌아올 거야."

"그래, 반드시 그럴 거야. 넌 이만 자러 가."

남자는 굳은 표정을 풀고 입꼬리를 억지스럽게 올리더니 다시 책상 앞에 앉았다. 이제 더는 할 말이 없는데 왜 발이 떨어지지 않는 걸까. 서랍을 뒤지며 제게는 눈길도 주지 않는 남자를 한참이나 바라보다 결국 돌아섰다.

문을 열고 나가려던 그레이스는 뒤를 흘깃 돌아보았다가 멈춰 섰다. 남자는 두 손으로 이마를 짚은 채 고개를 숙이고 있었다.

달칵.

잠시 망설이다 문을 다시 닫았다. 나가라는 말을 들을 줄 알았으나 다가가 맞은편의 의자에 앉을 때까지 남자는 입을 열지도, 고개를 들지도 않았다.

그레이스는 제 눈앞의 한 인간을 직시하려 애썼다.

늘 저 남자에게서 도망치기만 했다. 조금 전에도 그가 감정을 있는 그대로 드러낼 이 자리가 두려워 가라는 말을 해 주길 내심 기다렸었다. 도망칠 줄밖에 모르는 제 성격 탓도 있으나, 그의 감정을 건드려 터트릴 때마다 그녀에겐 좋은 일이 일어난 적 없었던 것도 두려움에 한몫했다.

그렇지만 이젠 저 남자가 내 목을 매달 것도 아니니까.

그러나 위로하겠다고 마음을 모처럼 먹은 게 우습게도 그레이스는 우두커니 앉아 있기만 할 뿐 아무것도 하지 못했다. 그를 위로해 본 적이 없어 어떻게 해야 하는지 몰랐다.

말을 하면 할수록 수렁으로 빠지는 것만 같아 입을 다물었으나 숨 막히는 침묵 또한 심연으로 함께 가라앉는 기분이었다.

바닥이 보이지 않는 이 심연을 참지 못해 손을 뻗었다. 그러나 남자에게 닿기 직전 다시 거두었다.

'앗…'

저도 모르게 또 잇새로 손톱을 가져간 그레이스는 재빨리 손을 내리며 흘끔거렸다. 그러나 그는 여전히 그녀를 보지 않고 있었다.

책상에 손을 얹었다. 그 위에 열린 잉크병을 제 손으로 자수하듯이 올리는 찰나에야 남자가 픽, 웃음을 터트렸다.

곧 병은 치워지고 그 자리를 커다란 손이 차지했다. 두 사람은 어둠 속에 마주 앉아 말없이 손을 맞잡았다.

이틀 후, 수요일. 보내는 사람의 이름이 없는 편지가 서부 사령부 제1특임단에 도착했다. 안에 든 건 기대대로 낸시 윌킨스의 요구 사항이 담긴 메시지였다.

요구 사항은 두 가지였다.

데이비드 윌킨스를 석방할 것. 기름 탱크를 끝까지 채운 차와 도주에 필요한 자금을 준비해 노르덴과의 국경 지대에 있는 숲에서 놓아줄 것.

그 후에 안전히 국경을 넘으면 아이를 돌려준다는 말 또한 적혀 있었다.

봉투에는 기대하지 않았던 것도 들어 있었다.

낸시 윌킨스는 엘리의 머리카락을 새끼손가락만큼 잘라 보내며 시한을 어길 시 다음번 선물은 손가락이 될 거라는 협박을 곁들였다.

시한은 다음 주 월요일 자정이었다.

편지를 받은 후 레온이 가장 먼저 한 일은 데이비드 윌킨스의 석방 논의가 아니라 광고 등록이었다. 전국에 배포되는 일간지마다 광고란에 낸시 윌킨스에게 보내는 암호를 남겼다.

[살아 있다는 증거 없이는 요구에 응할 수 없음. 아래 번호로 아이와 통화 원함.]

협상에 응한다는 인식을 심어 주어 아이의 생존 확률을 높이는 전략이었다.

데이비드 윌킨스를 풀어 준다 해서 엘리를 돌려준단 보장은 없었다. 그러니 시한 전에 딸을 찾아야만 했다.

그러나 이제 두 사람에게 남은 일이라고는 기다림뿐이었다.

할 수 있는 일이 없어지자 버팀목이 사라진 썩은 나무처럼 정신이 무너지기 시작했다. 물 한 모금, 식사 한 입, 잠 한숨이 죄악으로 느껴졌다.

목요일, 광고가 전국에 배포되었다. 그날 아침부터 기다렸으나 전화는 울리지 않았다. 그레이스는 새로 설치한 전용 회선에 문제가 있는 걸지도 모른다는 소리를 하며 수화기를 수십 번 들었다가 놓았다.

광고를 낸 가장 큰 목적은 생존 확률을 높이는 것이었으나 아이가 살아 있다는 증거가 필요하다는 말은 두 사람 모두 진심이었다.

기다림은 밤까지 계속되었다.

레온이 기다리겠다는데도 그레이스는 자러 가지 않고 버텼다. 결국 집무실에 설치된 전화를 침실로 옮겼다. 그래도 자지 않으려는 여자를 안고 누웠다가 깜빡 잠이 들었다.

그러다 문득 눈을 떴을 때 레온은 과거로 돌아와 있었다.

어둠 속에서 여자가 침대 가장자리에 우두커니 걸터앉아 있다. 흰 잠옷이 여느 때보다도 넉넉해 보일 정도로 야윈 뒷모습을 보며 그는 모순적인 환희를 느꼈다.

돌아왔다.

레온은 손을 뻗어 그레이스의 배를 감쌌다.

누구도 아이를 그들에게서 빼앗아 갈 수 없던 그때로 돌아왔다.

"엘리…."

그러나 그때에는 없었던 아이의 이름이 흐느낌과 함께 들리는 순간 착각에서 깨어났다.

그레이스의 아랫배를 감싸던 손을 아래로 더듬어 내려가다 멈추었다. 무릎 위에 얹힌 손이 무언가를 힘없이 쥐고 있었다. 밧줄과 느낌이 비슷했으나 그렇다기에는 촉감이 매끄러웠다.

그러나 아이를 산 채로 되찾지 못하면 이건 그레이스가 목을 매달 밧줄이 될 것이다.

손에 들린 건 그녀가 땋아 리본으로 묶어 둔 엘리의 머리카락이었다.

"그만 자."

레온은 그레이스를 끌어당겨 품에 안았다. 요 며칠 아무리 먹여도 급격하게 야위어 가더니. 그녀의 가벼운 몸이 그의 마음을 무겁게 짓눌렀다.

"이성적으로 생각해. 깨어 있는다 해서 해결되는 건 없어."

그레이스만이 아니라 제게 하는 말이기도 했다.

"못 자겠어."

그레이스는 레온이 억지로 제 가슴팍에 묻어 둔 고개를 들며 그를 밀어내려 했다. 그는 문득 지하에 둔 약을 떠올렸다. 그러나 이 여자가 저처럼 약에 의존해 사는 모습을 떠올리자마자 생각을 접고 그녀를 안은 팔에 힘을 주었다.

"자려고 노력해."

"그게 안 돼."

레온은 그레이스의 등을 부드럽게 쓸어내렸다. 거칠던 그녀의 숨소리가 점점 흐느낌으로 변해 갔다.

"밤에 엄마 없이는 못 자는 아이야. 그런데 벌써 다섯 밤째 혼자 자야 하잖아."

굶지는 않는지. 울지는 않는지. 아프진 않은지. 그레이스는 오늘도 걱정을 눈물과 함께 두서없이 쏟아 냈다. 그러나 무엇보다 궁금한 의문은 누구도 입에 올리지 않으려 했다.

살아는 있는지.

도화선에 불을 붙이는 말이었으니.

레온은 3년 전 가을, 함께 미쳐 가던 그날 밤을 그리워하게 되었다. 아이가 없어 미쳐 가느니 아이가 있어 미쳐 가고 싶었다.

다시 눈을 떴을 때는 창밖의 하늘이 푸르스름하게 밝아 오는 새벽녘이었다. 그레이스는 그의 곁에 없었다.

"그레이스?"

잠기운이 순식간에 가셨다. 그는 그레이스를 찾아 침실을, 그리고 결국은 별채 곳곳을 뒤지기 시작했다.

삶의 의지가 누구보다 강한 여자이다. 아이를 되찾을 희망도 아직 있으니 극단적인 짓은 할 리가 없다.

그러나 정신 나간 짓을 저지르고 기억하지 못하는 걸 제 눈으로 본 이후로 그는 그레이스에 대해 아무것도 확신하지 못하게 되었다.

그녀가 어디에도 없자 레온은 지하로 가는 계단을 내키지 않는 눈으로 내려다보았다. 가장 먼저 떠올린 곳이었으나 마지막의 마지막까지 미루었다.

고문실 문 앞에 선 그는 숨을 크게 들이켜며 마음만큼이나 무거운 철문을 열었다.

"그레이스?"

어두운 고문실 안에서는 아무런 소리도 들리지 않았다. 그러나 이곳에서 사라진 지 오래인 그레이스의 체취가 희미하게 느껴졌다. 더더욱 무거워진 불안감을 안은 채 레온은 벽등의 스위치를 올렸다.

그 순간 침대 머리맡에 기대어 앉아 있던 여자가 눈을 찡그렸다.

살아 있다.

안도하자마자 정신이 번쩍 들었다. 그레이스가 지나치게 멍해 보인다.

바르비탈.

빌어먹을.

레온은 고문실 안쪽의 욕실로 향했다. 약병은 세면대 귀퉁이에 그대로 놓여 있었다.

그렇다고 안도하긴 일렀다. 그레이스가 건드리고 다시 제자리에 두었을 수도 있었다. 몇 알이 남아 있었는지를 그가 세어 두었을 리가 없었다.

"얼마나 먹은 거야?"

방 반대편에서도 잘 들리도록 병을 흔들었다.

"안 먹었어."

발음이 또렷했다. 본인의 말대로 바르비탈을 먹지 않았다는 증거였다.

안도와 함께 자괴감이 몰려왔다. 병을 보여 주지도 않았는데 뭘 말하는지를 안다는 건 이미 보았다는 뜻이었다. 그가 약에 취해 살았다는 걸 그레이스가 알아 버렸다는 뜻이기도 했다.

뒷덜미가 화끈거렸다.

차르륵. 무언가가 떨어지는 소리가 들리자 그레이스는 욕실로 시선을 돌렸다. 병에 든 알약이 모조리 세면대로 쏟아졌다. 빈 약병은 쓰레기통에 처박혔다.

그레이스는 수치스러운 기행의 증거를 인멸하는 것처럼 구는 남자를 지켜보며 백조를 떠올렸다. 예전에도 저 남자를 보며 떠올리곤 했으나 이젠 그 의미가 달라졌다.

수면 위의 백조는 우아하고 여유롭지만 수면 아래에서는 보이지 않는 발버둥을 처절하게 친다는 이야기를 들은 적이 있다.

언제부터 먹었어?

그레이스는 잡지와 신문에서 보았던 그의 사진들을 떠올렸다. 너무도 행복해 보인다고 이를 갈게 했던 미소들이 실은 약 기운을 빌린 연기였던 걸까.

나를 노린 수작질이었던 건 알아. 내 경멸이라도 사려고 부리는 그 고고한 수작질의 수면 아래에서 너는 어떤 발버둥을 쳤던 거야?

그는 그레이스의 눈빛을 못 본 척하며 아무 일 없었다는 듯이 손을 씻더니 다가왔다. 그러나 이제는 백조가 수면 위를 미끄러지는 듯한 걸음걸이가 전혀 여유로워 보이지 않았다.

고문실로 와 이 침대에 앉자마자 그레이스는 묘한 위화감을 느꼈었다. 저 혼자뿐인 침대에서 남자의 향수와 시가, 그리고 독주의 냄새가 진하게 느껴지다니.

나를 놓아주기로 하고 넌 여기서 뭘 한 거야?

그녀가 해야 할 질문을 남자가 먼저 던졌다.

"여기서 뭐 하는 거야."

그를 뚫어져라 응시하던 여자가 고개를 돌리더니 힘없이 대꾸했다.

"여기가 내 자리잖아."

여기서 뭘 하느냐고 물은 건 쓸데없었다. 여긴 고문실이다.

그레이스가 자신을 고문실에 가둔 이유는 자기 자신을 고문하고 싶어서이다. 그럴 때마다 이곳에 오는 짓을 숱하게 해 본 그가 가장 잘 알았다.

"난 여기 있어야 맞아."

그레이스는 무릎을 세워 감싸 안으며 나가지 않겠다고 고집을 피웠다.

차라리 예전 일을 두고 빈정거린 거라면 좋겠지만, 그녀는 진심이었다. 저를 탓하든 아니든, 그레이스가 고문실에 앉아 있는 모습만으로도 레온에 겐 고문이었다.

이곳에서 꺼내려고 달래고 설득해도 통하지 않자 그는 포기하는 척하며 미끼를 던졌다.

"좋을 대로 해. 난 엘리의 방으로 갈 테니."

무릎에 얼굴을 묻고 있던 그레이스가 고개를 들더니 눈을 깜빡였다.

그레이스와 엘리의 유물을 모으고 모으다 결국엔 그의 침실에 발 디딜 틈이 없어지자 하녀장이 빈방 하나를 아기방으로 꾸미고 둘의 물건을 옮겨 두었다.

그는 자신을 조롱하고자 그 방을 기념관이라 부르곤 했다. 그러나 그레이스의 앞에서 그렇게 부를 수는 없었다.

엘리의 방이라고 하자 그레이스는 순순히 그를 따라 나왔다. 미련이라는 구더기가 들끓으며 썩어 가는 시신이 든 관을 여는 기분이 들어 그간 손도 대지 않았던 문고리가 유난히 차갑게 느껴졌다.

문이 열리고, 전등이 켜졌다. 그의 침실만큼이나 넓은 방이 환히 밝혀지며 그 안에 잠든 것이 모습을 드러냈다.

블랙번에 있는 그레이스의 하숙방과 엘리가 태어난 아파트부터 여객선의 선실, 그리고 프레스콧 근교의 아파트까지. 둘이 남긴 자취를 모조리 모아 둔 것을 보여 주고 싶은 마음은 사실 없었다. 미치광이 보듯이 할 테니.

"이게 왜 여기에…."

예상은 적중했다. 방을 둘러본 그레이스는 그를 미치광이 보듯이 바라보았다.

"내가 미친놈인 걸 이제야 안 건 아니길 바라."

레온은 자조하며 어깨를 으쓱거렸다. 그의 바람대로 그레이스의 얼굴에서 경악은 그리 오래가지 않았다.

"저건 엘리의 첫 침대잖아."

그녀는 방으로 들어가더니 한구석에 놓인 아기 침대를 쓰다듬기 시작했다. 서글픈 미소를 그리는 그레이스의 입꼬리가 미세하게 떨렸다.

아이 없이 아이의 흔적만 마주하는 건 고문인 것을 그는 누구보다 잘 알았다. 그러나 어떻게 보내든 지금 이 순간은 그들에게 고문이었다. 어차피 잠 못 드는 밤이라면 차라리 아이를 추억하며 지새우자는 생각이었다.

"어? 저건…."

그레이스가 유모차로 다가갔다. 아래의 선반에 놓인 짐 가방을 꺼내 열어 본 그녀가 감탄하더니 웃었다.

"이날 너 때문에 우리 물건을 다 잃어서 다시 사느라 얼마나 고생했는지 알아?"

그레이스는 가방 앞에 주저앉아 아기 옷을 꺼내어 보며 그에게 핀잔을 주었다. 총질과 발길질이 오간 날을 입에 올리는 사람답지 않게 꽤나 즐거워 보였다.

"그때 샀던 옷들은 짐을 줄이느라 작아지자마자 되팔거나 이웃에게 줬어. 그래서 아기 옷이 남은 게 하나도 없어서 아쉬웠는데…."

그레이스는 연노란색 잠옷을 펼쳐 그의 눈앞으로 들어 보였다.

"엘리가 이렇게나 작았었어. 믿어져?"

그러곤 아기 옷에 코를 묻고 숨을 크게 들이켰다.

"세상에, 아직도 아기 냄새가 나."

그레이스가 맡아 보라며 옷을 손에 쥐어 주었다. 레온은 이미 숱하게 맡은 아기 냄새를 처음 맡는 척하며 그녀의 옆에 나란히 앉았다.

"그날 우리가 쫓고 쫓기는 내내 엘리는 뭘 하고 있었는지 알아?"

세상모르고 스콘만 먹고 있었다는 소리에 레온은 웃을 수밖에 없었다.

"아기 때부터…. 아니지, 배 속에서부터 스콘을 좋아했어. 거기다 배 속에서부터 까다롭고 욕심도 많았지."

누구 닮아서, 라고 덧붙이며 그레이스는 콧잔등을 얄궂게 찡그렸다.

그레이스에게서 그날의 이야기를 듣고 있자니 레온에겐 괴로웠던 기억이 애틋한 추억으로 변해 갔다. 그레이스처럼 그날의 일을 웃으며 입에 올릴 수 있을 정도로.

"난 사실 그때부터 엘리와 사랑에 빠졌어."

이것 좀 보라며 아기 양말을 한 손에 한 짝씩 들고 흔들던 그레이스가 고개를 갸웃했다.

"기억나? 그날 부두에서 네가 얄밉게 무릎을 굽혀 작별 인사를 했을 때, 엘리가 보닛을 벗으면서 네게 주먹을 휘둘렀잖아."

"아, 맞아. 맞을 뻔했었어."

"벌써 주먹질을 해 대는 게 제 엄마랑 똑같았지."

그레이스는 입술을 삐죽 내밀더니 제가 생각해도 웃긴지 웃어 버렸다.

"요즘도 그래. 자다가 발길질에 뺨을 맞고 깨는 게 일상이지."

웃음이 씁쓸한 미소로 변하더니 금세 사그라들었다.

"…그랬지."

레온이 그러듯 그레이스도 유물을 보존하려는 사람처럼 아기 옷을 가지런히 개어 다시 가방에 넣었다. 그러곤 방을 둘러보다 서랍장 위에 놓인 앨범을 꺼내더니 구석의 소파에 앉았다.

"이건 작년 부활절 때 마을 교회 뒤뜰에서 달걀 찾기를 하다가 찍은 거야."

삶은 달걀이 산더미처럼 든 바구니 앞에 선 아이가 뿌듯한 미소를 짓고 있었다. 사진 속의 엘리는 그가 아는 엘리보다 작았다.

"그때가 고작 23개월이었는데 얼마나 집요하게 찾아다니던지. 너무 많아서 다른 아이들에게 나눠 주자고 했더니 엘리 거라며 펑펑 우는 거야. 하여튼 욕심쟁이…. 그래서 한동안은 집에서 삶은 달걀만 질리도록 먹었지."

레온은 엘리의 사진을 한 장씩 들여다보며 그가 모르는, 앞으로도 평생 모를 엘리의 순간들을 그레이스의 입으로 전해 들었다.

"얼마나 귀여웠는데…."

그는 앨범을 넘기며 애틋한 미소를 짓는 그레이스를 응시하다 늘 궁금했던 화제를 꺼냈다.

"엘리를 입양 보내려 했던 거 알아. 내 타운 하우스에 버리고 가려다 마음을 바꾼 것도. 왜 갑자기 마음을 바꾼 거야?"

당연히 아이를 사랑하기 때문일 것이다. 사실 그가 궁금한 건 '왜?'가 아닌 '어떻게?'였다. 엘리는 이 여자의 높디높은 벽을 어떻게 허물고 사랑을 얻어 낸 걸까.

"네가 끔찍하게 증오하던 남자의 아이잖아."

"내 아이니까."

그레이스는 어울리지도 않는 진부한 대답을 내어놓더니 앨범을 넘겼다. 이 화제는 이대로 끝인 줄 알았으나 페이지를 세 장째 넘기던 순간 그녀가 갑자기 한숨을 내쉬며 고백했다.

"엘리도 처음엔 너처럼 버거웠어."

"그런데 어쩌다 사랑하게 됐어?"

"그러게…. 내가 생각해도 믿기지 않아. 그토록 싫어하고 미워했던 존재를 이토록 대책 없이 사랑하게 될 줄이야."

그럼 버겁기만 한 나를 대책 없이 사랑하는 일도 할 수 있잖아.

그렇게 또 일말의 희망이 레온을 흔들었다.

"처음엔 내가 없으면 그 아이가 못 살 것 같아서 키웠는데 이젠 내가 그 아이 없인 못 살게 됐어."

그레이스는 씁쓸하게 웃더니 한숨처럼 중얼거렸다.

"신기하지? 내가 뭘 해 줬다고 날 그렇게나 열렬히 사랑하는지."

그러곤 그를 물끄러미 바라보았다.

"그런 맹목적인 면이 나를 닮았다고 생각했어. 그런데 이제 보니 너를 닮은 것 같기도 해."

내가 무얼 해 주었다고 너는 나를 이토록 열렬히 사랑하냐는 의문이 그녀의 눈동자에 담겨 있었다. 그건 도리어 레온이 그레이스에게 묻고 싶은 질문이었다.

두 사람은 오래도록 눈을 마주했다. 고개를 먼저 돌려 버린 사람은 늘 그렇듯 그레이스였다.

"이거 봐. 귀엽지?"

그레이스가 가리킨 사진 속에선 선물 포장에나 어울리는 리본이 엘리의 머리에 달려 있었다. 리본이 얼마나 큰지, 엘리의 머리만 했다.

"귀엽네."

제가 의문을 던져 놓고 얄밉게 말을 돌리든 뭐든, 레온은 그저 그레이스의 얕은수에 넘어가 웃을 수밖에 없었다.

"작년 내 생일에 찍은 사진이야. 그날 아침에 엘리에게 오늘은 엄마 생일이라는 말을 했었거든? 난 오늘 저녁에 케이크를 먹을 거란 뜻으로 한 말이었는데 엘리가 내 핸드백을 뒤져서 연필이랑 수첩을 가져오더니 뭐라고 한 줄 알아?"

"뭐랬는데?"

레온은 입매를 부드럽게 휘며 재촉했다.

"뭘 갖고 싶은지 쓰래. 그때가 막 돈이란 걸 알게 된 때였거든. 엘리가 지금은 어려서 돈이 없으니까 커서 돈을 많이 벌면 다 사 준다고…."

웃으며 딸의 영특하고도 기특한 면모를 자랑하던 그레이스가 돌연 울음을 터트렸다.

"내가 갖고 싶은 건 엘리뿐인데."

"반드시 찾을 거야."

레온은 그레이스를 품에 안으며 다짐했다. 반드시 살아 있는 채로 찾아 네 품에 다시 안겨 줄 거야.

"엘리를 여기로 데려와야 해."

그레이스는 주인 없이 물건만 덩그러니 남은 방을 둘러보더니 눈물을 또다시 왈칵 터트렸다.

"네 말이 맞아. 여기가 가장 안전해."

그가 늘 하던 말에 그레이스가 마침내 동감한 셈이었으나 레온은 그것 보라며 뻔뻔스럽게 굴지 못했다.

"나 정말 후회해. 엘리를 네게 줬어야 했어."

아이만 주고 저는 떠났어야 했다는 말이었다.

"글쎄. 그랬더라면 엘리와 난 같은 사람을 그리워하며 살았겠지."

"나는?"

그레이스가 그에게 간절히 매달리며 물었다.

"난 그랬더라면 이 모든 속박에서 벗어날 수 있었을까?"

레온이 아무런 대답도 하지 못하는 사이 그레이스는 얼굴을 일그러뜨리며 스스로 답을 내렸다.

"아니었을 거야. 그렇지?"

그녀는 레온을 흉내 내듯 그의 허리에 두 팔을 단단히 감더니 올가미처럼 조였다. 젖은 얼굴에는 쓸쓸한 미소가 그려졌다.

"넌 내게 족쇄를 채우는 데 성공했어."

"무슨 족쇄?"

아이인지 그인지. 그라면 그 본질이 사랑인지.

레온의 교활하고도 미련한 물음에 영리한 여자는 답하지 않고 도리어 그에게 물었다.

"그래서 행복해?"

"네 눈엔 내가 행복해 보여?"

"…아니."

족쇄는 한 쌍이다. 그레이스를 묶은 족쇄의 반대쪽 끝은 레온을 속박했다.

"그레이스, 난 널 보내 준다고 약속했어. 그 약속은 여전히 유효해."

네가 번복하지 않는 한.

"넌 언제든 나라는 족쇄를 풀고 떠나면 돼."

그 족쇄가 아직도 네 발목에 감겨 있는 건 네 탓이야. 넌 족쇄를 풀지 못하는 게 아니라 풀지 않는 거야.

이젠 과연 그걸 족쇄라고 부를 수 있을까?

멍이 든 자리를 피해 레온이 눈물을 닦아 주는 사이 그를 물끄러미 바라보던 그레이스가 돌연 그의 얼굴을 두 손으로 감쌌다. 그녀는 간절한 눈으로 그를 응시하다 레온이 무심결에 입꼬리를 올리는 순간 얼굴을 일그러뜨리며 울음을 터트렸다.

"고통스러워. 차라리 사랑하지 말걸."

그에게 하는 소리라면 좋겠지만 아닐 것이다. 그레이스가 말하는 족쇄는 결국 그가 아닌 아이였다.

"…엘리, 내가 네 엄마라서 미안해."

딸이 그를 너무도 닮은 것이 지금 이 여자에겐 저주였다.

아니다. 내가 네게 저주가 아니었던 적이 있을까. 너는 내게 저주가 아니었던 적이 과연 있었을까.

우리는 언제나 서로에게 저주였어.

노을이 지는 해변에서 처음 눈이 마주쳤던 순간엔 은총인 줄로만 알았다. 그러나 꿈같은 하루의 끝에서 서로의 악몽 같은 세상을 마주했던 그날 밤부터 저주는 시작되었다.

나도 머리라는 게 있는 인간이니 알아. 그날 밤의 비극이 없었더라면 우린 고작 한여름의 풋사랑으로 끝났을 거야.

일탈을 뒤로하고 일상으로 돌아간 소년과 소녀는 어른이 되어 그날을 잊었을 것이다. 무더운 여름이 오고서야 문득 떠올리고는 그런 철없는 짓을 했었지, 라고 웃게 만드는, 진부한 추억거리밖에 되지 못하는 풋사랑으로 그쳤을 것이다.

내버려 두었더라면 불씨가 제풀에 꺼져 버렸을 불장난에 비극이 불을 지피고, 꺼질 만하니 세상이 다시 불을 지폈다.

우리를 산 채로 타들어 가는 고통 속에 던져 넣은 세상이야말로 잿더미가 될 거야.

레온은 꺼질 줄 모르는 불길 속에서 그레이스를 끌어안으며 다짐을 되새겼다.

모든 것이 저주스러운 밤이었다.

❖ · ❖

"좋은 아침입니다."

허름한 호텔 앞 계단을 쓸고 있던 주인이 인사를 하자 로버트는 고개를 푹 숙이는 것으로 대답을 대신했다. 안으로 들어간 그의 시선은 텅 빈 프런트 데스크에 놓인 전화기에 잠시 머물렀다. 그러나 이번에도 곧바로 생각을 고쳐먹고 눈을 돌렸다.

"아침이다."

2층으로 올라간 그는 낸시의 방에 먼저 들러 시장에서 사 온 아침거리를 건네주었다.

"고마워요, 아저씨. 출발은 30분 후에 해요."

"잠깐만."

낸시가 문을 닫으려 하자 로버트가 붙잡았다. 그는 복도에 아무도 없는 것을 확인하고도 목소리를 낮춰 속삭였다.

"떠나기 전에 전화하자꾸나."

아이가 제 엄마와 통화하게 해 주자는 뜻이었다. 그는 어제 조간신문에서 그 악마가 남긴 암호를 발견한 후 계속해서 낸시를 설득하는 중이었지만 녀석은 완강했다.

"우리 위치를 추적하려는 수작이라고 제가 말씀드렸잖아요."

"그러니까 여길 떠나기 전에 하자는 거 아니냐."

"아저씨, 누구 편인지 확실히 하세요."

낸시는 아저씨에게 단호히 경고를 던지고 쾅 소리가 울리도록 문을 닫왔다. 그 악마의 자식이 아저씨를 단단히 홀린 게 분명했다. 며칠 전에는 낸시가 쓰던 편지를 보고 아저씨가 화를 냈다.

"아이의 손가락을 자르겠다니 제정신이냐?"

"이건 그냥 협박이잖아요."

다 알 만한 사람이 진지하게 받아들이다니.

"설마 제가 진짜 하겠어요?"

시한까지 아버지를 풀어 주지 않으면 정말 해 버릴지도 모르지만 아이를 자꾸만 싸고도는 아저씨가 이러다 저 몰래 아이를 빼돌릴까 봐 일단은 빈말이라고 해 두었다.

"성가셔."

아저씨를 따돌리고 싶을 정도였다.

"뭐 하는 거니?"

방문을 열었더니 아이는 침대 옆에 무릎을 꿇고 앉아 있었다.

"기도."

아이가 깍지를 껴 침대 매트리스에 얹은 두 손을 보란 듯이 흔들었다.

"벌써 기도를 열심히 하다니 기특하구나."

신실한 아이라고 칭찬을 하려던 로버트는 아이가 한 대답에 말문이 막혔다.

"엘리가 보고 싶다구 기도해서 신님이 아빠를 천국에서 보내 줬단 말야. 그럼 이번에도 열씨미 기도하면 엄마랑 아빠를 엘리한테 보내 주게찌?"

"…."

간절히 묻는 아이에게 로버트는 대답 대신 손에 든 빵 봉투를 내밀었다.

"아침 먹으렴."

"헤…."

아이는 해맑게 웃으며 일어서서 봉투를 받았다. 어느새 기도는 잊고 햄과 치즈를 넣어 구운 크루아상에 정신이 팔린 아이를 지켜보다 로버트가 물었다.

"맛있니?"

아이가 페이스트리 부스러기를 입가에 묻힌 채로 고개를 끄덕였다.

"천천히 잘 씹어서 먹으렴."

그는 창가의 낡은 의자에 걸터앉아 다른 봉투를 열었다. 안에는 오렌지 두 개가 들어 있었다.

주머니칼을 꺼내 껍질을 까기 시작하자 아이가 그의 앞으로 와서 서더니 입맛을 다셨다. 입에는 크루아상을 물고 눈은 한시도 오렌지에서 떼지 않는 걸 보니 제가 한눈파는 사이 그가 오렌지를 홀랑 먹어 버릴까 걱정이 되는 눈치였다.

"이 오렌지도 네 거다. 그러니 빵은 천천히 먹으렴."

그래도 아이는 볼이 다람쥐처럼 빵빵해지도록 빵을 입에 욱여넣고 오물댔다. 오렌지 향기가 강렬해질수록 청록빛 눈동자가 반짝반짝 빛을 냈다.

"이게 그렇게 먹고 싶었니?"

"헤헤…."

껍질을 대충 까자마자 한 조각을 쥐여 줬더니 아이가 크게 웃었다. 어젯밤부터 오렌지가 먹고 싶다며 노래까지 지어 부르길래 아침에 눈을 뜨자마자 시장으로 가서 비싼 돈을 주고 사 왔는데 보람이 있었다.

"이건 점심때 먹, 콜록."

오렌지 하나가 아직 든 봉투를 여미는데 또 발작적인 기침이 시작됐다. 고개를 돌리고 답답한 가슴을 치는데 눈앞에 우유병이 불쑥 나타났다.

"마셔."

아이가 제 몫의 우유를 그에게 내밀었다.

"고맙구나."

제 엄마가 바르게 키웠는지 아이는 천사가 따로 없었다. 로버트는 아이의 머리를 쓰다듬어 주고 일어섰다. 우유는 아이에게 돌려주고 욕실로 가 기침약을 찾으려던 때에 누군가가 문을 두드렸다.

"가요."

문을 열었더니 낸시가 손에 짐을 든 채로 그를 재촉했다.

"벌써 그렇게 됐나."

로버트는 껍질을 말끔히 깐 오렌지 한 덩어리를 아이에게 쥐어 주고 짐을 싸기 시작했다.

"우리 어디 가? 엄마한테 가? 엄마 보고 시퍼. 엄마는 언제 와?"

아이가 그를 병아리처럼 쫓아다니며 물었다.

"네 엄마는 곧⋯."

로버트가 대답하려는데 못마땅한 눈으로 둘을 지켜보던 낸시가 불쑥 끼어들었다.

"네 엄마는 안 와."

아이는 오렌지 조각을 입에 넣다 말고 눈을 커다랗게 뜨며 낸시를 돌아보았다. 아이의 얼굴에 희미하게 감돌던 웃음기가 서서히 사라졌다.

"⋯왜?"

"낸시, 트럭으로 가 있어."

로버트가 나가라고 손을 내저었지만 낸시는 도리어 아이에게 다가와 눈높이를 맞추더니 해선 안 될 소리를 했다.

"네 엄만 널 버렸어. 네 아빠와 너를 두고 하나만 고르라고 했더니 널 버리고 네 아빠를 택했거든."

"아빠?"

그런데 어째선지 아이는 기쁜 소식이라도 들은 것처럼 입을 활짝 벌리며 웃었다.

"엄마는 아빠를 데리러 간 거야?"

"데리러 간 게 아니라 널 버렸다니까?"

"엄마가 왜?"

"그야 널 사랑하지 않으니까?"

기가 죽기는커녕 아이는 세상에서 가장 허튼소리라도 들은 양 미간을 구기며 고개를 갸웃거렸다.

"엄마는 엘리를 세상에서 제일 제일 사랑해. 낸시는 그거또 몰라?"

아이는 입으로 오렌지를 아작아작 씹으며 눈으로는 낸시를 빤히 쳐다보았다.

"하…."

아이를 노려보던 낸시가 기가 막힌다는 듯이 코웃음을 쳤다. 로버트는 문을 향해 낸시를 떠밀었다. 세 살배기와 유치한 입씨름을 하다 졌다는 이유로 해코지라도 할까 봐 걱정스러웠다.

"세상에, 저건 울지도 않아."

낸시가 혀를 내두르며 중얼거린 찰나였다. 여태 씩씩하던 아이가 울먹울먹하기 시작했다.

"애니, 아니지. 엘리…."

로버트가 달래려 하자마자 아이가 주먹을 꽉 쥐더니 이를 악물고 외쳤다.
"엄마 오면 울 꺼야!"
"독한 년."
"낸시!"
"독한 게 딱 제 엄마를 닮았어."
"마쟈. 엘리는 엄마 달마써."
아이는 언제 울먹거렸냐는 듯 헤, 웃었다. 그러곤 문밖으로 밀려난 낸시를 기웃대며 오렌지를 야금야금 먹는 걸 보고 있자니 로버트는 과연 이 아이가 성격 면에서 제 엄마만 닮은 게 맞을까 의문이 들었다.
낸시를 내보내고 짐을 챙긴 후 아이에게 코트를 입힐 때였다. 오렌지를 먹는 내내 조용하던 아이가 마지막 조각을 씹어 넘기고서야 그에게 물었다.
"낸시는 왤케 모때써?"
"…."
그러게. 다 큰 어른이란 게 세 살짜리를 상대로 못되게 굴다니.
"미안하구나."
"아저씨가 왜애? 낸시 아빠야?"
"그런 건 아니다만…."
낸시가 그 악마에게 가족을 잃은 것이 딱해서, 마지막 남은 가족이라도 구하라고 돕고 있다만 이제 슬슬 회의감이 들기 시작했다. 한숨을 내쉬며 아이의 목도리를 집어 드는데 아이가 물었다.
"엄마는 아빠랑 이써?"
그가 고개를 끄덕이자 아이가 웃었다.

"헤…."

어째서 낸시의 말을 듣고도 엄마가 저를 버렸다는 의심은 조금도 하지 않고 기쁘게 웃기만 하는 걸까.

"너는 엄마가 아빠에게 갔다는데도 아무렇지 않니?"

물었더니 아이는 엉뚱한 소리를 했다.

"아빠는 엄마를 어엄청 사랑해."

별로 알고 싶지 않았던 이야기라 로버트는 마음이 불편해졌다. 불현듯 그 악마가 고문실에서 '샐리'에게 치근덕대던 모습이 생각났다. 그때만 해도 사랑으로 보이진 않았었다.

그 악마는 자기 자신 외엔 누구도 사랑하지 못할 사람이다.

로버트는 그렇게 생각했었다.

그런데 그새 무슨 일이 있었던 건지. 윈스턴은 적에게 아이를 낳게 했다. 불운한 실수가 아니었다는 건 아이에게 서커스를 보여 주고자 거금을 들인 것으로도 짐작할 수 있었다. 그러나 그자는 거기서 그치지 않았다.

로버트는 아이를 안고 있던 악마를 떠올렸다. 그자가 딸을 예뻐하는 것이 서커스장의 반대편에서도 보일 정도였다.

자연히 그 옆에 부부처럼 나란히 서 있던 그레이스에게로 생각이 옮겨 갔다. 그러다 결국은 마지막으로 본 그 녀석이 흘리던 눈물이 떠올랐다.

"엘리."

"우웅?"

"엄마는 아빠를 사랑하니?"

아이는 코트 단추를 스스로 채우는 데 정신이 팔렸는지 손을 꼬물대며 심드렁하게 대꾸했다.

"몰라. 엄마는 아빠한테 항상 화가 나 이써. 아빠가 벽을 막 알록달록

하게 칠했나 바."

로버트는 아이의 순진한 상상에 씁쓸한 미소를 지었다. 그 악마는 벽을 피로 새빨갛게 칠할 위인이다.

그나저나 화가 나 있다니.

로버트는 윈스턴을 두려워만 했을 뿐, 분노를 느끼지는 못했다. 그건 그자의 손아귀에서 벗어난 지금도 마찬가지였다.

심문관과 포로라는 관계에서 포로가 갖기는 어려운 감정이다. 그레이스가 그자보다 우위에 있지 않고서야 불가능한 일이었다.

곱씹을수록 이해하기 어려운 관계였다.

생각에 잠겨 있는데 아이가 단추를 다 채우더니 그사이 참았다는 듯 말을 쏟아 냈다.

"엘리는 엄마도, 아빠도 어엄청 사랑해!"

"그 말은 낸시에게 하지 말렴."

당부했더니 아이가 비밀스러운 이야기를 하듯이 손을 모으며 가까이 오라 손짓했다. 고개를 숙이자 아이가 목소리를 낮춰 소곤댔다.

"낸시는 시러."

"그 말도 낸시에겐 하지 말고."

"바비 아저씨는 죠아."

사랑스러운 말에 웃으며 아이의 머리를 쓰다듬던 그는 제 아비를 닮아도 너무 닮은 얼굴을 물끄러미 보다 한숨처럼 중얼거렸다.

"네 엄마가 왜 너도, 네 아빠도 놓지 못하는지 알 것도 같구나."

그 녀석에겐 불가항력일 것이다.

그러니 그 악마를 죽이는 일이 네겐 어려웠겠지.

"아저씨는 엘리 아빠 알아?"

목도리를 감아 주던 로버트는 생각지도 못한 질문에 당황했다. 대답하지 못하는 걸 긍정이라고 생각했는지 아이가 단추를 만지작거리며 조심스럽게 부탁했다.

"아빠한테 엘리 말 안 사 죠두 되니까 엘리 보러 오라고 해 죠."

로버트는 멍하니 아이를 바라보았다.

부모의 품에서 사랑받아야 할 어린아이를 인질로 잡고 있다니. 이게 무슨 짓일까.

아이의 말에 머리를 한 대 맞은 듯 정신이 번쩍 들며 또다시 회의감이 밀려왔다.

그는 서커스장에서 작전이 시작되기 직전, 이 아이가 말 위에 앉아 즐거워하던 모습을 떠올렸다.

처음에는 무리의 젊은 녀석들이 말한 대로 복수만을 생각했으나 어린 아이가 부모와 행복한 시간을 보내는 모습을 먼발치에서 보고 있자니 마음이 흔들렸었다.

그렇지만 이미 엎질러진 물이었다. 참으로 딱하다만 이건 다 네 아비의 죄 탓이라 생각하라고 마음을 모질게 먹고 방아쇠에 손가락을 걸었었다.

그러나 그런 건 아이를 코앞에서 마주하고, 아이와 말을 주고받기 전에나 가능한 것이었다.

"네가 무슨 죄가 있겠니…."

날이 갈수록 그날의 일이 미안해진다. 그날처럼 다시 부모의 품으로 돌려주고 싶은 생각이 날이 갈수록 커진다.

그러나 아직은 그래선 안 된다. 다른 아이도 제 아버지의 품으로 보내야 하기에.

로버트는 대답을 기다리는 아이의 머리를 쓰다듬으며 약속했다.

"걱정 말아. 네 엄마는 올 거야. 오지 않으면 아저씨가 데려다주마."

데이브만 무사히 구하면.

그에게 이 아이를 붙잡고 있는 목적은 그것뿐이다. 데이브를 풀어 주면 아이를 돌려보내 준다는 약속을 낸시가 지키지 않는다면 그가 지킬 생각이었다.

잠시 외출했다 돌아온 레온은 집무실 안을 훑어보곤 눈매를 좁혔다. 복도를 지키고 선 병사는 그레이스가 이곳에 있다고 했으나 그의 눈에는 아무도 보이지 않았다.

집무실에 딸린 욕실에도 그레이스는 없었다. 아무리 탈출의 귀재라지만 제 발로 걸어 들어온 집무실에서 탈출하려 했을 리 없으니 병사가 보지 않는 사이 나갔겠거니 싶어 찾으러 가려던 때였다.

전화가 울렸다.

"윈스턴…."

책상으로 가 전화를 받자마자 레온은 말을 잇지 못했다.

어디 있나 했더니.

그레이스는 책상 밑에 우울한 얼굴로 웅크리고 누워 있었다. 허공을 응시하는 눈에는 초점이 없었다.

죽은 것 같던 별채가 여자를 들여다 놓으니 다시 살아났다. 그러나 그 여자는 죽은 것처럼 군다.

"그래, 그렇게 진행하도록."

전화는 별것 아니었다. 굳이 말해 주지 않아도 그레이스는 알 것이다.

전화기가 울려도 눈에 초점이 돌아오지 않는 걸 보니 기대는 접은 듯했다.

잔당의 연락을 받기 위해 새로 설치한 전화기는 금요일 오후인 지금까지 단 한 번도 울리지 않았다.

다른 전화로는 화요일부터 수배자 제보가 이따금 들어왔으나 모두 허위거나 오인으로 판명되면서 두 사람은 며칠째 희망과 절망을 오가는 중이었다.

오늘도 점심 즈음 제보가 들어왔다. 왕도 근처의 소도시에서 낸시 윌킨스로 보이는 여자가 금발의 유아를 데리고 있었다는 목격담을 접수한 현지 경찰이 이들을 추적하는 중이었다.

연락을 기다리는 사이 레온은 골프 연습을 하고 왔다. 데이비드 윌킨스의 감방에서.

그레이스에게 같이 가자고 했으나 그녀는 고개를 저었다. 혼자 남아 뭘 하려나 했더니 개 취급을 당하던 예전처럼 자신을 책상 아래에 가두다니.

두 사람 모두 누군가를 학대해 긴장과 불안을 해소하나 레온은 남을, 그레이스는 자신을 학대했다.

그런 습관을 내가 만들어 준 건 아닐까.

겨우 해소하고 온 불안감이 또 도진다.

"목줄도 채워 줘?"

전화를 끊고 잠시 지켜보다 문자 그레이스가 어렴풋이 웃더니 고개를 힘없이 끄덕였다. 레온의 입에서 한숨이 새어 나왔다.

"나와."

아기가 따로 없네.

레온은 그레이스를 책상 아래에서 끌어내어 의자에 앉혔다.

"네 오빠를 불러올까?"

가족이라도 있으면 자학을 멈출까 싶어 물었으나 그레이스는 고개를 저었다.

"모자는?"

레온이 묻자 그레이스는 소파 쪽을 눈짓했다. 커피 테이블에는 아이보리색 털실 모자가 가지런히 놓여 있었다.

엘리를 가졌을 때 그의 앞에서 아이에게 애정이 있는 척 연기를 하느라 뜨다가 만 물건이었다. 그가 침대 옆의 협탁에 그대로 둔 걸 그레이스는 돌아오자마자 다시 손에 잡았다.

"엘리가 오면 줄 거야."

무사 귀환을 기원하는 의식이라도 치르듯이.

그러더니 며칠 만에 다 만들었다.

"저기에 어울리는 목도리도 필요하지 않을까?"

손에 쥘 게 없으면 제 목을 쥐고 조를 것 같아서 한 말이었다. 그레이스는 의도를 간파한 눈으로 그를 물끄러미 쳐다보기만 했다.

"그럼 내 일이나 도와."

레온은 그레이스의 앞으로 타자기가 놓인 이동식 책상을 끌고 와 자필로 쓴 메모 묶음을 넘겨주었다. 곧 기관단총의 연사음을 닮은 타자기 소리가 이어졌다.

그는 제 책상 앞에 앉아 다시 일을 시작했다. 라디오를 크게 틀어 타자기 소리를 덮었으나 그래도 신경이 곤두섰다.

한숨을 내쉬며 시가를 꺼내다가 그것도 내키지 않아 책상 구석에 놓인 탄산수 병을 열던 때였다. 타자기 소리가 갑자기 뚝 멎더니 그레이스가 일어나 소파로 향했다.

누우려는 건가 싶었으나 아니었다. 그레이스는 커피 테이블에 놓인 과일 바구니에서 오렌지 하나를 집어 오더니 그의 앞에 올려놓았다. 그러곤 말없이 타자기 앞에 앉는 걸 레온은 의아한 눈으로 지켜보다 오렌지로 다시 시선을 옮겼다.

잠시 물끄러미 바라보다 주머니칼을 꺼냈다. 오렌지의 껍질을 벗겨 먹기 좋게 한 쪽씩 쪼개고 보니 접시가 없었다. 대신 크리스털 잔에 가지런히 꽂아 타자기 옆에 놓아 주었더니 그레이스가 당황한 얼굴로 그를 올려다보며 말했다.

"…너 먹으라고 준 거야."

이번에는 그가 당황했다.

당황스러운 일은 거기서 그치지 않았다.

"그래, 수고했어."

레온은 특임단에서 걸려 온 전화를 끊자마자 한숨을 내쉬었다. 그나마 그럴듯해서 내심 기대를 품었던 제보는 이번에도 오인으로 판명됐다.

말해 줘야 하나.

한 손으로 이마를 짚은 채, 그레이스를 곁눈질하던 순간이었다. 그녀가 갑자기 일어서더니 그에게로 다가왔다.

비장한 각오를 한 얼굴이길래 먹살이라도 잡으려는 줄 알았던 레온은 그녀가 제게 손을 뻗는 순간 얼어붙었다.

그레이스가 그를 안았다.

머리를 감싸 제 가슴 아래에 파묻게 하더니 뒷머리를 쓰다듬으며 말했다.

"괜찮아."

그러곤 얼이 빠진 레온을 놓더니 다시 제자리로 가 앉았다.

급습을 당해도 이처럼 당황스럽지는 않았을 것이다. 레온은 아무 일 없었던 것처럼 타자를 치는 여자의 뒷모습을 오래도록 멍하니 응시하다 물었다.

"방금 그건 뭐였어?"

"⋯위로."

"⋯위로? 네가 나를?"

"싫으면 이젠 안 할게."

"그런 말이 아니잖아."

왜 그럴 마음이 들었냐는 질문인 걸 그레이스도 모르지는 않았다. 그녀는 잠시 망설이다 여전히 그를 등진 채로 말문을 열었다.

"엘리도 너처럼 피에 집착했던 적이 있었다고 했잖아. 그때 네 생각이 많이 났어."

피투성이가 된 부친을 목격했던 너도 엘리와 같았을까.

"너도 네가 마음대로 되지 않아서 힘들었을 것 같아."

그때의 너를 안아 주는 사람이 있었을까. 괜찮다는 말을 해 준 사람이 있었을까.

없었을 것이다.

사랑하는 사람이 처참한 시신으로 돌아온 충격이 채 가시기도 전에 저 남자는 카메라의 앞에, 군중의 앞에 나서야 했다. 가주로서 가문을 지키고 군인이 되어 복수하겠다는 다짐을, 연민보다는 탐욕을 앞세운 어른들의 앞에서 전시해야 했을 것이다.

열세 살 소년에겐 과도하고도 잔인한 중압감이다.

"너도 사랑해 주는 사람이 있었더라면 지금과는 달랐을 거라는 생각이 들었어."

"그럼 나를 사랑해 주는 사람이 있다면 지금이라도 달라질 수 있는 건가?"

수작질. 그레이스는 웃기만 했다.

"아무튼, 고마워."

말투는 가벼우나 그 속에 어린 진심은 무거운 감사의 말을 듣고 있자니 그레이스의 가슴 한구석이 간질간질했다. 분명 제가 저 남자를 위로했으나 도리어 제가 위로받은 기분이었다.

"다음번에는 키스도 곁들이면 더 위로가 될 것….'

"넌 욕심이 너무 많아."

그레이스가 레온을 돌아보더니 가늘게 뜬 눈으로 흘겨보았다. 그리고 곧이어 웃음을 터트렸다.

"일이나 해."

"그러죠, 내 사랑."

그를 또 한 번 흘겨본 그레이스가 고개를 돌렸다. 집무실에 잔잔히 흐르는 라디오 소리에 타자기 소리가 다시 섞여 들기 시작했다.

레온의 귀에 이젠 그 소리가 더는 거슬리지 않았다.

로버트 피셔가 아내를 병문안하는 일요일을 이제 하루 앞두었다. 낸시 윌킨스가 정한 제 아버지의 석방 시한 또한 고작 하루 남짓 남았다.

레온은 상상할 수 있는 모든 시나리오에 맞춰 작전을 준비해 두었다. 작전지로는 데이비드 윌킨스가 있는 윈스포드 수용소 부근, 그리고 브레이턴 주립 병원과 낸시 윌킨스가 지정한 노르덴 국경이 있는 북부, 이 두

곳으로 점쳐졌다.

작전지를 줄이기 위해 데이비드 윌킨스를 북부의 수용소로 옮겼다. 낸시 윌킨스가 윈스포드 수용소를 감시할 경우를 대비해 이감을 아주 시끌벅적하게 진행했다. 그 쥐새끼가 서부에 있었더라도 북부로 따라올 수밖에 없도록.

그러곤 두 사람은 피셔의 방문이 확실시되는 브레이턴 주립 병원 근처의 호텔로 자리를 옮겼다.

레온은 욕조 앞에 깔린 러그에 앉아 욕조 벽에 몸을 기댔다. 시선은 샤워 부스에 서서 뜨거운 물줄기를 맞고 있는 그레이스에게서 떨어지지 않았다.

지켜보고 있는데도 샤워 커튼을 치지 않는 건 고문실에서 생긴 습관인가.

그 탓에 욕실에 금세 후덥지근한 습기가 차올랐다. 셔츠가 눅눅해졌지만 레온은 벗지 않았다.

어차피 이런 눅눅함에 이번 주 내내 시달렸다. 별채에서 두 사람을 괴롭히던 초조함은 피부에 달라붙어 이 먼 곳까지 따라왔다.

술이라도 한잔하고 싶은 기분이었지만 맑은 정신이 필요한 돌발 상황이 생길지도 모르기에 생각을 접었다.

물소리가 멎었다. 레온은 일어나 그레이스에게로 다가갔다.

수건 한 장을 건네주고 몸의 멍과 상처를 눈으로 훑어 올라오다 그녀와 눈이 마주쳤다. 좋은 구경을 해서 즐거운 척 눈매를 휘어 웃었더니 그레이스가 눈을 흘겼다.

그럴 거면 가리든가.

그러나 그레이스는 수건을 머리에 감고 나서야 몸에도 감았다. 아무런 의도 없이 하는 짓으로 느껴져 다소 얄미웠다.

그레이스가 세면대 앞에 서자 레온은 뒤로 다가갔다. 그녀는 머리에 감은 수건을 풀더니 젖은 머리칼을 말리기 시작했다. 머리칼은 밝은 금빛이 아닌 다갈색이었다.

지난 며칠 그레이스는 버티다 무너지고, 무너졌다 억지로 일어서길 반복했다. 시체처럼 축 늘어져 있다가도 갑자기 벌떡 일어서서 삶의 의지를 불태우는 모습을 레온은 수없이 지켜보았다.

어젠 뿌리는 어둡고 끝은 밝은 제 머리 꼴이 엉망이라며 염색약을 사다 달라는 소리를 느닷없이 했다. 레온이 하녀를 시켜 가져온 건 그레이스의 타고난 머리색에 맞는 것이었다.

"엘리가 아쉬워하겠어."

그레이스가 머리를 말리며 중얼거렸다.

"난 전혀."

레온은 물에 젖어 색이 더욱 어두워진 다갈색 머리칼을 손끝으로 한 줌 걷어 올려 입술을 묻으며 중얼거렸다.

"넌 다 잘 어울리지만 꾸미지 않은 네 모습 그대로일 때가 가장 예뻐."

그레이스는 거울에 비친 남자에게 눈살을 찌푸렸다.

"넌 오만한 독설가일 때가 가장 봐줄 만해."

"우리 자기, 수줍어서 그래?"

남자가 픽 웃으며 귓가에 속삭이는 순간 그레이스는 몸을 움찔 떨며 젖은 수건을 그의 얼굴에 던져 버렸다.

"수줍음을 과격하게 탄단 말이지."

남자는 수건을 바구니에 던져 넣더니 세면대 위의 선반에 놓인 파우치를 열었다. 안에는 연고와 붕대 따위가 들어 있었다.

그는 그레이스의 새끼손가락을 살펴보더니 손톱이 있어야 하는 자리에 연고를 바르고 두껍게 거즈를 덧대어 붕대를 감았다. 이건 이 남자가 매일 두 번씩 하는 의사 놀이의 시작일 뿐이었다.

거울 속 그레이스의 얼굴을 응시하며 연고 통을 꺼내어 든 남자가 한숨을 나직이 내쉬었다.

"엘리가 보면 놀라겠어."

며칠 새 붉은 기는 많이 가셨으나 멍이 푸르고 노랗게 변했다. 그건 또 그 나름대로 보기 흉했다.

"넌 이런 얼굴을 보고도 예쁘다는 말이 나와?"

"응, 너무 예뻐서 이런 얼굴을 만들어 준 그 쥐새끼가 미치도록 고마울 정도야. 똑같이 예쁘게 만들어 줘야 도리겠지."

"그 도리는 이미 내가 한 것 같은데. 걔 얼굴도 내 얼굴 못지않을 거야."

"어련하시겠어."

그는 마디의 살갗이 다 까졌다가 지금은 얇은 딱지가 앉은 그레이스의 오른손을 위로 들어 흔들다 내려놓았다.

"나도 그 재미를 누릴 기회를 빼앗아 갈 생각 마. 도구도 새것으로 준비해 뒀어. 관절을 분리하는 데는…."

남자는 도축업자나 떠들 법한 잔인한 말을 고상한 투로 찬찬히 읊었다. 그러는 내내 곱상한 얼굴은 야만스러운 미소를 잃지 않았다.

"…그러니 반드시 산 채로 잡아야만 해."

잔혹한 계획을 듣다 눈살을 찌푸렸다. 그 순간 눈 아래의 멍 자국에 연고를 두드리듯이 바르던 손가락이 멈췄다.

"아파?"

"…아니."

실은 아프다. 몸이 아닌 마음이.

이젠 피비린내 나는 복수의 쳇바퀴가 멈췄으면 했다. 제가 구해 주지 않으면 이 남자는 평생 그 쳇바퀴에 갇혀 살 거란 생각이 문득 들어 아팠다.

그러나 한편으로는 '이번 한 번만 더'라는 생각을 그레이스마저 하고 있었다. 쳇바퀴에 갇힌 인간들끼리 서로를 구하겠다고 허우적대다니. 우스운 일이었다.

남자의 손가락이 다시 움직였다. 그는 한 손으로 그레이스의 턱을 감싸 쥐고 고개를 부드럽게 좌우로 기울여 가며 상처마다 연고를 발랐다.

웃음이 나오려 했다. 군인이자 귀족으로 산 습관인지 다정한 행동조차도 고압적인 모양새를 내며 하는 남자였다.

"뭐가 그렇게 재밌어?"

"아무것도 아니야."

"내가 모르는 비밀을 만든 대가는 혹독할 텐데."

귓가를 간지러운 속삭임과 함께 뜨거운 숨결이 스쳤다. 남자는 그레이스를 내려다보더니 눈을 치켜떠 다시 거울 속의 그녀와 눈을 마주했다.

그 순간 비밀을 만든 대가가 궁금해졌다.

"벌려 봐."

"…뭐?"

턱을 쥔 손에서 남자는 검지만 뻗어 그레이스의 바싹 마른 입술을 톡톡 두드렸다.

"아…."

입술을 살짝 벌리자 끈적한 손끝이 아랫입술을 굴리듯이 문질렀다. 찢어진 곳은 딱지가 앉아 치료는 필요 없어 보였다.

"어디를 벌리려 한 거야?"

멍에서 핏기는 가신 지 오래인데 거울 속 그레이스의 얼굴이 새빨갛게 익어 있었다. 남자는 일부러 놀린 건지 입술을 깨물며 웃음을 참았다. 얄미웠다.

이것도 일부러 이러는 건가.

그레이스의 물기 어린 맨 살갗에 풀을 먹여 빳빳한 셔츠가 자꾸만 스쳤다. 그럴 때마다 찌르르한 감각이 돌며 온몸의 솜털이 곤두섰다. 제정신으로 해선 안 되는 생각이 자꾸만 든다.

"앉아."

레온은 더 이상 얼굴에 연고를 바를 곳이 없어지자 그레이스를 욕조 모서리에 앉히고 자신은 욕조 앞에 깔린 러그에 앉았다. 그녀의 정강이에 연고를 바르는 사이 그의 시선은 수건으로 가려져 그늘진 다리 사이로 습관처럼 향했다.

그레이스는 당한 일을 빠짐없이 말하라는 그의 요구에 저를 겁탈하려던 쥐새끼를 어떻게 죽였는지까지 털어놓았다.

왜 죽였어, 자기야?

아쉬웠다. 그가 할 수 있는 복수라곤 이미 죽은 몸뚱이를 욕보이는 것뿐이라니. 별다른 희열도, 재미도 느껴지지 않는 일이었다.

"어딜 보는 거야?"

그의 시선을 느낀 그레이스가 새삼스럽게 다리를 오므리며 핀잔을 주었다.

"걱정 마. 이젠 네 허벅지 사이에 머리를 넣기 무서워졌어."

머리 위에서 픽 웃는 소리가 들렸다.

"아니지. 여태 아무 일 없었으니 무서워할 필요 없는 건가?"

내게 입으로는 하지 말라면서 다리로 내 목을 조른 적은 단 한 번도 없었잖아. 다른 놈들에게는 가차 없는 네가 왜 내게만 물렀던 걸까?

의미심장한 눈빛을 보내다 눈꼬리를 휘어 웃는 순간 그레이스가 눈살을 찌푸렸다.

"아니야."

입 밖에 내지도 않은 물음을 알아들은 것부터가 속내를 적나라하게 내보이는 짓인 줄은 모르고 아니란다.

과연 아닐까?

레온은 연고가 묻은 손으로 무릎의 상처를 문지르며 그 옆에 입술을 대었다. 입술이 살갗을 천천히 더듬어 올라가다 두 다리가 맞붙은 곳에서 멈췄다.

그레이스가 기껏 오므렸던 다리는 숙녀의 자존심을 배려해 신사인 레온이 벌려 주었다. 한번 졸라 보라는 듯이 허벅지 사이에 목을 들이밀었으나 다리는 다시 닫히지 않았다. 레온은 허벅지 안쪽에 입을 맞추며 속삭였다.

"나도 사랑해, 자기야."

나'도' 너를 사랑해. 그러니까 넌 나를 사랑해.

제 사랑 고백을 가장해 그레이스의 마음을 드러내는 순간 그녀가 목을 조를 것처럼 그의 어깨에 두 다리를 걸쳤다. 그러나 그가 다리 사이에서 무슨 짓을 하든 레온의 목을 감싼 허벅지에 힘이 들어가는 일은 없었다.

그는 두 손으로 허벅지를 쓸어 올려 수건을 벌렸다. 음부가 드러나자 다리를 한쪽씩 움켜쥐고 무릎 안쪽을 엄지로 자극했다. 허벅지가 눈에 띄게 파르르 떨리기 시작했다.

머리는 허벅지 가운데에서 더는 움직이지 않았다. 레온은 같은 자리만 입술로 지분대며 음부가 서서히 젖어 가는 모습을 조용히 지켜보았다.

분홍빛 속살이 빨갛게 익어 갔다. 진주알을 닮은 분홍빛 돌기 또한 피가 몰려 부푸는 것이 똑똑히 보였다. 허벅지 안쪽에 키스를 하며 숨을 쏟아 냈더니 돌기가 움찔 튀어 올랐다.

"하아…."

머리 위에서 긴 한숨 소리가 들려왔다.

"이건 다 네가 너무 잘하는 탓이야."

레온이 무슨 짓을 하든 죽이지 못하는 건 그가 아닌 그의 몸을 사랑하기 때문이라는 편리한 핑계로 또 도망치려 한다. 입술을 떼고 어깨에 얹힌 다리를 밀어내리던 때였다.

제 허벅지에 걸쳐져 있던 그의 넥타이를 그레이스가 쥐더니 목줄처럼 감아 당겼다. 레온은 그녀의 다리 사이로 어쩔 수 없이 이끌려 가 입술을 묻었다.

그래, 난 널 거부할 처지가 아니지.

살을 빨고 핥는 소리만 한동안 이어지다 젖은 속살을 손가락으로 쑤석대는 소리가 더해졌다. 음란한 소음과 더불어 그레이스의 신음도 시간이 갈수록 커져 갔다.

연한 금빛의 머리칼 사이로 손가락이 파고들어 그의 뒷머리를 세게 움켜쥐고, 발꿈치가 빳빳한 셔츠를 구기며 레온의 등을 긁어 댔다.

"좋아?"

"응, 으응…."

"여긴 어때?"

"아!"

"그래, 나도 알아."

"하윽!"

절정의 물결에 휩쓸려 뒤로 넘어가는 그레이스를 레온은 재빨리 휘감아 안았다. 그녀의 몸에 고집스럽도록 감겨 있던 수건이 그 바람에 툭 떨어져 나갔다.

알몸에 닿는 셔츠의 이질적인 질감은 언제나 그레이스를 수치스럽게 만든다. 그러나 오늘은 그 익숙한 굴욕감에서 묘한 안도감이 느껴졌다.

발가벗겨져 산 채로 해체당하는 기분을 다시 한번 느껴 보고 싶었다.

그레이스는 남자의 품에 안겨 숨을 할딱이다 물었다.

"그건, 있어?"

남자는 그 말을 기다렸다는 듯이 씩 웃으며 바지 뒷주머니에서 작은 상자를 꺼내 들었다. 모든 게 죄스러운 때에 머리 한구석에서는 섹스를 생각하고 있었다니.

"넌 글러 먹은 인간이야."

"나만 글러 먹은 인간이면 이건 필요 없었겠지."

그레이스는 한숨 같은 웃음을 흘렸다.

세상이 뒤집히더니 러그의 부드러운 올이 등을 감쌌다. 곧 낯선 호텔 욕실의 천장이 흔들리기 시작했다.

"아, 아, 더, 세게, 아훗!"

아이가 납치되어 생사를 알 수 없는데 그 부모는 육욕에 미친 짐승들처럼 붙어먹기나 하다니. 미친 짓인 걸 잘 안다.

일요일을 기다리는 토요일의 그들은 인간이기를 포기했다. 이렇게 해서라도 그들에게는 잔인하리만치 느린 시간을 흘려보내야만 했다.

"하윽!"

"읏…."

두 사람은 아이의 운명이자 자신의 운명이 판가름 날 순간이 다가올

수록 숨통을 옥죄어 오는 마음의 긴장을 육체의 긴장으로 치환하려 악착같이 서로의 몸을 옭아맸다.

"하아…."

레온은 이마로 흘러내린 머리를 쓸어 넘기며 고개를 들었다. 넋이 나간 얼굴로 러그 위에 널브러져 할딱이는 여자가 똑똑히 보이자마자 눈앞이 몽롱해졌다. 절정에 휩쓸린 속살이 물결치며 깊이 파묻힌 그의 몸을 짓뭉갤 듯 쥐어짠 탓이었다.

"하아, 한 번 더, 할 거야?"

그의 눈에 다시금 차오르는 욕망을 읽은 여자가 물었다.

"그만해?"

"…침대로 가."

한 번 더. 그레이스는 이 말을 셀 수 없이 거듭했다.

거칠게. 더 거칠게.

그와의 정사를 진정제 삼아 보내는 시간이 길어질수록 그레이스가 점점 더 과격한 요구를 하기 시작했다. 고통을 잊기 위해 약에 의존할수록 잊는 데 필요한 용량이 늘어나는 건 그가 누구보다 잘 알고 있었다. 그러다 결국 선을 넘게 되리란 것 또한.

"나를 묶어. 개 취급도 좋아."

고문실에서의 정사를 떠올리게 하는 요구를 그가 거듭 무시하자 그레이스는 결국 선을 넘었다.

"해. 하고 싶은 대로 해. 참았을 거 아냐. 너 이런 거 좋아하잖아."

목을 졸라 달라고 했다. 여기까지 오자 레온은 인정할 수밖에 없었다. 함께 고통을 잊자는 위로인 줄 알았더니 제 고통을 그가 주는 것으로 잊으려는 자학이었다.

이 여자는 그와의 정사를 교감이 아닌 고문으로 여긴다. 그레이스 리들에겐 레온 윈스턴이야말로 가장 훌륭한 고문 도구였으니.

"제발…."

저를 고문해 달라고 빌면서 제 목에 그의 손을 억지로 감기까지 하는 순간 레온은 이성을 잃었다.

"이젠 그런 짓 하지 않는다고 했잖아!"

언성을 높이며 저를 붙잡는 손을 뿌리치고 제게 매달리는 여자를 떼어 냈다. 이 고통스러운 자리에서 벗어나려고 일어서자마자 그는 주저앉았다.

"그거 알아?"

남자가 눈을 질끈 감은 채 울음 같은 웃음을 터트리더니 물었다.

"이제 보니 차라리 남창 취급을 받을 때가 나았어."

그제야 그레이스는 정신을 번쩍 차렸다.

"레온."

그녀는 그에게로 기어가다시피 다가가 몸을 일으켰다. 저보다 거대한 남자를 감싸 안고 넋이 나간 사람처럼 쓰다듬으며 제가 한 짓이 그에게 어떻게 느껴졌을지를 되짚었다.

"나, 난 그런 뜻이 아니라…."

"됐어. 네가 왜 해명해. 내 잘못인데."

사랑하는 여자에게서 고문 기술자 취급을 받는 건 모두 그의 탓이다.

"레온, 난 널 이용하려고 그런…. 아니, 이용하려던 건 맞잖아. 맞지만… 그렇다고 네게 원한이 있는 건 아니라…."

그레이스가 당황해서 횡설수설하자 레온은 눈을 떴다. 그를 내려다보는 청록빛 눈을 홀린 듯이 바라보다 문득 든 깨달음에 머저리처럼 웃었다.

"난 글러 먹었어."

"아니야, 앗…."

남자가 갑자기 손을 뻗더니 그레이스의 뒷덜미를 한 손으로 낚아채듯이 쥐었다. 조금 전 그녀가 졸라 달라며 억지로 감았을 때처럼.

그러나 그는 목을 조르지 않고 제게로 끌어당기더니 입술을 겹쳤다. 아랫입술이 다시 찢어지지 않게 살을 열어젖히고 들어오는 입술은 거친 몸짓과 달리 조심스러웠다.

남자는 그레이스를 다시 침대에 눕히고 이번에는 몸을 겹치며 귓가에 속삭였다.

"괜찮아. 우린 글러 먹었어도 괜찮을 거야."

레온은 세상 모든 불결한 짓을 혐오했다. 그중에서도 그가 가장 싫어하는 건 침대 위에서 음식을 먹는 짓거리였다.

그러나 운명이란 악랄한 것이어서 '모든'이라는 말을 즐겨 쓰는 사람에게 예외를 던져 주는 걸 즐긴다.

옆자리에 모로 누운 그레이스가 씹는 걸 멈추자 레온은 한 입 크기로 자른 사과 조각을 내밀었다. 그러나 그녀는 마지막 조각을 그의 입에 넣었다.

사과가 이렇게 달았나.

이런 유치한 감상에 젖는 제가 우스웠다.

사과 한 알을 먹고도 그레이스는 여전히 기진맥진해 보였다. 침대 옆의 협탁에 놓인 과일 바구니를 눈으로 훑다 보니 호텔에서 환영 선물로 준 초콜릿 상자가 눈에 띄었다.

몸을 돌려 협탁으로 손을 뻗으면서 허리 아래를 가리고 있던 시트가 딸려 내려갔다. 상자를 집는 순간 왼쪽 허벅지 바깥쪽에서 손길이 느껴졌다.

내려다보았더니 총상이 남긴 흉터를 그레이스가 손끝으로 덧그리고 있었다. 눈에는 죄책감과 걱정이 어려 있었다.

레온은 조금 전 그를 끌어안고 내려다보는 그레이스의 눈을 응시하다 머저리처럼 웃었던 순간을 떠올렸다.

그를 향한 경멸이 깃든 청록빛 눈동자를 레온은 여태 갈구했었다. 걱정이 담긴 청록빛 눈동자야말로 그가 진정으로 갈망하던 것인 줄은 모른 채.

그는 글러 먹은 인간이라 경멸을 얻어 내려 갖은 수작을 부렸듯이 이젠 걱정을 얻어 내려 수작질을 부릴지도 모른다는 생각을 그 찰나에 했다.

어쩌면 끝내는 애정까지도.

그는 생각을 망설임 없이 실천으로 옮겼다.

격렬히 허리를 흔들다 그레이스가 절정에 오르기 직전에 멈췄다. 그러곤 총에 맞았던 왼쪽 허벅지가 뻐근해 어쩔 수 없었던 척하며 사과했다. 투정을 부리던 여자의 얼굴에 걱정이 삽시간에 번졌다.

"말을 하지 그랬어."

그레이스가 도리어 미안해하더니 그를 눕히고 위에 올라타 허리를 흔들었다. 이것이 죄라면 벌조차 달콤할 것이다.

레온은 또다시 미안한 얼굴로 흉터를 어루만지는 여자를 내려다보며 잠시 머리를 굴렸다. 여기서 더 하면 수작질인 걸 눈치 빠른 여자가 알아챌 것이다. 그래서 수작질 같아 보이는 연막으로 그가 부릴 진짜 수작질을 가렸다.

"내가 눈물이라도 흘리며 빨아 달라고 하면 입에 덥석 넣을 기세군."

그레이스의 손길 탓에 다시 서 버린 중심부를 건조한 눈으로 가리키며 빈정댔다. 그레이스가 그를 흘겨보자 레온은 시트를 끌어 올려 흉터를 가렸다.

이제 저 머릿속에 흉터의 잔상이 들러붙어 있을 것이다.

자존심이 상해서 강한 척하는 줄 알겠지. 그런 시늉으로 그레이스의 눈에 그가 오히려 나약해 보이게 만드는 수작질이었다.

난 정말 글러 먹었어.

인간의 근본은 바뀌지 않는다는 걸 다시금 확인하게 된다. 레온 윈스턴은 그레이스 리들에게 처음부터 끝까지 글러 먹은 인간일 것이다. 어떻게 글러 먹느냐만 달라질 뿐이었다.

레온은 초콜릿 상자에서 프랄린 하나를 꺼내 그레이스의 입에 넣어주며 물었다.

"애빙턴 비치에서 내게 줬던 초콜릿 기억나?"

초콜릿을 오물거리던 턱이 느려졌다.

"나도 무슨 맛인지 몰라."

경찰 수사며 장례식이며 이런저런 일을 치르다 정신을 차리고 보니 온 데간데없이 사라졌다. 이건 수작질을 부리려 하는 거짓말이 아닌 진실이었다.

"하녀가 빼돌렸거나, 버렸거나."

"블랙번 근처의 기차역에서는 아직 팔던데…."

그레이스가 아쉬운 듯이 중얼거렸다. 그러곤 무슨 생각을 하는지 말이 없더니 시트 속으로 손을 넣어 흉터를 다시 더듬으며 말문을 열었다.

"난 네가 준 거 먹었어."

무얼 말하나 했더니 본거지를 찾고자 엘리를 가진 그레이스를 미끼 삼아 풀어 주었던 날, 간호 장교를 통해 주었던 초콜릿을 뜻하는 것이었다.

엘리를 가진 그레이스를 미끼 삼다니. 그저 아기와 여자였던 존재가 뚜렷한 이름을 가지니 죄책감이 더욱 뚜렷해졌다.

우체국에서 기차역으로 가는 내내, 사람들의 시선은 아랑곳하지 않고 서럽게 울던 그레이스가 눈앞에서 어른거렸다. 초콜릿은 그때 세단의 뒷좌석에서 그녀를 지켜보다가 충동적으로 나가 사 온 것이었다.

"내가 준 초콜릿인 건 어떻게 알았어?"

"상자에서 네 향수 냄새가 났거든."

레온은 허탈하게 웃었다.

"결국 그 장교가 아니라 내 실수 탓에 들켰다는 거군."

"무슨 소리야. 코트에 권총이 들어 있었을 때부터 들켰는데."

3년 전의 일로 뒤늦게 허를 찔린 그는 할 말을 찾지 못하고 그저 웃었다.

"그 초콜릿, 네가 나를 지켜보고 있다는 뜻이니까 기분이 나빠야 하는데 그렇지가 않았어. 일말의 미안함이라고 해야 할지, 애정이라고 해야 할지. 어떤 감정이든 간에 네가 나를 위로해 주려는 게 느껴졌거든."

아무도 속지 않는데 서로를 속이려 갖은 술수를 부리던 그 거짓된 시간 속에서도 그레이스는 그의 진심을 느꼈다고 고백했다.

그러나 레온은 기쁘지 않았다.

내가 너를 흔들어야 하는데 왜 네가 나를 흔들어.

어렵사리 접은 욕심을 그레이스가 계속해서 자극한다.

제 살을 도려내는 심정으로 보내 주었더니 여자는 도리어 돌아왔다. 그를 원하기 때문이 아니라 필요해서 온 것뿐이었다. 그러니 쓸모가 다하면 떠날 것이라고 체념했다.

"너와 엘리를 보내 준다는 내 약속은 여전히 유효해."

그래서 보내 주겠다고 먼저 못 박았다.

"그다음은 네게 달렸어."

물론, 미련을 버리지 못해 선택은 이미 이뤄지지 않은 척 그레이스의 몫으로 남겼다. 그러고는 같이 떠나자고 해 주었으면 좋겠다는 뜻을 계속 내비쳤다. 구차하게.

"엘리는 널 잊지 않았어. 아빠가 보고 싶대."

그런 그를 그레이스가 흔들었다.

네가 그런 말을 하면 보내 준다는 약속, 철회하고 싶어져. 알고 하는 이야기야?

그때 그레이스에게 이 말을 하고 싶은 걸 온 인내심을 다해 참았다.

"그래서 네게 와 달라고 전화하러 가던 길에 잔당이…."

그렇다는 건 나를 버리고 떠날 생각 아니었다는 건가. 그렇게 또 절망으로 이어질 희망이 그를 흔들었다.

그럼 그렇지.

그레이스는 그에게 함께 가자는 말을 여태 하지 않았다. 그래서 욕심과 계속해서 싸웠으나 시간이 갈수록 전세가 불리해지고 있었다.

내 향수 냄새를 맡았다는 말도 지금 나를 얼마나 흔드는지 알아? 네가 무심코 하는 말 한마디에 난 온 세상이 흔들려.

의도가 득시글거리는 그의 수작은 여자의 의도 없는 순수함을 이기지 못했다.

구차한 수작질을 관두고 씻으러 가려던 때였다. 그의 속도 모르고 혼자 웃고 있던 그레이스가 멋쩍은 듯이 중얼거렸다.

"이런 이야기를 웃으며 하고 있다니. 어색해."

우리 사이가 옛 기억을 시시콜콜한 추억처럼 떠드는 게 어째서 부자연스러운지로 레온의 생각이 자연스럽게 옮겨 갔다.

"있잖아."

그레이스도 같은 생각을 하던 중인 듯했다. 그녀는 몸을 일으켜 그를 마주 보고 앉더니 사과했다.

"미안해. 조금 전엔 내가 제정신이 아니었어."

정사 중에 그를 고문 기술자로 취급한 것을 두고 하는 사과를 덥석 받을 만큼 레온은 뻔뻔하지 못했다.

평생토록 없던 양심이 이 여자에게만은 생겼다.

양심은 속박이다. 그리고 지배의 수단이다.

그레이스 리들이라는 이름의 지배자는 양심이라는 개 목걸이를 레온 윈스턴이라는 이름의 개에게 거는 데 훌륭하게 성공했다.

여자는 제가 지배자인 줄도 모르고 개 따위에게 사과했다.

"나도 내가 왜 이러는지 모르겠어."

"난 알아."

그에게 상처를 주었다가 돌아서면 그를 위로한다. 며칠 내내 그레이스를 관찰했던 레온은 이 여자가 후려친 뺨에 키스하듯이 구는 이유를 잘 알고 있었다.

레온이 예전에 그레이스를 가두어 두고 했던 짓과 다를 바가 없었다.

그가 그랬듯이 이 여자는 이런 일에 서투르다. 거기다 정신이 온전치 못한 때라 오락가락하는 것이었다.

제겐 악몽 같은 공간인 별채가 가장 안전하다는, 제정신으로는 차마 할 수 없는 말을 했다. 그것도 모자라 과거에 그가 가했던 짓들을 자학의 수단으로 삼으며 그 익숙함에서 안정감을 찾으려 했다.

"너도 네가 마음대로 되지 않아서 힘든 거 알아."

그레이스가 저를 위로하며 했던 말을 되돌려 주자 그녀가 몸을 가까이 붙여 오며 다짐했다.

"정신 차리도록 노력할게. 혹시 내가 또 정신을 놓더라도 넌 기억해 줘. 난 이제 널 원망하지 않아. 복수할 생각도 없어."

입꼬리를 어렴풋이 올리며 고개를 끄덕였으나 어째선지 그레이스는 입술을 삐죽 내밀었다.

"진심이야. 믿어 줘."

재깍 고개를 끄덕였더니 빈말로 보이는 모양이었다.

"너도, 나도 잘못 휘말려서 여기까지 온 거잖아. 그런데 서로 누구의 잘못인지 따지는 게 과연 뭘 위한 건지 이젠 모르겠어. 난 그저 우리 둘 다 안타까울 뿐이야."

"동정도 나쁘지 않아."

사랑하는 걸 인정하기 어렵다면 동정부터 시작하는 것도 좋은 방법이다.

"그냥, 그런 생각을 가끔 했어."

그레이스가 그의 옆에 비스듬히 기대어 누우며 중얼거렸다.

"우리가 평범하게 컸더라면 어땠을까."

레온도 이따금 하는 생각이었다.

"나는 대학을 가고 세계 일주를 했을지도 몰라. 어쩌면 결혼도 했을까? 예전엔 따뜻한 저녁을 만들어 두고 남편을 기다리는 여자들을 난 대단한 걸 깨우친 선지자라도 되는 듯이 얕잡아 봤었거든. 그런데 이젠 그런 삶도 행복의 한 갈래인 것 같아."

레온은 그레이스의 말을 따라 두 사람의 평범한 시작을 상상했다.

대학에서 같은 강의를 들으며 1, 2등을 다투고 으르렁대다 누군가가 먼저 키스를 해 버리려나.

어쩌면 세계 일주를 하다 기차의 식당 칸이나 호텔 레스토랑에서 운이 나빠 합석하게 될지도. 레온은 처음 보는 그에게 여행 중에 있었던 일을 끝없이 재잘대는 여자를 예의상 상대해 주었다가 객실로 돌아가서도 환청에 시달릴 것이다. 그러다 그다음 날 여자의 테이블에 멋대로 합석해 버리는 것이다.

그레이스가 따뜻한 저녁을 만들어 두고 그의 퇴근을 기다리는 모습도 상상해 보려 했지만 이어진 말에 멎었다.

"넌 그래도 가업을 이어 군인이 되었으려나? 난 기자가 되어서 널 취재하는 거야. 난 네게 첫눈에 반했는데 넌 내게 관심이 전혀 없는 거지. 그러곤 그 레온 윈스턴의 실물을 코앞에서 보기만 한 게 아니라 손도 잡아 봤다는 말을 평생 자랑처럼 떠들고 다니는 거야."

상상에 몰입해서 재잘대던 여자가 재밌다는 듯이 웃었다. 레온은 웃지 못했다.

우리가 평범하게 컸더라면 어땠을까. 그 상상의 시작은 '우리'더니 끝은 '너와 나'이다. 그레이스가 말하는 다른 운명에 둘이 함께하는 결말은 없었다.

레온은 아무 말도 하지 않았다. 결단은 그레이스의 몫이었으니.

적어도 그때까지는 그랬다.

함께 씻으려고 욕실로 갔을 때, 그레이스가 아닌 그가 전혀 뜻밖의 결단을 내리게 만든 일이 벌어졌다.

"아, 아흣!"

"웃, 잠깐. 그만…"

"으응, 안 돼."

샤워를 목적으로 부스에 들어갔으니 피임 기구를 챙겼을 리 없었다.

"그레이스, 읏, 다리 좀, 풀어. 하아, 빌어먹을…."

절정에 한창 취한 그레이스가 그를 놓아주지 않는 바람에 안에 저질러 버렸다. 레온은 저를 휘감은 다리에서 힘이 풀리자마자 허리를 뒤로 물렸다. 성기와 함께 사정액이 주르륵 쏟아져 나왔다.

그래도 저 속에 남은 게 있을 것이다.

그는 휘청거리는 그레이스를 벽에 기대어 세워 두고 몸을 구부려 앉았다. 그레이스의 다리 한쪽을 그의 어깨에 걸치고 질 속에 손가락 두 개를 밀어 넣어 안에 남은 정액을 다급히 긁어냈다.

또 한 번의 원치 않는 임신으로 그레이스가 말라비틀어져 가는 꼴을 지켜봐야 하는 건 사절이다. 또다시 아이로 그녀의 발목을 잡으려 했다는 오해를 사고 싶지 않다. 이젠 그런 식으로 제 곁에 붙잡아 두고 싶지도 않았다.

거친 욕설을 짓씹어 뱉는 그를 멍하니 바라보던 그레이스가 뜻밖의 행동을 했다.

"하지 마."

그의 손을 밀어낸 것이다.

이제는 레온이 멍한 얼굴을 할 수밖에 없었다.

"…왜?"

정액을 빼내지 말라는 게 무슨 의미인지 알면서도 물었다. 도저히 믿기지 않아서.

그레이스가 아이를 원한다. 내 아이를.

질주하기 시작하는 그의 심장처럼 이성이 달아나려 한다. 입덧으로 힘들어하는 모습을 다신 보지 않겠다던 조금 전의 맹세는 그레이스의 결심 앞에서 무릎을 꿇었다.

네가 나를 원한다면 기꺼이.

젠장할. 다시 갈망이 차오른다.

당장에 게걸스럽게 키스를 퍼붓고 들쳐 안고 나가 침대에 던지듯 눕혀 버리고 싶다. 지금 그의 손끝에서 움찔대는 자궁구를 또 한 번 그의 씨로 흠뻑 적시고자 하는 원초적 욕망이 들끓기 시작했다.

이 여자는 그렇게 그의 비틀린 욕심을 자극하고, 또 이렇게 그를 흔든다. 욕심과의 싸움에서 기꺼이 패배하고 싶어졌다.

"하지 마? 왜?"

무너지는 이성을 붙들고 물었다. 결정타를 갈구하며.

"…아이를 더 갖고 싶으니까?"

"그런 질문이 아닌 건 너도 알잖아. 왜 내 아이를 갖고 싶다는 거야?"

그녀는 허를 찔린 얼굴을 했다. 생각지도 못한 질문인 듯했다.

"…네가 아니면 내게 누가 있어?"

그레이스가 당황하며 되묻는 순간 레온의 원초적 욕망이 차갑게 식었다.

이건 그녀의 인생에서 남자는 평생토록 레온 윈스턴 하나뿐이라는 사랑 고백이 아니다. 제겐 선택권이 없다는 뜻이지.

난 널 거부할 처지가 아니지만 이것만은 거부해야겠어.

레온은 멈췄던 손가락을 다시 움직여 질 벽을 살살이 긁어내렸다. 그레이스의 낯빛이 삽시간에 새빨개졌다.

"넌 아직 준비가 안 됐어."

저도 아는지 그를 말리던 손이 힘없이 떨어져 나갔다.

어느덧 밤이 찾아왔다. 호텔 창밖으로 보이는 도시의 밤거리는 주말을 즐기려는 이들로 북적였다.

레온은 이곳에 온 이유를 잊지 않고 인파를 눈으로 훑었다.

그러나 덧없는 짓이었다. 비가 추적추적 내리는 탓에 보이는 건 우산의 행렬뿐이었으니.

레온은 끄트머리만 남은 시가를 재떨이에 수북이 쌓인 재에 박아 넣고 빗방울이 맺힌 창문을 닫았다. 거리의 소음이 사라지자 어색한 적막이 시작됐다. 욕실에서의 일 후로 그도, 그레이스도 입을 거의 열지 않았다.

"우린 정말…."

적막을 먼저 깬 사람은 그레이스였다. 레온은 침대에 잠옷을 입고 누운 여자에게로 고개를 돌렸다. 얼굴이 조금 전처럼 붉었다. 멋쩍은 건지, 네온사인의 붉은빛으로 물든 건지.

"우린 정말?"

"몹쓸 부모야."

전자인가.

고통을 잊기 위해 오늘 내내 쾌락에 엉망진창으로 취해 있었던 게 새삼스럽게 부끄러워진 모양이었다. 레온은 창턱에 비스듬히 기대어 앉은 채 나직이 웃었다.

"먼저 하자고 한 건 넌데 난 왜 도매금으로 몹쓸 아버지 취급이지?"

그레이스는 눈을 굴리며 입을 떼더니 그의 말이 맞다는 걸 기억해 냈는지 픽 웃으며 딴소리를 했다.

"거기다 동생이라니. 내가 엘리라면 배신감을 느낄 거야."

아이가 목숨이 위태로운 상황에 놓였는데 다른 아이를 가지려 했다는 것도 저를 몹쓸 엄마라고 생각하는 데 일조한 듯했다. 레온은 그레이스를 지그시 바라보다 문득 그런 생각을 떠올렸다.

아직 준비가 안 됐다는 내 말을 그런 쪽으로 오해했으려나.

그를 마음보다 몸이 먼저 받아들였듯이, 그의 아이를 또 한 번 갖는 일 또한 몸은 받아들일지 몰라도 마음은 준비되지 않은 듯했다.

체력이 많이 소모되긴 했는지 그레이스는 졸려 보이더니 곧 눈을 스르륵 감았다. 그제야 레온은 조용히 다가가 잠든 여자의 뺨 위로 흐트러진 머리칼을 검지 끝으로 걷어 넘겼다.

"넌 내가 아는 사람 중에서 가장 겁이 없으면서도 많아."

레온은 조금 전 창가로 멀리 물러나 머무는 내내 감정 또한 한발 물러나 그레이스 리들이라는 인간을 분석했었다.

이미 그의 아이를 또 갖겠다고 한 데서 그레이스는 잠정적인 결단을 내렸다. 그와 함께하기로.

자의가 아니라 타의로.

그레이스는 애초에 제가 아니라 아이가 그를 원하기에 버리지 않기로 했다. 순전히 아이를 위해 그를 향한 자신의 감정에서 나쁜 것들을 억지로 걷어 내려 안간힘을 쓰는 것이다.

등 떠밀려 하는 짓이니 전진과 후퇴를 계속 반복할 수밖에.

아무리 그레이스에게서 동정이라도 받고픈 사람이라지만 그의 곁에 머무는 데 인내와 노력이 필요하다는 건 비참한 일이다. 그레이스도 비참해지는 건 마찬가지였다.

그레이스, 네가 나를 필요로 하는 게 아니라 원한다는 걸 스스로 깨달았으면 좋겠어. 우린 그때야 비로소 새로운 삶을 맞이할 수 있을 거야.

아무도 그녀의 등을 떠밀지 않는 곳에서 온전히 스스로 제 감정을 정리했으면 했다. 그가 그랬듯이.

과거의 레온이었더라면 그레이스가 그가 아닌, 그의 아이를 원하는 것만으로도 눈이 멀어 넘어갔을 것이다. 하지만 레온은 그레이스라는 한 인간을 오래 겪은 만큼 더욱 신중해졌다.

그는 결국 욕심과의 싸움에서 패배했다. 이제 새로운 싸움이 시작됐다. 눈앞의 적을 잘 아는 그는 소극적인 전술을 버리고 후퇴인 척하며 뒤를 치는 우회 전술을 택했다.

"잘 자. 내일은 네 품에 엘리를 안겨 줄 테니. 그리고 미안해."

엘리가 돌아온다면 그땐 단 한 번만.

"단 한 번만 더 수작질을 부릴게."

아무리 생각해도 결론은 하나로 귀결됐다.

이건 못 할 짓이다.

로버트는 창턱에 턱을 얹은 채 시무룩한 얼굴로 창밖만 내다보는 아이를 무거운 마음으로 응시했다. 아이는 새벽 일찍 눈을 뜨자마자 창가로 갔다.

제게 어떤 운명이 닥칠지도 모른 채 부모를 씩씩하게 기다리는 아이를 보고 있자니 가슴이 답답해진다.

이건 죄 없는 아이에게 못 할 짓이야.

그는 심지어 데이브의 죄를 저울질하기까지 했다. 당연히 저울의 반대쪽 접시가 비었으니 죄의 무게는 데이브의 쪽으로 기울었다.

데이브는 저 아이의 조부를 죽였으니 치를 죗값이 있다지만 저 아이에게는 그런 것이 없다. 그럼에도 왜 여기에 있어야 하는 걸까. 왜 보이지 않는 시한폭탄을 안고 있어야 하는 걸까.

시한이 다가온다.

오늘 밤, 일이 어찌 돌아갈지 상상해 보자니 로버트는 더욱 초조해졌다. 데이브를 여기서 멀지 않은 수용소로 이감했다는 사실은 라디오로 들었다.

요구대로 풀어 주려는 건가.

그러나 낸시는 정말 풀어 주기 전까지는 모르는 일이니 안도하긴 이르다며 그 악마를 얕잡아 보지 말라 했다.

그래, 예전의 그라도 그렇게 말했을 것이다.

해가 뜨기 시작하자 로버트는 테이블 위에 놓인 시계로 시선을 돌렸다. 슬슬 갈 준비를 해야 할 때군.

오늘은 일요일, 아내를 만나러 가는 날이었다. 그는 시계에서 아이에게로 다시 시선을 옮겼다.

'…이건 멍청한 짓이야.'

그들의 인생에서 가장 길었던 엿새가 끝나고 결전의 날이 밝아 왔다.

두 사람은 해가 채 뜨기도 전에 브레이턴 주립 병원으로 이동했다. 간호사의 증언에 따르면 로버트 피셔는 매주 다른 시각에 아내를 방문했다. 이번 주에는 오지 못한다는 전화는 전혀 없었다고 했다. 제 아내의 위치가 발각되었다는 걸 그자가 꿈에도 모르기만을 바랐다.

정신병동 건물의 어느 사무실에서 로버트 피셔가 왔다는 소식만을 초조히 기다린 지 어느덧 두 시간이 흘러 아침 8시였다.

"설마 낸시와 단둘이 두고 오는 건 아니겠지?"

수많은 최악의 상황 중 하나를 중얼거리던 그레이스가 손톱을 깨물려고 했는지 손을 들었다가 내렸다. 그녀는 벽에 걸린 시계에서 눈을 떼지 못하고 있었다.

"제발 엘리를 데려와야 할 텐데."

로버트 피셔가 낸시 윌킨스를 두고 엘리만 데리고 오는 것이 그들에겐 최선의 시나리오였다.

레온은 수용소에 수감된 반군을 신문해 중요한 정보를 알아냈다. 로버트와 해티 피셔에게는 그레이스와 나이가 같은 딸이 있었다. 그리고 애나벨 피셔는 엘리만 할 때 제임스 블랜차드 주니어가 일으킨 총기 오발사고로 사망했다.

"넌 왜 그걸 몰랐어?"

이런 결정적인 정보를 그레이스가 몰랐다니. 그는 이걸 입수하자마자 기가 막혀 물었다.

"세 살 때를 누가 기억해."

그래도 친구가 죽은 일은 절대 잊지 못할 텐데 설마 또 세뇌를 당했나 싶었더니 단순히 그녀의 기억에 전혀 없는 일이기 때문이었다.

"그즈음 그레이스는 감기에 걸려서 탁아소에 가지 않았어. 그 일은 그 후로 입 밖에 내선 안 되는 일이 되었고. 그땐 나도 멍청해서 모두를 위한 일인 줄 알았지."

그 당시 탁아소가 아니라 학교에 갈 나이였던 조나단 리들 주니어는 똑똑히 기억하고 있었다. 애나벨 피셔의 외모 또한.

금발에 녹색 눈을 가진 아이.

로버트 피셔는 죽은 딸과 닮은 엘리에게 동정적일 것이다. 감히 그의 딸에게 제 딸을 투영한다 해도 그의 계획대로만 움직여 준다면 참아 줄 수 있었다.

피셔의 동정심과 죄책감을 자극해 엘리를 무사히 돌려받는 것.

그것이 레온의 첫 번째 계획이었다.

그래도 설득이 안 되면 해티 피셔를 인질로 잡아도 된다. 엘리를 데려오지 않았을 시에는 면회를 마치고 돌아가는 놈의 뒤를 밟아 위치를 찾아내는 방법도 있다.

만약에 놈의 은신처에 엘리가 없다면…. 그사이 낸시 윌킨스가 엘리를 빼돌렸다면…. 피셔가 이곳으로 오지 않는다면….

레온은 '만약'이라는 말을 수없이 거듭하며 무수한 계획을 머릿속으로 모조리 곱씹고 또 곱씹었다.

'…이건 멍청한 짓이야.'

멍청한 짓인 것을 알지만 하고 싶어진다.

여태 멍청한 짓인 걸 알아서 하지 않은 짓들이 있다. 가령 딸을 죽인 아이를 감싸는 이들의 멱살을 잡고 두들겨 패는 일 같은 것 말이다. 어쩌면 아내는 그의 비겁함 탓에 더 병들었는지도 모른다.

그간 이런 생각을 때때로 했다만 요 며칠 들어 수시로 하게 된 건 다저 아이 때문이었다.

애니도 나를 원망하려나.

로버트는 무거운 한숨을 내쉬었다.

오늘은 일요일이다. 낸시가 정한 데이브의 석방 시한이자, 요구를 들어주지 않을 시 아이의 손가락을 자르겠다고 한 날이었다.

요즘의 광기 어린 낸시를 보면 하고도 남을 일 같았다.

"그 악마에게서 돈을 받으면 아저씨의 몫도 떼어 드릴게요. 그자한테서 직접 받을 수 있는 돈에 비하면 얼마 안 되는 건 저도 알아요."

낸시는 그런 소리를 떠들며 그를 한낱 돈 때문에 아이를 납치한 유괴범으로 만들었다.

"일단 아버지를 구출해서 안전한 곳으로 가면 거기서 각자 갈 길을 가도록 해요."

그는 흔쾌히 고개를 끄덕였었다. 애초에 그럴 생각이었다. 병든 아내를 두고 타국으로 도망칠 순 없으니. 그러나 이어진 낸시의 제안에는 고개를 끄덕일 수 없었다.

"아이는 아저씨에게 드릴 테니…."

"부모에게 돌려준다고 약속하지 않았니."

"물론 그렇게 하겠지만 당장 돌려주기는 아깝잖아요. 그 악마에겐 저만한 약점도 없는데…."

낸시는 방 한구석의 침대에서 인형을 안고 잠든 아이를 눈짓으로 가리켰다.

"아저씨가 데리고 있으시다가 윈스턴에게서 신변 안전을 보장받고 돈을 더 뜯어내고 나서 돌려주는 게 어때요? 오래 붙잡아 둘수록 복수도 될 거예요. 그 거만한 윈스턴이 무릎을 꿇으며 빌지도 모르죠."

낸시는 기가 막힌 발상이라는 듯이 굴었다. 로버트도 기가 막혔으나 그 의미는 달랐다.

"낸시, 내게 돈이 필요한 건 사실이다만 난 지금 돈이 아니라 너를 위해 돕는 거다."

"물론 저도 알아요, 아저씨. 그리고 저 녀석을 보면 애니 생각이 나서 마음이 편치 않으신 것도 잘 알아요. 저도 그래요. 그렇지만 저 아이는 애니가 아니잖아요."

낸시는 그를 이해하는 양 떠들었으나 로버트는 불쾌해지기만 했다. 자꾸만 낸시가 애니의 이야기를 꺼내 그를 죽은 딸과 남의 딸도 구분하지 못하는 정신병자로 취급하는 것 같았다.

"아저씨가 보살펴야 하는 사람은 대부호이자 살인광을 아빠로 가진 아이가 아니라 해티 아주머니라는 게 제가 하고 싶은 말이에요. 우리 현실적으로 생각해요, 아저씨."

낸시는 그가 아이에게 흔들리는 걸 눈치채고 설득하려 들었다.

이 기나긴 설득의 결론은 아이를 빼돌릴 생각 말고 인질로 쓰라는 것이었다. 두 번이나.

죽일 생각은 아닌 것으로 보여 다행이다만, 물론 그것도 마냥 믿을 순 없었다. 두 번이나 인질로 잡으라는 기가 막힌 제안도 윈스턴이 데이브를 풀어 주었을 때를 가정한, 낙관적이기 짝이 없는 소리였다. 제 뜻대로 되지 않으면 낸시가 무슨 짓을 할지 모르겠다.

이건 정말 못 할 짓이야. 그러니 차라리 멍청한 짓을 해야겠어.

낸시가 저 아이에게 해선 안 될 짓을 저지르는 장면을 떠올리다 로버트는 결국 몸을 일으켰다. 결단을 내리고 아이에게 다가가는 걸음이 뜻밖에도 가볍게 느껴졌다.

"엘리, 아저씨랑 가자꾸나."

어차피 그가 데리고 가야 한다. 낸시에게 맡기고 갈 수도 없으니.

"어딜? 엄마한테?"

아이가 그를 돌아보며 눈을 초롱초롱하게 빛냈다. 로버트는 며칠 내내 그의 가슴을 무겁게 짓누르던 말을 마침내 토해 냈다.

"그래, 엄마에게 데려다주마."

여태 아이가 그에게 보여 준 미소는 미소도 아니었다는 걸 로버트는 알게 됐다.

"가쟈. 가쟈."

로버트의 머릿속엔 이미 계획이 있었다. 병원에 가기 전에 치안소에 먼저 들를 것이다. 데이브를 북부로 이감했다는 건 그자와 그레이스도 북부에 있다는 뜻이었다. 그레이스를 불러 아이를 돌려주며 데이브를 석방해 달라고 부탁해야겠다.

인질을 먼저 돌려주며 요구 사항을 들어 달라고 하다니.

가망 없는 멍청한 짓인 걸 안다. 그러나 아이를 해치는 짓에 비할 바 못 된다.

"엄마 만나면 뽀뽀 절대로 안 해 줄 꺼야."

아이가 신나 제 침대로 쪼르르 달려가더니 어설프게 짐을 챙기기 시작했다.

"이건 두고 나중에 찾으러 오자꾸나."

로버트는 아이를 말리며 코트를 입혔다. 트럭 열쇠는 다른 방에서 자는 낸시에게 있으니 그는 걸어가야 했다. 게다가 혹시라도 낸시와 마주치면 아이만이 아니라 짐까지 챙긴 걸 변명할 길이 없다.

"이것도 두고 가자."

"왜애?"

종이봉투를 쓰고 나갔다가는 단번에 이목이 쏠리기에 여태 쓰지 못하게 했건만 아이는 이걸 또 고집스럽게 머리에 쓰려 했다.

"그럼 어제처럼 손에 쥐고 가자꾸나."

"…그래."

아이는 골똘히 생각하더니 종이봉투와 토끼 인형까지 챙겨 품에 안았다.

"엘리, 아저씨 말 잘 들으렴."

로버트는 아이와 눈을 맞추며 당부했다.

"이제부터 여기서 나갈 때까지 한마디도 해서는 안 된다."

"그럼 엄마한테 못 가?"

"…."

우리가 도망가는 걸 낸시가 눈치채면 안 된다는 말을 어떻게 에둘러 해야 할까 고민하는 사이, 아이는 제 나름대로 결론을 내려 버렸는지 한 손으로 입을 틀어막으며 고개를 끄덕였다.

뭐라고 믿든, 아이가 조용히 해 주기만 하면 된다. 로버트는 제 코트와 권총을 챙겨 아이를 데리고 나왔다.

이른 아침의 복도에는 쥐새끼 한 마리 없었다. 복도 건너편, 낸시의 방문은 당연하게도 굳게 닫혀 있었다.

로버트는 발소리를 죽이며 아이의 손을 잡고 계단을 내려갔다. 1층에 다다라 곧장 정문으로 향하던 때였다.

"어디 가세요?"

등 뒤에서 낸시의 싸늘한 목소리가 들렸다. 서늘한 위기감이 등골을 타고 흘렀다. 잠시 얼어붙었던 로버트는 표정을 가다듬고 뒤돌아보았다.

"거기서 뭐 하는 거냐. 여태 자는 줄 알고 깨우지 않았더니."

낸시는 계단 뒤편에 마련된 작은 휴게 공간에 앉아 신문을 보고 있었다.

"그러게요. 계시라도 받은 것처럼 눈이 번쩍 뜨이더란 말이죠. 그나저나 아저씨는 아침 일찍 어딜 가시는 걸까요?"

"해티에게 간다. 일요일이잖니."

로버트는 당연한 걸 묻는다는 투로 대꾸했다.

"그럼 저건 해티 아주머니께 드리는 선물인가요?"

그의 손을 붙잡고 있는 아이를 낸시가 손가락으로 가리켰다.

"해티가 좋아할 테니 뭐, 틀린 말은 아니구나."

"틀린 말일 수도 있고요. 해티 아주머니가 아니라 다른 사람에게 주려는 선물이었다면 말이죠."

삐딱한 미소를 지으며 의미심장한 소리를 늘어놓는 낸시의 앞에 놓인 재떨이에는 담뱃재가 수북했다. 여기 꽤 오래 앉아 있었다는 뜻이었다. 이미 그가 아이를 빼돌릴 걸 예상하고 일찍 일어나 출구를 감시하는 중이었던 것이다.

젠장할.

로버트는 제가 허술했다는 걸 인정해야만 했다.

'얘야, 내가 엄마에게 데려다준다는 말을 했다는 소리는 제발 하지 말렴. 그랬다간 낸시나 아저씨 중 하나는 총구멍이 날 거란다.'

그는 세 살배기에겐 기대할 수 없는 눈치를 바라며 낸시와의 신경전을 이어 갔다.

"낸시, 넌 지금 나를 변절자로 취급하는 거냐."

"저는 논리적인 추론을 한 것뿐이에요, 아저씨."

"그 잘난 머리로 왜 이 생각은 못 하니. 어떻게 세 살배기를 혼자 두라는 거냐. 네가 볼 것도 아니잖아. 네 요즘 그 성미로 무슨 짓을 할 줄 알고."

"아저씨야말로 무슨 짓을 하려는 거예요?"

"그렇게나 내가 의심스러우면 같이 가면 되지 않니."

로버트는 낸시에게 어서 일어나라고 손짓했다. 가는 길이든 병원 안에서든, 저 녀석을 따돌릴 방법이 있을 것이다.

"함정에 왜 제 발로 걸어 들어갈까요. 아저씨도 다시 그자의 별실에 갇히고 싶으신 게 아니라면 오늘은 면회를 쉬시는 게 좋을 거예요."

"그게 무슨 소리야. 설마 그자가 해티가 있는 병원을…."

로버트는 사색이 되었다.

"아직은 추측일 뿐이지만요."

낸시는 로비를 둘러보더니 아무도 없는 걸 알고도 목소리를 한껏 낮췄다.

"일요일마다 아저씨가 해티 아주머니에게 가는 걸 그레이스도 알고 있잖아요. 상식적으로 생각하자면 그쪽에서 아주머니의 병원부터 수소문했겠죠. 수용소에는 안락한 삶을 얻어 낼 기회만 호시탐탐 노리는 변절자 후보들이 넘쳐난다는 걸 잊지 마세요."

달리 반박할 말이 없었다. 저 말을 듣고도 가겠다며 억지를 부린다면 의심만 확신으로 바꿔 줄 것이다.

"후우, 일요일마다 빠지지 않고 갔는데…. 해티가 걱정하겠어."

좌절하는 척하며 고심하던 로버트는 좋은 생각을 문득 떠올렸다.

"잠깐, 그럼 해티가 위험해. 그자에게 인질로 잡혀 있는 거잖아."

"아주머니는 괜찮을 거예요. 저 애가 여기 있는 한 해칠 리가 없잖아요. 그리고 해티 아주머니에게서 뭘 얻어 낼 수 있겠어요. 신문도 안 할 거예요."

"그래, 미친 여자니까. 안 그러냐."

"아, 아저씨…. 제 말은…."

"네 가족이 아니라고 쉽게 말하는구나."

"아저씨, 저는 정말 그런 뜻이 아니라…."

말실수를 해 버린 낸시의 기가 다소 꺾였다. 로버트는 그 틈을 놓치지 않았다.

"난 적어도 내 아내가 무사한지는 알아야겠다. 전화를 해야겠어."

"추적당할지도 모르잖아요."

낸시의 시선은 로비 구석의 비좁은 전화 부스에 있었다.

"그럼 기차역으로 가서 전화를 하고 오마. 해티에겐 곧 기차를 탈 거라고 할 테니 여길 들킬 걱정은 하지 않아도 되겠지."

낸시는 그래도 못마땅한 듯이 입술을 잘근잘근 씹었다.

"데이브가 대신 잡혀 있었더라면 난 네게 흔쾌히 허락해 줬을 거다. 예민한 때인 건 안다만 과해. 이 정도면 편집증 환자 수준…."

"아, 알았어요."

낸시가 짜증을 내며 허락하더니 일어섰다.

"저도 같이 가요."

좀처럼 빈틈을 보이질 않는다. 로버트에겐 반쪽짜리 승리였다.

그는 호텔에서 나와 기차역을 향해 길을 건너며 앞서 걷는 낸시의 뒤통수를 빤히 바라보았다.

적어도 그가 아이를 빼돌리려 했다는 의심은 거둔 듯했다.

로버트는 한번 한 결심을 아직 포기하지 않았다. 전화 부스에서 저 녀석의 눈을 피해 경찰에 신고할 생각이었다.

그의 손을 잡고 얌전히 따라오는 아이를 내려다보았다. 아이는 그가 낸시와 벌인 언쟁을 모두 듣고도 제 엄마에게 데려다준다 했다는 말을 하지 않고 여태 입을 다물고 있었다.

남달리 눈치가 빠른 탓인 건가.

아이는 두 사람 사이의 기류가 심상치 않은 것도 아는지 불안한 눈으로 둘을 번갈아 보았다. 로버트는 아이의 머리를 쓰다듬어 주었다.

"괜찮아."

기차역 안의 공중전화 부스로 가 수화기를 드는 데까지는 성공했으나 경찰에게 전화를 거는 작전은 실패했다.

낸시가 부스 앞에 버티고 서 있었다. 병원으로 거는 게 맞는지 감시하는 것이다. 아직 그를 향한 의심을 완전히 거두진 않았다는 뜻이었다.

로버트는 하는 수 없이 전화 교환수에게 브레이턴 주립 병원 정신병동의 전화번호를 댔다. 그제야 딱딱하게 굳어 있던 낸시의 표정이 눈에 띄게 부드러워졌다.

"아, 좋은 아침입니다. 해티 피셔의 남편입니다만 제 아내와 잠시 통화를 할 수 있을까요."

수화기 너머의 간호사는 잠시만 기다려 달라고 하더니 사라졌다.

왜 이렇게 오래 걸려.

바쁠 때인 건지 평소보다 기다리는 시간이 길어졌다. 그사이 로버트는 전화기에 동전 몇 개를 더 넣으며 부스 앞을 서성이는 낸시를 지켜보았다.

이제 어떻게 한담.

조금 전의 조마조마했던 언쟁 탓에 김이 나는 것만 같은 머리를 굴리며 방법을 찾아 헤매던 때였다. 수화기 너머에서 여자의 목소리가 들렸다.

[전화 바꿨어요.]

해티의 목소리가 아니었다.

그레이스?

로버트는 사색이 되었다. 결국 낸시의 말이 맞았던 것이다. 그레이스는 해티가 있는 병원을 알아냈다. 윈스턴의 손아귀에 아내가 붙잡혀 있다.

그의 숨이 급격히 가빠지던 찰나였다.

[피셔 부인께선 잘 지내십니다.]

옆에서 낸시가 통화를 듣고 있을지도 모른다고 생각하는지 그레이스는 간호사인 척하며 그를 안심시켰다.

안도가 찾아오자 이성이 돌아왔다. 이건 유일한 기회다. 얼른 그레이스에게 위치를 알려야 했다.

로버트는 계속해서 부스 앞을 서성이는 낸시에게 들으란 듯이 대답했다.

"그래, 해티."

간호사가 아니라 해티라고 부르자 낸시가 듣고 있지 않은 걸 알아챈 그레이스가 아이는 무사한지를 물으며 돌려 달라고 그를 설득하기 시작했다.

로버트가 낸시에게 들키지 않으면서도 할 수 있을 만한 말을 고르던 때였다. 낸시가 갑자기 그에게로 바짝 다가왔다.

"아주머니에게 병원에 별일은 없는지, 군인이나 이상한 남자들이 돌아다니지는 않는지 물어봐요. 그레이스가 찾아오진 않았는지도요."

"그래, 그래. 물어보마."

로버트는 일부러 성가시다는 듯이 인상을 구겼다. 혹시나 그레이스의 목소리가 낸시에게 들릴까 봐 목청을 키워 대답했다.

"맞아, 지금 낸시와 있어."

[제 딸은요?]

그는 아래를 내려다보았다. 아이는 토끼 인형을 안고 그의 옆에 붙어 서서 지나가는 사람들을 빤히 바라보고 있었다.

제 엄마의 목소리라도 듣게 해 주고 싶건만.

그건 위험한 일이다.

"그래, 잘 지내고 있지."

그 순간 수화기 저편에서 안도의 한숨이 들려왔다. 로버트는 해티에게나 할 법한 말을 하며 그레이스에게 현재 상황이 곤란하다는 걸 알렸다.

"당신에게 선물을 가져다주려 했는데 오늘 사정이 생겨서 못 갈 것 같아. 아니, 별건 아니고 오늘 낸시의 심기가 영 안 좋아. 불안해하는 것 같아서 혼자 못 두겠어."

아이를 돌려주려 했으나 낸시에게 붙잡혀 있다는 사실을 그레이스는 단번에 알아듣고 물었다.

[그래서 지금 어디예요?]

"병원엔 별일 없어? 아니, 옆자리 여자가 코를 고는 게 별일인가? 그런 사소한 거 말고 말이야. 처음 보는 남자들이 병동에서 돌아다닌다거나 누가 찾아왔다거나 이런 걸 묻는 거야."

그레이스에게는 엉뚱한 소리이겠지만 로버트는 낸시를 속이려면 시킨 대로 물어야만 했다. 해티와 실없는 통화를 하는 척하자 그레이스는 낸시가 옆에 있어 정확한 위치를 알려 줄 수 없다는 걸 눈치챈 모양이었다. 그 아이는 질문을 던지며 범위를 좁혀 나갔다.

[병원에서 가까운 곳이에요?]

"응."

[차로 30분 반경 안이에요?]

"그래."

"뭐라 하셔요?"

낸시가 또 갑자기 다가와 물었다. 로버트는 수화기를 낸시에게서 먼 쪽으로 옮기며 거짓말을 했다.

"별일 없다는구나. 누가 찾아온 적도 없단다."

"그래요?"

낸시는 여전히 못 믿겠다는 태도였다. 그래도 통화 상대가 해티라고는 철석같이 믿는 듯했다.

이젠 안도한 듯, 낸시가 다섯 걸음 떨어진 매표소로 향했다. 녀석이 열차 시간표를 집어 오는 틈에 로버트는 재빨리 송화기에 대고 속삭였다.

"중앙역 맞은편에 있는 뒷골목의 필즈 호텔 204호. 낸시는 내가 방 밖으로 따돌리고 아이만 남겨 두마. 대신 데이브와 낸시는 보내 주겠다고 약속하겠니."

매표소 앞에 서 있던 낸시가 이쪽으로 몸을 돌리자 로버트는 딴소리를 시작했다.

"그래, 다음 주에는 꼭 갈 테니 너무 그러지 말아."

아이의 위치를 알아냈으니 전화를 바로 끊을 줄 알았다. 그러나 잠깐의 정적 후에 그레이스의 목소리가 다시 들려왔다.

[보내 주겠대요.]

윈스턴에게 물어보고 온 모양이었다. 데이브를 석방할 권한이 없는 그레이스가 그 둘을 보내 주겠다고 재깍 약속했더라면 로버트는 믿지 않았을 것이다. 그자에게서 확답을 얻느라 시간을 들였다는 데에서 빈말이 아니란 걸 느낀 그는 안심했다.

"그래. 그럼 이만."

[정말 고마워요.]

로버트는 다시 호텔로 향하며 전화를 끊기 직전 들은 울음 섞인 감사 인사를 곱씹었다. 그는 그런 걸 들을 자격이 없었다.

그러나 그라도 그럴 것이다. 유괴된 아이의 위치를 알려만 준다면 그게 찢어 죽일 유괴범 본인이라 해도 그저 고맙다며 눈물을 흘릴 것이다.

그래, 이유가 무엇이었건 나는 유괴범이지.

저도 아이가 있었던 사람이면서 다른 부모에게 어떤 잔인한 짓을 했는 지가 더더욱 뼈저리게 느껴져 괴로웠다. 너무 늦기 전에 잘못을 바로잡아 다행이었다.

호텔 로비로 들어서며 로버트는 낸시의 뒤통수를 겸연쩍은 눈으로 바라보았다.

낸시를 배신한 꼴이 되어 미안하다만, 그레이스가 그리 모진 아이는 못 되니 약속을 지켜 줄 것이다.

곧장 204호로 들어가려던 로버트의 얼굴이 딱딱하게 굳었다. 낸시도 이 방으로 따라 들어오는 것이었다.

"참 나…."

아직도 나를 못 믿냐는 듯 일부러 실소를 터트리며 방에 들어갔다. 그가 아이의 코트 단추를 풀어 주는 사이 낸시는 작은 침대에 걸터앉았다.

아이의 눈이 말했다.

저거 내 침댄데.

그러나 아이는 부루퉁하게 볼만 부풀릴 뿐, 아무런 말도 하지 않았다. 아이의 목도리까지 풀어 준 로버트는 테이블 위의 시계로 시선을 돌렸다.

"아, 이런 내 정신 좀 봐. 나간 김에 아침거리를 사 온다는 걸 깜빡했네."

곧 군이 들이닥칠 것이다. 그 전에 낸시와 아이를 떨어트려 놓아야 했다.

"낸시, 가자꾸나."

로버트는 슬슬 침대에 눕기 시작한 낸시에게 일어나라고 손짓했다. 혼자 다녀오라면 절대 그러지 않을 테니 아이만 여기 두고 함께 가려는 것이었다.

"저는 피곤해요. 아침 생각도 없고."

"자려고 그러니?"

"아뇨."

제가 잠들기를 기다려 아이를 빼돌리려고 물은 줄 아는지 낸시가 날을 세웠다.

"혼자 다녀오세요."

"저 아이를 너와 두고 다녀오라는 거냐? 차라리 늑대에게 양을 맡기고 말지."

낸시가 감았던 눈을 뜨더니 그에게 뾰족한 시선을 던졌다. 로버트는 한숨을 푹 내쉬곤 곁에 우두커니 선 아이를 내려다보았다.

"너도 배고프지 않니?"

아이가 입을 손으로 틀어막더니 고개를 크게 끄덕거렸다. 그제야 그는 아이가 여태 한마디도 하지 않았다는 걸 깨달았다. 그 이유 또한.

"이제부터 여기서 나갈 때까지 한마디도 해서는 안 된다."

"그럼 엄마한테 못 가?"

말을 하면 엄마한테 가지 못하는 줄 알고 입을 다물고 있는 것이다.

조금만 더 참으렴. 곧 네 엄마가 올 거다.

안쓰러운 마음에 머리를 쓰다듬었더니 침대에 널브러져 있던 낸시가 들으란 듯 한숨을 크게 내쉬었다.

"멀리 안 갈 거예요."

"기차역 옆에 베이커리가 있더구나."

낸시가 몸을 일으키더니 아이를 물끄러미 바라보았다. 예감이 불길하더라니.

"그럼 다 같이 가죠."

"그럴 것까지 있니."

"저 녀석을 혼자 두자고요?"

"그럼 넌 겨우 벗긴 코트를 다시 입히라는 말이냐."

그가 성가시다는 듯이 굴었지만 낸시는 고집을 꺾지 않았다. 눈치를 챈 것 같진 않았다. 그럼 여기서 이러고 있을 리가 없으니.

"넌 그렇게 매사 과민하게 굴어야겠니? 내일이면 영영 못 볼 사이인데 서로 다정하게 대하지는 못할망정."

"오늘은 그럴 수밖에 없는 거 잘 아시면서 그러세요?"

결국 낸시의 고집을 이기지 못했다. 아이에게 다시 코트를 입혀 셋이서 베이커리로 향했다. 그는 아이와 제가 먹을 샌드위치를 베이커리 주인이 포장하는 모습을 지켜보며 다시 머리를 굴렸다.

병원에서 여기까지는 대략 20분 거리이니 군이 들이닥치기까지 10여 분이 남았다. 얼른 돌아가야 한다. 가자마자 커피에 바르비탈을 타서 낸시에게 주어야겠다.

처음부터 그렇게 재우는 쪽을 택할걸 그랬어.

샌드위치 값을 치르며 계획을 급히 수정하던 때였다.

"어? 아빠야."

그의 옆에 붙어 있던 아이가 중얼거리더니 멀어졌다.

"엘리, 어디 가니."

여기 어딘가에 신문이라도 걸려 있나.

데이브의 처형 소식 때문에 요즘 다시 윈스턴이 주목을 받으며 신문에 매일같이 등장했다. 지면에 오른 그자의 흑백 사진을 아이가 알아보고 아빠라고 부르며 뽀뽀를 한 적이 몇 번 있었다.

호텔 방에서 그러는 거야 남의 눈이 없으니 상관없지만 밖에서 이러면 낸시가 또 예민하게 굴 것이다. 로버트는 아이를 말리려고 뒤돌았다가 사색이 되었다.

아이는 신문에서 제 아빠를 본 것이 아니었다.

어떻게 벌써 온 거지?

베이커리의 벽면 하나를 차지한 유리창 밖으로 길 건너편이 훤히 보인다. 호텔로 가는 골목길로 군용 차량이 줄지어 들어가는 가운데, 베이커리의 바로 맞은편에 검은 세단 한 대가 서 있었다.

차 옆에 어느 젊은 남자와 서 있는 장신의 남자는 페도라를 쓰고 트렌치코트를 입은 뒷모습밖에 보이지 않았다.

"헤, 아빠다."

그런데 아이는 그것만으로도 제 아빠를 알아보았다.

낸시는 아이가 또 헛소리를 하는 줄 알았는지 창가의 테이블 앞에 앉아 제 손톱만 내려다보고 있었다.

애야, 안 돼.

로버트가 창가로 뛰어간 아이를 뒤쫓아 가 입을 막으려던 때였다.

"엄마두 이따!"

아이가 차에서 나오는 제 엄마를 알아보고 크게 외치는 순간 낸시가 고개를 뒤로 휙 돌렸다.

"엘리, 당장 가!"

아이를 문밖으로 도망치게 하려고 뛰어갔으나 그보다 낸시가 가까웠다.

"엄마! 엄, 흡."

아이를 낚아챈 낸시가 권총을 뽑는 속도도 그보다 빨랐다.

"이 더러운 변절자!"

평생의 이웃이 영원한 배신자로 타락한 순간 그녀는 주저 없이 방아쇠를 당겼다.

탕!

"윽…."

변절자가 배를 감싸며 주저앉았다. 그 바람에 그의 손에서 떨어져 나온 권총을 낸시는 멀리 차 버리고 창으로 고개를 돌렸다.

"젠장할…."

악마와 그 수하들이 총소리를 듣고 이쪽으로 달려오고 있었다. 이곳에 갇히면 불리하다. 낸시는 온몸을 달달 떠는 악마의 자식을 한 손으로 들쳐 안고 쓰러진 변절자를 지나 문을 열었다.

"엄마아!"

나가자마자 아이가 제 엄마를 보고 시끄럽게 울기 시작했다. 그레이스를 비롯해 낸시를 포위한 적들이 불과 네 걸음 앞에서 멈춰 섰다. 제 엄마가 어째서 다가오다 관두었는지를 모르는 아이가 사납게 발버둥을 쳤다.

"놔! 엘리 갈래. 엄마한테 갈 꺼야!"

"얜 제 머리에 닿은 게 총구인지 모르나 봐? 너흰 알겠지?"

"낸시, 제발 이러지 마. 총은 치우고 대화로 해결해."

"엘리, 괜찮아. 얌전히 있어."

그레이스가 저와 대화를 시도하는 사이 윈스턴은 아이를 진정시켰다. 저자를 이토록 가까이에서 보는 건 처음이다.

그녀의 혈육을 잔혹하게 죽인 인간 말종이라는 걸 잠시 믿지 못했을 정도로 윈스턴은 단정한 신사의 꼴을 하고 있었다.

이 가증스러운 살인광.

당장 저 번드르르한 면상에 총구멍을 뚫어 주고 싶었지만 참았다. 복수는 아버지를 구한 뒤로 미루기로 했다.

총알은 딸에게 갈겨 주는 것이 저자에겐 더한 고통일 것이다. 아버지가 당했던 일의 완벽한 복수였다.

"낸시 윌킨스."

악마가 낸시를 불렀다.

"이곳에서 멀지 않은 수용소에 네 부친이 있어. 원한다면 당장 데려와 여기서 교환하도록 하지."

분노의 거친 불길에 휘말려 아이를 돌려주겠다던 약속은 재가 되어 사라진 걸 저자는 알 리가 없었다. 낸시는 저를 둘러싼 적들에게서 시선을 떼지 않으며 여기서 빠져나갈 궁리를 했다.

도심의 한가운데인 이곳에서 망명지로 낙점한 노르덴의 국경까지는 차로 두 시간 거리였다. 낸시가 요구한 대로 차와 자금까지 받는다고 해도 문제였다. 아버지와 아이까지 차에 싣고 국경으로 달리는 두 시간 사이에 저자가 어떤 계략을 꾸밀지 몰랐다.

"약속했던 장소는 여기가 아닐 텐데?"

아버지의 신병을 인도받기로 한 장소는 숲 한가운데의 너른 강을 가로지르는 다리였다. 다리를 건너 노르덴의 영토로 들어가면 길이 여러 갈래로 나뉘었다.

강 위라 은밀한 저격은 힘들고 그 너머는 울창한 숲이라 도주는 쉬운, 아주 용의주도하게 고른 곳이었다.

이봐, 네 동생처럼 멍청하게 굴어 주는 게 어때?

레온은 영악한 쥐새끼를 싸늘하게 노려보았다. 데이비드 윌킨스를 넘겨줄 생각은 절대 없다. 순순히 넘겨주고 놈들이 아이와 함께 영영 사라지도록 두는 건 머저리도 하지 않을 짓이다.

인도 장소가 마지막 기회였다. 그러나 유속이 빠른 강물이 좌우로 흐르는 비좁은 다리 위에서 구출 작전을 벌인다는 건 제 손으로 아이를 죽이는 것이나 마찬가지이다.

"그리고 분명 난 국경을 무사히 넘은 후에야 아이를 돌려준다고 했어."

윌킨스는 길 건너편에 세워진 세단을 눈짓했다. 내놓으라는 뜻이었다. 그더러 아이를 눈앞에 두고 다시 놓치라는 뜻이기도 했다.

레온은 엘리의 머리에 대어진 권총으로 시선을 옮겼다. 이미 한 발을 쏜 물건이니 슬라이드를 다시 당길 필요도 없이 지금 저 빌어먹을 쥐새끼의 손가락이 걸린 방아쇠만 당겨도 쏠 수 있다. 관리를 허술하게 한 물건이면 작은 충격에도 격발될 수 있었다.

여기서 섣불리 뭔가를 시도하다간 엘리가 목숨을 잃을 확률이 높았다. 딸의 목숨을 적어도 오늘 자정까지 연장할 방법이라곤 단 하나뿐이다.

"좋아. 보내 주지."

엘리를 순순히 놓치는 것뿐이었다.

레온은 한 발짝 뒤에 선 캠벨에게 눈짓했다. 곧바로 운전수가 세단을 돌려 그들의 앞에 대령했다. 그가 다시 눈짓하자 윌킨스를 포위한 병사들이 세단으로 향하는 길을 터 주었다.

"시동을 켜 둔 채로 운전수는 내려."

영악한 쥐새끼는 요구가 많았다.

그에게서 돈까지 뜯어내려 했다. 지갑에서 지폐 뭉치를 꺼내어 든 레온은 비열한 인질범의 낯짝에 지폐를 내던지고 싶은 충동을 온 이성을 다해 억눌렀다.

딸의 안전을 위해 지금은 참는다. 엘리를 되찾는 즉시 저 쥐새끼를 산 채로 조각조각 해체할 것이다.

"흡, 아빠, 아빠."

만일을 대비해 병사들이 총을 겨누고 둘러선 가운데, 그가 돈을 넘겨주려고 가까이 다가가자 아이가 레온에게 손을 뻗으며 울었다.

"허튼짓할 생각 마."

윌킨스가 돈을 잽싸게 낚아채어 가며 사납게 경고했다. 레온은 아이의 손 한번 잡아 주지 못하고 뒤로 물러나며 주먹을 아프도록 쥐었다.

"엄마, 엘리 가기 시러! 시러어! 으아앙!"

저러다 숨이 막히는 게 아닐까 싶을 정도로 아이를 으스러지게 안은 유괴범이 차에 타는 모습을 남자는 조용히 노려보기만 했다.

"안 돼…."

그레이스는 함정을 파는 줄로만 알았다. 저 남자가 정말로 아이를 보내려는 생각이라는 걸 뒤늦게 깨달았다.

"낸시, 아이는 놓아줘! 내가 대신 갈게!"

"그레이스, 그만해."

"놔, 제발!"

낸시에게로 달려가 매달리려는 그레이스를 남자가 붙들고 놓아주지 않았다.

"그만해. 네가 이러면 엘리가 더 놀라잖아."

"안 돼. 흑, 안 된단 말이야."

저를 놓아 달라고 남자의 가슴팍을 주먹으로 마구 쳤지만 그는 그녀의 몸을 억세게 옭아맨 팔을 풀지 않았다.

"엘리가 다 보고 있어. 정신 차려."

다 찾은 아이를 허무하게 보내야만 하는 순간이었다. 정신을 차릴 수가 없었다.

쾅! 차 문이 닫혔다.

"엄마!"

자리에 떠밀려 앉은 엘리는 곧바로 창문에 매달렸다. 뒤에서 낸시가

자꾸만 딱딱한 걸로 머리를 찌르며 못된 말을 했다.

"너 얌전히 있지 않으면 네 엄마는 영영 못 볼 줄 알아."

"끅, 엄마…."

밖에서는 엄마가 엉엉 울었다. 아빠는 엄마를 끌어안고 달래면서 엘리를 보고 있었다. 닫힌 창문 밖에서 아빠의 목소리가 웅얼웅얼 들려왔다.

"아빠가 엘리를 찾아갈게. 울지 말고 기다리고 있어."

아빠는 엘리를 항상 먼저 찾아왔으니까.

엘리는 눈을 쓱쓱 비벼서 눈물을 닦고 손을 크게 흔들었다.

"안녕."

그 순간 아빠의 눈이 슬픈 모양으로 변했다.

"아빠도, 끅, 울지 마. 이따가 봐. 엘리 말 안…."

"앗아."

"아!"

낸시 윌킨스가 권총을 쥔 손으로 아이의 머리를 우악스럽게 누르는 찰나 레온의 눈동자에서 광기가 번뜩였다.

"잊지 마. 무어 교에서 늦어도 자정까지. 따라오는 순간 거래는 결렬되는 거야."

윌킨스가 운전석의 창문을 열더니 외쳤다. 차는 곧바로 거친 엔진음을 내며 움직이기 시작했다. 차창에 붙어 구해 달라는 눈으로 그들을 간절히 바라보는 아이가 점점 멀어져 갔다.

"낸시! 제발 돌려줘!"

레온은 따라가려는 그레이스를 끌어안고 놓아주지 않았다. 그녀가 쥐어뜯을 듯이 당기는 넥타이가 올가미처럼 그의 숨통을 조여 오는 것을 느끼며 그는 저 멀리 사라지는 차를 노려보았다.

아이가 탄 검은 세단의 뒷모습이 작아질수록 그레이스의 절규는 점점 뜻 모를 비명으로 변해 갔다.

레온은 그 뜻을 모를 수 없었다.

적은 고작 여자 하나다. 상대적으로 불리한 입장이나 인질을 잡는 순간 절대적으로 유리해진다. 그건 그레이스를 쫓을 때부터 뼈저리게 느낀 바였다.

레온은 눈을 지그시 감으며 입 속에 감도는 쓴맛을 삼켰다.

"군사 작전 중입니다. 물러나세요."

현장을 울타리처럼 둘러선 병사들이 양 떼같이 몰려드는 인파를 쫓아내는 소리가 들렸다.

"잠시 지나가겠습니다!"

누군가의 외침에 레온은 베이커리 앞에 세워진 차의 창밖으로 잠시 시선을 던졌다. 로버트 피셔가 들것에 실려 나가고 있었다.

저자는 목숨이 아직 붙어 있었으나 대답할 수 있는 상태가 아니었다. 그 탓에 어디서부터 잘못된 건지를 알아낼 길이 없었다.

그러나 지금 그런 걸 알아내는 건 사치이다. 아이가 어디 있는지를 자정 전까지 알아내는 게 먼저였다.

캠벨이 재빠르게 민간인으로 위장한 병사 둘을 세단 한 대에 태워 거리를 두고 차량을 따라가도록 지시했으나 레온은 기대하지 않았다. 그레이스와 같은 훈련을 받으며 자란 자이다. 추적을 따돌리는 방식으로 차를 몰고 있을 게 분명했다.

낸시 윌킨스가 탈취한 차의 번호를 수배하긴 했으나 인질이 잡혀 있으니 접근이나 추적은 피하라고 지시해야만 했다.

부근의 군경만이 아니라 노르덴의 군경에도 윌킨스와 아이의 최신 인상착의와 상황을 전달하도록 했다.

여기서 국경은 불과 차로 두 시간 거리였다. 미리 출국해 버리고 인도 장소에서는 노르덴 국경 쪽에 서서 제 부친을 보내라고 요구할 가능성도 있었다.

그는 군을 이끌고 국경을 넘을 수 없으니 아이를 직접 되찾고 낸시 윌킨스를 죽이는 건 이 땅에 있을 때만 가능한 일이었다.

차창 밖에선 어제 온 비가 남긴 물웅덩이에 처박혀 있던 낡은 종이봉투가 군홧발에 짓이겨졌다. '헨슨'이라는 글씨를 알아볼 수 없을 정도였다. 아이가 들고 있다가 떨어트린 물건이었다.

"어떻게 아기한테 총을 겨눠! 어떻게 아기 머리를 총구로 누르냔 말이야! 죽여 버릴 거야!"

그레이스는 봉투와 함께 웅덩이에 처박혀 있었던 토끼 인형을 딸처럼 끌어안고 목이 쉬도록 절규하는 중이었다. 그도 같은 말을 하고픈 심정이었으나 참아야 했다. 분노보다는 걱정이 앞선 탓이었다.

"죽여 버릴 거야. 죽일 거야."

"그레이스, 그만해."

이러다 조금 전처럼 정신을 잃으면 이번엔 병원으로 가야 할지도 모른다. 레온은 눈의 초점이 오락가락하며 또다시 기절할 것처럼 구는 그레이스를 품으로 당겼다. 숨넘어가는 절규가 서서히 잦아들었다.

"흐흑… 엘리…"

가슴팍에 얼굴을 묻고 흐느끼던 그레이스가 갑자기 크게 울음을 터트리더니 덜덜 떨리는 손으로 그의 옷깃을 움켜쥐었다.

"이제 어떻게 구해. 이래서 어떻게 되찾아. 국경을 넘으면 끝이잖아. 방

패로 쓰려고 살려 둔 것뿐이야. 안전한 곳으로 가면 짐일 뿐인 엘리는 죽일 거야."

정확한 판단이라 달리 할 말이 없었다.

아이를 인질범과 함께 보내 주기로 한 건 그 상황에서는 최선의 판단이었다. 그러나 그의 일생을 두고는 최악의 판단이 될지도 모른다.

"엘리가 죽으면 나도 죽을 거야."

'죽여 버릴 거야'가 '죽어 버릴 거야'로 변했다. 삶의 의지로 빚어진 여자가 죽음을 다짐한다.

"그레이스, 그런 말 하지 마. 아직 싸움은 끝나지 않았어."

아이의 목숨을 건 이 싸움에서 진다면 그는 평생 자신을 용서하지 못할 것이다. 어쩌면 그에게 평생이란 고작 서른두 해에 그칠지도 모른다. 그레이스가 아이를 따라가려 한다면 그녀의 개인 그도 늘 그랬듯 쫓아갈 것이다.

"죽을 거야. 죽어 버릴 거야."

그레이스는 인형을 엘리라도 되는 양 쓰다듬으며 같은 말만 중얼거렸다. 더는 이 짓을 참을 수 없었던 레온은 구정물로 젖은 인형을 빼앗아 던졌다.

"지금 뭐 하는…."

조수석으로 떨어진 인형을 주우려는 그레이스를 붙잡았다. 그녀의 얼굴을 두 손으로 단단히 감싸 저를 보게 만들었다.

"정신 차려! 지금은 이럴 때가 아니잖아."

달래는 건 통하지 않는다. 좀 더 거친 방법이 필요했다. 레온은 총탄이 빗발치는 전장에서 넋을 놓은 부하에게 윽박지르듯이 그레이스를 질타했다.

"엘리는 엄마만 씩씩하게 기다리고 있을 텐데 네가 벌써 비겁하게 포기하면 어쩌자는 거야!"

"…포기라니. 포기 안 했어."

그제야 그레이스의 눈에 초점이 돌아왔다.

"엘리를 구할 방법은 내가 아니라 네가 알아. 난 낸시 윌킨스를 몰라. 그자의 생각을 읽을 수 있는 사람은 너뿐이야. 자정이 오기 전에 엘리를 찾아낼 수 있는 건 너뿐이라고. 알겠어?"

레온은 피셔의 딸이 사고로 죽었다는 사실을 알려 주었을 때 그레이스가 내어놓은 분석을 떠올렸다.

"농가에 있을 때 아저씨는 나보다는 엘리 때문에 잘해 준 것 같았어. 엘리를 보며 딸 이야기를 했던 적도 있고. 이미 딸로 보였던 거야. 그럼 자기 딸에게 적대적으로 구는 낸시에겐 서서히 반감이 들지 않을까?"

피셔가 엘리 탓에 윌킨스를 어떤 식으로든 배신할 거란 걸 정확히 예측해 낸 것이었다.

"머리를 굴려. 그자와 같이 컸으니 누구보다 잘 알잖아. 그자처럼 사고해. 어린 인질을 데리고 어디로 가서 뭘 할 거야."

놓아주자 그레이스가 얼굴을 쓸어내리며 고개를 끄덕이더니 골똘히 생각에 잠겼다.

"내가 낸시라면…."

그레이스는 제가 아는 낸시라는 인간을 떠올려 보고 함께 작전에 투입되었던 경험을 되짚으며 아이를 유괴해 간 자의 사고와 행동 방식을 모방하려 애썼다.

"당연히 북쪽으로 이동하겠지만 최단 거리로 가지는 않고 일부러 빙 돌아서 갈 거야."

그녀가 엘리를 이 남자의 타운 하우스에서 되찾은 후 뉴포트항으로 갈 때, 들켰을 것을 가정해 썼던 우회 전략처럼 말이다.

함께 자라고, 함께 훈련받고, 함께 작전을 수행했던 낸시의 전략은 사실상 그레이스의 것과 크게 다르지 않을 것이다.

"국경엔 이미 수배령이 내려 있을 테니 먼저 넘지는 않을 거야. 네게 이미 국경을 넘는 일도 보장하라고 요구해 뒀잖아."

국경을 넘은 후에야 아이를 돌려준다는 건 노르덴 국경의 통행 허가까지 얻어 놓으라는 뜻이기도 했다.

"그건 네가 처리하도록 떠넘겨 두는 게 편해."

낸시는 윌킨스가의 사 남매 중 가장 영리하고 약삭빨랐다. 게다가 성가시고 위험한 일은 제가 하기보다는 남에게 시키는 편이었다.

"약속 장소에는 해가 진 후에야 나타날 거야. 네가 저격수를 동원해봐야 깜깜한 숲속에서 맞히는 건 무리니까. 그때까지 시간을 보낼 곳이 필요한데 호텔에 숨지는 않을 거야. 어디든 한곳에 오래 머물 수는 없어. 네가 군대를 풀어서 쥐 잡듯이 뒤질 게 뻔하니까."

한번 몰입하기 시작하자 재빠르게 머리가 돌아갔다.

"일단 차는 적당히 도망친 후에 버려야 해. 다른 차를 훔쳐야지. 그런데 훔칠 만한 게 없으면 기차를 탈 거야. 기차에는 전화도 없으니 누가 나를 알아봐도 경찰에 신고할 수가 없잖아."

그레이스는 좋은 생각이라는 듯 손뼉을 쳤다.

"그래, 나라면 기차를 계속 갈아타면서 북부를 빙 돌아 국경으로 갈 거야. 그럼 꽤나 안전하게 시간을 때울 수 있어."

레온은 분석을 들으며 즉석에서 짠 작전을 수첩에 적어 내려가다 묘한 위화감에 쓴 미소를 지었다.

낸시 윌킨스가 아니라 그레이스 리들의 머릿속을 들여다보는 기분이었다. 알아내려 혈안이 되어 살았던 저 머릿속을 그레이스가 결국은 스스로 드러내고 있다.

"일단 역으론 혼잡한 곳을 골라야 해. 나를 쉽게 알아보거나 기억하는 사람이 없도록."

그레이스는 잠시 얼굴을 감싸 쥐며 생각에 잠기더니 다시 예측을 내어놓았다.

"그런데 지금 얼굴에 멍이 있어서 사람들의 이목을 끌기 좋잖아. 게다가 엘리가 남들 눈앞에서 딸처럼 굴어 줄 리도 없으니까 사람이 없는 일등석에 탈 거야."

"내게서 돈을 갈취해 간 건 그런 계산까지 이미 마쳤었다는 거겠군."

"그렇지. 아, 참고로 일등석이나 이등석 승객은 범죄자라는 의심을 받지 않는다는 말이 블랜차드 반군의 입버릇이야."

레온은 또 쓴웃음을 지었다.

"그리고 낸시는 아이를 별로 좋아하지 않아. 아이가 내는 소음은 싫어할 정도야. 엘리가 울거나 계속 떠들면 짜증이 나서…."

쉴 새 없이 이어지던 분석이 뚝 멎었다. 활기를 띠던 그레이스의 낯빛이 어두워졌다.

"그레이스."

불길한 상상을 하다 또다시 정신을 놓으려는 건가 싶어 만년필을 놓고 손을 뻗었다. 그러나 그레이스는 손이 닿기도 전에 고개를 크게 저으며 불길한 상상을 스스로 떨쳐 냈다.

"살려는 둘 거야. 우린 빨리 찾아야만 해."

다시 시작된 분석을 수첩에 써 내려가는 레온의 머릿속에서는 차마 떨쳐 내지 못한 장면이 계속해서 되풀이됐다.

작디작은 손바닥 두 개가 유리에 짓눌려 창백해졌다. 차창에 바짝 붙은 아이의 청록빛 눈망울이 간절히 말했다.

구해 줘.

나쁜 사람이 저를 끌고 가는 모습을, 세상에서 가장 믿었던 부모는 지켜만 보고 있다.

이 순간부터 네가 우리를 더는 사랑하지 못하게 되더라도 그건 우리가 응당 치러야 할 죗값이다.

그렇게 체념했으나 아이는 울지 말고 기다리라는 말에 화를 내거나 울음을 더욱 터트리기는커녕 곧바로 눈물을 그쳤다. 무섭지만 꾹 참겠다는 듯, 여전히 울먹거리는 얼굴에 미소를 걸치고 용감하게 손을 흔들기까지 했다.

너는 아직도 우리를 믿는구나.

손에서 피가 마르지 않는 탓에 결국 네게도 피를 묻히게 되는 죄인도 부모라고, 천사 같은 너는 아직도 믿는다.

곧 갈게. 기다려.

다시는 떠나지 않겠다는 약속은 어겼으나 너를 다시 찾겠다는 약속만은 반드시 지키고야 말 것이다.

"흡⋯."

"하아, 정말."

차를 몰며 따라오는 자는 없는지 뒤를 돌아보던 낸시가 짜증 섞인 한숨을 내쉬었다.

"끅⋯."

제가 무서운 건지, 아니면 그저 저와 같은 차 안에 있는 게 싫은 건지. 아이는 조수석 구석에 틀어박히듯이 몸을 웅크리고 앉아 끅끅대고 있었다.

"흐끅…."

"거슬려. 그만 울어."

무릎을 안고 고개를 파묻고 있던 아이가 눈만 치켜뜨고 그녀를 흘겨보았다. 이 독한 것. 그걸 겪고도 눈을 흘기다니. 아직 그녀가 무섭지 않은 거다.

"딸꾹질이야."

아이는 그것도 모자라 말대꾸까지 했다.

"안 우러써. 아빠가 울지 말래써."

울지 말고 기다리라니. 낸시는 도망치기 전 윈스턴이 제 딸에게 했던 말을 문득 떠올렸다. 남의 딸들에겐 악마였던 주제에 제 딸에겐 천사처럼 다정하게 구는 게 역겨웠다.

"너, 지금부터 똑똑히 들어. 얌전히 있어. 아무에게도 말 걸지 말고. 그랬다간 다시는 네 엄마를 못 보게 될 거야."

낸시는 아이에게 경고하기 시작했다.

"알아들었어? 내 말 안 들으면 혼날 줄 알아. 난 바비 아저씨처럼 무른 사람이 아니야. 이거 알아? 이거 맞으면 아파."

아이는 그녀의 허리에 찬 권총을 물끄러미 보았다. 울먹울먹하기에 이제야 겁을 좀 먹나 싶었으나 아니었다.

"아빠도 저거 마쟜는데 안 아프다구 해써."

낸시는 어처구니없는 소리에 실소했다.

"너 아까 바비 아저씨가 맞는 거 봤어, 못 봤어?"

겁을 주려고 해도 아이는 엉뚱한 소리만 했다.

"바비 아저씬 천국에 가써?"

"천국이라니. 지옥이겠지."

그 더러운 변절자. 욕설을 짓씹으며 교외의 한산한 도로를 따라 차를 모는데 잠깐 조용하다 싶던 녀석이 다시 주둥이를 나불거렸다.

"엄마랑 싸워써? 엄마 얼굴도 낸시 얼굴처럼 알록달록해써."

"말 걸지 마."

말 걸지 말라고 했더니 아이는 투덜투덜 혼잣말을 했다. 어릴 때의 제 엄마만큼이나 정신 사납고 성가신 아이였다.

"흑, 내 머핀. 머핀 업써져써."

지금이 어떤 상황인지 모르는 건가. 아이는 이 와중에 먹을 거나 찾고 있었다.

"후우, 말은 인간과 섞는 거지."

악마의 자식과 섞어 봤자다.

낸시는 속도를 늦추며 조수석의 차창 밖을 계속해서 흘끔거렸다. 줄줄이 이어진 낮은 건물 사이로 기찻길이 이따금 보였다.

"젠장할, 지도도 내놓으라고 했었어야지."

정신이 없어서 깜빡했다. 그 탓에 지금 어디를 헤매는 건지 알 수가 없었다.

기찻길만 따라가던 낸시는 역이 나오자 차를 잠시 멈추고 고민했다.

이쯤에서 차를 버려야 하는데.

눈앞의 기차역이 너무 작았다. 한산해서 남들 눈에 띌 위험이 컸다.

그러나 얼마나 더 가야 큰 역이 나오는지 알 길이 없었다. 결국 결단을 내리고 역을 지나 두 블록 더 차를 몰았다.

차는 뒷골목에 열쇠를 꽂아 둔 채로 버렸다. 건달이나 철없는 10대라면 당장에 훔쳐 갈 것이다. 군의 추적에 혼선을 안겨 줄 테니 은인이었다.

기차역은 역시나 한산했다. 변두리의 역이 그렇듯이 정차하는 열차는 몇 되지도 않았다. 낸시는 매표소 앞에 서서 열차 시간표를 보며 머리를 굴렸다.

수단은 두 가지였다. 지역 열차를 징검다리 넘듯이 갈아타며 인도 장소로 향한다. 혹은 북부를 빙 돌다 저녁 즈음 노르덴 국경을 통과하는 완행열차를 탄다.

두 번째 방법은 갈아타지 않아도 되니 편하지만 추적당할 가능성이 첫 번째보다 컸다. 게다가….

[위더릿지 도착: 11:42]

하필이면 고향 마을 근처를 지난다. 열차 밖으로 익숙한 풍경이 보일 거란 뜻이었다. 저도 모르게 한숨을 쉬던 때였다.

"부인, 제가 도와 드릴 일이라도 있습니까."

낯선 남자가 말을 걸었다. 뒤를 흘끔 보니 나이 지긋한 역무원이 다가오고 있었다. 낸시는 스카프로 얼굴을 더욱 가리며 아이의 손목을 붙든 손에 힘을 주어 경고했다.

"네? 왜 그러시죠?"

"혹시 도움이 필요하실까 해서…."

역무원이 그녀와 아이를 걱정스러운 눈으로 번갈아 보았다. 아이는 훌쩍훌쩍 울고 있고 제 얼굴은 아무리 가려도 멍 자국이 보인다. 누가 봐도 수상쩍었다.

이 녀석 때문에 더 수상쩍어 보이겠는걸.

아이는 그녀의 손아귀에서 벗어나려고 손목을 비틀고 누가 봐도 독특한 청록빛 눈으로 역무원에게 구해 달라는 눈빛을 보냈다. 낸시는 아이의 눈을 감기고 조용하게 만들 방법을 생각해 내며 웃었다.

"그렇지 않아도 도움이 필요했어요. 여기 약국은 없나요?"

"바르비탈요."

약국을 겸하는 식료품점의 주인은 말이 통하지 않았다. 젊은 여자는 엉뚱한 병을 벽 선반에서 꺼내어 내밀었다.

"아뇨. 그게 아니라 바르비탈을 달라니까요?"

여자는 지능에 문제라도 있는지 계속 허둥대며 엉뚱한 걸 꺼냈다. 약사는 자리를 비운 모양이었다.

"그럼 붕대랑 소독용 알코올부터 주세요."

자정이 지나도 아버지를 풀어 주지 않거나 허튼짓을 하면 그땐 정말 저 녀석의 손가락을 잘라야 할지도 모른다.

낸시는 한숨을 내쉬었다.

총알 한 방을 갈겨 죽이는 건 손에 피를 묻힐 일이 없으니 할 만하지만 신체를 훼손하는 건 거부감이 드는 일이었다.

그래도 필요하다면 해야 해.

낸시는 또다시 낯선 사람에게 구해 달라는 눈빛을 보내고 있는 아이를 싸늘한 눈으로 내려다보았다.

바르비탈을 먹여 재워야겠다. 이젠 제가 납치당했다는 걸 아는 아이이다. 이러다 입을 열거나 도망치려 하면 곤란해진다. 지금은 조용하다만 끝없이 재잘대는 것도 거슬렸다.

그리고 정말 피를 내야 할 때를 대비해서도 재워 두는 게 나았다.

"아뇨, 이거 말고 붕대를 달라니까요?"

그나저나 약국을 지키는 여자는 그 쉬운 주문을 더 어려워했다.

"부, 붕…. 다시 말해… 줘, 주세요."

어눌하고 딱딱한 억양을 듣고서야 낸시는 깨달았다. 여자는 노르덴에서 온 이민자였던 것이다.

"하, 됐어요. 여기가 노르덴인 줄 알아? 여기 말도 못 하면서 가게는 왜 하는 거야?"

낸시는 정말 못됐어.

엘리는 당황해서 얼굴이 새빨개진 아줌마에게 못된 말을 퍼붓고 우유병이 놓인 곳으로 걸어가는 낸시의 뒷모습을 노려보았다.

낸시 싫어. 낸시 때문에 바비 아저씨는 천국에 갔고 엄마는 엉엉 울었어. 아빠한테 꼭 해야 하는 말이 있었는데 그것도 못 했어. 절대로 안 도와줄 거야.

엘리는 노르덴어를 할 줄 알면서도 입을 꾹 다물었다.

얼마 지나지 않아 뒷문이 열리더니 키가 큰 아저씨가 나무 상자를 낑낑대며 들고 들어왔다.

"저기요. 혹시 여기 약사세요?"

낸시가 뭐라고 하자마자 아저씨가 상자를 바닥에 놓더니 아줌마가 서 있는 곳으로 갔다. 낸시도 그쪽으로 가자 아직도 얼굴이 새빨간 아줌마가 이쪽으로 도망치듯이 와서 아저씨가 놓고 간 상자를 열었다.

"붕대랑 거즈, 그리고 소독용 알코올요. 아, 그리고…."

계속 재잘대던 낸시는 아줌마에게서 멀지 않은 곳에 선 엘리를 힐끔 보았다. 뭔가를 말하려는지 입을 열던 낸시가 뒤에 웅크리고 앉은 아줌마를 보더니 픽 웃으며 다시 아저씨에게로 고개를 돌렸다.

"바르비탈은 작은 병으로 주세요."

낸시는 나빠. 나쁜 사람은 경찰 아저씨가 잡아간댔어.

그리고 지금 낸시는 바빠.

엘리는 상자에서 사과를 꺼내 바구니에 담는 아줌마를 물끄러미 바라보다 조용히 다가갔다. 아줌마가 고개를 드는 찰나, 엘리는 속삭였다.

"Ruf die Polizei an."

노르덴어를 알아들은 아줌마의 눈이 커졌다.

― 저 여자 엘리 엄마 아니야. 엘리를 엄마한테서 훔쳤어. 내 이름은 엘리고 엄마 이름은 그레이스야. 경찰을 불러 줘.

여자에게서 노르덴어로 딸의 말을 전해 들은 레온은 잠시 말을 잊었다.

낸시 윌킨스가 하지 못하는 외국어로 그자의 코앞에서 도움을 요청하다니.

고작 33개월배기가 어떻게 이토록 영리하고 용감할 수 있을까.

역시 내 딸이다.

기차마다 수배령을 내려야 할 이유가 없어졌다. 그것만이 아니다. 엘리의 행동 하나가 수많은 시간과 인력부터 그와 그레이스의 바다나는 인내심과 정신력까지 구했다.

엘리의 호소를 들은 여자가 제 남편에게 말해 경찰에 신고하지 않았더라면 아이와 유괴범이 탄 열차를 조기에 알아내지 못했을지도 모른다.

기차를 탔다는 건 맞혔으나 혼잡한 역을 이용했을 거란 예측은 틀렸다. 한편으론 예측이 틀린 덕분에 역무원이 심상치 않아 보이는 '모녀'를 똑똑히 기억하고 있었다.

"10시경에 출발한 노르덴행 완행열차를 탔습니다."

기차를 갈아탈 것이라는 예측 또한 틀렸다. 야간에 인도 장소에 도착하는 일정으로 가능한 모든 경로를 짰을 때 가장 마지막으로 탈 것이라 점쳤던 국경행 완행열차를 처음부터 택하다니.

그레이스만큼 머리가 좋지는 않은 건가.

"당장 열차 시간표를 가져오도록."

남자의 명령에 역무원이 기차역 안으로 뛰어 들어가자 그레이스는 약국 주인에게 물었다.

"그 여자가 뭘 사 갔죠?"

붕대와 소독약을 사 갔다는 역겨운 말에 두 사람은 이를 갈았다.

"그리고 바르비탈도 한 병 사 갔습니다."

바르비탈?

"엘리가 울거나 계속 떠들면 짜증이 나서…."

설마 아이를 재우려고 산 걸까. 그레이스는 불길한 상상 중 하나가 현실이 되려 하자 역무원이 내미는 열차 시간표를 낚아채며 길가에 세워진 세단으로 향했다.

"어서 가."

차로 전속력으로 달리면 따라잡을 수 있을 것이다.

"지금 몇 시야?"

그레이스는 남자가 그녀를 따라 차에 타자마자 그의 손목시계를 들여다보았다. 지금은 11시가 되기 15분 전이었다. 역무원이 가져온 열차 시간표에서 두 사람은 완행열차의 다음 정차 역을 확인했다.

[위더릿지 도착: 11:42]

두 사람은 반사적으로 고개를 들고 서로를 마주 보았다. 같은 생각을 하고 있다는 건 말하지 않아도 알았다.

어째서 하필 그곳일까.

3년 전 서로의 승리와 패배, 그리고 희와 비가 엇갈렸던 곳이었다.
그 시절의 적이 동지가 된 지금, 운은 누구의 편일까.

"하, 젠장할…."
낸시는 주둥이를 손바닥으로 막고 우유병을 흔들다 짜증을 냈다. 병 속에서는 아직도 검지 손톱만 한 알약이 사람을 놀리듯 유유히 떠다녔다.
오늘따라 마음이 급해서 저지르는 실수가 잦다.
바르비탈을 알약째로 우유에 넣어 버린 것도 실수였다. 잘 녹지 않는 걸 어떻게든 녹여 보려고 애를 쓰는 스스로가 한심해져서 관두었다.
그냥 새 걸 으깨서 넣을까.
그렇지만 자칫하다 이미 녹은 것에 새것까지 섞인 우유를 먹고 아이가 죽어 버릴까 걱정이었다. 언젠가는 죽을 아이이지만 거래가 완전히 끝나기 전까진 살아 있어야만 한다.
약사가 아니니 세 살짜리의 바르비탈 치사량을 알 리가 없었다. 낸시는 병에 든 걸 창밖에 버렸다.
한숨을 쉬며 창문을 닫다 아이와 눈이 마주쳤다. 녀석은 맞은편의 중앙에 앉아 발을 까딱이며 미간에 주름을 잡은 채 그녀를 쳐다보고 있었다. 입은 다물고 있다만 저 청록빛 눈이 사람을 놀리는 것만 같았다.
얼른 재워 버려야겠어.
자는 아이를 안고 열차를 계속해서 갈아타는 건 힘에 부치니 어쩔 수 없이 완행열차를 택한 게 잘한 일이 될 줄이야. 지역 열차와 달리 여기에는 식당 칸이 있었다.
우유는 당연히 있겠지.
우유만 필요한 게 아니었다. 바비 아저씨를 감시하느라 밤을 새웠더니 눈앞이 빙빙 도는 것만 같았다. 커피 생각이 간절해졌다.

"저기요."

낸시는 객실의 문을 열고 복도 끝자리에 앉은 차장을 불렀다.

"네, 부인. 무슨 일이십니까?"

문밖으로 까만 옷에 납작한 모자를 쓴 아저씨가 보이자 엘리는 자리에서 폴짝 뛰어내렸다.

경찰 아저씨다!

"따뜻한 우유 한 잔이랑 커피 한 잔을 주문하고 싶은데요."

"네, 그럼 설탕이랑 크림도…."

"크림 대신 우유로 주세요. 잔은 큰 걸로, 커피는 진하게요."

밖을 기웃댔더니 낸시가 뒤로 가라고 밀쳤다. 엘리는 시무룩해져서 자리로 돌아가 앉았다.

경찰 아저씨인 줄 알았는데….

엘리는 볼을 부풀리다 한숨을 푹 내쉬었다.

"자, 이거나 먹어."

차장이 사라지고 문을 닫은 낸시는 종이봉투에서 머핀을 꺼내 아이에게 내밀었다.

"엘리 머핀은 이거 아닌데…."

"하…."

낸시는 실소하며 아이를 노려보았다.

"내가 네 하녀인 줄 알아?"

귀엽게 봐주려 해도 도저히 그럴 수가 없다.

"먹기 싫으면 굶어."

아이가 뒤늦게 손을 내밀었지만 낸시는 머핀을 도로 봉투에 던지듯이 집어넣고 자리에 털썩 앉았다. 계속 사람을 가지고 놀듯이 구는 아이를 싸늘하게 지켜보는데 녀석은 자꾸만 문을 흘끔거렸다.

"누굴 기다려?"

"…"

"네 아빠가 지금이라도 '짠' 하고 나타나서 널 구해 줄 것 같지?"

망설임 없이 고개를 끄덕이는 녀석이 딱하다고 해야 할지, 우습다고 해야 할지. 바람 빠지는 소리를 내며 웃던 때에 차장이 돌아왔다.

"부인, 여기 주문하신 커피와 우유입니다."

낸시는 차장에게 값을 치르고 객실 가운데의 테이블에 쟁반을 놓았다. 아이를 등지고 서서 우유에 잘게 부순 알약을 몰래 탔다. 이번에는 제법 녹았다. 손가락 끝에 살짝 찍어 먹어 보았더니 바르비탈의 쓴맛은 티도 나지 않을 정도로 우유가 달았다.

"머핀이 싫으면 우유라도 마셔."

우유가 든 잔을 내밀었지만 아이는 잔을 물끄러미 보며 눈만 깜빡일 뿐이었다.

성가시긴.

낸시는 치미는 짜증을 누르고 입꼬리를 올리며 아이의 눈높이에 맞춰 몸을 숙였다.

"아까 굶으라고 한 건 미안해. 굶지 않아도 돼. 네가 굶고 있으면 엄마가 얼마나 슬프겠어."

약점인 게 분명한 제 엄마를 들먹이며 타일렀더니 아이가 고개를 끄덕이며 잔을 받았다. 아이가 입가로 잔을 가져가자 낸시는 제자리에 앉으려다 말았다.

"차가 아니라 커피라고 했는데."

그녀의 잔에 든 건 홍차였다. 문을 열고 복도를 내다보았지만 차장이 앉아 있어야 하는 자리가 비어 있었다. 기다려도 오지 않자 낸시는 우유를 홀짝대는 아이를 잠시 물끄러미 보다 잔을 집어 올렸다.

"너 여기서 한 발짝도 나가지 마. 그럼 엄마를 다신 못 보게 될 거야."

아이는 잔을 기울이며 낸시를 빤히 보았다.

하긴, 저걸 마시고 도망쳐 봐야 몇 걸음 못 가 곯아떨어지겠지.

"그거, 내가 돌아올 때까지 비어 있지 않으면 엄마가 슬퍼한다는 것도 잊지 말고."

낸시가 나가고 문이 닫히자마자 엘리는 잔을 입에서 떼며 얼굴을 찡그렸다.

"…써."

우유가 엄청나게 썼다. 버리고 싶었지만 낸시가 또 짜증을 낼 것 같아서 마시는 척하며 입에 대고만 있었다.

"그거, 내가 돌아올 때까지 비어 있지 않으면 엄마가 슬퍼한다는 것도 잊지 말고."

낸시 말 안 믿어. 낸시는 거짓말쟁이야.

"네 엄만 널 버렸어."

이 거짓말쟁이! 엄마는 엘리를 버리지 않았어. 돌려 달라고 막 울었단 말이야.

그리고 엄마는 엘리가 우유를 마시지 않는다고 슬퍼한 일이 없었다. 그렇지만 엘리는 슬펐다.

목말라.

엉엉 울어서 그런가? 목이 말랐다.

쟁반 위에 놓인 우유 주전자를 빤히 바라보던 엘리는 마음을 먹었다.

낸시가 엄마에게서 엘리를 훔쳤으니까 엘리는 낸시 우유를 훔칠 거야.

손에 들린 잔을 쟁반에 놓고 낸시의 우유 주전자를 쥐었다. 이 우유는 달콤하기만 했다. 꿀꺽꿀꺽 다 마셔 버리고 주전자의 바닥이 보이자 엘리는 그제야 덜컥 겁이 났다.

낸시가 엄청 화를 내겠지?

낸시가 꽉 쥐었던 손목도, 밀쳤던 어깨도 얼얼했다. 다음엔 어디를 아프게 할지 몰랐다.

주변을 두리번두리번하던 엘리는 다른 우유 잔에 눈이 닿는 순간 활짝 웃었다. 제 잔에 있던 걸 낸시의 잔에 부어 버리면 되는 거였다.

"힝, 흘려써…."

붓다가 조금 흘려 버렸다. 잔을 놓고 쟁반에 흐른 우유를 냅킨으로 쓱 닦는데 뒤에서 문이 벌컥 열렸다.

"다 마셨어?"

낸시의 얼굴이 머리 위에서 불쑥 나타났다.

"…으응."

놀라 멍하니 고개를 끄덕였더니 낸시가 엘리를 빤히 보다가 머리를 툭툭 쳤다.

"착하네."

"헤헤…."

화를 내려는 줄 알았는데 아니었다.

"자, 착하니까 머핀을 먹을 자격이 있어."

낸시는 머핀 하나를 꺼내 주고 우유 주전자를 들더니 커다란 잔에 우유를 콸콸 들이부었다.

들키는 건 아니겠지?

엘리는 제자리로 돌아가 머핀을 야금야금 먹으며 잔을 입으로 가져가는 낸시를 조마조마하게 지켜보았다.

"아… 왜 이렇게 어지럽지."

들킨 것 같지는 않다. 낸시는 커피를 다 마시더니 머리를 마구 누르며 벽에 기대어 앉았다. 그러다 눈을 감더니 곧 작게 코를 골았다.

엘리는 머핀을 먹으며 문에 난 창을 흘끔거렸다.

경찰 아저씨는 언제 와?

아빠는 언제 와?

나도 밖에 물어보러 갈까. 낸시도 자는데….

"너 여기서 한 발짝도 나가지 마. 그럼 엄마를 다신 못 보게 될 거야."

낸시 말 안 믿어. 낸시는 거짓말쟁이야.

소리를 내지 않고 조용히 일어서던 엘리는 멈칫했다.

"아빠가 엘리를 찾아갈게. 울지 말고 기다리고 있어."

아빠가 기다리랬어.

엘리는 다시 자리에 앉아 머핀을 먹으며 닫힌 문과 잠든 낸시를 흘끔거렸다.

전속력으로 달려 위더릿지역에 다다랐을 때 시계는 11시 20분을 가리켰다. 완행열차가 도착하기까지 20여 분 남짓 남은 시간 동안 레온은 역장을 불러 작전을 협의했다.

현재 시각은 11시 42분. 예정된 시각이 되어도 열차는 오지 않았다. 플랫폼이 내다보이는 기차역 로비의 창가에 서서 초조하게 기다리던 그레이스가 느닷없이 물었다.

"우리를 놓치고 쫓을 때마다 이런 기분이었어?"

왜 그런 걸 물어. 레온은 쓰게 웃고 말았다.

"왔어."

멀리서 철도 건널목의 종소리가 들리는 순간 그레이스가 그의 팔을 쥔 손에 힘을 주었다. 곧 열차가 기적을 길게 울리며 모습을 드러냈다.

"넌 여기 있어."

레온은 선글라스를 다시 끼며 사복 차림의 병사들이 대기 중인 플랫폼의 입구로 향했다.

열차가 완전히 멈춰 서자 그는 플랫폼에 선 역무원에게 눈짓했다. 역무원 차림을 한 부하가 플랫폼을 거슬러 올라가며 일등석부터 객실을 확인하기 시작했다.

열차가 위더릿지역에 정차하는 시간은 단 5분. 그 사이에 엘리와 윌킨스의 상태 및 위치를 파악하고 구출 작전의 실시 여부를 결정해야 한다. 구출 작전이 여의치 않을 시에는 다음 기회를 노리기 위해 열차에 타야 했다.

이 모든 걸 윌킨스의 의심을 사지 않으면서 진행해야만 하는 것이다.

로비 구석에서는 정비사 세 명이 그의 지시를 기다리는 중이었다. 필요하다면 기관차를 정비하는 척하며 시간을 벌 생각이었다.

객실에 탄 승객과 눈이 마주칠 때마다 모자챙을 들어 자연스럽게 인사를 하던 부하가 어느 객실 앞에 다다른 순간 멈칫했다.

윌킨스를 발견하면 인사만 한 후 자연스럽게 지나치고 신호를 달라고 했건만 부하는 그 자리에 그대로 서 있었다.

저 머저리, 뭐 하는 짓이야.

녀석이 한 박자 늦게 객실을 지나치더니 허리춤에서 권총을 천천히 뽑으며 당혹스러운 눈으로 레온을 바라보았다. 그 찰나 심장이 덜컥 내려앉았다.

안에서 대체 무슨 상황이 벌어지고 있기에 저러는 걸까. 불길한 생각이 치밀자 그는 선글라스를 벗으며 뛰어갔다.

객실에 다다라 권총집에서 권총을 뽑으며 문 옆에 등을 기대고 섰다. 역무원 차림을 한 부하에게 눈으로 무슨 일이냐고 묻자 녀석이 두 손을 기도하듯이 모아 얼굴 한쪽에 댔다.

'…뭐?'

잔다는 시늉에 그는 입 모양만으로 물었다.

'아이가?'

부하가 고개를 저었다.

'그게 말이 돼?'

레온은 고개를 돌려 조심스럽게 창문 안을 들여다보았다. 눈앞에 믿을 수 없는 광경이 펼쳐지는 순간 가늘었던 그의 눈이 커졌다.

기가 막히는군.

낸시 윌킨스는 눈을 감고 있었다. 비스듬히 기대어 앉아 팔다리를 축 늘어뜨리고 좌석과 벽의 모서리에 머리를 박고 있는 건 누가 보아도 잠에 취한 꼴이었다.

엘리는 그 맞은편에 앉아 무릎 위의 종이봉투에서 머핀을 꺼내어 입에 물고 있었다. 다친 곳은 없어 보였다.

고개를 든 엘리와 눈이 마주쳤다. 아이가 눈을 동그랗게 뜨더니 초콜릿 범벅인 입꼬리를 활짝 올렸다.

쉿.

그는 엘리가 저를 부르기 전에 입술 위로 손가락을 올리며 옆에 선 부하에게 눈짓을 했다. 문이 활짝 열리는 찰나 낸시 윌킨스가 잠에서 깨어나는 듯 으응, 소리를 냈다.

레온은 재빨리 윌킨스에게 권총을 겨누며 엘리에게 오라 손짓했다. 아이가 자리에서 폴짝 뛰어내리더니 두 팔을 활짝 벌리며 그에게로 뛰어왔다.

고작 세 걸음. 그 짧은 순간이 레온에겐 영원 같았다.

한 걸음 앞으로 다가온 엘리를 낚아채듯이 한 팔로 안았다. 딸이 품에 들어오자마자 그는 뒤도 돌아보지 않고 플랫폼의 출구를 향해 걸었다. 대기 중이던 병사들이 그를 지나쳐 뛰어갔다.

"용감해. 울지도 않고 잘 기다렸어."

"흑, 흐끅…."

울지 않고 씩씩했다고 칭찬을 하자마자 아이가 끅끅 흐느끼기 시작했다.

"왜 그래? 어디…."

다쳤냐고 물으려던 찰나, 머핀의 부스러기가 잔뜩 묻은 손이 그의 넥타이를 움켜쥐었다.

"엘리, 끅, 말 안 사 죠도, 돼. 욕심쟁이 안, 할 꺼야. 그니까 아무 데도, 흑, 가지 마."

왜 그런 말을 해. 레온의 눈매가 일그러졌다.

"아빠는 네가 욕심쟁이라서 좋아."

레온은 오른손에 들고 있던 권총을 권총집에 넣고 딸을 두 팔로 감싸 안았다. 등을 토닥여 주자 아이가 눈을 글썽이며 배시시 웃었다.

청록빛 눈동자를 가진 여자는 묘한 능력을 지녔다. 돌처럼 굳은 그의 심장을 무디게 만드는 능력 말이다.

"낸시 윌킨스, 체포하겠다."

"당장 일어나!"

등 뒤에서 들리는 소음이 점점 멀게 느껴졌다. 멀기만 했던 아이의 숨소리와 목소리는 가깝기만 했다.

"아빠 냄새다."

흐끅대던 엘리가 그의 목에 자그마한 손을 감으며 뺨을 맞댔다. 따뜻한 열감이 그에게로 번졌다. 심장이 뛴다는 증거다. 당연한 이야기이지만 당연하게 다가오지 않았다.

레온은 숨을 크게 들이켰다. 달짝지근한 냄새가 폐 속 가득 들어차다 못해 심장에까지 스몄다. 지독한 피 냄새에서 느껴지던 삶과 죽음의 의미가 살아 있는 아이의 순수한 내음에도 실려 있었다.

아이의 생명이 선사하는 감각 속에서 그를 평생토록 괴롭히던 삶과 죽음에 대한 불안이 여름 볕을 받은 만년설처럼, 그렇게 녹아 사라졌다.

"엘리!"

기차역에 있던 그레이스가 달려왔다. 돌아본 아이가 제 엄마에게로 몸을 기울이며 플랫폼이 떠나가라 울음을 터트렸다.

"엄마아!"

레온은 지난밤의 약속대로 엘리를 그레이스에게 안겨 주었다. 두 모녀가 젖은 얼굴을 맞댄 채 부둥켜안고 울기 시작했다.

"엄마, 흡, 금방 온댔쟈나! 왜 이제 와써? 엘리 무서워딴 말야."

"미안해. 엄마가 너무너무 미안해."

"엘리 어엄청 화나써! 오늘은 뽀뽀 업써. 절대로 안 해 줄 꺼야."

아이가 제 엄마에게 새끼 코알라처럼 매달린 채로 고개를 픽 돌렸다. 조금 전까지만 해도 엄마에게 뽀뽀를 퍼붓고 있었다는 사실은 그새 없던 일로 하기로 한 모양이었다.

원망도, 울음도. 지금 이 순간엔 그저 들을 수 있어 다행이다.

레온과 그레이스는 픽 웃으며 아이의 머리에 입을 맞췄다. 사과처럼 동그란 금빛 머리를 사이에 두고 둘의 시선이 얽혔다.
 문득 기시감이 든 둘은 서로의 눈을 깊이 들여다보았다. 지나온 먼 길이 서로에게서 보였다.

 지나가는 이들이 호기심 어린 눈빛을 보내기 시작하자 레온은 선글라스를 다시 써야만 했다. 엄마에게 아기처럼 안겨 훌쩍대는 엘리는 그의 트렌치코트를 그레이스에게 입혀 가렸다.
 "머핀! 내 아가."
 역 앞에 세워진 세단에 타자마자 엘리가 토끼 인형을 덥석 집었다.
 "그거 더러워. 안지 마."
 "이잉—. 시러."
 그레이스가 구정물에 젖은 인형을 안지 말라고 말렸다. 조금 전에는 제가 끌어안고 울던 것을 말이다.
 그녀는 엘리를 되찾자마자 반듯한 엄마가 되어 있었다. 안심한 레온은 차에 타지 않았다.
 "난 현장을 정리해야겠으니 먼저 호텔로 가 있어."
 제 엄마는 고개를 끄덕이는데 아이가 그의 셔츠 소매 끝을 덥석 잡았다.
 "아빠 어디 가?"
 눈썹을 축 늘어뜨리는 아이를 그레이스가 타일렀다.
 "아빠 일하고 다시 올 거야."
 "아빠 이제 일 이써?"
 그러고 보니 엘리는 제 아빠가 실업자인 줄 알고 있었다.

"그래, 엘리 덕분에 일이 생겼어."

네가 생각하는 그런 일은 아니겠지만.

레온은 헤, 웃는 아이를 다독이곤 차 안으로 숙였던 고개를 물리려 했지만 또다시 붙잡혔다. 이번에 그를 붙잡은 사람은 그레이스였다.

그레이스는 그의 넥타이를 당기더니 입술을 포갰다. 불과 며칠 전 폭우 속에서 나누었던 키스와 닮았지만 어딘가 다르다는 생각을 그는 문득 했다.

"왜 엘리 빼고 해?"

엘리가 부루퉁하게 부풀린 볼을 들이밀며 끼어들자 키스는 스치듯 끝나 버렸다. 그레이스는 멋쩍게 웃으며 그의 진청색 넥타이에서 엘리가 문힌 머핀 부스러기를 털고 제가 만든 주름을 펴고서야 손을 뗐다.

레온은 차 문을 닫고 운전수에게 눈짓을 했다. 움직이기 시작한 차 안에서 아이가 그에게 손을 흔들었다.

세 시간 전의 장면과 지금 이 순간이 겹쳐진다. 만감이 교차했다.

그뿐이 아니었다. 아이를 다시 품에 안은 순간부터 지난 기억과 더불어 쌓인 수많은 감정이 절벽 아래에서 휘몰아치는 격랑처럼 시시각각 치솟고 뒤엉켰다. 혼란스럽기는커녕 후련했다.

레온은 이제야 비로소 지난 일을 잔잔한 눈으로 바라볼 수 있게 되었다.

그가 가장 먼저 눈에 담은 것은 이 모든 일의 시작이었다. 그레이스의 말대로 기차역 앞의 가판대에서는 그의 추억 속 물건을 여전히 팔고 있었다.

오렌지 나무 위의 데이지가 주었던 그 초콜릿이었다.

"으응…."

머리가 깨질 듯한 두통에 낸시는 정신을 차렸다.

일어나. 위험해.

몽롱한 의식의 깊은 곳에서 제 목소리가 외쳤다. 그러나 몸을 조금도 가눌 수 없었다.

춥다는 생각이 드는 찰나 나무를 태우는 듯한 냄새를 맡았다. 정신이 서서히 돌아오자 그게 시가 냄새라는 걸 기억해 냈다.

그리고 그제야 제 목이 옆으로 꺾여 있는 걸 느꼈다. 목을 힘겹게 바로 세우곤 뻐근한 곳을 문지르려 손을 들자 철컹, 쇠붙이가 부딪치는 소리가 울렸다. 손목이 당기며 얼얼해졌다.

양손이 묶여 있다.

낸시는 소스라치게 놀라 눈을 번쩍 떴다. 어둡고 흐릿한 시야의 한가운데에 사신처럼 검은 인영이 자리 잡고 있었다.

"안녕, 낸시."

낯선 남자가 낮은 목소리로 그녀를 불렀다. 부드러운 음성에서 날카로운 적의가 느껴졌다.

"낸시라고 불러도 실례는 아니겠지? 그레이스는 그렇게 부르던데. 그레이스의 친구가 내 친구이지. 아, 이젠 원수인가?"

그레이스라는 이름을 듣고서야 알았다. 눈앞의 남자는 윈스턴이었다.

이게 어떻게 된 거지?

중간중간이 뚝 잘려 사라진 기억의 파편이 떠올랐다. 양팔을 붙들린 채 질질 끌려가던 기억이 있다. 이젠 끝장이라고 생각한 순간도 있었다. 몸이 가눠지지 않아 좌절하기도 했었다.

어떻게 이렇게 됐지? 대체 무슨 일이 일어난 거야?

혼란스러운 가운데 윈스턴의 얼굴이 점점 또렷해졌다.

"윌킨스와 윈스턴은 정말 지독한 인연이야. 미천한 것들과 이토록 지독하게 엮이고 싶은 생각은 전혀 없는데 말이지. 기분이 꽤 더러워."

여기는 회색빛 벽으로 둘러싸인 조사실이다. 그녀에게서 알아낼 건 없으니 고문을 하려고 여기로 데려온 것이다. 제 처지를 파악한 낸시는 윈스턴이 어떤 모욕을 퍼붓든 대꾸하지 않았다.

"내 부친을 고문해 죽이더니 내게는 첩자를 보내고, 내 아이는 납치하다니. 진지하게 묻고 싶어. 가만히 있는 우리에게 피해를 준 건 그쪽인데 왜 피해자인 척하지? 양심 없이."

"…."

"나는 없어도 너희는 있어야지. 너희는 피지배자일 뿐이고, 난 피지배자들의 양심을 빨아먹고 사는 지배자거든."

픽 웃는 윈스턴의 입가로 시가 연기가 새어 나왔다. 놈은 다시 시가를 입에 물며 침묵을 고수하는 낸시를 가소롭다는 눈으로 응시했다. 마치 속이 빤히 보인다는 듯이.

"네 동생과 이렇게 마주 앉았을 때가 생각나는군."

윈스턴은 프레드더러 겁쟁이라더니 정체를 들킨 순간부터 고문을 받던 때, 그리고 심지어는 안가에서 어떻게 밖으로 유인당해 '멍청하게' 도랑에 처박힌 시체가 되었는지까지 읊었다.

역겹다. 욕지기가 치밀고 욕지거리가 쏟아져 나오려 한다.

참아. 낸시 제발 참아.

프레드의 일을 잔인하리만치 세세하게 읊는 건 도발로 느껴졌다. 저자의 덫에 걸려 도륙 나기 싫으면 견뎌야만 했다.

"원래 그렇게까지 하진 않는데 말이지. 그땐 흥분과 분노에 눈이 멀어서 보이는 게 없던 상태라 과했어. 그랬다고 생각했었지."

윈스턴은 과거를 뜻하는 어미에 강세를 주었다.

"그런데 네 부친이 내 아버지를 죽인 자란 걸 알고 나니 그런 생각이 드는 거야. 프레드를 살려 둘걸. 네 아비란 작자가 제 발로 걸어 들어와 제 목을 바칠 때까지 살려 두고 천천히 죽일걸."

잔인한 묘사는 그쳤으나 눈앞의 남자가 사설을 길게 늘어놓을수록 낸시는 초조해졌다. 윈스턴은 시답잖게 들리는 말을 길게 늘어놓다가 그 모든 사설이 고문의 빌미로 귀결되는 순간 캠든의 흡혈귀로 돌변한다고 들었다.

"낸시, 어떻게 생각해? 네 부친이 자식을 위해 모든 것을 희생할까? 난 그 대단한 가족애가 진짜일지, 여전히 궁금해."

대답을 기다리는 듯 윈스턴이 잠시 침묵하더니 조소했다.

"윌킨스는 정말 대단해. 동생은 신문을 제대로 시작하기도 전에 비밀을 불더니, 누나라는 자는 고작 33개월 난 여자아이에게 당하는군."

"뭐?"

그 순간 낸시는 침묵을 지키지 못했다.

"몰랐나 본데 내 딸은 노르덴어를 해."

그 작은 악마가 기차에서 사람을 놀리듯이 군 이유를 이제야 알았다. 약국에서 노르덴 여자에게 도움을 청해 경찰을 불렀다는 말을 들은 낸시는 뒤늦게 좌절하고 분노했다.

"그리고 우유가 써서 네 것과 바꿨다더군. 나를 닮아 미각이 예민하거든."

이번에는 비참해졌다. 그 어린 게 제게 약을 먹였을 거라곤 잠이 들기 전에도, 잠에서 깬 후에도 생각조차 못 했다.

"허술해. 고작 33개월배기에게 지다니. 하긴, 나도 잘 알아. 33개월배기라도 천재를 이기는 건 힘들지. 나도 말문이 막힐 때가 있어."

눈을 질끈 감고 고개를 푹 숙인 채 절망하는데 재밌다는 듯 짤막한 웃음소리가 들렸다.

이럴 때가 아니야.

낸시는 의지를 다시 다잡았다.

일단 이 위기를 모면해야 해. 저자에게 팔 만한 정보는 없을까.

고개를 숙인 채 머리를 굴리던 때였다.

드르륵.

테이블 너머에서 의자를 끄는 소리가 들렸다. 고개를 들어 보니 윈스턴이 자리에서 일어나 있었다. 절반밖에 피우지 않은 시가는 낸시의 앞에 조롱하듯이 놓여 있던 우유 잔 속에 처박혀 있었다.

"자, 이제 죄목을 이야기해 볼까?"

뭐? 벌써?

낸시가 고개를 번쩍 들자 윈스턴이 눈꼬리를 휘어 웃었다.

"왜 그러지? 아직 내 연설이 끝나지 않았는데 처벌을 시작한다니 놀랐나?"

또 한 번 허를 찔렸다. 그의 행동 양식을 믿고 있었다는 것까지 저자는 간파하고 있었다.

"난 사실 지금 마음이 급해. 딸이 잠들기 전에 퇴근하고 싶거든."

달칵. 커프스가 테이블 위에 놓였다. 피에 미친 흡혈귀가 딸을 위해 성실히 일하는 좋은 아빠의 미소를 뒤집어쓴 채 소매를 걷기 시작했다.

"소, 소령님…."

어떤 말이든 고문을 피할 수만 있다면 해야만 했다. 그러나 그녀가 뭐라고 떠들든 윈스턴은 들은 척도 하지 않으며 제 할 말만 했다.

 탁.

 승마용 채찍의 끝이 오른손 검지의 손마디를 때렸다.

 "우리 가족의 첫 성탄절을 망친 죄."

 탁.

 채찍 끝이 오른손 검지의 두 번째 마디를 내려쳤다.

 "내 딸아이의 첫 서커스 관람을 악몽으로 만든 죄."

 내 딸과 그레이스를 납치한 죄. 그레이스의 손톱을 뽑은 죄. 그레이스를 구타한 죄. 그레이스의 겁탈을 사주한 죄. 그레이스에게서 아이를 빼앗은 죄. 내 딸에게 총을 겨눈 죄. 내 딸의 머리를 누른 죄. 둘을 울게 만든 죄.

 죄목을 끝없이 읊으며 손마디를 하나씩 때리는 식으로 겁을 주던 윈스턴이 쯧, 못마땅하다는 듯이 혀를 찼다.

 "이러다 밤을 새우겠군. 딸이 기다릴 텐데."

 이제 고문을 시작하려는 거다. 낸시는 덜덜 떨리기 시작한 손을 말아쥐며 애걸했다.

 "엘리를 해치려던 건 아니었어요. 아버지를 사랑하는 마음에 비뚤어진 짓을 저질렀지만 엘리를 때리거나 굶긴 적도 없고, 아!"

 윈스턴의 표정이 갑자기 험악해지더니 채찍이 허공을 획 가르며 입술을 후려쳤다.

 "내 딸의 이름을 네가 뭔데 멋대로 부르는 거야."

 입술이 터지며 비린 피 맛이 느껴졌다. 낸시는 굴욕감과 분노를 씹어 삼키고 고개를 들었다.

 "죄, 죄송해요. 저는 그저 해치려던 생각은 전혀 없었다고…."

 "캠벨, 어떻게 생각해? 해치려던 생각이 아니었다는데?"

탁.

윈스턴의 옆에 선 젊은 장교가 낸시의 눈앞에 내려놓은 건 소독약 병이었다. 장교는 이번엔 서류 가방에서 붕대를 꺼내 테이블에 놓았다. 모두 낸시가 산 물건이었다.

"이건 제 상처를 치료하느라…."

"의무병에게 들어오라고 하겠습니다."

검은 가죽 장갑을 손에 끼는 윈스턴에게 젊은 장교가 고하더니 문밖으로 나가 버렸다. 그녀의 상처를 치료하려고 부르는 게 아니라는 건 묻지 않아도 알 수 있었던 낸시의 손이 발작적으로 떨리기 시작했다.

"소령, 읍!"

입을 열자마자 붕대 뭉치가 안에 처박혔다.

"다들 턱이 나가더군. 이를 악물고 참느라. 배려 같겠지만 사실 쥐새끼가 찍찍대는 소리가 귀에 거슬릴 뿐이야. 착각해선 곤란해."

윈스턴이 씩 웃으며 장교가 놓고 간 가방을 열었다. 그 안에서 길고 날렵한 손잡이 한 쌍이 보이자 낸시는 질겁하며 의자를 뒤로 밀었다.

"그렇게 겁먹을 것 없어. 손톱을 다듬어 주는 것뿐이니까."

"읍, 으읍…."

"잠깐, 내가 손톱이라고 했나? 미안. 손가락을 잘못 말했군."

윈스턴이 들어 올린 건 니퍼가 아닌, 자물쇠 따위를 자르는 볼트 커터였다.

스위트룸 침실의 문을 연 레온의 피가 싸늘하게 식었다.

없다.

엘리도, 그레이스도 없었다.

우두커니 서서 텅 빈 침실을 응시하던 그는 돌연 픽 웃었다. 이젠 그럴 리가 없다는 걸 알면서도 잠시나마 그레이스가 또 도망쳤을 것이란 생각을 한 자신이 우스웠다.

레온은 걸음을 옮겼다. 침실 안쪽의 욕실로 향할수록 비누 향이 강해지더니 그를 부르는 그레이스의 목소리가 들렸다.

"레온? 왔어?"

닫힌 문을 열자 보이는 건 욕실 가운데의 욕조에 앉은 모녀였다.

"목욕하다 잠들어 버렸어."

엘리는 눈을 감은 채 제 엄마의 품에 안겨 있었다. 그런 아이를 내려다보며 그레이스는 벅차고도 쏠쏠하게 웃었다.

"얼마나 피곤했으면 깨워도 일어나지를 않아."

무거운 아이를 안고 거품이 가득한 욕조에서 일어나는 건 위험천만한 일이다. 그렇다고 바닥에 깔린 러그에 아이를 내려놓기엔 욕조가 제법 높았다. 그러다 보니 그가 올 때까지 꼼짝없이 갇혀 있었던 모양이었다.

"얼마나 오래 기다린 거야?"

"욕조에 들어온 지는 한 시간? 그 정도밖에 안 됐어."

레온은 선반에서 수건을 꺼내 펼치며 다가갔다. 제 엄마에게서 넘겨받아 수건으로 감싸고 거품과 물기를 닦아 주는 사이 아이는 눈 한번 뜨지 않았다. 살아 있는 걸 알면서도 아이의 목에 손가락을 대어 보았다.

그레이스가 욕조에서 일어서자 레온은 벽에 걸려 있던 목욕 가운을 건넸다. 오늘 오전까지만 해도 시체처럼 파리하던 여자는 생기가 넘쳐 보였다. 얼굴에 미소를 띤 채 가운을 걸치고 다리의 물기를 닦는 여자를 지켜보다 물었다.

"식사는 했어?"

"응. 배가 많이 고팠나 봐. 네 손바닥만 한 스테이크를 엘리 혼자 다 먹었어. 거기다 디저트까지…."

"엘리가 아니라 네게 물은 거야."

수건으로 머리를 감싸던 그레이스는 그 말에 멈칫하더니 딴 곳을 보며 새침하게 웃었다.

"먹었어. 넌?"

레온은 입술을 깨물어 미소를 참으며 고개를 끄덕였다.

복수의 악취를 벗은 레온은 욕실을 나섰다. 실내복을 걸치고 드레스 룸에서 나와 침실로 들어서려는 찰나 침대에 앉아 엘리의 머리를 말리던 그레이스가 그에게로 고개를 돌렸다.

"엘리가 입을 것 좀 줘."

드레스 룸으로 되돌아가 기차역 앞 싸구려 호텔에서 가져온 짐 가방을 뒤졌지만 옷가지는 전혀 없었다.

"엘리 옷은 안 보이는데…."

"지하실 냄새가 나서 전부 세탁소에 맡겼어. 우리 거 아무거나 갖다 줘."

레온은 옷장에 걸린 그의 실크 잠옷 셔츠 중 하나를 꺼내어 그레이스에게 건네주며 물었다.

"열은 없어?"

기차역에서 뺨을 맞대었을 때 체온이 조금 높았었다.

"없어. 감기는 다 나은 것 같아."

"몸은 확인해 봤어?"
"딱히 다친 곳은 없어."
"딱히?"

그의 예리한 질문에 그레이스가 쓴 표정을 지으며 엘리의 몸을 감싼 수건 밖으로 삐져나온 손을 가리켰다. 손을 살펴본 레온의 눈빛이 살벌해졌다. 손목이 푸르스름했다.

아이에게 옅은 멍이 들면 부모의 가슴에는 짙은 멍이 든다. 물론 멍이 들게 한 자의 몸과 마음에는 지울 수 없는 멍이 들 것이다.

그가 욕실에서 연고를 가져와 아이의 손목에 바르는 사이 그레이스는 아이의 머리를 빗질했다.

"적어도 바비 아저씨는 우리 예상대로였던 것 같아. 엘리에게 잘해 줬대. 맛있는 것도 사 주고."

로버트 피셔는 병원에서 수술을 마치고 회복 중이었다. 겨우 건진 그 목숨이 앞으로 어찌 될지는 엘리의 평가에 달려 있었다.

"엘리가 낸시랑 말다툼을 했는데 아저씨가 낸시를 밖으로 쫓아냈다면서 고소해하더라니까?"

"말다툼? 유괴범과?"

위험천만한 행동이다.

"상황이 얼마나 심각한지 몰랐던 것 같아. 처음엔 엄마가 아저씨에게 맡기고 갔다고 해서 마냥 기다렸다는데…."

두 사람은 안타까운 마음에 눈매를 일그러뜨렸지만 곧 이어진 말에 웃음을 터트릴 수밖에 없었다.

"그다음엔 낸시가 나랑 다퉈서 내가 제일 좋아하는 엘리를 훔쳐 갔다고 생각했대."

"틀린 말은 아닌데…."

유혈 낭자한 복수극이 아니라 알록달록한 동화 속에서 사는 엘리의 시선으로 보자니 끔찍했던 납치극이 깜찍해졌다.

하지만 삶은 주인공이 절대로 죽지 않는 동화가 아니다.

"이런 일, 앞으론 없어야겠지만 유괴 시 대응 방법을 제대로 가르쳐야겠군."

"엘리의 첫 유괴범이 그런 말을 다 하네."

"아쉽게도 처음은 내가 아니야. 정식으로 수배까지 당하신 분이 눈앞에 있는데 내 주제에 어딜 감히."

새침하게 흘겨보는 그레이스에게 레온은 눈매를 한껏 휘어 웃었다. 결국 두 사람은 짤막한 웃음을 터트리며 잠든 아이에게 함께 옷을 입히기 시작했다.

"그나저나 낮에 열차 안을 들여다보곤 심장이 멎는 줄 알았어."

아이가 눈앞에서 납치당하는데도 눈물 한 방울 흘리지 않던 남자답지 않은 소리다. 그레이스는 잠옷 셔츠의 단추를 풀다 말고 그를 물끄러미 바라보았다.

"왜?"

"유괴범이 깊이 잠들어 있으니 도망칠 절호의 기회인데 아이는 그 앞에 얌전히 앉아 있잖아. 뭘 하고 있었는지 알아? 머핀을 먹고 있더군."

문득 떠오른 옛 기억에 그레이스는 진지하게 걱정하는 남자를 앞에 두고 웃어 버렸다.

"총성이 난무하는데도 스콘을 먹고 있었던 아이니까. 겁이 없는 아이야."

그러나 아무리 겁을 모르는 아이라도 한계는 있는 법이다. 서커스 때의 일로 총소리를 무서워하게 됐으니 말이다.

"빵! 하니까 아저씨가 윽! 하고 쓰러져써. 엘리 어엄청 무서워서 울고 시퍼써. 근데 아저씨는 천국으로 가써?"

그레이스는 호텔로 오는 길에 엘리와 나눈 이야기를 되짚어 보았다.

"우유가 너무너무 썼단 말야. 그래서 엘리가 낸시 우유를 마셨는데 엘리 나빠?"

"아니, 엘리는 나쁘지 않아."

"헤, 그치? 근데 낸시가 또 마구마구 화낼까 바 엘리 우유를 줘써. 잘해찌?"

"응, 정말 잘했어."

비열한 쥐새끼와 탐욕스러운 돼지 새끼가 들끓는 이 세상에서 홀로 때 묻지 않은 아이는 제 순수함만으로 악을 물리쳤다. 늘 그래 왔듯 이번에도 아이에게서 희망을 본다.

"나도 궁금해서 물어봤어. 낸시가 잠들고 나서 왜 도망가지 않았냐고. 엘리도 그러려고 했는데 아빠가 기다리라고 해서 다시 앉아 있었대."

잠옷을 입히기 좋게 아이의 머리를 받쳐 올리던 레온의 얼굴이 굳었다. 아이는 아빠의 말을 문자 그대로 따랐다. 그 탓에 잘못되었을 수도 있었다는 생각이 들자 눈앞이 아찔해졌다.

내가 무얼 해 주었다고 너는 나를 아무런 조건 없이 믿어 주는 걸까.

인간은 모두 이기적인 목적으로 아이를 만든다. 좋은 부모와 나쁜 부모를 가르는 기준은 끝까지 책임을 지느냐 아니냐이다. 그러나 그 이기적인 짓을 하기 전에 필연적으로 따라올 책임의 무게를 아는 자는 몇이나 될까.

나도 몰랐어.

레온의 어깨에 내려앉은 책임이 아이만큼 무거워졌다. 아이가 커 갈수록 그의 어깨는 또 그만큼 무거워질 것이다.

그는 잠든 아이를 품에 안고 이마에 입을 맞추며 그 절대적인 믿음을 저버리지 않겠다는 각오를 다졌다.

"너무 크잖아."

레온이 아이를 안은 사이 잠옷 셔츠를 입히던 그레이스가 웃음을 터트렸다. 셔츠는 아이의 손발을 다 덮고도 남을 정도로 길었다.

"네 옷은 내게도 크단 말이야. 내 걸 꺼내 와야지 왜 네 걸 꺼내 왔어?"

둘은 아이를 눕혀 놓은 다음 단추를 잠그고 소매를 접어 말아 올렸다. 손이 보이기까지 한참이 걸렸다. 그러는 내내 그레이스가 핀잔을 쏟아부어도 그는 은은히 웃기만 했다.

둘은 엘리를 사이에 둔 채 나란히 누웠다. 아이의 새근거리는 숨소리만 들리던 가운데 그레이스가 갑자기 아이 너머로 손을 뻗어 레온의 어깨를 두드렸다.

"잘했어."

레온은 실소했다.

"내가 아이인 줄 알아?"

"아이는 귀엽기라도 하지."

부루퉁하게 중얼거리는 그레이스에게로 이번엔 그가 손을 뻗어 어깨를 두드렸다.

"너도 잘했어."

"내가 네 부하야?"

"내 부하였으면 이미 잘렸어."

그는 퉁명스럽게 대꾸하자마자 걱정스러운 얼굴을 했다. 어깨에 얹혀 있던 손이 위로 올라와 그레이스의 얼굴을 어루만졌다.

오늘 기절했던 순간을 떠올리는 듯했다.

"난 괜찮아."

엘리가 무사히 돌아왔다. 그녀의 몸과 마음에 들었던 병에 이보다 더 좋은 약이 어디 있을까.

게다가 내심 스스로가 자랑스럽기까지 했다.

해티 아주머니의 병원을 알아내면 엘리의 위치를 알아낼 수 있을 것이다. 바비 아저씨는 엘리에게 동정적일 것이다. 그 탓에 낸시를 배신할 것이다.

그리고 낸시는 차를 버리고 기차를 탈 것이다. 국경에는 늦은 시각에야 나타나는 일정으로 우회로를 따라 움직인다. 국경은 미리 넘지 않는다. 유괴범들의 심리와 행동을 거의 정확히 예측해 냈다.

제 과거가 아이를 위험에 빠트렸으나 결국엔 그 과거가 아이를 구하는 데 도움이 된 셈이었다. 마음의 짐이 조금은 가벼워졌다.

"다 끝났으니까 난 이젠 기절한 듯이 자고 싶을 뿐이야."

그레이스는 엘리를 끌어당겨 품에 안으며 나른한 미소를 지었다. 그의 앞에서 쾌락에도, 술에도 취하지 않은 채 순수한 행복만이 담긴 미소를 스스로 지어 보이는 건 아마도 지금이 처음일 것이다.

언젠간 엘리가 아닌 나를 안고 지금처럼 웃어 주길.

레온은 욕심을 버리는 법을 배웠으나 끝내 그 배움을 저버렸다. 그가 새로이 택한 배움은 욕심을 드러내지 않는 법이었다.

"잘 자."

벌어져 가슴골이 보이는 그레이스의 가운을 여며 주고 이불을 끌어올리는데 물끄러미 바라보던 그녀가 다시 말문을 열었다.

"레온."
"응?"
"고마워."

레온은 느닷없는 인사에 미간을 구겼다.

"내 딸을 구한 건 감사 인사를 들을 일이 아니야."

"그게 아니라…."

그레이스는 엘리에게로 물러난 그의 손에 제 손을 얹었다. 손을 붙잡을 때와 달리 말은 선뜻 잇지 못했다. 이 말은 어떤 말투로, 어떤 표정으로 해야 하는 걸까.

고민은 부질없었다. 그가 제 손을 도리어 감싸 쥐는 순간 입 안에서 맴돌던 말이 둑이 터지듯 터져 나왔다.

"그동안 내게 기댈 곳이 되어 줘서 고마워."

남자는 이번에도 못 들을 소리를 들었다는 눈을 했다.

"그것도 감사 인사를 들을 일은 아니야. 이유가 무엇이건 고맙다는 말은 네게선 평생 들어선 안 될 말이니까 하지 마."

"그 말, 정말 레온 윈스턴답지 않은 소리야."

이번엔 그레이스가 못 들을 소리를 들었다는 눈을 했다.

"레온."

또 그를 부르자 턱을 괸 채 엘리를 내려다보고 있던 남자가 고개를 비스듬히 기울이며 눈매를 좁혔다. 자꾸만 그의 이름을 부르는 게 이상해 보이는 듯했다.

"왜?"

"나를 여전히 사랑해?"

마음의 여유가 있어야만 할 수 있는 배부른 질문을 던졌다.

제가 어떤 짓을 해도 사랑한다는 고백을 그가 했었던 지난 월요일 후로 그레이스는 자신에게조차 보여 주기 싫은 밑바닥을 남자에게 고스란히 드러냈다.

그녀는 비겁했다. 어리석었다. 나약했다. 추했다.

한마디로 엉망진창이었다.

이젠 제게 질릴 대로 질렸다고 해도 그를 탓할 수 없을 것이다.

"솔직하게 말해 줘."

어떤 대답이든 괜찮다는 듯 의연하게 물었지만 남자는 대답을 그녀의 몫으로 돌렸다.

"네가 보기엔 어떤 것 같아?"

글쎄.

지금 그녀의 앞에선 한 꺼풀의 가면도 쓰고 있지 않은 남자다. 저 눈동자는 투명할 정도로 연한데 그 뒤에서 오가는 생각은 때때로 읽어 내기 어려운 남자이기도 했다.

그레이스는 그를 물끄러미 바라보다 그의 속내 대신 제 나약한 속을 드러냈다.

"네가 나를 사랑했으면 좋겠어."

오로지 복수를 위해 그가 저를 사랑하길 바랐던 때와 그 말은 같으나 의미는 달랐다.

길을 걷다 보면 발을 헛디디는 일은 필연적으로 벌어진다. 여태 넘어지면 스스로 일어나야만 했다. 그녀가 넘어질 때 붙잡아 주는 사람이 있었던 건 이번이 처음이었다.

이제야 돌아보자니 지난 일주일 동안은 믿는 구석이 있어 마음껏 넘어졌다. 그래도 이 남자는 그녀를 버리지 않을 것 같았다. 그리고 그 믿음을 그는 저버리지 않았다.

갖고 싶어.

뜻밖의 욕심이 생긴다.

다른 누구도 아닌, 내게 고통을 주었던 자의 사랑을 욕심내다니. 그 모순에 쓴웃음이 나왔다.

그러나 어차피 그레이스의 인생에선 그녀에게 고통을 주지 않은 자가 드물었다. 아프게 한 것을 뉘우치고 사과한 이는 더더욱 드물다. 그러니 이런 모순은 그저 인생의 많고 많은 모순 중 하나로 느껴지기 시작했다.

"너도 사랑해 주는 사람이 있었더라면 지금과는 달랐을 거라는 생각이 들었어."

"그럼 나를 사랑해 주는 사람이 있다면 지금이라도 달라질 수 있는 건가?"

그레이스도 결국엔 그와 같은 질문을 던지게 되었다.

포식자 앞의 먹잇감이 되기 쉬운, 나약한 속내를 내비치고도 불안하지 않은 건 눈앞의 남자가 순수하게 기뻐하기 때문이다.

그는 놀란 눈으로 그레이스를 응시하더니 턱을 괴었던 손에 얼굴을 묻었다. 손 틈으로 억누르지 못한 웃음소리가 이따금 새어 나왔다.

"그 말, 어떻게 들리는지 알고 하는 소리야?"

"어떻게 들리는데?"

"사랑 고백처럼 들려. 사랑한다는 말만큼이나 사랑해 달라는 말도 듣기 좋네."

사실 사랑한다는 말은 아직 들어 본 적 없지만. 그는 그렇게 덧붙이더니 곧게 뻗은 손가락 사이로 그레이스를 바라보며 물었다.

"그래서, 내가 널 여전히 사랑하는 것 같아?"

"나를 사랑하냐고 다신 물을 필요 없을 것 같아."

"깨달아서 다행이군."

웃겨, 정말.

따지고 보자면 그가 그레이스에게 사랑을 구걸하던 처지였으면서 그녀가 그의 사랑을 갈구하자마자 뻔뻔스럽게 나온다.

"그래, 난 차라리 지금처럼 오만한 네가 좋아."

그레이스는 웃음을 터트리다 표정을 엄하게 고치고 경고했다.

"아, 사랑은 이번 생에 꿈도 꾸지 마."

"으응…."

"엘리, 계속 자. 미안. 엄마가 시끄럽지?"

남자는 뒤척이기 시작하는 아이를 토닥이더니 혼잣말처럼 중얼거렸다.

"너 그 말 후회할 텐데."

그레이스는 아이가 다시 깊은 잠에 빠지자 물었다.

"당연하고도 바보 같은 질문인 건 알지만 물어야겠어. 넌 왜 내 사랑을 원해?"

남자는 정말로 당연하고도 바보 같다는 눈으로 그녀를 바라보았다.

"네가 나를 사랑하니까 너도 내게서 사랑받고 싶다는 그런 상투적인 이유 말고."

그제야 그는 답을 내어 놓았다.

"내 추한 밑바닥까지 본 사람은 너뿐이야. 그러고도 나를 사랑한다면 어떤 일이 있어도 사랑해 줄 거라고 믿을 수 있겠지."

그레이스가 그의 사랑을 욕심내는 이유와 완벽히 똑같았다.

"물론, 네게 또 상처가 될 짓을 하겠다는 말은 아니야."

그는 몸을 뒤로 돌려 협탁의 램프를 끄며 중얼거렸다. 눈앞이 한층 어두워진 가운데, 그레이스는 베개에 머리를 대며 눕는 남자를 물끄러미 바라보았다.

영웅, 귀족, 대부호, 미남. 보기 좋은 겉껍데기는 사랑하기 쉽다. 그 아래에 숨겨진 추한 모습마저도 사랑받고 싶은 건 누구든 마찬가지인 것이다.

문득 제가 이기적인 욕심쟁이처럼 느껴졌다. 자신은 저 남자를 쉽사리 사랑하지 못하는 주제에 그는 저를 사랑해 주기를 바라다니.

그러나 아무리 생각해 봐도 모르겠다.

사랑할 수 없을 것 같았던 아이를 사랑한다는 감정은 이젠 너무도 잘 알게 되었다. 그러나 너를 사랑한다는 건 뭘까.

허공을 응시하며 생각에 잠겨 있는데 느닷없이 커다란 손이 다가오더니 그녀의 얼굴을 덮었다.

"그레이스, 애쓰지 마. 이건 거래가 아니야. 난 강요할 생각 없어."

레온의 눈에는 그레이스가 지금 어떠한 부담을 느끼는지가 투명하게 보였다.

난 네게 갚아야 할 빚이 되고 싶지는 않아.

그가 어떤 수작질을 꾸미고 있던 이건 진심이었다. 그가 주는 사랑에 대가를 치르듯이 건네는 사랑이라. 동정보다도 값싼 사랑은 필요 없다.

"내게 느끼는 친밀한 감정은 일종의 동지애라고 정의해 둬. 난 그것만으로도 충분하니까. 지금은."

"…지금은?"

"지금은 기절한 듯이 자는 거야."

그는 그레이스의 눈을 감겼다. 엘리에게 머리를 맞대며 순순히 잠을 청하는 그녀의 등을 토닥였더니 그레이스가 픽 웃으며 새침하게 속삭였다.

"난 아기가 아니야."

그러나 그의 손길을 거부하진 않았다.

창밖에선 저녁의 어스름이 짙어져 갔다. 잠들기에는 이른 시각이었으나 잠 못 들던 밤들을 만회하기엔 결코 이르지 않았다.

곧 평화로운 숨소리는 셋이 되었다.

최후의 승자

VENGEANCE NAMED LOVE

레온은 눈을 떴다.

커튼의 틈으로 새어 들어온 새벽빛 탓에 천장이 어슴푸레한 푸른빛으로 물들어 있었다. 오늘도 어김없이 비슷한 시각이었다.

그리고 오늘도 어김없이 엘리는 침대 한가운데에서 가로로 자고 있었다. 머리는 엄마에게, 다리는 아빠에게 올린 채 말이다.

귀족의 아이는 부모와 함께 자지 않는다. 나자마자 제 침대에서 보모의 보살핌을 받으며 자게 마련이다.

딸이 여느 귀족 아이처럼 태어나서 자랐더라면 레온도 분명 그렇게 키웠을 것이다. 그의 팔에 올려진 자그마한 발에서 반쯤 벗겨진 양말을 다시 신겨 주며 그런 의미 없는 생각을 했다.

레온은 눈을 감았다. 다시 잠을 청하려는 건 아니었다.

얼마 지나지 않아 엘리가 뒤척이기 시작하더니 부스스 몸을 일으켜 앉았다. 그러곤 졸린 눈으로 그를 물끄러미 바라보는 걸 레온은 실눈을 뜨고 지켜보았다.

셋이 한 침대에서 잔 지도 어느덧 한 달을 넘겼다. 그사이, 아빠가 잠이 없다는 사실 알게 된 아이는 눈을 뜨면 아빠부터 깨우기 시작했다.

"아빠."

곧 아이가 그에게 안기더니 뽀뽀를 했다.

"아빠, 그만 자."

레온은 깨어 있지 않았던 척 눈을 나른하게 뜨고 잠긴 목소리로 물었다.

"잘 잤어?"

아이가 크게 하품을 하며 고개를 끄덕였다.

"목말라?"

이번에도 아이가 고개를 끄덕이자 그는 몸을 일으켜 협탁 위에 매달린 줄을 당겼다. 별채 어딘가에서 종소리가 울리더니 머지않아 계단을 내려가는 하녀의 발소리가 들렸다.

한 달째 아침마다 똑같은 주문을 받았던 하녀는 묻지 않고 엘리가 마실 것을 가져왔다. 따뜻한 우유였다.

젖병에 든 우유.

반군 잔당들에게 유괴되었다가 돌아온 후로 엘리는 아기처럼 굴기 시작했다. 또래보다 독립적이고 발달이 빠르던 아이가 갑자기 변하자 걱정이 된 레온은 왕국 각지의 대학에 수소문해 저명한 심리학자들에게 자문했다.

"퇴행이라는 겁니다."

그들은 엘리의 상태가 심리적으로 힘든 일이 있을 때 나타나는 일시적인 현상이라고 했다. 겉으로는 씩씩하게 잘 버텨 냈으나 속으로는 힘들었을 것이라니 미안하기 그지없는 일이었다.

한편, 부모의 관심과 애정을 갈구하는 행동이기도 하다는 말은 희망적이었다. 그런 건 아이가 질려 할 정도로 줄 수 있다.

"흐잉, 엘리 속 터져!"

레온의 무릎 위에 앉아 젖병을 입에 물고 있던 아이가 짜증을 냈다. 다음 달이면 세 살이 될 아이에게 젖병에 난 바늘구멍은 속이 터지도록 작은 게 당연하다.

"열어 죠."

그렇게 오늘 아침에도 어김없이 아이는 젖병에서 뚜껑을 떼어 우유를 마셨다. 이러면 컵이나 다를 바 없었다.

"이럴 거면 내일부터는 컵으로 마시는 게 어떨까?"

"시러."

"그럼 엘리가 아기처럼 젖병으로 우유를 마시는 걸 친구가 알면 뭐라고 할 것 같아?"

"베니는 몰라도 돼."

아이는 또박또박 한 자 한 자 발음하며 눈을 가늘게 뜨고 기울어진 젖병 너머로 그를 바라보았다. 친구에게 말하지 말라는 경고였다. 아이가 이럴 때면 레온은 자기 자신과 대화하는 기분이었다.

"그리고 엄마는 엘리보고 빨리 크지 말래써."

레온은 아이를 응석받이로 만들고는 정작 이 응석받이를 상대하는 일은 그에게 맡긴 채 잠에 푹 빠진 여자에게 못마땅한 시선을 던졌다.

"다시 닫아 죠."

젖병에 꼭지를 다시 씌워 주었더니 아이는 아침이면 그러듯 토끼 인형에게 우유를 먹이는 시늉을 하다 잠든 제 엄마의 입에 젖병을 들이밀었다.

"으응…."

우유 방울이 떨어지자 그레이스가 얼굴을 찡그렸다.

"엄마 오늘두 아파?"

엘리를 구출했던 다음 날, 그레이스는 긴장이 풀린 탓인지 몸살이 나 침대 신세를 져야 했었다. 온몸이 상처투성이인 데에다 몸살까지. 그 후로 엘리의 머릿속에서 엄마는 보살펴야 하는 아기가 되어 버렸는지 아침마다 아프냐고 물으며 젖병을 입에 물리려 했다.

"아니야. 안 아파."

"그럼 일어나."

"…."

"일어나라구!"

"응…. 일어나고 있어…."

"안 일어나써."

"베개에서 엄마 머리 뗐잖아."

"얼마만큼?"

"머리카락만큼."

"그럼 이제 두 개만큼 떼."

그새 혀 짧은 발음은 퇴행 전보다도 좋아졌다. 발음만큼이나 어휘와 말솜씨도 늘었다.

그런데도 엘리는 공갈 젖꼭지를 물고 다니거나 식사를 먹여 달라고 하는 등, 행동에서는 퇴행이 여전히 나타났다.

아버지의 주관적인 시선에서 벗어나 객관적으로 아이를 보자면 걱정과 애정을 사는 게 좋아 일부러 아기처럼 구는 것으로 보였다.

언젠가 이것도 질리면 제풀에 관둘 것이다. 낸시 윌킨스에 관한 이야기를 관둔 것처럼.

둘은 일부러 유괴범에 관한 이야기를 아이에게 거듭 꺼냈다. 꿈이었다고 거짓말을 해 봤자 똑똑한 아이는 속지 않는다. 어른에게서 제 곪아 가는 상처를 숨기는 법만 배우게 될 것이다.

어릴 적의 두 사람 모두 그렇게 혼자 앓다 병이 들었다. 아이마저 병들게 할 순 없었다.

"낸시는 어디 가써? 경찰 아저씨가 잡아가써?"

"그래, 나쁜 사람이 가는 감옥으로 갔어. 이제 다시는 못 나와. 엘리는 안전해."

"엘리가 경찰 아저씨를 부른 덕분이야."

"마쟈. 엘리가 경찰 아저씨를 불러써."

"우리 엘리 용감하네."

"정말 잘했어."

이렇게 칭찬을 퍼부어 주면 아이는 헤 웃으며 자랑스러워했다.

낸시는 나빠. 엘리 엄마를 아프게 했어. 엄마한테서 엘리를 훔쳤어. 엄마가 엉엉 울게 만들었어. 아빠도 슬프게 했어. 그래서 엘리는 엄청 화가 났어.

월킨스를 향한 엘리의 분노는 분명 처음에는 타당했으나 서서히 변질되어 갔다.

"엘리가 엄마랑 똑가튼 게 시러서 낸시가 엄마 머리도 밤색으로 만들어써."

제 마음에 들지 않는 모든 걸 월킨스의 탓으로 돌리기 시작한 것이었다.

"낸시 나빠! 낸시는 혼나야 돼!"

틀린 말은 아니다. 그러나 레온은 아이가 저처럼 복수심에 잠식당하는 것은 바라지 않았다.

"엘리, 낸시가 잘못했대. 미안하다고 아빠에게 전해 달라고 했어."

"…그래?"

윌킨스가 그런 말을 비명에 섞어 외치긴 하니 거짓말은 아니었다.

"다신 그런 짓 하지 않겠다고 약속했어."

"그래?"

다신 그런 짓을 하지 못한다는 말이 맞겠지만.

"물론 네게 나쁘게 군 벌도 받았어."

"그래써?"

그 후로 엘리의 입에서 낸시라는 이름이 나오는 일이 조금씩 줄더니 요즘은 듣기 어려워졌다.

"엄마 잠쟁이! 그만 자아!"

결국 엘리의 공세에 진 그레이스가 눈을 뜨며 한숨을 쉬었다.

"우리 엘리 누구 닮아서 이렇게 집요하지?"

"엄마 닮아써."

"…"

아이를 품에 안은 그레이스가 졸린 눈으로 레온을 쏘아보았다. 너를 닮았잖아. 그렇게 말하는 눈빛을 그는 못 본 척하며 엘리의 머리를 쓰다듬어 주고 욕실로 향했다.

세면대에서 차가운 물을 얼굴에 끼얹은 그는 고개를 들었다. 금이 가지 않은 온전한 거울 속의 자신은 웃고 있었다.

셋이서 아침을 먹은 후 레온은 드레스 룸으로 향했다. 넥타이를 매는데 밖에서 작은 바퀴를 드르륵 끄는 소리가 가까워지더니 아이의 목소리가 들렸다.

"아빠 어디 가?"

뒤돌아보니 엘리가 드레스 룸의 문틈으로 고개를 빼꼼히 내밀고 있었다. 제 엄마에게 이끌려 제 드레스 룸으로 가더니 벌써 단장을 끝낸 모양이었다.

"엘리, 노크해야지."

문밖에서 그레이스가 꾸중을 하자 아이는 그제야 문을 두드리곤 제 몸집만 한 조랑말 장난감을 끌고 안으로 들어왔다. 엘리는 제 엄마가 뒤늦게 준 성탄절 선물에 젤리라는 이름을 붙이곤 온종일 끌고 다녔다.

"어디 가? 엘리도 가?"

"아니. 아빠는 일하러 가는 거야."

한 달여 만의 출근이었다. 그간 일이 있으면 엘리가 잠든 사이에나 잠깐 외출했을 뿐이었다.

이젠 아이가 안정을 찾았으니 그간 미뤄 둔 일을 해야 할 때였다. 이제부턴 몸이 열 개라도 모자랄 것이다.

장교복 재킷을 걸치는 그를 빤히 올려다보던 아이가 다리에 매달리며 떼를 썼다.

"시러. 가지 마. 엘리랑 놀쟈."

거절하면 당장이라도 눈물을 방울방울 쏟아 낼 것처럼 큰 눈망울로 그를 올려다보는 아이를 물끄러미 보고 있자니 답지 않은 충동에 휩싸인다. 할 수만 있다면 주머니에 넣어서라도 어디든 데려가고 싶었다.

하지만 오늘 갈 곳은 아이를 데려가선 안 되는 곳이었다.

레온은 입술을 삐죽 내밀다 못해 볼을 부풀리는 아이를 덥석 안아 올렸다.

"그럼 엘리가 아빠 대신 일할까?"

"아니."

묻자마자 아이는 단호하게 고개를 저었다.

"아기는 노는 게 일이야."

제 엄마가 집무실에서 타자를 칠 때마다 알짱거리며 타자기를 쓰고 싶어 하는 엘리에게 그레이스가 장난감을 쥐어 주며 하던 말을 이렇게 써먹을 줄이야.

레온은 엘리의 머리에서 왕관을 벗기고 정모를 씌웠다.

"나 대신 네가 출근하면 부하들은 더 좋아할지도."

사령관은 질겁하겠지만.

눈을 가린 챙을 기울여 올리고 거울을 보여 주자 제가 무얼 쓰고 있는지를 알게 된 아이가 표정을 딱딱하게 고치며 오른손을 눈 옆으로 올렸다. 매일같이 찾아오는 캠벨의 경례를 그새 배워 따라 하는 것이었다.

가르친 적도 없는데 자세가 완벽했다.

자세만이 아니라 지력과 체력, 그리고 배짱까지. 좋은 군인의 두각을 벌써 나타내는 아이였다.

물론 어떠한 일이 있어도 군복을 입게 하진 않을 것이다.

레온은 정모를 벗겨 제 머리에 쓰고 '공주님'의 머리에는 다시 왕관을 씌워 주었다.

별채 앞에 세단을 대기시켜 두었던 캠벨은 곤란해졌다. 아이가 뛰어오더니 문을 열어 둔 뒷좌석에 말릴 새도 없이 올라타 버린 것이었다.

"엘리도 갈 꺼야."

아이는 좌석 가운데에 앉아 토끼 인형을 끌어안았다.

"젤리도 태워 죠."

그러곤 현관 앞에 두고 온 회색 조랑말 인형을 차에 태우라고 어른들에게 손짓하기까지 했다.

"엄마도 타."

"엘리, 거긴 아빠가 일하는 데야. 엄마랑 엘리는 못 가."

"왜애?"

"네가 아빠 대신 일하기 싫다고 했으니까."

고집을 부리는 아이를 부모가 말로 타이르기 시작했다. 오늘의 일정을 잘 아는 캠벨은 아이가 정말 따라오기라도 할까 난감해졌다. 소령 또한 곤란하다는 얼굴을 했으나 시종일관 입꼬리가 위로 올라가 있었다.

"얌전히 기다리고 있으면 아빠가 빨리 돌아올 테고, 그럼 우린 같이 놀러 갈 수 있어."

"그래?"

결국 소령의 설득에 넘어간 아이가 차에서 순순히 내렸다.

"엄마랑 재밌게 놀고 있어."

"빨리 와야 해. 늦게 오면 엘리가 구름 케이크 다 먹어 버릴 꺼야. 먼저 자 버릴 꺼야."

"금방 올게. 해가 지기 전에 올 거야."

아이와 인사를 끝낸 소령은 아이의 엄마와 마주 섰다.

"사본은."

"거의 다 끝나 가."

"오늘 오후 3시까지 완성할 수 있을까."

"가능해."

"그래, 수고해."

아이에게 그랬듯 다정한 인사를 나눌 줄 알았더니 두 사람 사이에는 사무적인 대화만이 오고 갔다.

아이와는 누가 보아도 화목한 부녀 관계인 소령은 아이의 엄마와는 직장 동료 같았다. 소령이 지난 3년간 가진 모든 것을 잃을 각오로 저 여자를 쫓았던 것을 누구보다 잘 아는 캠벨의 눈에는 뜻밖이었다.

이제 막 시동이 걸린 윈스턴 소령의 마지막 작전에 더해, 이 또한 캠벨의 머리로는 이해하기 힘든 행보였다.

"엘리, 손 흔들어야지. 아빠, 잘 다녀오세요."

"잘 다녀오세요."

남자가 차에 오르고 문이 닫히자 그레이스는 아이와 함께 손을 흔들었다. 차가 출발하나 싶더니 그녀를 지그시 바라보던 남자가 운전수에게 짤막하게 명령하는 순간 차가 멈추었다.

곧 뒷좌석의 창문이 아래로 내려가고, 손이 천천히 밖으로 나오더니 그레이스의 왼손에 닿았다. 정확히는 새끼손가락에.

그는 네 손가락의 끝으로 그레이스의 손을 받쳐 올린 채 엄지로 새끼손가락 끝을 조심스레 어루만졌다. 부드러운 시선은 손톱이 나기 시작한 자리에 닿아 있었다.

요즘 이 자리가 간질간질하다 싶었다. 오늘 아침에 보니 손톱의 뿌리가 있어야 하는 자리에 흰 손톱이 쌀알보다도 작게 자라나 있었다.

남자는 그 자그마한 변화를 포착하고 차를 세운 듯했다.

그는 그레이스의 손을 더욱 가까이 끌어당기기까지 했다. 새로 난 손톱을 감상하는 남자의 눈을 바라보고 있자니 문득 기시감이 들었다.

저 두 눈에 깃든 희열은 그 옛날, 그녀의 나신을 감상하던 때의 그것과 크게 다르지 않았다.

이른 아침, 수많은 눈들 앞에서 둘만의 비밀스러운 짓을 하는 듯한 기분이 든 그레이스는 손을 살짝 뒤로 물렸다. 그 순간 남자가 손을 차 안으로 당기더니 고개를 숙였다.

온기를 머금은 입술이 손끝에서 부드럽게 뭉개지는 찰나 어디서 비롯된 건지 모를 찌르르한 감각이 가슴 속을 돌았다. 그레이스는 몸을 흠칫 떨었다.

정중한 키스 후 남자는 순순히 손을 놓아주며 입매를 어렴풋이 휘어 올렸다. 그녀를 자극하려던 의도는 조금도 없었는지 순수한 미소였다.

그런데 왜 나는 홀로 이런 기분을 느끼는 걸까.

그는 아무런 말도 없이 무심하게 창을 올리더니 운전수에게 무어라 명령했다. 차가 움직이기 시작했다. 이번에는 다시 멈추지 않았다.

한번 돌아보지도 않는 남자의 뒷모습을 그레이스는 물끄러미 바라보았다. 입술이 스치듯 닿았을 뿐인 손끝이 간질간질했다.

마음 또한 간질간질하다. 마치 상처에 새살이 돋을 때처럼.

탁. 탁. 승마용 채찍이 가죽 장갑을 가볍게 때리는 소리가 고요한 숲에 메아리쳤다.

"그레이스는 복수에 그다지 관심이 없어."

레온은 생긴 지 얼마 되지 않은 타이어 자국을 따라 숲길을 걸으며 그가 가장 좋아하는 화제로 말문을 열었다. 가장 즐겨 입에 올리는 화제의 자리에서 복수가 밀려난 지도 그러고 보니 꽤 되었다.

"세상을 모조리 잿더미로 만들어 버릴 것 같더니 딸아이가 돌아오자마자 세상을 다 잊은 사람이 되었지."

그는 입매를 비틀며 픽 웃었다.

"너그러운 여자야. 그 덕에 내 목숨이 아직 붙어 있는 거겠지만."

복수하고 제가 도리어 힘들어하는 여자이다. 저 없이 그가 불행해하는 걸 보며 통쾌함을 느끼긴 했다만 그건 이제 와서 그레이스의 시선으로 보자니 과연 그게 복수였을까 의문이 들었다.
"게다가 보기보다 속이 굉장히 여려. 하긴 그러니 나 같은 인간을 보듬으려 하는 거겠지."
꺾어지는 길 끝을 바라보며 또다시 쓰게 웃는 장교를 데이브는 초조한 눈으로 흘끔거렸다.
"내가 매일 자네의 딸과 짧게나마 시간을 보내는 걸 그레이스는 탐탁지 않아 해. 이렇게 말하니 이상하게 들리는군."
윈스턴과 그자를 보좌하는 젊은 장교는 웃었으나 데이브는 그럴 수 없었다.
"남의 딸과 시간을 낭비할 바에야 우리 딸과 보냈으면 하는 거지. 현명한 생각이긴 해."
이자는 왜 나를 이 으슥한 숲으로 데려와 이런 소리를 떠드는 걸까.
수갑으로 묶인 그의 손이 눈에 띄게 떨리고 있었다.
정해진 처형 날짜가 되고도 데이브는 교수대에 매달리지 않았다. 윈스턴이 말하길 세상은 그가 그날 처형된 것으로 알고 있다 한다. 불길하기 짝이 없는 말이었다.
"이번에도 딸 덕분에 목숨을 연장했군."
그러나 데이브는 결코 낸시에게 고맙지 않았다.
낸시가 붙잡혔다. 그러니 그는 이제 꼼짝없이 죽은 목숨이었다.
도망이나 다닐 것이지. 쓸데없는 사고를 쳐서 잡히다니.
그렇게 지난 한 달 불안에 떨며 정말로 죽을 날만 기다려 왔다. 실은 뜻밖의 행운이라도 찾아와 영영 그날이 오지 않기를 바랐다는 걸 오늘 아침에야 뼈저리게 깨달았다.
간수들이 그를 갑자기 호송차에 태우더니 한참을 달려 이 외진 숲으로 데려왔다. 불길한 말만 하는 윈스턴과 부관을 따라 걸을수록 물소리가 가까워졌다.

"로버트 피셔도 딸아이가 좋게 보니 그냥 보내 주라고 하더군. 그 아내와 딸이 불쌍하다나 뭐라나. 같은 아이 엄마라 감정 이입이 되는 건가."

윈스턴이 탐탁지 않다는 듯 눈매를 일그러뜨렸다. 공중을 가르는 채찍 소리가 한층 날카로워졌다.

"난 피셔의 감정에는 이입이 되지 않는데 말이지. 그자도 서커스 습격에 가담했고 그땐 내 딸을 죽일 생각이었던 데에다 둘을 납치하고 갈라놓은 주범이긴 하니 용서하고 싶은 마음은 들지 않아. 그래도 가족들이 원하는 건 들어주는 게 가장이지. 그렇지 않나?"

윈스턴은 그래서 로버트를 어떻게 '처리'했는지를 이야기하기 시작했다. 어느 업계의 노동자 연맹에 잠입시켰다는 것이다. 그에게 이미 포섭된 과거의 혁명 동지 두어 명과 함께.

"물론, 나도 아버지로서 공감하는 자가 있기는 해."

마지막을 앞둔 사람처럼 홀가분한 표정으로 독백을 하는 윈스턴을 데이브는 두려운 눈으로 곁눈질했다.

"제프리 싱클레어라는 이름, 들어 봤겠지? 반군 활동에 가담한 적 없다는 것도 잘 알고 있을 거야. 예상하다시피 배포가 작은 국왕 때문에 누명을 썼지."

바비부터 싱클레어까지. 어디에도 새어 나가서는 안 되는 기밀을 왜 자꾸만 내게 말해 주는 걸까.

데이브는 더더욱 불안해졌다.

"얼마 전에 그레이스가 그러더군. 서커스 습격 때, 내가 목숨까지 바쳐가며 딸을 지키려 할 줄은 몰랐었다는 거야. 나를 피도 눈물도 없는 괴물로 본 건가 싶었지만 돌이켜 보니 과거의 난 피도 눈물도 없는 괴물이었으니 그레이스가 놀란 것도 당연하지."

데이브에게 이자는 여전히 피도 눈물도 없는 괴물이었다.

"그때야 깨달았어. 예전에는 제프리 싱클레어가 아들을 위해 자유와 목숨까지 기꺼이 희생하려는 걸 이해하지 못했는데 어느새 나도 그렇게 되어 버린 거야."

윈스턴이 데이브를 갑자기 돌아보자 그는 움찔했다.

"자네도 공감하겠지? 목숨과 자유를 자식에게 바칠 수 있잖아."

대답해야 하는 줄 모르고 입을 다물고 있었더니 채찍 끝이 데이브의 가슴팍을 쿡 찔렀다.

"무, 물론 그렇…."

함정이란 생각이 강하게 들었으나 어쩔 수 없었다.

"그렇습니다…."

"그래, 자네도 딸을 가진 아버지이니. 딸들이 지옥으로 갈 때마다 자네가 울부짖던 심정이 이젠 이해가 돼."

"…."

데이브가 욕지기를 참느라 입을 꾹 다무는 찰나 그를 내려다보는 윈스턴의 눈빛이 돌연 살벌해졌다. 손을 들기에 제게 채찍을 휘두를 줄 알았더니 아니었다.

검은 가죽 장갑을 낀 손이 장교복 재킷의 안주머니로 들어갔다. 무언가를 꺼내 든 윈스턴은 독실한 신자가 십자가에 키스를 하듯이 그것에 입을 맞추며 눈을 감았다. 울컥 치미는 감정이라도 누르는 듯 턱 근육이 이따금 도드라졌다.

"아침에 가지 말라는 딸아이를 떼어 놓고 오느라 힘들었어. 어찌나 가

숨이 미어지던지. 안 된다고 했더니 그럼 제가 가장 아끼는 토끼 인형이라도 데리고 가라는 거야."

윈스턴이 눈을 뜨더니 웃기 시작했다. 그러나 살벌한 분위기는 조금도 느슨해지지 않았다.

"주머니에 들어가지 않아 안 된다고 했더니 이걸 주더군. 사랑스럽지 않나?"

그가 손에 쥔 건 아기가 쓰는 공갈 젖꼭지였다.

"내 평생의 행운을 이 아이를 얻는 데 모두 쓴 건 아닐까 두려울 정도로 완벽한 아이지. 내 과거의 모든 죄가 아이의 미래를 가시밭길로 만들지는 않을까 두려울 정도로 소중하기도 해. 부모가 되면 다들 나처럼 두려운 게 많아지는 건가."

데이브에게는 두려움 그 자체인 사내와는 어울리지 않는 말이었다.

"멀리서도 나를 알아보고 아빠라고 불러 줄 때의 그 감격은 말로 표현할 수가 없어."

아이 자랑을 이어 가던 윈스턴이 데이브에게 돌연 눈매를 크게 휘어 웃었다.

"자네도 그런 감격을 느끼게 해 주지."

꺾어진 길을 돌자마자 보이는 광경에 데이브는 주춤했다.

"아버지!"

"보다시피, 혀는 자르지 않았어."

다른 곳은 잘린 낸시가 병사들에게 붙들려 호송차 앞에 서 있었다. 몇 년 만에 보는 딸의 충격적인 몰골에 데이브가 말을 잊은 사이 낸시는 뭉툭한 손을 덜덜 떨기 시작했다.

"내가 말했나? 자네 딸, 내 33개월배기와의 지능 싸움에서 졌어."

어느 병사가 호송차에서 꺼내어 온 의자에 앉은 윈스턴이 다리를 꼬며 웃었다.

"지난 한 달간 느낀 건데 자네 딸은 꾀는 많으나 생각은 짧아."

반군에 관한 정보는 이제 아는 게 없으면서 유용한 정보가 있는 척했다. 그것도 통하지 않으니 그레이스의 말투와 표정을 따라 했단다.

"가소로워서 화도 나지 않더군. 그레이스가 나를 유혹해서 살아남았다고 착각하나 본데 솔직히 말해 그 여자는 나를 유혹하려 한 적 없지. 시도하는 건 봤지만 하나같이 어설펐어."

윈스턴은 사색이 되어 사시나무 떨듯 하는 두 사람의 앞에서 좋은 추억이라도 떠올리는 양 웃었다.

"그레이스는 그레이스라서 살아남은 거야."

말을 마친 윈스턴이 뒤에 선 젊은 장교에게 명령했다.

"시작해."

그 순간 저자가 저를 이곳으로 데려온 목적을 확신한 데이브는 다리에서 힘이 풀려 주저앉았다.

마지막 남은 자식인 낸시를 죽이고 나도 죽이려고 이곳으로 데려왔구나.

눈앞에는 지난밤의 폭우로 불어난 강이 흰 포말을 거칠게 일으키며 흐르고 있었다. 저기서 일어날 일을 상상하며 절망하는 데이브를 구경꾼처럼 지켜보던 윈스턴이 진지한 투로 물었다.

"왜 사형 집행을 앞둔 사형수처럼 구는 거지?"

그야 당연하지 않나. 당혹감을 느끼며 고개를 들어 눈을 마주하는 순간 윈스턴이 크게 탄식했다.

"아, 지금 내가 두 사람을 죽이려 하는 줄 안 건가? 이런, 크나큰 오해를 샀군."

그럼 이것도 지독한 고문의 연장일 뿐인가.

차라리 당장 죽여 달라는 말이 입에서 튀어나오려던 때였다. 윈스턴이 뜻밖의 말을 꺼냈다.

"난 복수하지 않을 거야. 두 사람을 자비롭게 풀어 주지."

빈말이 아니었다. 말이 떨어지자마자 병사들이 다가와 낸시와 데이브의 손발에 묶인 수갑과 족쇄를 풀었다.

"나도 이젠 그레이스와 같은 마음이야. 복수에 그다지 열정이 생기지 않아. 이런 일에 들이는 시간이 아까워. 집에 나를 기다리는 미녀와 딸이 있어서 말이지."

윈스턴은 그 둘을 떠올리는 듯 턱을 괸 채 웃으며 신속히 끝내자는 말을 덧붙였다. 무얼 끝내자는 건지는 곧바로 알게 되었다.

"떠나기 전에 내 자비에 걸맞은 보답 정도는 기대해도 되겠지?"

병사들이 두 사람을 선착장 끝으로 끌고 가더니 바닥에 놓여 있던 철제 상자를 열어 뭔가를 꺼내 들었다. 네모난 깡통이 땜질 되어 매달려 있는 굵은 사슬이었다. 깡통의 바깥에는 흰 밀랍으로 봉한 동그란 물건이 붙어 있었다. 시계였다.

시한폭탄이다.

잠시나마 품었던 희망이 무너지며 다시 주저앉은 데이브의 목에 병사들이 사슬을 감고 굵은 자물쇠를 채웠다. 낸시의 목에도 똑같은 폭탄이 걸렸다.

"난관을 함께 헤쳐 나가며 깊어지는 가족애. 취향이 변하는 건지 요즘은 그런 걸 보고 싶어져서 말이야."

가족애라니. 대체 무슨 짓을 시키려는 걸까. 아버지와 딸은 목에 폭탄을 건 채 서로를 불안한 눈으로 바라보았다.

"함정이라고 오해하진 마. 살 방법이 있으니."

윈스턴은 자리에서 일어나더니 선착장 끝을 향해 유유히 걸어오며 설명을 시작했다.

"방법은 간단해. 강 건너에는 낸시가 요구한 대로 도주에 쓸 차량이 너희를 기다리고 있어. 열쇠도 꽂혀 있지."

정말이었다. 채찍 끝이 가리키는 방향으로 고개를 돌려 보았더니 강 너머에 검은 세단이 서 있는 것이 보였다.

"그뿐이 아니야. 운전석에는 사슬의 자물쇠를 풀 열쇠가 어디에 있는지 알려 주는 메모를 남겨 뒀어. 폭탄을 풀고 목숨을 건질 방법이 있다는 거지."

선착장 끝에 거의 다다른 윈스턴이 기둥에 매여 위아래로 요동치는 나룻배 한 척을 채찍으로 가리켰다.

"강은 저 배를 타고 건너면 돼."

그가 배를 바라보며 깊은 한숨을 내쉬었다.

"난 정말 자비롭기 이를 데 없어. 낸시가 요구한 대로 도주 자금까지 마련해 주다니."

나룻배 한가운데에는 갈색 가죽 가방이 놓여 있었다. 배가 아무리 출렁여도 가방은 꿈쩍도 하지 않는 것으로 보아 안에 든 돈의 무게가 상당한 듯했다.

"난 진심으로 너희를 보내 주려는 거야. 차나 배에 숨겨 둔 폭탄은 없어. 저격수도 심어 두지 않았어. 평생 쫓지 않는다고 약속하지. 저기까지 건너간 사람은 자유와 목숨 모두 얻는 거야."

의심하는 둘에게 윈스턴은 억울하다는 듯이 해명하더니 뒤로 물러서며 짤막하게 덧붙였다.

"폭탄의 시한은 지금으로부터 5분."

말이 떨어지자 병사들이 폭탄에 연결된 시계의 버튼을 누르고 물러났다.

째깍째깍. 움직이는 것은 초침뿐. 모든 것이 멈춘 가운데 그 동적인 정적을 깬 건 낸시였다.

"당장 가요."

낸시는 주저앉은 아버지를 일으켜 세워 나룻배에 올랐다. 저 악마에게 딴 꿍꿍이가 있는지는 모르겠으나 가만히 앉아 머리가 터져 죽기만을 기다릴 수도 없는 노릇이었다.

노는 조롱이라도 하듯이 두 쌍이었다. 낸시는 손가락이 없어 노를 쥘 수 없는 탓에 데이브 홀로 노를 저어야 했다. 강은 폭이 넓지 않아 5분 안에 건너고도 남을 듯했다.

"남은 시간은 4분!"

선착장 끝에 선 병사가 확성기로 남은 시간을 알렸다. 그 뒤에서는 윈스턴이 의자에 비스듬히 기대어 앉아 두 사람을 지켜보고 있었다.

저 악마에게서 드디어 벗어난다.

선착장을 마주 보고 앉은 낸시는 점점 작아지는 윈스턴을 보며 감격에 찬 눈물을 터트렸다.

"남은 시간은 3분 30초!"

넋을 놓고 있던 낸시는 뒤를 돌아보았다. 강은 아직 절반밖에 건너지 못했다.

"아버지, 더 빨리요."

그녀는 벌써 땀을 뻘뻘 흘리기 시작한 아버지를 재촉했다.

"건너기만 한다고 끝이 아니에요. 이걸 풀 열쇠를 찾을 시간도 확보해야 하잖아요."

차에는 열쇠가 있는 것이 아니라 열쇠가 어디 있는지를 알려 주는 메모만 있다. 그러니 시간을 최대한 남겨야 했다.

"빨리. 더 빨리요."

"나도 알아!"

낸시의 거듭된 재촉에 데이브는 시뻘게진 얼굴을 구기며 역정을 냈다. 혼자 노를 저으려니 힘에 부치기 시작했다.

"도와주지 못할 거면 입이라도 다물고 있어."

"…."

"배는 또 왜 이리 무거워서…."

온 힘을 다해 노를 젓는 데 비해 배는 앞으로 잘 나아가지 않았다.

"이걸 버리면 무게가 줄어드는데…."

입을 다물고 그의 눈치를 살피던 낸시가 눈으로 슬며시 가리킨 건 두 사람 사이에 놓인 돈 가방이었다.

"남은 시간은 3분!"

"아버지, 이걸 버려요."

무게를 줄여야 하는 이유는 속도만이 아니었다. 나룻배는 낡았다. 거센 물살이 부딪쳐 올 때마다 당장이라도 부서질 듯이 삐거덕댔다.

거기다 사람 둘에 짐까지 싣기엔 무리인지 선체가 아래로 내려가며 자꾸만 물이 들어와 바닥에 고이기 시작했다.

"남은 시간은 2분 30초!"

데이브의 목 아래에서 째깍째깍 목숨이 닳아 가고 있었다. 차에는 열쇠가 있는 것이 아니라 열쇠가 어디 있는지를 알려 주는 메모만 있다. 2분

30초도 부족할 수 있다.

딸이 자꾸만 가리키는 돈 가방이 아니라 강 건너만 노려보며 뻐근한 팔을 더욱 힘차게 돌리던 때였다. 윈스턴이 했던 말이 문득 떠올랐다.

"*저기까지 건너간 사람은 자유와 목숨 모두 얻는 거야.*"

…저기까지 건너간 사람은?

건너가지 못하는 사람도 있을 것이란 뜻인가.

윈스턴의 교묘한 화법을 생각해 보자니 그 말이 일종의 암시로 느껴졌다.

"아버지!"

낸시가 찢어지는 듯한 목소리로 그를 부르는 순간 데이브의 시선은 딸에게로 옮겨 갔다.

"아버지, 버려요! 제발!"

노를 젓지도 못하고 배만 무겁게 만드는 짐이 말했다.

버리라고.

무엇을?

눈이 마주치는 순간 낸시의 눈동자에서 공포심이 번뜩였다. 녀석은 제 손으로 허둥지둥 가방을 들어 밖으로 던지려 했으나 손잡이가 없는 무거운 가방을 들어 올리지 못하고 애를 먹었다.

데이브는 가방을 안아 올리려는 딸을 밀쳤다. 열어서 안을 들여다본 그의 눈동자가 흔들렸다. 정말 윈스턴의 말대로 지폐 다발은 물론 금괴까지 들어 있었다.

"남은 시간은 2분!"

시간이 없다. 가방을 닫은 데이브는 결단을 내리고 딸을 바라보았다.

"낸시, 미안하다."

"아, 안 돼. 안 돼!"

낡은 나룻배 위에서 몸싸움이 시작됐다. 체구가 작은 낸시가 거구인 제 아버지를 이기지 못하는 건 당연했다.

"가방을 버려요! 내가 아니라 가방을 버리란 말이야!"

"정말 미안하다. 미안해. 그러게 왜 잡혀서는 이런 일을 만들어!"

"저 악마의 농간에 넘어가지 말란 말이에요!"

하지만 아버지는 낸시를 막무가내로 밀어냈다. 배 밖으로 몸이 반쯤 걸쳐지자 그녀는 자포자기한 채 저주를 퍼부었다.

"어떻게 이럴 수가 있어! 당신이 그러고도 아버지야? 언니들의 목숨도 이런 식으로 잡아먹고 살아남았겠지!"

"네가 뭘 알아!"

"이 악마! 지옥으로 떨어져!"

풍덩!

몸뚱이를 나룻배 밖으로 밀쳐 내자마자 데이브는 뒤도 돌아보지 않고 노를 저었다.

어쩔 수 없었어. 살려면 어쩔 수 없는 일이야.

처음에는 자신을 변호하던 데이브는 점점 비난의 화살을 낸시에게로 돌리기 시작했다.

목숨을 잡아먹고 살아남았다니. 내가 저 악마의 밑에서 어떤 세월을 버텨 냈는데 그것도 모르고 철없는 것은 그딴 소릴….

3년을 거친 곳에서 구르다 보면 가족애처럼 무른 것은 닳아 없어지게 마련이다. 저 녀석도 노만 저을 수 있었더라면 그를 주저 없이 물에 빠트렸을 것이다. 그러곤 혼자 이 거액의 돈으로 떵떵거리며 살았겠지.

역시 무게가 문제였는지 배는 미끄러지듯이 앞으로 나아갔다. 육지가 코앞인 찰나 등 뒤 저 멀리에서 병사가 외쳤다.

"남은 시간은 1분!"

시간이 없어. 데이브는 배에서 뛰어내려 차를 향해 허둥지둥 달려갔다. 차 문을 벌컥 열고 운전석에서 쪽지를 집어 들어 펼쳐 본 그는 충격을 받아 휘청했다.

[딸의 열쇠는 돈 가방 아래에, 아버지의 열쇠는 딸의 목에 걸린 폭탄에.]

"남은 시간은 30초!"

"안 돼!"

절규하며 강가로 뛰어간 데이브는 발을 구르다 그 자리에 주저앉았다. 그러다 무언가를 깨닫고 목에 감긴 사슬을 떼어 내려 안간힘을 쓰던 순간이었다.

쾅!

폭발음이 고요한 숲을 흔드는 동시에 강의 먼 하류에서도 펑, 소리가 터지며 물줄기가 위로 치솟았다.

폭발음의 잔향은 곧 사라지고 새의 지저귐과 강물이 흐르는 소리만 다시 평화롭게 이어지기 시작했다. 검지 끝으로 관자놀이를 괴고 심드렁하게 지켜보던 소령이 중얼거렸다.

"실망스러워. 내가 기대한 가족애는 이런 게 아니었는데. 주문을 오해했나 보군."

그러나 캠벨이 알기론 윌킨스가의 부녀는 소령의 예상 그대로 행동했다.

"*이건 게임이야. 허점이 수없이 많은 허술한 게임.*"

소령은 일부러 허점을 넣어 이 게임을 설계했다. 윌킨스가 찾아 빠져나갈 수 있는 허점은 눈에 보이는 것부터 보이지 않는 것까지 수두룩했다.

기본 시나리오는 꽤 간단하고 공정했다.

실험해 본 결과, 부녀와 돈 가방의 무게를 수용한 배를 한 사람이 노를 저어 건넜을 때 5분 안에 건너는 건 불가능했다. 즉, 무게를 줄이는 것은 게임에서 주어진 필수 과제였다.

성공 시나리오는 그걸 감안해 설계했다.

데이비드 윌킨스가 딸의 말대로 돈 가방을 버리려 했다면 그 아래에 숨겨진 열쇠를 찾았을 것이다. 그것으로 딸의 목숨부터 구했더라면 제목에 달린 폭탄을 제거할 열쇠가 여태 딸의 목에 매달려 있었다는 걸 알 수밖에 없었다.

'그런데 가방이 아니라 딸을 버렸으니…….'

그 순간부터 그자는 이 게임에서 참패한 것이다.

실은 그래도 살 방법이 있었다.

다이너마이트가 든 깡통은 쇠사슬에 납땜질로 연결되어 있었다. 성인 남성의 힘이면 5분 안에 떼어 내는 건 그다지 어렵지 않았다.

설령 폭탄을 섣불리 건드리는 게 두려웠다 해도 또 다른 허점이 눈앞에서 째깍대는 걸 보지 못했다는 건 기가 막혔다.

폭탄에 달린 시계는 밀랍으로 봉해 두었다. 물에 젖지 않도록. 달리 말하자면 기폭 장치가 젖을 시 폭탄은 터지지 않는다. 사제 폭탄을 흔히 다루던 자들이 이 점을 놓칠 줄이야.

거기다 폭탄의 시한이 5분이었을 뿐, 강을 5분 안에 건너야 하는 건 아니었다.

밀랍을 제거하고 선착장에 매달려 강물에 목까지 담그고 있다가 5분이 지나 폭탄이 무력화된 게 확실해지면 배를 타고 도주했어도 됐을 것이다.

밖에 빤히 드러나 있는 기폭 장치를 망가뜨리는 방법은 물론 그게 다가 아니었다.

소령이 심어 둔 이 수많은 허점을 저들이 찾아 정말로 도주하면 어쩌나 캠벨은 내심 걱정했었다. 그러나 쓸데없는 걱정이었다. 소령은 이미 저들이 허점을 보지 못할 것을 확신하고 있었다.

"싱클레어나 나처럼 희생할 수 있는 아버지였다면 살았을 텐데. 아니면 적어도 머리가 좋았더라면 머리를 잃는 일은 없었겠지."

강 너머에서 대기하던 병사들이 현장을 수습하는 모습을 지켜보던 소령이 일어서며 혀를 찼다.

"역시 시간 낭비였어."

선착장 밖으로 성큼 걸어 나가던 소령이 멈춰 서더니 주변을 둘러보았다.

"경치는 꽤 좋군. 일요일에 딸을 데리고 소풍을 와야겠어."

소령은 살벌한 현장을 지켜보는 내내 손에서 놓지 않았던 공갈 젖꼭지를 안주머니에 넣으며 미소 지었다. 인간의 추악함을 태연하게 삼키고 평화로운 일상으로 돌아간 숲을 닮은 미소였다.

"엄마."

"응?"

소파에 앉은 그레이스에게 엘리가 매달렸다.

"엘리 구름 케이크 죠."

구름 케이크란 마담 베노아의 아몬드 케이크를 뜻했다. 케이크 시트 사이에 든 두꺼운 크림이 달콤한 구름 같다며 구름 케이크라고 부르는 것이었다.

배 속에 있을 때 엄마가 이것만 먹게 하더니. 그 입맛 그대로인지 요즘 티타임마다 이 케이크를 테이블에 올려야 했다.

제 친구와 나눠 먹으라고 두 조각을 잘라 접시에 각각 놓는데 엘리가 팔을 크게 휘둘러 원을 그리며 졸랐다.

"엘리는 제일 크은 거 죠."

"욕심쟁이."

"아빠는 엘리가 욕심쟁이라 좋다구 해써."

아이는 배를 내밀고 서서 자랑스럽게 웃었다.

응석받이에 욕심쟁이까지. 아이 아빠가 아이의 안 좋은 버릇만 부추기다니.

오늘 아침만 해도 제 아빠의 무릎에 앉아 아기 새처럼 먹여 주는 걸 받아먹었던 엘리는 점심땐 제 손으로 야무지게 식사를 했다.

이제야 알았다. 엘리는 아빠가 없으면 아기처럼 굴지 않는다.

엘리가 아직도 아기처럼 구는 습관을 버리지 못하는 건 그 남자가 기쁘게 받아 주기 때문이었다.

오면 한 소리 해야겠어.

그레이스는 아몬드 케이크가 담긴 접시 두 개를 들고 일어섰다. 놀이방 창가에 놓인 아이용 티 테이블에 접시를 놓아 주자 엘리가 쪼르르 달려와 테이블 앞의 조랑말 인형에 앉았다.

"엘리도, 베니도 맛있게 먹어."

놀이방 반대편에 세워진 라디오를 켜고 다시 소파로 돌아와 앉는데 엘리의 불만에 찬 목소리가 들려왔다.

"베니, 그게 아니야."

옆을 돌아보니 엘리가 팔짱을 낀 채로 고개를 절레절레 흔들고 있었다.

"혀를 굴려야 해. 부드럽게. 그리고 끝은 기일게."

엘리는 저보다 3개월 먼저 태어난 남자아이의 발음을 귀족식으로 교정하겠다며 제 아빠를 흉내 내고 있었다.

"쵸콜렛 파르페."

"쵸, 초콜렛 파르페."

"아니라니까?"

엘리의 발음도 베니와 별반 다르지 않은데 말이다. 그레이스는 마주 앉은 마사에게 멋쩍은 미소를 지으며 찻잔을 들어 올렸다.

베니는 그레이스의 오빠인 조와 마사의 둘째였다. 마사를 닮아 순하디순한 아이였다.

부모는 아기 고양이처럼 졸래졸래 따라다니지만 또래 사이에서는 괄괄한 사자로 군림하는 엘리와는 정반대였다.

엘리가 시키는 대로 고분고분 따르는 베니를 보고 있자면 그레이스는 마사를 보기 민망한 것이다. 실은 아이보단 아이 아빠가 그녀를 곤란하게 했다.

엘리에게 놀이 친구가 필요하다는 심리학자의 말에 그 남자는 그레이스의 둘째 조카를 데려왔다.

거기까진 좋았다만 가족인 마사를 엘리의 보모로 고용한 건 당혹스러웠다. 모든 관계를 상하로 정의해야만 하는 남자다운 짓이었다.

무던한 성격인 마사는 베니를 돌보며 돈도 벌 수 있으니 좋다고 미안할 것 없다 하지만 과연 조도 그렇게 생각할지 의문이었다.

"왜?"

그레이스는 찻잔을 커피 테이블에 내려놓으며 마사에게 물었다. 원래도 호기심 어린 눈으로 그레이스를 바라본다만 오늘따라 유난했다. 걱정스러운 기색이 설핏 보이기까지 했다.

"할 말 있어?"

"어…. 아!"

마사는 갑자기 손뼉을 치더니 소파 옆 협탁에 두었던 선물 상자를 내밀었다. 그레이스를 집요하게 살핀 이유와 아무 상관 없는 말 돌리기인 건 알았지만 그녀는 모른 척 넘어가 주었다.

"축하해. 조도 축하한다고 전해 달래."

왜 직접 오지 않고 축하의 말을 전해 달라 했는지, 그레이스는 묻지 않았다. 마사도 왜 조가 오지 않았는지 굳이 말하지 않았다.

엘리를 별채로 데리고 온 지 얼마 되지 않아 조의 가족을 초대한 적이 있었다. 멋모르는 아이들은 즐거워했으나 어른들은 모두 불편하기 짝이 없었던 자리였다.

"그레이스가 살아 있는 건 다행인데…."

마사는 그날 일을 떠올렸다. 내내 말이 없었던 조는 집으로 돌아와서야 아내에게 답답한 속을 드러냈다. 그는 윈스턴의 옆으로 돌아간 동생에게 수많은 의문을 품었으나 하나도 묻지 못했다.

왜 아직도 컬럼비아로 도망치지 못했는지. 어째서 그자의 아이를 키웠는지. 어째서 윈스턴에게서 기껏 도망치고도 제 발로 돌아간 건지. 컬럼비아로 이주할 생각은 여전히 있는 건지.

"못 해 준 게 많은 주제에 그 녀석의 삶에 간섭할 자격 없어서 지켜보고만 있지만 괴로워."

조는 그레이스가 제게 고통을 준 남자를 빼닮은 아이를 제 딸이라며 애지중지하는 것을 특히나 받아들이기 어려워했으나 마사는 이해할 수 있었다. 아이가 빼닮은 건 제 아비이지 그자의 과거가 아니다.

차라리 다행이기도 했다. 그레이스가 아이를 제 아비가 저지른 죄의 산물로 보았더라면 아이도, 그레이스도 걱정스러웠을 것이다.

"예쁘다."

선물을 열어 본 그레이스는 감탄했다. 마사가 준 선물은 부드러운 가죽을 표지에 덧댄 일기장이었다.

"일기 쓰는 거 좋아했잖아."

"맞아."

이곳에 첩자로 잠입했을 때만 해도 4년 넘게 일기를 쓰지 못하게 될 줄은 꿈에도 몰랐었다.

"고마워."

일기장과 함께 상자에 든 건 컬럼비아 합중국의 여행 책자와 그곳의 문화에 관한 책 한 권이었다. 이곳을 떠나자는 뜻이 담긴 오빠의 선물이었다.

"조에게도 고맙다고 전해 줘."

마사가 고개를 끄덕이더니 겸연쩍은 미소를 지었다.

"백작이 주는 선물에 비하면 보잘것없겠지만…."

"그럴 리가. 그 남자한테선 아직 못 받았는데."

"아…."

마사가 말실수를 했다는 듯이 입을 가리자 그레이스는 괜한 말로 오해를 샀다는 걸 깨달았다.

"그런 게 아니라, 오늘이 무슨 날인지 모를 거야."

말한 적 없으니까.

"아, 하긴. 귀족이잖아. 기억해 두고 손수 챙기진 않겠지. 내가 너무 평범하게 생각해 버렸네."

오해를 풀려다 더 괜한 말을 해 버렸다. 그 남자가 그레이스에게 애정도 관심도 없는 무심한 남자라는 오해만 더 굳어졌을 것이다.

"그런 거 아니야. 내가 잊고 말하지 않아서 그래. 사실 그 남자, 겉보기와 다르게 인간적인 구석이 있는…."

저도 모르게 불쑥 대꾸하자마자 그레이스는 웃음을 터트려 버렸다.

내가 그 남자의 편을 들다니. 나도 기가 막히는데 마사는 얼마나 더 기가 막힐까.

"맞아. 맞아. 그렇지."

아니, 그렇지 않다. 마사에게 그 남자는 비인간적이기만 할 것이다. 전혀 이해할 수 없지만 그레이스를 배려해 고개를 끄덕여 주는 것뿐이다.

그 '레온 윈스턴'을 이해하게 된 그레이스는 이해받지 못하게 되었다.

피에 집착하는 캠든의 흡혈귀.

속을 가늠할 수 없는 미치광이.

타인을 저보다 열등한 존재로만 보는 오만의 현신.

언제든, 누구든 두려움에 떨게 할 수 있으며 그러길 주저하지 않는 악마.

그리고, 무엇보다도 제가 무자비하게 괴롭혔던 여자에게서 뻔뻔스레 사랑을 갈구하는 파렴치한.

이것이 타인이 내리는 레온 윈스턴의 정의일 것이다. 한때 그레이스가 내렸던 정의이기도 했다.

그는 이해할 수 없는 괴물이다. 그런 존재가 그레이스에게만은 이해할 수 있는 괴물이 되더니 끝내는 이해할 수 있는 인간이 되었다.

미숙하지만 성장할 줄도 아는, 그녀와 다를 바 없는 불완전한 인간일 뿐이다. 그 면모를 보지 못한 이들은 평생 그녀를 이해하지 못할 것이다.

"아, 어젯밤에 화약 공장에서 불이 났다는 소식은 들었어?"

그레이스는 라디오에서 흘러나오는 이야기로 화제를 돌려 버렸다.

[인명 피해는 없으나 재산 피해가 상당할 것으로….]

"아침에 라디오로 들었어. 사람이 없는 시간에 불이 나서 다행이지."

마사가 고개를 저으며 혀를 찼다.

[경찰에서는 크로프트 화약과 분쟁 중인 노동자 연맹이 이번 화재에 연루되었을 가능성을….]

그레이스는 보도를 듣다 코웃음을 쳤다.

"그러다 블랜차드와 연루되었을 가능성도 찾는 거지."

크로프트 화약은 공장에서 사고가 빈번하게 일어나기로 악명 높은 회사였다. 그것도 모자라 노동 환경이 비참하기로도 둘째가라면 서러운 곳이었다.

작년에 일어났던 공장의 폭발 사고가 결국은 화약 업계에서 노동자 연맹이 결성되는 기폭제가 되었다. 그 후로 이어진 파업과 태업 등, 크로프트는 노동 쟁의와 동의어가 되어 신문에 오르내렸다.

'싱클레어 화약일 때만 해도 그렇지는 않았는데….'

싱클레어의 몰락 후 친왕당파 기업인 크로프트 사가 싱클레어 화약을 헐값에 사들였다. 그것이 오늘날의 크로프트 화약이었다.

싱클레어.

언론에서는 거의 자취를 감춘 이름이지만 그레이스의 손끝은 매일같이 타자기 위에서 그리는 이름이었다.

"여기에 든 서류, 사본을 만들어 줄 수 있을까."

별채로 돌아온 지 얼마 되지 않아 그 남자가 그녀에게 맡긴 서류 봉투에는 싱클레어 몰락의 전말이 담겨 있었다.

왜 느닷없이, 이제 와서 그 위험한 진실의 사본이 필요하다는 걸까.

무슨 일이 일어나고 있는 거지?

그 남자, 무슨 짓을 하려는 거야?

생각의 고리는 마사의 말에 뚝 끊겼다.

"그런데 조의 말로는…."

"응?"

"저번 폭동도 그렇고, 태업 방식도 그렇고. 누가 전문적으로 지휘하고 자금을 대는 냄새가 난다고 그러던데."

"그런데 그게 세상이 믿는 것처럼 블랜차드일 리는 없지."

그 세력의 불씨는 이미 꺼진 지 오래이니까.

"그러게. 진범을 두고 이미 죽은 사람을 무덤에서 파내서 교수대에 세우려는 것 같아."

"아, 마사. 정말이지 그것보다 맞는 말도 없…."

찻잔을 들며 웃던 그레이스는 멈칫했다.

[모닝선지의 보도로 어제 하루는 시끌시끌했었죠. 바로 반군 소탕의 주역, 레온 윈스턴 소령에게 반군 출신인 정부와 사생아가 있다는 한 육군 관계자의 폭로가….]

조마조마한 눈으로 그레이스의 표정을 살피던 마사가 물었다.

"몰랐었어?"

그녀는 고개를 저으며 커피 테이블 한구석에 가지런히 올려진 신문과 타블로이드를 뒤적였다. 모두 하나같이 윈스턴가가 소유한 언론사에서 발간된 것이라 폭로에 관한 언급은 전혀 없었다.

"난 네가 아는 줄 알고 걱정했었는데…."

그래서 마사가 오늘따라 그녀의 안색을 살폈던 것이다.

[윈스턴 백작가의 한 측근은 공식적으로 반박할 가치조차 없는 황색 언론 특유의 음해성 보도라며….]

"백작은 아무 말 없었어?"

그레이스는 멍하니 고개를 저었다.

여태 나지 않았던 소문이 이제야 난다.

레온 윈스턴, 너 대체 무슨 일을 꾸미는 거야.

삐이익―.

기관차가 경적을 길게 울리며 플랫폼으로 들어오자 사내는 복장을 다시 한번 점검했다. 윈스턴 백작가의 수행원인 그는 오늘 점심 직전에야 온 갑작스러운 연락에 오후 일정은 제쳐 두고 윈스포드 중앙역으로 달려온 참이었다.

곧 열차가 완전히 멈춰 섰다. 그는 제가 모셔야 할 분이 탄 일등석으로 달려가 문을 열었다.

"먼 길 오시느라…."

정중히 예를 갖추던 사내가 흠칫했다. 늘 화사한 미소를 머금고 있던 대부인의 얼굴이 건물 벽에 매달린 가고일 석상처럼 일그러져 있었다.

"피곤하…."

"당장 차로 안내해."

대부인은 그가 내민 손을 잡지도 않고 열차에서 내리며 딱 잘라 명령했다. 윈스턴 저에서 일한 지 10여 년. 대부인이 이토록 노한 것은 처음 보았다.

'설마 그 기사 때문인가? 헛소문 아니었나?'

엘리자베스도 그렇게 믿었다. 그녀가 가진 것을 질시하는 이들이 심심 찮게 퍼트리는 헛소문일 뿐이라고.

그러나 오늘 아침, 앨드리치 대공과 만난 자리에서 그 믿음은 산산이 부서졌다.

"뜬소문이 아닌 사실입니다."

"세상에, 저하께서 그런 시시한 음해 공작에 속으시다니 놀랍네요."

엘리자베스는 그자를 어수룩한 노인네라 여겼으나 정작 어수룩하기 짝이 없는 사람은 그녀였다.

"실은 오래전부터 알고 있었습니다. 대부인과 제 딸의 명예를 위해 입을 다물고 있었을 뿐이지요. 제가 알고도 눈감아 준다는 걸 백작도 알고 있습니다."

"…그, 그 아이가요?"

"로잘린과의 약혼식 때 정부와의 관계를 부디 정리해 달라 부탁했으나 백작은 듣지 않더군요."

아들에게 정부가 있다. 그걸 사람들은 알면서도 그녀에게서 오래도록 숨겨 왔다.

연이은 충격에 멎었던 생각이 다시 이어지자 엘리자베스는 빠져나갈 길을 찾기 시작했다.

'정부는 큰 문제가 되지 않지. 정부 하나 없는 귀족 사내가 어디 있…'

그러나 엘리자베스는 어제 자 타블로이드지에 난 기사의 정확한 표현을 문득 떠올리는 순간 다시 사색이 되어 대공에게 물었다.

"서, 설마 그 여자가 반군이라는 소문 또한…."

아니길 바랐으나 대공이 침통한 얼굴로 고개를 끄덕이며 기대는 무참히 깨어졌다.

"이젠 세상에 알려졌으니 약혼을 과연 이행해야 할지…. 저희 가문이 매우 곤란해졌습니다."

대공이 파혼의 뜻을 넌지시 내비치자 엘리자베스는 정신을 번쩍 차렸다. 파혼하면 그 기사가 사실이라는 걸 인정하는 셈이 된다.

그리고 충격적인 폭로는 거기서 끝나지 않았다.

내 담장 안에, 내 지붕 아래에 아들의 정부와 사생아가 살고 있었다니.

기사에서는 알 수 없는, 대공이 아니었더라면 영영 알지 못했을 진실을 곱씹으며 엘리자베스는 운전수를 재촉했다.

"멈추지 말고 차를 몰아. 저택으로. 아니, 별채로. 당장."

당장 치워 버려야 해.

멀리서 검은 세단이 너른 자갈길을 따라 미끄러지듯이 본관으로 오는 것이 보이자 집사는 모자챙을 살짝 들어 올렸다.

그가 기다리고 있을 것을 예상했다는 듯 본관 앞의 광장에 다다른 차가 멈춰 섰다. 곧 창문이 내려오자 집사는 모자를 다시 들며 인사를 올렸다.

"각하, 5분 전에 윈스포드 중앙역에서 출발하셨다고 합니다."

백작은 고개를 짤막하게 끄덕이더니 다시 창을 올렸다. 표정엔 조금의 동요도 없었다.

별채를 향해 다시 움직이기 시작한 차 안에선 낮은 웃음소리가 들렸다.

"대공이 꼭두각시 짓을 잘하는군."

놀이방의 문을 두드렸다. 안에서 새어 나오는 라디오 소리 사이로 작은 발소리가 들리다 점점 가까워지더니 문이 활짝 열렸다.

"아빠다!"

이제는 피 냄새에서 희열이 느껴지지 않는다. 그를 부르며 달려와 품에 안기는 딸에게서 풍기는 우유 냄새만 못했다.

"잘 놀았어?"

"응!"

레온은 엘리를 안고 복도에 선 채 놀이방 안으로 시선을 던졌다. 그레이스는 일어서서 물러나려는 보모를 소파에 억지로 앉히더니 가늘게 뜬 눈으로 그를 응시했다.

눈빛이 묘했다.

제 오빠의 아내를 고용인 취급하는 데서 나오는 불만을 담은 눈이 아니었다. 레온은 뉴스가 흘러나오는 라디오에 잠시 시선을 주었다가 그레이스에게 물었다.

"서류는."

"집무실 책상 서랍에 뒀어."

사무적인 물음에 그레이스는 사무적으로 대답했다. 물론 똑같지는 않았다. 그의 목소리에는 없는 감정이 그녀의 목소리에는 실려 있었다.

레온은 그레이스에게서 엘리에게로 시선을 돌리며 입매를 휘어 올렸다.

"우리 공주님, 아빠를 기다려 줬으니 이제 약속대로 놀러 가는 거야."

"죠아. 우리 어디 가?"

"공주님의 궁전으로."

어디를 말하는지를 알아들은 그레이스는 눈매를 더욱 좁혔다.

이 별채에서 산 지 한 달째. 갇혀 살지는 않았다.

별채 안은 언제 어디든 자유롭게 다닐 수 있었으며 심지어 별채 밖도 미리 하녀에게 장소를 말하면 집사가 그곳을 완전히 비워 주었다.

그러나 지난주부터 본관에는 갈 수 없게 되었다. 대부인과 함께 왕도의 타운 하우스에 주로 기거하던 제롬 윈스턴이 어쩐 일인지 윈스턴 저로 돌아왔기 때문이었다.

별채보다 훨씬 화려하고 웅장한 본관을 궁전이라고 부르며 좋아하던 엘리가 아쉬워한 건 당연한 일이었다.

"와아, 가자. 가자."

아무리 아이가 매일같이 떼를 썼다지만 소문이 파다하게 퍼진 때에, 동생에게 엘리의 존재를 들킬 짓을 하겠다니.

대체 뭐 하는 거야?

눈으로 물었으나 남자는 도리어 뭐가 문제냐는 듯이 눈으로 되물었다. 그레이스는 눈을 굴리다 말았다.

어찌 되었든 저 남자가 아이에게 위험한 일을 할 리는 없다. 생각이 짧은 남자도 아니었다.

"공주님, 재밌게 놀다 와."

결국 그레이스는 엘리에게 웃으며 손을 흔들어 주었다.

"엄마는 안 가?"

아이에게 네 아빠의 동생과 마주치고 싶은 생각은 추호도 없다고 대답할 순 없었다.

"엄마는 마사랑 놀 거야."

"치이."

"엄마는 엘리가 가져올 선물을 여기서 얌전히 기다리고 있을게."

아이는 본관에 갈 때마다 제 마음에 드는 물건을 한두 개씩 가져왔다. 물론, 아이의 아빠는 그게 누구의 것이든, 얼마나 고가이든 말리지 않았다.

"죠아."

아이가 손을 흔들었다. 이제 몸을 돌려 시야 밖으로 사라질 줄 알았던 남자는 그 자리에 우뚝 서서 그레이스를 응시했다.

할 말이라도 있는 건가 싶었던 찰나, 그가 안으로 성큼 들어오더니 순식간에 눈앞으로 다가왔다.

왜 그래?

눈을 동그랗게 뜨고 올려다보는 그레이스의 얼굴로 손이 다가왔다. 왼뺨을 스치고 올라간 손끝이 귓불에 닿았다.

귓불을 만지작거리고 주무르기까지 하는 손길이 노골적이었다. 그레이스는 얼굴이 뜨거워지는 걸 느끼며 남자에게 힐난의 눈빛을 보냈다.

남들 앞에서 뭐 하는 거야?

그는 또다시 뭐가 문제냐는 눈으로 되묻더니 얼굴을 움찔 피하는 그레이스에게서 손을 떼며 무심한 두 마디를 내뱉었다.

"귀걸이, 엉켰어."

며칠 전 그는 잘 어울릴 것 같다는 이유만으로 그레이스에게 다이아몬드와 진주로 된 귀걸이를 주었다. 안목이 있는 건지 정말 잘 어울리긴 했으나 목 가운데까지 올 정도로 길어 머리카락과 자주 엉켰다.

남자는 그걸 풀어 준 것뿐이었다. 그러곤 더 이상 용건은 없다는 듯이 쌩하니 나가 버렸다.

그레이스는 간질간질한 귓불과 목덜미를 만지작거리며 마사에게로 시선을 돌렸다. 마사의 표정이 묘했다.

"…우리도 산책이나 할까?"

그녀는 마사가 대답하기도 전에 일어나 파르페 잔의 바닥을 스푼으로 긁고 있는 조카를 일으켜 세웠다.

"베니, 나가자."
머리도 마음도 어수선해서 걷고 싶었다.

"도대체 무슨 일을 벌이는 거야?"
지하 연구실의 책상 앞에 앉은 제롬은 서류를 넘기다 한숨을 내쉬었다.
집사의 말로는 조금 전에 저택으로 돌아왔다던데 다시 재촉해 볼까.
별채로 심부름을 보낼 사람을 부르려 일어서던 그는 문밖에서 둔탁한 발소리가 들리자 다시 앉았다.
"하, 바쁘신 백작 각하께서 이 음침한 지하까지 행차하시다니."
문 너머에서도 똑똑히 들리도록 비아냥댔더니 형은 노크를 생략하고 문을 열었다.
"벌써 일주일째야. 전화를 해도 받지 않고, 왕도에서 여기까지 직접 내려와 만나자고 해도 그 비싼 얼굴을 내비치지 않더니 이제야 나타나시는…."
형에게 따지며 고개를 든 제롬은 얼어붙었다.
저건 뭐지?
인간이다. 여자아이다.
물론 제롬은 눈앞의 생물이 뭔지 몰라 묻는 게 아니었다. 아이라는 것은 레온 윈스턴이 안고 있을 일이 없는 생물이다. 그게 믿기지 않는 것이다.
"뭐야. 그 애는 대체 누구야."
처음 보는 아이를 평생 품에 안고 다닌 양 자연스럽게 안고 들어오는 형을 경악에 찬 눈으로 바라보던 제롬은 그들이 가까워지고서야 깨달았다. 아이는 어릴 적의 형과 똑같이 생겼다.
"너 설마 그 기사가 진짜…."

이 또한 눈으로 보고도 믿지 못하겠다.

이름 모를 첫사랑에 빠져 여자에겐 관심도 없는 자가, 심지어 성불구라는 그럴듯한 소문까지 도는 자가 정부도 모자라 사생아라니. 분명 조금 전까지만 해도 그 기사를 두고 코웃음을 쳤던 것이다.

"안녕."

넋이 나가 말을 잇지 못하는 제롬에게 아이가 손을 흔들었다.

"아저씨는 누구야?"

"몰라도 되는 아저씨야."

형은 짓궂은 소리를 자상하게 하더니 아이를 내려놓았다. 그러곤 연구실 안쪽으로 아이의 등을 떠밀었다.

"자, 우리 공주님. 오늘은 이 방에서 갖고 싶은 걸 고르는 거야."

형의 입에서 공주님이란 소리가 튀어나온 순간 받은 충격은 갖고 싶은 것을 고르라는 말이 나오자마자 잠시 뒤로 밀려났다. 정신을 퍼뜩 차린 제롬은 벌떡 일어나 형을 쫓아갔다.

"내 물건을 누구 마음대로 주겠다는 거야?"

"어른이 아이 앞에서 쩨쩨하기 짝이 없군."

뻔뻔스러운 소리를 하는 형에게 따지려던 제롬은 손가락을 빨며 올려다보는 아이와 눈이 마주치자 이마를 짚으며 한숨을 내쉬었다.

"그래. 골라 보렴."

"헤…."

마지못해 허락하자마자 아이가 폴짝폴짝 뛰며 연구실 한쪽에 줄지어 늘어선 장식장 안을 들여다보기 시작했다.

티 하나 없는 유리에 손자국과 뺨 자국을 찍고 다니던 아이는 갑자기 눈이 휘둥그레지더니 광물이 진열된 장식장 앞에서 멈춰 섰다. 발이 붙은 것처럼 꼼짝 않는 아이에게 눈높이를 맞춰 형이 몸을 숙이더니 물었다.

"여기 든 게 엘리 마음에 들어?"

"응. 어엄청 이뻐."

홀릴 대로 홀린 목소리였다. 이런 거야 아주 희귀한 게 아니라면 못 줄 것도 없었다.

"맨 위에 있는 것만 빼고…."

어차피 거긴 아이의 눈이 닿지도 않았지만 제롬은 팔을 들어 맨 위 칸을 가렸다.

"여기서 하나 가져가도 좋아."

형이 한심하다는 눈빛을 보냈지만 제롬은 물러서지 않았다. 한참을 고민하던 아이는 결국 제 머리만 한 자수정 정동석을 골랐다.

"반짝반짝해. 그러니까 엄마 줄 꺼야."

엄마?

잠시 미뤄 뒀던 충격이 다시 제롬을 강타했다. 아이가 여기 있다는 건 아이 엄마도 여기 어딘가에 있다는 소리였다.

"대체…."

무엇부터 물어야 할지 몰라 또 넋을 놓은 사이 아이를 앞세운 형의 갈취가 계속됐다.

이번엔 질량이 같은 쇠 구슬을 각각 줄 두 개로 매달아 줄지어 놓은 진자였다. 쇠 구슬 하나를 당겼다 놓자마자 반대편의 구슬 하나가 튀어 오르는 걸 보더니 아이가 눈을 커다랗게 떴다.

"그네야. 그네."

"이건 그네 따위가 아니라…."

완전 탄성체, 운동량 보존 법칙 등등. 유치원생을 붙잡고 고등 물리 법칙을 설명하려던 제롬은 제가 바보 같아져 관뒀다.
"갖고 싶어? 우리 딸이 갖고 싶다면 가져야지. 어디에 쓸 거야?"
"인형 집에!"
저명한 물리학 교수의 유품을 고작 인형의 집에 두겠다는 말에 제롬은 뻐근해지는 뒷덜미를 감싸 쥐었다.

"헤, 싱기해."
아이는 그의 책상 의자에 떡하니 앉아 진자를 가지고 놀기 시작했다. 갈취당한 자수정은 형과 그의 사이에 놓인 커피 테이블에 세워져 있었다.
달라는 걸 순순히 내주고서야 내게 시간을 내주다니. 제롬은 레온 윈스턴답다고 생각하며 이제야 겨우 마주 앉은 형을 노려보았다.
"언제 저렇게 큰 아이를…."
아니, 그건 그의 알 바 아니다. 정말 중요한 질문은 따로 있었다. 그는 아이가 듣지 못하게 목소리를 한껏 낮췄다.
"저 아이의 엄마가 반군이라는 게 사실이야?"
형이 입꼬리를 휘어 올리는 순간 제롬은 거친 말을 참지 못했다.
"…미치광이."
"그 여자도 나를 그렇게 불러."
"아니, 진심으로 어쩔 생각이야? 기사까지 났다는 건…."
"내가 퍼트렸다는 이야기지."
"…뭐?"
레온은 이번엔 눈꼬리를 휘어 웃었다. 그가 헛소문을 가장해 퍼트린 진실 탓에 평화가 깨어진 사람들을 구경하는 건, 이 마지막 작전에서 전혀 기대치 않았던 눈요깃거리였다.

대븐포트 사령관은 하루 만에 10년은 늙은 얼굴이 되었다.

어머니의 얼굴에 주름이 몇 줄 더 늘었는지는 곧 알게 될 것이다.

그레이스는 그가 낸 기사란 걸 이미 눈치챘다. 둘만 남았을 때 어떤 소리를 듣게 될지 궁금했다.

제롬의 반응은 사실 관심 밖이다.

"도대체 왜 그런 짓을 한 거야?"

"지배자에게 미움받는 영웅은 민중의 사랑을 얻으니까."

"무슨 소리를 하는 거야? 알아듣게 말해."

제롬이 멍청한 소릴 하자 레온은 한숨을 쉬며 동생의 용건부터 물었다.

"넌 바쁜 사람을 왜 불렀어?"

"왜 지난 3년 동안 캠든 지역의 땅을 컬럼비아에 있는 부동산 회사와 투자 회사에 야금야금 팔아 치웠는지, 네 입으로 듣고 싶어서."

여태 알게 모르게 기행을 벌였어도 가문에 손해가 되는 짓은 한 적이 없기에 믿고 있었다. 그 허점을 노린 건지 가문의 기반이 되는 땅을 말도 없이 대규모로 팔아 치웠다.

큰 충격이었으나 그래도 설마설마했다. 형에겐 깊은 뜻이 있었겠거니 싶었더니.

미치기라도 했나.

제롬은 레온 윈스턴답지 않은 미친 짓의 증거인 반군과의 아이를 곁눈질했다.

"그사이에 정신병이라도 걸린 거야, 뭐야?"

형은 추궁을 받아도 당당하게 비소를 짓더니 도리어 그를 질타했다.

"금지된 연애 놀음이나 하느라 신경도 안 쓰더니 이제야? 늦어. 너처럼 아둔한 녀석에게 가문을 넘겨야 한다니…."

"…금지된 연애 놀음?"

첫마디의 충격이 너무도 컸던 탓에 가문을 넘긴다는 말은 제롬의 관심을 끌지 못했다.

"로지와 금지된 사랑을 하는 기분이 어때? 짜릿하지 않아?"

발각됐다. 그와 로지의 존재를 잊고 사는 듯하던 자가 대체 어떻게, 언제부터 둘의 사이를 알게 된 걸까.

아니, 그런 건 중요하지 않다. 형이 제 약점 하나를 잡았다고 나약하게 배를 까뒤집고 복종할 순 없었다.

"글쎄, 그다지. 남의 여자를 빼앗은 건 아니었으니."

제롬 또한 비소를 지으며 뻔뻔스럽게 굴었더니 형은 픽 웃었다.

"양심이 없는 걸 보니 너와 내가 한 핏줄이긴 하군. 그런데 날 죽이고 대공녀를 차지할 생각은 하지 않았다니. 그건 실망스러운걸."

"난 너 같은 미치광이가 아니거든."

"미치광이 앞에서 위험한 소리를 잘도 지껄이는군."

"그래서 내게 뭘 바라는 거야? 사과?"

결국 기 싸움에서 지고 머릿속이 백지가 되어 아무런 말이나 떠들기 시작한 그의 안색을 유심히 살피던 형이 눈매를 휘었다. 빤한 꾀를 쓰다 들키곤 도리어 화를 내는 어린아이를 가소롭고도 딱하게 보는 듯한 눈웃음이었다.

"진정해. 착각하나 본데 난 네 약점을 잡아 협박하려는 게 아니야. 아, 한 3할 정도는 협박이 맞아."

그는 죽일 듯이 노려보는 제롬의 앞에 두꺼운 서류 봉투 두 개를 던지듯 놓았다.

"이건 뭐야?"

"네가 거부할 수 없는 제안이 들었지. 명령이라고 해야 맞겠지만."

"난 네 부하가 아니야."

"네 평생 그렇게 우겼지만 이번엔 개처럼 복종하지 않을 수 없을 거야."

제롬의 눈빛이 갈수록 험악해졌다.

"대공녀와 결혼하고 싶나?"

이건 함정이야. 제롬은 이를 악물고 대답하지 않았다.

"물론, 난 대공녀와 절대 파혼하지 않을 거야."

그럼 그렇지.

"결혼할 생각도 없어."

대체 무슨 소리를 하는 거야. 혼란스러워하는 제롬에게 형은 절대로 거부할 수 없는 이야기를 꺼냈다.

"이 안에 네가 형의 약혼녀와 세상의 인정을 받으며 합법적으로 결혼할 방법이 들었어."

제롬은 인정할 수밖에 없었다. 레온 윈스턴은 사람을 함정으로 끌어들이는 데 천부적인 재능이 있다.

그리고 함정일 게 뻔한 봉투를 열어 본 후, 형이 그를 개처럼 복종하게 만드는 데 재능이 있다는 것도 인정할 수밖에 없었다.

"그렇지만 이건…."

"어때? 훌륭한 계획 아닌가?"

훌륭한 계획이라. 어떤 면에선 맞는 말이지만 또 다른 면에서는 틀렸다. 그의 손에 들린 폭로 자료와 계획은 무서울 정도로 치밀했다. 그러나 진땀이 나도록 위험하기도 했다.

제롬은 아군과 적군, 누구에게서 터질지 모르는 치명적인 폭탄의 심지에 불을 붙이면서도 자신만만하기 짝이 없는 자를 멍하니 바라보다 저도 모르게 중얼거렸다.

"미치광이."

"그래, 그게 그 여자가 나를 부르는 애칭이야."

산책이 끝나 갈 즈음까지도 마사의 얼굴은 붉게 익어 있었다.

무슨 생각을 하는 거야. 그 남자는 그저 귀걸이에 엉킨 머리카락을 풀어 주었을 뿐이야.

그러나 그레이스도 그의 손길을 오해했던지라 그 일에 관해선 입을 꾹 다물었다. 아이 외엔 아무도 관심이 없는 산책을 끝내고 별채 안으로 들어갈 때가 되어서야 마사가 여태 피하던 화제를 불쑥 꺼냈다.

"백작이 널 사랑하나 봐."

"응."

그가 오늘 보인 행동의 어디에서 사랑을 느꼈는지는 모르겠지만 사실이긴 하니 그레이스는 고개를 끄덕였다. 그러나 이어진 질문에는 그러지 못했다.

"그럼 너도 백작을 사랑해?"

"…."

대답은커녕 그 질문을 자신에게 똑같이 되물을 때였다.

"당장 이 문 열지 못해?"

귀청을 찢을 듯한 여자의 외침이 들렸다. 세 사람이 때마침 별채 정문을 향해 모퉁이를 돈 건 운이 나빴다.

목소리의 주인은 윈스턴 대부인이었다. 그녀는 굳게 닫힌 철문 뒤에서 안을 지키고 선 경호원들에게 당장 문을 열라고 악을 쓰다 세 사람을 발

건하고 넋이 나간 얼굴을 했다.

들켰구나.

그레이스는 깨달았다.

기사가 나간 후 어떤 식으로든 이 별채에 있는 걸 대부인에게 들킨 듯했다. 그 '어떤 식'이 누구의 머리에서 나왔을지 짐작이 간 그레이스는 피식 웃어 버렸다.

"세상에…. 그 말이 사실이었어."

대부인이 휘청하자 뒤에 선 하녀장과 수행원들이 수선을 부리며 그녀를 부축했다.

당장이라도 기절할 것처럼 창백해진 대부인의 시선은 그레이스가 아니라 베니의 손을 쥔 마사에게 있었다. 하필이면 베니가 조를 닮은 금발이라 단단히 오해를 산 눈치였다.

"어서 들어가."

그레이스는 두 사람을 별채 현관으로 이끌었다.

"저것들을 끌어내지 못해? 이 문 열란 말이야!"

등 뒤에서는 대부인이 또다시 소란을 부리며 악을 쓰기 시작했으나 그레이스는 돌아보지 않았다.

대부인이 건장한 수행원들을 데려왔지만 제 생계를 쥔 고용주는 백작인 걸 잘 아는 자들이 그의 정부와 아이를 끌어내려 할 리 없다. 별채의 경호원들은 그 남자나 그레이스의 지시 없이는 문을 열지 않았다.

"어딜 감히 내 말을 무시해! 당장 내 저택에서 나가! 나오지 못해?"

아무런 권력도 없는 여자의 악다구니를 무시하고 안으로 들어가던 그레이스는 이어진 말에 멈칫했다.

"네 발로 나오지 않으면 불을 지를 거야! 내가 못 할 줄 알아?"

대부인이 눈이 뒤집혀서 외친 소리에 그레이스의 눈 또한 뒤집혔다.

그녀를 돌아보는 마사의 의아해하는 얼굴이 사라지더니 화마에 삼켜진 서커스장이 눈앞에 나타났다.

뜨거운 불길 속에서 검게 타들어 가던 천막이 무너진다. 그 순간의 굉음이 아직도 귓가에 생생했다. 그 천막 안에 딸과 그 남자가 여전히 갇혀 있는 줄 알았던 그때 그레이스의 발밑 또한 굉음을 내며 무너졌었다.

남의 눈을 피할 필요가 없는 펜트하우스로 가지 않은 건 누구나 쉽게 접근할 수 있는 건물에 누가 불을 지르면 꼼짝없이 갇혀 죽을 것 같았기 때문이었다. 그레이스에겐 여태 아무런 공격도 화재도 겪지 않은 별채만큼 안전한 곳도 없었다.

그런데 이 땅에서 내 아이가 안전할 수 있는 유일한 곳에 저 여자가 불을 지르겠다고 한다.

"그레이스?"

그레이스는 저를 붙잡는 마사를 뿌리쳤다. 별채의 앞뜰을 단숨에 가로질러 다가가자 경호원들이 그녀를 막으려 했지만 그레이스는 그들을 밀치고 철문 앞에 섰다.

"너, 넌, 세상에, 그 하녀잖아."

그녀를 알아본 대부인의 눈이 흔들리더니 곧 험악해졌다. 아들의 정부는 마사가 아니라 그레이스라는 걸 깨달은 것이다.

대부인이 검처럼 움켜쥐고 있던 양산을 창살 사이로 불쑥 찔러 넣었다. 양산의 구부러진 손잡이로 그레이스의 목을 낚아채어 당기려는 것이었다.

건드리기도 더러운, 미천한 존재라는 듯이.

분노가 극에 달한 그레이스는 양산을 빼앗았다. 값비싼 실크 양산은 그녀의 두 손에서 두 동강 나 철문 밖으로 내동댕이쳐졌다.

"헉!"

순식간에 일어난 일을 믿지 못하고 넋이 나간 대부인의 멱살을 그레이스는 낚아채 움켜쥐었다. 그녀는 남자의 모친을 코앞에서 노려보며 악문 잇새로 협박을 뱉어 냈다.

"내 아이를 해치면 당신은 멀쩡할 것 같아?"

백작의 정부가 대부인을 모욕하는 꼴을 수행원과 경호원들은 속수무책으로 지켜보기만 했다.

"이, 이러지 마십시오. 부디 진정하세요."

하녀장만이 말로 상황을 무마해 보려 했으나 전혀 통하지 않았다.

"세상에, 감히 누구에게 천박한 협박을…."

그레이스의 위세에 잠시 눌렸던 대부인이 정신을 차리더니 멱살을 쥔 손을 뿌리치곤 모욕을 갚기 시작했다.

"내 발밑이나 닦던 하녀 주제에 귀족의 사생아를 낳았다고 제 주제를 모르고 오만불손하게 구는구나. 모르나 보지? 내 아들은 손해 보는 일을 절대로 하지 않아. 그 아이가 대공녀를 버리고 하녀 따위와 결혼할 것 같아? 레온은 널 가지고 노는 것뿐이야."

그레이스는 제 아들을 몰라도 너무 모른 채 당당히 떠드는 여자가 안타까울 지경이었다. 기가 막혀 말을 잇지 못하는 걸 흔들리는 증거라 착각했는지 대부인이 목소리를 낮춰 협박했다.

"내 말 잘 들어. 난 네 정체를 알아. 우리 가문을 망치려는 첩자잖아. 배후가 누구지? 정말 반군인가? 아닐 거야. 내 아들을 질시한 군의 누군가가 누명을 씌우려 하는 짓이겠지?"

이건 의미 없는 짓이야. 정신 나간 소리를 듣고 있자니 이성이 돌아왔다. 별채로 들어가려는데 대부인이 손을 불쑥 뻗어 그녀의 소매를 잡아당겼다.

"누구에게서 지시를 받고 이러는지는 모르겠지만 난 그자가 주는 돈보다 훨씬 많이 줄 수 있어. 약은 내 아들에게선 한 푼도 받을 수 없을 거란 걸 기억해."

"돈은 필요 없어요."

윈스턴가의 돈은 예전에도 지금도 단 한 번도 필요했던 적 없었다.

"그럼 우리 가문을 망쳐서 얻는 게 뭐지?"

"대부인, 착각이 심하시네요. 당신의 가문에도 전 일말의 관심조차 없습니다."

"그럼 내 아들을 진정으로 사랑하기라도 한다는 건가? 그 말을 누가 믿지? 넌 탐욕에 혈안이 되어 약혼녀가 있는 남자를 천박하게 유혹한 교활한 악마일 뿐이야! 네가 우리 가문을 망치게 둘 줄 알아?"

"아니, 난 당신 아들을 망칠 거야."

급소를 찔리기라도 한 것처럼 갑작스레 화가 치민 그레이스는 제 소매를 잡은 손목을 휘어잡았다. 여자가 다시 그녀의 코앞으로 끌려왔다.

"걱정 마시죠, 대부인. 윈스턴가라면 이제 신물 나도록 지겨우니. 영원히 사라져 드리겠어요."

대부인의 얼굴에서 화색이 옅게 돌려다 곧바로 사라졌다.

"당신 아들도 저와 함께 영원히 사라질 거예요. 대부인께선 그 잘난 가문의 이름과 돈을 끌어안고 얼마나 버티실 수 있을지 궁금하군요."

당신은 그 남자가 없으면 아무것도 아니야. 할 줄 아는 것이라곤 잘난 아들에게 기생하는 일뿐인 진정한 흡혈귀 주제에 누구를 악마라고 모욕해.

이를 가는 그레이스에게 대부인은 보란 듯 코웃음을 쳤다.

"순진하기 짝이 없지."

정작 순진한 사람은 누굴까.

"내 아들이 미치지 않고서야 돈부터 지위, 권력, 명성까지 그 모든 걸 버리고 너를 택할 것 같아?"

그래. 미쳤거든, 내게.

그레이스의 얼굴에 자신만만한 미소가 떠올랐다.

"글쎄요. 보기보다 진보적인 당신 아들의 생각은 다르던걸요. 기꺼이 아이를 키울 테니 저더러 돈을 벌어 오라고 하더군요. 위대한 영웅이자 고귀한 백작은 곧 실업자가 되어 집에서 아이를 키우게 될 거예요."

충격을 받은 대부인의 얼굴이 파르르 떨렸다.

"웃기지 않은 농담은 정도껏…."

"거짓말 같나요? 본인에게 물어보세요."

그레이스는 대부인의 손목을 놓아주며 마지막으로 강조했다.

"똑똑히 들으세요. 윈스턴은 제게 필요 없어요."

돈, 권력, 지위, 명성.

그녀에겐 필요하지 않은 그 모든 것과 동의어인 이름을 그레이스는 침을 뱉듯이 뱉어 냈다.

"모시고 가세요."

수행원들에게 지시하고 단호히 돌아서는 그녀의 뒤에서 대부인의 절규가 메아리쳤다.

"저 여자를 당장 끌어내!"

"이러다 정말 기절하십니다. 진정하세요."

"이거 놔! 저 마녀를 끌어내라고 하잖아! 지금 누구의 명령을 듣는 거지? 이 저택의 안주인은 나야!"

마사는 수행원과 하녀장에게 부축을 빙자한 연행을 당하는 대부인을 지켜보다 그레이스를 따라 별채 안으로 들어갔다.

사랑하면서 왜 이런 짓을 하지?

미리 지시받은 대로 그레이스의 뒤에서 대화를 빠짐없이 들었다만 그럴수록 백작이 이 소동을 막긴커녕 부추긴 이유를 이해하기 어려워졌다.

"그레이스?"

마사의 생각은 그레이스가 2층으로 올라가는 계단에 갑자기 주저앉는 순간 끊겼다. 어깨가 들썩이기에 우는 줄 알고 소스라치게 놀라 달려갔으나 고개를 든 그레이스의 얼굴은 젖어 있지 않았다.

"마사, 금방 내가 한 말 들었어?"

그레이스는 배를 잡고 웃고 있었다. 백작만큼이나 그레이스도 이해하기 어려워지는 가운데, 그녀의 시원스러운 웃음소리가 별채에 울려 퍼졌다.

"세상에나…."

엘리자베스는 본관 1층 홀 옆의 응접실에서 소파에 누워 신음했다. 다리에 힘이 들어가지 않아 계단을 오르지 못하고 이곳에 주저앉은 것이다.

잠시 사라졌다 돌아온 하녀장의 손에 시원한 음료와 얼음주머니가 들려 있었다. 그녀는 제 말을 듣지 않은 하녀장에게 눈을 흘기며 잔을 밀어내고 얼음주머니만을 받아 이마에 얹었다.

머리가 찡 하게 울려 눈을 감는 순간 조금 전 일이 또 생생하게 떠올랐다.

"하아, 세상에나…."

미천한 것에게 이토록 끔찍한 치욕을 당해 본 건 난생처음이다.

"보기보다 진보적인 당신 아들의 생각은 다르던걸요. 기꺼이 아이를 키울 테니 저더러 돈을 벌어 오라고 하더군요."

미친 여자라고 생각했다. 그런데 그것이 눈꼬리를 뻔뻔스럽게 휘어 웃는 게 아닌가. 그 찰나 엘리자베스는 그 되바라진 여자에게서 아들을 보았다.

그리고 지금은 활짝 열린 문 너머로 아들이 보였다. 지하에서 계단을 올라오는 레온의 품에 아이가 안겨 있자 엘리자베스는 시야를 가린 주머니를 치우고 눈을 크게 떴다.

별채에서 본 그 남자아이가 아니었어?

사생아가 여자아이라는 데 그나마 안도하자마자 아이의 얼굴이 눈에 들어왔다.

"아… 세상에…."

엘리자베스는 다시 앓는 소리를 냈다. 1층으로 올라온 그와 눈이 마주쳤지만 레온은 놀라거나 미안해하는 기색이 전혀 없었다. 아들은 자리를 피하기는커녕 문 앞에 뻔뻔스레 서서 경악스러운 짓을 했다.

"엘리, 인사해야지. 할머니야."

"안녕. 내 이름은 엘리고 아빠 이름은 레온이야."

레온은 엘리가 그의 이름을 또박또박 말하는 걸 지켜보며 미소 지었다. 그의 이름 또한 경례와 마찬가지로 가르치지도 않았는데 제 엄마가 부르는 것만 듣고 배웠다. 기특하기 그지없었다.

"근데 할모니는 이름이 할모니야?"

"아니, 아빠의 엄마라서 할머니라고 부르는 거야."

엘리가 눈을 커다랗게 뜨더니 당황한 목소리로 물었다.

"아빠도 엄마가 이써? 왜? 왜 이써?"

친구나 다른 어른들은 부모가 있다는 것을 알지만 제 부모는 날 때부터 엘리의 엄마와 아빠로 태어났을 거라 생각했는지 아이는 적잖이 충격을 받은 듯했다. 아빠도 한때는 저만 한 아기였다고 말해 주면 더 큰 충격을 받을지도 모른다.

"엄마가 엘리의 선물을 기다리잖아."

"마샤."

레온은 엘리를 내려놓고 본관의 정문으로 등을 살짝 떠밀었다. 엘리가 들고 가기엔 무리인 자수정은 하녀장에게 주며 별채까지 아이를 데리고 가라고 지시했다.

"아가씨, 차를 부를 테니 잠시 기다려 주세요."

엘리자베스는 하녀장이 사생아 따위를 아가씨라고 부르자 얼음주머니를 다시 이마에 얹어야 했다.

"세상에, 머리에 왕관까지 씌웠어…."

레온은 응접실 밖에 서서 안을 훑어보다 픽 웃었다. 어머니의 발치에 선 수행원의 손에 손잡이가 부러지고 흙이 지저분하게 묻은 양산이 들려 있었다.

그 여자가 과거에 당구공으로 그의 머리를 찢은 일을 모르지 않을 텐데. 그걸 잊고 덤볐던 모양이었다.

하긴, 쓰려던 물건이 없어 어쩔 수 없었겠지.

어머니의 모자 상자에 숨겨져 있던 권총은 그가 미리 없앴으니.

어머니는 또다시 웃는 그를 얼음주머니 아래에서 노려보더니 수행원들에게 나가라 손짓했다. 둘만 남자 떼를 쓰는 듯한 질타가 시작됐다.

"네 아비도 반군의 미인계에 넘어가 목숨을 잃더니 너마저 그럴 생각이니? 네가 여태 이해하기 어려운 선택을 해도 결과는 항상 옳기에 믿었는데 어떻게 네 어미를 이런 식으로 배신할 수가 있어?"

레온이 무감한 눈으로 내려다보기만 하자 어머니는 눈을 질끈 감으며 한숨을 쉬었다.

"그래. 너를 믿은 게 잘못이지. 그 아비에 그 아들인 것을. 너도 네 아비처럼 나를 피 말려 죽이려고 작정했구나."

"여름이 오기 전에 떠날 겁니다."

미끼처럼 툭 내뱉은 말에 어머니는 또다시 낚였다. 낯빛이 밝아지더니 잠시 의심의 눈초리로 그를 흘겨보았다.

"말도 안 되는 이야기다만 설마 그 여자의 말대로 너도…."

레온이 고개를 젓자 어머니가 크게 안도하며 눈을 감았다.

"그래, 말도 안 되는 이야기지."

레온은 등을 돌려 본관 밖으로 나서며 입매를 비틀어 올렸다.

어찌 되었든 그는 거짓말을 하지 않았다.

"이쁘지이?"

"응, 반짝반짝해서 정말 예쁘네. 엄마 마음에 쏙 들어. 고마워."

"헤…."

그레이스는 뿌듯해하는 엘리의 이마에 입을 맞추곤 자수정을 인형의 집 정원에 놓았다.

광물이라니. 제롬 윈스턴에게서 빼앗아 온 모양이었다. 제 동생이 약 올라 하는 걸 그 남자는 즐겁게 지켜봤겠지. 상상하자니 실소가 나왔다.

"이거 봐봐. 싱기하지?"

"그렇네."

엘리가 그네라며 자수정 옆에 놓은 건 진자였다.

서로를 힘차게 때리고 또 때린다. 그렇게 극과 극으로 치닫다 제풀에 멈추곤 언제 서로를 때렸냐는 듯 한 몸처럼 붙는다.

우리를 닮았어.

진자에서 그레이스는 눈을 떼지 못했다.

"왔다!"

인형을 상자에서 꺼내던 엘리가 문을 향해 외쳤다. 제 아빠가 왔다는 줄 알고 돌아보았더니 놀이방으로 들어온 사람은 마사였다. 마사가 오면 넷이서 숨바꼭질을 할 거라고 기다리던 아이가 인형을 놓고 일어섰다.

"술래는 엘리가 할 꺼야."

아이가 창가로 가더니 두 손으로 제 눈을 가리고 돌아섰다. 규칙은 열 셀 동안 같은 층에서만 숨는 것.

"하나."

엘리가 숫자를 세기 시작하자 베니가 놀이방 밖으로 뛰어나가고 마사가 웃으며 뒤를 따랐다. 그레이스는 뒤늦게 몸을 일으켜 복도로 향했다.

"두울."

창문에 드리워진 긴 커튼 뒤에 베니가 숨어 있었다. 발이 다 보이는 줄도 모르고 감쪽같이 숨은 줄 아는 게 아이다웠다. 마사는 아마 아들에게서 멀지 않은 곳에 숨었을 것이다.

"셋."

난 좀 더 멀리 숨어 볼까.

갈수록 어수선해지는 마음과 머리를 잠시 식힐 곳을 찾아 복도의 모퉁이를 돌던 때였다. 그녀의 마음과 머리를 어지럽게 한 주범과 마주쳤다. 여전히 장교복 차림인 그의 손에는 못 보던 서류 봉투가 들려 있었다.

두 사람은 다가가지도 지나치지도 않고 그 자리에 멈춰 섰다. 서로의 눈을 마주한 채 소리 없는 물음을 집요하게 주고받는 사이 멀리서 넷을 세는 소리가 들려왔다.

전해 들었어. 엘리자베스 윈스턴 대부인께서 찾아왔었다며?

이런 말을 하며 몰랐던 척 시치미를 뗄 필요가 없다는 걸 레온은 그레이스의 눈빛을 보는 순간 직감했다.

"같은 엘리자베스를 사랑하고 같은 엘리자베스를 혐오하는 사이가 된 기분이 어때?"

"영광스러워서 몸 둘 바를 모르겠어. 그나저나 그런 사이가 되는 게 네 목적은 아니었잖아?"

그의 모친과 격돌하게 부추긴 이유를 묻는 그레이스에게서 샐리이던 시절의 당돌한 면모가 보였다. 보모의 입으로 대화를 전해 들었을 때 느꼈던 안도감을 레온은 또 한 번 느끼며 이 일을 꾸민 이유를 솔직히 털어놓았다.

"일종의 시험이지."

"시험?"

레온은 저명한 심리학자들에게 딸의 상태에 관해서만 자문한 게 아니었다. 엘리보다는 그레이스의 상태를 논하는 데 더 많은 자문료와 시간을 들였다.

무너졌던 그레이스가 어디에도 기대지 않고 두 발로 서려면 나는 무엇을 해야 할까. 혼자 남겨 두어야만 했기에 반드시 답을 찾아야 했다.

그를 밀쳤다가 당긴다. 그레이스다운 고자세였다가도 답지 않은 저자세를 보인다.

극과 극을 달리며 오락가락하는 그레이스의 행동과 심리를 어느 박사는 진자에 비유했다.

"진자는 좌우로 오락가락하는 불안정한 변동을 겪은 끝에 평형에 도달하죠."

한쪽으로 높이 들어 올려진 상태로 머무르다 저를 붙잡고 있는 것이 갑자기 사라져 추락하기 시작한 진자는 단숨에 평형점에 멈춰 설 수 없다. 반대편의 같은 높이까지 도달했다가 또다시 원래의 방향으로 되돌아간다. 대신 이번에는 원래보다 조금 낮은 위치로.

그런 식으로 좌우를 오르내리다 보면 조금씩 진폭이 줄어들고 언젠가는 평형점에 도달해 멈추는 것이다.

그래서 지난 한 달, 그레이스가 제게 지나치게 의존하지 못하도록 심리적인 거리를 서서히 두며 그녀의 변화를 관찰했다. 그의 직감은 그레이스의 진폭이 줄어들어 간다고 말하나 섣불리 확신할 순 없었다.

그런 고민을 이야기했을 때 어느 교수가 제안했다. 간단한 시험을 해 보라고.

"네가 저번처럼 심리적으로 궁지에 몰리는 상황에서 어떻게 반응하는지 알아야만 했어. 그런데 넌 이 안전한 곳에 틀어박혀 나가질 않으니 그런 상황을 네 코앞까지 불러온 거지."

어차피 정신력과 자신감을 모두 회복한 그레이스라면 그의 모친은 상대가 못 되기에 상처가 되지 않으리라 예상했다. 물론, 예상은 맞아떨어졌다. 그리고 뜻밖의 수확도 있었다.

"당신 아들도 저와 함께 영원히 사라질 거예요."

이건 홧김에 한 소리일 테니 수확이라고 할 순 없지만 듣기엔 좋았다.

정작 수확이라 부를 수 있는 건 따로 있었다.

"윈스턴은 제게 필요 없어요."

그래, 그레이스. 내가 닦아 둔 길을 잘 따라오고 있어. 그 종착지가 어디일지 잘 생각해 봐.

멀리서 여덟을 세는 소리가 들려오는 가운데, 그레이스는 은근한 미소를 머금고 있는 남자를 응시했다.

기가 차지만 화가 나진 않았다. 제 모친과 언쟁을 하게 만든 건 그저 그녀의 정신 상태를 시험하기 위함이었다니. 상상했던 것보다 타당하고 훨씬 단순한 목적이었다.

지나치게 단순해.

이 남자, 거짓말은 하지 않았을 거다. 언쟁의 역할은 거기까지인 게 맞을 것이다.

그러나 이건 레온 윈스턴이 지휘하는 웅장한 서커스에서 스쳐 지나갈 뿐인 막간극이다. 그런 직감이 강하게 들었다.

나 이미 눈치챘어. 솔직하게 말해.

추궁하는 눈빛을 보내도 대답은 돌려받지 못하던 때였다.

"열! 이제 엘리가 잡으러 간다!"

됐어. 숨기나 하자.

그레이스는 연푸른 눈동자에 달라붙어 있던 시선을 떼고 고개를 돌렸다. 복도 한가운데에 여전히 서 있는 남자를 스쳐 지나가려던 찰나였다. 그녀의 팔에 손이 감기더니 몸이 휙 딸려 갔다.

그에게 이끌려 들어온 방이 어딘지 알아채기도 전에 방에 딸린 벽장에 떠밀려 들어갔다. 남자도 함께 들어오더니 등 뒤의 문을 조용히 닫았다.

캄캄한 어둠 속에 잠기자 문이 닫히기 직전 보았던 거대한 인영의 잔상이 눈앞에서 어른거렸다. 빛을 등진 탓에 그의 얼굴을 볼 수 없었으나 허기에 시달리는 눈빛이 똑똑히 보였던 것만 같았다.

그것만으로도 숨이 가빠 온다. 저속한 의도는 없을 게 분명한 이 남자의 행동을 또다시 오해하게 된다.

벽장이 비좁은 탓에 가슴이 밀착해 있어 숨을 크게 들이켜면 그는 곧바로 느낄 것이다. 몸이 달아오르는 걸 들키지 않으려 숨을 얕게 들이쉬었다. 그럴수록 숲 내음이 옅게 섞인 익숙한 향수 냄새가 그녀를 질식시키며 숨이 더더욱 가빠 오기만 했다.

아무런 움직임도, 소리도 없는 암흑 속에서 그레이스의 정신이 아득해져 갔다. 시간과 공간부터 저와 제 앞의 남자가 누구인지까지도 잊을 것만 같은 지금 이 순간, 느껴지는 건 맞닿은 몸의 열기뿐이었다.

그러다 밖에서 아이들의 목소리가 희미하게 들려온 때에야 그레이스는 무얼 하던 중인지를 기억해 냈다.

이런 짓을 할 때가 아니야.

너도 숨바꼭질에 동참할 생각이 들었어?

시답잖은 농담으로 둘 사이에서 살얼음판처럼 번져 가는 긴장을 깨려 했으나 그러지 못했다. 입을 여는 찰나 숨이 턱 막힌 탓이었다.

"흡…."

오늘 아침, 손끝에 깃털보다도 가볍게 닿았던 입술이 그녀의 입술을 묵직하게 짓눌렀다. 그가 입술을 열자 그레이스의 입술도 그 힘에 못 이겨 벌어졌다. 그 틈으로 파고든 살덩어리가 잇새마저 벌리며 안으로 밀려 들어 왔다.

이젠 이 남자에게 저속한 의도는 조금도 없다고 말할 수 없다. 그의 모친이 지금 이 꼴을 본다면 천박한 유혹을 벌이는 악마는 제 아들이라는 걸 인정해야만 할 것이다.

"으, 으읍…."

그레이스는 탐욕스러운 키스를 받아 내며 다리를 한껏 오므렸다. 그러나 아무리 허벅지에 힘을 주어도 그 사이에서 부풀어만 가는 욕망을 억누를 순 없었다.

맞붙은 입술 사이로 타액이 흐르자 남자는 그걸 엄지 끝으로 능숙하게 훔쳐 냈다. 그레이스는 그가 엄지를 치마 속으로 밀어 넣지는 않을까 초조해졌다. 그가 알지 못하는 사이 허벅지 안쪽도 축축이 젖어 가고 있었다.

잘그락, 가지런히 매달린 훈장이 비뚤어져 부딪치도록 그의 가슴팍을 움켜쥐자 쩍, 젖은 소리를 내며 입술이 떨어져 나갔다.

"네가 나를 잘 아는 게 다행인지, 불행인지 모르겠어."

격렬한 마찰에 아릿해진 입술로 거친 숨이 섞인 속삭임이 쏟아졌다.

"뭐든, 참기 힘들게 해."

그녀의 허리를 붙든 손에 힘이 들어가는 찰나 발이 바닥에서 떨어지더니 삽시간에 몸이 뒤로 돌려졌다. 그레이스가 벽을 짚고 서자마자 두 손이 엉덩이의 굴곡을 타고 내려가 치마를 들쳐 올렸다. 블루머가 끌어 내려지는 동시에 음부로 손가락이 파고들어 왔다.

"훗…."

몸이 흠칫 떨렸다. 노골적인 자극에 놀라 뒤로 젖힌 고개가 탄탄한 가슴팍에 처박혔다. 내밀한 속살을 더듬어 대던 남자가 그녀의 귓가에 목이 졸리는 듯한 신음과 함께 낯 뜨거운 소리를 쏟아 냈다.

"전희 따위 필요 없겠군."

뒤에서 벨트의 버클을 푸는 소리가 들리더니 그레이스의 구두 사이로 군화 끝이 들어왔다. 그녀는 기꺼이 다리를 벌리며 발끝을 들고 허리를 낮췄다. 비좁은 벽장 안에서 두 몸뚱이가 틈 없이 밀착했다.

"흐읍…."

남자의 몸이 그녀를 가르고 들어오기 시작하자 그레이스는 입술을 깨물었다. 아무리 힘을 빼도 버거웠다. 질구에 선단만 머금었을 뿐인데 이물감이 묵직했다. 살 기둥이 서서히 밀려들어 오며 아래를 꽉 메울 땐 숨이 막힐 지경이었다.

결국 그는 끝까지 들어왔다. 자궁구가 성기 끝에 밀려 올라가는 게 느껴진다. 한계까지 벌어진 내벽이 굵다란 살 기둥을 물고 움찔움찔 전율하는 느낌 또한 생생했다. 기꺼이 몸을 겹칠 때에도 그레이스는 이 순간이 되면 조금은 겁에 질렸다.

"움직여도 될까?"

잠시 마음의 준비를 할 시간을 준 남자가 깊이 잠긴 목소리로 물었다. 그레이스는 입을 벌려 대답하는 대신 아래를 조였다.

"하아, 정답이야."

깊숙이 맞물린 성기가 꿈틀하는 것이 느껴지자마자 그는 허리를 뒤로 물렸다. 안을 묵직하게 채운 느낌이 사라지고 허전함이 그 자리를 차지했다. 질구에 끝만 아슬아슬 걸쳐져 얕게 문대어지던 성기가 다시 미끄러져 들어오며 이물감이 쾌감이 되려던 찰나였다.

"아훗…."

"엄마! 엄마 어디써?"

엘리의 목소리가 가까웠다. 방으로 들어왔다는 뜻이었다.

"쉿. 조용히."

저질스러운 자세 그대로 얼어붙은 그레이스의 입을 커다란 손바닥이 틀어막더니 아랫배를 감싸 쥐고 있던 손이 사라졌다.

"엄마? 엄마아!"

아이의 목소리가 점점 가까워져 가는 가운데 벽장의 문은 안에서 잠글 방법이 없다는 걸 뒤늦게 깨달았다.

그레이스는 어둠 속에서 문고리가 있던 쪽으로 손을 뻗었다. 그녀의 손에 닿은 건 차가운 금속이 아니라 뜨거운 살이었다. 그가 이미 문고리를 쥐고 있었다는 데 안도하자마자 바닥과 문의 좁은 틈에 작은 그림자가 졌다. 엘리가 벽장 앞을 서성댄다는 뜻이었다.

"엄마?"

문 하나를 사이에 둔 아이에게 들킬까, 숨을 더더욱 죽이던 때였다.

"여깄다!"

멀리서 베니의 목소리가 들려왔다.

"엄마 거기써? 안 돼. 엘리가 찾아야 한단 말야."

곧바로 뛰어나가는 발소리가 들리더니 점점 멀어졌다.

"하아…."

입을 덮은 손이 떨어져 나가며 그레이스는 참았던 숨을 내쉬었다. 안도와 함께 이성이 돌아오자 수치스러워졌다.

짐승도 이러진 않을 거야.

그의 가슴팍을 밀어내며 엉덩이에 박힌 성기를 비틀어 빼려던 때였다. 허리 짓이 시작됐다.

"하읍…."

"쉿."

남자가 다시 그녀의 입을 틀어막더니 귓가에 속삭였다.

"마저 해. 네가 갈 때까지만."

그는 끝까지 가지 않을 거란 뜻이었다.

"넌 마음만 먹으면, 단숨에 갈 수 있잖아."

네가 마음먹으면 가는 거잖아.

그가 능란하게 허리를 흔들 때마다 겨우 돌아온 이성이 달아난다. 삽시간에 바닥난 이성의 자리로 강렬한 쾌감이 차올라 그레이스를 원초적인 육욕만 남은 짐승으로 만들었다.

온 신경이 한곳으로 쏠린다. 흥분해 잔뜩 부푼 살을 단단한 성기가 긁어 올렸다 내리는 자극이 못 견디게 짜릿했다. 질 끝의 민감한 곳을 푹 찔릴 때마다 날카로운 쾌감이 몸을 관통하며 그레이스는 소스라쳤다.

"읍, 흐읍…."

입을 덮은 손바닥에 교성이 쉴 새 없이 부딪쳤다. 그녀의 입을 틀어막고 허리를 움켜쥐어 단단히 결박한 남자는 그레이스의 가장 깊은 곳까지 자신을 내리꽂고 또 꽂아 넣었다.

그에게 제 몸을 모조리 맡겼다. 그가 흔들면 흔들리고, 느끼기 원하면 느낀다. 이젠 이 남자에게 지배권을 주어도 그레이스는 두렵지 않았다.

"하아, 우리 자기, 벽장이 취향인가? 아니면 내가?"

남자가 귓바퀴를 핥으며 속삭인 순간 찔꺽찔꺽 적나라한 물소리로 신경이 쏠리며 얼굴이 달아올랐다. 입을 막은 손가락을 살짝 깨물었더니 짓궂은 웃음이 귓가를 스쳤다.

허리를 쥐고 있던 손이 몸을 더듬어 올라오기 시작했다. 몸을 지탱하던 것이 사라지자마자 주저앉을 뻔한 그레이스가 다리에 힘을 주는 순간 남자가 목이 졸리는 듯한 신음을 뜨거운 숨과 함께 토해 냈다.

"내가 아니라, 네가 가야 한다고…."

사정감을 억누르는지 말이 끊어졌다.

"…했잖아."

말과 함께 멎었던 허리 짓이 다시 시작되었다. 정신이 아득해지는 쾌락에 또다시 깊이깊이 빠져들며 그레이스는 웃었다. 저 혼자 자제력을 잃고 흥분한 게 아니란 것이 블라우스의 단추를 푸는 그의 손길에서 느껴진 탓이었다.

그는 거듭 헛손질을 하다 모친이 들으면 기절할 만큼 거친 욕설을 중얼거리기까지 했다. 이 남자답지 않게 여유를 잃은 모습에 브래지어 속에 숨겨진 젖꼭지가 딱딱해졌다.

"빌어먹을…."

단추를 뜯어 버리고 싶어 한다는 게 느껴지자 그레이스는 경고했다.

"뜯지 마."

"나도 알아. 노력하고 있잖아."

그가 계속 고전하자 결국엔 그레이스가 나섰다.

"잠깐만. 하지 마. 뜯어지잖아."

단추 두세 개를 푸는 그 찰나도 참지 못하겠다는 듯 손가락 여러 개가 블라우스 자락 속으로 파고들어 와 말캉한 살을 짓눌렀다. 가슴 사이의 단추가 풀리기 무섭게 손이 브래지어 안으로 들어와 살덩이를 욕심껏 움켜쥐었다.

"흣…."

"하아…."

그레이스가 전율하는 동시에 갈증을 해소한 남자의 신음이 목덜미로 쏟아졌다.

삼켜진 것만 같다. 작다고 하기 힘든 가슴을 남자는 한 손에 다 쥐고 난잡하게 치대었다. 이 남자가 제 가슴을 쥐고 하는 짓을 저는 그의 성기를 주물러 대며 한다는 걸 그레이스는 전혀 자각하지 못하고 몸을 떨었다.

"으응…."

뜨거운 손안에서 살덩이가 말캉하게 녹아내린 것처럼 마구잡이로 뭉개진다. 자신이 엉망으로 뭉개지는 것만 같은 느낌을 그레이스는 기꺼이 즐겼다.

"흡…."

굵은 손가락이 젖꼭지를 사이에 끼고 사정없이 비틀었다. 벼락처럼 내려치는 성감에 그레이스는 반사적으로 다리를 오므렸다. 아래가 꽉 조여드는 바람에 속살을 세차게 치고 들어오는 성기가 순식간에 몸집을 두 배는 불린 것처럼 느껴졌다. 눈앞이 아찔해진다.

"네가 옆에 있을 땐 매분 매초가 고문이야."

남자는 그녀의 젖꼭지를 고문하듯이 굴며 제가 도리어 괴로워했다.

"네가 이런 몸에 얇은 잠옷 한 장만 걸친 꼴로 매일 밤 내 침대에 누워 있는데 만지지도 못해."

그가 이어서 뱉은 거친 욕설에 그간 억눌러야만 했던 욕망이 고스란히 뒤섞여 있었다.

"엘리가 네게 안기면서 엄마는 말랑말랑하다고 할 때마다 미칠 것 같은 거 알아?"

"훗!"

땀에 젖은 손이 가슴을 욕심껏 움켜쥐었다.

"이 느낌을 몰랐으면 미칠 일도 없었을 텐데."

엘리가 그녀에게 안길 때면 이 남자는 그저 좋은 아빠처럼 은은한 미소를 짓고 있었다. 그 가면 뒤에서는 격한 욕망을 억누르고 있었을 줄이야.

그걸 알게 된 것만으로도 온몸의 솜털이 쭈뼛 섰다. 꼴을 보자면 정복당한 건 자신이면서 그레이스는 그를 정복했다는 희열에 정신을 차리지 못했다.

"아훗, 더, 더…."

그레이스가 자제력을 완전히 놓고 애걸할수록 남자의 입이 거칠어지고 저질스러워졌다.

그것도 모자라 그는 은밀하고 음란한 상상을 그레이스의 귓가에 조곤조곤 속삭였다.

"우리 딸, 어쩌지? 아빠는 케이크보다는 네 엄마를 먹고 싶은데. 발끝까지 벗겨서 모조리 빨아 먹을 생각이야."

그녀에게 달라붙어 떨어지지 않는 딸을 따돌리고 이보다 더한 짓을 벌이는 상상을 하루에도 수십 번 했다는 말을 들으며 그레이스는 한층 더 흥분하고 말았다.

"아, 거기, 훗, 더, 하웃…."

"엘리, 미안. 엄마는 아빠랑 노는 걸 더 좋아해."

"훗, 그런 말, 엘리한텐, 아흑, 읍…."

그녀의 몸에서 일어나는 일을 본인보다 한 박자 먼저 감지한 남자가 그레이스의 입을 다시 틀어막았다.

몸이 열리며 닫힌다.

숨통이 트이며 막힌다.

눈앞이 새하얘지며 새카매진다.

정신이 아득해지며 번쩍 깨어난다.

천국으로 치솟으며 지옥으로 추락한다.

절정이었다.

시원한 쾌감이 훑고 간 몸에서 힘이 빠지며 그레이스는 축 늘어졌다. 힘이 빠지지 않은 곳은 단 한 곳뿐. 속살만이 굵다란 살 기둥을 고집스럽게 물고 놓아주지 않았다. 파르르 경련이 일 정도였다.

"하아, 하아…."

손이 떨어져 나가자 그레이스는 숨을 몰아쉬었다. 벌써 가 버린 게 아쉽다는 생각이 드는 동시에 한 번으로도 만족했다는 걸 인정할 수밖에 없어 웃음을 터트렸다.

그러나 남자는 아쉬운지 그레이스의 배 속에 제 성기를 은근히 문질러 댔다. 그녀가 갈 때까지만 할 거란 약속을 어겼다. 그러나 그레이스는 지적하지 않았다.

"하아, 훗…."

벽을 짚은 손에 그가 깍지를 끼더니 어깨 뒤로 당겼다. 허리 짓이 격해지는 가운데 손등에 입술이 부드럽게 내려앉았다.

"자기야."

아래는 천박한 짐승, 위는 우아한 신사인 남자가 욕정과 애정을 한꺼번에 담아 그녀를 부른다.

"생일 축하해."

그레이스는 그제야 그가 제 생일을 모르는 것 같아 실은 섭섭했었다는 걸 깨달았다.

"넌 내 아버지를 죽인 여자에게 감사하게 만드는 여자야."

너를 낳았잖아. 그의 짓궂은 사랑 고백에 그레이스는 그저 웃어 버렸다.

"이런, 미안해서 어쩌지? 난 너를 낳은 여자에게 그다지 감사하지 않은데?"

그도 그레이스의 짓궂은 농담에 웃더니 그녀의 턱을 돌려 입술을 집어삼켰다. 서로의 못된 혀를 뽑아 먹으려는 듯한 키스가 오래도록 이어졌다.

"힝…."

엘리는 시무룩해졌다.

"엄마 업써져써."

베니랑 마사도 여기저기 뒤져 봤지만 엄마가 안 보인다고 했다. 그래서 아빠한테 찾아 달라고 하려 했는데….

"아빠도 업써져써."

복도를 따라 터덜터덜 걷다 문이 활짝 열린 어느 방 앞을 지날 때였다.

"거기가 아니야."

엄마 목소리다!

엘리는 방으로 뛰어 들어가 엄마의 웃음소리가 들리는 문을 벌컥 열었다.

"찾아따!"

그런데 어둠 속에서 엄마가 아니라 커다란 손이 불쑥 튀어나오는 게 아닌가.

"잡았다."

"꺄하핫! 아빠가 나와써!"

쪼르르 도망치는 아이를 남자가 느긋하게 쫓아갔다. 두 사람이 나가며 문이 닫히자 그레이스는 놀란 가슴을 눌렀던 손을 뗐다.

"내 말이 맞잖아. 여기 아니라니까."

그 남자가 잘못 채운 단추를 다시 풀려 했지만 자꾸만 헛손질을 했다. 손만이 아니라 다리도 후들거린다. 결국 그레이스는 벽을 타고 미끄러져 주저앉았다.

"하아…."

그녀의 몸에 성가시도록 쌓여만 가던 간질간질한 갈망은 짧은 정사한 번에 사라졌다. 그러나 마음은 어째서 더더욱 간질간질한 걸까.

까맣게 잊고 있었던 서류 봉투의 정체는 그가 벽장에 두고 간 걸 돌려주려다 알게 되었다.

"생일 선물."

그가 주는 생일 선물이란 매일 사치를 해도 죽는 날까지 다 쓰지 못할 재산이었다.

윈스턴가가 소유한 기업들과 컬럼비아에 기반을 둔 유명 기업들의 주 주인 투자 회사 두 곳. 그리고 캠든 지역의 땅 절반가량을 비롯해 이곳과 컬럼비아의 토지 및 수십 채에 달하는 고층 건물을 소유한 부동산 회사 세 곳.

이 다섯 기업이 두 사람의 새 가명으로 추정되는 이름의 소유였다.

거기다 개인 재산까지 막대했다.

컬럼비아 어느 대도시의 은행 지하 금고에 들었다는 금괴와 다이아몬드, 예술품의 목록만 스무 장에 달했다. 그곳 동남부의 어느 휴양지는 도시를 거의 통째로 소유하다시피 했다.

"두 사람이 모든 걸 절반씩 공동으로 소유하는 거야. 참고로 이자가 사망할 시 소유한 지분은 모두 네게 가도록 유언장도 작성해 뒀어."

남자는 제 가명을 자신이 아니라 남처럼 불렀다. 미심쩍은 눈으로 응시하는 그녀에게 그는 유언을 집행할 변호사의 명함을 건네주기까지 했다.

봉투 안에 든 두꺼운 서류를 한 장 한 장 넘길수록 처음의 충격은 무뎌지고 머릿속이 차분해졌다.

이 왕국에 있는 토지와 기업 지분은 모두 본래는 윈스턴가의 것이다. 나머지 재산은 전부 컬럼비아에 있었다.

즉, 이건 망명을 위한 재산 빼돌리기이다.

제게 주는 '선물'이 아니니 부담스러워하거나 거절하는 건 우스운 일이었다.

"필요는 없지만 기쁘게 받죠, 각하."

무릎을 살짝 굽혔다 펴며 가짜 경의를 표하자 남자도 쓰지 않은 모자를 드는 척하며 가짜 인사를 했다.

"필요 없다니. 나야말로 기쁘군요, 사랑하는 리들 양."

선물은 거기서 끝이 아니었다. 서류 봉투 안에 든 손바닥만 한 봉투에는 컬럼비아행 대양 횡단선의 승선권이 들어 있었다.

단 두 장뿐이었다.

놀란 눈으로 올려다보는 그녀에게 남자는 말했다.

"엘리의 세 번째 생일만 함께 보내고 떠나."

한 글자가 빠졌어.

떠나자. 떠나자고 말해야지.

그러나 그는 그 마지막 한 자를 끝내 말하지 않았다.

내가 말하라는 뜻인가?

이 남자라면 충분히 부리고도 남을 수작질이라는 생각이 들었다.

이번만 당해 주지.

입을 여는 찰나 그가 고개를 기울여 그레이스에게 키스를 했다.

"다시 한번 말하지만 생일 축하해."

그러곤 더 이상의 할 말은 없다는 듯 나가려는 남자의 손을 그레이스는 덥석 붙잡았다.

"쫓아올 거지?"

"…"

"기다릴게."

그 순간, 그레이스는 그가 웃었다고 생각했다. 물론, 겉으로 드러난 표정에는 아무런 변화가 없었다.

그렇지만 분명 속으로는 웃고 있어. 넌 웃고 있는데 왜 이런 대답만 남기고 가 버리는 걸까.

"난 이제 널 쫓지 않아."

홀로 남겨진 그레이스는 단 두 장의 승선권만 멍하니 응시했다. 눈앞이 어지럽다. 그녀를 억세게 쥐고 있던 손이 힘을 불시에 풀어 버려 휘청하는 기분이었다.

구름 한 점 없는 5월의 하늘은 그 아래에 펼쳐진 사파이어 블루빛 바다에 견주어도 지지 않을 만큼 푸르렀다. 날씨는 화창하고 바다는 잔잔하다. 출항하기 좋은 날이었다.

사람들이 여객선과 부두를 분주히 오갔지만 짐꾼과 선원들뿐이었다. 출국 심사장의 문은 굳게 닫혀 있었다.

컬럼비아행 여객선의 승선이 시작되지 않은 이른 시각, 승선객은 아직 발 들일 수 없는 부두로 차량이 줄지어 들어왔다.

여객선의 일등실 승객용 출입구 바로 앞에 고급 세단이 멈춰 섰다. 대기하고 있던 선원이 다가가 문을 열자마자 서너 살 정도로 보이는 여자아이가 폴짝 뛰어내렸다.

지나치게 큰 밀짚모자를 쓴 아이의 품에는 낡은 돌고래 인형이 안겨 있었다.

"와아! 어엄청 크다."

아이가 목이 아파 보이도록 고개를 젖히고 여객선을 올려다보다 감탄했다. 그레이스는 신이 난 아이를 감상에 젖어 바라보았다.

"처음 왔을 땐 이것 좀 보라고 해도 스콘만 먹더니."

그날 일을 기억하기엔 그때의 엘리는 너무 어렸다. 그땐 유모차에 태워야 했던 아이가 지금은 제 발로 당당하게 경사로를 걸어 올라간다.

그사이 긴 시간이 흘렀으며 수많은 우여곡절을 겪은 후에야 다시 이곳으로 돌아올 수 있었다는 생각에 눈시울이 찡해졌다.

"엘리, 혼자 가지 말고 기다려."

"얼른 와아!"

그럴 수 없는 건 출국 심사를 받아야 했기 때문이었다. 그녀의 옆에 앉은 남자 덕에 출국 심사장에 줄을 설 필요는 없었다.

대기하고 있던 출국 심사관에게 윈스턴가의 수행원이 다가가 여권 여러 개를 건넸다. 심사관은 여권을 제대로 확인하지도 않고 출국 허가 도장을 찍었다. 수행원이 그레이스에게 여권을 돌려주곤 뒤차에 탄 조와 마사의 가족에게로 향했다.

그레이스는 펼쳐진 여권을 들여다보곤 남자에게 눈을 흘겼다. 불만스러웠다.

모두 새 이름으로 새 출발을 한다. 당연한 일이니 그게 불만일 리는 없었다.

불만은 새 이름에 있었다.

남자는 멋대로 엘리의 이름을 엘리자베스에서 엘로이즈로 바꿨다. 둘 다 애칭은 엘리이니 상관없을 거라 생각한 듯하지만 아이의 생각은 달랐다.

"그럼! 엘리가! 공주님이! 아니잖나!"

엘리자베스는 공주의 이름이었으니까.

결국 남자는 엘로이즈라는 이름의 공주님이 등장하는 동화책을 사 주고서야 엘리의 용서를 얻을 수 있었다.

그레이스는 그레이스라는 이름은 지킬 수 있었다만 미들 네임을 빼앗겼다. 원래의 미들 네임인 앤을 남자가 멋대로 바꿔 버린 것이었다.

데이지로.

남자가 예약한 객실에는 불만이 없었다. 일등실, 그것도 스위트룸이었으니까.

셋은 가장 큰 방에 당연하다는 듯이 두 사람의 짐을 옮기는 수행원과 하녀들을 따라 들어갔다.

"머핀이랑 젤리 꺼내 죠."

엘리가 조르자 하녀가 수많은 상자를 일일이 열어 보기 시작했다. 그레이스는 고전하는 하녀를 지켜보다 제 옆에 선 남자에게 눈을 흘겼다.

분명 그저께만 해도 짐은 지금의 절반이었다. 엘리의 생일이었던 어제, 짐이 두 배로 불어난 것이었다.

남자는 말 그대로 선물 폭탄을 투하했다. 선물을 풀어 보다 지친 아이가 도중에 낮잠을 자고 와서 남은 걸 풀어 보아야 했을 정도였다.

"*네게 정말 주고 싶은 선물은 바다 건너에 있어.*"

그러고도 부족하다는 듯이 이런 소리까지 하는 것이었다.

'궁전'을 떠난다고 아쉬워하던 엘리는 그 말에 떠날 순간을 고대하기 시작했다. 배를 타고 멀리멀리, 더 좋은 곳으로 간다. 아이는 그렇게만 알고 있었다.

남자가 무슨 말을 해 두었는지, 아이는 어째서 아빠는 함께 가지 않느냐는 말을 하지 않았다. 제 아빠에게 안겨 작별 인사를 나누는 지금도 묻지 않았다.

"아빠가 엘리를 많이 사랑한다는 거 잊지 말고."

"엘리도 아빠 사랑해."

입술을 삐죽 내밀고 울 것처럼 구는 아이에게 남자가 귓속말을 하자 아이가 씩씩하게 고개를 끄덕였다. 아이를 조금 더 안고 있다가 내려놓은 그가 그녀와 마주 섰다.

이젠 그레이스와의 작별 인사만이 남았다.

그는 잔잔한 바다처럼 차분한 눈으로 그레이스를 바라보았다. 얕은 바다의 빛깔을 띠는 저 두 눈은 깊은 물보다도 많은 걸 숨기고 있다.

저 속에 담긴 모든 걸, 난 언제쯤 투명하게 볼 수 있을까.

그래도 하고 싶은 말이 있다는 건 알겠다.

"뭔데?"

남자가 그제야 곧은 눈매를 휘며 입을 열었다.

"네가 떠나기 전에 꼭 듣고 싶은 말이 있어."

같이 가자는 말? 사랑한다는 말? 모두 틀렸다.

"별채 지하에서 어떻게 탈출한 거야?"

세탁물 투하관.

세상에, 그걸 아직도 못 알아냈다니.

그레이스는 가벼운 웃음을 터트리며 남자에게 바짝 다가섰다. 귓속말을 하는 순간 그가 실소했다.

한 발짝 물러선 그레이스는 웃음기를 띤 채 저를 얄밉다는 눈으로 바라보는 남자에게 그가 자주 그러듯 눈꼬리를 한껏 휘어 웃어 주었다.

웃음이 사라지자 다시 침묵이 시작됐다.

무슨 생각을 하는 걸까. 오래도록 그녀의 눈을 깊이 들여다보던 남자가 갑작스레 입매를 어렴풋이 올리더니 평생 하지 않을 줄 알았던 말을 했다.

"잘 가, 그레이스 리들."

그녀의 대답을 기다리는 듯, 잠시 머무르던 남자는 희미한 미소를 짓더니 돌아섰다. 선글라스를 쓰며 선실 밖으로 나가 버리는 남자의 뒷모습을 그레이스는 의아한 눈으로 응시했다.

난 네가 할 말을 기다렸어.

그 옛날처럼 '반가워, 그레이스.'의 뒤에 그녀의 새로운 성을 붙여 인사를 하며 장난을 치려는 줄로만 알았으나 아니었다.

그렇게, 레온 윈스턴은 그레이스 리들에게 작별을 고했다.

그의 잔상마저 사라진 자리에서 그레이스는 눈을 떼지 못했다.

"난 이제 널 쫓지 않아."

그녀는 그 말을 들은 후 느꼈던 혼란을 되짚어 보았다.

그래, 넌 이제 나를 쫓지 않겠지. 그렇지만 함께 가자는 말인 걸 네가 모를 리가 없잖아. 네가 기다렸던 말이잖아.

이해할 수 없었다.

그러다 문득 그 남자가 요즘 들어 보인 이해하기 어려운 행보는 그게 다가 아니라는 걸 깨달았었다.

싱클레어에 관한 문건들. 스스로 퍼트린 정부와 사생아에 관한 추문. 떠나라고 그녀의 등을 떠밀자마자 공표된 대공녀와의 결혼식 날짜. 그리고 끝내는 그레이스에게 작별을 고하기까지.

그 남자, 자신에게 치명적인 일을 스스로 벌이고 있었다.

너 대체 무슨 수작이야?

그녀의 감이 이건 수작질이라고 말했지만 그 수많은 조각의 아귀가 레온 윈스턴이라는 가장 큰 조각에 전혀 맞지 않아 그가 그리는 그림의 전체를 볼 수 없었다.

머리가 지끈거렸다.

"네가 나를 잘 아는 게 다행인지, 불행인지 모르겠어."

극찬은 고맙지만 내가 너를 다 알지 못하는 건 인정해야겠어.

그러나 그레이스는 무슨 수작인지 따져 묻지 않았다. 우습게도 그 남자에게 기이한 믿음이 생긴 탓이었다.

이 모든 행보가 그녀와의 헤어짐을 예고하는데 그레이스는 그가 저를 떠날 리 없다고 확신했다. 사랑하는 사람이 할 리 없는 행동을 하지만 그가 저를 언제까지나 사랑하리라고 믿어 의심치 않았다.

그러므로 그레이스는 머리를 지끈거리도록 굴리는 걸 관두었다.

머리를 쓰지 않아도 되는 건 사랑받는 자의 특권이다.

그래, 무슨 수작인지 두고 보자.

머리를 쓰는 건 사랑받고 싶은 자의 몫이다.

네가 일으키는 물결이 나를 어디로 흘려보내려는 건지, 두고 볼게.

배는 오후가 되어서야 출항했다. 그레이스는 엘리와 함께 부두가 내려다보이는 발코니에 섰다.

부두에서 서서히 멀어진다. 드디어 복수의 쳇바퀴에서 탈출한다. 벅찬 감격에 눈물이 날 것만 같았다.

그제야 그레이스는 죽는 날까지 다시는 발 디딜 일 없을 고국을 바라보며 여태 억눌렀던 환희를 만끽하기 시작했다.

꺼져, 이 지옥 같은 땅.

지옥에 작별 인사는 필요 없다.

"아빠다!"

눈물을 삼키던 그레이스는 엘리가 손을 흔드는 방향으로 시선을 돌렸다. 부두의 외진 곳에 세워진 세단 앞에 그 남자가 서 있었다. 거리가 너무 먼 탓인지, 짙은 선글라스 탓인지 이쪽으로 손을 흔드는 남자의 심정은 가늠하기 어려웠다.

여전히 복수의 쳇바퀴 속에 머무르는 남자에게 그레이스는 손을 흔들었다. 그러며 그에겐 영영 필요 없을 줄로만 알았던 말을 뒤늦게 소리 없이 전했다.

잘 가, 레온 윈스턴.

그렇게, 그레이스 리들은 레온 윈스턴에게 작별을 고했다.

제임스 블랜차드 주니어를 마주하는 건, 석 달 만이었다.

마지막으로 보았을 땐 그레이스에게 구타당해 알아보기 어려울 정도였던 얼굴이 그새 본래의 형태를 제법 되찾았다. 그러나 이자는 저번보다 비쩍 말라 있었다. 얼굴에 뼈와 가죽만 남은 탓에 분노에 찬 눈이 유달리 형형해 보였다.

"왕이시여."

의자에 다리를 꼬고 앉은 채 두 손만 정중하게 내저어 왕에게 예를 갖추는 척했다. 리틀 지미가 이를 악무는 것이 똑똑히 보였다.

"대관식이 거행된다는 전언은 들으셨나이까? 평생토록 갈망하던 왕관을 끝내 머리에 쓰고 왕좌에 앉으시게 되었으니 이 미천한 왕정의 돼지 새끼는 감격에 겨워 잠을 이루지 못하였나이다."

레온이 말하는 왕좌란 전기의자, 왕관이란 전극이 든 헬멧을 말했다.

대관식, 달리 말해 처형은 내일이었다.

지금이 아니면 블랜차드의 처형이 흐지부지될 수 있었다. 그래서 그는 모든 인맥과 수단을 동원해 형 집행 명령을 받아 냈다.

"지옥으로 먼저 가 왕국을 세워 둔 전하의 백성들이 바닥에 엎드리며 반겨 주겠군. 흠, 벌써 다른 자를 허수아비 왕으로 왕좌에 앉히지 않았어야 하는데…."

빈정대는 그를 노려보던 놈이 이를 악문 채 따져 물었다.

"해티 피셔의 병원을 알려 주면 무기 징역으로 감형해 준다고 약속했잖아."

"멍청하군."

물론 예상했던 멍청함이었다.

"그 거래는 성사된 적 없어. 내가 거래는 결렬되었다고 선언한 후에야 털어놓지 않았나?"

"더러운 협잡꾼!"

죽음을 앞두니 눈에 보이는 게 없는 걸까. 놈은 눈에 핏발을 벌겋게 세운 채 전에 없이 과격하고 상스러운 말을 퍼붓기 시작했다. 그 꼴을 무감한 눈으로 지켜보던 레온이 물었다.

"죽는 게 두려운 거야, 고통스럽게 죽는 게 두려운 거야? 후자라면 도움을 줄 수 있거든."

레온은 최근에 전기의자 형을 당한 사형수가 어떤 일을 겪었는지를 차근차근 말해 주었다.

단번에 죽는 데 실패했다. 수차례 시도에도 숨이 끊어지지 않자 형 집행이 중단되고 다음 날 재개됐다. 기준치의 몇 배에 달하는 전류에 구워지다시피 하다 사망하기까지 그자는 반쯤 익은 몸으로 고통스러운 하루를 보내야 했다.

고통스럽게 죽는 건 피하게 해 주겠다는 제안을 처음 꺼냈을 때에만 해도 씩씩거리며 그에게 욕설을 퍼붓던 놈이 갈수록 잠잠해졌다. 그의 제안을 두고 갈등하는 것이 놈의 혼란스러운 눈빛에 똑똑히 드러났다.

그제야 레온은 재킷 안주머니에 든 것을 꺼내 테이블 위에 올렸다.

"이거면 고통을 느끼기도 전에 생을 끝낼 수 있을 거야."

성냥갑만 한 나무 상자였다. 제가 그레이스에게 주었던 물건인 걸 기억해 냈는지 놈이 눈에 띄게 당황했다.

"⋯이건 무슨 수작이지?"

"보복?"

레온은 무슨 그런 당연한 걸 묻느냐는 투로 대답했다.

"내가 사랑하는 여자에게 죽으라고 명령한 것에 대한 보복. 그레이스에게 주었던 걸 결국엔 네가 삼키는, 그런 통쾌한 결말을 보고 싶어서."

"⋯."

"어때? 서로에게 나쁘지 않은 거래이지 않나?"

놈이 쓰게 웃었다. 궁지에 몰린 끝에 이성적인 사고부터 제 삶까지 포기한 것이 보이기 시작했다.

마침내 마음을 정한 놈이 상자를 가져가려고 손을 뻗자 레온은 막았다.

"대신 조건이 있어."

그는 상자를 열어 안에 든 걸 꺼내 놈의 앞으로 던졌다.

"소리 내 읽어."

블랜차드가 그레이스에게 남겼던 편지였다.

"마지막 줄은 제외하도록."

그의 여자를 향한 저놈의 주제넘은 사랑 고백은 불쾌하기만 할 뿐이었다.

그를 노려보던 놈이 곧 체념한 목소리로 편지를 더듬더듬 읽어 내려가기 시작했다.

"그, 그레이스, 너라면 내 필체를 알아보리라 생각해."

아, 그렇지. 이 구절도 불쾌하기 짝이 없었다.

"네가 돌아올 날만을 기다리다 비보를, 듣게 된 심정이 참담하기 이를 데 없어. 네 안부를 물어야 할 때에 이런 걸 보내야 하는 내 입장을 부디 이해해 주길 바라. 모두가 평등한 세상으로 가는 길은 험하다지만 불가피한 희생을 내 여, 연인에게 명하게 될 줄이야."

그 후론 아는 게 많다는 이유로 죽어야만 하는 그레이스가 아니라 자신에 대한 연민으로 가득한 변명이 이어졌다.

"…나는 우리의 대의를 이루고 뒤따라갈 테니 천국에서 만나."

"그레이스는 이미 천국으로 갔어. 그리고 뒤따라갈 사람은 네가 아니라 나지."

무슨 뜻인지 저자가 알 리 없다. 혼란스러운 눈으로 바라보는 자의 손에서 레온은 편지를 빼앗아 라이터로 불을 붙였다. 편지는 곧바로 새카만 재가 되어 바스러졌다.

그는 그제야 캡슐이 든 상자를 내밀었다. 그가 다시 빼앗아 가기라도 할 줄 안 건지, 놈은 캡슐을 잽싸게 손에 털어 넣었지만 입에 넣지는 않았다.

그의 교묘한 술수에 여러 번 휘둘린 경험에서 그래도 배운 게 있는 모양이었다. 블랜차드는 불빛에 캡슐을 비추어 안에 흰 결정이 든 것을 먼저 확인했다. 확인을 마친 놈의 표정은 원하던 걸 손에 넣은 자의 것과는 거리가 멀었다.

기나긴 망설임이 시작됐다. 쥐구멍만 한 감옥에 쥐새끼처럼 갇힌 삶에 무슨 미련이 그렇게 많은 건지. 이마를 감싸 쥔 놈의 손이 볼썽사납도록 떨렸다.

게다가 무엇이 그토록 서럽고 억울한 걸까. 놈은 끝끝내 머리를 쥐어뜯으며 울기까지 했다.

통쾌할 줄 알았으나 레온은 고통스러웠다.

저런 걸 그레이스가 겪도록 저자가 강요했다고 생각하니 피가 싸늘하게 식었다.

그 감정의 이름은 분노이지 고통이 아니다. 그를 고통스럽게 한 건 다름 아닌 자신이었다.

"빈다고 다 들어주는 건 아니라고 네 입으로 그랬잖아! 넌 내가 빌어 봐야 한 번도 들어준 적 없어! 차라리 죽여!"

오래전의 처절한 절규가 머릿속을 울린다. 레온은 눈을 질끈 감았다.

쥐구멍만 한 감옥에 쥐새끼처럼 다시 갇히기 싫었던 그 여자가 자신을 죽여 달라 절규하게 되기까지의 심정을 레온은 뜻밖의 장소에서, 뜻밖의 인물에게서 마주했다.

죽여 버리고 싶다.

그레이스가 그를 용서한다 한들 레온은 자신을 평생토록 용서하지 못할 것이다.

결국 한 시간여를 망설인 끝에 블랜차드는 캡슐을 삼켰다. 레온이 처음이자 마지막 친절이라며 내민 물 한 잔과 함께.

놈은 캡슐을 목구멍 뒤로 넘기자마자 울음을 터트렸다. 볼썽사나운 짓은 머지않아 서서히 멎었다. 블랜차드는 테이블에 고개를 박은 채 미동도 하지 않았다.

촌극을 처음부터 끝까지 지켜본 레온은 쓴웃음을 지었다.

저자는 아직도 나를 모르는군.

능력부터 천성까지 지도자에 걸맞지 않은 인물이다. 반군 수장의 아들이 아니라 평범한 집안에서 태어났더라면 소시민으로 그럭저럭 살았을지도. 그러니 서럽고 억울한 것도 어떻게 보면 무리는 아니다.

그와 블랜차드에겐 한 가지 공통점이 있었다. 어른들의 탐욕을 만족시키기 위한 꼭두각시로 키워졌다는 것 말이다.

그러나 그와 저자에게는 근본적인 차이가 있다. 저를 묶은 끈을 끊고 홀로 일어선 자와 그러지 못한 자의 차이. 그걸 해내지 못하면 남의 탐욕을 위해 이용만 당하다 버려지는 신세가 되는 것이다.

그렇다 해서 저자가 측은하게 느껴질 리는 없었다.

반역을 꾀하고 범죄를 사주하고 타인을 착취하는 일에 앞장섰다. 이런 악행을 세상은 훨씬 큰 죄로 여기겠지만 사실 그런 건 그가 알 바 아니었다.

"네 가장 큰 잘못은 그레이스에게 내가 생의 유일한 사랑이 될 기회를 앗아 갔다는 거지."

이젠 그레이스처럼 마음을 너그럽게 가져 보려 했지만 이것만은 용서할 수 없었다.

"죄질이 굉장히 나빠."

캡슐 안에 든 것이 청산가리라고 그는 말한 적 없었다. 안에 든 건 바르비탈이다. 내일 아침, 잠에서 깨어난 블랜차드는 '왕좌'에 앉아야 한다는 사실을 깨닫고 절망할 것이다.

그땐 비로소 내가 어떤 인물인지 알게 될까.

❖ · ❖

여객선을 타고 대양을 건너는 건 기대했던 것 이상으로 즐거운 일이었다.

고래와 돌고래를 난생처음 보았다. 검푸른 바다 한가운데에 새하얀 빙산이 우뚝 치솟아 있는 건 무시무시하고도 경이로운 광경이었다. 어디를 둘러보아도 바다가 끝없이 펼쳐져 있는 것도 색달랐다.

세 살배기 아이만이 아니라 서른 살인 어른에게도 모든 것이 새롭고 신기했다.

엘리는 매일같이 지루할 틈이 없는 하루를 보냈다. 온종일 갑판의 산책로를 뛰어다니며 놀다 공연을 구경하고 배가 빵빵해지도록 맛있는 걸 먹었다.

그러다 지친 아이가 일찍 잠들면 그레이스는 마사와 조에게 이끌려 밤마다 열리는 파티에 갔다.

술과 음악, 그리고 대화만 즐길 뿐, 춤은 추지 않았다. 파트너가 여기 없었으니까. 왼손 약지에 반지를 끼지 않은 탓인지 사내들이 이따금 춤을 청하곤 했지만 모두 거절했다.

그러다 이틀째에 이르러서야 그레이스는 깨달았다.

파트너가 여기 없다니. 그 남자는 그레이스의 춤 파트너였던 적이 없었다.

더 나아가 그는 그레이스의 남편도, 약혼자도 아니었으며 연인이라 불러 본 적도 없다. 그녀를 그 남자에게 법적, 사회적으로 묶는 건 아무것도 없었다.

그레이스는 아무것도 없는 제 왼손 약지를 내려다보았다. 그럴수록 의아해졌다.

과거의 레온 윈스턴이었더라면 약혼반지를 이미 이 손가락에 끼웠거나 자꾸만 들이밀고도 남았을 것이다. 그러나 지금은 그 반지가 어디 있는지조차 그레이스는 알지 못했다.

새삼스레 와 닿았다. 그 남자, 많이 변했구나.

그걸 제 텅 빈 왼손 약지에서만 느낀 건 아니었다.

그 남자, 그레이스를 홀로 보내면 미혼남이 득시글한 파티에 갈 걸 모르지 않았을 것이다. 그걸 막기는커녕 그는 그레이스의 옷 트렁크에 못 보던 칵테일 드레스를 몇 벌 넣어 두었다. 마음껏 파티를 즐기라는 메시지처럼.

기분이 이상해지자마자 그레이스는 생각을 고쳐먹었다.

그녀가 아는 레온 윈스턴이라면 지금 이곳에 사람을 심어 두었을 것이다. 그녀에게 가까워지는 남자가 있으면 갑판 난간 너머로 밀어 버리라는 명령을 내려 두었을지도 모른다.

정말 그렇다면 '변하다'의 일반적인 정의와는 멀지만 그래도 옛날에 비하면 변하긴 했다.

그레이스는 그런 정신 나간 생각을 하다 실소했다.

항해 닷새째 아침, 배는 컬럼비아에 도착했다.

이곳도 신기한 것투성이였다. 컬럼비아의 사람들은 그녀의 모국어를 다른 억양으로 떠들었다. 마천루가 숲을 이루는 대도시는 윈스포드와 그 생김새는 다를 바 없었으나 풍기는 분위기가 색달랐다.

시끌벅적하고 화려한 도시 생활을 동경하는 그레이스는 이곳에 있는 펜트하우스에서 살고 싶었지만 그러지 못했다. 입국장에 대기하고 있던 수행원들이 기차표를 내밀었기 때문이었다.

동남부의 해안 도시로 향하는 기차였다.

그 남자가 계획해 둔 게 있겠거니. 그레이스는 기차에 올랐다.

해안을 따라 여섯 시간가량 기차를 타고 가자 평화로운 휴양지가 모습을 드러냈다. 그들의 새로운 집은 중심가와 떨어진 한적한 해변에 자리했다.

열대의 이국적인 양식으로 지어진 저택에는 방이 수없이 많은 건 물론, 수영장과 테니스 코트, 마구간, 심지어는 영화관까지 있었다.

뒤편의 해변은 저택의 소유였다. 해변으로 나가 본 그레이스는 청록빛 바다를 물끄러미 바라보다 귀에 익은 음악 소리가 희미하게 나는 곳으로 시선을 돌렸다.

백사장의 반대편 끝에는 부두가 바다를 향해 길게 이어져 있었다. 경쾌한 음악은 그 위에 자리한 카니발의 회전목마에서 흘러나오고 있었다.

부두의 끝에서 하늘 위로 높이 솟아 천천히 돌아가는 대관람차에 시선이 닿은 순간에야 그레이스는 깨달았다. 차를 타고 저택으로 들어오는 길, 오렌지 나무가 담장을 따라 늘어서 있었다.

"애빙턴 비치와 닮았어."

그날 저녁 그레이스는 바다 건너의 남자에게 전화를 걸어 놀렸다.

"데이지는 애빙턴 비치에 무사히 도착했어."

물론, 그는 전혀 멋쩍어하지 않았다.

[데이지가 첫눈에 반한 소년은 거기에 있었어?]

"아니, 그 소년은 곧 있을 결혼식을 준비하느라 바쁘대."

남자는 픽 웃기만 하더니 엘리를 바꿔 달라고 했다.

"이름은 마시멜로야. 어엄청 이쁘구 사랑스럽구 귀여워."

엘리는 제 아빠가 준비해 둔 생일 선물인 흰 조랑말 이야기만 5분 넘게 종알거렸다.
 [네 선물도 준비하고 있어.]
 전화를 다시 건네받았을 때 남자가 그녀에게 이런 소리를 했다.
 [네가 평생 바라 오던 걸로.]
 그게 대체 뭘까. 그레이스는 깊이 생각하지 않고 중얼거렸다.
 "라디오면 좋겠네."
 영화관까지 있는 집에 라디오는 어째서 한 대도 없는 걸까.
 안부 인사는 끝났으니 이제 남은 용건은 없었다. 그레이스는 그가 있는 곳의 시각에 맞는 작별 인사를 고르고자 물었다.
 "거긴 몇 시야?"
 [새벽 2시.]
 "왜 아직도 깨어 있어?"
 [네 목소리를 들으려고.]
 그 순간 그레이스는 급습을 당하기라도 한 것처럼 흠칫했다. 그녀는 깃털이라도 든 것처럼 또 간질간질한 가슴을 누르며 물었다.
 "…술 마셨어?"
 수화기 너머에서 나직한 웃음소리가 들렸다.
 [사랑하면 누구나 하는 평범한 말에 놀라다니. 놀랍네.]
 "네가 평범하지 않아서."
 [알아주니 고맙군.]
 그렇게 시답잖은 소리만 하다 전화를 끊고서야 깨달았다.
 다시 또 전화하자. 곧 가겠다.
 그런 평범한 기약은 전혀 없었다.
 그렇지만 깊이 생각하지 않았다. 다시 전화벨이 울릴 거라고, 그가 어느 날 갑자기 문 앞에 나타날 거라고 그레이스는 막연히 믿었다.

고작 며칠 새, 그레이스의 목소리는 다른 사람이 된 것처럼 밝아졌다. 레온은 궁금해졌다. 아이처럼 신난 그레이스는 어떤 모습일까. 그의 기억 속에서 아이처럼 신이 난 그레이스는 정말 아이일 적밖에 없었다.
수화기를 내려놓은 그는 책상 서랍을 열었다. 중요한 물건은 모두 사라지고 잡동사니만 남은 서랍에서 그는 시가 케이스를 꺼냈다.
군 장교로 임관한 후 줄곧 한 몸처럼 지니고 다니다 이젠 쓰지 않게 된 물건이었다. 달리 말해 잡동사니가 되어 버렸다.
이제는 필요 없지만 과거엔 그를 상징했던 물건을 레온은 장교복 재킷의 안주머니에 넣고 일어섰다.
작별의 시간이었다.
적막과 어둠에 잠긴 별채를 천천히 둘러보았다. 그의 눈앞을 이곳에서의 과거가 줄지어 스쳐 지나갔다.
마지막으로 그는 지하로 내려갔다. 고문실 앞의 복도에 우두커니 서 있자니 환청이 들렸다.
"와서 들어."
여기서 어떻게 탈출했는가, 라는 의문을 그레이스는 끝까지 해소해 주지 않았다. 사람 안달 나게 하는 재주가 탁월한 여자였다.
레온은 잠시 웃다 검은 철문을 열었다. 어두컴컴한 고문실에는 여전히 피 냄새가 옅게 배어 있었다.
악랄한 고문 기술자였던 시간, 복수심에 잠식되어 살았던 세월. 그 모든 과거를 그는 이곳에 묻기로 했다.
그러나 샐리 브리스톨과의 과거, 그레이스 리들과의 과거는 버리지 않고 평생 가져가야 할 것이다.

모두가 잠든 새벽, 레온은 장송곡을 나직이 흥얼거리며 별채 밖으로 나섰다.

쿵.

캠든의 흡혈귀, 레온 윈스턴의 과거가 묻힌 영묘의 문이 영원토록 닫혔다.

캠벨은 세단 밖으로 나오는 상관에게 경례를 올렸다. 마지막이 될 그의 경례에 상관은 늘 그렇듯 짧은 눈인사로 응하고 그의 옆에 섰다.

두 남자는 말없이 세단을 지켜보았다. 밤바람에 검은 넥타이가 나부끼자 캠벨은 상관에게로 시선을 돌렸다.

장교복 재킷도, 정모도 없이 흰 셔츠와 넥타이에 검은 바지만 입고도 소령은 여전히 군 장교로 보였다. 몸에 밴 절도와 위엄은 쉽게 벗어 버릴 수 있는 것이 아니기에.

"소령님."

시가를 권했더니 그는 고개를 저었다.

"끊은 걸 알 텐데."

"담배와 사랑은 끊는 게 아니라 참는 거라고 하더군요."

소령은 캠벨을 뜻밖이라는 눈으로 응시하더니 옅은 미소를 지으며 시가를 받았다.

"비밀로 해 주도록."

캠벨은 시가를 음미하는 상관을 바라보며 지난날을 되돌아보았다.

처음 장교로 임관하며 윈스턴 소령의 보좌역을 맡았을 때 이런 날이 올 거라곤 상상조차 할 수 없었다. 귀족으로 태어난 것에, 군인인 것에 누구보다 자부심이 강하던 남자가 평민, 그것도 적군과 사랑에 빠져 가장 귀족답지도, 군인답지도 않은 길을 택했다.

물론 캠벨 또한 저답지 않은 일을 하게 되었다.

캠벨가는 윈스턴가를 위해 일한다. 그리하여 캠벨은 제가 윈스턴이란 이름의 가문을 위해 일한다고 믿었으나 문득 돌아보니 가문에 해가 될 일에 헌신하고 있었다.

이젠 인정해야 한다. 그는 윈스턴이라는 가문이 아니라 레온 윈스턴이라는 한 남자에게 충성했다.

"그동안 모실 수 있어 영광이었습니다."

답지 않은 감회에 사로잡힌 그가 인사를 올리자 소령이 시가 연기를 뱉어 내며 나직이 웃었다.

"다시는 볼일 없을 것처럼 작별 인사라니. 이거 꽤나 섭섭하군."

"지금이 아니면 기회가 없을 것 같았습니다."

소령이 웃음기를 머금은 눈으로 그를 오래도록 바라보더니 물었다.

"자네도 머지않아 군을 관두게 될 텐데 뭘 할지는 생각해 봤나."

"차차 고민해 볼 생각입니다."

"사장 자리는 어때?"

소령은 갑작스러운 제안을 꺼내며 컬럼비아에 있는 그의 회사를 입에 올렸다.

"지독한 상관의 밑에서 고생할 운명이라면 중위보다는 사장이 낫겠지."

캠벨은 대답 대신 겸연쩍게 웃으며 허리춤으로 손을 옮겼다. 권총집이 열리고 권총이 밖으로 나오자 시가를 문 소령의 잇새로 피식, 웃음이 새어 나왔다.

"거절하는 방식이 다소 거칠군."

탕. 한 발의 총성이 고요한 밤하늘을 울렸다.

천국에서의 첫날 밤, 그레이스는 꿈을 꿨다.

거대한 서커스의 천막이 활활 타오른다. 새빨갛게, 그리고 새카맣게. 굉음을 울린다. 지축을 흔든다. 그러다 끝내 무너져 내린다.

그때 그레이스는 보았다.

흩날리는 잿더미 속에서 홀로 유유히 걸어 나오는 남자를.

그리고 다음 날 아침, 그레이스는 부고를 보았다.

[7대 윈스턴 백작, 레온 윈스턴 소령 32세를 일기로 요절]

그레이스는 중심가를 돌며 모아 온 잡지와 신문을 샅샅이 뒤져 기사를 읽었다. 사진은 수사관이라도 된 양 돋보기까지 들이대며 낱낱이 살펴보았다.

검게 그을린 견장과 훈장에 초점이 맞춰진 사진의 한구석에서 그레이스는 익숙한 물건을 찾아냈다.

반쯤 타 버린 시가 케이스, 그 남자의 것이었다.

시신은 뼈만 남고 새카맣게 타 버렸다. 시신이 발견된 차도 마찬가지였다.

골격만 남은 건 그뿐이 아니었다. 같은 시각, 윈스턴 저의 별채가 원인 불명의 화재로 전소되었다.

방화로 추정된다는 담당 경관의 발언이 기사에 실려 있었다. 한때 군 시설이기도 했던 별채에서 중요한 증거를 인멸하기 위한 짓이라는 분석이 뒤따르기도 했다.

"엉터리."

총에 맞아 갈비뼈가 부러진 흔적과 총알 등이 발견되어 경찰은 살인 사건으로 보고 수사 중이라 했다.

아니, 이것도 엉터리야.

모든 증거가 레온 윈스턴의 죽음을 가리키고 있었으나 그레이스 홀로 부정했다.

당신은 그 남자가 아니야.

타블로이드지의 지면 하나를 차지한 뼈만 남은 시신의 사진을 오래도록 노려보던 때였다. 서재의 문을 누가 두드렸다.

그레이스는 황급히 신문과 잡지를 모아 서랍에 넣고 잠갔다. 엘리일지도 몰랐다.

그 남자의 사진이 신문과 잡지에 오르내리는 요 며칠, 그레이스는 엘리를 저택 밖으로 데리고 나가지 않았다.

라디오가 왜 없는지 알겠다. 아이가 제 아빠의 이름을 아니까. 혹시나 성도 안다면 아이는 또 아빠가 죽은 줄 알고 상심할 것이다.

"들어와."

"그레이스."

문을 두드린 사람은 다행히 마사였다.

"왜? 무슨 일 있어?"

"아니. 조용하길래 뭐 하는지 궁금해서."

마사의 미소는 걱정하는 기색을 지울 만큼 밝지 못했다.

세 사람은 단 한 번도 부고를 두고 대화를 나누지 않았다. 마사는 혹여나 그레이스를 자극할까 조심스러워하면서도 그녀가 걱정이 되었는지 지금처럼 주변을 조용히 맴돌았다. 조는 그 남자가 죽어 잘되었다고 생각할 게 뻔하지만 입을 다물고 있었다.

이 불편한 침묵을 깨야 하는 사람은 그레이스였다.

"마사, 고맙지만 걱정하지 않아도 돼. 그 남자, 죽지 않았어."

그 남자는 죽은 것으로 위장하고 이곳으로 망명하려는 것뿐이다. 구대륙에서는 유명 인사인데 소리 소문도 없이 어느 날 갑자기 사라질 수는 없는 법이다.

그 남자, 오겠다고 한 적은 없지만 거액의 재산을 빼돌려 두고 오지 않는 건 말이 안 되지.

"참고로 이자가 사망할 시 소유한 지분은 모두 네게 가도록 유언장도 작성해 뒀어."

제 새 신분이 죽으면 변호사에게 연락하라고 했을 뿐, '레온 윈스턴'이 죽으면 연락하라고 하지는 않았다.

그러니까….

"그 남자는 살아 있어."

"그래, 맞아. 내가 괜한 걱정을 다 하네."

그렇게 말하지만 마사는 그레이스의 말을 믿지 않는 게 분명했다. 그녀의 불안한 심기를 생각해 그저 말을 맞춰 주는 것뿐이다.

그런 거 아니야. 두고 봐. 그 남자, 어느 날 갑자기 문 앞에 나타날 거야.

나타나기만 해 봐. 남편의 죽음을 끝끝내 부정하는 가련한 미망인이란, 내게 걸맞지도 않은 오해를 받게 만든 벌로 뺨을 한 대 갈겨 줄 거야.

하지만 부고가 난 지 일주일이 지나도록 그레이스의 손바닥이 얼얼해지는 일은 일어나지 않았다.

대양 횡단에 닷새, 그리고 항구에서 여기까지 대여섯 시간. 일주일이면 그 남자가 오고도 남았을 시간이었다.

그레이스는 하루에도 수십 번 수화기를 들었다가 놓았다. 전화를 걸어 묻고 싶지만 걸 곳이 없었다.

별채는 사라졌다. 그녀가 아는 번호라곤 서부 사령부 제1특임단의 번호뿐이었다. 기껏 망명하곤 그곳에 전화를 거는 건 자살행위이다.

캠벨의 사저로 익명의 편지라도 보내 볼까 고심하던 때였다. 바다 건너에서 무언가가 도착했다. 그 남자가 아니라, 무거운 소포 하나였다.

곧 온다는 뜻이구나.

그 남자가 제 짐을 보낸 줄 알고 기대에 차 열었으나 안에 든 건 실망스럽게도 그레이스의 물건이었다.

그녀의 낡은 일기장 말이다.

이건 또 무슨 수작질이지?

부고가 난 후로 2주가 흘렀다.

그 사이 그레이스에겐 새로운 습관 두 개가 생겼다.

틈만 나면 먼바다를 응시했다. 바다의 끝에는 그녀가 떠나온, 그 남자를 두고 온 지옥이 있었다.

그러다 오후 4시만 되면 저택의 정문 근처를 한 시간 넘게 산책했다. 오후 4시는 북쪽에서 오는 열차가 가까운 기차역에 정차하는 시각이었다.

조와 마사의 눈에는 그레이스가 땅에 묻힌 남자를 기다리는 미친 여자로 보일지도 모른다.

장례식은 이미 끝났다.

윈스턴 대부인과 이젠 8대 윈스턴 백작이 된 제롬 윈스턴이 비탄에 빠진 얼굴로 운구 행렬을 따르는 사진이 신문에 실렸다.

어째서인지 윈스턴가에서는 가족장을 치르려 했단다. 대부인의 허영심을 생각했을 때, 납득하기 어려운 결정이었다. 그러나 영웅을 사랑했던 국민의 거센 요구에 따라 의회와 왕실이 국가장을 제안하며 장례는 결국 국가의 이름으로 성대하게 치러졌다.

그 후 그 남자는 중령으로 추서되었다. 제 부친과 같은 결말이었다.

6월 초로 예정되었던 앨드리치 대공녀와의 결혼은 제롬 윈스턴이 대신 했다. 죽은 형의 작위와 재산도 모자라 약혼녀까지 물려받은 건 사정을 모르는 이들에겐 가십거리가 되어 타블로이드지에 오르내렸다.

그러나 그 둘의 사정을 잘 아는 그레이스의 눈에는 그 결혼이 갑작스러운 우연이 아니라 계획된 것으로 보였다.

배후는 그 남자이겠지.

제롬 윈스턴이 연인과 작위, 재산을 차지하려고 형을 죽인 건 아닐 거야.

비록 형이 재산의 반을 빼돌린 걸 알게 되었고 가문의 명예를 진창에 처박을 정부와 사생아를 두고 있다는 사실 또한 알게 되었다고 하더라도.

그레이스가 흔들리는 진자처럼 안도와 불안을 오가는 사이 레온 윈스턴에 관한 기사는 지면에서 자취를 감추었다.

바다 건너 어느 왕국의 영웅이 요절했다는 소식은 이곳에선 큰 화젯거리가 되지 못했다. 추측성 기사를 내기 좋아하는 타블로이드지에는 좋은 먹잇감임에도 금세 관심 밖으로 밀려나며 그레이스는 소식을 알기 힘들어졌다.

그랬었으나….

[제 형을 살해한 범인은 국가입니다.]

갑작스러운 폭로에 레온 윈스턴이란 이름이 다시 1면을 차지하기 시작했다.

폭로는 제롬 윈스턴의 입에서 나왔다. 그것도 해외에서 신혼여행을 즐기는 도중에.

신문에 난 기사를 읽던 그레이스는 한 단락 만에 왜 그자가 한창 낙원 같을 신혼여행지에서 폭로전을 시작했는지를 깨달았다.

그곳은 과거, 왕국의 식민지이다 독립한 곳으로 현지 정부와 로체스터 왕가의 사이가 좋지 않았다. 일이 잘못될 경우, 국내로 송환될까 봐 일부러 사이가 좋지 않은 국가로 몸을 피한 듯했다.

폭로 내용은 그레이스가 익히 아는 것이었다.

앨드리치 대공과 채프먼 남작의 합작 회사가 브리아 다이아몬드광 채굴권 입찰 경쟁에서 유력 경쟁자인 싱클레어 사를 몰아내려고 장남인 제프리 싱클레어에게 반군이란 누명을 씌웠다. 그 후 그들은 성공적으로 채굴권을 낙찰받았으며 그 합작 회사의 실소유주는 국왕이란 것이다.

그러나 그다음은 새로웠다.

이 일을 목격한 레온 윈스턴이 증거를 모두 보존해 두었고, 양심의 가책에 시달리다 최근 폭로를 준비하기 시작했단다.

그걸 알게 된 국왕의 최측근들이 진실을 타락한 영웅의 거짓말로 만들고자 그 남자에게 반군 출신인 정부와 사생아가 있다는 헛소문을 퍼트렸다. 그러나 그가 굴하지 않고 국왕의 비위를 폭로하려 하자 암살했다는 게 제롬 윈스턴의 주장이었다.

[처음에는 가족장으로 장례를 치르려던 것도 형을 죽인 국가의 손에 장례를 맡기는 건 모욕이라 생각하여….]

그레이스는 코웃음을 쳤다. 싱클레어 모략 건을 제외한 모든 게 그녀에겐 헛소리였다.

그러나 다른 이들에겐 그렇지 않았다.

이미 반군의 암살 시도를 여러 번 겪은 남자였던 만큼 이번에도 범인은 반군의 잔당일 거라 예상했는데 사실은 아군이 범인이라니.

영웅을 잃은 슬픔이 가시기도 전에 받은 충격에 국민은 물론, 국경을 넘어 구대륙부터 신대륙까지 술렁였다.

물론, 왕실은 곧바로 반박했다. 물증이 없는 망상일 뿐이라는 게 반박의 골자였다.

암살의 물증은 없었다. 그러나 싱클레어 모략의 물증은 넘치는 것이 그들에겐 패인이었다.

거기다 이미 금융가에서 몇 년간 파다하게 돌고 있던 싱클레어와 국왕에 관한 소문이 권위 있는 귀족의 주장과 일치하니 신빙성이 더욱 높아질 수밖에 없는 것이다.

그래서 몇 년 전부터 일부러 소문을 퍼트려 두었구나.

그레이스는 그 남자가 이 일을 꽤 오랫동안 차근차근 준비했다는 걸 깨닫고 등골이 서늘해졌다.

그렇게 의심의 무게추가 왕실을 향해 서서히 기울던 때에 기폭제가 나타났다.

공신력 있는 어느 신문이 편지 한 통을 1면에 실었다. 제프리 싱클레어의 장남인 새뮤얼 싱클레어의 편지였다.

[아버지가 체포된 후, 고작 열 살이었던 저를 군인들이 서부 사령부의

지하 조사실로 끌고 갔습니다. 어느 군인이 제게 이상한 질문을 계속해서 던지며 맞지 않냐고 답을 강요해 저는 두려움에 떨었던 기억이 4년이 지난 지금도 생생합니다.

그러던 와중, 금발의 장교가 나타나 막아 주었습니다. 제가 협조하지 않으면 아버지가 감옥에 갈 거라는 다른 군인의 말은 거짓이라고, 아버지가 누명을 쓸 테니 아무런 말도 하지 말라는 조언까지 제게 해 주었습니다.

그 장교가 레온 윈스턴 중령이란 걸 저는 뒤늦게서야 알았습니다.]

존경받던 기업가가 국민의 귀감이 되어야 할 왕에게서 누명을 뒤집어쓰고 감옥에 갔다. 온 국민이 사랑하는 정의로운 영웅은 불의와 싸우려다 왕에게 살해당했다.

주장은 결국 기정사실이 되었다.

그러자 국민은 길거리로 나섰다.

시작은 싱클레어 화약이 전신이었던 크로프트 화약의 노동자 조합이었다. 정부가 싱클레어에게 그랬듯 조합이 벌인 노동 쟁의를 두고 반군이라는 누명을 뒤집어씌우려 했었으니, 그들에겐 왕에게 반기를 들 명분이 차고도 넘쳤다.

머지않아 그들의 투쟁에 화약 업계부터 다른 업계의 노동 연맹까지 가세했다. 거기에 빈부 격차에 불만을 가지고 있던 이들까지 동참하며 국왕의 퇴위를 부르짖는 목소리는 나날이 높아져만 갔다.

군에서 제프리 싱클레어를 풀어 주려는 듯, 재수사에 착수했다고 발표했지만 이미 불이 붙은 분노를 잠재우기엔 역부족이었다.

급속도로 몸집을 불리는 시위대에 압박감을 느껴 가는 듯하던 왕실과 군은 끝내 결정적인 실수를 저지르고 말았다.

[군의 발포로 시위자 사망]

비폭력 시위는 폭력 사태로 번졌다. 국민은 민병대를 조직하기 시작했으며, 결국 제프리 싱클레어는 민병대가 수용소를 무너뜨리며 자유를 되찾았다.

군은 이를 막지 못했다. 폭력 진압을 계기로 와해된 탓이었다. 군이 민간인에게 누명을 씌우며 품위를 잃고 왕의 개가 되었다는 데 불만을 품고 있던 군 간부들, 특히 그간의 불평등한 처우에 불만이 많았던 평민 신분의 군인들이 돌아선 것도 모자라 일부는 혁명 세력에 가담했다.

결국 한 귀족의 폭로로 촉발된 분쟁은 귀족과 평민의 계급 싸움으로 비화했다. 국왕의 퇴위 촉구는 왕정 폐지 요구가 되었다.

반군이 몰락한 후 평화를 누리던 왕국은 그렇게 단숨에 전쟁터가 되었다.

그레이스는 이 모든 과정을 바다 건너에서 언론을 통해 지켜보며 느꼈다.

그 남자의 존재를.

양심의 가책?

그레이스는 제롬 윈스턴의 성명서를 읽다 양심의 가책이란 대목에서 웃어 버렸다. 싱클레어와 국민은 사실상 레온 윈스턴의 복수극과 망명 작전에 이용당하는 것뿐이다.

그래야만 한다.

온 세상이 그의 죽음을 사실로 받아들이나 이 세상에서 유일하게 그레이스만은 그럴 수 없었다.

레온 윈스턴은 죽지 않았어. 내 손에 죽고 싶다던 남자가 남의 손에 죽었을 리가 없어.

❖ · ❖

오전 내내 모래사장에서 조랑말을 타고 모래 장난을 치며 놀던 엘리는 점심을 먹으며 졸더니 곧 곯아떨어졌다.

해변의 정자가 드리운 시원한 그늘에서 잠든 아이의 숨소리와 파도 소리가 이루는 화음을 듣고 있자면 마음이 더없이 차분해진다. 그레이스는 선 베드에 비스듬히 기대어 앉아 눈앞의 바다를 바라보았다.

이곳은 잔잔하기 그지없으나 바다 건너에서는 두 달째 격랑이 일었다. 그사이 그 남자에게서는 어떠한 연락도 없었다.

보이지 않는 지옥과 그 남자를 관조하듯이 수평선을 응시하던 그레이스는 가방에서 오래된 일기장을 꺼내 펼쳤다. 부고가 난 지 일주일 후, 캠벨의 이름으로 온 소포에 들어 있던 것이었다.

그 남자의 유품을 정리하면서 나온 것인 양 보내왔지만 그런 단순한 이유로 보낸 건 아닐 거라는 직감이 강하게 들었었다.

그래서 일기장을 하나씩 펼쳐 읽어 보았을 때, 어찌나 기가 막혔던지.

[지미는 정말 착해. 개새끼]

그 남자, 그레이스의 일기장을 멋대로 썼다.

참견하듯이 제 감상을 써 놓은 부분이 군데군데 있는가 하면 지미에 관한 일기는 지우거나 찢은 부분도 수두룩했다.

"이 미치광이 정말⋯."

제 치기 어린 순간을 그 남자가 고스란히 들여다보았다는 걸 못내 부끄러워하면서도 그 남자의 치기 어린 짓에 웃어 버렸다.

그러나 제 일기의 끝에 달한 후로는 웃을 수 없었다. 윈스턴 저 잠입 전 마지막으로 쓴 일기의 뒤로는 그 남자의 일기가 몇 해 치나 이어졌다.

한 번에 세 줄을 넘지 않을 만큼 짧았다. 글씨는 언제나 그렇듯 군더더기 없이 단정했다.

그는 일기마저 겉으로 보기에는 태연하고 완벽했으나 그 행간에는 불안하며 불완전한 속내가 숨겨져 있었다.

그레이스는 그의 외로움과 괴로움이 묻어나는 일기를 다시 읽어 보았다. 몇 년 전이었더라면 비열한 희열을 느꼈을까? 이젠 그렇지 않았다. 그새 자신도 그 남자만큼이나 변해 버렸다는 게 사무치게 느껴졌다.

그녀는 그의 마지막 일기에서 오래도록 시선을 떼지 못했다.

윈스턴은 네게 필요 없잖아.

여태 그 남자의 모친에게 그녀가 한 말을 오해하고 쓴 원망인 줄로만 알았다.

그래서 같이 가자는 말을 거절한 건가. 돌아오지 않는 건가.

그러나 지난 두 달간 곱씹어 볼수록 위화감이 들었다. '윈스턴'이 뭘 의미하는지 그 남자가 알아듣지 못했을 리가 없었다.

그레이스의 시선은 아래로 내려가 이어진 일기에 머물렀다.

어릴 적에 아버지께서 이런 말씀을 해 주셨어.

모든 인간은 타인에게 체스 말이다. 폰이 되느냐, 퀸이 되느냐가 차이를 만들 뿐.

그러니 적어도 나이트 이상은 되어야 한다고 말씀하셨지.

그럼 넌 내게 무엇이었을까.

한판의 지독한 체스가 끝나고 돌이켜 보자니 알겠어. 넌 내게 퀸이었어.

가장 강력한 말이라는 뜻인 줄 알았더니.

못 가는 곳이 없어. 도망을 얼마나 잘 치는지.

이어진 이유를 볼 때마다 그레이스는 웃게 되었다.

그러나 넌 이젠 체스 말이 아니야. 수단으로서의 의미가 없는 너는 내게 목적일 뿐이지.

사람을 이용 가치로만 판단하는 내가 너만은 아무런 가치가 없어지길 바랐어. 내가 치밀하게 짜맞추어 둔 세상과 맞지 않아도 불쾌하지 않은 건 너뿐이야.

넌 내 엄격한 인생의 모든 예외야.

그럼 난 네게 무엇이었을까.

그레이스는 그의 물음을 응시하다 위로 시선을 옮겼다. 그 남자가 마지막으로 남긴 두 일기의 앞뒤에는 기나긴 공백이 있었다. 마치 네 답을 이곳에 채워 넣으라는 듯이.

윈스턴은 네게 필요 없잖아.

이건 원망이 아니었다. 물음이다.

네가 무슨 수작질을 왜 부리는 건지 알겠어.

도망쳐야 한다. 살아남아야 한다. 그간 압박에 시달리며 쫓기듯 살아온 그레이스는 이곳에 온 지 시간이 꽤 지나서야 깨달았다.

과거도, 현재도, 그 남자도. 이젠 아무것도 나를 쫓지 않는다.

난생처음으로 마음에 여유가 생기자 예전엔 할 수 없었던 생각에 저도 모르게 잠겼다. 자신을, 그리고 그 남자를 생각했다.

그렇게 그 남자의 수작질에 당하고서야 깨닫는다.

우리 관계를 아무런 압박 없이 자유롭게 들여다보라는 것이었구나.

얄미워서 넘어가 주고 싶지 않지만 늦었다. 그레이스는 이미 넘어갈 대로 넘어가 그가 원한 종착지까지 흘러오고서야 그의 수작질을 이해했다.

그녀는 픽, 웃으며 만년필의 뚜껑을 열었다. 곁에서 곤히 잠든 아이와 잔잔한 바다를 잠시 바라본 그레이스는 지난 두 달, 그가 없는 곳에서 온전히 홀로 사색하며 얻은 답을 담담히 써 내려갔다.

네가 없는 이곳의 삶은 부족한 것이 없어. 부족한 게 없어야만 하는데 허전해.

몸은 편하지만 마음은 편하지 않아. 네가 없어서. 우습게도 내게 진정으로 편한 상대라곤 너뿐이어서.

천국에서 너라는 악마를 갈망하다니. 정말 우습지.

수단으로서의 의미가 없는 난 네게 목적일 뿐이라는 말을 보고 어머니가 내게 남겼던 편지를 떠올렸어.

나를 수단이 아니라 목적으로 여길 남자를 만나라고 당부하셨거든.

사실, 떠올리자마자 조금 웃어 버렸어.

어머니의 말에 너를 떠올린 거잖아. 아시면 기절하실지도 몰라.

넌 어머니가 상상하신 정답과 멀어도 지나치게 멀긴 하지만, 오답은 아니지.

네가 나를 수단이 아닌 목적으로만 보는 건 꽤 오래전부터 무심결에 느끼고 있었어. 블랙번에서의 일 후로 네 복수와 출세의 발판이란 내 역할은 끝났으니 네겐 아무런 이용 가치가 없을 텐데.

그런데도 온 힘을 다해 나를 쫓는 게, 이제 와서 고백하자면 실은 좋았어.

돌이켜 보니 난 네게서 벗어나고 싶은 사람답지 않은 짓을 했었어. 적의 동향을 파악한다는 핑계로 네 기사를 빠짐없이 찾아 읽었고, 온종일 곁에 있지도 않은 너를 떠올리며 머릿속의 너와 대화를 하기도 했었지.

기억나? 뉴포트항에서 도망가기 바쁜데도 널 약 올리는 데 정신이 팔려 있다가 붙잡힐 뻔했었잖아.

　내가 이따금 미끼처럼 던지는 희망이든 절망이든, 네가 기꺼이 주워 들고 괴로워하는 모습을 보며 통쾌해했던 시절에도 한편으론 일말의 안도감을 느꼈어.

　우습지? 더 우스운 이야기를 해 줄까?

　네가 나를 쫓는 기미가 없으면 외로웠어. 솔직히 말해 네가 질려서 도중에 관뒀더라면 난 슬펐을 거야.

　너더러 미치광이라는 말을 자주 했지만 정말 미친 건 나일지도 몰라. 다른 사람도 아닌 네게서 내 존재의 가치를 확인하다니.

　되짚어 보자니 그런 생각이 들었어. 가족부터 동지들까지. 내가 평생토록 아꼈던 그 무엇도 이젠 나를 원하지 않는데 정작 내가 아낀 적 없는 너는 나를 원하더라.

　대체 왜? 이해하기 어려웠지.

　난 내 쓸모를 증명해야만 사랑받는 삶을 살아왔어. 쓸모가 없어지면 버림받을지도 모른다는 불안감에 평생을 시달렸지. 그런데 모든 인간을 쓸모로만 판단하는 네가 아무 쓸모 없는 나를 사랑한다는 게 이루 말할 수 없이 충격적이었어.

　실은 나, 엘리의 절대적인 사랑도 무서웠어. 내가 그 아이의 절대적인 믿음을 저버리는 날, 엘리도 남들처럼 나를 조건부로 사랑할지 모른다고 불안에 떨었지.

　요즘 들어서야 그런 생각을 하다 문득 깨달았어. 평생 나를 괴롭히던 불안감이 나도 모르는 새에 자취를 감췄더라.

이젠 네가 있으니까.

어떠한 일이 있어도 넌 언제까지나 나를 조건 없이 사랑하리란 걸 아니까.

윈스턴은 네게 필요 없잖아.

그래, 필요 없어. 윈스턴이라는 이름이 가진 모든 건 내게 필요하지 않아. 심지어 너도 필요하지 않아.

그렇지만 너를 원해.

너도 내겐 이제 수단이 아닌 목적이야.

그럼 난 네게 무엇이었을까.

넌 폰이야.

나라는 단 한 방향으로만 돌진하잖아.

체스판의 끝에 다다른 폰은 무엇이든 될 수 있어. 이제부터 네가 나의 무엇이 될진 네 선택에 맡길게.

천국에서 악마를 기다리며
그레이스

추신: 돌아와. 두 번 말하게 하지 마. 그리고 올 때, 내 반지 잊지 마.

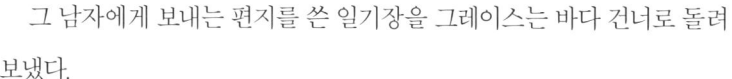

 그 남자에게 보내는 편지를 쓴 일기장을 그레이스는 바다 건너로 돌려 보냈다.

 같은 날, 바다 건너에서는 왕정이 무너졌다. 왕국은 공화국이 되었다. 수세기를 이어 오던 신분제는 결국 역사의 뒤안길로 사라졌다.

 평민이 이끌던 소위 '혁명군'이 한 세기를 꿈꾸어도 이루지 못한 혁명을 한 왕당파 귀족이 두 달 만에 이뤘다.

그 모순에 그레이스는 웃지 않을 수 없었다.

[네 선물도 준비하고 있어. 네가 평생 바라 오던 걸로.]

머저리.

내가 혁명을 진정으로 원한 적이 있었어? 다 알면서 네 복수에 내 평계를 대다니.

어서 와. 당장 오면 뺨 한쪽은 봐줄게.

로체스터 왕가는 연금되었다. 왕비의 고국으로 망명을 시도했으나 현지의 여론이 나빠 성사되지 못하던 중 폐위된 왕이 의문의 사고로 사망했다.

마찬가지로 연금되어 있던 대공은 재산을 몰수당하고 징역형을 살 처지가 되자 입에 권총을 물고 방아쇠를 당겼다.

그렇게 레온 윈스턴이 지휘하는 서커스는 막을 내렸다. 아니, 전소해 버렸다고 표현하는 게 옳을 것이다.

이제 더는 검은 장막의 뒤에서 지휘해야 할 극이 없는데도 그 남자는 돌아오지 않았다.

"이거두 이쁘다!"

오늘도 엘리는 해변을 산책하며 산호와 조개껍데기를 모았다.

"이건 어때?"

그레이스가 파도에 밀려 굴러온 새하얀 산호 조각을 집어 들자 아이가 단호히 고개를 저었다.

"안 대. 이건 살짝 뿌서져써."

"안 돼. 이건 살짝 부서졌어."

"부서져써."

아빠와 떨어진 지 110일째, 서서히 퇴화하는 엘리의 발음에서 그 남자의 부재가 느껴진다. 엘리에게 그 남자의 흔적을 다시 남기려 애써 보지만 그레이스로선 역부족이었다.

"엘리, 우리 카니발에 갈 꺼야!"

저택으로 향하는 길에 베니가 나타나 외쳤다. 그레이스는 엘리의 손에 묻은 모래를 씻어 주고 바닷바람에 헝클어진 머리를 빗겨 주며 당부했다.

"재밌게 놀고 와. 혼자 다니지 말고, 모르는 사람 따라가지 말고."

일주일에 서너 번, 해가 질 시각이 되면 조와 마사가 아이들을 데리고 해변 끝의 카니발로 나들이를 갔다.

"엄마는 오늘도 안 가?"

"엄마는 예쁜 거 더 모아 놓을게."

"그래!"

그레이스는 베니를 따라 저택으로 뛰어가는 아이의 뒷모습을 바라보다 정자로 향했다.

카니발에 가면 내내 그 남자만 생각한다. 손에 캔디 애플을 든 채 불쑥 나타나진 않을까. 그런 바보 같고 유치한 상상을 하다 결국엔 모두가 행복한 카니발에서 저 홀로 불행해지는 것이다. 그래서 가지 않은 지 한 달째였다.

받고도 오지 않는 건지, 끝내 받지 못한 건지. 기다렸던 답을 주면 그 남자는 당장에 돌아오리라, 그렇게 믿어 의심치 않았다.

어쩌면 당장 오지 않는 것도 수작질일지 모른다.

희망을 주었다가 절망을 주는 것 못지않게 절망을 주었다가 희망을 주는 것도 즐기는 남자다. 거기다 극적인 심리전을 누구보다도 사랑하지 않던가.

이건 네가 내게 거는 심리전이야.

그러니 넌 아직 살아 있어.

그레이스는 선 베드 옆의 테이블에 작은 양동이를 내려놓았다. 이 안에 든 산호와 조개껍데기는 아빠가 오면 선물로 주겠다고 엘리가 모으는 것이었다.

아이는 아빠가 당연히 온다고 믿고 있었다. 막연하다기보단 근거가 있는 믿음으로 보여서 어느 날 물었다.

"엘리, 배에서 아빠가 귓속말로 뭐라고 했었어?"

"으응? 비밀이래써."

아이의 미소에서 그레이스는 직감했다. 그 남자, 아이에겐 돌아온다는 약속을 했구나.

아무리 똑똑해도 아이는 아이다. 유도 신문에 쉽게 넘어온 걸 보면 말이다.

"엘리, 아빠가 언제 돌아온다고 했어?"

"여름이 끝나기 전에."

여름의 끝은 언제인 걸까.

그레이스는 8월의 마지막 날일 것이라 생각했다. 애빙턴 비치에서 처음 만났던 때가 8월이었다. 그러니 8월이 끝나기 전에는 올 것이라 확신했다.

그러나 9월의 초순이 끝나도록 그는 돌아오지 않는다.

낮에는 여름 색이 짙으나 저녁 바람에서는 가을이 옅게 느껴지기 시작했다. 홀로 모래사장을 서성이던 그레이스는 서늘한 바닷바람에 흐트러지는 머리칼을 귀 뒤로 넘기며 마음속으로 모순된 말을 되풀이했다.

이 여름이 끝이 나기를. 아니, 끝나지 않기를.

끝이 나고도 그가 돌아오지 않는다면 그는 죽은 거짓말쟁이가 된다.

내 손에 죽고 싶다며. 거짓말이었다면 용서 못 해.

그리고 그레이스는 또다시 겁쟁이로 전락할 것이다. 못된 습관을 버리지 못하고 그의 죽음이라는 진실에서 도망친 겁쟁이 말이다.

해가 진다. 오늘도 저택 뒤로 저무는 해가 바다 위의 연푸른 하늘과 새하얀 구름을 옅은 산홋빛으로 물들이기 시작한다. 하루 중 가장 아름다운 때이자 슬픈 때이기도 했다.

북부에서 오는 기차는 이미 떠나고도 남은 시각, 그는 오늘도 돌아오지 않는다.

어쩌면 영영 돌아오지 않을지도.

그는 죽었다. 세상은 이미 받아들인 진실을 그레이스 홀로 부정한다. 그러다 머지않아 바다 위로 내리는 눈을 비라고 부르며 여름이 끝났다는 진실마저 부정할 것이다.

그를 처음 만난 곳을 닮은 해변에서 매일같이 그를 기다린다. 그가 없는 현재와 미래를 부정하며 그와의 과거 속에서만 살아간다.

그러다 어느 날 갑자기 그 지독하도록 비겁한 꿈에서 깨어나며 후회와 저주를 한꺼번에 쏟아 낼지도 모른다.

적어도 네게 내 마음 정도는 솔직하게 말하고 보낼 것을.

이 빌어먹을 개자식, 사랑하게 만들어 놓고 왜 혼자 가 버린 거야. 날 평생, 죽어서도 놓지 않을 것처럼 굴더니 혼자 그렇게 쉽게, 허무하게 놓아 버리면 어쩌자는 거야.

그를 미워하길 관둔 후, 증오가 뽑혀 나간 자리가 새살이 돋아나듯이 간질간질하곤 했었다. 그건 알고 보니 마음속 깊이 억눌려 오래도록 잠들어 있었던 감정이 손톱처럼 자라나며 세상 밖으로 고개를 내밀기 시작한 탓이었다.

그를 기다리는 사이 손톱은 완전히 자라났다. 그만큼 사랑도 저 홀로 자라 버렸다.

갈 곳 없는 증오보다 지독한 것은 갈 곳 없는 사랑이다. 증오를 멈추는 방법은 용서라 하지만 사랑을 멈추는 법은 알지 못한다.

그렇게 그레이스는 뒤늦게 헤매고 헤매다 그 긴 세월 동안 쌓인 눈물의 무게를 이기지 못하고 무너질 것이다.

"흑⋯."

산홋빛 노을에 휩싸여 불타오르는 듯한 저택을 문득 돌아본 그레이스는 눈물을 터트렸다.

잘 가, 레온 윈스턴.

레온 윈스턴은 정말로 죽었다. 석양에 잠긴 길을 따라 걸어오는 남자는 그자가 아니다.

반가워, 레온.

레온이 온다. 내게로 온다.

화마처럼 붉은 석양 속에서 유유히 걸어 나온다. 그 꿈처럼.

빛을 등진 탓에 뚜렷한 건 실루엣뿐이었으나 그레이스는 그것만으로도 그를 알아볼 수 있었다.

벽돌이 깔린 길에서 모래사장으로 레온이 발을 들이는 순간 그의 모습이 눈에 또렷이 들어왔다. 단추가 두어 개 풀린 흰 폴로셔츠가 그답지 않게 더없이 자유로워 보였다. 그가 꿈같이 느껴지기 시작했다.

이제 겨우 세 걸음. 달려가 그를 만지는 순간 꿈에서 깰 것만 같았다.

그레이스가 그 자리에 발 묶인 사이 그녀에게로 곧장 다가오던 레온이 바람 탓에 이마로 흐트러져 내린 금발을 한 손으로 걷어 올렸다. 눈이 마주치는 순간 그가 미소 지었다.

여태 한 번도 본 적 없는 시원스러운 미소였다.

정말 꿈인 걸까. 차가운 파도가 발목을 휘감는 찰나, 그레이스는 문득 기시감을 느꼈다.

나는 차가운 파도가 치는 자리에, 너는 뜨거운 석양이 불타오르는 자리에서. 그렇게 우리는 처음 만났다. 나는 그날의 꿈을 꾸는지도 모른다.

어느새 익숙한 향수 냄새가 느껴질 정도로 다가온 레온이 손에 든 무언가를 그녀에게 내밀었다.

"자, 초콜릿."

애빙턴 비치에서 그레이스가 그에게 주었던 싸구려 초콜릿이었다.

"훔쳐본 값."

레온은 그레이스가 오래전 초콜릿을 내밀며 했던 말을 그대로 하는 듯하더니 한 번도 들은 적 없는 말을 덧붙였다.

"얼마나 오래 훔쳐봤는지는 묻지 않는 게 서로에게 좋을 거야."

그 순간 그레이스는 꿈에서 깨듯 몸을 흠칫 떨었다.

그러나 너는 꿈이 아니다.

그토록 보고 싶었던 얼굴이 흐릿해졌다.

"…왜 우는 거야? 내가 정말 죽은 줄 안 건 아니잖아."

그래, 아니야. 세상 모두가 믿는 네 죽음을 부정한 난 겁쟁이가 아니었어. 이 세상에서 너를 아는 사람은 나뿐이었던 거야.

"이 미치광이!"

짝. 손바닥이 레온의 뺨을 후려치는 순간 그의 손에 들려 있던 초콜릿이 모래 위로 떨어졌다. 때마침 밀려들어 온 파도에 귀하디귀한 싸구려 초콜릿이 젖어 들어갔다.

주먹으로 칠 줄 알았는데.

예상이 틀렸다고 생각하자마자 얼얼한 뺨에 부드러운 입술이 닿았다. 레온은 후려친 뺨에 키스를 하는 여자를 품에 안으며 후련한 한숨을 내쉬었다.

그레이스는 눈물을 걷어 내고 젖은 손으로 그의 두 뺨을 쥐었다. 다시는 보지 못할 줄 알았던 연푸른 눈동자를 똑바로 바라보며 이 남자에게 영영 할 일 없을 줄 알았던 말을 뺨이라도 치듯 거칠게 토해 냈다.

"사랑해, 이 미치광이야."

그 순간, 휘어 올라가던 레온의 입꼬리가 멈칫했다.

"기대했던 것보다 더 듣기 좋은데…."

그의 눈시울이 붉어진 건 석양이 붉은 탓은 아닐 것이다.

"마지막 말은 떼고 해 주면 안 될까?"

"미치광이. 그게 네 새로운 성이잖아. 사랑한다는 말, 고작 그게 뭐라고 이런 짓을 벌여?"

"고작이라니. 내겐 나라 하나를 무너뜨리고 내가 가진 걸 모두 버리고서야 들을 수 있었던 말이거든."

서운하다는 투였으나 입꼬리는 시원스레 올라가 있었다.

"물론, 그럴 만한 가치가 있는 말이었어."

"…이 미치광이."

"그 말이 아니라."

"사랑해."

"그래, 그 말."

"빌어먹을 미치광이라도 사랑해."

그레이스는 그의 술수에 당하지 않으려고 최후의 수단처럼 숨기고 있던 말들을 백기를 흔들듯이 쏟아 냈다.

이젠 숨길 이유가 없다.

어차피 이 남자의 수많은 광기 어린 수작질은 처음부터 그녀의 사랑을 얻기 위한 것이었으니까. 제 손으로 죽일 위기에 처했다 어렵사리 다시 틔운 작고 미약한 사랑을 그는 어떠한 일이 있어도 밟지 않을 것이다.

상흔이 아물게 하는 말을 레온은 수없이 들으며 전쟁이 끝나 집으로 돌아온 군인의 기쁨을 만끽했다.

그렇다면 이 기나긴 전쟁에서 최후의 승자는 누구일까.

그들은 서로를 가리킬 것이다.

종장

소년은 소녀를 사랑했다. 소녀 또한 소년을 사랑했다.
그래 보았자 제풀에 꺼져 버릴 한철의 불장난이었을 뿐.
그것에 세상이 불을 지피며 시시한 불장난은
소년과 소녀가 감당할 수 없는 화마로 번졌다.
산 채로 타들어 가는 고통이 서로의 탓이라 착각했다.
서로를 불길 속으로 더욱 깊이 밀어 넣다 끝내는
스스로 화마가 되어 제 세상을 제 손으로 불태웠다.
그 잿더미 위에 남은 것은 소년과 소녀뿐.
지독한 불장난이었다.

『내게 빌어봐』 Fin

내게 빌어봐 3

초판 1쇄 발행 2024년 8월 23일

지은이 리베냐
펴낸이 안병현 김상훈
본부장 이승은 **총괄** 박동옥
책임편집 박윤희 **디자인** 김지연
마케팅 신대섭 배태욱 김수연 김하은 **제작** 조화연

펴낸곳 주식회사 교보문고
등록 제406-2008-000090호(2008년 12월 5일)
주소 경기도 파주시 문발로 249
전화 대표전화 1544-1900 **주문** 02)3156-3665 **팩스** 0502)987-5725

ISBN 979-11-7061-166-0(04810)
   979-11-7061-163-9(세트)
- 책값은 표지에 있습니다.

- 이 책의 내용에 대한 재사용은 저작권자와 교보문고의 서면 동의를 받아야만 가능합니다.
- 잘못된 책은 구입하신 곳에서 바꾸어 드립니다